LA LÉGENDE DORÉE

I

Le Moyen Âge dans la même collection

ANSELME DE CANTORBERY, *Proslogion.*

Aucassin et Nicolette (édition bilingue)

AVERROÈS, *Discours décisif* (édition bilingue). — *L'Intelligence et la pensée.*

La Chanson de Roland (édition bilingue).

CHRÉTIEN DE TROYES, *Érec et Énide* (édition bilingue). — *Lancelot ou le chevalier de la charrette* (édition bilingue). — *Percelval ou le Conte du graal* (édition bilingue). — *Yvain ou le chevalier au lion* (édition bilingue).

COMMYNES, *Mémoires sur Charles VIII et l'Italie* (édition bilingue).

COUDRETTE, *Le Roman de Mélusine.*

COURTOIS D'ARRAS, *L'Enfant prodigue* (édition bilingue).

DANTE, *La Divine Comédie* (édition bilingue) : *L'Enfer. — Le Purgartoire. — Le Paradis.*

La Farce de Maître Pathelin (édition bilingue).

Fabliaux du Moyen Âge (édition bilingue).

Fables françaises du Moyen Âge (édition bilingue).

Farces du Moyen Âge (édition bilingue).

HÉLOÏSE ET ABÉLARD, *Lettres et Vies.*

LA HALLE, *Le Jeu de la Feuillée* (édition bilingue). — *Le Jeu de Robin et de Mation* (édition bilingue).

Lais féeriques des XIIe et XIIIe siècles (édition bilingue).

GUILLAUME DE LORRIS, *Le Roman de la rose.*

MARIE DE FRANCE, *Lais* (édition bilingue).

Le Mythe de Tristan et Iseut (édition avec dossier).

Nouvelles occitanes du Moyen Âge.

ROBERT DE BORON, *Merlin.*

Robert le Diable.

Le Roman de Renart (édition bilingue) (deux volumes).

RUTEBEUF, *Le Miracle de Théophile* (édition bilingue).

THOMAS D'AQUIN, *Contre Averroès* (édition bilingue). — *Somme contre les Gentils* (quatre volumes).

VILLEHARDOUIN, *La Conquête de Constantinople.*

VILLON, *Poésies.*

VORAGINE, *La Légende dorée* (deux volumes).

JACQUES DE VORAGINE

LA LÉGENDE DORÉE

I

Traduction de J.-B. M. Roze

Chronologie et introduction
par
Hervé Savon

GF Flammarion

ISBN : 2-08-070132-0

CHRONOLOGIE

entre 1225 et 1230 : Naissance de Jacques, probablement à Varazze, près de Gênes.

1244 : Jacques prend l'habit dominicain.

1252 : Il commence à enseigner la théologie.

1261 : Michel Paléologue et Gênes concluent un traité qui met fin au monopole de Venise et assure la suprématie commerciale à Gênes.

25 juillet 1261 : Michel VIII Paléologue s'empare de Constantinople et y rétablit la domination grecque.

avant 1264 : Jacques de Varazze compose *la Légende dorée.*

1267 : Il est élu provincial de Lombardie.

1268 : Il participe au chapitre général de son ordre, à Viterbe.

1268 : Conradin, petit-fils de Frédéric II, est battu à Alba près de Tagliacozzo, puis mis à mort à Naples, sur l'ordre de Charles d'Anjou, frère de saint Louis. La prépondérance en Italie est passée des Allemands aux Français.

1277 : Fin du premier provincialat de Jacques de Varazze.

1281 : Jacques est réélu provincial de Lombardie.

31 mars 1282 : « Vêpres siciliennes » : soulèvement de la Sicile contre Charles d'Anjou et massacre des Français.

1284 : Gênes remporte contre Pise la bataille de la Meloria et s'assure la possession de la Corse.

1286 : Fin du second provincialat de Jacques de Varazze.

1288 : Gênes envoie auprès du pape Jacques de Varazze et le Frère Mineur Ruffino d'Alessandria pour solliciter la levée de l'excommunication des Génois qui avaient continué à commercer avec les Siciliens, eux-mêmes excommuniés à la suite du soulèvement de 1282.

18 mai 1288 : Un bref daté de Rieti donne à Jacques le pouvoir d'absoudre les délinquants.

1288 : Il assiste, comme définiteur, au chapitre général de Lucques.

1290 : Il prend part en tant que définiteur au chapitre général de Ferrare.

1292 : Jacques de Varazze est créé archevêque de Gênes par Nicolas IV.

1293 : Il réunit le synode provincial de Gênes et fait la reconnaissance solennelle du corps de saint Syrus.

1293 : Jacques commence l'ouvrage appelé communément *Cronaca di Genova.*

janvier 1295 : Réconciliation solennelle entre les deux factions de Gênes, les Rampini (Guelfes) et les Mascherati (Gibelins).

1295 : Guerre avec Venise. Le Pape offre sa médiation. Jacques est envoyé à Rome avec deux ambassadeurs.

décembre 1295 : Sédition à Gênes.

juillet 1298 : Mort de Jacques de Varazze, entouré de la vénération de ses concitoyens.

INTRODUCTION

I

Le titre de ce livre ne doit pas donner le change. Légende ne signifie pas ici conte ou récit fabuleux, mais simplement ce qui doit être lu. L'épithète « doré », ou plutôt « d'or », n'évoque pas les embellissements fallacieux de l'imagination mais annonce le poids et la valeur du contenu.

L'auteur, Jacques de Voragine, ou mieux de Varazze, qui fut dominicain et devint archevêque de Gênes, a bien prétendu nous parler de personnages historiques et nous raconter les événements dont ceux-ci furent réellement les acteurs ou les victimes. Les restes de ces saints personnages — les reliques —, les tombeaux où on les conserve, les miracles même qui perpétuent la mission passée, autant d'attestations — aux yeux de l'auteur — d'une réalité concrète et palpable. D'où les scrupules qu'il manifeste, le soin avec lequel il distingue la valeur respective des récits qu'il utilise, ou qu'il recopie, ses inquiétudes quand la chronologie commune, les données historiques reçues ou la simple vraisemblance lui semblent par trop violentées. Un juif vivant à l'époque de sainte Hélène et de Constantin n'a pu avoir un père contemporain du Christ. Le récit qui le suppose est donc suspect aux yeux de Jacques de Voragine. Il rejettera de même une tradition qui mentionne l'existence, en pleine crise arienne, d'un pape Léon, inconnu par l'histoire. Le souci de vraisemblance psychologique lui fera écarter l'idée que saint Paul ait pu se déguiser pour parvenir jusqu'à saint Pierre emprisonné. D'autres fois notre auteur prévoit l'incrédulité, les doutes éventuels et cherche à les prévenir. On admettrait difficilement les miracles de saint Germain, nous dit-il, s'ils n'avaient été précédés par tant de vertus.

Mais si l'archevêque de Gênes s'est voulu historien et non pas mythographe, si la *Legenda aurea* n'a pas été conçue comme un recueil de contes édifiants ou de récits fabuleux, il ne faut pas non plus s'attendre à y trouver ce que nous appelons aujourd'hui de l'histoire.

Dans son effort pour discerner la valeur propre de chacun des textes qu'il démarque ou qu'il transcrit, c'est en dernier ressort à des critères théologiques que notre compilateur fait appel. Ce qui l'arrête c'est ce qui lui semble une impossibilité dogmatique. Comment croire qu'un homme ait pu ressusciter après quatorze ans ? Il faudrait admettre en effet que son jugement a été différé pendant un temps si long. Saint Matthieu n'a pu avoir besoin de saint André pour être guéri d'une maladie : cela porterait atteinte à l'égalité qui règne dans le collège apostolique. Le caractère « authentique » d'un récit se mesure non sur l'ancienneté et la pureté de la tradition qu'il représente mais sur le crédit et la célébrité dont il jouit dans l'Eglise. Cette « authenticité » est une des supériorités que notre auteur reconnaît au martyre de saint Laurent. D'autres arguments, qu'il oppose à l'éventuel sceptique, sont plus surprenants, au moins pour le lecteur moderne : la preuve que saint Front, pendant qu'il s'assoupissait durant la grand-messe à Périgueux, a bien assisté aux funérailles de sainte Marthe à Tarascon, c'est qu'il a laissé dans cette seconde ville un de ses gants que l'on y conserve encore.

Si maintenant l'on passe de l'examen de la méthode à la considération des résultats, c'est-à-dire des récits qui nous sont offerts, on est frappé moins encore par l'abondance du merveilleux que par la répétition des événements, la similitude des situations, la faible individualisation des différents personnages dont la vie nous est contée. Les nombreux martyrs, en particulier, ne semblent que des répliques, assez superficiellement différenciées, d'un unique modèle, d'un archétype commun. Qu'une femme mène la vie monastique sous un habit d'homme, soit, sous ce déguisement, accusée d'avoir fait un enfant à une fille du voisinage, se soumette avec patience à la pénitence imposée pour ce crime supposé, ne soit reconnue innocente qu'après sa mort, voilà un enchaînement de circonstances bien extraordinaire, et pourtant Jacques de Voragine en connaît trois exemples. Si les bons se ressemblent si fort, que dire des méchants ? Pilate et Judas ont l'un et l'autre, dans leur enfance, tué leur demi-frère par jalousie. Comment surtout distinguer les uns des autres ces innombrables persécuteurs cupides, impies, vomissant l'injure et le blasphème, poussant la cruauté jusqu'à la frénésie, fous de rage devant la constance des martyrs et toujours promis à une mort ignominieuse ?

Sans doute ces ressemblances, ces répétitions, ces invraisemblances même, ne sont-elles pas marques infaillibles d'invention et de fausseté. Elles n'en restent pas moins des signes troublants qui invitent le lecteur soucieux d'histoire à un examen plus approfondi. Or, si l'on scrute les antécédents de *la Légende dorée*, si l'on compare les récits d'âges très différents qui ont été repris, résumés ou retranscrits par Jacques de Voragine, on ne peut plus douter que les auteurs de « légendiers » — de recueils de vies de saints — n'aient libéralement attribué au héros qu'ils voulaient honorer, et dont ils savaient parfois fort peu de choses, ce qu'ils trouvaient dans la biographie de quelque autre dévot personnage. On se trouve donc en présence d'un portrait-type du martyr, du moine, de la vierge, de la pénitente, qui a été en quelque sorte plaqué, avec quelques modifications de circonstances, sur des figures du passé dont parfois on ne connaissait avec certitude guère plus que le nom, souvent lui-même bien déformé, quand il n'était pas oublié ou supposé. Dans de meilleurs cas, heureusement nombreux, l'histoire d'un personnage connu s'est enrichie de traits qui pouvaient avec quelque vraisemblance lui convenir.

Du point de vue de la critique, *la Légende dorée* représente donc l'étape tardive de toute une évolution, le fruit d'un long travail. Que trouve-t-on au point de départ ? Des textes laconiques, secs, administratifs : les protocoles officiels du procès et de la condamnation des martyrs du christianisme. L'absence d'apprêts, le dépouillement donne à ces comptes rendus une singulière puissance d'émotion. Le surnaturel y est tout intérieur; suggéré contre l'intention même du rédacteur, il n'en a que plus d'intensité. Les mots sont peu nombreux, aussi ont-ils tout leur poids; les gestes sont sobres, mais c'est toute une vie qui s'y engage. Pendant quelque temps, sensibles à ce pathétique contenu, les communautés chrétiennes se sont bornées à encadrer ces documents, à les accompagner d'une présentation qui en faisait un hommage explicite à la grâce de Dieu et au courage des martyrs.

Mais la piété est inventive; l'âme populaire n'aime pas la litote : elle veut que l'on souligne, que l'on explicite; elle aime les couleurs vives et les contrastes un peu criards. Déjà au IIIe siècle, mais surtout au IVe, le christianisme devient une religion de masse, puis la religion officielle. Le souvenir des premières persécutions étant lointain et l'attention plus tiède, il fallut alors frapper l'imagination. Les récits de martyres obéissent à cette nécessité : la rhétorique, le spectaculaire, l'horrible et le merveilleux y pénètrent à flots. Il ne faut pourtant pas s'y tromper. Pour l'essentiel, c'est la même vérité qui s'exprime; mais, maintenant, pour se faire entendre, il faut parler beaucoup plus fort : ce que l'on disait, on doit le crier. Seuls le ton et le style ont changé. Si l'on veut, on est passé de Philippe de Champaigne à Rubens.

Si l'on voit bien la fonction et le sens général de ce

développement il est souvent plus difficile d'expliquer comment a pu apparaître tel thème particulier, tel épisode merveilleux ou atroce. Le procédé assez primitif qui consiste à accumuler dans une seule biographie des traits empruntés çà et là est loin de tout expliquer. Ce que l'on trouve souvent à la base des épisodes les plus extraordinaires — on est tenté de dire les plus extravagants —, c'est en somme de la rhétorique que l'on a prise au mot, des métaphores qui se sont en quelque sorte solidifiées, matérialisées, des hyperboles interprétées au pied de la lettre. C'est de l'éloquence qui s'est faite histoire.

Tel est, semble-t-il, le cas des saints « céphalophores », de ces martyrs qui, après leur décapitation, se redressent, prennent leur tête dans leurs mains et la porte jusqu'au lieu qu'ils veulent désigner pour leur sépulture. On a parfois pensé qu'il y avait à l'origine de ces récits des représentations imagées du saint martyr dans lesquelles l'artiste avait voulu indiquer la nature du supplice enduré. Et, de fait, comme on a figuré volontiers saint Paul avec une épée, saint André avec sa croix, saint Barthélemy avec un couteau d'écorcheur, sainte Apolline avec des tenailles, on a parfois symbolisé la décollation en montrant son résultat, le chef détaché du tronc. Mais comme ces images ne devaient tomber dans l'horreur pure et simple et comme elles devaient suggérer une mort qui était en même temps une victoire on a représenté le martyr debout, portant dans ses mains sa tête coupée. Mais le sens primitif de cette attitude aurait fini par s'estomper et, l'imagination populaire aidant, on aurait transformé le symbole en récit. Cette explication, proposée par les bollandistes Papebroch et Henschenius, est ingénieuse mais manque d'appui dans les faits. Tout indique au contraire qu'ici les textes ont été antérieurs aux images, même si celles-ci ont joué un rôle important de diffusion. Il semble bien en réalité qu'à l'origine du thème des céphalophores il y ait eu des développements oratoires sur les têtes des martyrs qui semblaient encore louer Dieu et défier leurs bourreaux. Ce qui n'avait été d'abord qu'un mouvement d'éloquence a fini par apparaître comme une précision de chroniqueur. On a pensé du même coup que le saint avait pu, avait dû également exprimer de cette manière posthume ses dernières volontés, en particulier sur un point qui, aux yeux de ses dévots, avait une importance particulière : le lieu où devaient être conservées ses reliques. Enfin les mots s'accompagnent de geste et, d'enrichissement en enrichissement, on parvient au thème pleinement développé : le saint décapité prend sa tête dans ses mains et va la porter lui-même au lieu de son futur sanctuaire. C'est ce que l'on trouve dans la vie de saint Denys, telle que nous la raconte Jacques de Voragine, ainsi que dans la légende des saints Victorin et Fuscien ajoutée à notre recueil par des continuateurs anonymes.

Tout ceci fait comprendre qu'après avoir connu une exceptionnelle fortune pendant plusieurs siècles *la Légende dorée* ait vu son crédit décliner rapidement dès le XVIe siècle sous les attaques conjuguées d'une érudition plus exigeante et d'une piété plus austère, défiante devant un surnaturel trop extérieur et hostile à l'exubérance et aux bizarreries de l'imagination populaire. Tout le monde cite le jugement sévère de l'humaniste espagnol Vives : « Ce qu'on appelle *Légende dorée* a été écrit par un homme à la bouche de fer et au cœur de plomb. » Le Français Baillet n'est pas moins acerbe quand il s'en prend à la personne même de Jacques de Voragine et estime que l'on « aurait peut-être mieux fait de juger de cette prétendue sainteté par l'esprit qui règne dans son livre et qu'il sera toujours difficile de prendre pour l'esprit de vérité ». Certes, historiens et spirituels ont quelque raison de s'inquiéter devant un recueil où le merveilleux semble trop souvent étouffer le surnaturel et de reprocher au narrateur de ne reculer ni devant l'incroyable ni devant l'excentrique quand il croit pouvoir satisfaire la curiosité naïve de son public et stimuler une piété assoiffée de spectaculaire. Mais ces critiques rigoureux ne font-ils pas preuve à leur tour de quelque candeur ? Ne prennent-ils pas le détail des anecdotes de *la Légende dorée* plus au sérieux que ne le fait Jacques de Voragine lui-même ? Certes s'il s'agit de défendre contre les athées ou les protestants les dogmes de l'Eglise, le miracle des cloches rendues muettes par la volonté de saint Loup et celui du diable tenu en laisse par sainte Julienne seront de peu d'usage. Mais ce n'est pas d'apologétique que s'est soucié l'archevêque de Gênes en écrivant son recueil de vies de saints. C'est à des croyants qu'il s'adresse. Les événements passés dont il leur parle, il ne les prend ni pour des arguments ni pour des preuves, il les traite comme la manifestation extérieure d'une réalité spirituelle. C'est si vrai qu'il lui arrive de narrer tout au long une tradition dont il dénonce par ailleurs le caractère inauthentique. Pour juger avec une suffisante équité *la Légende dorée*, il convient donc de s'interroger moins sur son exactitude historique que sur ses intentions profondes.

II

Le vrai sujet de *la Légende dorée* est le conflit dont Dieu et l'Esprit du mal sont les protagonistes et dont l'homme est à la fois le terrain, l'enjeu et l'acteur, subordonné sans doute, mais irremplaçable. Ce qu'il y a de visible — et donc d'historiquement saisissable — dans cette lutte n'est que le reflet ou mieux l'extériorisation du drame véritable qui est, de soi, spirituel et invisible. L'origine, le déroulement, les lois et l'issue de cette crise, qui durera autant que ce monde, ne sont connus ni par les données sensibles ni par les raisonnements que l'on peut y fonder, mais par la foi seule. C'est ce qui explique bien des aspects, déroutants pour nous, de la méthode de Jacques de Voragine. Les faits du passé au fond ne lui apprennent rien : ils reçoivent toute leur lumière du dogme auquel il adhère. Bien que le Mystère de l'Incarnation lui interdise de négliger complètement l'histoire, celle-ci n'est pas pour lui un terme, elle n'est qu'un moment nécessaire de l'épopée qu'il veut transcrire.

Certes le lecteur moderne retrouve difficilement dans *la Légende dorée* ce que lui fait attendre le mot épopée. C'est qu'y font trop défaut l'élaboration littéraire, le souffle, le génie. Aussi la puissance d'horreur et d'admiration qu'avaient ces récits pour des lecteurs plus neufs s'est-elle usée au cours des âges; on ne recherche plus guère aujourd'hui dans le livre de Jacques de Voragine que le charme candide et désuet que l'on retrouve encore dans l'imagerie populaire des siècles passés.

Il est vrai que, par bien des aspects, *la Légende dorée* appartient authentiquement à la littérature populaire. Le rôle de copiste fidèle auquel l'archevêque de Gênes a voulu se tenir accentue ces caractères. Presque à chaque page du recueil le spécialiste de la « culture de masse » trouverait une matière toute prête pour des bandes dessinées propres à séduire encore le lecteur d'aujourd'hui. Qu'on en juge par un simple exemple. Un homme parti le jour même pour un long voyage s'aperçoit d'un oubli et retourne le soir à la maison. Rentrant dans la chambre conjugale il aperçoit dans la pénombre sa femme étendue auprès d'un autre homme. Il poignarde le couple infidèle sans lui laisser le temps de se reconnaître et sort, fou de rage. Qui rencontre-t-il après quelques pas ? sa femme qui rentre chez elle et qui est bien surprise de le trouver ainsi hors de lui. Qui a-t-il donc tué ? La triste vérité éclate bientôt. Les parents du mari sont arrivés inopinément chez leur fils en son absence. Comme ils étaient fatigués de la route, leur bru leur a donné le seul lit qui se trouvait préparé. Et voilà comment Julien — c'est notre héros — est devenu parricide. Mais, comme Dieu tire le bien du mal, ce sera le début d'une vie de pénitence et de sainteté pour le jeune homme, ému de son forfait involontaire, et pour sa femme qui se laissera assez facilement convaincre. Cette pittoresque histoire a d'ailleurs trouvé déjà des illustrateurs. Citons au moins la prédelle d'un retable peint par Masaccio pour l'église Santa Maria del Carmine à

Pise; on peut la voir aujourd'hui au Musée de Berlin-Dahlem.

Mais ce n'est pas seulement par ces hasards étonnants, par ces rebondissements de l'action, par ces coups de théâtre que *la Légende dorée* pouvait séduire les lecteurs naïfs. Elle répond encore à leur goût permanent pour les oppositions bien tranchées, pour la division de l'humanité en une zone de ténèbres et une zone lumineuse, que sépare une ligne de démarcation rigide. Les bons y sont bons sans restrictions; ils se voient confrontés à des méchants qui poussent leur méchanceté jusqu'à la caricature. Les nuances, les distinctions sont exceptionnelles. Judas et Pilate sont dès leur naissance marqués du signe de la cruauté, mauvais fils et mauvais frères. L'empereur Julien n'est pas seulement l'apostat que nous connaissons : c'est encore un sorcier et un voleur. Celui qui a un vice doit les avoir tous.

Des contrastes aussi criants exigent une justice immanente. Sans elle ils seraient insoutenables pour le lecteur. Jacques de Voragine obéit aussi à cette loi de la littérature populaire. Certes les bons sont soumis à de cruelles épreuves qui le plus souvent se terminent par une mort violente. Mais il y a en eux tant d'énergie — on dirait presque tant de fureur sacrée — qu'ils semblent à peine sentir les ongles de fer qui les déchirent, le feu qui les brûle, les roues qui les broient. Parfois même les instruments de supplice trompent les espoirs des tortionnaires ou encore se retournent contre eux. Les roues se brisent, le feu s'écarte des martyrs pour consumer les bourreaux, les plaies se cicatrisent soudain, les membres retrouvent leur intégrité. Aussi, quand le martyr finit par expirer c'est en quelque sorte par son libre choix et dans une victoire visible, éclatante. Les persécuteurs quant à eux, s'ils ne se convertissent pas finissent dans la rage impuissante et les souffrances ignobles : la femme qui avait porté une accusation atroce contre son fils est frappée par la foudre à la prière de saint André dans le tribunal même qui venait de condamner l'innocent. Les supplices infligés à sainte Christine sont atroces mais largement et immédiatement vengés : son père devant qui elle comparaît périt misérablement au cours du procès ainsi que le juge qui lui succède. Quinze cents personnes meurent brûlées par les flammes qui auraient dû chauffer au rouge une roue destinée au supplice. Un magicien venu pour confondre Christine succombe aux morsures des serpents qu'on réservait à la sainte. Celle-ci éborgne son dernier tortionnaire en lui crachant au visage la langue qu'il vient de lui faire couper.

Si ces tableaux d'horreur abondent c'est que la grâce comme la vengeance de Dieu doivent devenir sensibles. *La*

Légende dorée satisfait ainsi au matérialisme spontané de la foule. Le surnaturel s'y voit, s'y palpe; il n'existe pour ainsi dire jamais à part du merveilleux. Cette tendance s'exprime souvent avec beaucoup de lourdeur : ce n'est plus une simple étoile qui guide les mages vers la crèche, cette étoile a la forme d'un enfant. Une hostie est changée en doigt pour convaincre une incrédule. Cette pente matérialiste se retrouve dans l'idée que Jacques de Voragine se fait des preuves, des argumentations : il ne s'agit pas de raisonner ni même de rendre « sensible au cœur » mais de faire voir, de faire toucher. Dans la légende de sainte Marie-Madeleine nous lisons que saint Pierre afin de convaincre un prince de bonne volonté ne trouva rien de mieux que de l'emmener avec lui en Palestine pour lui montrer tous les lieux où Jésus avait prêché, guéri, souffert et ceux qui avaient été le théâtre de sa résurrection et de son ascension.

Le héros qui est au centre de cette épopée populaire c'est avant tout le martyr. Comme nous l'avons dit, ce qui apparaît dans *la Légende dorée* c'est le type ou, si l'on veut, l'idée du martyr. Les nuances individuelles, les différences psychologiques sont inexistantes. Ces hommes et ces femmes se ressemblent à s'y méprendre et ne se distinguent finalement que par quelques péripéties accessoires de leurs légendes, par leur nom et par le cadre historique et géographique très lâche où on les situe. Cela n'a rien d'étonnant si l'on prend bien garde à l'intention de Jacques de Voragine. Ce qu'il veut mettre en lumière c'est ce qui dans le martyr est surhumain, ce qui est par conséquent au-delà de toutes les particularités. C'est à ce dessein que tout est subordonné, c'est dans ce but que tous les détails du récit sont concertés. Cela ressort assez clairement des épisodes essentiels que l'on retrouve à peu près dans tous les récits de martyres et dont l'ensemble constitue ainsi un schéma bien établi.

Tout commence naturellement par une persécution. Elle est généralement extrême, par la sévérité comme par l'ampleur. Tout le monde craint, tout le monde fuit, la dénonciation sévit; le héros, lui, affirme paisiblement sa foi. Il est donc arrêté et traduit devant le juge. Nous sommes loin ici des *Actes* les plus anciens qui nous permettent de remonter à peu près aux procès-verbaux originaux. Ce n'est plus un échange bref de questions précises et de réponses laconiques. Ce sont, de part et d'autre, de longs discours où règne la rhétorique. Parfois de véritables disputes théologiques s'engagent. Lors de son interrogatoire saint André démontre par cinq arguments que Jésus a souffert volontairement; il développe ensuite à l'aide de cinq nouvelles raisons la convenance et la nécessité du mystère de la rédemption. Le plus souvent le dialogue prend un tour plus violent. Aux cruelles menaces des juges répondent les sarcasmes et les injures des martyrs. Ces véhémences sont de règle. Saint Vincent fait grief à l'évêque qui est jugé avec lui de répondre avec trop de douceur aux questions qui lui sont posées. Pour comprendre cette violence il faut se souvenir qu'elle s'adresse en fait, aux yeux de Jacques de Voragine et de ses lecteurs, aux puissances du mal, aux démons, dont le persécuteur humain n'est plus que l'instrument docile.

Mais c'est évidemment au moment même du supplice que le martyr va s'élever au-dessus de l'humanité. Le narrateur n'épargne rien pour nous le faire sentir. Les procédés qu'il emploie à cet effet ne varient guère. Le principal et le plus constant est celui de l'accumulation. Chaque condamné se voit infliger différents genres de tortures par des bourreaux extraordinairement cruels et brutaux. La durée de ces tourments est telle que les tortionnaires en sont eux-mêmes lassés. Parfois la tradition a réuni sur une même tête un tel nombre de supplices qu'il faut que le martyre se déroule en plusieurs épisodes que peuvent séparer plusieurs jours, plusieurs mois, voire même plusieurs années.

Les bourreaux se fatiguent mais point la victime. Celle-ci oppose aux cruautés les plus atroces une endurance qui va jusqu'à l'insensibilité, parfois jusqu'à l'invulnérabilité. Quand les instruments des tourmenteurs ne se brisent pas sur le corps des martyrs et ne sont pas mis en pièces par le feu du ciel, comme dans la passion de sainte Catherine, les plaies qu'ils ont faites se referment avec une rapidité merveilleuse, les membres arrachés reprennent miraculeusement leurs places; les bourreaux peuvent recommencer; quant au martyr on ne peut pas dire qu'il a retrouvé ses forces : il ne les a jamais perdues. On comprend après tout cela que le grand problème pour le narrateur c'est d'aboutir avec quelque vraisemblance au dénouement indispensable : la mort du héros. Le récit en est généralement bref mais souligne l'échec final du persécuteur. Celui-ci, après avoir usé tous les supplices les plus raffinés, renonce à fléchir le courage du martyr. C'est comme par un aveu d'impuissance qu'il l'abandonne à la décapitation. Le héros de la foi, ayant accompli sa mission jusqu'au bout, peut enfin accepter de mourir et de recevoir la couronne qui lui est préparée. Il arrive, on l'a vu, qu'après l'exécution il se redresse, prenne sa tête coupée dans ses mains et achève ainsi la déroute de ses tortionnaires. Tel est le schéma, romanesque, pathétique et naïf, dont les passions de *la Légende dorée* nous donnent des exemples assez achevés.

III

Même quand on a tiré au clair les intentions du rédacteur de *la Légende dorée* on n'a pas pour autant tranché le procès qui, depuis quatre siècles, lui est intenté sur le fond : ces fragments d'épopée populaire peuvent-ils être vraiment considérés comme fidèles à l'esprit du christianisme. Le surnaturel n'y est-il pas détruit pas le merveilleux ? L'imagination n'y dispense-t-elle pas de la foi ? Cette foule de héros, de thaumaturges, d'intercesseurs, d'archanges ne relègue-t-elle pas le Christ à une place qui, pour être honorable, n'a plus rien d'unique ? Ce sont de graves questions qui, au-delà de *la Légende dorée*, mettent en question tout un aspect du catholicisme. Il y aura toujours des puritains pour briser les images et le scandale qui explique en partie ce geste brutal ne doit pas être pris à la légère. Et pourtant les iconoclastes ont tort de se réclamer de l'esprit de l'Evangile. C'est que le christianisme est étranger à tout ésotérisme. Il s'adresse à tous, tout en ne pouvant être épuisé par personne. Cependant la capacité spirituelle et intellectuelle des auditeurs est diverse. Tous, même les plus affinés, ont besoin que l'invisible se rende en quelque sorte visible. C'est là le sens de l'Incarnation. Mais la visibilité de l'objet est relative à l'organe qui perçoit. Le Christ s'est donc fait tout à tous; il se fait comme le dit Origène, enfant pour les enfants, vieillard pour les vieillards, savant pour les savants, simple pour les ignorants. Les mêmes formules de foi, les mêmes récits, les mêmes rites sont proposés à tous les chrétiens, mais chacun les comprend au niveau où il se trouve. Ce faisant il se rend peu à peu capable de recevoir davantage. Il en est de *la Légende dorée* comme des scènes qui animent les vitraux des cathédrales. Elle atteint directement l'auditeur ou le lecteur le plus simple, mais elle recèle un principe de dépassement; le sensible, le merveilleux n'est là que pour servir de point de départ à la méditation.

Ce goût pour le matériel, pour le palpable et le visible, dont nous avons donné plus haut des exemples, n'est qu'un point de départ. En fait *la Légende dorée* veut être une longue entreprise d'éducation du regard : il s'agit d'apprendre à voir ce qui se cache sous ce monde sensible, de révéler les forces du Bien, de découvrir les puissances mauvaises dont l'affrontement est sous-jacent à toute existence humaine. Bien des épisodes diaboliques qui font sourire le lecteur moderne devaient avoir valeur d'exorcisme pour le public auquel s'adressait Jacques de Voragine : c'est vaincre l'esprit du mal que de le démasquer. Plus encore que le dualisme, ce qui caractérise l'univers de *la Légende dorée* c'est le mouvement, le passage incessant d'un monde à un autre. L'invisible est toujours prêt à devenir visible, le ciel et l'enfer s'affrontent, le vivant peut accéder au monde des morts, les morts revivent, les anges descendent et les hommes montent. Ces merveilleux échanges, ce mélange des plans, cet homme qui n'est jamais laissé en repos mais toujours ou tiré vers l'abîme ou emporté au-dessus de lui-même, tout cet univers frémissant a trouvé une dernière expression, tardive mais géniale, dans l'art baroque, qui mit au service de la piété populaire ses recherches les plus audacieuses et ses raffinements les plus savants. L'œuvre la plus célèbre de Balthasar Neumann n'est-elle pas une église de pèlerinage dédiée aux Quatorze Intercesseurs ?

L'intérêt de *la Légende dorée* pour la connaissance de notre culture européenne déborde en effet très largement le siècle où elle fut écrite. Jacques de Voragine y a recueilli bien des pages — pas toujours les plus profondes il faut le dire — de la littérature chrétienne des IVe, Ve et VIe siècles. Mais surtout les récits que nous a transmis l'archevêque de Gênes ont vécu dans la conscience des peuples de l'Occident; ses légendes se sont mêlées à l'histoire; leurs héros sont un peu devenus les génies tutélaires de nos cités. Saint Denis à Paris, sainte Ursule à Cologne, saint Matthias à Trèves, saint Marc à Venise, — pour ne citer que ces quelques noms — ont vécu d'une vie nouvelle à laquelle des traditions locales, des institutions et surtout de nombreuses œuvres d'art rendent encore aujourd'hui témoignage. Ce sont bien souvent les récits recueillis par Jacques de Voragine qui nous livrent la signification d'un vitrail, d'un retable ou d'une statue.

Cette importance historique de *la Légende dorée* exigeait une présentation intégrale de ce texte. On n'a donc omis ni les étymologies données par Jacques de Voragine au début de chaque légende ni les longues pages de distinctions scolaires que certains traducteurs ont jadis jugées trop rebutantes pour leur public. Nous pensons que le lecteur d'aujourd'hui doit pouvoir au contraire grâce aux différents aspects de ce texte pénétrer l'esprit d'une époque qui est déjà lointaine mais dont nous sommes à bien des titres les héritiers.

Hervé SAVON.

BIBLIOGRAPHIE SOMMAIRE
sur Jacques de Voragine
et sur les légendes hagiographiques

SPOTORNO (Giov. Bat.) : *Notizie storico-critiche del P. Giacome de Varazze, arcivescovo di Genova*, Gênes, 1828.

DELEHAYE (H.) : *Les Légendes hagiographiques*, Bruxelles, 1905 (première édition).

DELEHAYE (H.) : *Les Passions des martyrs et les Genres littéraires*, Bruxelles, 1921.

DELEHAYE (H.) : *Cinq leçons sur la méthode hagiographique*, Bruxelles, 1934.

GÜNTER (H.) : *Psychologie de la légende*, trad. Goffinet, Paris, 1954.

COENS (Maurice) : *Recueil d'Etudes bollandiennes*, Bruxelles, 1963.

RÉAU (Louis) : *Iconographie de l'art chrétien*, Paris, 1955-1959, 6 vol.

ROZE : *La Légende d'or*, dans Revue de l'art chrétien, t. XI, 1867, pp. 38-52.

COURCELLE (J. et P.) : *Iconographie de saint Augustin.* Les Cycles du XIVe siècle, Paris, 1965.

NOTE SUR LE TEXTE

La traduction de l'abbé Roze, publiée à Paris en 1900, se recommande par le double souci de rendre le texte dans son intégralité et de le suivre aussi fidèlement que possible. C'est pourquoi nous l'avons choisie pour cette collection. Nous avons indiqué en notes quelques corrections qui nous ont paru nécessaires : l'abbé Roze avait été empêché par la mort de mettre la dernière main à son travail.

LA LÉGENDE DORÉE

PROLOGUE SUR LES LÉGENDES DES SAINTS RECUEILLIES PAR JACQUES DE VORAGINE DU PAYS GÉNOIS, DE L'ORDRE DES FRÈRES PRÊCHEURS

Tout le temps de la vie présente se divise en quatre parties : le temps de la déviation, de la rénovation ou du retour, de la réconciliation et du pèlerinage. Le temps de la Déviation, commencé à Adam après son éloignement de Dieu, a duré jusqu'à Moïse. Il est représenté par l'Eglise depuis la Septuagésime jusqu'à Pâques. Aussi alors récite-t-on le livre de la Genèse où est racontée la déviation de nos premiers parents. Le temps de la Rénovation ou du retour, commencé à Moïse, a duré jusqu'à la naissance de J.-C. Dans cet intervalle les hommes ont été rappelés et renouvelés à la Foi par les Prophètes. L'Eglise le reproduit de l'Avent à la Nativité de J.-C.; pendant cette période on lit Isaïe qui traite évidemment de cette rénovation. Le temps de la Réconciliation est celui dans lequel nous avons été réconciliés par le Christ. L'Eglise le reproduit de Pâques à la Pentecôte pendant lequel se lit l'Apocalypse qui traite pleinement du mystère de la réconciliation. Le temps du Pèlerinage est celui de la vie présente, dans laquelle nous voyageons et nous combattons toujours. Ce temps est déterminé par l'Eglise de l'Octave de la Pentecôte à l'Avent du Seigneur. Elle lit alors les livres des Rois et des Macchabées, où sont racontés une foule de combats, emblèmes de notre combat spirituel. Pour le temps qui s'écoule de la Nativité de N.-S. à la Septuagésime, il est en partie renfermé sous le temps de la Réconciliation, époque de joie, qui dure depuis la Nativité jusqu'à l'Octave de l'Epiphanie, et en partie sous le temps du Pèlerinage, à compter de l'Octave de l'Epiphanie jusqu'à la Septuagésime. Cette quadruple variété de temps peut encore s'expliquer comme il suit : Premièrement par la différence des quatre saisons. L'hiver se rapporte au premier temps, le printemps au second, l'été au troisième et l'automne au quatrième; la raison de ces rapports est assez évidente. Secondement par les quatre parties du jour : à la nuit correspond le premier temps, au matin le second, à midi le troisième, au soir le quatrième. Et quoique la déviation ait précédé la rénovation, cependant l'Eglise préfère commencer tous ses offices plutôt au temps de la rénovation qu'à celui de la déviation, c'est-à-dire à l'Avent plutôt qu'à la Septuagésime, pour deux motifs. Le premier, afin de ne paraître pas commencer dans le temps de l'erreur. Elle tient au fait, sans s'astreindre à suivre l'ordre du temps dans lequel il s'est passé; les évangélistes procèdent eux-mêmes ainsi. La seconde, parce que par l'Avènement de J.-C., tout a été renouvelé, et c'est le motif qui a fait donner à ce temps le nom de rénovation. « Voilà que je fais tout nouveau. » (Apocalyp., XXI.) C'est donc avec raison que l'Eglise commence alors tout ses offices.

Or, afin de conserver l'ordre établi par l'Eglise, nous traiterons : I° des fêtes qui tombent entre le temps de la Rénovation que l'Eglise célèbre de l'Avent à Noël; II° des fêtes qui arrivent pendant le temps de la Réconciliation d'une part et du Pèlerinage d'autre part, honorées par l'Eglise de Noël à la Septuagésime; III° des fêtes qui se célèbrent dans la Déviation, c'est-à-dire de la Septuagésime jusqu'à Pâques; IV° des fêtes du temps de la Réconciliation, de Pâques à la Pentecôte; V° de celles qui arrivent dans le temps du Pèlerinage célébré par l'Eglise de la Pentecôte à l'Avent du Seigneur.

DES FÊTES QUI ARRIVENT DANS LE TEMPS DE LA RÉNOVATION, TEMPS QUE L'ÉGLISE REPRODUIT A PARTIR DE L'AVENT JUSQU'A LA NATIVITÉ DU SEIGNEUR

L'AVENT DU SEIGNEUR

L'Avent du Seigneur est renfermé dans quatre semaines pour marquer les quatre sortes d'avènements de Jésus-Christ, savoir : en la chair, en l'esprit, en la mort et au jugement. La dernière semaine n'est pas tout à fait complète, parce que la gloire qui sera accordée aux saints, lors du dernier avènement, n'aura jamais de fin. C'est aussi la raison pour laquelle le premier répons du 1er dimanche d'Avent a quatre versets, y compris le *Gloria Patri*, afin de désigner ces quatre avènements. C'est au lecteur à juger dans sa prudence auquel des quatre il préfère donner son attention. Or, bien qu'il y ait quatre sortes d'avènements, cependant l'Eglise s'occupe spécialement de deux; celui en la chair et celui du jugement, dont elle semble faire la mémoire : comme on le voit dans l'office de ce temps. De là vient encore que le jeûne de l'Avent est en partie un jeûne de joie et en partie un jeûne de tristesse [1]; car en raison de l'avènement en la chair, c'est un jeûne de joie, et en raison de l'avènement du jugement, c'est un jeûne de tristesse.

Et pour l'indiquer, l'Eglise chante alors quelques can-

1. L'Avent, qui a toujours été pour l'Eglise un temps de pénitence, était autrefois sanctifié par le jeûne comme le carême. Cf. Beleth, chanoine d'Amiens, *Rationale divinorum officiorum*, Guillaume Durand, Rupert, D. Menard, sur le *Sacramentaire* de saint Grégoire, Martène et Durand, Baillet, etc.

tiques de joie, à l'occasion de cet avènement de miséricorde et de jubilation; elle en omet quelques autres, à cause de l'avènement d'une justice pleine de sévérité et d'affliction.

Par rapport à l'avènement en la chair, on peut établir trois considérations : son opportunité, sa nécessité et son utilité. L'opportunité se tire en premier lieu du côté de l'homme qui, d'abord, sous la loi de nature, fut convaincu d'avoir perdu la connaissance de Dieu : de là sa chute dans les abominables erreurs de l'idolâtrie et l'obligation dans laquelle il se trouva de crier et de dire : « Seigneur, éclairez mes yeux... » (*Illumina oculos meos*, Ps. XII.) Vint ensuite le commandement de la loi sous laquelle l'homme fut convaincu d'impuissance. Auparavant il criait : « Tous sont disposés à obéir, mais il n'y a personne pour commander »; il était seulement instruit, mais non délivré du péché; aucune grâce ne l'aidait pour faire le bien; alors il fut forcé de crier et de dire : « Il y a quelqu'un pour commander, mais il ne se trouve personne pour obéir. » Le Fils de l'homme arriva donc en temps opportun, quand l'homme fut convaincu d'ignorance et d'impuissance; car s'il fût venu plus tôt, l'homme, peut-être, eût attribué son salut à ses propres mérites, et par conséquent il n'eût pas eu de reconnaissance envers son médecin. L'opportunité se tire, en second lieu, du côté du temps, puisque le Sauveur vint dans la plénitude du temps (Galates, IV). « Beaucoup se demandent, dit saint Augustin, pourquoi J.-C. n'est pas venu plus tôt; c'est que la plénitude du temps n'était pas encore arrivée, d'après la disposition de celui par lequel toutes choses ont été faites dans le temps. » Enfin dès qu'arriva la plénitude du temps, vint celui qui devait nous délivrer du temps. Or une fois délivrés du temps, nous arriverons à cette éternité où le temps aura disparu. En troisième lieu, l'opportunité se tire du côté de la blessure et de la maladie. Comme elle était universelle, il devint opportun de fournir un remède universel, ce qui fait dire à Saint Augustin : « Alors arriva le grand médecin, quand par tout l'univers souffrait abattu le grand malade. » C'est la raison pour laquelle l'Eglise, dans les sept antiennes qu'elle chante avant la Nativité de Notre-Seigneur, montre l'innombrable complication de ces maladies et réclame pour chacune d'elles l'intervention du médecin : car, avant la venue du Fils de Dieu en la chair, nous étions ignorants ou aveugles, engagés dans la damnation éternelle, esclaves du démon, enchaînés à la mauvaise habitude du péché, enveloppés de ténèbres, enfin des exilés chassés de leur patrie. Nous avions donc besoin d'un docteur, d'un rédempteur, d'un libérateur, d'un émancipateur, d'un éclaireur et d'un Sauveur. Comme nous étions des ignorants et que nous avions besoin d'être instruits par le Fils de Dieu, voilà pourquoi tout d'abord, dans la première antienne, nous chantons : « *A Sapientia*... O sagesse sortie de la bouche du Très-Haut... venez nous enseigner la voie de la prudence. » Mais à quoi eût servi d'être instruits, si nous ne dussions pas être rachetés ? aussi demandons-nous que le Fils de Dieu nous rachète, quand nous lui crions dans la seconde antienne : « *O Adonaï*... O Adonaï, chef de la maison d'Israël... venez, étendez votre bras pour nous racheter. » Mais à quoi bon avoir été instruits et rachetés, si après notre rédemption nous eussions encore été retenus captifs ? C'est alors que nous demandons d'être délivrés, quand, dans la troisième antienne, nous chantons : « *O radix Jesse*... O rejeton de Jessé... venez nous délivrer; ne tardez pas. » Mais être délivrés et être rachetés, qu'était-ce pour des captifs, s'ils n'étaient cependant pas encore dégagés de tout lien, de manière à ne pas s'appartenir et ne pouvoir librement aller où ils voudraient ? Il était donc peu avantageux qu'il nous eût rachetés et délivrés, si nous restions encore enchaînés. C'est pourquoi nous demandons à être dégagés de tous les liens du péché, quand, dans la quatrième antienne, nous disons à haute voix : « *O clavis David*... O clef de David... venez, faites sortir de sa prison le captif assis dans les ténèbres et à l'ombre de la mort. » Or parce que ceux qui sont restés longtemps dans une prison, ont les yeux troubles et ne sauraient distinguer les objets, libérés alors de la prison, il nous reste à être éclairés pour voir où nous devons aller, et dans la cinquième antienne nous nous écrions : « *O oriens*... O orient, splendeur de lumière éternelle... venez et éclairez ceux qui sont assis dans les ténèbres et à l'ombre de la mort. » Mais que sert d'être instruits, rachetés, délivrés de tous nos ennemis et éclairés, si nous ne devions être sauvés ? Donc dans les deux antiennes suivantes, nous demandons d'être sauvés, en disant : « *O Rex Gentium*... O Roi des Nations... venez sauver l'homme que vous avez formé du limon. » Et encore : « *O Emmanuel*... O Emmanuel... venez nous sauver, ô Seigneur notre Dieu. » Par la première, nous demandons le salut des nations, en disant : « O Roi des Nations. » Par la seconde, nous réclamons le salut des Juifs, auxquels Dieu avait donné la loi; en sorte que nous disons : « O Emmanuel, notre roi et notre législateur. »

L'utilité de l'avènement de J.-C. est attribuée à diverses causes par différents saints. Dieu lui-même, en saint Luc (IV), dit être venu et avoir été envoyé pour sept utilités : « L'Esprit du Seigneur est sur moi... » Il expose successivement en ce passage, qu'il a été envoyé pour consoler les pauvres, guérir ceux qui sont affligés, délivrer les captifs, éclairer les ignorants, remettre les péchés, racheter tout le genre humain et pour rendre à chacun selon ses mérites. Saint Augustin donne trois raisons de l'utilité de l'avènement de J.-C. : « Dans ce siècle livré à la malice, dit-il, qu'y a-t-il, si ce n'est naître, travailler et mourir ? Voilà les denrées de notre pays : et c'est pour se les procurer que le marchand est descendu. Or par la raison que le marchand donne et reçoit, qu'il donne ce qu'il a et qu'il reçoit ce dont il est privé, J.-C., dans ce marché, donne ce qu'il a et reçoit ce qui se trouve ici-bas en abondance : la naissance, le travail et la mort. En échange il donne de renaître, de ressusciter et de régner éternellement. Ce céleste marchand vient à nous pour recevoir le mépris et combler d'honneurs, pour subir la mort et octroyer la vie, pour épuiser l'ignominie et donner la gloire. » Saint Grégoire énumère quatre utilités ou causes de l'avènement de J.-C. : « Tous les orgueilleux issus de la race d'Adam, dit ce Père, n'avaient pour but que d'aspirer à tous les bonheurs ici-bas, d'éviter les adversités, de fuir les opprobres et de rechercher la gloire. Or le Seigneur, en s'incarnant, vient subir l'adversité, mépriser le bonheur, embrasser les opprobres et fuir la gloire. Le Christ attendu arrive; aussitôt il nous apprend des choses nouvelles, par là il opère des merveilles et détruit le mal. » Saint Bernard en assigne d'autres causes : « Nous souffrons, dit-il, bien misérablement de trois sortes de maladies, car nous sommes faciles à séduire, faibles pour agir et fragiles pour résister. Si nous voulons discerner entre le bien et le mal, nous nous trompons; si nous essayons de faire le bien, le courage nous manque; si nous faisons des efforts pour résister au mal, nous nous laissons vaincre. De là la nécessité de la venue d'un Sauveur, afin qu'en habitant avec nous par la foi, il illumine notre aveuglement; qu'en restant avec nous, il aide à notre infirmité et qu'en se posant pour nous, il protège et défende notre fragilité. »

Considérons deux faits par rapport au second avènement, c'est-à-dire au jugement : ce qui le précédera et ce qui l'accompagnera. Trois choses le précéderont; ce seront des signes terribles : l'Antéchrist avec ses impostures et la violence du feu. Les terribles signes précurseurs du jugement sont au nombre de cinq dans saint Luc (XXI) : « Il y aura des signes dans le soleil, la lune et les étoiles; et sur la terre, la consternation des peuples, au bruit de la mer et des flots. » Les trois premiers signes sont dépeints dans l'Apocalypse (VI). « Le soleil devint noir comme un sac de poil, la lune paraissait être du sang et les étoiles du ciel tombèrent sur la terre. » Or le soleil s'obscurcira ou quant à sa lumière, comme s'il paraissait gémir sur la mort du père de famille, c'est-à-dire de l'homme, ou parce qu'il surviendra une plus grande lumière, savoir la lumière de J.-C., ou d'après une manière de parler métaphorique, parce que, selon saint Augustin, la vengeance divine sera si rigoureuse que le soleil lui-même n'osera regarder, ou, d'après une signification mystique, parce que le soleil de justice, J.-C., sera alors si obscurci que pas un n'osera confesser son nom. Il est ici question du ciel aérien et ces étoiles dont on parle ne sont autre chose que la substance qui paraît être celle de ces astres; alors il est dit qu'elles tomberont du ciel, comme si c'était la chute d'une substance, ainsi qu'on le pense communément des corps qui s'abaissent. L'Ecriture se conforme ici à notre manière ordinaire de parler. L'impression qui en résultera sera immense, parce que ce sera le feu qui dominera; le Seigneur agissant ainsi afin d'imprimer de l'effroi aux pécheurs. Ou bien encore on dit que les étoiles tomberont, parce qu'elles projetteront au loin des queues pareilles à celles des comètes; ou bien que beaucoup qui paraissaient briller dans l'Eglise comme des étoiles, feront de lourdes chutes; ou enfin qu'elles perdront leur lumière et deviendront complètement invisibles. Le quatrième signe sera la détresse sur la terre : c'est ce qu'on lit dans saint Matthieu (XXIV) : « Il y aura alors une affliction telle qu'il n'y en a point eu de pareille depuis le commencement du monde, etc. » Quelques-uns mettent pour cinquième signe le bouleversement de la mer détruite avec un grand fracas et transformée, selon ces paroles de l'Apocalypse (XXI) : « Et la mer n'existe plus. » D'après d'autres, ce sera un bruit causé par le fracas des vagues qui s'élèveront de quarante coudées au-dessus des montagnes et qui ensuite tomberont. Saint Grégoire suit ici le sens littéral : « Alors il y aura une perturbation étrange et insolite sur la mer et les flots. » Saint Jérôme, en ses *Annales des Hébreux* [1], trouve quinze signes précurseurs du jugement. Seront-ils successifs ou intermittents ? il ne s'en explique pas. Le premier jour, la mer s'élèvera droit comme un mur de quarante coudées au-dessus des plus hautes montagnes. Le 2e jour, elle s'abaissera au point d'être presque invisible; le 3e jour, des bêtes marines nageront au-dessus de la mer et pousseront des rugissements qui s'élèveront jusqu'au ciel et Dieu seul aura l'intelligence de leurs mugissements; le 4e, la mer et l'eau brûleront; le 5e, les arbres et les herbes se couvriront d'une rosée de sang : s'il faut en croire quelques auteurs, ce cinquième jour encore, tous les oiseaux du ciel se rassembleront dans les champs, chaque espèce à part, sans manger ni boire, mais resteront transis, à l'arrivée prochaine du souverain Juge. Au 6e jour, crouleront les édifices; on dit qu'en ce 6e jour

1. Le B. Jacques de Voragine copie tous ces détails dans l'*Histoire scholastique* de Pierre Comestor.

encore la foudre ira du coucher du soleil jusqu'à son lever contre la face du firmament. Au 7e jour, les pierres s'entrechoqueront et se partageront en quatre, et on prétend que chaque morceau se frappera : l'homme ne pourra s'en expliquer le son, Dieu seul le comprendra. Dans le 8e jour, tremblement de terre général, si violent, dit-on, que pas un homme, pas un animal ne pourra rester debout, mais tous seront jetés à terre. Le 9e, la terre sera nivelée et les collines et toutes les montagnes seront réduites en poussière. Le 10e, les hommes sortiront des cavernes et iront comme des hébétés, sans pouvoir se parler les uns aux autres. Le 11e, les ossements des morts se lèveront et se tiendront sur leurs sépulcres, car depuis le lever du soleil jusqu'à son coucher, tous les tombeaux s'ouvriront pour que les morts en puissent sortir. Le 12e jour, chute des étoiles : tous les astres, fixes et errants, épandront des chevelures enflammées et changeront de substance. En ce jour encore, tous les animaux viendront mugir dans la campagne, restant sans manger ni boire. Au 13e jour, mort des vivants, pour ressusciter avec les autres. Le 14e jour, le ciel et la terre brûleront. Dans le 15e jour seront créés de nouveaux cieux et une nouvelle terre, puis la résurrection générale.

Le second fait qui précédera le jugement sera le prestige de l'Antéchrist. Ses efforts auront pour but de tromper les hommes de quatre manières : 1° par la ruse qu'il emploiera pour interpréter à faux les Ecritures : car il voudra persuader et prouver par l'Ecriture sainte qu'il est le Messie promis dans la loi, et il détruira la loi de J.-C., pour établir la sienne. Sur ces paroles du psaume : « Etablissez sur eux un législateur, etc. » La glose porte que ce législateur est l'Antéchrist. Sur ces autres de Daniel (XI) : « Et ils mettront dans le temple l'abomination de la désolation. » La glose dit : « L'Antéchrist siégera, dans le temple comme une divinité, pour abolir la loi de Dieu; 2° il trompera par ses œuvres miraculeuses. La 2e épître aux Thessaloniciens porte (II, 9) : « Il viendra accompagné de la puissance de Satan avec toutes sortes de miracles, de signes et de prodiges trompeurs. » L'Apocalypse dit (XIII, 13) : « Et il fit des signes, jusqu'à faire descendre du feu du ciel en terre. » La glose ajoute : « Comme l'esprit saint fut donné aux apôtres en forme de feu; ceux-là donneront l'esprit malin sous la forme du feu »; 3° il trompera par l'abondance de ses dons (XI, 39) : « Il leur donnera beaucoup de puissance, dit Daniel (XI, 39) et il partagera la terre gratuitement. » La glose ajoute : « L'Antéchrist comblera de présents ceux qu'il aura trompés, et il partagera la terre entre les soldats de son armée. » En effet ceux qu'il n'aura pu soumettre par la crainte, il les subjuguera par l'avarice; 4° il séduira par les supplices qu'il infligera. « Il fera, ajoute Daniel (VIII), un ravage étrange et au-delà de toute croyance. » Saint Grégoire dit encore, en parlant de l'Antéchrist : « Il tue ceux qui sont robustes, quand il vainc corporellement ceux qui n'ont point été vaincus. »

Le troisième signe précurseur du jugement sera la véhémence du feu, qui paraîtra devant la face du souverain juge. Ce sera Dieu lui-même qui enverra ce feu, 1° pour renouveler le monde; il purifiera et renouvellera tous les éléments, et comme les eaux du déluge, il s'élèvera de 25 coudées au-dessus de toutes les montagnes. L'*Histoire scholastique* [1] prétend que les ouvrages des hommes ne sauraient atteindre une plus grande élévation; 2° pour purifier les hommes, parce qu'il tiendra lieu du purgatoire à ceux qui seront trouvés encore vivants; 3° pour le plus affreux supplice des damnés; 4° pour le plus grand éclat des saints. Car, selon saint Basile, Dieu, après avoir purifié le monde, séparera la chaleur de la lumière; cette chaleur il l'enverra tout entière pour être le plus grand tourment des damnés, et la lumière ira vers les bienheureux pour augmenter leur joie.

Bien des circonstances accompagneront le jugement : 1° La discussion du juge : Le juge descendra dans la vallée de Josaphat pour juger les bons et les méchants; il placera les bons à droite et les méchants à gauche. On doit croire qu'il occupera un endroit élevé pour pouvoir être vu. Il ne faut pas penser que tous seront dans cette petite vallée; ce qui serait chose puérile, dit saint Jérôme; mais ils seront là, et dans les lieux environnants. Sur un petit espace de terre peuvent se placer des milliers d'hommes, surtout quand on les presse. Et encore, s'il est besoin, les élus seront élevés dans l'air, en raison de l'agilité de leurs corps. Les damnés pourront être aussi suspendus par la puissance de Dieu. Alors le juge discutera avec les méchants, et il leur fera un crime des œuvres de miséricorde qu'ils n'auront pas accomplies; tous alors pleureront sur eux-mêmes, selon ce que dit saint Chrysostome sur saint Matthieu : « Les juifs pleureront sur eux-mêmes à la vue de J.-C. vivant et vivifiant, qu'ils regardaient comme un homme ayant subi la mort et en voyant son corps avec ses plaies, ils seront convaincus et ne pourront nier leur crime. » Les gentils pleureront aussi sur eux-mêmes, trompés qu'ils avaient été par les nombreuses discussions des philosophes; ils pensaient que c'était folie et chose irrationnelle d'adorer un Dieu crucifié. Les chrétiens pécheurs pleureront sur eux-mêmes, pour avoir mieux aimé le monde que Dieu ou J.-C. Les hérétiques

1. Chapitre XXXIV. L'*Histoire scholastique* est l'œuvre de Pierre Comestor, chanoine et doyen de Sainte-Marie de Troyes, qui vivait dans la seconde moitié du XIIe siècle.

pleureront sur eux-mêmes pour avoir dit que J.-C. était simplement un homme qui avait été crucifié, quand ils verront en lui le juge que les juifs ont fait souffrir. Sur elles-mêmes pleureront toutes les tribus de la terre; car il n'y aura plus de force pour lui résister, plus de faculté de fuir de sa présence, plus de moyen de faire pénitence, plus de temps laissé à la satisfaction. Tout sera dans l'angoisse, il ne restera de place que pour le deuil. 2° La différence des rangs. Saint Grégoire s'exprime ainsi : « Au jugement, il y aura quatre rangs : deux des réprouvés et deux des Elus. Les uns sont jugés et condamnés, comme ceux auxquels il est dit : « J'ai eu faim et vous ne m'avez pas donné à manger. » D'autres ne sont pas jugés et sont condamnés; tels sont ceux dont il est dit : « Celui qui n'aura pas cru a déjà été jugé »; car ceux-là n'écoutent pas les paroles du juge, qui n'ont pas voulu garder la foi, pas même en un seul point. Les autres sont jugés et règnent : tels sont les parfaits qui jugeront les autres, non pas qu'ils portent la sentence, cela n'appartient qu'au juge; mais on dit qu'ils jugent, en assistant le juge. Ce sera d'abord un sujet d'honneur pour les saints de siéger avec le souverain juge, ainsi qu'il l'a promis (Matthieu, V, 9). « Vous serez placés sur des trônes pour juger, etc... » Ensuite ils témoigneront de la sentence du juge; ils l'approuveront comme ont coutume de faire ceux qui la souscrivent. Au psaume CXLIX, il est dit : « Ils écriront la minute du jugement. » En troisième lieu, leur assistance sera pour la condamnation des damnés : elle sera portée contre eux d'après le témoignage des œuvres de leur vie; 3° Les insignes de la Passion, qui sont : la croix, les clous et les cicatrices imprimées sur le corps de J.-C. Telles seront : 1° Les preuves ostensibles de sa victoire glorieuse; aussi les verra-t-on resplendissantes de gloire. Ce qui fait dire à saint Chrysostome sur saint Matthieu : « La croix et les cicatrices seront plus brillantes que les rayons du soleil. » Considérez aussi combien est grande la vertu de la croix. Le soleil sera obscurci et la lune ne donnera plus de lumière, pour nous apprendre que la croix est plus lumineuse que la lune, plus resplendissante que le soleil; 2° Ces insignes témoigneront de sa miséricorde, qui seule aura sauvé les bons; 3° de sa justice; on verra par là avec combien d'équité les réprouvés seront damnés pour avoir méprisé leur rançon énorme que J.-C. a acquittée avec son sang. Aussi leur adressera-t-il ces reproches que saint Chrysostome met dans sa bouche : « J'ai été fait homme pour vous; pour vous j'ai été lié, moqué, meurtri et crucifié; où est le fruit de tant d'injures que j'ai reçues ? Voici le prix du sang donné par moi pour le rachat de vos âmes. Quelles sont vos œuvres en compensation de mon sang ? Je vous ai préférés à ma gloire, alors que j'ai voilé ma divinité sous les apparences d'un homme, et vous m'avez prisé plus bas que toutes vos richesses. En effet la chose la plus vile de la terre, vous l'avez préférée à ma justice et à ma loi. »

Le quatrième fait, c'est la sévérité du juge : « La crainte ne le fera pas fléchir, car il est tout-puissant. » (Saint Chrysostome.) Il n'y aura pas moyen de lui résister, ni de le fuir, etc. « Les présents ne le sauraient corrompre, il est si riche! » (Saint Bernard.) « Il viendra ce jour où les cœurs purs auront plus de valeur que les paroles adroites, et une conscience nette l'emportera sur les bourses pleines. C'est lui qui ne se laissera pas tromper par les paroles, ni fléchir par les présents. » (Saint Augustin.) « Le jour du jugement est attendu et apparaîtra alors le juge intègre par excellence, qui ne fera acception d'aucune personne puissante; dont le palais, ni par or, ni par argent, ne pourra être souillé par la présence d'aucun évêque, abbé, ni comte. » Etant très bon, il ne saurait être entraîné ni par la haine, qui n'a aucune prise sur lui : « Vous n'avez haï rien de ce que vous avez fait », est-il dit au livre de la Sagesse (XI); ni par l'amour, car il est très juste : aussi ne délivrera-t-il pas ses frères, c'est-à-dire les faux chrétiens : « Le frère ne rachètera pas » (Psaume); ni par l'erreur, il est très sage (saint Léon). « Son aspect est redoutable, il connaît tous les secrets, pénètre dans ce qu'il y a de plus compact; pour lui les ténèbres luisent, les muets répondent, le silence parle, et l'esprit articule sans le secours de la voix. Or comme sa sagesse est tellement grande, contre elle donc ne pourront rien les allégations des avocats, ni les sophismes des philosophes, ni l'éloquence la plus brillante des orateurs, ni les ruses des fourbes. » A ce sujet, qu'on écoute saint Jérôme : « Combien de muets qui seront plus heureux là, que ceux qui parlent facilement; que de bergers plus heureux que les philosophes, de paysans que les orateurs; combien de niais l'emporteront sur l'adresse d'un Cicéron. »

Le cinquième fait, c'est l'accusateur affreux. Il y aura trois accusateurs contre le pécheur. Le premier, c'est le diable (saint Augustin). « Accourra alors le diable qui répétera les paroles de notre profession et qui nous opposera toutes nos actions, dans quel lieu, à quelle heure nous avons péché, ce que nous avons dû faire de bien alors. Cet adversaire devra dire en effet : « Très équitable juge, jugez que celui-ci m'appartient en raison de sa faute; lui qui n'a pas voulu être vôtre par la grâce : vôtre par sa nature, il est devenu mien par sa misère; vôtre, à cause de votre passion : il est mien par ma persuasion. Désobéissant à vous, il n'a été obéissant qu'à moi; de vous, il a reçu la robe d'immortalité, de moi il a reçu ces lambeaux qui le recouvrent; il s'est dépouillé de votre vêtement, et il est venu ici avec le mien : Très équitable juge, jugez qu'il est mien et qu'il doit être damné avec moi. » Oh! pourra-t-il ouvrir la bouche celui qui est trouvé tel qu'il y aura justice à l'envoyer avec le diable! » Ce sont les paroles de saint Augustin.

Le second accusateur sera le crime lui-même : Car chacun sera accusé par ses propres péchés. Il est écrit au livre de la Sagesse (IV) : « Ils paraîtront pleins d'effroi au souvenir de leurs offenses : et leurs iniquités se soulèveront contre eux pour les accuser. » Saint Bernard ajoute : « Alors leurs œuvres élèveront ensemble la voix et diront : C'est toi qui nous as faites; nous sommes tes œuvres; nous ne te lâcherons point, mais nous serons constamment avec toi, et avec toi nous irons au jugement. » Et elles t'accuseront d'une infinité de crimes divers.

Le troisième accusateur, ce sera le monde entier (saint Grégoire). « Me demandez-vous quel sera celui qui vous accusera ? je vous réponds : Tout le monde : car le créateur étant offensé, tout le monde l'est. » Saint Antoine commente ainsi saint Matthieu : « En ce jour-là, il n'y aura pour nous rien à répondre, alors que le ciel et la terre, l'eau, le soleil et la lune, les jours et les nuits, l'univers, en un mot, se lèvera devant Dieu contre nous pour rendre témoignage de nos fautes. Et quand l'univers se tairait, même nos pensées, même nos œuvres se lèveront en présence de Dieu et nous accuseront sans ménagement. »

Le sixième fait, c'est le témoin infaillible. Le pécheur en aura trois à charge. Le premier qui viendra sera au-dessus de lui, ce sera Dieu; il sera juge et témoin. « Je suis juge et témoin, dit le Seigneur. » (Jérémie, XXIX.) Le second sera au-dedans de lui, ce sera sa conscience (saint Augustin). « Craignez-vous le juge à venir ? corrigez dès aujourd'hui votre conscience; car ce qui défendra votre cause, ce sera le témoignage de votre conscience. » Le troisième témoin sera à côté de lui, son propre ange gardien, qui, comme le confident de tout ce qu'il a fait, rendra témoignage contre lui (Job, XX). « Les cieux (c'est-à-dire, les anges) dévoileront son iniquité. »

Le septième fait, ce sera l'accusation du pécheur. Voici ce qu'en dit saint Grégoire : « Oh! combien étroites seront alors les voies du pécheur! Au-dessus un juge irrité, au-dessous l'horrible chaos : à droite, les péchés accusateurs, à gauche un nombre infini de démons entraînant aux supplices, au-dedans une conscience bourrelée, au-dehors un monde acharné. Le misérable pécheur ainsi environné, où fuira-t-il ? Se cacher sera impossible, se montrer, intolérable. »

Le huitième fait, c'est la sentence irrévocable. En effet de cette sentence il ne pourra jamais avoir ni cassation, ni appel. Trois motifs s'opposent en justice criminelle à l'appel : 1° Un juge éminent. En effet on n'appelle pas d'un roi qui porte une sentence dans ses Etats, car il n'a personne au-dessus de lui dans son royaume, ainsi on n'en appelle ni de l'empereur, ni du pape; 2° Un crime prouvé. Quand le crime est notoire il ne saurait y avoir appel; 3° L'urgence. Alors qu'il y a péril en la demeure il ne saurait y avoir de sursis à l'exécution. Il y a encore trois motifs pour lesquels on ne reçoit point appel. Le pape lui-même ne pourrait le recevoir : 1° à cause de l'excellence du juge; le juge ici n'a aucun supérieur, mais il l'emporte sur tous en éternité, en dignité, en puissance. On pourrait en quelque sorte en appeler de l'empereur ou du pape à Dieu; mais on ne saurait en appeler de Dieu à quelqu'un puisqu'il n'est personne au-dessus de lui; 2° à cause de l'évidence du crime, car là les abominations et les crimes des réprouvés seront notoires et manifestes. « Il viendra le jour, dit saint Jérôme, où l'on verra toutes nos iniquités écrites comme sur un tableau »; 3° l'urgence. Rien de ce qui se fait là ne souffre de retard, mais tout s'écoule en un moment, en un clin d'œil.

SAINT ANDRÉ, APOTRE

André veut dire beau, ou caution, ou viril, d'*ander*, homme; ou bien encore *anthrôpos*, homme, d'*ana*, au-dessus, et *tropos*, tourné, ce qui est la même chose que converti, comme s'il eût été converti aux choses du ciel et élevé vers son créateur. Aussi, est-il beau dans sa vie, caution d'une doctrine pleine de sagesse, homme fort dans son supplice, et élevé en gloire. Son martyre fut écrit par les prêtres et les diacres d'Achaïe ou d'Asie qui en ont été les témoins oculaires.

André et quelques autres disciples furent appelés à trois reprises différentes par le Seigneur. La première fois qu'il les appela à le connaître, ce fut un jour qu'André avec un autre disciple ouït dire par Jean, son maître : « Voici l'agneau de Dieu, voici celui qui efface les péchés du monde. » Et tout aussitôt, avec cet autre disciple, il vint et vit où demeurait Jésus, et ils passèrent ce jour auprès de lui. Et André ayant rencontré Simon, son frère, il l'amena à Jésus. Le lendemain ils retournèrent à leur métier de pêcheurs. Plus tard il les appela pour la seconde fois à vivre avec lui. Ce fut le jour où la foule se pressait sur les pas de Jésus auprès du lac de Génésareth aussi appelé mer de Galilée; le Sauveur entra dans la barque de Simon et d'André, et après une pêche extraordinaire, il appela

Jacques et Jean qui étaient dans une autre barque. Ils le suivirent et revinrent ensuite chez eux. Jésus les appela la troisième et dernière fois pour être ses disciples, lorsque se promenant sur le bord de cette même mer où ils se livraient à la pêche : « Venez, leur dit-il, et je vous ferai pêcheurs d'hommes. » Ils quittèrent tout à l'instant pour le suivre toujours et ne plus retourner en leur maison. Toutefois il appela André et d'autres de ses disciples à l'apostolat, selon que le rapporte saint Marc (III) : « Il appela à lui ceux qu'il voulut lui-même et ils vinrent à lui au nombre de douze. »

Après l'ascension du Seigneur, et la séparation des Apôtres, André prêcha en Scythie et Matthieu en Myrmidonie [1]. Les habitants de ce dernier pays refusèrent d'écouter Matthieu, lui arrachèrent les yeux, le mirent dans les fers avec l'intention de le tuer quelques jours après. Sur ces entrefaites, l'ange du Seigneur apparut à saint André et lui ordonna d'aller en Myrmidonie trouver saint Matthieu. Sur sa réponse qu'il n'en connaissait pas la route, il lui fut ordonné d'aller au bord de la mer et de monter sur le premier navire qu'il trouverait. Il exécuta tout de suite les ordres qu'il recevait, et sous la conduite d'un ange, il vint, à l'aide d'un vent favorable, à la ville qui lui avait été désignée, trouva ouverte la prison de saint Matthieu et se mit à pleurer beaucoup et à prier en le voyant. Alors le Seigneur rendit à Matthieu le bon usage de ses deux yeux dont l'avait privé la malice des pêcheurs. Matthieu s'en alla ensuite et vint à Antioche. André resta dans la ville dont les habitants, irrités de l'évasion de Matthieu, saisirent André et le traînèrent sur les places après lui avoir lié les mains. Et comme son sang coulait, il pria pour eux, et par sa prière les convertit à J.-C., de là il partit pour l'Achaïe [2]. Ce qu'on rapporte ici de la délivrance de Matthieu et de la guérison de ses deux yeux, je ne le crois pas digne de foi; car ce serait peu d'honneur porter à un si grand évangéliste de croire qu'il n'a pu obtenir pour soi-même ce que André obtint si facilement.

Un jeune noble [3] s'étant attaché à l'apôtre malgré ses parents, ceux-ci mirent le feu à une maison où leur fils

1. L'Ethiopie. Nicéphore appelle la ville Myrmenen, lib. I, c. XLI, il ajoute que c'était le pays des anthropophages.

2. S. Jérôme, *Epître* 148 *à Marcelle;* — Grégoire de Tours, *De Gloria Martyr.*, lib. I, c. XXXI; — S. Paulin, Gaudence de Bresce, Pierre Chrysologue, etc.

La *lettre des prêtres d'Achaïe*, sur le martyre de saint André, est une pièce du Ier au IIe siècle, qui a été démontrée authentique par le protestant *Woog*. Voyez sur cette épître la préface de Galland Veter, *Patr. Biblioth.*, I, prol., p. 38.

3. Abdias, *Saint André*, c. XII.

demeurait avec André. Comme la flamme s'élevait déja fort haut, ce jeune homme prit un vase, en répandit l'eau sur le feu qui s'éteignit aussitôt. « Notre fils, dirent alors ses parents, est déjà un grand magicien. » Et pendant qu'ils voulaient monter au moyen des échelles, Dieu les aveugla au point qu'ils ne les voyaient même pas. Alors quelqu'un s'écria : « A quoi vous sert de vous consumer en vains efforts ? Dieu combat pour eux et vous ne le voyez point! Cessez donc, de crainte que la colère de Dieu ne descende sur vous. » Or beaucoup de témoins de ce fait crurent au Seigneur; quant aux parents, ils moururent et furent enterrés cinquante jours après.

Une femme mariée à un assassin ne pouvait accoucher : « Allez, dit-elle à sa sœur, invoquer pour moi Diane notre déesse. » Le diable dit à celle qui l'invoquait : « Pourquoi t'adresser à moi qui ne saurais te secourir ? Va plutôt trouver l'apôtre André qui pourra aider ta sœur [1]. »

Elle y alla, et mena l'apôtre chez sa sœur en danger de périr. Il lui dit : « Il est juste que tu souffres, car tu es mal mariée; tu as conçu dans le mal, et tu as consulté les démons. Cependant repens-toi, crois en J.-C. et accouche. » Elle crut, et accoucha d'un avorton, puis sa douleur cessa.

Un vieillard nommé Nicolas alla trouver l'apôtre et lui dit [2] : « Seigneur, depuis soixante-dix ans je vis esclave de passions infâmes. J'ai cependant reçu l'évangile, et ai prié pour que Dieu m'accordât la continence. Mais accoutumé à ce péché, et séduit par la concupiscence, je suis retourné à mes désordres habituels. Un jour que brûlant de mauvais désirs, j'avais oublié que je portais l'évangile sur moi, j'entrai dans une maison de débauche : et la courtisane me dit aussitôt : « Sors, vieillard, sors, car tu es un ange de Dieu. Ne me touche pas et ne t'avise pas d'approcher; car je vois sur toi des prodiges. » Effrayé des paroles de cette femme, je me suis rappelé que j'avais apporté sur moi l'Evangile. Maintenant donc, saint de Dieu, obtenez mon salut par vos saintes prières. » En l'entendant, le bienheureux André se mit à pleurer, et depuis tierce jusqu'à none il pria. Se levant de sa prière, il ne voulut point manger, mais il dit : « Je ne mangerai point avant de savoir si le Seigneur aura pitié de ce vieillard. » Après cinq jours de jeûne, une voix se fit entendre à André et dit : « André, tu obtiens ce que tu sollicites pour ce vieillard, mais de même que tu t'es macéré par le jeûne aussi faut-il que pour être sauvé, lui aussi s'affaiblisse par les jeûnes. »

C'est ce que fit le vieillard en jeûnant pendant six mois au pain et à l'eau; après quoi, plein de bonnes œuvres, il

1. Abdias, *Saint André*, c. XXX.
2. *Idem*, *Ibid.*, c. XXXIII.

reposa en paix. Et une voix dit à André : « Par ta prière, j'ai recouvré Nicolas que j'avais perdu. »

Un jeune chrétien confia ce qui suit sous le plus grand secret à saint André [1]. « Ma mère, éblouie de ma beauté, me tenta pour une œuvre illicite : comme je n'y consentais pas, elle alla trouver le juge, dans l'intention de faire peser sur moi l'énormité d'un tel crime : mais priez pour moi de peur que je ne meure injustement; car lors de l'accusation, je préférerai me taire et perdre la vie plutôt que déshonorer ainsi ma mère. » Le jeune homme est donc mandé en justice : André l'y suit. La mère accuse positivement son fils d'avoir voulu la violer. Interrogé plusieurs fois si la chose s'était ainsi passée, le jeune homme ne répondit mot. André dit alors à cette mère : « O la plus cruelle des femmes, de vouloir la perte de ton fils unique pour satisfaire ta débauche! » La mère dit donc au juge : « Seigneur, voilà l'homme auquel s'est attaché mon fils après qu'il eut tenté de consommer son crime, sans pouvoir le commettre. » Alors le juge irrité condamna le jeune homme à être mis en un sac enduit de poix et de bitume puis ensuite jeté dans la rivière; et il ordonna de garder en prison André, jusqu'à ce qu'il eût trouvé un supplice pour le faire périr.

Mais à la prière d'André, un tonnerre horrible épouvanta les assistants, et un tremblement de terre les renversa tous, en même temps que la femme, frappée de la foudre, était desséchée. Tous conjurèrent alors l'apôtre de ne pas les perdre. Il pria pour eux et le calme se fit. Le juge crut ainsi que toute sa maison.

Comme l'apôtre était à Nicée, les habitants lui dirent que, sur le chemin qui menait à la ville, se trouvaient sept démons qui tuaient les passants [2]. L'apôtre les fit venir sous la forme de chiens devant le peuple et leur commanda d'aller où ils ne pourraient nuire à personne. Aussitôt ils disparurent. A cette vue, ces hommes reçurent la foi de J.-C. En arrivant à la porte d'une autre ville, l'apôtre rencontra le convoi d'un jeune homme qu'on portait en terre : et comme il s'informait de l'accident, il lui fut dit que sept chiens étaient venus et l'avaient fait mourir dans son lit. André se mit à pleurer et dit : « Je sais bien, Seigneur, que c'est le fait des démons que j'ai chassés de Nicée. » Et s'adressant au père : « Que me donneras-tu, lui demanda-t-il, si je ressuscite ton fils ? » « C'est tout ce que je possédais de plus cher au monde, répondit le père, je te le donnerai. » L'apôtre fit une prière et ressuscita l'enfant qui s'attacha à lui.

Un jour quarante hommes vinrent par mer trouver l'apôtre afin de recevoir de lui la doctrine de la foi, mais

1. Abdias, *Saint André*, c. VI.
2. *Idem*, *ibid.*, c. VII.

le diable excita une tempête qui les engloutit tous. Leurs corps, ayant été rejetés sur le rivage, furent portés à l'apôtre et tout aussitôt ressuscités. Ils racontèrent tout ce qui leur était arrivé.

De là vient qu'on lit dans une des hymnes de son office : « Il rendit à la vie quarante personnes que les flots avaient englouties. » Maître Jean Beleth [1] dit en traitant de la fête de saint André qu'il avait le teint brun, la barbe épaisse et une petite taille.

Or saint André resta en Achaïe, y fonda de nombreuses églises et convertit beaucoup de monde à la foi du Christ. Il instruisit même la femme du proconsul Egée et la régénéra dans les eaux sacrées du baptême. A cette nouvelle, Egée vient à Patras pour contraindre les chrétiens à sacrifier aux idoles. André alla à sa rencontre et lui dit : « Il fallait que toi qui as l'honneur d'être ici-bas le juge des hommes, tu connusses et ensuite tu honorasses ton juge qui est dans le ciel, après avoir renoncé en ton cœur aux faux dieux [2]. » Egée lui répliqua : « C'est toi qui es André : tu enseignes les dogmes de cette secte superstitieuse que les empereurs romains viennent de prescrire d'exterminer. » « Les empereurs romains, dit André, n'ont pas encore appris que le Fils de Dieu, en venant sur la terre, a enseigné que les idoles sont des démons qui apprennent à offenser Dieu; en sorte qu'offensé par les hommes il détourne d'eux son visage, qu'irrité contre eux, il ne les exauce point, et qu'en ne les exauçant pas, ils sont les esclaves et le jouet du diable, jusqu'à ce que, dépouillés de tout en sortant de leur corps, ils n'emportent avec eux rien autre que leurs péchés. » Egée : « Votre Jésus qui prêchait ces sottises a été attaché au gibet de la croix. » André repartit : « C'est pour nous racheter et non pour des crimes qu'il a bien voulu souffrir le supplice de la croix. » Egée : « Il a été livré par son disciple, pris par les juifs et crucifié par les soldats; comment donc peux-tu dire qu'il a souffert de plein gré le supplice de la croix! » Alors André démontra par cinq raisons que Jésus-Christ avait souffert parce qu'il l'avait voulu. 1° Il a prévu et prédit sa passion à ses disciples, lorsqu'il dit : « Voici que nous allons à Jérusalem, etc. » 2° Quand saint Pierre voulut l'en détourner, il s'indigna fortement et lui dit : « Va-t'en derrière moi, Satan, etc. » 3° Il a clairement annoncé qu'il avait le pouvoir et de souffrir et de ressusciter tout à la fois, lorsqu'il dit : « J'ai la puissance de quitter la vie et de la reprendre. » 4° Il a connu d'avance celui qui le trahissait, lorsqu'il lui donna du pain trempé, et cependant il ne se garda pas de lui. 5° Il choisit l'endroit où il savait que

1. *Rationale*, C. CLXIV.
2. Abdias, *Saint André*, c. XXVI.

devait venir le traître. Lui-même assura avoir été témoin de chacun de ces faits; il ajouta que c'était un grand mystère que celui de la croix. Egée répondit : « On ne saurait appeler mystère ce qui fut un supplice; cependant si tu n'obtempères pas à mes ordres, je te ferai passer par l'épreuve du même mystère. » André : « Si j'étais épouvanté du supplice de la croix, je n'en proclamerais point la gloire. Or je veux t'apprendre ce mystère de la croix, peut-être qu'en le connaissant tu y croiras, tu l'adoreras et tu seras sauvé. » Alors il commença à lui dévoiler le mystère de la Rédemption et lui en prouva par cinq arguments la convenance et la nécessité. Le premier argument est que le premier homme ayant donné naissance à la mort par le bois, il était convenable que le second homme détruisît la mort en souffrant sur le bois. Le second, que le prévaricateur ayant été formé d'une terre immaculée, il était juste que le réconciliateur naquît d'une vierge immaculée. Le troisième, que Adam ayant étendu la main avec intempérance vers le fruit défendu, il seyait que le second Adam étendît sur la croix ses mains immaculées. Le quatrième, que Adam ayant goûté de l'arbre défendu un fruit agréable, il était convenable que le Christ, lorsqu'il fut abreuvé de fiel, détruisît le contraire par son contraire. Le cinquième est que, pour nous conférer son immortalité, il importait que le Christ prît avec lui notre mortalité : car si Dieu ne s'était fait mortel, l'homme ne fût pas devenu immortel. Alors Egée dit : « Va conter aux tiens ces rêveries, et obéis-moi en sacrifiant aux dieux tout-puissants. » « Chaque jour, répondit André, j'offre au Dieu tout-puissant l'agneau sans tache, et quand il a été mangé par tout le peuple, cet agneau reste vivant et entier. » Egée demandant comment cela pouvait-il se faire, André lui répondit de se mettre au nombre des disciples. Egée répliqua : « Avec des tourments, je saurai bien te faire expliquer la chose. » Et tout en colère, il le fit enfermer dans une prison. Le matin étant venu, il s'assit sur son tribunal et de nouveau il l'exhorta à sacrifier aux idoles. « Si tu ne m'obéis, lui dit-il, je te ferai suspendre à cette croix que tu as glorifiée. » Et comme il le menaçait de nombreux tourments, André répondit : « Invente tout ce qui te paraîtra de plus cruel en fait de supplice. Plus je serai constant à souffrir dans les tourments pour le nom de mon roi, plus je lui serai agréable. » Alors Egée le fit fouetter par vingt hommes, et le fit lier ensuite à une croix par les mains et par les pieds afin qu'il souffrît plus longtemps. Et comme il était conduit à la croix, il se fit un grand concours de peuple qui disait : « Il est innocent et condamné sans preuves à verser son sang. » Cependant, l'apôtre pria cette foule de ne point s'opposer à son martyre. Et quand André aperçut la croix de loin, il la salua en disant : « Salut, ô croix consacrée par le sang de J.-C., et décorée par chacun de ses membres comme avec des pierres précieuses. Avant que le seigneur eût été élevé sur toi, tu étais un sujet d'effroi pour la terre; maintenant en procurant l'amour du ciel, tu es l'objet de tous les désirs. Plein de sincérité et de joie, je viens à toi afin de te procurer la joie de recevoir en moi un disciple de celui qui a été pendu sur toi. En effet toujours je t'ai aimée et ai désiré t'embrasser. O bonne croix! qui as reçu gloire et beauté des membres du Seigneur. Toi que j'ai longtemps désirée, que j'ai aimée avec sollicitude, que j'ai recherchée sans relâche et qui enfin es préparée à mon âme désireuse, reçois-moi du milieu des hommes, et me rends à mon maître afin qu'il me reçoive par toi, lui qui par toi m'a racheté. » En disant ces mots, il se dépouilla de ses vêtements qu'il donna aux bourreaux. Alors ceux-ci le suspendirent à la croix, comme il leur avait été prescrit. Pendant deux jours qu'il y vécut, il prêcha à vingt mille hommes qui l'entouraient. Cette foule menaçait Egée de le faire mourir, en disant qu'un saint doux et pieux ne devait pas ainsi périr; Egée vint pour le délivrer. A sa vue André lui dit : « Pourquoi viens-tu vers nous ? Si c'est pour demander pardon, tu l'obtiendras; mais si c'est pour me détacher, sache que je ne descendrai pas vivant de la croix. Déjà en effet je vois mon roi qui m'attend. » Et comme on voulait le délier, on ne put y parvenir, parce que les bras de ceux qui essayaient de le faire devenaient paralysés. Pour André, comme il voyait que le peuple le voulait délivrer, il fit cette prière sur la croix, comme la rapporte saint Augustin en son livre de la Pénitence. « Ne permettez pas, Seigneur, que je descende vivant, il est temps que vous confiiez mon corps à la terre, car tant que je l'ai porté, tant j'ai veillé à sa garde; j'ai travaillé à vouloir être délivré de ce soin, et à être dépouillé de ce très épais vêtement. Je sais combien je l'ai trouvé lourd à porter, redoutable à vaincre, paresseux à enflammer et prompt à faiblir. Vous savez, Seigneur, combien il était porté à m'arracher aux pures contemplations; combien il s'efforçait de me tirer du sommeil de votre charmant repos. Toutes et quantes fois il me fit souffrir de douleur. Chaque fois que je l'ai pu, Père débonnaire, j'ai résisté en combattant et j'ai vaincu avec votre aide. C'est à vous, juste et pieux rémunérateur, que je demande de ne plus me confier à ce corps : mais je vous rends ce dépôt. Confiez-le à un autre, et ne m'opposez plus par lui d'obstacles. Qu'il soit conservé et rendu à la résurrection, afin que vous retiriez honneur de ses œuvres. Confiez-le à la terre afin de ne plus veiller, afin qu'il ne m'empêche pas de tendre avec ardeur et librement vers vous qui êtes la source d'une vie de joie intarissable. » (Saint Augustin, *De vera et falsa pœnit.*, c. VIII.) Après ces paroles, une lumière éclatante venue du ciel l'entoura pendant une demi-heure, en sorte que personne ne pouvait fixer sur lui les yeux; et cette lumière disparaissant, il rendit en même temps l'esprit. Maximilla, l'épouse d'Egée, prit le corps du saint apôtre et l'ensevelit avec honneur [1]. Quant à Egée, avant d'être rentré dans sa maison, il fut saisi par le démon et à la vue de tous il expira sur le chemin. On dit [2] que du tombeau de saint André découle une manne semblable à de la farine et une huile odoriférante. Les habitants du pays en tirent un présage pour la récolte : car si ce qui coule est en petite quantité, la récolte sera peu considérable, s'il en coule beaucoup, elle sera abondante. Peut-être qu'il en a été ainsi autrefois, mais aujourd'hui on prétend que son corps a été transporté à Constantinople.

Un évêque, qui menait une vie sainte, avait une vénération particulière pour saint André, en sorte qu'à chacun de ses ouvrages, il mettait en tête : « A l'honneur de Dieu et de saint André. » Or jaloux de la sainteté de ce personnage, l'antique ennemi, pour le séduire, après avoir employé toutes sortes de ruses, prit la forme d'une femme merveilleusement belle. Elle vint au palais de l'évêque sous prétexte de vouloir se confesser à lui. Sur l'ordre de l'évêque de l'adresser à son pénitencier qui avait tous ses pouvoirs, elle répondit qu'elle ne révélera à nul autre qu'à lui les secrets de sa conscience. Le prélat touché la fait entrer. « Je vous en conjure, Seigneur, lui dit-elle, ayez pitié de moi : car jeune encore, ainsi que vous le voyez, élevée dans les délices dès mon enfance, issue même de race royale, je suis venue seule ici sous l'habit des pèlerins. Le roi mon père, prince très puissant, voulant me marier à un grand personnage, je lui ai répondu que j'avais en horreur le lien du mariage, puisque j'ai consacré ma virginité pour toujours à J.-C. et qu'en conséquence je ne pourrais jamais consentir à la perdre. Pressée d'obéir à ses ordres, ou de subir sur la terre différents supplices, je pris secrètement la fuite, préférant m'exiler que de violer la foi jurée à mon époux. La renommée de votre sainteté étant parvenue à mes oreilles, je me suis réfugiée sous les ailes de votre protection, dans l'espoir de trouver auprès de vous un lieu de repos où je puisse jouir en secret des douceurs de la contemplation, me sauver des naufrages de la vie présente, et fuir le bruit et les agitations du monde. » Plein d'admiration pour la noblesse de sa race, la beauté de sa personne, sa grande ferveur, et l'élégance remarquable de ses paroles, l'évêque lui répondit avec bonté et douceur : « Soyez tranquille, ma fille; ne craignez point, car celui pour l'amour duquel vous avez méprisé

1. *Bréviaire romain.*
2. Saint Grégoire de Tours, *ubi supra.*

avec tant de courage et vous-même, et vos parents et vos biens, vous accordera, pour ce sacrifice, le comble de la grâce en cette vie et la plénitude de la gloire en l'autre. Aussi moi qui suis son serviteur, je m'offre à vous avec ce qui m'appartient : choisissez l'appartement qu'il vous plaira, et je veux qu'aujourd'hui vous mangiez avec moi. » « Veuillez, ah! veuillez, dit-elle, mon Père, ne pas exiger cela de moi, de peur d'éveiller quelque mauvais soupçon et de porter quelque atteinte à l'éclat de votre réputation. » « Nous serons plusieurs, lui répondit l'évêque, nous ne serons pas seuls, et ainsi il n'y aura pas lieu de fournir en quoi que ce soit l'apparence à mauvais soupçon. » Les convives se mirent à table, l'évêque se plaça en face de la dame et les autres de l'un et de l'autre côté. L'évêque eut beaucoup d'attention pour cette femme; il ne cessa de la regarder et d'en admirer la beauté. Pendant qu'il a les yeux fixés ainsi, son âme est atteinte, et tandis qu'il ne cesse de la regarder, l'antique ennemi lance contre son cœur une flèche acérée. Le Diable, qui tenait compte de tout, se mit à augmenter de plus en plus sa beauté. Déjà l'évêque était sur le point de donner son consentement à la tentation de commettre avec cette personne une action criminelle dès que la possibilité s'en présenterait, quand tout à coup un pèlerin vient heurter à la porte avec violence, demandant à grands cris qu'on lui ouvre. Comme on s'y refusait et que le pèlerin devenait importun par ses clameurs et ses coups répétés, l'évêque demande à la femme si elle voulait recevoir ce pèlerin. « Qu'on lui propose, dit-elle, quelque question difficile; s'il sait la résoudre, qu'on l'introduise; s'il ne le peut, qu'on l'éloigne, comme un ignorant, et comme une personne indigne de paraître devant l'évêque. » On applaudit à la proposition, et l'on se demande qui sera capable de poser la question. Et comme on ne trouvait personne : « Quelle autre, madame, reprit l'évêque, peut mieux poser la question que vous qui l'emportez sur nous autres en éloquence et dont la sagesse brille au-dessus de la nôtre à tous ? Proposez donc vous-même une question. » « Qu'on lui demande, dit-elle, ce que Dieu a fait de plus merveilleux dans une petite chose. » Le pèlerin auquel un messager porta la question répondit : « C'est la variété et l'excellence du visage. Parmi tant d'hommes qui ont existé depuis le commencement du monde, et qui existeront dans l'avenir, on n'en saurait rencontrer deux dont les visages soient semblables en tout point, et cependant, dans une si petite figure, Dieu a placé tous les sens du corps. » En entendant cette réponse on s'écria avec admiration : « C'est vraiment une excellente solution à la demande. » Alors la dame dit : « Qu'on lui en propose une seconde plus difficile qui mette sa science à meilleure épreuve : « Qu'on lui demande où la terre est plus haute que le ciel tout entier. »

Le pèlerin interrogé répondit : « Dans le ciel empyrée, où réside le corps de J.-C. Le corps du Christ en effet, qui est plus élevé que tout le ciel, est formé de notre chair; or notre chair est une portion de la substance de la terre : comme donc le corps du Christ est au-dessus de tous les cieux, et qu'il tire son origine de notre chair, que notre chair est formée de la terre, il est donc constant que là où le corps de J.-C. réside, là certainement la terre est plus élevée que le ciel. » L'envoyé rapporte la réponse du pèlerin, et tous d'approuver cette solution merveilleuse et d'en louer hautement la sagesse. Alors la femme dit encore : « Qu'on lui pose de nouveau une troisième question très grave, compliquée, difficile à résoudre, obscure, afin que, pour la troisième fois, il soit prouvé qu'il est digne à juste titre d'être admis à la table de l'évêque. Demandez-lui quelle distance il y a de la terre au ciel. » Le pèlerin répondit à l'envoyé qui lui portait la question : « Allez le demander à celui-là même qui a posé la demande. Il le sait certainement et il pourra répondre mieux que je ne le ferais; car lui-même a mesuré cette distance, quand du ciel il est tombé dans l'abîme; pour moi je ne suis jamais tombé du ciel et n'ai jamais mesuré cet espace. Car ce n'est pas une femme, mais le diable qui s'est caché sous la ressemblance d'une femme. » A ces paroles le messager fut pâmé, et répéta devant tous les convives ce qu'il avait entendu. Tandis que l'étonnement et la stupeur ont saisi les convives, le vieil ennemi a disparu. L'évêque, rentrant en lui-même, se reprochait amèrement sa conduite et demandait avec lamentations le pardon de la faute qu'il avait commise. Il envoya aussitôt pour qu'on introduisît le pèlerin, mais on ne le trouva plus. L'évêque convoqua le peuple, lui exposa de point en point ce qui s'était passé, et commanda des jeûnes et des prières pour que le Seigneur daignât révéler quel était ce pèlerin qui l'avait sauvé de si grand péril. Et cette nuit-là même, il fut révélé à l'évêque que c'était saint André qui, pour le délivrer, avait pris l'extérieur d'un pèlerin. L'évêque redoubla de dévotion envers le saint apôtre et il ne cessa de donner des preuves de sa vénération pour lui.

Le prévôt d'une ville [1] s'était emparé d'un champ de saint André, et par les prières de l'évêque, il en fut puni de très fortes fièvres. Il alla trouver le prélat, le conjurant d'intercéder en sa faveur et lui promit de restituer le champ. Mais après sa guérison obtenue par l'intercession du pontife, il reprit une seconde fois la terre. Alors l'évêque se mit en prières et brisa toutes les lampes de

1. D'après saint Grégoire de Tours, *De gloria martyrum*, l. I, c. LXXIX, cet homme était Gomacharus, comte de la ville d'Agde, vers la fin du VIe siècle.

l'église, en disant : « Qu'on n'allume plus ces lumières, jusqu'à ce que le Seigneur se venge lui-même de son ennemi, et que l'église recouvre ce qu'elle a perdu. » Et voilà que le prévôt eut encore de très fortes fièvres; il envoya alors demander à l'évêque de prier pour lui, l'assurant qu'il rendrait son champ, et en surplus un autre de la même valeur. Comme l'évêque lui faisait répondre toujours : « J'ai déjà prié, et Dieu m'a exaucé », le prévôt se fit porter chez le prélat et le força d'entrer dans l'église pour prier.

A l'instant où l'évêque entre dans l'église, le prévôt meurt subitement et le champ est restitué à l'église.

SAINT NICOLAS

Nicolas vient de *nikos*, qui signifie victoire et de *laos*, qui veut dire peuple. Nicolas, c'est victoire du peuple, c'est-à-dire, des vices qui sont populaires et vils. Ou bien simplement victoire, parce qu'il a appris aux peuples, par sa vie et son enseignement, à vaincre les vices et les péchés. Nicolas peut venir encore de *nikos*, victoire et de *laus*, louange, comme si on disait louange victorieuse. Ou bien encore de *nitor*, blancheur et de *laos*, peuple, blancheur du peuple. Il eut en effet, dans sa personne, ce qui constitue la blancheur et la pureté; selon saint Ambroise, la parole divine purifie, la bonne confession purifie, une bonne pensée purifie, une bonne action purifie. Les docteurs d'Argos ont écrit sa légende. D'après Isidore, Argos est une ville de la Grèce, d'où est venu aux Grecs le nom d'Argolides. On trouve ailleurs que le patriarche Méthode l'a écrite en grec. Jean la traduisit en latin et y fit des augmentations.

Nicolas, citoyen de Patras, dut le jour à de riches et saints parents. Son père Epiphane et sa mère Jeanne l'engendrèrent en la première fleur de leur âge et passèrent le reste de leur vie dans la continence. Le jour de sa naissance, il se tint debout dans le bain; de plus [1] il prenait le sein une fois seulement la quatrième (mercredi) et la sixième férie (vendredi). Devenu grand, il évitait les divertissements, et préférait fréquenter les églises; il retenait dans sa mémoire tout ce qu'il y pouvait apprendre de l'Ecriture sainte. Après la mort de ses parents, il commença à penser quel emploi il ferait de ses grandes richesses, pour procurer la gloire de Dieu, sans avoir en vue la louange

1. Honorius d'Autun.

qu'il en retirerait de la part des hommes. Un de ses voisins avait trois filles vierges, et que son indigence, malgré sa noblesse, força à prostituer, afin que ce commerce infâme lui procurât de quoi vivre. Dès que le saint eut découvert ce crime, il l'eut en horreur, mit dans un linge une somme d'or qu'il jeta, en cachette, la nuit par une fenêtre dans la maison du voisin et se retira. Cet homme à son lever trouva cet or, remercia Dieu et maria son aînée. Quelque temps après, ce serviteur de Dieu en fit encore autant. Le voisin, qui trouvait toujours de l'or, était extasié du fait; alors il prit le parti de veiller pour découvrir quel était celui qui venait ainsi à son aide. Peu de jours après, Nicolas doubla la somme d'or et la jeta chez son voisin. Le bruit fait lever celui-ci, et poursuivre Nicolas qui s'enfuyait : alors il lui cria : « Arrêtez, ne vous dérobez pas à mes regards. » Et en courant le plus vite possible, il reconnut Nicolas; de suite il se jette à terre, veut embrasser ses pieds. Nicolas l'en empêche et exige de lui qu'il taira son action tant qu'il vivrait.

L'évêque de Myre vint à mourir sur ces entrefaites; les évêques s'assemblèrent pour pourvoir à cette église. Parmi eux se trouvait un évêque de grande autorité, et l'élection dépendait de lui. Les ayant avertis tous de se livrer au jeûne et à la prière, cette nuit-là même il entendit une voix qui lui disait de rester le matin en observation à la porte; celui qu'il verrait entrer le premier dans l'église, et qui s'appellerait Nicolas, serait l'évêque qu'il devait sacrer. Il communiqua cette révélation à ses autres collègues, et leur recommanda de prier, tandis que lui veillerait à la porte. O prodige! à l'heure de matines, comme s'il était conduit par la main de Dieu, le premier qui se présente à l'église, c'est Nicolas. L'évêque l'arrêtant : « Comment t'appelles-tu? » lui dit-il. Et lui, qui avait la simplicité d'une colombe, le salue et lui dit : « Nicolas, le serviteur de votre sainteté. » On le conduit dans l'église, et malgré toutes ses résistances, on le place sur le siège épiscopal. Pour lui, il pratique, comme auparavant, l'humilité et la gravité de mœurs en toutes ses œuvres; il passait ses veilles dans la prière, mortifiait sa chair, fuyait la compagnie des femmes; il accueillait tout le monde avec bonté; sa parole avait de la force, ses exhortations étaient animées, et ses réprimandes sévères. On dit aussi, sur la foi d'une chronique, que Nicolas assista au concile de Nicée.

Un jour que des matelots étaient en péril, et que, les yeux pleins de larmes, ils disaient : « Nicolas, serviteur de Dieu, si ce que nous avons appris de vous est vrai, faites que nous en ressentions l'effet. » Aussitôt, leur apparut quelqu'un qui ressemblait au saint : « Me voici, dit-il; car vous m'avez appelé. » Et il se mit à les aider dans la manœuvre du bâtiment, soit aux antennes, soit aux cordages, et la tempête cessa aussitôt. Les matelots vinrent à l'église de Nicolas, où, sans qu'on le leur indiquât, ils le reconnurent, quoique jamais ils ne l'eussent vu. Alors ils rendirent grâces à Dieu et à lui de leur délivrance : mais le saint l'attribua à la divine miséricorde et à leur foi, et non à ses mérites.

Toute la province où habitait saint Nicolas eut à subir une si cruelle famine, que personne ne pouvait se procurer aucun aliment. Or l'homme de Dieu apprit que des navires chargés de froment étaient mouillés dans le port. Il y va tout aussitôt prier les matelots de venir au secours du peuple qui mourait de faim, en donnant, pour le moins, cent muids de blé par chaque vaisseau. « Nous n'oserions, père, répondirent-ils, car il a été mesuré à Alexandrie, et nous avons ordre de le transporter dans les greniers de l'empereur. » Le saint reprit : « Faites pourtant ce que je vous dis, et je vous promets que, par la puissance de Dieu, vous n'aurez aucun déchet devant le commissaire du roi. » Ils le firent et la quantité qu'ils avaient reçue à Alexandrie, ils la rendirent aux employés de l'empereur; alors ils publièrent le miracle, et ils louèrent Dieu qui avait été glorifié ainsi dans son serviteur. Quant au froment, l'homme de Dieu le distribua selon les besoins de chacun, de telle sorte que, par l'effet d'un miracle, il y en eut assez pendant deux ans, non seulement pour la nourriture, mais encore pour les semailles. Or, ce pays était idolâtre, et honorait particulièrement l'image de l'infâme Diane : jusqu'au temps de l'homme de Dieu, quelques hommes grossiers suivaient des pratiques exécrables et accomplissaient certains rites païens sous un arbre consacré à la Déesse; mais Nicolas abolit ces pratiques dans tout le pays et fit couper l'arbre lui-même. L'antique ennemi, irrité pour cela contre lui, composa une huile dont la propriété contre nature était de brûler dans l'eau et sur les pierres; le démon, prenant la figure d'une religieuse, se présenta à des pèlerins qui voyageaient par eau pour aller trouver saint Nicolas et leur dit : « J'aurais préféré aller avec vous chez le saint de Dieu, mais je ne le puis. Aussi vous priai-je d'offrir cette huile à son église, et, en mémoire de moi, d'en oindre toutes les murailles de sa demeure. » Aussitôt il disparut. Et voici que les pèlerins aperçoivent une autre nacelle chargée de personnes respectables, au milieu desquelles se trouvait un homme tout à fait ressemblant à saint Nicolas, qui leur dit : « Hélas! que vous a dit cette femme, et qu'a-t-elle apporté ? » On lui raconta tout de point en point. « C'est l'impudique Diane, leur dit-il; et pour vous prouver la vérité de mes paroles, jetez cette huile dans la mer. » A peine l'eurent-ils jetée, qu'un grand feu s'alluma sur l'eau, et, contre nature, ils le virent longtemps brûler. Quand ils furent arrivés auprès du serviteur de Dieu, ils lui dirent : « C'est vraiment vous qui nous avez apparu sur la mer, et qui nous avez délivrés des embûches du diable. »

Dans le même temps, une nation se révolta contre l'empire romain; l'empereur envoya contre elle trois princes, Népotien, Ursus et Apilion. Un vent défavorable les fit aborder au port adriatique, et le bienheureux Nicolas les invita à sa table, voulant par là préserver son pays des rapines qu'ils exerçaient dans les marchés. Or un jour, pendant l'absence du saint évêque, le consul corrompu par argent avait condamné trois soldats innocents à être décapités. Dès que l'homme de Dieu en fut informé, il pria ces princes de se rendre en toute hâte avec lui sur le lieu de l'exécution : à leur arrivée, ils trouvèrent les condamnés le genou fléchi, la figure couverte d'un voile et le bourreau brandissant déjà son épée sur leurs têtes. Mais Nicolas, enflammé de zèle, se jeta avec audace sur le licteur, fit sauter au loin son épée de ses mains, délia ces innocents et les emmena avec lui sains et saufs; de là, il court au prétoire du consul et en brise les portes fermées. Bientôt le consul arrive et le salue. Le saint n'en tient compte et lui dit : « Ennemi de Dieu, prévaricateur de la loi, quelle est ta présomption d'oser lever les yeux sur nous, alors que tu es coupable d'un si grand crime. » Quand il l'eut repris durement, à la prière des chefs, il l'admit cependant à la pénitence. Après donc avoir reçu sa bénédiction, les envoyés de l'empereur continuent leur route et soumettent les révoltés sans répandre de sang. A leur retour, ils furent reçus par l'empereur avec magnificence. Or quelques-uns, jaloux de leurs succès, suggérèrent par prière, et par argent, au préfet de l'empereur, de les accuser auprès de lui du crime de lèse-majesté. L'empereur circonvenu, et enflammé de colère, les fit emprisonner et sans aucun interrogatoire, il ordonna qu'on les tuât cette nuit-là même. Informés de leur condamnation par le geôlier, ils déchirèrent leurs vêtements et se mirent à gémir avec amertume. Alors l'un d'eux, c'était Népotien, se rappelant que le bienheureux Nicolas avait délivré trois innocents, exhorta les autres à réclamer sa protection. Par la vertu de ces prières, saint Nicolas apparut cette nuit-là à l'empereur Constantin et lui dit : « Pourquoi avoir fait saisir ces princes si injustement et avoir condamné à mort des innocents ? Levez-vous de suite, et faites-les relâcher tout aussitôt; ou bien je prie Dieu qu'il vous suscite une guerre dans laquelle vous succomberez et deviendrez la pâture des bêtes. » « Qui es-tu, s'écria l'empereur, pour pénétrer la nuit dans mon palais et m'oser parler ainsi ? » « Je suis, répliqua-t-il, Nicolas, évêque de la ville de Myre. » Il effraya aussi de la même manière le préfet dans une vision. « Insensé, lui dit-il, pourquoi as-tu consenti à la mort de ces innocents ?

Va vite et tâche de les délivrer, sinon ton corps fourmillera de vers et ta maison va être détruite. » « Qui es-tu, répondit-il, pour nous menacer de si grands malheurs ? » « Sache, lui répondit-il, que je suis Nicolas, évêque de Myre. » Et ils s'éveillent l'un et l'autre, se racontent mutuellement leur songe, et envoient de suite vers les prisonniers. L'empereur leur dit donc : « Quels arts magiques connaissez-vous, pour nous avoir soumis à de pareilles illusions en songes ? » Ils répondirent qu'ils n'étaient pas magiciens, et qu'ils n'avaient pas mérité d'être condamnés à mort. « Connaissez-vous, leur dit l'empereur, un homme qui s'appelle Nicolas ? » En entendant ce nom, ils levèrent les mains au ciel, en priant Dieu de les délivrer, par les mérites de saint Nicolas, du péril qui les menaçait. Et après que l'empereur leur eut entendu raconter toute sa vie et ses miracles : « Allez, dit-il, et remerciez Dieu qui vous a délivrés par ses prières; mais portez-lui quelques-uns de nos joyaux, de notre part, en le conjurant de ne plus m'adresser de menaces, mais de prier le Seigneur pour moi et pour mon royaume. » Peu de jours après, ces hommes se prosternèrent aux pieds du serviteur de Dieu, et lui dirent : « Vraiment vous êtes le serviteur, le véritable adorateur et l'ami du Christ. » Quand ils lui eurent raconté en détail ce qui venait de se passer, il leva les yeux au ciel, rendit de très grandes actions de grâces à Dieu. Or après avoir bien instruit ces princes, il les renvoya en leur pays.

Quand le Seigneur voulut enlever le saint de dessus la terre, Nicolas le pria de lui envoyer des anges; et en inclinant la tête, il en vit venir vers lui : et après avoir dit le Psaume, *In te, Domine, speravi*, jusqu'à ces mots : *In manus tuas*, etc., il rendit l'esprit, l'an de J.-C. 343. Au même moment, on entendit la mélodie des esprits célestes. On l'ensevelit dans un tombeau de marbre; de son chef jaillit une fontaine d'huile et de ses pieds une source d'eau; et jusqu'aujourd'hui, de tous ses membres, il sort une huile sainte qui guérit beaucoup de personnes. Il eut pour successeur un homme de bien qui cependant fut chassé de son siège par des envieux. Pendant son exil, l'huile cessa de couler; mais quand il fut rappelé elle reprit son cours. Longtemps après les Turcs détruisirent la ville de Myre; or, quarante-sept soldats de Bari y étant venus, et quatre moines leur ayant montré le tombeau de saint Nicolas, ils l'ouvrirent, et trouvèrent ses os qui nageaient dans l'huile; ils les emportèrent avec respect dans la ville de Bari, l'an du Seigneur 1087.

Un homme avait emprunté à un juif une somme d'argent, et avait juré sur l'autel de saint Nicolas, car il ne pouvait avoir d'autre caution, qu'il rendrait cet argent le plus tôt qu'il pourrait. Comme il le gardait longtemps, le juif le lui réclama, mais le débiteur prétendit lui avoir payé sa dette. Le juif le cita en justice et lui déféra le serment. Cet homme avait un bâton creux qu'il avait rempli d'or en petites pièces, il l'apporta avec lui comme s'il en eût besoin pour s'appuyer. Alors qu'il voulut prêter serment, il donna au juif son bâton à tenir, et jura avoir rendu davantage qu'il ne lui avait prêté. Après le serment, il réclama son bâton et le juif, qui ne se doutait pas de la ruse, le lui rendit : or, en revenant chez lui, le coupable, oppressé par le sommeil, s'endormit dans un carrefour, et un char qui venait à grande vitesse le tua, brisa le bâton et l'or dont il était plein se répandit sur la terre. Le juif averti accourut et vit la ruse : et comme on lui suggérait de reprendre son or, il s'y refusa absolument, à moins que le mort ne fût rendu à la vie par les mérites de saint Nicolas, ajoutant que, s'il en arrivait ainsi, il recevrait le baptême et se ferait chrétien. Aussitôt le mort ressuscite, et le juif est baptisé au nom de J.-C.

Un juif, témoin de la merveilleuse puissance du bienheureux Nicolas à opérer des miracles, se fit sculpter une image du saint qu'il plaça dans sa maison, et quand il entreprenait un long voyage, il lui confiait la garde de ses biens en disant ces paroles ou d'autres à peu près pareilles : « Nicolas, voici tous mes biens que je vous confie, si vous n'en faites bonne garde, j'en tirerai vengeance, par des coups de fouet. » Or, un jour qu'il était absent, des voleurs viennent ravir tout et ne laissent que l'image. À son retour, le juif se voyant dépouillé s'adresse à l'image et lui dit à peu près ces paroles : « Seigneur Nicolas, ne vous avais-je pas placé dans ma maison pour soigner mes biens contre les voleurs ? Pourquoi avez-vous négligé de le faire, et n'avoir point empêché les voleurs ? Eh bien! vous en serez cruellement puni et vous paierez pour les larrons. Aussi vais-je compenser le dommage que j'éprouve en vous faisant souffrir, et je calmerai ma fureur en vous assommant de coups de fouet. » Alors le juif prit l'image, la frappa et la flagella avec une atroce cruauté. Chose merveilleuse et épouvantable! Au moment où les voleurs se partageaient leur butin, le saint leur apparut, comme s'il eût reçu les coups sur lui, et leur dit : « Pourquoi ai-je été flagellé par rapport à vous ? Pourquoi ai-je été frappé si inhumainement ? Pourquoi ai-je enduré tant de tourments ? Voyez comme mon corps est livide. Voyez comme il est couvert de sang. Allez au plus tôt restituer tout ce que vous avez pris, sinon la colère de Dieu s'appesantira sur vous; votre crime sera rendu public et chacun de vous sera pendu. » Et ils lui dirent : « Qui es-tu, toi qui nous parles de cette façon ? » « Je suis Nicolas, reprit-il, serviteur de J.-C., c'est moi que le juif a si cruellement traité pour le vol dont vous êtes coupables. » Pleins d'effroi, ils viennent trouver le juif, lui racontent le miracle, et apprennent ce qu'il a fait à l'image et lui rendent tout; après quoi ils rentrent dans la voie de la droiture et le juif embrasse la foi du Sauveur.

Par amour pour son fils qui étudiait les belles-lettres, un homme célébrait tous les ans avec solennité la fête de saint Nicolas. Une fois le père de l'enfant prépara un repas auquel il invita grand nombre de clercs. Or le diable vint à la porte, en habit de mendiant, demander l'aumône. Le père commande aussitôt à son fils de donner au pèlerin. L'enfant se hâte, mais ne trouvant pas le pauvre, il court après lui. Parvenu à un carrefour, le diable saisit l'enfant et l'étrangle. A cette nouvelle, le père se lamenta beaucoup, prit le corps, le plaça sur un lit et se mit à exhaler sa douleur en proférant ces cris : « O très cher fils! comment es-tu ? Saint Nicolas! est-ce la récompense de l'honneur dont je vous ai donné si longtemps des preuves ? » Et comme il parlait ainsi, tout à coup l'enfant ouvrit les yeux, comme s'il sortait d'un profond sommeil, et ressuscita.

Un noble pria le bienheureux Nicolas de lui obtenir un fils, lui promettant de conduire son enfant à son église où il offrirait une coupe d'or. Un fils lui naquit et quand celui-ci fut parvenu à un certain âge, il commanda une coupe. Elle se trouva fort de son goût, et il l'employa à son usage, mais il en fit ciseler une autre d'égale valeur. Et comme ils allaient par mer à l'église de saint Nicolas, le père dit à son fils d'aller lui puiser de l'eau dans la coupe qu'il avait commandée en premier lieu. L'enfant, en voulant puiser de l'eau avec la coupe, tomba dans la mer et disparut aussitôt. Le père cependant, tout baigné de larmes, accomplit son vœu. Etant donc venu à l'autel de saint Nicolas, comme il offrait la seconde coupe, voici qu'elle tomba de l'autel comme si elle en eût été repoussée. L'ayant reprise et replacée une seconde fois sur l'autel, elle en fut rejetée encore plus loin. Tout le monde était saisi d'admiration devant un pareil prodige, lorsque voici l'enfant sain et sauf qui arrive portant dans les mains la première coupe; il raconte, en présence des assistants, qu'au moment où il tomba dans la mer, parut aussitôt saint Nicolas qui le garantit. Le père rendu à la joie offrit les deux coupes au saint.

Un homme riche dut aux mérites de saint Nicolas d'avoir un fils qu'il nomma Adéodat. Il éleva, dans sa maison, une chapelle en l'honneur du saint dont il célébra, chaque année, la fête avec solennité. Or le pays était situé près de la terre des Agaréniens. Un jour Adéodat est pris par eux, et placé comme esclave chez leur roi. L'année suivante, tandis que le père célébrait dévotieusement la fête de saint Nicolas, l'enfant, qui tenait devant le monarque une coupe précieuse, se rappelle la manière dont il a été pris, la douleur et la joie de ses parents à pareil jour dans leur maison, et se met à soupirer tout haut. A force de menaces, le roi obtint de connaître la cause de ces soupirs, et ajouta : « Quoi que fasse ton Nicolas, tu resteras ici avec nous. » Tout à coup s'élève un vent violent qui renverse la maison et transporte l'enfant avec sa coupe devant les portes de l'église où ses parents célébraient la fête; ce fut pour tous un grand sujet de joie. On lit pourtant ailleurs que cet enfant était de la Normandie, et qu'allant outremer, il fut pris par le Soudan qui le faisait fouetter souvent en sa présence. Or un jour de Saint-Nicolas, qu'il avait été fouetté et que, renfermé dans sa prison, il pleurait en pensant à sa délivrance et à la joie ordinaire de ses parents à pareil jour, tout à coup il s'endormit et, en se réveillant, il se trouva dans la chapelle de son père [1].

SAINTE LUCIE, VIERGE [2]

Lucie vient de *Lux*, lumière. La lumière en effet est belle à voir, parce que, selon saint Ambroise, la lumière est naturellement gracieuse à la vue. Elle se répand sans se salir, quelque souillés que soient les lieux où elle se projette. Ses rayons suivent une ligne sans la moindre courbe, et elle traverse une étendue immense sans mettre aucune lenteur. Par où l'on voit que la bienheureuse vierge Lucie brille de l'éclat de la virginité, sans la plus petite souillure, elle répand la chaleur sans aucun mélange d'amour impur : elle va droit à Dieu sans le moindre détour; elle n'apporte aucune négligence à suivre dans toute son étendue la voie qui lui est tracée par l'opération divine. Lucie peut encore signifier Chemin de Lumière, *Lucis via*.

Lucie, vierge de Syracuse, noble d'origine, entendant parler, par toute la Sicile, de la célébrité de sainte Agathe, alla à son tombeau avec sa mère Euthicie qui, depuis

1. On lit à la fin d'un sermon attribué à saint Bonaventure : « Deux écoliers de famille noble et riche portaient une grosse somme d'argent, se rendant à Athènes pour y étudier la philosophie. Or, comme ils voulaient auparavant voir saint Nicolas pour se recommander à ses prières, ils passèrent par la ville de Myre. L'hôte, s'apercevant de leur richesse, se laissa entraîner aux suggestions de l'esprit malin, et les tua. Après quoi, les mettant en pièces comme viande de porc, il sala leur chair dans un vase (saloir). Instruit de ce méfait par un ange, saint Nicolas se rendit promptement à l'hôtellerie, dit à l'hôte tout ce qui s'était passé, et le réprimanda sévèrement; après quoi il rendit la vie aux jeunes gens par la vertu de ses prières. »

2. *Bréviaire*, Actes de la sainte.

quatre ans, souffrait, sans espoir de guérison, d'une perte de sang. Or, à la messe, on lisait l'évangile où l'on raconte que N.-S. guérit une femme affligée de la même maladie. Lucie dit alors à sa mère : « Si vous croyez ce qu'on lit, croyez que Agathe jouit toujours de la présence de celui pour lequel elle a souffert. Si donc vous touchez son tombeau avec foi, aussitôt vous serez radicalement guérie. » Quand toute l'assistance se fut retirée, la mère et la fille restèrent en prières auprès du tombeau ; le sommeil alors s'empara de Lucie, et elle vit Agathe entourée d'anges, ornée de pierres précieuses ; debout devant elle et lui disant : « Ma sœur Lucie, vierge toute dévouée à Dieu, que demandez-vous de moi que vous ne puissiez vous-même obtenir à l'instant pour votre mère ? Car elle vient d'être guérie par votre foi. » Et Lucie qui s'éveilla dit : « Mère, vous êtes guérie. Or, je vous conjure, au nom de celle qui vient d'obtenir votre guérison par ses prières, de ne pas me chercher d'époux ; mais tout ce que vous deviez me donner en dot, distribuez-le aux pauvres. » « Ferme-moi les yeux auparavant, répondit la mère, et alors tu disposeras de ton bien comme tu voudras. » Lucie lui dit : « En mourant, si vous donnez quelque chose c'est parce que vous ne pouvez l'emporter avec vous : donnez-le-moi tandis que vous êtes en vie, et vous en serez récompensée. » Après leur retour on faisait journellement des biens une part qu'on distribuait aux pauvres. Le bruit du partage de ce patrimoine vint aux oreilles du fiancé, et il en demanda le motif à la nourrice. Elle eut la précaution de lui répondre que sa fiancée avait trouvé une propriété de plus grand rapport, qu'elle voulait acheter à son nom ; c'était le motif pour lequel on la voyait se défaire de son bien. L'insensé, croyant qu'il s'agissait d'un commerce tout humain, se mit à faire hausser lui-même la vente. Or, quand tout fut vendu et donné aux pauvres, le fiancé traduisit Lucie devant le consul Pascasius : il l'accusa d'être chrétienne et de violer les édits des Césars. Pascasius l'invita à sacrifier aux idoles, mais elle répondit : « Le sacrifice qui plaît à Dieu, c'est de visiter les pauvres, de subvenir à leurs besoins, et parce que je n'ai plus rien à offrir, je me donne moi-même pour lui être offerte. » Pascasius dit : « Tu pourrais bien dire cela à quelque chrétien insensé, comme toi, mais à moi qui fais exécuter les décrets des princes, c'est bien inutile de poursuivre. » « Toi, reprit Lucie, tu exécutes les lois de tes princes, et moi j'exécute la loi de mon Dieu. Tu crains les princes, et moi je crains Dieu. Tu ne voudrais pas les offenser et moi je me garde d'offenser Dieu. Tu désires leur plaire et moi je souhaite ardemment de plaire à J.-C. Fais donc ce que tu juges te devoir être utile, et moi je ferai ce que je saurai m'être profitable. » Pascasius lui dit : « Tu as dépensé ton patrimoine avec des débauchés, aussi tu parles comme une courtisane. » « J'ai placé, reprit Lucie, mon patrimoine en lieu sûr, et je suis loin de connaître ceux qui débauchent l'esprit et le corps. » Pascasius lui demanda : « Quels sont-ils ces corrupteurs ? » Lucie reprit : « Ceux qui corrompent l'esprit, c'est vous qui conseillez aux âmes d'abandonner le créateur. Ceux qui corrompent le corps, ce sont ceux qui préfèrent les jouissances corporelles aux délices éternelles. » « Tu cesseras de parler, reprit Pascasius, lorsqu'on commencera à te fouetter. » « Les paroles de Dieu, dit Lucie, n'auront jamais de fin. » « Tu es donc Dieu », repartit Pascasius. « Je suis, répondit Lucie, la servante du Dieu qui a dit : « Alors que vous serez en présence des rois et « des présidents, ne vous inquiétez pas de ce que vous « aurez à dire, ce ne sera pas vous qui parlez, mais l'Esprit « parlera en vous. » Pascasius reprit : « Alors tu as l'esprit saint en toi ? » « Ceux qui vivent dans la chasteté, dit Lucie, ceux-là sont les temples du Saint-Esprit. » « Alors, dit Pascasius je vais te faire conduire dans un lieu de prostitution, pour que tu y subisses le viol, et que tu perdes l'esprit saint. » « Le corps, dit Lucie, n'est corrompu qu'autant que le cœur y consent, car si tu me fais violer malgré moi, je gagnerai la couronne de la chasteté. Mais jamais tu ne sauras forcer ma volonté à y donner consentement. Voici mon corps, il est disposé à toutes sortes de supplices. Pourquoi hésites-tu ? Commence, fils du diable, assouvis sur moi ta rage de me tourmenter. »

Alors Pascasius fit venir des débauchés, en leur disant : « Invitez tout le peuple, et qu'elle subisse tant d'outrages qu'on vienne dire qu'elle en est morte. » Or, quand on voulut la traîner, le Saint-Esprit la rendit immobile et si lourde qu'on ne put lui faire exécuter aucun mouvement. Pascasius fit venir mille hommes et lui fit lier les pieds et les mains; mais ils ne surent la mouvoir en aucune façon. Aux mille hommes, il ajouta mille paires de bœufs, et cependant la vierge du Seigneur demeura immobile. Il appela des magiciens, afin que, par leurs enchantements, ils la fissent remuer, mais ce fut chose impossible. Alors Pascasius dit : « Quels sont ces maléfices ? une jeune fille ne saurait être remuée par mille hommes ? » Lucie lui dit : « Ce ne sont pas maléfices, mais bénéfices de J.-C. Et quand vous en ajouteriez encore dix mille, vous ne m'en verriez pas moins immobile. » Pascasius pensant, selon quelques rêveurs, qu'une lotion d'urine la délivrerait du maléfice, il l'en fit inonder; mais, comme auparavant, on ne pouvait venir à bout de la mouvoir, il en fut outré; alors il fit allumer autour d'elle un grand feu et jeter sur son corps de l'huile bouillante mêlée de poix et de résine.

Après ce supplice, Lucie s'écria : « J'ai obtenu quelque répit dans mes souffrances, afin d'enlever à ceux qui croient la crainte des tourments, et à ceux qui ne croient pas, le temps de m'insulter. » Les amis de Pascasius, le voyant fort irrité, enfoncèrent une épée dans la gorge de Lucie, qui, néanmoins, ne perdit point la parole : « Je vous annonce, dit-elle, que la paix est rendue à l'Eglise, car Maximien vient de mourir aujourd'hui, et Dioclétien est chassé de son royaume : et de même que ma sœur Agathe a été établie la protectrice de la ville de Catane, de même j'ai été établie la gardienne de Syracuse. »

Comme la vierge parlait ainsi, voici venir les ministres romains qui saisissent Pascasius, le chargent de chaînes et le mènent à César. César avait en effet appris qu'il avait pillé toute la province. Arrivé à Rome, il comparaît devant le Sénat, est convaincu, et condamné à la peine capitale.

Quant à la vierge Lucie, elle ne fut pas enlevée du lieu où elle avait souffert, elle rendit l'esprit seulement quand les prêtres furent venus lui apporter le corps du Seigneur. Et tous les assistants répondirent : *Amen.*

Elle fut ensevelie dans cet endroit-là même où on bâtit une église. Or, elle souffrit au temps de Constantin et de Maxime, vers l'an de N.-S. 310.

SAINT THOMAS, APOTRE [1]

Thomas signifie abyme, ou jumeau, en grec Dydime : ou bien il vient de *thomos* qui veut dire division, partage. Il signifie abyme, parce qu'il mérita de sonder les profondeurs de la divinité, quand, à sa question, J.-C. répondit : « Je suis la voie, la vérité et la vie. » On l'appelle Dydime pour avoir connu de deux manières la résurrection de J.-C. Les autres en effet connurent le Sauveur en le voyant, et lui, en le voyant et en le touchant. Il signifie division, soit parce qu'il sépara son âme de l'amour des choses du monde, soit parce qu'il se sépara des autres dans la croyance à la résurrection. On pourrait dire encore qu'il porte le nom de Thomas, parce qu'il se laissa inonder tout entier par l'amour de Dieu. Il posséda ces trois qualités qui distinguent ceux qui ont cet amour et que demande Prosper au livre de la vie contemplative : Aimer Dieu, qu'est-ce ? si ce n'est concevoir au fond du cœur un vif désir de voir Dieu, la haine du péché et le mépris du monde. Thomas pourrait encore venir de *Theos*, Dieu, et *meus*, mien, c'est-à-dire, mon Dieu, par rapport à ces paroles qu'il prononça lorsqu'il fut convaincu, et eut la foi : « Mon Seigneur et mon Dieu. »

1. Pour la légende de saint Thomas, on lira des détails fort intéressants dans l'explication du vitrail de cet apôtre *(Les Vitraux de Bourges*, par les PP. Martin et Cassier, pages 133 et suiv.).

L'apôtre Thomas était à Césarée quand le Seigneur lui apparut et lui dit : « Le roi des Indes Gondoforus [1] a envoyé son ministre Abanès à la recherche d'un habile architecte. Viens et je t'adresserai à lui. » « Seigneur, répondit Thomas, partout où vous voudrez, envoyez-moi, excepté aux Indes. » Dieu lui dit : « Va sans aucune appréhension, car je serai ton gardien. Quand tu auras converti les Indiens, tu viendras à moi avec la palme du martyre. » Et Thomas lui répondit : « Vous êtes mon maître, Seigneur, et moi votre serviteur : que votre volonté soit faite. » Comme le prévôt ou l'intendant se promenait sur la place, le Seigneur lui dit : « Que vous faut-il, jeune homme ? » « Mon maître, dit celui-ci, m'a envoyé pour lui ramener des ouvriers habiles en architecture, qui lui construisent un palais à la romaine. » Alors le Seigneur lui offrit Thomas comme un homme très capable en cet art. Ils s'embarquèrent et arrivèrent à une ville où le roi célébrait le mariage de sa fille. Il avait fait annoncer que tous prissent part à la noce, sous peine d'encourir sa colère. Abanès et l'apôtre s'y rendirent. Or, une jeune fille juive, qui tenait une flûte à la main, adressait quelques paroles flatteuses à chacun. Quand elle vit l'apôtre, elle reconnut qu'il était juif parce qu'il ne mangeait point et qu'il tenait les yeux fixés vers le ciel. Alors elle se mit à chanter en hébreu devant lui : « C'est le Dieu des Hébreux qui seul a créé l'univers, et creusé les mers », et l'apôtre voulait lui faire répéter ces mêmes paroles. L'échanson remarquant qu'il ne mangeait ni ne buvait, mais tenait constamment les yeux vers le ciel, donna un soufflet à l'apôtre de Dieu. « Mieux vaudrait pour toi d'être épargné plus tard, lui dit l'apôtre, et d'être puni ici-bas d'un châtiment passager. Je ne me lèverai point que la main qui m'a frappé n'ait été ici même apportée par les chiens. » Or, l'échanson étant allé puiser de l'eau à la fontaine, un lion l'étrangla et but son sang. Les chiens déchirèrent son cadavre, et l'un d'eux, qui était noir, en apporta la main droite au milieu du festin. A cette vue toute la foule fut saisie, et la pucelle, se ramentevant les paroles, jeta sa flûte et vint se prosterner aux pieds de l'apôtre. Cette vengeance est blâmée par saint Augustin dans son livre contre Fauste où il déclare qu'elle a été intercalée ici par un faussaire; aussi cette légende est tenue pour suspecte en bien des points. On pourrait dire néanmoins, que ce ne fut pas une vengeance mais une prédiction. En examinant au reste avec soin les paroles de saint Augustin, cette action ne paraît pas improuvée tout à fait. Or voici ce qu'il dit dans le même livre : « Les Manichéens se servent de livres apocryphes, écrits sous le

1. On a des médailles de Gondoforus.

nom des apôtres, je ne sais par quels compilateurs de fables. Au temps de leurs auteurs, ils auraient joui de quelque autorité dans l'Eglise, si de saints docteurs qui vivaient alors et qui pouvaient les examiner en eussent reconnu l'authenticité. Ils racontent donc que l'apôtre Thomas se trouvant à un repas de noces comme pèlerin inconnu, il avait été frappé de la main d'un serviteur contre lequel il aurait exprimé aussitôt le souhait d'une cruelle vengeance. Car cet homme, étant sorti afin d'aller puiser de l'eau à une fontaine pour les convives, aurait été tué par un lion qui se serait jeté sur lui; et la main qui avait frappé légèrement la figure de l'apôtre, arrachée du corps d'après son vœu et ses imprécations, aurait été apportée par un chien sur la table où l'apôtre était placé. Peut-on voir quelque chose de plus cruel ? Or, si je ne me trompe, cela veut dire qu'en obtenant son pardon pour la vie future, il y eut une certaine compensation par un plus grand service qu'il lui rendait. L'apôtre, chéri et honoré de Dieu, était, par ce moyen, rendu recommandable et à ceux qui ne le connaissaient pas et à celui en faveur duquel il obtenait la vie éternelle à la place d'une vie qui devait finir. Il m'importe peu si ce récit est vrai ou faux : ce qu'il y a de certain, c'est que les Manichéens, qui reçoivent comme vraies et sincères ces écritures que le canon de l'Eglise rejette, sont du moins forcés d'avouer que la vertu de patience enseignée par le Seigneur lorsqu'il dit : « Si quelqu'un vous frappe sur la joue droite, présentez-lui la gauche », peut exister réellement au fond du cœur, quand bien même on n'en ferait pas montre par ses gestes et ses paroles, puisque l'apôtre, qui avait été souffleté, pria le Seigneur d'épargner l'insolent dans la vie future, en ne laissant pas sa faute impunie ici-bas, plutôt que de lui présenter l'autre joue ou de l'avertir de le frapper une seconde fois. Il avait l'amour de la charité intérieurement, et extérieurement il réclamait une correction qui servît d'exemple. Que ceci soit vrai ou que ce ne soit qu'une fable, pourquoi refuseraient-ils de louer dans l'apôtre ce qu'ils approuvent dans le serviteur de Dieu Moïse qui égorgea les fabricateurs et les adorateurs d'une idole? « Si nous comparons les châtiments, être tué par le glaive ou être déchiré sous la dent des bêtes féroces, c'est chose semblable, puisque les juges, d'après les lois publiques, condamnent les grands coupables à périr ou sous la dent des bêtes ou bien par l'épée. » Voilà ce que dit saint Augustin. Alors l'apôtre, sur la demande du roi, bénit l'époux et l'épouse en disant : « Accordez, Seigneur, la bénédiction de votre droite à ces jeunes gens, et semez au fond de leurs cœurs les germes féconds de la vie. » Quand l'apôtre se retira, l'époux se trouva tenir une branche chargée de dattes. Les époux après avoir mangé de ces fruits s'endormirent tous deux et eurent le même songe. Il leur semblait qu'un roi couvert de pierreries les embrassait en disant : « Mon apôtre vous a bénis pour que vous ayez part à la vie éternelle. » S'étant éveillés ils se racontaient l'un à l'autre leur songe, quand l'apôtre se présenta, il leur dit : « Mon roi vient de vous apparaître, il m'a introduit ici les portes fermées, pour que ma bénédiction vous profitât. Gardez la pureté du corps, c'est la reine de toutes les vertus et le salut éternel en est le fruit. La virginité est la sœur des Anges, comble de biens, elle donne la victoire sur les passions mauvaises, c'est le trophée de la foi, la fuite des démons et le gage des joies éternelles. La luxure engendre la corruption, de la corruption naît la souillure, de la souillure vient la culpabilité, et la culpabilité produit la confusion. » Pendant qu'il exposait ces maximes, apparurent deux anges qui leur dirent : « Nous sommes envoyés pour être vos anges gardiens : si vous mettez en pratique les avis de l'apôtre avec fidélité, nous offrirons tous vos souhaits à Dieu. » Alors Thomas les baptisa et leur enseigna chacune des vérités de la foi. Longtemps après, l'épouse, nommée Pélagie, se consacra à Dieu en prenant le voile, et l'époux, qui s'appelait Denys, fut ordonné évêque de cette ville.

Après cela, Thomas et Abanès allèrent chez le roi des Indes. L'apôtre traça le plan d'un palais magnifique : le roi, après lui avoir remis de considérables trésors, partit pour une autre province. L'apôtre distribua aux pauvres le trésor tout entier. Pendant les deux ans que dura l'absence du roi, Thomas se livra avec ardeur à la prédication et convertit à la fois un monde innombrable. A son retour, le roi s'étant informé de ce qu'avait fait Thomas, l'enferma avec Abanès au fond d'un cachot, en attendant qu'on les fît écorcher et livrer aux flammes. Sur ces entrefaites, Gab, frère du roi, meurt. On se préparait à lui élever un tombeau magnifique, quand le quatrième jour, le mort ressuscita; tout le monde effrayé fuyait sur ses pas; alors il dit à son frère : « Cet homme, mon frère, que tu te disposais à faire écorcher et brûler, c'est un ami de Dieu et tous les anges lui obéissent. Ceux qui me conduisaient en paradis me montrèrent un palais admirable bâti d'or, d'argent et de pierres précieuses; j'en admirais la beauté, quand ils me dirent : « C'est le palais que « Thomas avait construit pour ton frère », et comme je disais : « Que n'en suis-je le portier! » Ils ajoutèrent alors : « Ton frère s'en est rendu indigne; si donc tu « veux y demeurer, nous prierons le Seigneur de vouloir « bien te ressusciter afin que tu puisses l'acheter à ton « frère en lui remboursant l'argent qu'il pense avoir « perdu. » En parlant ainsi, il courut à la prison de l'apôtre, le priant d'avoir de l'indulgence pour son frère. Il délia ses chaînes et le pria de recevoir un vêtement précieux.

« Ignores-tu, lui répondit l'apôtre, que rien de charnel, rien de terrestre n'est estimé de ceux qui désirent avoir puissance en choses célestes ? Il sortait de la prison quand le roi, qui venait au-devant de lui, se jeta à ses pieds en lui demandant pardon. Alors l'apôtre dit : « Dieu t'a accordé une grande faveur que de te révéler ses secrets. Crois en J.-C. et reçois le baptême pour participer au royaume éternel. » Le frère du roi lui dit : « J'ai vu le palais que tu avais bâti pour mon frère et il me ferait plaisir de l'acheter. » L'apôtre repartit : « Cela est au pouvoir de ton frère. » Et le roi lui dit : « Je le garde pour moi : que l'apôtre t'en bâtisse un autre, ou bien s'il ne le peut, nous le posséderons en commun. » L'apôtre répondit : « Ils sont innombrables dans le ciel, les palais préparés aux élus depuis le commencement du monde; on les achète par les prières et au prix de la foi et des aumônes. Vos richesses peuvent vous y précéder, mais elles ne sauraient vous y suivre. »

Un mois après, l'apôtre ordonna de rassembler tous les pauvres de cette province, et quand ils furent réunis, il en sépara les malades et les infirmes, fit une prière sur eux. Et après que ceux qui avaient été instruits eurent répondu : *Amen*, un éclair parti du ciel éblouit aussi bien l'apôtre que les assistants pendant une demi-heure, au point que tous se croyaient tués par la foudre; mais Thomas se leva et dit : « Levez-vous, car mon Seigneur est venu comme la foudre et vous a guéris. » Tous se levèrent alors guéris et rendirent gloire à Dieu et à l'apôtre. Thomas s'empressa de les instruire et leur démontra les douze degrés des vertus. Le 1er, c'est de croire en Dieu, qui est un en essence et triple en personnes; il leur donna trois exemples sensibles pour prouver que dans une essence il y a trois personnes. Le 1er est que dans l'homme il y a une sagesse et d'une seule et unique procèdent intelligence, mémoire et génie. Par ce génie, dit-il, vous découvrez ce que vous n'avez pas appris; par la mémoire, vous retenez ce que vous avez appris et avec l'intelligence vous comprenez ce qui peut être démontré et enseigné. Le 2e est que dans une vigne il se trouve trois parties : le bois, les feuilles et le fruit et ces trois ensemble font une seule et même vigne. Le 3e est qu'une tête contient quatre sens, savoir : la vue, le goût, l'ouïe et l'odorat; ce qui est multiple et ne fait cependant qu'une tête. Le 2e degré est de recevoir le baptême. Le 3e est de s'abstenir de la fornication. Le 4e c'est de fuir l'avarice. Le 5e de se préserver de la gourmandise. Le 6e de vivre dans la pénitence. Le 7e de persévérer dans ces bonnes œuvres. Le 8e d'aimer à pratiquer l'hospitalité. Le 9e de chercher et de faire la volonté de Dieu dans ses actions. Le 10e de rechercher ce que la volonté de Dieu défend et de l'éviter. Le 11e de pratiquer la charité envers ses amis comme envers ses ennemis. Le 12e d'apporter un soin vigilant à garder ces degrés. Après cette prédication furent baptisés neuf mille hommes, sans compter les enfants et les femmes. De là Thomas alla dans l'Inde supérieure, où il se rendit célèbre par un grand nombre de miracles. L'apôtre donna la lumière de la foi à Sintice, qui était amie de Migdomie, épouse de Carisius, cousin du roi, et Migdomie dit à Sintice : « Penses-tu que je le puisse voir ? » Alors Migdomie, de l'avis de Sintice, changea de vêtement et vint se joindre aux pauvres femmes dans le lieu où l'apôtre prêchait. Or le saint se mit à déplorer la misère de la vie et dit entre autres choses que cette vie est misérable, qu'elle est fugitive et sujette aux disgrâces! quand on croit la tenir, elle s'échappe et se disloque, et il commença à exhorter par quatre raisons à écouter volontiers la parole de Dieu, qu'il compara à quatre sortes de choses, savoir : à un collyre, parce qu'elle éclaire l'œil de notre intelligence; à une potion, parce qu'elle purge et purifie notre affection de tout amour charnel; à un emplâtre, en ce qu'elle guérit les blessures de nos péchés; à la nourriture, parce qu'elle nous fortifie dans l'amour des choses célestes : or de même, ajouta-t-il, que ces objets ne font de bien à un malade qu'autant qu'il les prend, de même la parole de Dieu ne profite pas à une âme languissante si elle ne l'écoute avec dévotion. Or tandis que l'apôtre prêchait, Migdomie crut et dès lors elle eut horreur de partager la couche de son mari. Mais Carisius demanda au roi et obtint que l'apôtre fût mis en prison. Migdomie l'y vint trouver et le pria de lui pardonner d'avoir été emprisonné par rapport à elle. Il la consola avec bonté et l'assura qu'il souffrait tout de bon cœur. Or Carisius demanda au roi d'envoyer la reine, sœur de sa femme, pour qu'elle tâchât de la ramener, s'il était possible. La reine fut envoyée et convertie par celle qu'elle voulait pervertir; après avoir vu tant de prodiges opérés par l'apôtre : « Ils sont maudits de Dieu, dit-elle, ceux qui ne croient pas à de si grands miracles et à de pareilles œuvres. » Alors l'apôtre instruisit brièvement tous les auditeurs sur trois points, savoir : d'aimer l'Eglise, d'honorer les prêtres et de se réunir assidûment pour écouter la parole de Dieu. La reine étant revenue, le roi lui dit : « Pourquoi être restée si longtemps ? » Elle répondit : « Je croyais Migdomie folle et elle est très sage; en me conduisant à l'apôtre de Dieu, elle m'a fait connaître la voie de la vérité et ceux-là sont bien insensés qui ne croient pas en J.-C. » Or la reine refusa d'avoir désormais commerce avec le roi. Celui-ci, stupéfait, dit à son parent : « En voulant recouvrer ta femme, j'ai perdu la mienne qui se comporte envers moi de pire façon que ne fait la tienne à ton égard. » Alors le roi ordonna de lier les mains de l'apôtre, le fit amener en sa présence et lui enjoignit de ramener leurs femmes à leurs maris. Mais l'apôtre lui démontra par trois exemples qu'elles ne le devaient pas faire, tant qu'ils persisteraient dans l'erreur, savoir : par l'exemple du roi, l'exemple de la tour et l'exemple de la fontaine. « D'où vient, dit-il, que vous, qui êtes roi, vous ne voudriez pas que votre service se fît d'une manière sale et que vous exigez la propreté dans vos serviteurs et dans vos servantes ? Combien plus devez-vous croire que Dieu exige un service très chaste et très propre ? Pourquoi me faire un crime de prêcher aux serviteurs de Dieu de l'aimer, quand vous désirez la même chose dans les vôtres ? J'ai élevé une tour très haute et vous me dites, à moi qui l'ai bâtie, de la détruire ? J'ai creusé profondément la terre et fait jaillir une fontaine de l'abîme et vous me dites de la combler ? » Le roi, en colère, fit apporter des lames de fer brûlantes et placer l'apôtre nu-pieds sur elles; mais aussitôt, par l'ordre de Dieu, une fontaine surgit en cet endroit-là même et les refroidit. Alors le roi, d'après le conseil de son parent, fit jeter Thomas dans une fournaise ardente, qui s'éteignit, de telle sorte que le lendemain il en sortit sain et frais. Carisius dit au roi : « Fais-lui offrir un sacrifice au soleil, afin qu'il encoure la colère de son Dieu qui le préserve. » Comme on pressait l'apôtre de le faire, il dit au roi : « Tu vaux mieux que ce que tu fais exécuter, puisque tu négliges le vrai Dieu pour honorer une image. Tu penses, comme te l'a dit Carisius, que Dieu s'irritera contre moi quand j'aurai adoré ton dieu; il sera bien plus irrité contre ton idole, car il la brisera : adore-le donc. Que si en adorant ton Dieu, le mien ne le renverse pas, je sacrifie à l'idole; mais s'il en arrive ainsi que je le dis, tu croiras à mon Dieu. » Le roi lui dit : « Tu me parles comme à un égal. » Alors l'apôtre commanda en langue hébraïque au démon renfermé dans l'idole qu'aussitôt qu'il aurait fléchi le genou devant lui, à l'instant il brisât l'idole. Or l'apôtre, en fléchissant le genou, dit : « Voici que j'adore, mais ce n'est pas l'idole; voici que j'adore, mais ce n'est pas le métal; voici que j'adore, mais ce n'est pas un simulacre, car Celui que j'adore, c'est mon Seigneur J.-C., au nom duquel je te commande, démon, qui te caches dans cette image, de la briser. » Et aussitôt elle disparut comme une cire qui se fond. Tous les prêtres poussèrent des hurlements et le pontife du temple saisit un glaive avec lequel il perça l'apôtre en disant : « C'est moi qui tirerai vengeance de l'affront fait à mon Dieu. » Pour le roi et Carisius, ils s'enfuirent en voyant le peuple s'apprêtant à venger l'apôtre et à brûler vif le pontife. Les chrétiens emportèrent le corps du saint et l'ensevelirent honorablement. Longtemps après, c'est-à-dire environ l'an 230, il fut transporté en la ville d'Edesse, qui s'appelait autrefois Ragès des Mèdes. Ce fut l'empereur Alexandre qui le fit à la prière des Syriens. Or, en cette ville, aucun hérétique, aucun juif, aucun païen n'y peut vivre, pas plus qu'aucun tyran ne saurait y faire de mal, depuis que Abgare, roi de cette cité, eut l'honneur de recevoir une lettre écrite de la main du Sauveur [1]. Car aussitôt que l'ennemi vient attaquer cette ville, un enfant baptisé, debout sur la porte, lit cette lettre et le jour même, tant par l'écrit du Sauveur que par les mérites de l'apôtre Thomas, les ennemis sont mis en fuite ou font la paix. Voici ce que dit de cet apôtre Isidore, dans son livre de la vie et de la mort des saints : « Thomas, disciple et imitateur de J.-C., fut incrédule en entendant et fidèle en voyant. Il prêcha l'Evangile aux Parthes, aux Mèdes, aux Perses, aux Hircaniens et aux Bactriens : en entrant dans l'Orient et en pénétrant dans l'intérieur du pays, il prêcha jusqu'à l'heure de son martyre. Il fut percé à coups de lances. » Ainsi parle Isidore [2]. Et saint Chrysostome dit, de son côté, que quand Thomas fut arrivé au pays des Mages qui étaient venus adorer J.-C., il les baptisa, puis ils devinrent ses coadjuteurs dans l'établissement de la foi chrétienne.

1. Eusèbe rapporte au 1er livre de son *Histoire ecclésiastique* et la lettre d'Abgare et la réponse de J.-C. (chap. XIII). Il a pris, dit-il, ces deux pièces dans les archives d'Edesse.

2. Isidore raconte des faits conformes à cette légende.

DES FÊTES QUI ARRIVENT DANS LE TEMPS COMPRIS EN PARTIE SOUS LE TEMPS DE LA RÉCONCILIATION ET EN PARTIE SOUS LE TEMPS DU PÈLERINAGE

Après avoir parlé des fêtes qui tombent pendant le temps de la rénovation, qui part de Moïse et des Prophètes pour durer jusqu'à la venue de J.-C., en la chair, temps que l'Eglise rappelle depuis l'Avent jusqu'à la Nativité du Seigneur inclusivement, suivent les fêtes qui échoient dans le temps renfermé, partie sous le temps de la réconciliation, partie du pèlerinage. Il est rappelé par l'Eglise à partir de la Nativité jusqu'à la Septuagésime, ainsi qu'il a été dit plus haut dans le prologue.

LA NATIVITÉ DE N.-S. JÉSUS-CHRIST SELON LA CHAIR

La nativité de Notre-Seigneur J.-C. selon la chair arriva, au dire de quelques-uns, 5228 ans accomplis depuis Adam, 6000, selon d'autres, d'après Eusèbe de Césarée, en ses chroniques, 5199, au temps de l'empereur Octavien. Méthodius, qui donne la date de 6000 ans, paraît se fonder plutôt sur des idées mystiques que sur la chronique. Or, quand le fils de Dieu a pris chair, l'univers jouissait d'une paix si profonde que l'empereur des Romains était le seul maître du monde. Son premier nom fut Octave; on le surnomma César de Jules César dont il était le neveu. Il fut encore appelé Auguste parce qu'il augmenta la république, et empereur de la dignité dont il fut honoré. C'est le premier des rois qui porta ce titre. Car de même que le Sauveur a voulu naître pour nous acquérir la paix du cœur, ou du temps, et la paix de l'éternité, de même, il voulut encore que la paix du temps embellît sa naissance. Or, César-Auguste, qui gouvernait l'univers, voulut savoir combien de provinces, de villes, de forteresses, de bourgades, combien d'hommes renfermait son empire; il ordonna, en outre, ainsi qu'il est dit dans l'*Histoire scholastique* (ch. IV, Evang.) que tous les hommes iraient à la ville d'où ils étaient originaires, et que chacun en donnant un denier d'argent au président de la province, se reconnaîtrait sujet de l'empire romain. (Le denier valait dix sols ordinaires, ce qui l'a fait appeler denier.) En effet, la monnaie portait l'effigie et le nom de César. On déclarait aussi sa profession [1] : on faisait le dénombrement, mais pour diverses considérations. On déclarait donc sa profession, parce que chacun en rendant, comme on disait, la capitation, c'est-à-dire un denier, le plaçait sur sa tête et professait de sa propre bouche qu'il était le sujet de l'empire romain; d'où vient le mot de profession, professer de sa propre bouche; et cela avait lieu en présence de tout le peuple. On faisait le dénombrement, parce que le nombre de ceux qui portaient la capitation était désigné sous un chiffre particulier et inscrit sur les registres. Le dénombrement se fit pour la première fois par Cyrinus, gouverneur de Syrie. Ce fut le premier attribué à Cyrinus par l'*Histoire scholastique*. Or, comme la Judée est reconnue comme point central (le nombril) de notre terre habitable, il fut décidé que ce serait par elle que l'on commencerait, et que les autres gouverneurs continueraient l'opération par les provinces circonvoisines.

On le nomme aussi le premier dénombrement universel parce que d'autres avaient été faits en partie antérieurement, ou bien peut-être ce fut le premier qui se fit par tête, le second par villes de chaque pays, devant le lieutenant de César, et le troisième par chaque contrée à Rome, en présence de César. Or, Joseph étant de la race de David partit de Nazareth à Bethléem, et comme le temps des couches de la bienheureuse Marie était proche, et qu'il ignorait l'époque de son retour, il la prit et la mena avec lui à Bethléem, ne voulant pas remettre entre les mains d'un étranger le trésor que Dieu lui avait confié, jaloux qu'il était de s'en charger lui-même avec une sollicitude de tous les instants. Comme il approchait de Bethléem (ainsi l'attestent frère Barthélemi dans sa compilation [2] et le récit du *Livre de l'Enfance* [3]), la bienheureuse Vierge vit une partie du peuple dans la joie et une autre dans les gémissements : ce qu'un ange lui expliqua ainsi : « La partie du peuple qui est dans la joie, c'est le peuple gentil qui recevra bénédiction éternelle par le sang d'Abraham; et la partie qui est dans les gémissements, c'est le peuple juif réprouvé de Dieu, comme il l'a mérité. » Arrivés à Bethléem, parce qu'ils étaient pauvres, et parce que tous les autres venus pour le même motif occupaient

1. « On déclarait aussi sa profession... » : plutôt : « *C'est ce que l'on appelait, à deux points de vue différents, profession et dénombrement* ». (Note de l'éditeur.)

2. On a attribué à saint Barthélemy un évangile dont parlent saint Jérôme et Bède. Cs. Migne, *Œuvres de l'Aréopagite*, t. I, col. 1232.

3. *Dictionnaire des Apocryphes*, tome I, col. 159 et suiv.

les hôtelleries, ils ne trouvèrent aucun logement; ils se mirent donc sous un passage public, qui se trouvait, au dire de l'*Histoire scholastique*[1], entre deux maisons, ayant toiture, espèce de bazar sous lequel se réunissaient les citoyens soit pour converser, soit pour se voir, les jours de loisir, ou quand il faisait mauvais temps. Il se trouvait que Joseph y avait fait une crèche pour un bœuf et un âne, ou bien, d'après quelques auteurs, quand les gens de la campagne venaient au marché, c'était là qu'ils attachaient leurs bestiaux, et pour cette raison, on y avait établi une crèche. Au milieu donc de la nuit du jour du Seigneur, la bienheureuse vierge enfanta son fils et le coucha dans la crèche sur du foin; et ce foin, ainsi qu'il est dit dans l'*Histoire scholastique* (ch. V), fut dans la suite apporté à Rome par sainte Hélène. Le bœuf et l'âne n'avaient pas voulu le manger.

La naissance de J.-C. fut donc miraculeuse, quant à la génératrice, quant à celui qui fut engendré, quant au mode de génération.

I. La génératrice fut vierge avant et après l'enfantement; on prouve de cinq manières qu'elle resta vierge tout en étant mère : 1° par la prophétie d'Isaïe (VII) : « Voici qu'une vierge concevra et enfantera un fils. » 2° Par les figures : la verge d'Aaron fleurit sans aucun soin humain et la porte d'Ezéchiel demeura toujours close. 3° Par celui qui la garda. Joseph, en la soignant toujours, reste témoin de sa virginité. 4° Par l'épreuve. Dans la compilation de Barthélemi et dans le *Livre de l'Enfance du Sauveur*, on lit que, au moment de l'enfantement, Joseph, qui ne doutait pas au reste que Dieu dût naître d'une vierge, appela, selon la coutume de son pays, des sages-femmes qui s'appelaient l'une Zébel, et l'autre Salomé. Zébel en examinant avec soin et intention la trouva vierge : « Une vierge a enfanté ! » s'écria-t-elle. Salomé, qui n'en croyait rien, voulut en avoir la preuve, comme Zébel, mais sa main se dessécha aussitôt. Cependant un ange, qui lui apparut, lui fit toucher l'enfant, et elle fut guérie tout de suite. 5° Par l'évidence du miracle : au témoignage d'Innocent III[2], Rome fut en paix pendant 12 ans. Alors les Romains élevèrent à la paix un temple magnifique et y placèrent la statue de Romulus. On consulta Apollon pour savoir combien de temps durerait la paix et on obtint cette réponse : « Jusqu'au moment où une vierge enfantera. » En entendant cela, tout le monde dit : « Donc elle durera toujours. » Ils croyaient impossible, en effet, qu'une vierge mît jamais au monde. Ils placèrent alors cette inscription sur les portes du Temple : *Temple*

1. Pierre Comestor.
2. IIe sermon sur la Nativité.

éternel de la paix. Mais la nuit même que la vierge enfanta, le temple s'écroula jusqu'aux fondements et c'est là que se trouve aujourd'hui l'église de Sainte-Marie-la-Nouvelle.

II. La nativité de J.-C. fut miraculeuse quant à celui qui fut engendré. Car, ainsi que le dit saint Bernard, l'éternel, l'antique et le nouveau se trouvèrent réunis dans la même personne : l'éternel, c'est la divinité, l'antique c'est la chair tirée d'Adam, le nouveau, c'est une âme créée de nouveau. Le même saint dit autre part : « Dieu a fait trois mélanges et trois œuvres, tellement singuliers que jamais il n'en a été fait et jamais il ne s'en fera de semblables. Car il y eut union réelle entre un Dieu et un homme, entre une mère et une vierge, entre la foi et l'esprit humain. La première union est très admirable, parce que le démon et Dieu, la majesté et l'infirmité ont été joints ensemble. Quelle bassesse et quelle sublimité! Il n'y a rien en effet de plus sublime que Dieu, comme il n'y a rien de plus bas que l'homme. La seconde union n'est pas moins admirable, car jamais, au monde, on n'avait entendu dire qu'une femme qui avait enfanté fût vierge, qu'une mère ne cessât pas d'être vierge. La troisième union est inférieure à la première et à la seconde, mais elle n'est pas moins importante. C'est chose admirable que l'esprit humain ait ajouté foi à ces deux choses, que l'on ait pu croire enfin que Dieu fût homme et que celle qui avait enfanté fût restée vierge. » (Saint Bernard.)

III. La naissance de J.-C. fut miraculeuse du côté de celui qui fut engendré. En effet l'enfantement fut au-dessus de la nature, par cela qu'une vierge conçut; au-dessus de la raison, pour avoir enfanté un Dieu; au-dessus de la condition de la nature humaine, puisque, contre l'ordinaire, elle enfanta sans douleurs, car elle conçut du Saint-Esprit : la vierge en effet n'engendra pas d'un sang humain, mais d'un souffle mystique. Le Saint-Esprit prit ce qu'il y avait de plus pur et de plus chaste dans le sang de la vierge et en forma ce corps; et Dieu manifesta un quatrième mode admirable de créer un homme. Voici à ce sujet ce que dit saint Anselme [1] : « Dieu peut créer l'homme de quatre manières : sans homme ni femme, comme il a créé Adam; d'un homme sans femme, comme il a créé Eve; de l'homme et de la femme, comme d'habitude; d'une femme sans homme, comme cela s'est opéré aujourd'hui merveilleusement. »

En second lieu, sa naissance fut démontrée de beaucoup de manières. D'abord par toutes espèces de créatures. Or il y a une sorte de créature qui a seulement l'être, comme celles qui sont purement corporelles, par exemple les pierres; une autre a l'être et la vie, comme les végétaux

1. *Cur Deus Homo*, liv. II, c. VIII.

et les arbres; une autre espèce a l'être, la vie et le sentiment, savoir les animaux; une autre a l'être, la vie, le sentiment et le discernement, comme l'homme; une dernière espèce qui a l'être, la vie, le sentiment, le discernement et l'intelligence, comme l'ange. Toutes ces créatures démontrèrent aujourd'hui la naissance de J.-C. Le 1er ordre, qui est purement corporel, est triple. Il est ou bien opaque, ou bien transparent, ou pénétrant et lucide [1]. Elle a été montrée premièrement par les substances purement corporelles opaques; ainsi la destruction du temple des Romains, comme il a été dit plus haut; ainsi la chute de différentes statues qui tombèrent en plusieurs autres lieux. Voici ce qu'on lit dans l'*Histoire scholastique* (ch. III, Tobie) : « Le prophète Jérémie venant en Egypte, après la mort de Godolias, apprit aux rois du pays que leurs idoles crouleraient quand une vierge enfanterait un fils. C'est pour cela que les prêtres des idoles avaient élevé et adoraient dans un lieu caché du temple, l'image d'une vierge portant un enfant dans son giron. Le roi Ptolémée leur demanda ce que cela signifiait : ils répondirent que, de tradition paternelle, c'était un mystère révélé à leurs ancêtres par un saint prophète, et qui devait se réaliser un jour. » Secondement, par les substances purement corporelles transparentes et pénétrantes. En effet la nuit même de la naissance du Seigneur, l'obscurité fut changée en une clarté pareille à celle du jour. A Rome (Orose, liv. VI, ch. XX, et Innocent III, IIe sermon de Noël, l'attestent), dans une fontaine [2] l'eau fut changée en une huile qui coula jusqu'au Tibre avec la plus grande abondance. Or la sibylle avait prédit que quand jaillirait une source d'huile, naîtrait le Sauveur. Troisièmement par les substances corporelles lucides, exemple : les corps célestes. Le jour de la naissance du Sauveur, d'après une relation dont parle saint Chrysostome [3], les Mages étant en prières sur une montagne, une étoile apparut devant eux, ayant la forme du plus bel enfant, sur la tête duquel brillait une croix. Elle dit aux Mages d'aller en Judée et que là ils trouveraient ce nouveau-né. Ce jour-là encore, trois soleils apparurent à l'orient, et peu à peu ils n'en formèrent plus qu'un. C'était un signe que la Trinité et l'unité de Dieu allaient être connues dans le monde, ou bien que celui qui venait de naître rassemblait dans sa seule personne trois substances : l'âme, la chair et la divinité. On lit pourtant dans l'*Histoire scholastique*

1. « Ou bien transparent, ou pénétrant et lucide » : plutôt : « *ou bien transparent et diaphane, ou lumineux* ». (Note de l'éditeur.)

2. Fontaine qui donne de l'huile à Rome, en ce lieu est aujourd'hui l'église de Sainte-Marie au-delà du Tibre.

3. Sur *Saint Matthieu*, ch. III.

(ch. XVI, Machab.), que ce ne fut pas au jour de la naissance du Sauveur que parurent les trois soleils, mais bien quelque temps auparavant, savoir après la mort de Jules César. Eusèbe l'assure aussi en sa chronique. L'empereur Octave, dit le pape Innocent III, après avoir soumis l'univers à la domination romaine, plut tellement au Sénat que celui-ci voulut l'honorer comme un dieu. Mais Auguste, plein de prudence, qui se savait être homme, ne voulut pas consentir à usurper l'honneur de l'immortalité. Sur les instances du Sénat, il consulta la sibylle pour apprendre, par ses oracles, s'il naîtrait jamais un jour dans le monde un mortel plus grand que lui. Or c'était au jour de la naissance de J.-C. que cela se passait, et comme la sibylle expliquait ses oracles seule avec l'empereur dans une chambre du palais, voici qu'au milieu du jour, un cercle d'or entoure le soleil, et au milieu du cercle paraît une vierge merveilleusement belle, portant un enfant sur son giron : ce que la sibylle montra au César extasié de cette vision; il entendit alors une voix lui dire : « Celle-ci est l'autel du ciel », et la sibylle ajouta : « Cet enfant est plus grand que toi, il te faut l'adorer. » Or ce palais fut dédié en l'honneur de sainte Marie, et c'est aujourd'hui Sainte-Marie de l'*ara cœli*. L'empereur comprit donc que cet enfant était plus grand que lui; il lui offrit de l'encens et dès ce moment il renonça à se faire appeler Dieu. Voici comment s'exprime Orose à ce sujet [1] : « Au temps d'Octave, environ à la troisième heure, par un ciel clair, pur et serein, un cercle en forme d'arc-en-ciel entoura le disque du soleil, comme si était venu celui qui avait créé et régissait seul le soleil lui-même et l'univers. » Eutrope le dit aussi. Il est rapporté dans Timothée, l'historiographe, qu'il a trouvé dans les anciennes histoires des Romains que Octave, l'an XXXV de son règne, monta au Capitole et demanda avec instance aux dieux quel serait après lui le gouverneur de la République, et qu'il entendit une voix lui dire : « C'est un enfant céleste, fils du Dieu vivant, qui doit bientôt naître d'une vierge restée sans tache, Dieu et homme sans macule. » Ayant appris cela, il éleva un autel en ce lieu et y plaça cette inscription : « Autel du fils de Dieu vivant. » 2° La nativité a été montrée manifestement par la créature qui a l'être et la vie, comme les plantes et les arbres. Au rapport de Barthélemi dans sa compilation [2], cette nuit-là même les vignes d'Engadi, qui portent le baume, fleurirent, eurent des fruits et donnèrent leur liqueur. 3° Par la créature qui a l'être, la vie et le sentiment, comme les animaux.

1. Liv. VI, ch. XX.
2. Barthélemi de Sion, dans le *Mariale*.

Joseph, en s'en allant à Bethléem avec Marie qui était enceinte, mena avec lui un bœuf, peut-être pour le vendre, payer le cens que lui et son épouse devaient, et vivre du reste, et un âne, peut-être pour servir de monture à la Vierge. Or le bœuf et l'âne connurent le Seigneur par l'effet d'un miracle et fléchirent le genou pour l'adorer. Avant la nativité de J.-C., raconte Eusèbe dans sa chronique, pendant quelques jours, des bœufs qui labouraient dirent aux laboureurs : « Les hommes manqueront, les moissons profiteront. » 4° Par la créature qui a l'être, la vie, le sentiment et le discernement, comme est l'homme, ainsi les bergers. En effet à cette heure, les bergers veillaient sur leurs troupeaux, comme ils avaient coutume de faire deux fois par an dans les plus longues et dans les plus courtes nuits. Anciennement, à chaque solstice, c'est-à-dire au solstice d'été, environ vers la fête de saint Jean-Baptiste, et à celui d'hiver, vers la nativité de N.-S., c'était une coutume des gentils de veiller la nuit pour honorer le soleil, coutume qui avait pris racine aussi chez les juifs, peut-être pour suivre l'usage des étrangers qui habitaient chez eux. L'ange du Seigneur leur apparaissant annonça le Sauveur né et leur donna un signe pour le trouver. A cet ange se joignit une multitude d'autres qui disaient : « Gloire à Dieu au plus haut des cieux », etc. Or les bergers vinrent et trouvèrent tout comme l'ange avait dit. Elle a encore été manifestée par César-Auguste, qui défendit alors que personne ne l'appelât *seigneur*, au témoignage d'Orose. C'est peut-être pour avoir vu l'arc autour du soleil, que, se rappelant la ruine du temple, la fontaine d'huile et comprenant que celui qui l'emportait en grandeur était né dans le monde, il ne voulut être appelé ni dieu ni seigneur. On lit encore, en certaines chroniques, que, sur l'approche de la naissance du Seigneur, Octave fit établir des chemins publics par le monde, et fit remise de toutes les dettes des Romains. Elle a été manifestée aussi par les sodomites qui, dans tout le monde, furent détruits cette même nuit; ainsi le dit saint Jérôme sur ce passage : *Lux orta est.* Une lumière s'est levée et si grande qu'elle fit mourir tous ceux qui étaient adonnés à ce vice; c'est ce que fit le Christ pour le déraciner, et pour qu'une si infâme impureté n'existât plus désormais dans la nature humaine qu'il avait prise. Car, dit saint Augustin, Dieu voyant dans le genre humain ce vice contre nature fut presque en suspens s'il s'incarnerait. 5° Par la créature qui a l'être, la vie, le sentiment, le discernement et l'intelligence, comme l'ange. Les anges en effet, annoncèrent la naissance de J.-C. aux bergers, comme on vient de le dire plus haut. Troisièmement, sa naissance nous fut utilement démontrée : 1° à la confusion des démons; car cet ennemi ne saurait l'emporter sur nous comme auparavant. On lit [1] que saint Hugues, abbé de Cluny, la veille de la nativité du Seigneur, vit la bienheureuse vierge tenant son fils dans ses bras : « C'est, dit-elle, aujourd'hui le jour où les oracles des prophètes sont renouvelés. Où est maintenant cet ennemi qui avant ce jour était maître des hommes ? » A ces mots, le diable sortit de dessous terre, pour insulter aux paroles de la madone, mais l'iniquité s'est mentie à elle-même, parce que, comme il parcourait tous les appartements des frères, la dévotion le rejeta hors de l'oratoire, la lecture hors du réfectoire, les couvertures de bas prix hors du dortoir, et la patience hors du chapitre. On lit encore, dans le livre de Pierre de Cluny, que, la veille de Noël, la bienheureuse vierge apparut à saint Hugues, abbé de Cluny, portant son fils et jouant avec lui en disant : « Mère, vous savez avec quelle joie l'Eglise célèbre aujourd'hui le jour de ma naissance, or où est désormais la force du diable ? que peut-il dire et faire ? » Alors le diable semblait se lever de dessous terre et dire : « Si je ne puis entrer dans l'église où l'on célèbre vos louanges, j'entrerai cependant au chapitre, au dortoir et au réfectoire. » Et il tenta de le faire; mais la porte du chapitre était trop étroite pour sa grosseur, la porte du dortoir trop basse pour sa hauteur, et la porte du réfectoire avait des barrières formées par la charité des servants, par l'avidité apportée à écouter la lecture, par la sobriété dans le boire et le manger, et alors il s'évanouit tout confus. 2° Pour obtenir le pardon.

On lit, dans un livre d'exemples qu'une mauvaise femme, revenue à de bons sentiments, désespérait de son pardon; car en pensant au jugement, elle se trouvait coupable, en pensant à l'enfer elle se croyait digne d'y être tourmentée; en pensant au paradis, elle se voyait immonde, à la passion, elle se regardait comme ingrate; mais en pensant à l'enfance de Jésus et à la facilité qu'il y a d'apaiser les enfants, elle conjura le Christ par son enfance, et mérita d'entendre une voix qui lui assurait le pardon. 3° Pour la guérison des infirmités. Voici ce que dit saint Bernard sur cette utilité de la naissance de J.-C. : « Le genre humain avait trois maladies, au commencement, au milieu et à la fin : c'est-à-dire, à la naissance, à la vie et à la mort. La naissance était souillée, la vie perverse et la mort dangereuse. Vint J.-C. qui apporta un triple remède à cette triple maladie. Il est né, a vécu et est mort. Sa naissance a purifié la nôtre; sa vie est une instruction pour la nôtre, et sa mort a détruit la nôtre. » (Saint Bernard.) 4° Pour l'humiliation de notre orgueil. Ce qui a fait dire à saint Augustin que l'humilité à nous montrée par le

1. Pierre le Vénérable, *De miraculis*, liv. I, ch. XV.

Fils de Dieu dans l'Incarnation nous fut un exemple, un sacrement et un remède : un exemple à imiter, un sacrement par lequel le lien de notre péché est rompu, et un remède qui guérit l'enflure de notre orgueil (saint Augustin). En effet l'orgueil du premier homme a été guéri par l'humilité de J.-C. Observez encore que l'humilité du Sauveur correspond bien à l'orgueil du traître, car l'orgueil du premier homme fut contre Dieu, jusqu'à Dieu et au-dessus de Dieu. Il fut contre Dieu, car il alla contre le précepte qui défendait de manger le fruit de l'arbre de la science du bien et du mal; il fut jusqu'à Dieu, car il alla jusqu'à désirer atteindre à la divinité, en croyant ce que le diable avait dit : « Vous serez comme des dieux »; il fut enfin au-dessus de Dieu, selon saint Anselme, en voulant ce que Dieu ne voulait pas que l'homme voulût; il plaça en effet sa volonté au-dessus de celle de Dieu, mais le fils de Dieu, selon saint Jean Damascène, s'humilia pour les hommes, non contre les hommes, jusqu'aux hommes, et au-dessus des hommes : pour les hommes, c'est-à-dire, pour leur utilité et leur salut; jusqu'aux hommes, par une naissance semblable à la leur; au-dessus des hommes, par une naissance différente de la leur. Car sa naissance fut en un point semblable à la nôtre; en effet il est né d'une femme, et par le même mode de propagation, et, en un point, différente de la nôtre, car il est né du Saint-Esprit et de la vierge Marie.

SAINTE ANASTASIE [1]

Anastasie vient de *ana*, au-dessus, et *stasis*, qui se tient debout, ou état, parce qu'elle s'éleva des vices aux vertus.

Anastasie était une très noble fille de Pretaxatus, illustre sénateur romain, mais païen, et elle avait reçu les principes de la foi de sa mère Faustine, chrétienne et de saint Chrysogone. Ayant été mariée à Publius, elle simula une maladie pour n'avoir point de rapports avec lui. Publius apprit que sa femme, avec une de ses suivantes, allait, couverte d'habits plus que modestes, parcourir les prisons où étaient des chrétiens et leur porter ce dont ils avaient besoin; alors il la fit garder très étroitement,

1. On peut lire dans Hrostwile, religieux de l'abbaye de Gandershem, en 999, une comédie fort curieuse intitulée : *Dulcitius*, dont le fonds est emprunté à la légende de sainte Anastasie.

au point de lui refuser même de la nourriture, dans l'intention de la faire périr, afin qu'il pût vivre dans les plaisirs à l'aide de ses immenses possessions. Or comme elle pensait mourir, elle écrivit des lettres pleines d'affection à Chrysogone qui lui répondit pour la consoler. Sur ces entrefaites, son mari mourut et elle fut délivrée de ses angoisses. Elle avait pour suivantes trois sœurs d'une merveilleuse beauté, dont l'une s'appelait Agapen, l'autre Chionée et la troisième Irénée. Elles étaient chrétiennes et refusaient obstinément d'obéir aux avis du préfet de Rome; celui-ci les fit enfermer dans une chambre où l'on serrait les ustensiles de cuisine. Or ce préfet, qui brûlait d'amour pour elles, les alla trouver afin d'assouvir sa passion. Il fut alors frappé de folie, et croyant s'en prendre aux vierges, il embrassait les casseroles, les pot-au-feu, les chaudrons et autres ustensiles de cuisine. Quand il fut rassasié, il en sortit tout noir, sale et les vêtements en lambeaux. Ses serviteurs, qui l'attendaient à la porte, le voyant ainsi fait, le crurent changé en démon, l'accablèrent de coups, s'enfuirent et le laissèrent seul. Il alla alors trouver l'empereur pour porter plainte; et les uns le frappaient de verges, les autres lui jetaient de la boue et de la poussière, soupçonnant qu'il était changé en furie. Ses yeux étaient aveuglés afin qu'il ne se vît pas difforme; aussi était-il bien étonné de se voir ainsi moqué, lui qui avait l'habitude d'être traité avec grand honneur. Il croyait en effet être revêtu, ainsi que tous les autres, de vêtements blancs. Il pensa, quand on lui dit qu'il était si ridicule, que les jeunes filles l'avaient traité ainsi par le moyen de la magie, et il ordonna qu'on les déshabillât devant lui afin au moins de les voir nues; mais aussitôt leurs habits adhérèrent si bien à leur corps qu'il fut impossible de les en dépouiller. Alors le préfet, saisi, s'endormit et ronfla si fort que les coups ne purent le réveiller. Enfin les vierges reçurent la couronne du martyre, et Anastasie fut donnée à un préfet, qui devait l'épouser, si auparavant il la faisait sacrifier. Comme il l'emmenait dans une chambre et qu'il voulait l'embrasser, il devint aussitôt aveugle. Il alla consulter les dieux pour savoir s'il pouvait être guéri. Ils lui répondirent : « Parce que tu as contristé Anastasie, tu nous as été livré et dès cet instant tu seras tourmenté continuellement en enfer avec nous. » Pendant qu'on le ramenait chez lui, il mourut entre les mains de ses gens. Alors Anastasie est livrée à un autre préfet qui la devait tenir en prison. Quand il apprit qu'elle jouissait d'immenses possessions, il lui dit en particulier : « Anastasie, si tu veux être chrétienne, fais donc ce que t'a commandé ton maître. Voici ce qu'il ordonne : « Celui qui n'aura pas renoncé à tout ce qu'il « possède ne peut être mon disciple. » Donne-moi alors tout ce qui t'appartient et va en liberté partout où tu voudras et tu seras une vraie chrétienne. » Elle lui répondit : « Mon Dieu a dit : « Vendez tout ce que vous avez « et le donnez aux pauvres; mais non aux riches »; or comme tu es riche, j'irais contre le commandement de Dieu, si je te donnais la moindre chose. » Alors Anastasie fut jetée dans une affreuse prison pour y mourir de faim; mais saint Théodore, qui avait déjà eu les honneurs du martyre, la nourrit d'un pain céleste pendant deux mois. Enfin elle fut conduite avec deux cents vierges aux îles de Palmarola, où beaucoup de chrétiens avaient été relégués. Quelques jours après, le préfet les manda toutes et fit lier Anastasie à un poteau pour y être brûlée : les autres périrent dans divers supplices. Dans le nombre il y avait un chrétien qui plusieurs fois avait été dépouillé de ses richesses à cause de J.-C. et qui répétait sans cesse : « Au moins vous ne m'enlèverez pas J.-C. » Apollonie ensevelit le corps de sainte Anastasie avec honneur dans son verger où elle construisit une église. Elle souffrit sous Dioclétien qui commença à régner environ l'an du Seigneur 287.

SAINT ÉTIENNE

Etienne ou Stéphane veut dire couronne en grec; en hébreu il signifie règle. Il fut la couronne, c'est-à-dire le chef des martyrs du Nouveau Testament, comme Abel de l'ancien. Il fut encore une règle, c'est-à-dire un exemple aux autres de souffrir pour J.-C. ou bien d'agir et de vivre dans la sincérité, ou de prier pour ses ennemis. Stéphane signifierait encore, d'après une autre étymologie, *Strenue fans*, qui parle avec énergie, comme il appert par son discours et par sa belle prédication de la parole de Dieu. Stéphane signifierait aussi : qui parle avec force aux vieilles, *Strenue fans anus*, parce qu'il parlait avec énergie, avec dignité aux veuves qu'il instruisait et dirigeait d'après la commission qu'il en avait reçue des apôtres, et qui, à la lettre, étaient vieilles. Il est donc couronné comme chef du martyre, règle du souffrir et du bien vivre, orateur énergique dans sa prédication, riche, et parlant aux vieilles dans ses admirables instructions.

Etienne fut un des sept diacres ordonnés par les apôtres pour exercer le ministère. Car le nombre des disciples s'augmentant, ceux des gentils qui étaient convertis commencèrent à murmurer contre les juifs nouvellement chrétiens de ce que leurs veuves étaient méprisées et laissées de côté dans le ministère de tous les jours. On peut assigner deux causes à ces murmures : ou bien leurs veuves n'étaient pas admises à partager le ministère, ou bien elles étaient plus surchargées que les autres dans cet exercice quotidien. Les apôtres en effet, voulant s'appliquer entièrement à la dispensation de la parole, confièrent aux veuves le soin de distribuer les aumônes. Or, ils voulurent apaiser les murmures qui s'élevaient par rapport à l'administration des veuves et rassemblèrent la multitude des fidèles auxquels ils dirent : « Il n'est pas juste que nous cessions d'annoncer la parole de Dieu pour avoir soin des tables. « La glose ajoute : « parce que la nourriture de l'esprit est préférable aux mets qui alimentent le corps ». Choisissez donc, frères, sept hommes d'entre vous, d'une probité reconnue, pleins de l'Esprit saint et de sagesse, à qui nous commettions ce ministère, afin qu'ils servent ou qu'ils président ceux qui servent; nous nous appliquerons entièrement à la prière et à la dispensation de la parole. » Ce discours plut à toute l'assemblée. On en choisit sept dont saint Etienne fut le primicier et le chéfecier, et on les amena aux apôtres qui leur imposèrent les mains. Or, Etienne, qui était plein de grâce et de force, opérait de grands prodiges et de grands miracles parmi le peuple. Les juifs jaloux conçurent le désir de prendre le dessus sur lui et de l'accuser : alors ils essayèrent de le vaincre de trois manières : savoir, en discutant, en produisant de faux témoins et en le jetant dans les tourments. Toutefois il fut plus savant dans la discussion; il démasqua les faux témoins et triompha des supplices. Dans chacun de ces combats le ciel lui vint en aide. Dans le premier, l'esprit saint lui fut donné pour qu'il fût pourvu de sagesse; dans le second, il parut avec un visage angélique afin d'effrayer les faux témoins; dans le troisième, J.-C. se montra disposé à l'aider pour le fortifier dans le martyre. Dans chaque combat, l'histoire tient compte de trois choses, savoir : la lutte engagée, le secours prêté et le triomphe remporté. En parcourant l'histoire, nous pourrons voir tous ces succes en peu de mots.

Comme Etienne faisait beaucoup de miracles et prêchait fort souvent au peuple, les juifs envieux engagèrent avec lui le premier combat pour le vaincre dans la discussion. Quelques-uns de la synagogue des libertins, c'est-à-dire des enfants des hommes libres, qui ont reçu la liberté par la manumission, s'élevèrent contre lui. Ce fut donc la postérité des esclaves qui résista la première à la foi. Il y avait aussi des Cyrénéens de la ville de Cyrène, des Alexandrins et des hommes de Cilicie et d'Asie qui disputèrent avec saint Etienne. Ce premier combat fut suivi du triomphe; car ils ne pouvaient résister à sa sagesse; et l'auteur sacré ajoute : « et à l'Esprit qui parlait par sa bouche »; ce qui désigne l'aide accordé. Voyant donc qu'ils ne pouvaient l'emporter sur lui dans ce genre de combat, ils furent assez habiles pour choisir une seconde manière, qui était de le vaincre à l'aide des faux témoins. Alors ils en subornèrent deux pour l'accuser de quatre sortes de blasphèmes. Après l'avoir amené dans le conseil, les faux témoins lui reprochaient quatre faits : savoir le blasphème contre Dieu, contre Moïse, contre la loi et contre le tabernacle ou le temple : voilà le combat. Cependant tous ceux qui étaient assis dans le conseil ayant levé les yeux sur lui virent son visage comme le visage d'un ange : c'est le secours. Vient ensuite la victoire de ce second combat, par lequel les faux témoins furent confondus dans leurs dépositions. Car le Prince des prêtres dit : « Les choses sont-elles ainsi qu'il vient d'en être déposé ? » Alors le bienheureux Etienne se disculpa catégoriquement des quatre blasphèmes dont l'avaient chargé les faux témoins. Et d'abord, il se disculpa de blasphème contre Dieu, en disant que le Dieu qui a parlé à leurs pères et aux prophètes était le Dieu de gloire, c'est-à-dire, celui qui donne ou qui possède la gloire, ou bien encore celui auquel la gloire est due par la créature. En cet endroit il loua Dieu de trois manières, ce qui peut se prouver par trois passages. C'est le Dieu de gloire, ou qui donne la gloire; il y a au livre des Rois (II) : « Celui qui me portera honneur, je lui porterai gloire. » Il est Dieu de gloire ou qui contient la gloire. On lit au livre des Proverbes (VIII) : « Avec moi sont les richesses et la gloire. » Il est le Dieu de gloire, c'est-à-dire, le Dieu auquel la créature doit la gloire. La Ire épître à Timothée (I) dit : « Au roi immortel des siècles, au seul Dieu, gloire et honneur dans tous les siècles. » Donc Etienne loua Dieu en trois manières, en disant qu'il est glorieux, qu'il donne la gloire et qu'il la mérite. Il se disculpa ensuite du reproche de blasphème contre Moïse, en louant le même Moïse de plusieurs manières. Il le loua principalement par trois circonstances : pour la ferveur de son zèle, pour avoir tué l'Egyptien qui avait frappé un de ses frères; d'avoir fait des miracles en Egypte et dans le désert; de l'honneur qu'il eut de converser avec Dieu plusieurs fois. Enfin il se disculpa du troisième blasphème, contre la loi, en relevant son prix par trois raisons : la première, parce qu'elle avait Dieu pour auteur, la seconde parce qu'elle avait eu le grand et illustre Moïse pour ministre; la troisième par rapport à la fin qu'elle a, savoir qu'elle donne la vie. Enfin il se disculpa du quatrième blasphème contre le temple et le Tabernacle, en disant quatre sortes de biens du Tabernacle; savoir : qu'il avait été commandé par Dieu; que Moïse en avait reçu le plan dans une vision; qu'il avait été achevé par Moïse et qu'il renfermait l'arche du témoignage. Il dit que le temple avait remplacé le Tabernacle. C'est ainsi que saint Etienne se disculpa, à l'aide du raisonnement, des crimes qu'on lui imputait.

Les juifs, se voyant une seconde fois vaincus, choisissent un troisième moyen et engagent le troisième combat : c'était de le vaincre au moins par les tourments et les supplices. Saint Etienne ne s'en fut pas plutôt aperçu que, voulant pratiquer le précepte du Seigneur au sujet de la correction fraternelle, il essaya par trois moyens de les corriger et de les empêcher de commettre une pareille méchanceté, savoir : par pudeur, par crainte et par amour. 1° Par pudeur, en leur reprochant la dureté de leur cœur et la mort des Saints. « Têtes dures, dit-il, hommes incirconcis de cœur et d'oreilles, vous résistez toujours au Saint-Esprit, et vous êtes tels que vos pères ont été. Quel est le prophète que vos pères n'aient pas persécuté ? Ils ont tué ceux qui prédisaient l'avènement du Juste. » Par là, dit la glose, il expose trois degrés de malice. Le 1er, de résister au Saint-Esprit, le 2e, de persécuter les prophètes, le 3e, de les tuer par un excès de méchanceté. Ils avaient en effet le front d'une courtisane; ils ne savaient rougir, ni s'arrêter dans la voie du mal qu'ils avaient conçu. Bien au contraire, à ces paroles ils entrèrent dans une rage qui leur déchirait le cœur et ils grinçaient des dents contre lui. 2° Il les corrigea par la crainte, en leur disant qu'il voyait J.-C. debout à la droite de Dieu, comme prêt à l'aider et à condamner ses adversaires. Mais Etienne était rempli du Saint-Esprit, et levant les yeux au ciel, vit la gloire de Dieu, et il dit : « Je vois les cieux ouverts, et le Fils de l'homme debout à la droite de la Vertu de Dieu. » Et quoi qu'il les eût déjà repris par la pudeur et par la crainte, ils ne furent cependant point encore corrigés, mais ils devinrent pires qu'auparavant. « Alors jetant de grands cris, et se bouchant les oreilles (pour ne pas entendre ses blasphèmes, dit la glose), ils se jetèrent tous ensemble sur lui, et l'ayant entraîné hors de la ville, ils le lapidèrent. » En cela ils croyaient agir d'après la loi qui ordonnait de lapider le blasphémateur hors de la place. Et les deux faux témoins qui devaient lui jeter la première pierre, selon le texte de la loi : « Les témoins lui jetteront les premiers la pierre de leur propre main », etc. se dépouillèrent de leurs habits, soit pour qu'ils ne fussent pas souillés par le contact d'Etienne, soit afin d'être plus libres pour jeter les pierres, et les mirent aux pieds d'un jeune homme nommé Saul et plus tard Paul, lequel en gardant ces vêtements, pour qu'ils fussent moins embarrassés, le lapida, pour ainsi dire, par la main de tous. N'ayant donc pu les détourner de leur crime ni par la pudeur, ni par la crainte, il essaya d'un troisième moyen, qui était de les adoucir au moins par l'amour. Peut-on un amour plus éminent que celui dont il fit preuve en priant pour lui et pour eux ? Il pria pour lui d'abord, afin d'abréger les instants de sa passion; pour eux ensuite, afin qu'elle ne leur fût point imputée à péché. Ils lapidaient, dis-je, Etienne qui priait et qui disait : « Seigneur Jésus, recevez mon esprit. » S'étant mis ensuite à genoux, il s'écria à haute voix : « Seigneur, ne leur imputez pas ce péché car ils ne savent ce qu'ils font. » Et voyez quel amour admirable! quand il prie pour lui, il est debout; quand il prie pour ses bourreaux, il fléchit les genoux, comme s'il eût préféré être plutôt exaucé dans ce qu'il sollicitait pour les autres que dans ce qu'il demandait pour lui-même. Pour eux plutôt que pour lui, il fléchit les genoux parce que, dit la glose à ce propos, il implorait un plus grand remède là où le mal était plus grand. En cela ce martyr de J.-C. imita le Seigneur qui, dans sa passion, pria pour lui quand il dit : « Père, je remets mon âme entre vos mains »; et pria pour ceux qui le crucifiaient en disant : « Père, pardonnez-leur, car ils ne savent ce qu'ils font. » « Et après cette parole, il s'endormit au Seigneur. » Belle parole, ajoute la glose, il s'endormit, et non pas il mourut, car en offrant ce sacrifice d'amour, il s'endormit avec l'espoir de se réveiller à la résurrection. Etienne fut lapidé l'année que J.-C. monta au ciel, au commencement du mois d'août, le matin du troisième jour. Saint Gamaliel et Nicodème, qui tenaient pour les chrétiens dans tous les conseils des juifs, l'ensevelirent dans un champ de ce même Gamaliel, et firent ses funérailles avec un grand deuil : et il s'éleva une grande persécution contre les chrétiens de Jérusalem, car après le meurtre du bienheureux Etienne, qui était l'un des principaux, on se mit à les persécuter, au point que tous les chrétiens, excepté les apôtres comme plus courageux, furent dispersés par toute la province de Judée, selon que le Seigneur le leur avait recommandé : « S'ils vous persécutent dans une ville, fuyez dans une autre. »

L'éminent docteur Augustin rapporte que saint Etienne fut illustre par d'innombrables miracles; par la résurrection de six morts, par la guérison d'une foule de malades. Parmi ces miracles qu'il raconte, il en est quelques-uns de fort remarquables. Il dit donc que l'on mettait des fleurs sur l'autel de saint Etienne et que quand on en avait touché les malades, ils étaient miraculeusement guéris. Des linges pris à son autel, et posés sur des malades, procuraient à plusieurs la guérison de leurs infirmités. Au livre XXII de *la Cité de Dieu*, il dit que des fleurs qu'on avait prises de son autel furent mises sur les yeux d'une femme aveugle qui recouvra tout aussitôt la vue. Dans le même livre, il rapporte que l'un des premiers d'une ville, Martial, qui était infidèle, ne voulait absolument pas se convertir. Etant tombé gravement malade, son gendre, plein de foi, vint à l'église de Saint-Etienne, prit des fleurs qui étaient sur son autel, et les cacha auprès de la tête de Martial, qui, après avoir dormi dessus, s'écria, dès avant le jour, qu'on envoyât chercher l'évêque. Celui-ci étant absent, un prêtre vint; et sur l'assurance que lui donna Martial de sa foi, il lui administra le baptême. Tant qu'il vécut, toujours il avait ces mots à la bouche : « Jésus-Christ, recevez mon esprit », sans savoir que c'étaient les dernières paroles de saint Etienne.

Voici un autre miracle rapporté dans le même livre : une dame appelée Pétronie était tourmentée depuis longtemps d'une très grave infirmité; elle avait employé une foule de remèdes qui n'avaient laissé trace de guérison; un jour elle consulte un juif qui lui donne un anneau dans lequel se trouvait enchâssée une pierre, afin qu'elle se ceignît avec une corde de cet anneau sur sa chair nue, et que par sa vertu elle recouvrât la santé. Mais comme elle s'aperçut que cela ne lui procurait aucun bien, elle se hâta d'aller à l'église du premier martyr Etienne le prier de la guérir. Aussitôt, sans que la corde fût déliée, l'anneau resté entier tomba à terre : elle se sentit à l'instant tout à fait guérie.

Le même livre rapporte un autre miracle non moins admirable. A Césarée de Cappadoce, une noble dame avait perdu son mari, mais elle avait une belle et nombreuse famille composée de dix enfants, sept fils et trois filles. Un jour qu'elle avait été offensée par eux, elle maudit ses fils. La vengeance divine suivit de près la malédiction de la mère, et tous sont frappés également d'un horrible châtiment. Un tremblement affreux de tous leurs membres les saisit. Accablés de douleur, ils ne voulurent point que leurs concitoyens fussent témoins de leur malheur et ils coururent par toute la terre, attirant sur eux l'attention. Deux d'entre eux, un frère et une sœur, Paul et Palladie, vinrent à Hippone et racontèrent à saint Augustin lui-même, qui était évêque de cette ville, ce qui leur était arrivé. Il y avait quinze jours, c'était avant Pâques, qu'ils se rendaient assidûment à l'église de saint Etienne, le priant avec insistance de leur rendre la santé. Le jour de Pâques, en présence d'une foule de peuple, Paul franchit tout à coup la balustrade, se prosterne devant l'autel avec foi et révérence, et se met à prier. Les assistants attendent ce qui va arriver, quand il se lève tout à coup. Il était guéri et délivré désormais de son tremblement. Ayant été amené à saint Augustin, celui-ci le montra au peuple en promettant de lire le lendemain un récit écrit de ce qui s'était passé. Or, comme il parlait au peuple et que la sœur assistait elle-même à l'église, toujours agitée dans tous ses membres, elle se leva du milieu des fidèles, passa la balustrade et de suite comme si elle sortait du sommeil, elle se leva guérie. On la montre à la foule qui rend d'immenses actions de grâces à Dieu et à saint Etienne de la guérison du frère et de la sœur. Orose en revenant chez saint Augustin de visiter saint Jérôme rapporta quelques reliques de saint Etienne qui opérèrent les miracles dont on vient de parler et beaucoup d'autres encore.

Il faut remarquer que saint Etienne ne souffrit pas le martyre aujourd'hui, mais, comme nous l'avons dit plus haut, le trois d'août, jour où l'on célèbre son invention. Nous raconterons alors pour quel motif ces fêtes furent changées. Qu'il suffise de dire ici que l'Eglise a eu deux raisons de placer, comme elle l'a fait, les trois fêtes qui suivent Noël. La première, c'est afin de réunir à l'Epoux et au chef ceux qui ont été ses compagnons. En effet, en naissant, J.-C. qui est l'Epoux a donné, en ce monde à l'Eglise, son épouse, trois compagnons, dont il est dit dans les cantiques [1] : « Mon bien-aimé est reconnaissable par sa blancheur et sa rougeur : il est choisi entre mille. » La blancheur indique Jean l'évangéliste, saint confesseur; la rougeur, saint Etienne, premier martyr; la multitude virginale des Innocents est signifiée par ces paroles : « Il est choisi entre mille. » La seconde raison est qu'ainsi, l'Eglise réunit ensemble tous les genres de martyrs, selon leur rang de dignité. La naissance du Christ fut, en effet, la cause de leur martyre. Or, il y a trois martyres : le volontaire qu'on subit, le volontaire qu'on ne subit pas, celui que l'on subit, mais qui n'est pas volontaire. On trouve le premier dans saint Etienne, le second dans saint Jean et le troisième dans les Innocents.

SAINT JEAN, APOTRE ET ÉVANGÉLISTE

Jean veut dire grâce de Dieu, ou en qui est la grâce, ou auquel la grâce a été donnée, ou auquel un don a été fait de la part de Dieu. De là quatre privilèges de saint Jean. Le premier fut l'amitié particulière de J.-C. En effet, le Sauveur aima saint Jean plus que les autres apôtres et lui donna de plus grandes marques d'affection et de familiarité. Il veut donc dire grâce de Dieu parce qu'il fut gracieux à Dieu. Il paraît même qu'il a été aimé plus que Pierre. Mais il y a amour de cœur et démonstration de cet amour. On trouve deux sortes de démonstrations d'amour : l'une qui consiste dans la démonstration de la familiarité, et l'autre dans les bienfaits accordés. Il aima Jean et Pierre également. Mais quant à l'amour de démonstration, il aima mieux saint Jean, et quant aux bienfaits donnés, il préféra Pierre. Le second privilège est la parole de la chair [2]; en effet, saint Jean a été choisi vierge

1. *Cant.* v, 10.
2. « Parole de la chair » lire : « *intégrité de la chair* ». (Note de l'éditeur.

par le Seigneur; alors en lui est la grâce, c'est-à-dire la grâce de la pureté virginale, puisqu'il voulait se marier quand J.-C. l'appela [1]. Le troisième privilège, c'est la révélation des mystères : en effet, il lui a été donné de connaître beaucoup de mystères, par exemple, ce qui concerne la divinité du Verbe et la fin du monde. Le quatrième privilège, c'est d'avoir été chargé du soin de la mère de Dieu : alors on peut dire qu'il a reçu un don de Dieu. Et c'était le plus grand présent que le Seigneur pût faire que de lui confier le soin de sa mère. Sa vie a été écrite par Miletus [2], évêque de Laodicée, et abrégée par Isidore dans son livre *De la naissance, de la vie et de la mort des Saints Pères.*

Jean, apôtre et évangéliste, le bien-aimé du Seigneur, avait été élu alors qu'il était encore vierge. Après la Pentecôte, et quand les apôtres se furent séparés, il partit pour l'Asie, où il fonda un grand nombre d'églises. L'empereur Domitien, qui entendit parler de lui, le fit venir et jeter dans une cuve d'huile bouillante, à la porte Latine. Il en sortit sain et entier, parce qu'il avait vécu affranchi de la corruption de la chair [3]. L'empereur, ayant su que Jean n'en continuait pas moins à prêcher, le relégua en exil dans l'île inhabitée de Pathmos et où le saint écrivit l'Apocalypse. Cette année-là, l'empereur fut tué en haine de sa grande cruauté et tous ses actes furent annulés par le sénat; en sorte que saint Jean, qui avait été bien injustement déporté dans cette île, revint à Ephèse, où il fut reçu avec grand honneur par tous les fidèles qui se pressèrent au-devant de lui en disant : « Béni soit celui qui vient au nom du Seigneur. » Il entrait dans la ville, comme on portait en terre Drusiane qui l'aimait beaucoup et qui aspirait ardemment son arrivée. Les parents, les veuves et les orphelins lui dirent : « Saint Jean, c'est Drusiane que nous allons inhumer; toujours elle souscrivait à vos avis, et nous nourrissait tous; elle souhaitait vivement votre arrivée, en disant : « O si j'avais le bonheur de voir l'apôtre de Dieu « avant de mourir! » Voici que vous arrivez et elle n'a pu vous voir. » Alors Jean ordonna de déposer le brancard et de délier le cadavre : « Drusiane, dit-il, que mon Seigneur J.-C. te ressuscite, lève-toi, va dans ta maison et me prépare de la nourriture. » Elle se leva aussitôt, et s'empressa d'exécuter l'ordre de l'apôtre, tellement qu'il lui semblait qu'il l'avait réveillée et non pas ressuscitée.

1. C'est l'opinion de Bède, *Sermon* des *Jean;* — de Rupert, *Sur saint Jean*, ch. II; — de saint Thomas d'Aquin, t. II, p. 186; — de sainte Gertrude en ses *Révélations*, liv. IV, c. IV.

2. Le livre de Miletus a été publié en dernier lieu à Leipzig, par Heine, 1848. Il est reproduit ici en majeure partie.

3. Tertullien, *Prescriptions*, ch. XXXVI; — saint Jérôme, *Sur saint Jean*, liv. I, c. XIV.

Le lendemain, Craton le philosophe convoqua le peuple sur la place, pour lui apprendre comment on devait mépriser ce monde. Il avait fait acheter à deux frères très riches, du produit de leur patrimoine, des pierres précieuses qu'il fit briser en présence de l'assemblée. L'apôtre vint à passer par là et appelant le philosophe auprès de lui, il condamna cette manière de mépriser le monde par trois raisons : 1° il est loué par les hommes, mais il est réprouvé par le jugement de Dieu; 2° ce mépris ne guérit pas le vice; il est donc inutile, comme est inutile le médicament qui ne guérit point le malade; 3° ce mépris est méritoire pour celui qui donne ses biens aux pauvres. Comme le Seigneur dit au jeune homme : « Allez vendre tout ce que vous avez et le donnez aux pauvres. » Craton lui dit : « Si vraiment ton Dieu est le maître, et qu'il veuille que le prix de ces pierreries soit donné aux pauvres, fais qu'elles redeviennent entières, afin que, de ta part, cette œuvre tourne à sa gloire, comme j'ai agi pour obtenir de la renommée auprès des hommes. » Alors saint Jean, rassemblant dans sa main les fragments de ces pierres, fit une prière, et elles redevinrent entières comme devant. Aussitôt le philosophe ainsi que les deux jeunes gens crurent, et vendirent les pierreries, dont ils distribuèrent le prix aux pauvres.

Deux autres jeunes gens d'une famille honorable imitèrent l'exemple des précédents, vendirent tout ce qu'ils avaient, et après l'avoir donné aux pauvres, ils suivirent l'apôtre. Mais un jour qu'ils voyaient leurs serviteurs revêtus de riches et brillants vêtements, tandis qu'il ne leur restait qu'un seul habit, ils furent pris de tristesse. Saint Jean, qui s'en aperçut à leur physionomie, envoya chercher sur le bord de la mer des bâtons et des cailloux qu'il changea en or et en pierres fines. Par l'ordre de l'apôtre, ils les montrèrent pendant sept jours à tous les orfèvres et à tous les lapidaires; à leur retour ils racontèrent que ceux-ci n'avaient jamais vu d'or plus pur ni des pierreries si précieuses; et il leur dit : « Allez racheter vos terres que vous avez vendues, parce que vous avez perdu les richesses du ciel; brillez comme des fleurs afin de vous faner comme elles; soyez riches dans le temps pour que vous soyez mendiants dans l'éternité. » Alors l'apôtre parla plus souvent encore contre les richesses, et montra que pour six raisons, nous devions être préservés de l'appétit immodéré de la fortune. La première tirée de l'Ecriture, dans le récit du riche en sa table que Dieu réprouva, et du pauvre Lazare que Dieu élut; la seconde puisée dans la nature, qui nous fait venir pauvres et nus, et mourir sans richesses; la troisième prise de la créature : le soleil, la lune, les astres, la pluie, l'air étant communs à tous et partagés entre tous sans préférence, tous les biens devraient donc être en commun chez les hommes; la quatrième, c'est la fortune. Il dit alors que le riche devient l'esclave de l'argent et du diable; de l'argent, parce qu'il ne possède pas les richesses, mais que ce sont elles qui le possèdent; du diable, parce que, d'après l'évangile, celui qui aime l'argent est l'esclave de Mammon. La cinquième est l'inquiétude : ceux qui possèdent ont jour et nuit des soucis, soit pour acquérir, soit pour conserver. La sixième, ce sont les risques et périls auxquels sont exposées les richesses; d'où résultent deux sortes de maux : ici-bas, l'orgueil; dans l'éternité, la damnation éternelle : perte de deux sortes de biens : ceux de la grâce, dans la vie présente ; ceux de la gloire éternelle, dans la vie future. Au milieu de cette discussion contre les richesses, voici qu'on portait en terre un jeune homme mort trente jours après son mariage. Sa mère, sa veuve et les autres qui le pleuraient, vinrent se jeter aux pieds de l'apôtre et le prier de le ressusciter comme Drusiane au nom du Seigneur. Après avoir pleuré beaucoup et avoir prié, Jean ressuscita à l'instant le jeune homme auquel il ordonna de raconter à ces deux disciples quel châtiment ils avaient encouru et quelle gloire ils avaient perdue. Celui-ci raconta alors bien des faits, qu'il avait vus sur la gloire du paradis, et sur les peines de l'enfer. Et il ajouta : « Malheureux que vous êtes, j'ai vu vos anges dans les pleurs et les démons dans la joie; puis il leur dit qu'ils avaient perdu les palais éternels construits des pierreries brillantes, resplendissant d'une clarté merveilleuse, remplis de banquets copieux, pleins de délices, et d'une joie, d'une gloire interminables. Il raconta huit peines de l'enfer qui sont renfermées dans ces deux vers :

Vers et ténèbres, tourment, froid et feu,
Présence du démon, foule de criminels, pleurs.

Alors celui qui avait été ressuscité se joignit aux deux disciples qui se prosternèrent aux pieds de l'apôtre et le conjurèrent de leur faire miséricorde. L'apôtre leur dit : « Faites pénitence trente jours, pendant lesquels priez que ces bâtons et ces pierres reviennent dans leur état naturel. » Quand ils eurent exécuté cet ordre, il leur dit : « Allez porter ces bâtons et ces pierres où vous les avez pris. »

Ils le firent; les bâtons et les pierres redevinrent alors ce qu'ils étaient, et les jeunes gens recouvrèrent la grâce de toutes les vertus qu'ils avaient possédées auparavant.

Après que Jean eut prêché par toute l'Asie, les adorateurs de Jules excitèrent une sédition parmi le peuple et traînèrent le saint à un temple de Diane pour le forcer à sacrifier. Jean leur proposa cette alternative : ou qu'en invoquant Diane, ils fissent crouler l'église de J.-C., et qu'alors il sacrifierait aux idoles; ou qu'après avoir lui-même invoqué J.-C., il renverserait le temple de Diane et alors eux-mêmes crussent en J.-C. La majorité accueillit la proposition : tous sortirent du temple; l'apôtre fit sa prière, le temple croula jusque dans ses fondations et l'image de Diane fut réduite en pièces. Mais le pontife des idoles, Aristodème, excita une affreuse sédition dans le peuple; une partie se préparait à se ruer contre l'autre. L'apôtre lui dit : « Que veux-tu que je fasse pour te fléchir ? » « Si tu veux, répondit Aristodème, que je croie en ton Dieu, je donnerai du poison à boire, et si tu n'en ressens pas les atteintes, ton Seigneur sera évidemment le vrai Dieu. » L'apôtre reprit : « Fais ce que tu voudras. » « Je veux, dit Aristodème, que tu en voies mourir d'autres auparavant afin que ta crainte augmente. » Aristodème alla demander au proconsul deux condamnés à mort, auxquels, en présence de tous, il donna du poison. A peine l'eurent-ils pris qu'ils rendirent l'âme. Alors l'apôtre prit la coupe et se fortifiant du signe de la croix, il avala tout le poison sans éprouver aucun mal, ce qui porta tous les assistants à louer Dieu. Aristodème dit encore : « Il me reste un doute, mais si tu ressuscites ceux qui sont morts du poison, je croirai indubitablement. » Alors l'apôtre lui donna sa tunique. « Pourquoi, lui dit-il, m'as-tu donné ta tunique ? » « C'est, lui répondit saint Jean, afin que tu sois tellement confus que tu brises avec ton infidélité. » « Est-ce que ta tunique me fera croire ? » dit Aristodème. « Va, dit l'apôtre, la mettre sur les corps de ceux qui sont morts et dis : « L'apôtre de J.-C. m'a envoyé vers vous pour vous res- « susciter au nom de J.-C. » Il l'eut à peine fait que sur-le-champ ils ressuscitèrent. Alors l'apôtre baptisa au nom de J.-C. le pontife et le proconsul qui crurent, eux et toute leur famille; ils élevèrent ensuite une église en l'honneur de saint Jean.

Saint Clément d'Alexandrie rapporte, dans le IVe livre de l'*Histoire ecclésiastique* [1], que l'apôtre convertit un jeune homme beau, mais fier, et le confia à un évêque à titre de dépôt. Peu de temps après, le jeune homme abandonne l'évêque et se met à la tête d'une bande de voleurs. Or quand l'apôtre revint, il réclama son dépôt à l'évêque. Celui-ci croit qu'il est question d'argent et reste assez étonné. L'apôtre lui dit : « C'est ce jeune homme que je vous réclame; c'est celui que je vous avais recommandé d'une manière si pressante. » « Père saint, répondit l'évêque, il est mort quant à l'âme et il reste sur une telle montagne avec des larrons dont il est lui-même le chef. » En entendant ces paroles, saint Jean déchire ses vêtements, se frappe la tête avec les poings. « J'ai trouvé là un bon gardien de l'âme d'un frère! », ajouta-t-il. Il se fait aussitôt

1. Clément d'Alexandrie, *Quis dives*, ch. XLII; — Eusèbe, l. III, ch. XXIII; — saint Chrysostome, *Ad Theodos lapsum*, liv. I, ch. II.

préparer un cheval et court avec intrépidité vers la montagne. Le jeune homme, l'ayant reconnu, fut couvert de honte et s'enfuit aussitôt sur son cheval. L'apôtre oublie son âge, pique son coursier de ses éperons et crie après le fuyard : « Bien-aimé fils, qu'as-tu à fuir devant un père et un vieillard sans défense ? Ne crains pas, mon fils; je rendrai compte de toi à J.-C., et bien certainement je mourrai volontiers pour toi comme J.-C. est mort pour nous. Reviens, mon fils, reviens; c'est le Seigneur qui m'envoie. » En entendant cela, le brigand fut tout contrit, revint et pleura à chaudes larmes. L'apôtre se jeta à ses pieds et se mit à embrasser sa main comme si elle eût déjà été purifiée par la pénitence : il jeûna et pria pour lui, obtint sa grâce et par la suite il l'ordonna évêque. On lit encore dans l'*Histoire ecclésiastique* [1] et dans la glose sur la seconde épître canonique de saint Jean que ce saint étant entré à Ephèse pour prendre un bain, il y vit Cérinthe l'hérétique et qu'il se retira vite en disant : « Fuyons d'ici, de peur que l'établissement ne croule sur nous; Cérinthe, l'ennemi de la vérité, s'y baigne. »

Cassien [2], au livre de ses conférences, raconte qu'un homme apporta une perdrix vivante à saint Jean. Le saint la caressait et la flattait pour l'apprivoiser. Un enfant témoin de cela dit en riant à ses camarades : « Voyez comme ce vieillard joue avec un petit oiseau comme ferait un enfant. » Saint Jean devina ce qui se passait, appela l'enfant qui lui dit : « C'est donc vous qui êtes Jean qui faites cela et qu'on dit si saint ? » Jean lui demanda ce qu'il tenait à la main. Il lui répondit qu'il avait un arc. « Et qu'en fais-tu ? » « C'est pour tuer des oiseaux et des bêtes », lui dit l'enfant. « Comment ? » lui dit l'apôtre. Alors l'enfant banda son arc et le tint ainsi à la main. Comme l'apôtre ne lui disait rien, le jeune homme débanda son arc. « Pourquoi donc, mon fils, lui dit Jean, as-tu débandé ton arc ? » « C'est, répondit-il, que si je le tenais plus longtemps tendu, il deviendrait trop mou pour lancer les flèches. » Alors l'apôtre dit : « Il en est de même de l'infirmité humaine, elle s'affaiblirait dans la contemplation, si en restant toujours fermement occupée, sa fragilité ne prenait pas quelques instants de relâche. Vois l'aigle; il vole plus haut que tous les oiseaux; il regarde fixement le soleil, et cependant, par la nécessité de sa nature, il descend sur la terre. Ainsi l'esprit de l'homme, qui se relâche un peu de la contemplation, se porte avec plus d'ardeur vers les choses célestes, en renouvelant souvent ses essais. » Saint Jérôme [3] assure que saint

1. Eusèbe, liv. IV, ch. XIV; — saint Irénée, *Advers. Hœres*, liv. III, ch. III; — Théodor., liv. II.
2. XXIVe conférence, ch. XXI.
3. *Sur l'épître aux Galates.*

Jean vécut à Ephèse jusqu'à une extrême vieillesse; c'était avec difficulté que ses disciples le portaient à bras à l'église; il ne pouvait dire que quelques mots, et à chaque pause il répétait : « Mes petits enfants, aimez-vous les uns les autres. » Enfin étonnés de ce qu'il disait toujours la même chose, les frères qui étaient avec lui, lui demandèrent : « Maître, pourquoi répétez-vous toujours les mêmes paroles ? » Il leur répondit : que c'était le commandement du Seigneur, et que si on l'observait, cela suffisait. Hélinaud rapporte [1] aussi que quand saint Jean l'évangéliste entreprit d'écrire son évangile, il indiqua un jeûne par avance, afin de demander dans la prière d'écrire que son livre soit digne du sujet. Il se retira, dit-on, dans un lieu solitaire pour écrire la parole de Dieu, et qu'il pria que tandis qu'il vaquerait à ce travail, il ne fût gêné ni par la pluie ni par le vent. Les éléments, dit-on, respectent encore aujourd'hui, en ce lieu, les prières de l'apôtre. A l'âge de quatre-vingt-dix-huit ans et l'an soixante-sept, selon Isidore [2], après la passion du Seigneur, J.-C. lui apparut avec ses disciples et lui dit : « Viens avec moi, mon bien-aimé, il est temps de t'asseoir à ma table avec tes frères. » Jean se leva et voulut marcher. Le Seigneur lui dit : « Tu viendras auprès de moi dimanche. » Or le dimanche arrivé, tout le peuple se réunit à l'église qui avait été dédiée en son nom. Dès le chant des oiseaux, il se mit à prêcher, exhorta les chrétiens à être fermes dans la foi et fervents à pratiquer les commandements de Dieu. Puis il fit creuser une fosse carrée vis-à-vis l'autel et en jeter la terre hors de l'église. Il descendit dans la fosse et, les bras étendus, il dit à Dieu : « Seigneur J.-C., vous m'avez invité à votre festin; je viens vous remercier de l'honneur que vous m'avez fait; je sais que c'est de tout cœur que j'ai soupiré après vous. » Sa prière finie, il fut environné d'une si grande lumière que personne ne put le regarder. Quand la lumière eut disparu, on trouva la fosse pleine de manne, et jusqu'aujourd'hui il se forme de la manne en ce lieu, de telle sorte qu'au fond de la fosse, il paraît sourdre un sable fin comme on voit l'eau jaillir d'une fontaine [3]. Saint Edmond, roi d'Angleterre, n'a jamais rien refusé à quelqu'un qui lui adressait une demande au nom de saint Jean l'évangéliste. Un pèlerin lui demanda donc un jour l'aumône avec importunité au nom de saint Jean l'évangéliste, alors que son camérier était absent. Le roi, qui n'avait rien sous la main

1. Il est probable que J. de Voragine possédait le commencement de la chronique d'Hélinaud, dans les ouvrages duquel nous n'avons pas rencontré trace de ce fait. On sait qu'il ne nous reste de son histoire qu'à partir de l'année 634, au livre XLV.

2. *De ortu et obitu Patrum*, ch. LXXII.

3. Saint Augustin, *Saint Jean*, homélie 124; — Grégoire de Tours, *Gloria M.*, liv. I, ch. XXX; — *Itinerarium Willebaudi*, en l'an 745.

qu'un anneau de prix, le lui donna. Plusieurs jours après, un soldat anglais, qui était outre-mer, fut chargé de remettre au roi l'anneau de la part du même pèlerin qui lui dit : « Celui à qui et pour l'amour duquel vous avez donné cet anneau vous le renvoie. » On vit clairement par là que c'était saint Jean qui lui était apparu sous la figure d'un pèlerin. Isidore, dans son livre *De la naissance, de la vie et de la mort des Saints Pères*, dit ces mots : « Jean a changé en or les branches d'arbres des forêts, les pierres du rivage en pierreries; des fragments de perles cassées redevinrent entières; à son ordre une veuve fut ressuscitée, il fit rappeler l'âme dans le corps d'un jeune homme; il but un poison mortel et échappa au danger, enfin il rendit à la vie ceux qui avaient bu de ce poison et qui en avaient été tués ».

LES INNOCENTS

Les Innocents furent ainsi nommés pour leur vie, leur châtiment et leur innocence acquise. Leur vie fut innocente, n'ayant jamais nui, ni à Dieu par désobéissance, ni au prochain par injustice, ni à eux-mêmes par malice en péchant. Ils furent innocents dans leur vie et simples dans la foi. Le châtiment, ils le subirent innocemment et injustement, ainsi qu'il est dit au Psaume : « Ils répandirent un sang innocent. » Ils possédèrent l'innocence acquise; dans leur martyre, ils méritèrent l'innocence baptismale, c'est-à-dire que le péché originel fut effacé en eux. En parlant de cette innocence, le psalmiste dit : « Conservez l'innocence et considérez la droiture », c'est-à-dire conservez l'innocence baptismale et considérez la droiture d'une vie pleine de bonnes œuvres.

Les Innocents furent tués par Hérode l'Ascalonite. La sainte Ecriture fait mention de trois Hérode que leur infâme cruauté a rendus célèbres. Le premier fut Hérode l'Ascalonite, sous lequel naquit le Seigneur et par qui furent massacrés les enfants. Le second fut Hérode Antipas, qui fit décoller saint Jean-Baptiste. Le troisième fut Hérode Agrippa, qui tua saint Jacques et emprisonna saint Pierre. On a fait ces vers à leur sujet :

Ascalonita necat pueros, Antipa Joannem,
Agrippa Jacobum, claudens in carcere Petrum.

Mais racontons en peu de mots l'histoire du premier Hérode. Antipater l'Iduméen, ainsi qu'on lit dans l'*Histoire scholastique* [1], se maria à une nièce du roi des Arabes : il en eut un fils, qu'il appela Hérode et qui plus tard fut surnommé l'Ascalonite. Ce fut lui qui reçut le royaume de Judée de César-Auguste et dès lors, pour la première

1. Sozomène, *Histoire Tripartite*, ch. II.

fois, le sceptre sortit de Juda. Il eut six fils : Antipater, Alexandre, Aristobule, Archelaüs, Hérode, Antipas et Philippe. Il envoya à Rome, pour s'instruire dans les arts libéraux, Alexandre et Aristobule dont la mère était juive; leurs études achevées, ils revinrent. Alexandre se fit grammairien et Aristobule devint un orateur très véhément : déjà ils avaient eu des différends avec leur père pour la possession du trône. Le père en fut offensé et s'attacha à faire prévaloir Antipater. Comme ils avaient comploté la mort de leur père et qu'ils avaient été chassés par lui, ils allèrent se plaindre à César de l'injustice qu'ils avaient subie. Sur ces entrefaites, les Mages viennent à Jérusalem et s'informent avec grand soin de la naissance d'un nouveau roi. A cette nouvelle, Hérode se trouble, et, craignant que de la race légitime des rois, il ne fût né un rejeton qu'il ne pourrait chasser comme usurpateur, il prie les Mages de l'avertir aussitôt qu'ils l'auraient trouvé, simulant vouloir adorer celui qu'il voulait tuer. Cependant les Mages retournèrent en leur pays par un autre chemin. Hérode, ne les voyant pas revenir, crut qu'ils avaient eu honte de retourner vers lui, parce qu'ils auraient été les dupes de l'apparition de l'étoile et ne s'occupa plus de rechercher l'enfant. Mais ayant appris le récit des bergers et les prédictions de Siméon et d'Anne, ses appréhensions redoublèrent et il se crut indignement trompé par les Mages. Il pensa donc alors à tuer les enfants qui étaient à Bethléem, pour faire périr avec eux celui qu'il ne connaissait pas. Mais sur les avis de l'Ange, Joseph avec sa mère et l'Enfant s'enfuit en Egypte et demeura sept ans à Hermopolis, jusqu'à la mort d'Hérode. Or, quand le Seigneur entra en Egypte, toutes les idoles furent renversées, selon la prédiction d'Isaïe. Et de même que lors de la sortie des enfants d'Israël de l'Egypte, il n'y eut pas une maison où par la main de Dieu, le premier né ne fût mort, de même il n'y eut pas de temple dans lequel une idole ne fût renversée. Cassiodore rapporte dans son *Histoire Tripartite*[1], qu'à Hermopolis, en Thébaïde, il existe un arbre appelé *Persidis* qui a la propriété de guérir ceux des malades au cou desquels on attache de son fruit, de ses feuilles ou de son écorce. Or, comme la bienheureuse Marie s'enfuyait en Egypte avec son fils, cet arbre s'inclina jusqu'à terre et adora humblement Jésus-Christ.

Hérode se préparait à massacrer les enfants, lorsqu'une lettre de César-Auguste le cita à comparaître devant lui pour répondre aux accusations de ses fils. En traversant Tharse, il sut que les Mages avaient passé la mer sur des vaisseaux tharsiens, et il fit brûler toute la flotte, selon qu'il avait été prédit : « D'un souffle impétueux vous briserez les vaisseaux de Tharsis. » (Ps. VI.) Le père ayant vidé ses différends avec ses enfants devant César, il fut arrêté que ceux-ci obéiraient en tout à leur père, et que celui-là céderait l'empire à qui il voudrait. Hérode, devenu plus hardi à son retour par l'affermissement de son pouvoir,

1. Liv. VI, chap. XLII.

envoya égorger tous les enfants qui se trouvaient à Bethléem âgés de deux ans et au-dessous, selon le temps qu'il avait supputé d'après les Mages. Ceci a besoin de deux éclaircissements : le premier par rapport au temps, et voici comment on l'explique : âgés de deux ans et au-dessous, c'est-à-dire, en commençant par les enfants de deux ans jusqu'aux enfants d'une nuit.

Hérode avait en effet appris des Mages qu'un prince était né le jour même de l'apparition de l'étoile, et comme il s'était déjà écoulé un an depuis son voyage à Rome et son retour, il croyait que le Seigneur avait un an et quelques jours de plus; c'est pour cela qu'il exerça sa fureur sur ceux qui étaient plus âgés, c'est-à-dire, qui avaient deux ans et au-dessous, jusqu'aux enfants qui n'avaient qu'une nuit : dans la crainte que cet enfant, auquel les autres obéissaient, ne subît quelque transformation qui le rendrait ou plus vieux ou plus jeune [1]. C'est le sentiment le plus commun et le plus vraisemblable. Le second éclaircissement se tire de l'explication qu'en donne saint Chrysostome. Il entend ainsi l'ordre du nombre d'années; depuis deux ans et au-dessous, c'est-à-dire, depuis les enfants de deux ans jusqu'à cinq. Il avance ainsi que l'étoile apparut aux Mages pendant un an avant la naissance du Sauveur. Or, depuis qu'il avait appris cela, Hérode avait été à Rome et son projet fut différé d'un an. Il croyait donc que le Sauveur était né quand l'étoile apparut aux mages. D'après son calcul, le Sauveur aurait eu deux ans : voilà pourquoi il fit massacrer les enfants de deux à cinq ans, mais pas moins jeunes que de deux ans. Ce qui rend cette assertion vraisemblable, ce sont les ossements des innocents dont quelques-uns sont trop grands pour ne pouvoir appartenir à des corps qui n'auraient eu que deux ans [2]. On pourrait peut-être encore dire que les hommes étaient de plus haute taille alors qu'aujourd'hui. Mais Hérode en fut bientôt puni. En effet Macrobe rapporte et Méthodien en sa chronique dit que le petit fils d'Hérode était en nourrice et qu'il fut tué avec les autres par les bourreaux. Alors fut accomplie la parole du Prophète : « Rama, c'est-à-dire les hauts lieux, retentirent des pleurs et des gémissements des pieuses mères. »

Mais Dieu dont les desseins sont souverainement équitables [3] ne permit pas que l'affreuse cruauté d'Hérode restât impunie. Il arriva, par le jugement de Dieu, que celui qui avait privé tant de parents de leurs enfants fut aussi privé des siens plus misérablement encore. Car

1. « Qui le rendrait ou plus vieux ou plus jeune » lire : « *qui le rendrait plus jeune, du moins quant à l'apparence* ». (Note de l'éditeur.)
2. Tout ce récit est copié dans l'*Histoire scholastique*, Ev. c. XI.
3. Eusèbe, *Histoire ecclésiastique*, livre I, c. VIII.

Alexandre et Aristobule inspirèrent de nouveaux soupçons à leur père.

Un de leurs complices avoua que Alexandre lui avait fait de grandes promesses s'il empoisonnait son père: un barbier déclara aussi qu'on lui avait promis des récompenses considérables, si en rasant la barbe d'Hérode, il lui coupait la gorge : il ajouta qu'Alexandre aurait dit que l'on ne pouvait rien espérer d'un vieillard qui se teignait les cheveux pour paraître jeune. Le père, irrité, les fit tuer; sur le trône, il établit Antipater pour régner après lui, et il substitua encore Antipas à Antipater. De plus, Hérode affectionnait particulièrement Agrippa, ainsi qu'Hérodiade, femme de Philippe, qu'il avait eus d'Aristobule. Pour ces deux motifs Antipater conçut une haine si implacable contre son père, qu'il tenta de s'en défaire par le poison; Hérode, s'en méfiant, le fit jeter en prison. César-Auguste apprenant qu'il avait tué ses fils : « J'aimerais mieux, dit-il, être le pourceau d'Hérode que son fils; car comme prosélyte, il épargne ses porcs et il tue ses enfants. » Parvenu à l'âge de 70 ans, Hérode tomba gravement malade : il était miné par une forte fièvre, ses membres pourrissaient et ses douleurs étaient incessantes; il avait les pieds enflés, les testicules rongés de vers; il exhalait une puanteur intolérable; sa respiration était courte et ses soupirs continuels. Ayant pris un bain d'huile par l'ordre des médecins, on l'en sortit presque mort.

Ayant entendu dire que les juifs seraient contents de le voir mourir, il fit rassembler dans une prison les plus nobles jeunes gens de toute la Judée et dit à Salomé sa sœur : « Je sais que les juifs se réjouiront de ma mort; mais il pourra s'y répandre bien des larmes et j'aurai de nobles funérailles, si vous voulez obéir à mon ordre; c'est, aussitôt que j'aurai rendu l'esprit, de tuer tous ceux que je garde en prison afin qu'ainsi toute la Judée me pleure malgré qu'elle en ait. » Après chaque repas, il avait coutume de manger une pomme qu'il pelait lui-même avec une épée. Or, comme il tenait cette arme à la main, il fut pris d'une toux violente et regardant autour de lui si personne ne l'empêcherait de se frapper, il leva la main pour le faire, mais un de ses cousins lui retint le bras en l'air. Aussitôt, comme s'il eût été mort, des gémissements retentirent dans le palais. A ces cris, Antipater bondit de joie, et promit toute sorte de présents aux gardes, si on l'en délivrait. Quand Hérode en fut informé, il souffrit plus de la joie de son fils que de sa propre mort; il envoya alors des satellites, le fit tuer et institua Archélaüs son successeur. Il mourut cinq jours après. Il avait été fort heureux en bien des circonstances, mais il eut fort à souffrir dans son intérieur.

Salomé délivra tous ceux dont le roi avait ordonné la

mort. Remi, dans son original sur saint Matthieu [1], dit que Hérode se suicida de l'épée avec laquelle il pelait une pomme, et que sa sœur Salomé fit tuer tous ceux qui étaient en prison, ainsi qu'elle l'avait décidé avec son frère.

SAINT THOMAS DE CANTORBÉRY [2]

Thomas veut dire abyme, jumeau, et coupé. Abyme, c'est-à-dire profond en humilité, ce qui est clair par son cilice, et en lavant les pieds des pauvres; jumeau, car dans sa prélature, il eut deux qualités éminentes, celle de la parole et celle de l'exemple. Il fut coupé dans son martyre.

Thomas de Cantorbéry, restant à la cour du roi d'Angleterre, vit commettre différentes actions contraires à la religion; il se retira alors pour se mettre sous la conduite de l'archevêque de Cantorbéry qui le nomma son archidiacre. Il se rendit cependant aux instances de l'archevêque qui lui conseilla de conserver la charge de chancelier du roi, afin que, par la prudence, dont il était excellemment doué, il devînt un obstacle au mal que les méchants pourraient exercer contre l'Eglise. Le roi avait pour lui tant d'affection que, lors du décès de l'archevêque, il voulut l'élever sur le siège épiscopal. Après de longues résistances, il consentit à recevoir ce fardeau sur les épaules. Mais tout aussitôt il fut changé en un autre homme : il était devenu parfait, il mortifiait sa chair par le cilice et par les jeûnes; car il portait non seulement un cilice au lieu de chemise, mais il avait des caleçons de poil de chèvre qui le couvraient jusqu'aux genoux. Il employait une telle adresse à cacher sa sainteté que, tout en conservant une honnêteté exquise, sous des habits convenables et n'ayant que des meubles décents, il se conformait aux mœurs de chacun. Tous les jours, il lavait à genoux les pieds de treize pauvres auxquels il donnait un repas et quatre pièces d'argent. Le roi s'efforçait de le faire plier à sa volonté au détriment de l'Eglise, en exigeant qu'il sanctionnât, lui aussi, des coutumes dont ses prédécesseurs avaient joui contre les libertés ecclésiastiques. Il n'y voulut jamais consentir, et il s'attira ainsi la haine du roi et des princes. Pressé un jour par le roi, lui et quelques évêques,

1. *Homélie* 6e de Remi d'Auxerre.
2. Tirée de sa vie écrite par plus de dix auteurs contemporains.

sous l'influence de la mort dont on les menaçait et trompé par les conseils de plusieurs grands personnages, il consentit de bouche à céder au vœu du monarque; mais s'apercevant qu'il pourrait en résulter bientôt un grand détriment pour les âmes, il s'imposa dès lors de plus rigoureuses mortifications; il cessa de dire la messe, jusqu'à ce qu'il eût pu obtenir d'être relevé, par le souverain pontife, des suspenses qu'il croyait avoir encourues. Requis de confirmer par écrit ce qu'il avait promis de bouche, il résista au roi avec énergie, prit lui-même sa croix pour sortir de la cour, aux clameurs des impies qui disaient : « Saisissez le voleur, à mort le traître. » Deux personnages éminents et pleins de foi vinrent alors lui assurer avec serment qu'une foule de grands avaient juré sa mort. L'homme de Dieu, qui craignait pour l'Eglise plus encore que pour lui, prit la fuite, et vint trouver à Sens le juge Alexandre, et avec des recommandations pour le monastère de Pontigny, il arriva en France. De son côté, le roi envoya à Rome demander des légats afin de terminer le différend; mais il n'éprouva que des refus, ce qui l'irrita plus encore contre le prélat. Il mit la saisie sur tous ses biens et sur ceux de ses amis, exila tous les membres de sa famille, sans avoir aucun égard pour la condition ou le sexe, le rang ou l'âge des individus. Quant au saint, tous les jours, il priait pour le roi et pour le royaume d'Angleterre. Il eut alors une révélation qu'il rentrerait dans son église, et qu'il recevrait du Christ la palme du martyre. Après sept ans d'exil, il lui fut accordé de revenir et fut reçu avec de grands honneurs.

Quelques jours avant le martyre de Thomas, un jeune homme mourut et ressuscita miraculeusement et il disait avoir été conduit jusqu'au rang le plus élevé des saints où il avait vu une place vide parmi les apôtres. Il demanda à qui appartenait cette place, un ange lui répondit qu'elle était réservée par le Seigneur à un illustre prêtre anglais. Un ecclésiastique qui tous les jours célébrait la messe en l'honneur de la Bienheureuse Vierge, fut accusé auprès de l'archevêque qui le fit comparaître devant lui et le suspendit de son office, comme idiot et ignorant. Or, le bienheureux Thomas avait caché sous son lit son cilice qu'il devait recoudre quand il en aurait le temps; la bienheureuse Marie apparut au prêtre et lui dit : « Allez dire à l'archevêque que celle pour l'amour de laquelle vous disiez vos messes a recousu son cilice qui est à tel endroit et qu'elle y a laissé le fil rouge dont elle s'est servi. Elle vous envoie pour qu'il ait à lever l'interdit dont il vous a frappé. » Thomas, en entendant cela et trouvant tout ainsi qu'il avait été dit, fut saisi, et en relevant le prêtre de son interdit, il lui recommanda de tenir cela sous le secret. Il défendit, comme auparavant les droits de l'Eglise et il ne se laissa fléchir ni par la violence, ni par les prières du roi. Comme donc on ne pouvait l'abattre en aucune manière, voici venir avec leurs armes des soldats du roi qui demandent à grands cris où est l'archevêque. Il alla au-devant d'eux et leur dit : « Me voici, que voulez-vous ? » « Nous venons, répondent-ils, pour te tuer, tu n'as pas plus longtemps à vivre. » Il leur dit : « Je suis prêt à mourir pour Dieu, pour la défense de la justice et la liberté de l'Eglise. Donc si c'est à moi que vous en voulez, de la part du Dieu tout-puissant et sous peine d'anathème, je vous défends de faire tel mal que ce soit à ceux qui sont ici, et je recommande la cause de l'Eglise et moi-même à Dieu, à la bienheureuse Marie, à tous les saints et à saint Denys. » Après quoi sa tête vénérable tombe sous le glaive des impies, la couronne de son chef est coupée, sa cervelle jaillit sur le pavé de l'église et il est sacré martyr du Seigneur l'an 1174. Comme les clercs commençaient *Requiem œternam* de la messe des morts qu'ils allaient célébrer pour lui, tout aussitôt, dit-on, les chœurs des anges interrompent la voix des chantres et entonnent la messe d'un martyr : *Lœtabitur justus in Domino*, que les autres clercs continuent. Ce changement est vraiment l'ouvrage de la droite du Très-Haut, que le chant de la tristesse ait été changé en un cantique de louange, quand celui pour lequel on venait de commencer les prières des morts, se trouve à l'instant partager les honneurs des hymnes des martyrs. Il était vraiment doué d'une haute sainteté ce martyr glorieux du Seigneur auquel les anges donnent ce témoignage d'honneur si éclatant en l'inscrivant eux-mêmes par avance au catalogue des martyrs. Ce saint souffrit donc la mort pour l'Église, dans une église, dans le lieu saint, dans un temps saint, entre les mains des prêtres et des religieux, afin que parussent au grand jour et la sainteté du patient et la cruauté des persécuteurs. Le Seigneur daigna opérer beaucoup d'autres miracles par son saint, car en considération de ses mérites, furent rendus aux aveugles la vue, aux sourds l'ouïe, aux boiteux le marcher, aux morts la vie. L'eau dans laquelle on lavait les linges trempés de son sang guérit beaucoup de malades. Par coquetterie et afin de paraître plus belle, une dame d'Angleterre désirait avoir des yeux vairons et pour cela elle vint, après en avoir fait le vœu, nu-pieds au tombeau de saint Thomas. En se levant après sa prière, elle se trouva tout à fait aveugle; elle se repentit alors et commença à prier saint Thomas de lui rendre au moins les yeux tels qu'elle les avait, sans parler d'yeux vairons, et ce fut à peine si elle put l'obtenir.

Un plaisant [1] avait apporté dans un vase, à son maître à table, de l'eau ordinaire au lieu de l'eau de saint Thomas.

1. « Un plaisant » plutôt : « *un trompeur* ». (Note de l'éditeur.)

Ce maître lui dit : « Si tu ne m'as jamais rien volé, que saint Thomas te laisse apporter l'eau, mais si tu es coupable de vol, que cette eau s'évapore aussitôt. » Le serviteur, qui savait avoir rempli le vase, il n'y avait qu'un instant, y consentit. Chose merveilleuse! On découvrit le vase, et il fut trouvé vide et de cette manière le serviteur fut reconnu menteur et convaincu d'être un voleur. Un oiseau, auquel on avait appris à parler, était poursuivi par un aigle, quand il se mit à crier ces mots qu'on lui avait fait retenir : « Saint Thomas, au secours, aide-moi. » L'aigle tomba mort à l'instant et l'oiseau fut sauvé. Un particulier que saint Thomas avait beaucoup aimé tomba gravement malade; il alla à son tombeau prier pour recouvrer la santé : ce qu'il obtint à souhait. Mais en revenant guéri, il se prit à penser que cette guérison n'était peut-être pas avantageuse à son âme. Alors il retourna prier au tombeau et demanda que si sa guérison ne devait pas lui être utile pour son salut, son infirmité lui revînt, et il en fut ainsi qu'auparavant. La vengeance divine s'exerça sur ceux qui l'avaient massacré : les uns se mettaient les doigts en lambeaux avec les dents, le corps des autres tombait en pourriture; ceux-ci moururent de paralysie, ceux-là succombèrent misérablement dans des accès de folie.

SAINT SILVESTRE

Silvestre vient de *sile* qui veut dire lumière, et de *terra*, terre, comme lumière de la terre, c'est-à-dire de l'Eglise qui, semblable à une bonne terre, contient la graine des bonnes œuvres, la noirceur de l'humilité et la douceur de la dévotion. C'est à ces trois qualités, dit Pallade, qu'on distingue la bonne terre. Ou bien Silvestre viendrait de *silva*, forêt, et *Theos*, Dieu, parce qu'il attira à la foi des hommes sylvestres, incultes et durs. Ou comme il est dit dans le *Glossaire :* Sylvestre signifie vert, agreste, ombreux, couvert de bois. Vert dans la contemplation des choses célestes, agreste par la culture de soi-même, ombreux, en refroidissant en lui toute concupiscence, couvert de bois, c'est-à-dire planté au milieu des arbres du ciel. Sa légende fut compilée par Eusèbe de Césarée; le bienheureux Gélase rappelle qu'elle a dû être lue par les catholiques dans un comité de soixante-dix évêques : ce qui est relaté aussi dans le décret.

Silvestre naquit d'une mère appelée Juste de nom et d'effet; il fut instruit par Cyrien, prêtre, et il exerçait l'hospitalité avec un grand zèle. Un homme fort chrétien, nommé

Timothée, fut reçu chez lui, alors qu'on fuyait le saint à cause de la persécution. Ce Timothée prêcha l'espace d'un an et trois mois et obtint ensuite la couronne du martyre pour avoir annoncé avec un zèle persévérant la foi de J.-C. Or, le préfet Tarquinius pensant que Timothée regorgeait de biens, les exigea de Silvestre avec menaces de mort. Toutefois, après s'être assuré que véritablement Timothée ne possédait pas les richesses qu'on lui supposait, il commanda à Silvestre de sacrifier aux idoles, autrement il aurait à passer le lendemain par divers genres de supplices. Silvestre lui dit : « Insensé, tu mourras cette nuit, puis tu subiras des tourments éternels, et que tu le veuilles ou non, tu reconnaîtras le vrai Dieu que nous honorons. » Silvestre est donc conduit en prison et Tarquinius est invité à un dîner : Or, en mangeant, il se mit, dans le gosier, une arête de poisson qu'il ne put ni rejeter ni avaler, en sorte qu'au milieu de la nuit, le défunt fut porté au tombeau avec deuil. Et Silvestre, qui était aimé singulièrement non pas tant des chrétiens que des païens, fut délivré de prison, et il y eut grande joie. Il avait, en effet, un aspect angélique, une parole éloquente; il était bien fait de corps, saint en œuvres, puissant en conseil, catholique dans sa foi, fort d'espérance, et d'une immense charité. Après la mort de Meletriade, évêque de la ville de Rome, Silvestre fut élu, malgré lui, souverain pontife par tout le peuple. Il conservait écrits sur un registre les noms de tous les orphelins, des veuves et des pauvres qu'il pourvoyait de tout ce qui leur était nécessaire. Ce fut lui qui institua le jeûne du quatrième, du sixième jour et du samedi, et qui fit réserver le jeudi comme le dimanche. Les chrétiens grecs prétendant qu'on devait célébrer le samedi de préférence au jeudi, Silvestre répondit que cela ne pouvait pas être, parce que c'était une tradition apostolique et qu'on devait compatir à la sépulture du Seigneur. Ils lui répliquèrent : « Il y a un samedi où l'on honore la sépulture et où l'on jeûne une fois par an. » Silvestre répondit : « De même que tout dimanche est honoré à cause de la résurrection, de même tout samedi est honoré pour la sépulture du Seigneur. » Ils cédèrent donc sur le samedi, mais ils firent beaucoup d'opposition par rapport au jeudi, en disant que ce jour ne devait pas faire partie des solennités chrétiennes. Mais Silvestre en démontra la dignité en trois points principaux. En effet, c'est le jour où le Seigneur monta au ciel, où il institua le sacrifice de son corps et de son sang, et où l'Eglise fait le Saint-Chrême : tous alors acquiescèrent à ses raisons.

Pendant la persécution de Constantin, Silvestre sortit de la ville et resta avec ses clercs sur une montagne. Or, en punition de sa tyrannie, Constantin devint couvert d'une lèpre incurable. D'après l'avis des prêtres des idoles, on lui amena trois mille enfants pour les faire égorger et puis se baigner dans leur sang frais et chaud. Quand il sortit pour aller au lieu où le bain devait être préparé, les mères des enfants vinrent au-devant de lui et, les cheveux épars, elles se mirent à pousser des hurlements pitoyables; alors Constantin, ému, fit arrêter son char et se leva pour parler : « Ecoutez-moi, dit-il, chevaliers, compagnons d'armes, et vous tous qui êtes ici : la dignité du peuple romain a pris naissance dans la source de compassion qui fit porter cette loi que celui-là serait condamné à mort qui tuerait un enfant à la guerre. Combien grande donc serait notre cruauté d'infliger à nos enfants ce que nous proscrivons nous-mêmes de faire aux enfants des étrangers! Que nous servirait-il d'avoir dompté les barbares, si nous sommes vaincus par la cruauté ? Car avoir vaincu les nations étrangères par la force, c'est le fait des peuples belliqueux, mais vaincre ses vices et ses fautes, c'est l'excellence des bonnes mœurs. Or, dans les premiers combats nous sommes plus forts que les barbares, et dans les seconds nous sommes les vainqueurs de nous-mêmes. Celui qui est défait dans cette lutte obtient la victoire quoique vaincu; mais le vainqueur est vaincu après sa victoire, si la pitié ne l'emporte sur la cruauté. Que la pitié soit donc victorieuse en cette rencontre. Nous ne pourrons être véritablement vainqueurs de tous nos adversaires, si nous sommes vaincus en pitié. Celui-là se montre le maître de tous qui cède à la compassion. Il me vaut mieux de mourir en respectant la vie de ces innocents que de recouvrer, par leur mort, une vie entachée de cruauté, vie qu'il n'est pas certain que je recouvre, mais qui certainement serait entachée de cruauté, si je la sauvais ainsi. » Il ordonna donc que les enfants seraient rendus à leurs mères, auxquelles il fit fournir une quantité de voitures. Ce fut ainsi que ces mères, qui étaient venues en versant des larmes, retournèrent chez elles pleines de joie. Quant à l'empereur, il revint à son palais [1]. La nuit suivante saint Pierre et saint Paul lui apparurent et lui dirent : « Puisque tu as eu horreur de répandre le sang innocent, le Seigneur J.-C. nous a envoyés pour te fournir le moyen de recouvrer la santé. Fais venir l'évêque Silvestre qui est caché sur le mont Soracte; il te montrera une piscine, dans laquelle tu te laveras trois fois, après quoi tu seras entièrement guéri de ta lèpre. Et en réciprocité de cette guérison due à J.-C., tu détruiras les temples des idoles; tu élèveras des églises en l'honneur de ce même J.-C., et désormais sois son adorateur. » A son réveil, Constantin envoya aussitôt des soldats vers Silvestre. En les voyant, le saint crut être appelé à l'honneur du martyre; il se recommanda à Dieu et, après

1. Lettre du pape Adrien Ier à Constantin et à Irène; — Nicéphore, *Histoire*, VII, XXXIV.

avoir exhorté ses compagnons, il se présenta sans crainte devant Constantin. L'empereur lui dit : « Je vous félicite de votre heureuse venue. » Et quand Silvestre l'eut salué à son tour, le prince lui raconta en détail la vision qu'il avait eue pendant son sommeil. Sur la demande qu'il lui adressa pour savoir quels étaient les deux dieux qui lui étaient apparus, Silvestre répondit qu'ils n'étaient pas des dieux, mais les apôtres de J.-C. Sur la prière de l'empereur, Silvestre se fit apporter les images des apôtres, et l'empereur ne les eut pas plutôt regardées qu'il s'écria : « Ils ressemblent à ceux qui me sont apparus. » Silvestre l'admit au nombre des catéchumènes, lui imposa huit jours de jeûne, et l'invita à ouvrir les prisons. Or, quand l'empereur descendit dans les eaux du baptistère, un admirable éclair de lumière y brilla : il en sortit guéri [1] et il assura avoir vu J.-C. Le premier jour après son baptême, il ordonna par une loi que J.-C. fût adoré comme le vrai Dieu dans la ville de Rome; le second jour, que tout blasphémateur serait puni de mort; le troisième, que quiconque insulterait un chrétien fût privé de la moitié de ses biens; le quatrième, que, comme l'empereur à Rome, le pontife romain serait tenu pour chef de tous les évêques; le cinquième, que celui qui se réfugierait dans une église serait à l'abri de toute poursuite; le sixième, que personne n'eût à construire une église dans l'enceinte d'une ville, sans la permission de son évêque; le septième, que la dîme des domaines royaux serait accordée pour la construction des églises; le huitième, l'empereur vint à l'église de saint Pierre s'y accuser avec larmes de ses fautes, et prenant ensuite une bêche, il ouvrit le premier la terre pour les fondations de la basilique qui allait être construite, et il tira douze corbeilles de terre qu'il porta sur ses épaules pour les jeter au-dehors.

Aussitôt qu'Hélène, mère de l'empereur Constantin, qui habitait Béthanie, eut appris ces événements, elle écrivit à son fils pour le louer d'avoir renoncé aux faux dieux; mais elle lui reprocha amèrement d'adorer comme Dieu, à la place de celui des juifs, un homme qui avait été attaché à une croix. Alors l'empereur répondit à sa mère qu'elle amenât avec elle des docteurs pris parmi les juifs, que lui-même produirait des docteurs chrétiens, afin qu'à la suite de la discussion, on vît de quel côté se trouvait la vraie foi. Or, sainte Hélène amena cent quarante et un juifs très doctes, parmi lesquels s'en trouvaient douze qui l'emportaient de beaucoup sur les autres en

1. Livre pontifical du pape Damase. Binius dans ses notes sur ce livre prouve par l'autorité d'auteurs chrétiens et païens que réellement Constantin fut guéri de la lèpre dans son baptême, quoique Eusèbe n'en fasse aucune mention, dans la crainte de déplaire aux successeurs de ce prince.

sagesse et en éloquence. Silvestre avec ses clercs et les juifs dont on vient de parler se réunirent par-devant l'empereur pour disputer; d'un commun accord, on établit deux juges qui se trouvaient être des gentils très éclairés et probes : Craton et Zénophile, auxquels il appartiendrait de dire leur sentiment sur les matières à traiter. Quoique gentils, ils étaient très loyaux et fidèles; ils convinrent donc ensemble que quand l'un serait levé pour parler, l'autre se tairait. Le premier des douze qui s'appelait Abiathar commença et dit : « Puisque ceux-ci reconnaissent trois dieux, le Père, le Fils et le Saint-Esprit, il est manifeste qu'ils vont contre la loi qui dit : Voyez que je suis le seul Dieu et qu'il n'y a point d'autre Dieu que moi. Enfin s'ils disent que le Christ est Dieu, parce qu'il a opéré beaucoup de signes, dans notre loi aussi, il y eut beaucoup de personnes qui firent plusieurs miracles, et cependant jamais elles n'osèrent s'en prévaloir pour usurper le nom de la divinité, comme ce Jésus, que ceux-ci adorent. » Silvestre lui répondit : « Nous adorons un seul Dieu, mais nous ne disons pas qu'il vive dans un si grand isolement, qu'il n'ait pas la joie de posséder un fils. Nous sommes en mesure de vous démontrer par vos livres mêmes la trinité de personnes. Nous appelons Père celui dont le prophète a dit : « Il m'a invoqué, vous êtes mon « Père. » Fils, celui dont il est dit au même livre : « Tu es « mon fils, je t'ai engendré aujourd'hui. » Le Saint-Esprit, dont le même a dit : « Toute leur force est dans l'esprit « de sa bouche. » Nous y lisons encore : « Faisons l'homme « à notre image et ressemblance », d'où l'on peut conclure évidemment la pluralité de personnes et l'unité de la divinité; car quoique ce soient trois personnes, elles ne font cependant qu'un Dieu; ce qu'il nous est facile de montrer jusqu'à un certain point par un exemple visible. Alors il prit la pourpre de l'empereur et y fit trois plis. « Voici, dit-il, trois plis »; et en les dépliant : « Vous voyez, ajouta-t-il, que les trois plis font une seule pièce, de même trois personnes sont un seul Dieu. Pour ce qu'on dit qu'il ne doit pas être un Dieu d'après ses miracles, puisque bien d'autres saints en ont fait et ne se sont cependant pas dits des dieux, comme J.-C., lequel a voulu prouver par là qu'il est Dieu; certainement Dieu n'a jamais laissé sans châtier grandement ceux qui s'enorgueillissaient contre lui, comme cela est prouvé par Dathan et Abyron, et par beaucoup d'autres; comment donc a-t-il pu mentir et se dire Dieu, ce qui n'était pas, lorsque en se disant Dieu, il ne s'en est suivi aucun châtiment? et cependant ses actions merveilleuses restent efficaces. » Alors les juges dirent : « Il est constant qu'Abiathar a été vaincu par Silvestre, et la raison enseigne que s'il n'eût pas été Dieu en se disant Dieu, il n'eût pu donner la vie aux morts. » Le premier ayant été écarté, le second qui s'appelait Jonas s'approcha au combat : « Abraham, dit-il, en recevant de Dieu la circoncision, a été justifié et tous les enfants d'Abraham sont encore justifiés par la circoncision; donc celui qui n'aura pas été circoncis ne sera pas justifié. » Silvestre lui dit : « Il est constant que Abraham, avant sa circoncision, a plu à Dieu et qu'il a été appelé l'ami de Dieu, donc la circoncision ne l'a pas sanctifié; mais c'est par sa foi et sa justice qu'il plut à Dieu; donc il n'a pas reçu la circoncision comme justification, mais comme signe de distinction. » Celui-ci ayant été vaincu à son tour, Godolias, le troisième, vint dire : « Comment votre Christ peut-il être Dieu, puisque vous convenez qu'il est né, qu'il a été tenté, trahi, dépouillé, abreuvé de fiel, lié, crucifié, enseveli ? Tout cela n'est pas d'un Dieu. » Silvestre lui répondit : « Par vos livres nous allons prouver que toutes ces choses ont été prédites de J.-C. Écoutez les paroles d'Isaïe touchant sa naissance : « Voici qu'une vierge enfantera »; celles de Zacharie sur sa tentation : « J'ai vu Jésus le grand prêtre debout devant « un ange et Satan qui se tenait debout à sa droite »; celles du psalmiste par rapport à sa trahison : « Celui qui man- « geait mon pain a fait éclater sa trahison contre moi. » Le même sur son dépouillement : « Ils ont partagé mes vêtements »; et encore au sujet du fiel dont il a été abreuvé : « Ils m'ont donné du fiel pour ma nourriture et du « vinaigre pour ma boisson. » Esdras dit de ce qu'il a été lié : « Vous m'avez lié, non pas comme un père qui « vous a délivrés de la terre d'Egypte; vous avez crié devant « le tribunal du juge, vous m'avez humilié en m'atta- « chant sur le bois, vous m'avez trahi. » Jérémie parle ainsi de sa sépulture : « Dans sa sépulture, les morts « revivront. » Godolias n'ayant rien à répondre, les juges le firent retirer. Vint le quatrième, Annas, qui parla ainsi : « Silvestre attribue à son Christ ce qui s'applique à d'autres, il lui reste à prouver que ces prédictions regardent le Christ. » Silvestre lui dit : « Montrez-m'en donc un autre que lui qu'une vierge ait conçu, qui ait été abreuvé avec du fiel, couronné d'épines, crucifié, qui soit mort et ait été enseveli, qui soit ressuscité d'entre les morts et monté aux cieux ? » Alors Constantin dit : « S'il ne démontre pas qu'il s'agit d'un autre, il est vaincu. » Comme Annas ne le pouvait faire, il est remplacé par un cinquième appelé Doeth. « Si, dit-il, ce Christ, né de la race de David, avait été autant sanctifié que vous l'avancez, il n'a pas dû être baptisé pour être sanctifié de nouveau ? » Silvestre lui répliqua : « De même que la circoncision a pris sa fin dans la circoncision de J.-C. de même notre baptême reçut son commencement de sanctification dans le baptême de J.-C., donc il n'a pas été baptisé pour être sanctifié, mais pour sanctifier. » Comme Doeth se taisait, Constantin dit : « Si Doeth avait quelque réplique à faire, il ne se tairait pas. » Alors le sixième, qui était Chusi, prit la parole : « Nous voudrions, dit-il, que Silvestre nous exposât les causes de cet enfantement virginal. » Silvestre lui dit : « La terre dont Adam fut formé était vierge et n'avait pas encore été souillée, car elle ne s'était pas encore ouverte pour boire le sang humain; elle n'avait pas encore porté d'épines de malédiction; elle n'avait pas encore servi de sépulture à l'homme; ni été donnée pour nourriture au serpent : Il a donc fallu que de la vierge Marie fût formé un nouvel Adam, afin que comme le serpent avait vaincu celui qui était né d'une vierge, de même il fût vaincu à son tour par le fils d'une vierge; il a fallu que celui qui avait été le vainqueur d'Adam dans le paradis devînt aussi le tentateur du Seigneur dans le désert, afin que celui qui avait vaincu Adam par la gourmandise, fût vaincu par le jeûne en Notre-Seigneur. » Celui-ci vaincu, Benjamin, le septième, se mit à dire : « Comment votre Christ peut-il être le fils de Dieu, quand il a pu être tenté par le diable, à tel point que, ici il est pressé dans sa faim de faire du pain avec des pierres; là il est transporté sur les hauteurs du temple; ailleurs, il est induit à adorer le diable lui-même. » A cela Silvestre répondit : « Donc s'il a vaincu le diable, parce qu'il avait été écouté d'Adam, qui mangea, il est certain qu'il a été vaincu en ce qu'il a été méprisé par J.-C., qui jeûna. Au reste, nous avouons bien qu'il a été tenté non en tant que Dieu, mais en tant qu'homme. Il a été tenté trois fois pour éloigner de nous toutes les tentations, et pour nous enseigner la manière de vaincre. Souvent, en effet, dans l'homme, la victoire par l'abstinence est suivie de la tentation de la gloire humaine, et celle-ci est accompagnée du désir des possessions et de la domination. Il a été vaincu par J.-C. afin de nous apprendre à vaincre. » A Benjamin mis hors de cause succéda Aroël qui était le huitième : « Il est certain, dit-il, que Dieu est souverainement parfait et que par conséquent il n'a besoin de personne; qu'a-t-il eu besoin alors de naître dans le Christ ? Pourquoi encore l'appelez-vous le Verbe ? Il est certain encore que Dieu avant d'avoir un fils n'a pu être appelé Père : donc si plus tard il a pu être appelé le père du Christ, il n'était pas immuable. » A cela Silvestre répondit : « Le Fils a été engendré par le Père avant les temps, pour créer ce qui n'était point, et il est né dans le temps, pour restaurer ce qui avait péri. Quoi qu'il eût pu tout restaurer d'un seul mot, toutefois, il ne pouvait pas, sans devenir homme, racheter par sa passion, puisqu'il n'était pas apte à souffrir dans sa divinité. Or, ce n'était pas imperfection, mais perfection, de n'être pas passible dans sa divinité. Il est évident encore que le Fils de Dieu est appelé Verbe, par ces paroles du prophète : « Mon cœur a émis un bon Verbe. » Enfin Dieu fut toujours Père parce que toujours son Fils a existé; car son Fils est son Verbe, sa sagesse, sa force. Or, le Verbe a toujours été dans le Père, selon ces mots : « Mon cœur a émis un bon verbe. » Toujours sa sagesse a été avec lui : « Je suis sortie de la bouche de Dieu, « je suis la première née avant toute créature. » Toujours sa force a été en lui. « J'étais enfanté avant les collines; « les fontaines n'avaient pas encore jailli de la terre que « j'étais avec lui. » Or, puisque le Père n'a jamais été sans son Verbe, sans sa sagesse, sans sa force, comment pouvez-vous penser que ce nom lui ait été attribué dans le temps ? » Aroel se retira et Jubal, le neuvième, s'avança et dit : « Il est constant que Dieu ne condamne pas les mariages et qu'il ne les a pas maudits; pourquoi donc niez-vous que celui que vous adorez soit sorti du mariage ? à moins que vous ne veuilliez aussi nous jeter de la poudre aux yeux à cet égard. Et encore pourquoi est-il puissant et se laisse-t-il tenter ? pourquoi a-t-il la force et souffre-t-il ? pourquoi est-il la vie et meurt-il ? Enfin vous serez amené à dire qu'il y a deux fils : l'un que le Père a engendré, l'autre que la Vierge a mis au monde. De plus, comment peut-il se faire que la souffrance ait eu prise sur un homme qui a été enlevé au ciel, sans que celui par lequel il a été enlevé eût subi aucune lésion ? » Silvestre répliqua : « Nous ne disons pas que J.-C. est né d'une vierge pour condamner les mariages; mais nous acceptons avec raison les causes de cet enfantement virginal. Par cette assertion les mariages ne sont pas rendus méprisables mais louables, puisque cette vierge qui enfanta le Christ est née de mariage. Ensuite J.-C. est tenté pour vaincre toutes les tentations du diable : il souffre pour surmonter toutes les souffrances; il meurt pour détruire l'empire de la mort. Le fils de Dieu est unique dans le Christ et de même qu'il est invisible en tant qu'il est Fils de Dieu, de même il est visible en tant qu'il est J.-C. Il est invisible par cela qu'il est Dieu et il est visible par cela qu'il est homme. Que cet homme ait souffert et qu'il ait été enlevé au ciel sans souffrance de la part de celui qui l'a enlevé, nous pouvons le démontrer par un exemple. Prenons-le dans la pourpre du roi : elle fut laine et la teinture ajoutée à cette laine a donné la couleur pourpre. Alors qu'on la tenait dans les doigts et qu'elle était tordue en fil, qui est-ce qui était tordu ? était-ce la couleur qui est celle de la dignité royale, ou ce qui était laine avant d'être pourpre ? La laine c'est l'homme, la pourpre c'est Dieu qui étant avec l'humanité a souffert sur la croix, mais n'a reçu aucune atteinte de la passion. » Le dixième s'appelait Thara. Il dit : « Cet exemple ne me plaît pas, car la couleur et la laine sont foulées ensemble. » Quoique tous eussent réclamé, Silvestre dit : « Prenons alors un autre exemple : un arbre couvert des rayons du soleil, quand il est abattu, reçoit le coup et la lumière reste sans atteinte. Il en est de même, alors c'est l'homme qui souffre et non pas le Dieu. » Le onzième, qui était Siléon, dit : « Si c'est de ton Christ que les prophètes ont prédit, nous voudrions savoir les causes des étranges moqueries qu'il a endurées, les motifs de sa passion et de sa mort. » « J.-C., reprit Silvestre, a eu faim pour nous rassasier; il a eu soif pour offrir à notre soif ardente la coupe de vie; il a été tenté, afin de nous délivrer de la tentation; il a été détenu, pour nous faire échapper à la capture des démons et il a été moqué, pour nous arracher à leur dérision; il a été lié, pour nous délier des nœuds de la malédiction; il a été humilié, pour nous exalter; il a été dépouillé, pour couvrir la nudité de la première prévarication du manteau de l'indulgence; il a reçu une couronne d'épines, pour nous restituer les fleurs du paradis que nous avions perdues; il fut suspendu au bois, pour condamner la concupiscence engendrée dans le bois; il a été abreuvé de fiel et de vinaigre, pour introduire l'homme dans une terre où coule le lait et le miel et nous ouvrir des fontaines de miel; il a pris notre mortalité, pour nous donner son immortalité; il a été enseveli, pour bénir les sépultures des saints; il est ressuscité, pour rendre la vie aux morts; il est monté au ciel, pour ouvrir la porte du ciel; il est assis à la droite de Dieu, pour exaucer les prières des croyants. » Pendant que Silvestre développait ces vérités, tous, l'empereur comme les juges et les juifs, se mirent d'une voix unanime à acclamer Silvestre de louanges. Alors le douzième, indigné, il s'appelait Zambri, dit avec un extrême dédain : « Je m'étonne que des juges, sages comme vous l'êtes, ajoutiez foi à des ambiguïtés de mots et que vous estimiez que la toute-puissance de Dieu puisse se conclure de raisonnement humain. Mais plus de mots et venons-en aux faits : ce sont de grands fous ceux qui adorent un crucifié; car je sais, moi, le nom du Dieu tout-puissant, dont la force est plus grande que les rochers et aucune créature ne saurait l'entendre. Et pour vous prouver la vérité de ce que j'avance, qu'on m'amène le taureau le plus furieux et dès l'instant que ce nom aura sonné dans ses oreilles, tout aussitôt le taureau mourra. » Silvestre lui dit : « Et toi, comment donc as-tu appris ce nom sans l'avoir entendu ? » Zambri reprit : « Il n'appartient pas à toi, l'ennemi des juifs, de connaître ce mystère. » On amène donc un taureau très féroce, que cent hommes des plus robustes peuvent à peine traîner, et aussitôt que Zambri a proféré un mot dans son oreille, à l'instant le taureau rugit, roule les yeux et expire. Alors tous les juifs poussent des acclamations violentes et insultent Silvestre. Mais celui-ci leur dit : « Il n'a pas prononcé le nom de Dieu, mais il a nommé celui du pire de tous les démons, car mon Dieu, J.-C., non seulement ne fait pas mourir les vivants, mais il vivifie les morts. Pouvoir tuer et ne pouvoir point rendre la vie, cela appartient aux lions, aux serpents et aux bêtes féroces. Si donc il veut que je croie qu'il n'a pas proféré le nom du démon, qu'il le dise encore une fois et qu'il rende la vie à ce qu'il a tué. Car il a été écrit de Dieu : « C'est moi qui tuerai et c'est « moi qui vivifierai »; s'il ne le peut, c'est sans aucun doute qu'il a proféré le nom du démon, qui peut tuer un être vivant et qui ne peut rendre la vie à un mort. » Et comme Zambri était pressé par les juges de ressusciter le taureau, il dit : « Que Silvestre le ressuscite au nom de Jésus le Galiléen et tous nous croirons en lui; car quand bien même il pourrait voler avec des ailes, il ne saurait pas faire cela. » Tous les juifs donc promettent de croire s'il ressuscite le taureau. Alors Silvestre fit une prière et se penchant à l'oreille du taureau : « O nom de malédiction et de mort, dit-il, sors par l'ordre de Notre-Seigneur J.-C., au nom duquel je te dis : Taureau, lève-toi et va tranquillement rejoindre ton troupeau. » Aussitôt le taureau se leva et s'en alla avec grande douceur. Alors la reine, les juifs, les juges et tous les autres furent convertis à la foi [1]. Mais quelques jours après, les prêtres des idoles vinrent dire à l'empereur : « Très saint empereur, depuis l'époque où vous avez reçu la foi du Christ, le dragon qui est dans le fossé tue de son souffle plus de trois cents hommes par jour. » Constantin consulta là-dessus Silvestre, qui répondit : « Par la vertu de J.-C., je ferai cesser tout ce mal. » Les prêtres promettent que, s'il fait ce miracle, ils croiront. Pendant sa prière, saint Pierre apparut à Silvestre et lui dit : « N'aie pas peur de descendre vers le dragon, toi et deux des prêtres qui t'accompagnent; arrivé auprès de lui, tu lui adresseras ces paroles : « N.-S. « J.-C., né de la Vierge, qui a été crucifié et enseveli, « qui est ressuscité et est assis à la droite du Père, doit « venir pour juger les vivants et les morts. Or, toi, Satan, « attends-le dans cette fosse tant qu'il viendra. » Puis tu lieras sa gueule avec un fil et tu apposeras dessus un sceau où sera gravé le signe de la croix; ensuite revenus à moi sains et saufs, vous mangerez le pain que je vous aurai

1. Le comte de Douhet, dans le *Dictionnaire des Légendes*, de Migne, avance que le récit qu'on vient de lire n'est qu'un abrégé des *Acta Sancti Silvestri*, publié, par le P. Combéfis, d'après deux mss. existant aux bibliothèques Médicienne et Mazarine. La dispute avec les docteurs juifs, la destruction du dragon sont exposées avec encore plus de détails que dans Voragine. Nouvelle preuve que l'évêque de Gênes n'a rien inventé de son propre fonds.

préparé. » Silvestre descendit donc avec les deux prêtres les quarante marches de la fosse, portant avec lui deux lanternes. Alors il adressa au dragon les paroles susdites, et, comme il en avait reçu l'ordre, lia sa gueule, malgré ses cris et ses sifflements. En remontant, il trouva deux magiciens qui les avaient suivis, pour voir s'ils descendraient jusqu'au dragon : ils étaient à demi morts de la puanteur du monstre. Il les ramena avec lui aussi sains et saufs. Aussitôt ils se convertirent avec une multitude infinie. Le peuple romain fut ainsi délivré d'une double mort, savoir de l'adoration des idoles et du venin du dragon. Enfin le bienheureux Silvestre, à l'approche de la mort, donna ces trois avis à ses clercs : conserver entre eux la charité, gouverner leurs églises avec plus de soin et préserver leur troupeau contre la morsure des loups. Après quoi il s'endormit heureusement dans le Seigneur, environ l'an 330.

LA CIRCONCISION DU SEIGNEUR

Quatre circonstances rendent la Circoncision du Seigneur célèbre et solennelle : la première est l'Octave de Noël; la seconde, l'imposition d'un nom nouveau et annonçant le salut; la troisième, l'effusion du sang, et la quatrième le signe de la Circoncision.

Premièrement, c'est l'Octave de la nativité du Seigneur. Si les Octaves des autres saints sont solennelles, à plus forte raison le sera l'Octave du Saint des saints. Mais il ne semble pas que la naissance du Seigneur doive avoir une Octave, parce que sa naissance menait à la mort. Or, les morts des saints ont des Octaves, parce qu'alors ils naissent pour arriver à une vie éternelle, et pour ressusciter ensuite dans des corps glorieux. Par la même raison, il semble qu'il ne doive pas y avoir d'Octave à la nativité de la bienheureuse Vierge et de saint Jean-Baptiste, pas plus qu'à la résurrection du Seigneur, puisque cette résurrection a eu lieu réellement. Mais il faut observer, d'après le Prépositif [1], qu'il y a des Octaves de surérogation, comme est l'Octave du Seigneur, dans laquelle nous suppléons à ce qui n'a pas été convenablement fait dans la fête, savoir, l'office de celle qui met au monde. Aussi

1. « Le Prépositif » plus communément appelé *Prévostin.* (Note de l'éditeur.)

autrefois c'était la coutume de chanter la messe *Vultum tuum*, etc., en l'honneur de la Sainte Vierge. Il y a encore des Octaves de vénération, comme à Pâques, à la Pentecôte, pour la Sainte Vierge, et pour saint Jean-Baptiste; d'autres de dévotion, comme il peut s'en trouver pour chaque saint; d'autres enfin qui sont symboliques, comme sont les Octaves instituées en l'honneur des saints et qui signifient l'Octave de la résurrection.

Secondement, c'est l'imposition d'un nom nouveau et salutaire. Aujourd'hui en effet il fut imposé au Sauveur un nom nouveau que la bouche du Seigneur a donné : « Aucun autre nom sous le ciel n'a été donné aux hommes, par lequel nous devions être sauvés. » « C'est un nom, dit saint Bernard, qui est un miel à la bouche, une mélodie à l'oreille, une jubilation au cœur. » « C'est un nom, dit encore le même Père, qui, comme l'huile, brille aussitôt qu'on l'emploie, nourrit, quand on le médite; il oint et il adoucit les maux à l'instant qu'on l'invoque. » Or, J.-C. a eu trois noms, comme l'évangile le dit, savoir, Fils de Dieu, Christ et Jésus. Il est appelé Fils de Dieu, en tant qu'il est Dieu de Dieu; Christ, en tant qu'il est homme dont la personne divine a pris la nature humaine; Jésus, en tant qu'il est Dieu uni à l'humanité. Au sujet de ces trois noms, écoutons saint Bernard : « Vous qui êtes dans la poussière, réveillez-vous et chantez les louanges de Dieu. Voici que le Seigneur vient avec le salut; il vient avec des parfums, il vient avec gloire. En effet Jésus ne vient pas sans sauver, ni le Christ sans oindre. Le fils de Dieu ne vient pas sans gloire, puisqu'il est lui-même le salut; il est lui-même le parfum, lui-même la gloire. » Mais il n'était pas connu parfaitement sous ce nom avant la passion. Quant au premier en effet, il n'était connu de quelques-uns que par conjecture, par exemple, des démons qui le disaient Fils de Dieu; quant au second, il n'était connu qu'en particulier, c'est-à-dire de quelques-uns, mais en petit nombre, comme étant le Christ. Quant au troisième, il n'était connu que quant au mot, Jésus n'était pas compris d'après sa véritable signification qui est Sauveur. Mais après la résurrection, ce triple nom fut clairement manifesté : le premier par certitude, le second par diffusion, le troisième par signification. Or, le premier nom c'est Fils de Dieu. Et pour prouver que ce nom lui convient à bon droit, voici ce que dit saint Hilaire en son livre *de la Trinité :* « On connut de plusieurs manières que le Fils unique de Dieu est N.-S. J.-C. Le Père l'atteste; il s'en avantage lui-même; les apôtres le prêchent; les hommes religieux le croient; les démons l'avouent; les juifs le nient; les gentils l'apprennent dans sa passion. » Le même Père dit encore : « Nous connaissons N.-S. J.-C., de ces différentes manières, par le nom, par la naissance, par la nature, par la puissance et par la manifestation. » Le second nom c'est Christ, qui signifie oint. En effet, il fut oint d'une huile de joie au-dessus de tous ceux qui participeront à sa gloire » (saint Paul aux Hébr.). En le disant oint, on insinue qu'il fut prophète, athlète, prêtre et roi. Or, ces quatre sortes de personnes recevaient autrefois des onctions. Il fut prophète dans l'enseignement de la doctrine, athlète en déformant le diable [1], prêtre en réconciliant les hommes avec son père, roi en rétribuant des récompenses. C'est de ce second nom que vient le nôtre. Nous sommes appelés chrétiens de Christ. Voici ce que saint Augustin dit de ce nom : « Chrétien, c'est un nom de justice, de bonté, d'intégrité, de patience, de chasteté, de pudeur, d'humanité, d'innocence, de piété. Et toi, comment le revendiques-tu ? comment te l'appropries-tu, quand c'est à peine s'il te reste quelques-unes de ces qualités ? Celui-là est chrétien qui ne l'est pas seulement par le nom, mais encore par les œuvres. » (Saint Augustin.) Le troisième nom c'est Jésus. Or, ce nom de Jésus, d'après saint Bernard, veut dire nourriture, fontaine, remède et lumière. Mais ici la nourriture a des effets multiples; c'est une nourriture confortable, elle engraisse, elle endurcit et elle donne la vigueur. Ecoutons saint Bernard sur ces qualités : « C'est une nourriture que ce nom de Jésus. Est-ce que vous ne vous sentez pas fortifiés, toutes les fois que vous vous en souvenez ? Qu'y a-t-il qui nourrisse tant l'esprit de celui qui y pense ? quoi de plus substantiel pour réparer les sens fatigués, rendre les vertus plus mâles, fomenter les bonnes mœurs, entretenir les affections chastes ? » Secondement, c'est une fontaine. Saint Bernard en donne la raison. « Jésus est la fontaine scellée de la vie, qui se répand dans les plaines par quatre ruisseaux, qui sont pour nous sagesse, justice, sanctification et rédemption : sagesse dans la prédication, justice dans l'absolution des péchés, sanctification dans la conversation ou la conversion, rédemption dans la passion. » En un autre endroit ce père dit encore : « Trois ruisseaux émanèrent de Jésus : la parole de douleur, c'est la confession; le sang de l'aspersion, c'est l'affliction; l'eau de purification, c'est la componction. » Troisièmement c'est un remède. Voici ce que le même Bernard dit : « Ce nom de Jésus est encore un remède. En effet rien comme lui ne calme l'impétuosité de la colère, ne déprime l'enflure de l'orgueil, ne guérit les plaies de l'envie, ne repousse les assauts de la luxure, n'éteint la flamme de la convoitise, n'apaise la soif de l'avarice et ne bannit tous les désirs honteux et déréglés. » Quatrième-

1. « En déformant le diable » plutôt : « *en triomphant du diable* ». (Note de l'éditeur.)

ment, c'est une lumière, dit-il : « D'où croyez-vous qu'ait éclaté sur l'univers entier la si grande et si subite lumière de la foi, si ce n'est de la prédication du nom de Jésus ? C'est ce nom que Paul portait devant les nations et les rois comme un flambeau sur un candélabre. » En outre ce nom est d'une bien grande suavité. « Si vous écrivez un livre, dit saint Bernard, je ne suis pas content si je n'y lis Jésus; si vous discutez, si vous conférez, je ne suis pas content, si je n'entends nommer Jésus. » Et Richard de Saint-Victor : « Jésus, dit-il, est un nom suave, un nom délectable, un nom qui conforte le pécheur, et un nom d'un bon espoir. Eh bien donc, Jésus, soyez-moi Jésus. » Secondement c'est un nom d'une grande vertu. Voici les paroles de Pierre de Ravesne : « Vous lui imposerez le nom de Jésus, c'est-à-dire, le nom qui a donné aux aveugles la vue, aux sourds l'ouïe, aux boiteux le marcher; aux muets la parole, aux morts la vie, et la vertu de ce nom a mis en fuite toute la puissance du diable sur les corps obsédés. » Troisièmement, il est d'une haute excellence et sublimité. Saint Bernard : « C'est le nom de mon Sauveur, de mon frère, de ma chair, de mon sang; c'est le nom caché au siècle, mais qui a été révélé à la fin des siècles : nom admirable, nom ineffable, nom inestimable, et d'autant plus admirable qu'il est inestimable, d'autant plus gracieux qu'il est gratuit. » Ce nom de Jésus lui a été imposé par l'Eternel, par l'ange, par Joseph, son père putatif. En effet Jésus signifie Sauveur. Or, Sauveur se dit de trois manières : de la puissance de sauver, de l'aptitude à sauver, de l'action de sauver. Quant à la puissance, ce nom lui convient de toute éternité; à l'aptitude de sauver, il lui fut imposé ainsi par l'ange et il lui convient dès le principe de sa conception; à l'action de sauver, Joseph le lui imposa en raison de sa passion future, et la glose sur ces paroles, « Vous l'appellerez Jésus », dit : Vous imposerez un nom qui a été imposé par l'ange ou par l'Eternel; et la glose touche ici la triple dénomination qu'on vient d'établir. Quand on dit : vous imposerez le nom, on veut faire entendre la dénomination par Joseph; quand on dit : qui a été imposé par l'ange ou par l'Eternel, on veut faire entendre les deux autres. Donc c'est à bon droit qu'au jour qui commence l'année, selon la constitution de Rome, la capitale du monde, au jour qui est marqué de la lettre capitale de l'alphabet [1]; le Christ, le chef de l'Eglise est circoncis, qu'un nom lui est donné et qu'on célèbre le jour de l'Octave de sa naissance.

Troisièmement, l'effusion du sang de J.-C. C'est aujour-

1. Dans le calendrier, chaque jour de la semaine est distingué par une des sept premières lettres de l'alphabet, et le premier jour est marqué de l'A capitale ou majuscule.

d'hui en effet que la première fois, pour nous, il a commencé à verser son sang, lui qui plus tard a voulu le répandre plus d'une fois. Car il a versé pour nous son sang à cinq reprises différentes : 1° dans la circoncision, et ce fut le commencement de notre rédemption; 2° dans la prière *(du jardin)* où il manifesta son désir de notre rédemption; 3° dans la flagellation, et cette effusion fut le mérite de notre rédemption, parce que nous avons été guéris par sa lividité; 4° dans la crucifixion, et ce fut le prix de notre rédemption, car il a payé alors ce qu'il n'a pas pris (Ps. LXVIII, 5); 5° dans l'ouverture de son côté, et ce fut le sacrement de notre rédemption. En effet, il en est sorti du sang et de l'eau, ce qui figurait que nous devions être purifiés par l'eau du baptême, lequel devait tirer toute son efficacité du sang de J.-C.

Quatrièmement enfin, le signe de la circoncision que J.-C. a daigné recevoir aujourd'hui. Or, le Seigneur voulut être circoncis pour beaucoup de motifs. 1° Pour lui-même, afin de montrer qu'il avait pris véritablement une chair d'homme. Il savait du reste qu'on devait soutenir qu'il avait pris non pas un vrai corps, mais un corps fantastique, et c'est pour confondre cette erreur qu'il a voulu être circoncis et répandre alors de son sang; en effet un corps fantastique ne jette pas de sang. 2° Pour nous-mêmes, afin de nous montrer l'obligation de nous circoncire spirituellement. Selon saint Bernard, « il y a deux sortes de circoncision qui doivent être faites par nous, l'extérieure dans la chair et l'intérieure dans l'esprit. La circoncision extérieure consiste en trois choses : dans notre manière d'être, afin qu'elle ne soit pas singulière; dans nos actions, pour qu'elles ne soient pas répréhensibles; dans nos discours, afin qu'ils n'encourent pas le mépris. Semblablement, l'intérieure consiste en trois choses : savoir, dans la pensée, pour qu'elle soit sainte, dans l'affection pure, dans l'intention. » (Saint Bernard.) Par un autre motif, il a voulu être circoncis pour nous sauver. De même en effet que l'on cautérise un membre afin de guérir tout le corps, de même J.-C. a voulu supporter la cautérisation de la circoncision pour que tout le corps mystique fût sauvé (Coloss., II). « Vous avez été circoncis d'une circoncision qui n'est pas faite de main d'homme, mais qui consiste dans le dépouillement du corps charnel, c'est-à-dire de la circoncision de J.-C. »; la glose ajoute, dans le dépouillement des vices, comme par une pierre très aiguë, « or, la pierre était le Christ ». Dans l'Exode (IV, 25) on lit : « Séphora prit aussitôt une pierre très aiguë, et circoncit le prépuce de son fils. » Sur quoi la glose donne deux explications. La première : vous avez été circoncis, dis-je, d'une circoncision qui n'est pas faite de main d'homme, c'est-à-dire que ce n'est pas œuvre d'homme, mais œuvre de Dieu, c'est-à-dire circoncision spirituelle. Cette circoncision se fait par le dépouillement du corps charnel, savoir, le dépouillement de la chair de l'homme, c'est-à-dire des vices et des désirs charnels, d'après le sens qu'on attribue au mot chair, dans ce passage de saint Paul (I Corinth., VIII) : « La chair et le sang ne posséderont pas le royaume de Dieu, etc. » Vous êtes, dis-je, circoncis d'une circoncision qui n'est pas faite par la main, mais d'une circoncision spirituelle. La deuxième explication de la glose est celle-ci : vous avez été circoncis, dis-je, en J.-C., et cela d'une circoncision qui n'est pas faite par la main, c'est-à-dire d'une circoncision légale : cette circoncision qui vient de la main se fait dans le dépouillement du corps charnel, savoir, du corps qui est chair, c'est-à-dire, de la peau de la chair qui est enlevée dans la circoncision légale. Vous n'êtes pas, dis-je, circoncis de cette circoncision, mais de la circoncision de J.-C., c'est-à-dire spirituelle, dans laquelle tous les vices sont retranchés. Aussi on lit dans saint Paul aux Romains (II, 28) : « Le juif n'est pas celui qui l'est audehors, et la véritable circoncision n'est pas celle qui se fait dans la chair et qui n'est qu'extérieure ; mais le juif est celui qui l'est intérieurement ; et la circoncision du cœur se fait par l'esprit et non selon la lettre de la loi ; et ce juif tire sa louange, non des hommes, mais de Dieu. Vous avez été circoncis d'une circoncision qui n'est pas faite de main d'homme par le dépouillement du corps charnel, mais de la circoncision de J.-C. » 3° J.-C. a voulu être circoncis par rapport aux juifs, afin qu'ils fussent inexcusables. Car s'il n'avait pas été circoncis, les juifs auraient pu s'excuser et dire : Ce pourquoi nous ne vous recevons pas, c'est que vous n'êtes pas semblable à nos pères. 4° Par rapport aux démons, afin qu'ils ne connussent pas le mystère de l'incarnation. En effet, comme la circoncision était faite contre le péché originel, le diable crut que J.-C., qui était circoncis lui-même, était un pécheur semblable aux autres, puisqu'il avait besoin du remède de la circoncision. C'est pour cela aussi qu'il a voulu que sa mère fût mariée, quoiqu'elle soit toujours restée vierge. 5° Pour accomplir toute justice. Car, de même qu'il a voulu être baptisé pour accomplir toute justice, c'est-à-dire toute humilité, laquelle consiste à se soumettre à moindre que soi, de même aussi il a voulu être circoncis afin de nous offrir un modèle d'humilité, puisque lui, l'auteur et le maître de la loi, a voulu se soumettre à la loi. 6° Pour approuver la loi mosaïque qui était bonne et sainte, et qui devait être accomplie, parce qu'il n'était pas venu détruire la loi, mais l'accomplir. Et saint Paul a dit aux Romains (XV, 8) : « Je vous déclare que J.-C. a été le ministre des circoncis afin que Dieu fût reconnu véritable par l'accomplissement des promesses faites à leurs pères. »

Quant aux raisons pour lesquelles la circoncision se faisait le huitième jour, on peut en assigner un grand nombre. 1° Selon le sens historique ou littéral. D'après le rabbin Moïse, profond philosophe et théologien, quoique juif, l'enfant, dans les sept jours qui suivent sa naissance, a les chairs aussi molles qu'il les avait dans le sein de sa mère, mais à huit jours il s'est fortifié et affermi, et c'est pour cela, ajoute-t-il, que le Seigneur n'a pas voulu que les petits enfants fussent circoncis, de peur qu'à cause de cette trop grande mollesse, ils ne fussent par trop blessés; et il n'a pas voulu que la circoncision eût lieu plus tard que le huitième jour, pour trois causes que ce philosophe énumère : 1° afin d'éviter le péril de mourir auquel aurait pu être exposé l'enfant, si on l'avait différée davantage; 2° pour épargner la douleur à l'enfant : dans la circoncision, en effet, cette douleur est très vive; aussi le Seigneur a-t-il voulu que la circoncision se fît alors que l'imagination des enfants est peu développée pour qu'ils en ressentissent une moindre douleur; 3° pour épargner du chagrin aux parents, car comme la plupart des petits enfants mouraient de la circoncision, s'ils avaient été circoncis quand ils seraient devenus grands et qu'ils en fussent morts, le chagrin des parents eût été plus grand que s'ils eussent succombé à huit jours seulement. 2° Selon le sens anagogique ou céleste. La circoncision avait lieu au huitième jour pour donner à comprendre que dans l'Octave de la résurrection, nous serions circoncis de toute peine et misère. Et d'après cela, ces huit jours seront les huit âges : le 1er d'Adam à Noë; le 2e de Noë à Abraham; le 3e d'Abraham à Moïse; le 4e de Moïse à David; le 5e de David à J.-C.; le 6e de J.-C. à la fin du monde; le 7e de la mort; le 8e de la résurrection. Ou bien encore par les huit jours, on entend les huit qualités que nous posséderons dans la vie éternelle et que saint Augustin énumère ainsi : « Je serai leur Dieu, c'est-à-dire, je serai ce qui les rassasiera. Je serai tout ce qu'on peut honnêtement désirer : vie, salut, force, abondance, gloire, honneur, paix et tout bien. Par les sept jours, on entend encore l'homme composé du corps et de l'âme. Il y a quatre jours qui sont les quatre éléments dont se compose le corps, et les trois jours sont les trois puissances de l'âme qui sont le concupiscible, l'irascible et le rationnel. L'homme donc qui maintenant a les sept jours, dès lors qu'il sera conjoint avec l'unité de l'éternelle incommutabilité, aura alors huit jours, et dans ce huitième jour, il sera circoncis et délivré de toute peine et de toute coulpe. 3° Selon le sens tropologique ou moral, d'après lequel les huit jours peuvent être expliqués de diverses manières. Le premier peut être la connaissance du péché, d'après le psalmiste : « Voici que je connais mon iniquité » (Ps. L). Le second c'est le bon propos de quitter le mal et de faire le bien; il est indiqué par l'enfant prodigue qui dit : « Je me lèverai et j'irai à mon père. » Le troisième c'est la honte du péché, sur quoi l'apôtre dit : « Quel fruit avez-vous donc retiré de ce qui vous fait maintenant rougir ? » Le quatrième, c'est la crainte du jugement futur. « J'ai craint Dieu comme des flots suspendus au-dessus de moi. » (Job.) « Soit que je mange, soit que je boive, soit que je fasse quelque autre chose, il me semble toujours entendre résonner à mes oreilles, cette parole : « Levez-vous, morts, « et venez au jugement. » (Saint Jérôme.) Le cinquième, c'est la contrition, ce qu'a dit Jérémie (VI, 26) : « Pleurez comme une mère qui pleure son fils unique. » Le sixième, c'est la confession (Ps. XXXI, 5) : « J'ai dit : je confesserai contre moi-même mon injustice au Seigneur. » Le septième, c'est l'espoir du pardon. Car quoique Judas eût confessé son péché, il ne l'a cependant pas fait avec espoir de pardon, aussi n'a-t-il pas obtenu miséricorde. Le huitième, c'est la satisfaction : et ce jour-là, l'homme est circoncis spirituellement, non seulement de la coulpe, mais encore de tout châtiment. Ou bien les deux premiers jours sont la douleur de l'action du péché et le désir de s'en corriger : les deux suivants, de confesser le mal que nous avons fait et le bien que nous avons omis; les quatre autres sont la prière, l'effusion des larmes, l'affliction du corps et les aumônes. Ces huit jours peuvent fournir encore huit considérations sérieuses pour détruire en nous toute volonté de pécher; en sorte qu'une seule opérera une grande abstinence. Saint Bernard en énumère sept en disant : « Il y a sept choses qui sont de l'essence de l'homme; s'il les considérait, il ne pécherait jamais, savoir, une matière vile, une action honteuse, un effet déplorable, un état chancelant, une mort triste, une dissolution misérable et une damnation détestable. La huitième peut offrir la considération d'une gloire ineffable. » 4° Selon le sens allégorique ou spirituel. Alors cinq jours seront les cinq livres de Moïse, qui contiennent la loi, les deux autres seront les prophètes et les psaumes; le huitième jour sera la doctrine évangélique. Mais dans les sept premiers jours, il n'y avait pas circoncision parfaite, tandis que dans le huitième, il se fait une circoncision parfaite de toute coulpe et de toute peine; c'est maintenant l'objet de notre espérance, mais enfin elle sera réalisée. Quels motifs a-t-on pu avoir en circoncisant ? On en assigne six que voici [1] : « Caustique, signe, mérite, remède, figure, exemple. »

Quant à la chair de la circoncision du Seigneur, un ange l'apporta, dit-on, à Charlemagne qui la déposa avec honneur à Aix-la-Chapelle dans l'église de Sainte-Marie.

1. « Que voici » lire : « *dans les vers qui suivent* ». (Note de l'éditeur.)

Il l'aurait portée plus tard à Charroux [1], et elle serait maintenant à Rome dans l'église qu'on appelle le Saint des Saints, où l'on voit cette inscription : « Ici se trouvent la chair circoncise de J.-C., son nombril et ses sandales. » C'est ce qui fait qu'il y a une station au Saint des Saints. Si tout cela est vrai, il faut avouer que c'est bien admirable. Car comme la chair est vraiment de la nature humaine, nous croyons que, J.-C. ressuscitant, elle est retournée à son lieu avec gloire. Cette assertion serait vraie dans l'opinion de ceux qui avancent que cela appartient seulement à la nature humaine véritable reçue d'Adam, et celle-ci ressuscitera seule. Il ne faut pas passer sous silence qu'autrefois les païens et les gentils se livraient en ces calendes à bon nombre de superstitions que les saints eurent de la peine à extirper même parmi les chrétiens, et dont saint Augustin parle en un sermon. « On croyait, dit-il, que Janus était Dieu; on lui rendait de grands honneurs en ce jour : il était représenté avec deux visages, l'un derrière et l'autre par-devant, parce qu'il était le terme de l'année passée et le commencement de la suivante. En outre, en ce premier jour, on prenait des formes monstrueuses; les uns se revêtaient de peaux d'animaux, d'autres mettaient des têtes de bêtes, et ils prouvaient par là qu'ils n'avaient pas seulement l'apparence de bêtes, mais qu'ils en avaient le fond. D'autres s'habillaient avec des vêtements de femmes, sans rougir de fourrer dans les tuniques des femmes des bras accoutumés à porter l'épée. D'autres observaient si scrupuleusement les augures, que si quelqu'un leur demandait du feu de leur maison ou réclamait un autre service, ils ne le lui accordaient pas. On se donne encore et on se rend mutuellement des étrennes diaboliques. D'autres font préparer des tables splendides pendant la nuit, et les laissent servies dans la croyance que, pendant toute l'année, leurs repas auront toujours la même abondance. » Saint Augustin ajoute : « Celui qui veut observer en quelque point la coutume des païens, il est à craindre que le nom de chrétien ne lui serve à rien. Car celui qui met de la condescendance pour partager les jeux de quelques insensés ne doit pas douter qu'il ne participe à leur péché. Pour vous, mes frères, qu'il ne vous suffise pas de ne pas commettre cette faute, mais partout où vous la verrez commettre, reprenez, corrigez et châtiez. » (Saint Augustin.)

1. *Histoire scholast.*, Ev. c. VI, note.

L'ÉPIPHANIE DU SEIGNEUR

L'Epiphanie du Seigneur est célèbre par quatre miracles, ce qui lui a fait donner quatre noms différents. En effet, aujourd'hui, les Mages adorent J.-C., Jean baptise le Sauveur, J.-C. change l'eau en vin et il nourrit cinq mille hommes avec cinq pains. Jésus avait treize jours, lorsque, conduits par l'étoile, les Mages vinrent le trouver, d'où vient le nom de Epiphanie, *epi*, au-dessus, *phanos*, apparition, ou bien parce que l'étoile apparut d'en haut, ou bien parce que J.-C. lui-même a été montré aux Mages, comme le vrai Dieu, par une étoile vue dans les airs. Le même jour, après vingt-neuf ans révolus, alors qu'il atteignait trente ans, parce qu'il avait vingt-neuf ans et treize jours; Jésus, dit saint Luc, avait alors environ trente ans commencés, ou bien, d'après Bède, il avait trente ans accomplis, ce qui est aussi la croyance de l'Eglise romaine; alors, dis-je, il fut baptisé dans le Jourdain, et de là vient le nom de Théophanie, de *Theos*, Dieu, et *phanos*, apparition, parce que en ce moment la Trinité se manifesta : le Père dans la voix qui se fit entendre, le Fils dans la chair et le Saint-Esprit sous l'apparence d'une colombe. Le même jour, un an après, alors qu'il avait trente ou trente et un ans, il changea l'eau en vin : d'où vient le nom de Bethanie, de beth, maison, parce que, par un miracle opéré dans une maison, il apparut vrai Dieu. En ce même jour encore, un an après, comme il avait trente et un ou trente-deux ans et treize jours, il rassasia cinq mille hommes avec cinq pains, d'après Bède, et cette hymne qu'on chante en beaucoup d'églises et qui commence par ces mots : *Illuminans altissimum* [1]. De là vient le nom de Phagiphanie, de *phagê*, manger, bouchée. Il y a doute si ce quatrième miracle a été opéré en ce jour, tant parce qu'on ne le trouve pas ainsi en l'original de Bède, tant parce qu'en saint Jean (VI) au lieu où il parle de ce prodige, il dit : « Or, le jour de Pâques était proche. » Cette quadruple apparition eut donc lieu aujourd'hui. La première par l'étoile sur la crèche; la seconde par la voix du Père sur le fleuve du Jourdain; la troisième par le changement de l'eau en vin au repas et la quatrième par la multiplication des pains dans le désert. Mais c'est principalement la première apparition que l'on célèbre aujourd'hui, ainsi nous allons en exposer l'histoire.

1. *Bréviaire mozarabe.*

Lors de la naissance du Seigneur, trois Mages vinrent à Jérusalem. Leur nom latin c'est Appellius, Amérius, Damascus; en hébreu on les nomme Galgalat, Malgalat et Sarathin; en grec, Caspar, Balthasar, Melchior. Mais qu'étaient ces Mages ? Il y a là-dessus trois sentiments, selon les trois significations du mot Mage. En effet, Mage veut dire trompeur, magicien et sage. Quelques-uns prétendent que, en effet, ces rois ont été appelés Mages, c'est-à-dire trompeurs, de ce qu'ils trompèrent Hérode en ne revenant point chez lui. Il est dit dans l'Evangile, au sujet d'Hérode : « Voyant qu'il avait été trompé par les Mages. » Mage veut encore dire magicien. Les magiciens de Pharaon sont appelés Mages, et saint Chrysostome dit qu'ils tirent leur nom de là. D'après lui, ils seraient des magiciens qui se seraient convertis et auxquels le Seigneur a voulu révéler sa naissance, les attirer à lui, et par là donner aux pécheurs l'espoir du pardon. Mage est encore la même chose que sage. Car Mage en hébreu signifie scribe, en grec philosophe, en latin sage. Ils sont donc nommés Mages, c'est-à-dire savants, comme si on disait merveilleusement sages. Or, ces trois sages et rois vinrent à Jérusalem avec une grande suite. Mais on demande pourquoi les Mages vinrent à Jérusalem, puisque le Seigneur n'y était point né. Remigius [1] en donne quatre raisons. La première, c'est que les Mages ont bien su le temps de la naissance de J.-C., mais ils n'en ont pas connu le lieu : or, Jérusalem étant une cité royale et possédant un souverain sacerdoce, ils soupçonnèrent qu'un enfant si distingué ne devait naître nulle part ailleurs si ce n'est dans une cité royale. La deuxième, c'était pour connaître plus tôt le lieu de la naissance, puisqu'il y avait là des docteurs dans la loi et des scribes. La troisième, pour que les juifs restassent inexcusables; ils auraient pu dire en effet : « Nous avons bien connu le lieu de la naissance, mais nous en avons ignoré le temps et c'est le motif pour lequel nous ne croyons point. » Or, les Mages désignèrent aux juifs le temps et les juifs indiquèrent le lieu aux Mages. La quatrième, afin que l'empressement des Mages devînt la condamnation de l'indolence des juifs : car les Mages crurent à un seul prophète et les juifs refusèrent de croire au plus grand nombre. Les Mages cherchent un roi étranger, les juifs ne cherchent pas celui qui est le leur propre : les uns vinrent de loin, les autres restèrent dans le voisinage. Ils ont été rois et les successeurs de Balaam : ils sont venus en voyant l'étoile, d'après la prophétie de leur père : « Une étoile se lèvera sur Jacob et un homme sortira d'Israël. » Un autre motif de leur venue est donné par saint Chrysostome dans son original sur saint Matthieu.

1. Moine d'Auxerre en 890, *Bibliothèque des Pères*, Homél. VII.

Des auteurs s'accordent à dire que certains investigateurs de secrets choisirent douze d'entre eux, et si l'un venait à mourir, son fils ou l'un de ses proches le remplaçait. Or, ceux-ci, tous les ans, après un mois écoulé, montaient sur la montagne de la Victoire, y restaient trois jours, se lavaient et priaient Dieu de leur montrer l'étoile prédite par Balaam. Une fois, c'était le jour de la naissance du Seigneur, pendant qu'ils étaient là, vint vers eux sur la montagne une étoile singulière : elle avait la forme d'un magnifique enfant, sur la tête duquel brillait une croix, et elle adressa ces paroles aux Mages : « Hâtez-vous d'aller dans la terre de Juda, vous chercherez un roi nouveau-né, et vous l'y trouverez. » Ils se mirent aussitôt en chemin. Mais comment, en si peu de temps, comment, en treize jours, avoir pu parcourir un si long chemin, c'est-à-dire de l'Orient à Jérusalem, qui est censée occuper le centre du monde ? On peut dire, avec Remigius, que cet enfant vers lequel ils allaient a bien pu les conduire si vite, ou bien l'on peut croire, avec saint Jérôme, qu'ils vinrent sur des dromadaires, espèce d'animaux très alertes, qui font en une journée le chemin qu'un cheval met trois jours à parcourir. Voilà pourquoi on l'appelle dromadaire, *dromos*, course, *arès*, courage. Arrivés à Jérusalem, ils demandèrent : « Où est celui qui est né roi des juifs ? » Ils ne demandent pas s'il est né, ils le croyaient, mais ils demandent où il est né. Et comme si quelqu'un leur avait dit : « D'où savez-vous que ce roi est né ? » Ils répondent : « Nous avons vu son étoile dans l'Orient et nous sommes venus l'adorer »; ce qui veut dire : « Nous qui restons en Orient, nous avons vu une étoile indiquant sa naissance; nous l'avons vue, dis-je, posée sur la Judée. Ou bien : nous qui demeurons dans notre pays, nous avons vu son étoile dans l'Orient, c'est-à-dire dans la partie orientale. » Par ces paroles, comme le dit Remigius, dans son original, ils confessèrent un vrai homme, un vrai roi et un vrai Dieu. Un vrai homme, quand ils dirent : « Où est celui qui est né ? » Un vrai roi en disant : « Roi des juifs »; un vrai Dieu en ajoutant : « Nous sommes venus l'adorer. » Il a été en effet ordonné de n'adorer aucun autre que Dieu seul. Mais Hérode qui entendit cela fut troublé et Jérusalem tout entière avec lui. Le roi est troublé pour trois motifs : 1° dans la crainte que les juifs ne reçussent comme leur roi ce nouveau-né, et ne le chassassent lui-même comme étranger. Ce qui fait dire à saint Chrysostome : « De même qu'un rameau placé en haut d'un arbre est agité par un léger souffle, de même les hommes élevés au faîte des dignités sont tourmentés même par un léger bruit. » 2° Dans la crainte qu'il ne soit inculpé par les Romains, si quelqu'un était appelé roi sans avoir été institué par Auguste. Les Romains avaient en effet ordonné que ni dieu ni roi ne fût reconnu que par leur ordre et avec leur permission. 3° Parce que, dit saint Grégoire, le roi du ciel étant né, le roi de la terre a été troublé. En effet, la grandeur terrestre est abaissée, quand la grandeur céleste est dévoilée. — Tout Jérusalem fut troublée avec lui pour trois raisons : 1° parce que les impies ne sauraient se réjouir de la venue du Juste; 2° pour flatter le roi troublé, en se montrant troublés eux-mêmes; 3° parce que comme le choc des vents agite l'eau, ainsi les rois se battant l'un contre l'autre, le peuple est troublé, et c'est pour cela qu'ils craignirent être enveloppés dans la lutte entre le roi de fait et le prétendant. » C'est la raison que donne saint Chrysostome.

Alors Hérode convoqua tous les prêtres et les scribes pour leur demander où naîtrait le Christ. Quand il en eut appris que c'était à Bethléem de Juda, il appela les Mages en secret et s'informa auprès d'eux de l'instant auquel l'étoile leur était apparue, pour savoir ce qu'il avait à faire, si les Mages ne revenaient pas; et il leur recommanda qu'après avoir trouvé l'enfant, ils revinssent le lui dire, en simulant vouloir adorer celui qu'il voulait tuer. Or, remarquez qu'aussitôt les Mages entrés à Jérusalem, l'étoile cesse de les conduire, et cela pour trois raisons. La 1re pour qu'ils soient forcés de s'enquérir du lieu de la naissance de J.-C.; afin par là d'être assurés de cette naissance, tant à cause de l'apparition de l'étoile qu'à cause de l'assertion de la prophétie : ce qui eut lieu. La 2e parce que en cherchant un secours des hommes, ils méritèrent justement de perdre celui de Dieu. La 3e parce que les signes ont été, d'après l'apôtre, donnés aux infidèles, et la prophétie aux fidèles : c'est pour cela qu'un signe fut donné aux Mages, alors qu'ils étaient infidèles; mais ce signe ne devait plus paraître dès lors qu'ils se trouvaient chez les juifs qui étaient fidèles. La glose entrevoit ces trois raisons. Mais lorsqu'ils furent sortis de Jérusalem, l'étoile les précédait, jusqu'à ce qu'arrivée au-dessus du lieu où était l'enfant, elle s'arrêta. De quelle nature était cette étoile ? il y a trois opinions, rapportées par Remigius en son original. Quelques-uns avancent que c'était le Saint-Esprit, afin que, devant descendre plus tard sur le Seigneur après son baptême, sous la forme d'une colombe, il apparût aussi aux Mages sous la forme d'une étoile. D'autres disent, avec saint Chrysostome, que ce fut l'ange qui apparut aux bergers, et ensuite aux Mages : aux bergers en leur qualité de juifs et raisonnables, elle apparut sous une forme raisonnable, mais aux gentils qui étaient, pour ainsi dire, irraisonnables, elle prit une forme matérielle. Les autres, et c'est le sentiment le plus vrai, assurent que ce fut une étoile nouvellement créée, et qu'après avoir accompli son ministère, elle revint à son état primitif. Or, cette étoile, selon

Fulgence, différait des autres en trois manières, 1° en situation, parce qu'elle n'était pas située positivement dans le firmament, mais elle se trouvait suspendue dans un milieu d'air voisin de la terre; 2° en éclat, parce qu'elle était plus brillante que les autres; cela est évident, puisque le soleil ne pouvait pas en diminuer l'éclat; loin de là, elle paraissait en plein midi; 3° en mouvement, parce qu'elle allait en avant des Mages, comme ferait un voyageur; elle n'avait donc point un mouvement circulaire, mais une espèce de mouvement animal et progressif. La glose en touche trois autres raisons à ces mots sur le 2e chapitre de saint Matthieu : « Cette étoile de la naissance du Seigneur », etc. La 1re elle différait dans son origine, puisque les autres avaient été créées au commencement du monde, et que celle-ci venait de l'être. La 2e dans sa destination, les autres avaient été faites pour indiquer des temps et des saisons, comme il est dit dans la Genèse (I, 14) et celle-ci pour montrer le chemin aux Mages; la 3e dans sa durée, les autres sont perpétuelles, celle-ci, après avoir accompli son ministère, revint à son état primitif.

Or, lorsqu'ils virent l'étoile, ils ressentirent une très grande joie. Observez que cette étoile aperçue par les Mages est quintuple; c'est une étoile matérielle, une étoile spirituelle, une étoile intellectuelle, une étoile raisonnable, et une étoile supersubstantielle. La première, la matérielle, ils la virent en Orient; la seconde, la spirituelle qui est la foi, ils la virent dans leur cœur, car si cette étoile, c'est-à-dire, la foi, n'avait pas projeté ses rayons dans leur cœur, jamais ils ne fussent parvenus à voir la première. Or, ils eurent la foi en l'humanité du Sauveur, puisqu'ils dirent : « Où est celui qui est né ? » Ils eurent la foi en sa dignité royale, quand ils dirent : « Roi des juifs. » Ils eurent la foi en sa divinité puisqu'ils ajoutèrent : « Nous sommes venus l'adorer. » La troisième, l'étoile intellectuelle, qui est l'ange, ils la virent dans le sommeil, quand ils furent avertis par l'ange de ne pas revenir vers Hérode. Mais d'après une glose particulière, ce ne fut pas un ange, mais le Seigneur lui-même qui leur apparut. La quatrième, la raisonnable, ce fut la Sainte Vierge, ils la virent dans l'hôtellerie. La cinquième, la supersubstantielle, ce fut J.-C., qu'ils virent dans la crèche; c'est de ces deux dernières qu'il est dit : « En entrant dans la maison, ils trouvèrent l'enfant avec Marie, sa mère... » etc. Et chacune d'elles est appelée étoile : la 1re par le Psaume : « La lune et les étoiles que vous avez créées. » La 2e dans l'Ecclésiastique (XLIII, 10) : « La beauté du ciel, c'est-à-dire de l'homme céleste, c'est l'éclat des étoiles, c'est-à-dire des vertus. » La 3e dans Baruch (III, 34) : « Les étoiles ont répandu leur lumière chacune en sa place, et elles ont été dans la joie. » La 4e par la Liturgie : « Salut, étoile de la mer. » La 5e dans l'Apocalypse (XXII, 16) : « Je suis le rejeton et le fils de David, l'étoile brillante, et l'étoile du matin. » En voyant la première et la seconde, les Mages se sont réjouis ; en voyant la troisième, ils se sont réjouis de joie ; en voyant la quatrième ils se sont réjouis d'une joie grande ; en voyant la cinquième, ils se sont réjouis d'une très grande joie. Ou bien ainsi que dit la glose : « Celui-là se réjouit de joie qui se réjouit de Dieu, qui est la véritable joie, et il ajoute « *grande* », car rien n'est plus grand que Dieu ; et il met « *très* » grande, parce qu'on peut se réjouir plus ou moins de grande joie. Ou bien par l'exagération de ces expressions, l'évangéliste a voulu montrer que les hommes se réjouissent plus des choses perdues qu'ils ont retrouvées que de celles qu'ils ont toujours possédées.

Après être rentrés dans la chaumière, et avoir trouvé l'enfant avec sa mère, ils fléchirent les genoux et chacun offrit ces présents : de l'or, de l'encens et de la myrrhe. Ici saint Augustin s'écrie : « O enfance extraordinaire, à laquelle les astres sont soumis. Quelle grandeur ! quelle gloire immense dans celui devant les langes duquel les anges se prosternent, les astres assistent, les rois tremblent, et les partisans de la sagesse se mettent à genoux ! O bienheureuse chaumière ! ô trône de Dieu, le second après le ciel, où ce n'est pas une lumière qui éclaire, mais une étoile ! ô céleste palais dans lequel habite non pas un roi couvert de pierreries, mais un Dieu qui a pris un corps, qui a pour couche délicate une dure crèche, pour plafond doré, un toit de chaume tout noir, mais décoré par l'obéissance d'une étoile ! Je suis saisi quand je vois les lampes et que je regarde les cieux ; je suis enflammé, quand je vois dans une crèche un mendiant plus éclatant encore que les astres. » Et saint Bernard : « Que faites-vous ? vous adorez un enfant à la mamelle dans une vile étable ? Est-ce que c'est un Dieu ? Que faites-vous ? Vous lui offrez de l'or ? Est-ce donc un Roi ? Où donc est sa cour, où est son trône, où sont les courtisans de ce roi ? Est-ce que la cour, c'est l'étable ? Le trône, la crèche, les courtisans de ce roi, Joseph et Marie ? Ils sont devenus insensés, pour devenir sensés. » Voici ce que dit encore à ce sujet saint Hilaire dans le second livre *De la Trinité :* « Une vierge enfante, mais celui qui est enfanté vient de Dieu. L'enfant vagit, on entend des anges le louer, les langes sont sales, Dieu est adoré. C'est pourquoi la dignité de la puissance n'est pas perdue, puisque l'humilité de la chair est adoptée. Et voici comment dans Jésus enfant on rencontre des humiliations, des infirmités, mais aussi des sublimités, et l'excellence de la divinité. » A ce propos encore saint Jérôme dit sur l'épître aux Hébreux : « Regardez le berceau de J.-C., voyez en même temps le ciel ; vous apercevez un enfant pleurant dans une crèche, mais en même temps faites attention aux cantiques des anges. Hérode persécute, mais les Mages adorent; les Pharisiens ne le connaissent point, mais l'étoile le proclame; il est baptisé par un serviteur, mais on entend la voix de Dieu qui tonne d'en haut : il est plongé dans l'eau, mais la colombe descend; il y a plus encore, c'est le Saint-Esprit dans la colombe. »

Pourquoi maintenant les Mages offrent-ils des présents de cette nature! On en peut signaler une foule de raisons. 1° C'était une tradition ancienne, dit Remigius, que personne ne s'approcherait d'un dieu ou d'un roi, les mains vides. Les Perses et les Chaldéens avaient coutume d'offrir de pareils présents. Or, les Mages, ainsi qu'il est dit en l'*Histoire scholastique*, vinrent des confins de la Perse et de la Chaldée, où coule le fleuve de Saba, d'où vient le nom de Sabée que porte leur pays. 2° La seconde est de saint Bernard : « Ils offrirent de l'or à la Sainte Vierge pour soulager sa détresse, de l'encens, pour chasser la puanteur de l'étable, de la myrrhe pour fortifier les membres de l'enfant et pour expulser de hideux insectes. 3° Parce que avec l'or se paie le tribut, l'encens sert au sacrifice et la myrrhe à ensevelir les morts. Par ces trois présents, on reconnaît dans le Christ la puissance royale, la majesté divine, et la mortalité humaine. 4° Parce que l'or signifie l'amour, l'encens, la prière, la myrrhe, la mortification de la chair : Et nous devons les offrir tous trois à J.-C. 5° Parce que par ces trois présents sont signifiées trois qualités de J.-C. : une divinité très précieuse, une âme toute dévouée, et une chair intègre et incorruptible. Les offrandes étaient encore prédites par ce qui se trouvait dans l'arche d'alliance. Dans la verge qui fleurit, nous trouvons la chair de J.-C. qui est ressuscitée; au Psaume : « Ma chair a refleuri »; dans les tables où étaient gravés les commandements, l'âme dans laquelle sont cachés tous les trésors de la science et de la sagesse de Dieu; dans la manne, la divinité qui a toute saveur et toute suavité. Par l'or, donc, qui est le plus précieux des métaux, on entend la divinité très précieuse; par l'encens, l'âme très dévouée, parce que l'encens signifie dévotion et prière (Ps.) : « Que ma prière monte comme l'encens. » Par la myrrhe qui est un préservatif de corruption, la chair qui ne fut pas corrompue. Les Mages, avertis en songe de ne pas revenir chez Hérode, retournèrent par un autre chemin en leur pays. Voici comment partirent les Mages : Ils vinrent sous la direction de l'étoile; ils furent instruits par des hommes, mieux encore par des prophètes; ils retournèrent sous la conduite de l'ange, et moururent dans le Seigneur. Leurs corps reposaient à Milan dans une église de notre ordre, c'est-à-dire des frères prêcheurs, mais ils reposent maintenant à Cologne. Car ces corps, d'abord enlevés par Hélène, mère de Constantin, puis transportés à Constantinople, furent transférés ensuite par saint Eustorge, évêque de Milan; mais l'empereur Henri les transporta de Milan à Cologne sur le Rhin, où ils sont l'objet de la dévotion et des hommages du peuple.

SAINT PAUL, ERMITE [1]

Paul, premier ermite, au témoignage de saint Jérôme qui a écrit sa vie, se retira, pendant la persécution violente de Dèce, dans un vaste désert où il demeura 60 ans, au fond d'une caverne, tout à fait inconnue des hommes. Ce Dèce, qui eut deux noms, pourrait bien être Gallien qui commença à régner l'an du Seigneur 256. Saint Paul, voyant donc les chrétiens en butte à toutes sortes de supplices, s'enfuit au désert. A la même époque, en effet, deux jeunes chrétiens sont pris, l'un d'eux a tout le corps enduit de miel et est exposé sous l'ardeur du soleil aux piqûres des mouches, des insectes et des guêpes; l'autre est mis sur un lit des plus mollets, placé dans un jardin charmant, où une douce température, le murmure des ruisseaux, le chant des oiseaux, l'odeur des fleurs étaient enivrants. Le jeune homme est attaché avec des cordes tissées de la couleur des fleurs, de sorte qu'il ne pouvait s'aider ni des mains, ni des pieds. Vient une jouvencelle d'une exquise beauté, mais impudique, qui caresse impudiquement le jeune homme rempli de l'amour de Dieu. Or, comme il sentait dans sa chair des mouvements contraires à la raison, mais qu'il était privé d'armes, pour se soustraire à son ennemi, il se coupa la langue avec les dents et la cracha au visage de cette courtisane : il vainquit ainsi la tentation par la douleur, et mérita un trophée digne de louanges. Saint Paul, effrayé par de pareils tourments et par d'autres encore, alla au désert. Antoine se croyait alors le premier des moines qui vécût en ermite; mais averti en songe qu'il y en a un meilleur que lui de beaucoup, lequel vivait dans un ermitage, il se mit à le chercher à travers les forêts; il rencontra un hippocentaure : cet être, moitié homme, moitié cheval, lui indiqua qu'il fallait prendre à droite. Bientôt après, il rencontra un animal portant des fruits de palmier, dont la partie supérieure du corps avait la figure d'un homme et la partie inférieure, la forme d'une chèvre. Antoine le conjura de la part de Dieu de lui dire qui il était; l'animal répondit qu'il était un satyre, le Dieu des bois, d'après la croyance erronée des gentils. Enfin il ren-

1. Tiré de saint Jérôme.

contra un loup qui le conduisit à la cellule de saint Paul. Mais celui-ci, ayant deviné que c'était Antoine qui venait, ferma sa porte. Alors Antoine le prie de lui ouvrir, l'assurant qu'il ne s'en ira pas de là, mais qu'il y mourra plutôt. Paul cède et lui ouvre, et aussitôt ils se jetèrent dans les bras l'un de l'autre en s'embrassant. Quand l'heure du repas fut arrivée, un corbeau apporta une double ration de pain : or, comme Antoine était dans l'admiration, Paul répondit que Dieu le servait tous les jours de la sorte, mais qu'il avait doublé la pitance en faveur de son hôte. Il y eut un pieux débat entre eux pour savoir qui était le plus digne de rompre ce pain : saint Paul voulait déférer cet honneur à son hôte et saint Antoine à son ancien. Enfin ils tiennent le pain chacun d'une main et le partagent également en deux. Saint Antoine, à son retour, était déjà près de sa cellule, quand il vit des anges portant l'âme de Paul, il s'empressa de revenir, et trouva le corps de Paul droit sur ses genoux fléchis, comme s'il priait; en sorte qu'il le pensait vivant; mais s'étant assuré qu'il était mort, il dit : « O sainte âme, tu as montré par ta mort ce que tu étais dans ta vie. » Or, comme Antoine était dépourvu de ce qui était nécessaire pour creuser une fosse, voici venir deux lions qui en creusèrent une, puis s'en retournèrent à la forêt, après l'inhumation. Antoine prit à Paul sa tunique tissue avec du palmier, et il s'en revêtit dans la suite aux jours de solennité. Il mourut environ l'an 287.

SAINT REMI [1]

On dit Remigius de *remi* qui signifie paissant et *gios*, terre, comme paissant les habitants de la terre. Ou bien Remigius vient de *remi*, berger, et *gyon*, combat, pasteur qui combat. Il nourrit son troupeau de la parole dans la prédication, de l'exemple dans la conversation, et de suffrages dans la prière. Il y a trois sortes d'armes, la défensive comme le bouclier, l'offensive comme l'épée et la préservative comme la cuirasse ou le casque. Il lutta donc contre le diable avec le bouclier de la foi, l'épée de la parole de Dieu, et le casque de l'espérance. Sa vie fut écrite par Hincmar, archevêque de Reims.

Remi, docteur illustre et confesseur glorieux du Seigneur, eut sa naissance prédite comme il suit par un ermite. Les Vandales avaient ravagé toute la France, et un

1. Grégoire de Tours, *passim*, Hincmar.

saint reclus aveugle adressait de fréquentes prières au Seigneur pour la paix de l'Eglise gallicane, quand un ange du Seigneur lui apparut et lui dit : « Apprends que la femme appelée Cilinie enfantera un fils du nom de Remi; il délivrera sa nation des incursions des méchants. » A son réveil, il courut immédiatement à la maison de Cilinie et raconta sa vision. Comme elle n'en croyait rien à raison de sa vieillesse, il répondit : « Quand tu allaiteras ton enfant, tu oindras avec soin mes yeux de ton lait et aussitôt tu me rendras la vue. » Toutes ces choses étant ainsi arrivées successivement, Remi quitta le monde et s'enferma dans la retraite. Sa réputation grandit, et à l'âge de 22 ans, il fut élu, par le peuple, archevêque de Reims. Or, sa mansuétude était telle que les oiseaux venaient jusque sur sa table manger dans sa main les miettes du repas. Ayant reçu l'hospitalité pendant quelque temps chez une matrone possédant une modique quantité de vin, Remi entra dans le cellier, fit le signe de la croix sur le tonneau, se mit en prières, et aussitôt le vin monta, de telle sorte qu'il se répandait au milieu du cellier. Or, en ce temps-là, Clovis, roi de France, était gentil et il n'avait pu être converti par son épouse qui était très chrétienne; mais quand il vit venir contre lui une armée innombrable d'Allemands, il fit vœu au Seigneur-Dieu qu'adorait sa femme de recevoir la foi de J.-C., s'il lui accordait la victoire sur ses ennemis. Il l'obtint à son souhait; il alla donc trouver saint Remi et lui demanda le baptême. Quand on vint aux fonts baptismaux, il ne s'y trouvait pas de saint chrême, mais voici qu'une colombe apporta, dans son bec, une ampoule avec du chrême, dont le pontife oignit le roi. Or, cette ampoule est gardée dans l'église de Reims et les rois de France en ont été sacrés jusqu'aujourd'hui. Longtemps après, Guénebauld, homme de grande prudence, s'étant marié à la nièce de saint Remi, les deux époux se délièrent mutuellement par esprit de religion, et Guénebauld fut ordonné évêque de Laon par saint Remi. Mais comme Guénebauld laissait trop souvent venir sa femme chez lui pour l'instruire, dans ces fréquents entretiens, son esprit se laissa enflammer de concupiscence et tous les deux tombèrent dans le péché. Sa femme conçut et enfanta un fils; elle en instruisit l'évêque, et celui-ci, tout confus, lui fit dire : « Puisque l'enfant a été acquis par larcin, je veux qu'il soit appelé Larron. » Or, afin qu'aucun soupçon ne se fît jour, Guénebauld laissa venir sa femme chez soi comme auparavant; mais quand ils eurent pleuré leur péché premier, ils tombèrent encore dans une nouvelle faute. Après avoir donné le jour à une fille et l'avoir mandé à l'évêque, celui-ci répondit : « Appelez cette fille Renarde. » Enfin revenu à lui, Guénebauld alla trouver saint Remi, et, se jetant à ses pieds, il voulut ôter son étole de son cou.

Saint Remi l'en empêcha et ayant appris de sa bouche les malheurs dans lesquels il était tombé, il le consola avec douceur, l'enferma dans une étroite cellule l'espace de sept ans, et lui-même gouverna son église dans l'intérim. La septième année, le jour de la cène du Seigneur, Guénebauld était en oraison lorsqu'un ange lui apparut, lui déclarant que son péché était pardonné et lui commandant de sortir de sa retraite. Comme il répondait : « Je ne puis, car mon seigneur Remi a fermé la porte et l'a scellée de son sceau », l'ange lui dit : « Afin que vous sachiez que le ciel vous est ouvert, votre cellule va être ouverte sans que le sceau soit rompu. » Il parlait encore que la porte s'ouvrit. Alors Guénebauld se jetant en travers de la porte, les bras en forme de croix, dit : « Quand bien même mon Seigneur J.-C. viendrait ici pour moi, je n'en sortirai pas, à moins que mon seigneur Remi qui m'y a enfermé n'y vienne. » Sur l'avis de l'ange, saint Remi vint à Laon et rétablit Guénebauld sur son siège. Il persévéra dans les bonnes œuvres jusqu'à sa mort, et il eut pour successeur son fils Larron, qui fut saint aussi. Enfin saint Remi, tout éclatant de vertus, reposa en paix l'an 500 du Seigneur. En ce jour, on célèbre le natalice de saint Hilaire, évêque de la ville de Poitiers.

SAINT HILAIRE[1]

Hilaire vient d'hilarité, parce qu'il servit Dieu avec un cœur plein de joie. Ou bien Hilaire vient de *altus*, haut, élevé, et *arès*, vertu, parce qu'il fut élevé en science et en vertu, durant sa vie. Hilaire viendrait encore de *hylé*, qui veut dire matière primordiale, qui fut obscure, et en effet, dans ses œuvres, il y a grande obscurité et profondeur.

Hilaire, évêque de Poitiers, originaire du pays d'Aquitaine, brilla, comme Lucifer, entre les astres. Tout d'abord il fut marié et eut une fille; mais il menait la vie d'un moine sous des habits laïcs; il était avancé en âge et en science, quand il fut élu évêque. Or, comme le bienheureux Hilaire préservait, non seulement sa ville, mais toute la France, contre les hérétiques, à la suggestion de deux évêques qui s'étaient laissé gâter par l'hérésie, il fut relégué en exil, avec saint Eusèbe, évêque de Verceil, par l'empereur fauteur des hérétiques. Enfin, comme l'arianisme

1. *Bréviaire*, sa vie.

jetait partout des racines, et que liberté avait été donnée par l'empereur aux évêques de se réunir et de discuter sur les vérités de la foi, saint Hilaire étant venu, à la requête des susdits évêques qui ne pouvaient supporter son éloquence, il fut forcé de revenir à Poitiers. Or, ayant abordé à l'île de Gallinarie [1], qui était pleine de serpents, dès en y descendant, il mit par son regard ces reptiles en fuite : il planta un pieu au milieu de l'île, et ils ne purent le franchir, comme si cette partie d'île eût été une mer et non la terre. A Poitiers, par ses prières, il rendit la vie à un enfant mort sans baptême. En effet il resta prosterné sur la poussière jusqu'à l'instant où l'un et l'autre se levèrent, le vieillard de sa prière et l'enfant des bras de la mort. Apia, sa fille, voulant se marier, Hilaire, son père, l'instruisit et l'affermit dans le dessein de sauvegarder sa virginité. Au moment où il la vit bien résolue, craignant qu'elle ne variât dans sa conduite, il pria le Seigneur avec grande instance de la retirer à lui de la vie de ce monde : et il en fut ainsi, car peu de jours après, elle trépassa dans le Seigneur. Il l'ensevelit de ses propres mains; en voyant cela, la mère d'Apia pria l'évêque de lui obtenir ce qu'il avait obtenu pour sa fille, il le fit encore, car, par sa prière, il l'envoya par avance dans le royaume du ciel.

En ce temps-là, le pape Léon, corrompu par la perfidie des hérétiques, convoqua un concile de tous les évêques, moins saint Hilaire qui y vint pourtant. Le pape, l'ayant su, ordonna que, à son arrivée, personne ne se lèverait, ni ne lui ferait place. Quand il fut entré, le pape lui dit : « Vous êtes Hilaire, Gaulois. » « Je ne suis pas Gaulois, répondit Hilaire, mais de la Gaule; c'est-à-dire je ne suis pas né dans la Gaule, mais je suis évêque dans la Gaule. » Le pape reprit : « Eh bien! si vous êtes Hilaire de la Gaule, je suis, moi, Léon, le juge et l'apostolique du siège de Rome. » Hilaire dit : « Quand bien même vous seriez Léon, vous n'êtes pas le lion de la tribu de Juda, et si vous siégez en qualité de juge, ce n'est pas sur le siège de la majesté [2]. » Alors le pape se leva plein d'indignation en disant : « Attendez un instant, je vais rentrer et je vous dirai ce que vous méritez. » Hilaire reprit : « Si vous ne rentrez pas, qui me répondra à votre place ? » Le pape dit : « Je vais rentrer aussitôt, et j'humilierai ton orgueil. » Puis étant allé où les besoins de la nature l'appelaient, il fut attaqué de la dysenterie et il mourut misérablement en rejetant tous ses intestins. Pendant ce temps, Hilaire voyant que personne ne se levait pour lui faire place, s'assit avec calme et patience par terre en disant les mots du psautier :

1. Isolotta d'Arbenga, petite île de la mer de Gênes.
2. Jean Beleth rapporte ce propos dans son *Rationale divinorum officiorum*, ch. CXXII.

Domini est terra, « la terre est au Seigneur », et tout aussitôt, par la permission de Dieu, la terre sur laquelle il était assis s'exhaussa jusqu'à ce qu'il eût été aussi haut placé que les autres évêques. Quand l'on eut connu la mort misérable du pape, Hilaire se leva et confirma tous les évêques dans la foi catholique, et il les renvoya pleins de fermeté en leur pays. Mais ce miracle touchant la mort du pape Léon est douteux, car l'*Histoire ecclésiastique* et l'*Histoire tripartite* n'en font pas mention : d'ailleurs la chronique ne place pas un pape de ce nom à cette époque ; de plus saint Jérôme dit : que la sainte Eglise Romaine est toujours restée immaculée et restera toujours sans être souillée par un hérétique. On pourrait cependant dire qu'il y a eu alors un pape de ce nom, mais qu'il n'a pas été canoniquement élu, et qu'il était tyranniquement intrus ; ou même que c'était le pape Libère, fauteur de l'hérétique Constantin, qu'on aurait appelé Léon. Enfin après avoir fait une multitude de miracles, saint Hilaire, se sentant affaibli et connaissant que sa mort était prochaine, appela auprès de lui le prêtre Léonce qu'il chérissait tendrement ; et vers le déclin du jour, il le pria de sortir, en lui recommandant, s'il entendait quelque chose, de l'en instruire. Celui-ci obéit et revint annoncer qu'il avait entendu des cris tumultueux dans la ville [1]. Comme Léonce veillait en attendant son dernier soupir, à minuit Hilaire lui commanda encore de sortir et de lui rapporter ce qu'il entendrait. Ayant dit qu'il n'avait rien entendu, tout à coup une clarté extraordinaire, telle que le prêtre ne la pouvait supporter, éclata auprès d'Hilaire, et comme elle s'affaiblissait insensiblement, le saint rendit l'esprit au Seigneur. Il fleurit vers l'an 350, sous Constantin. La fête de ce saint tombe à l'Octave de l'Epiphanie. Deux marchands possédaient en commun une certaine quantité de cire : l'un d'eux avait offert sa part à l'autel de saint Hilaire, l'autre ne voulant pas offrir la sienne. Aussitôt la cire se partagea ; une moitié resta au saint et l'autre revint à celui qui l'avait refusée.

SAINT MACHAIRE [2]

Machaire vient de *macha*, génie, et *arès*, vertu, ou de *macha*, percussion, et *rio*, maître. Il fut en effet ingénieux contre les tromperies du démon, vertueux dans sa vie ; il frappa son corps pour le dompter, et il fut maître dans l'exercice de la prélature.

1. « Qu'il avait entendu... » plutôt : « *qu'il avait encore entendu le tumulte de la ville* ». (Note de l'éditeur.)
2. Tiré des *Vies des Pères du désert*.

L'abbé Machaire descendit à travers la solitude du désert et entra pour dormir dans un monument où étaient ensevelis des corps de païens; il en prit un qu'il mit sous sa tête en guise d'oreiller. Or, les démons, voulant l'effrayer, l'appelaient comme on fait à une femme, en disant : « Levez-vous et venez au bain avec nous. » Et un autre démon, qui était sous lui comme s'il eût été dans le corps mort, disait : « J'ai un étranger sur moi, je ne puis venir. » Machaire ne fut pas effrayé, mais il battait le cadavre en disant : « Lève-toi et va-t'en, si tu peux. » Et les démons, en entendant ces paroles, s'enfuirent en criant à haute voix : « Vous nous avez vaincus, Seigneur! » Un jour l'abbé Machaire, traversant un marais pour aller à sa cellule, rencontra le diable qui portait une faux de moissonneur et qui voulait le frapper, sans pouvoir en venir à bout. Et il lui dit : « Machaire, tu me fais bien du mal, parce que je ne puis l'emporter sur toi. Et cependant vois, tout ce que tu fais, je le fais aussi : tu jeûnes et je ne mange absolument rien; tu veilles, et moi je ne dors jamais. Il n'y a qu'une chose en laquelle tu me surpasses. » « En quoi ? » lui dit l'abbé. « C'est en humilité, répondit le diable; elle fait que je ne puis rien contre toi. » Comme les tentations venaient l'assaillir, il alla prendre un grand sac qu'il emplit de sable, le mit sur ses épaules et le porta ainsi nombre de jours à travers le désert. Théosèbe l'ayant rencontré, lui dit : « Père, pourquoi portez-vous un si lourd fardeau ? » Il lui répondit : « Je tourmente celui qui me tourmente. » L'abbé Machaire vit Satan passer sous la figure d'un homme couvert de vêtements de lin tout déchirés, et de chacun des trous, pendaient des bouteilles; et il lui dit : « Où vas-tu ? » « Je vais, répondit-il, faire boire les frères. » Machaire lui dit : « Pourquoi portes-tu tant de bouteilles ? » Il répondit : « Je les porte pour les donner à goûter aux frères. Si l'une ne leur plaît pas, j'en offre une autre, voire une troisième, et ainsi de suite, jusqu'à ce qu'il tombe à la bonne. » Et quand le diable revint, Machaire lui dit : « Qu'as-tu fait ? » Il répondit : « Ils sont tous des saints; personne d'eux n'a voulu m'écouter, si ce n'est un seul qui s'appelle Théotite. » Machaire se leva aussitôt, et alla trouver le frère qui s'était laissé tenter, et le convertit par son exhortation. Après quoi, Machaire rencontrant encore le diable lui dit : « Où vas-tu ? » « Chez les frères », répondit-il. A son retour le vieillard, le voyant venir : « Que font-ils, les frères ? » dit-il. Le diable : « Mal. » « Et pourquoi ? » dit Machaire. « Parce que ce sont tous des saints, et le plus grand mal encore, c'est que le seul que j'avais, je l'ai perdu et c'est le plus saint de tous. » En entendant cela, le vieillard rendit grâces à Dieu. — Un jour, saint Machaire trouva une tête de mort et, après qu'il eut prié, il lui demanda de qui était la tête. Elle répondit, qu'il avait été païen. Et Machaire lui dit : « Où est ton âme ? » Elle répondit : « Dans l'enfer. » Comme il demandait s'il était beaucoup profond, elle répondit que sa profondeur était égale à la distance qu'il y a de la terre au ciel. Machaire continua : « Y en a-t-il qui soient plus avant que toi ? » « Oui, dit-il, les juifs. » Machaire : « Et au-dessous des juifs, y en a-t-il ? » Le diable : « Les plus enfoncés de tous sont les faux chrétiens, qui, rachetés par le sang de J.-C., estiment comme rien une si précieuse rançon. » Comme il traversait une solitude profonde, à chaque mille, il fichait un roseau en terre, pour savoir par où revenir. Or, ayant cheminé pendant neuf jours, comme il se reposait, le diable ramassa tous les roseaux, et les plaça auprès de sa tête; aussi eut-il beaucoup de peine pour rentrer.

Un frère était singulièrement tourmenté par ses pensées, il se disait, par exemple, qu'il était inutile dans sa cellule, au lieu que s'il habitait parmi les hommes, il pourrait être utile à bien du monde.

Ayant manifesté ces pensées à Machaire, celui-ci lui dit : « Mon fils, réponds-leur : « Voici ce que je fais, je garde « les murailles de cette cellule pour l'amour de J.-C. » Un jour, avec la main, il tua un moucheron qui l'avait piqué; et beaucoup de sang sortait de la piqûre; il se reprocha d'avoir vengé sa propre injure, et resta tout nu six mois dans le désert, d'où il sortit entièrement couvert de plaies que lui avaient occasionnées les insectes. Après quoi, il mourut en paix et devint illustre par beaucoup de miracles.

SAINT FÉLIX SUR LE PINCIO

Félix est surnommé *in pinci*, ou bien du lieu où il repose, ou des stylets avec lesquels on prétend qu'il souffrit, car *pinca* signifie stylet.

On dit que saint Félix était maître d'école, et que sa sévérité était par trop grande. Ayant été pris par les païens il confessa ouvertement J.-C. et fut livré à ses écoliers qui le tuèrent à coups de stylet et de poinçon. Cependant l'Eglise paraît croire qu'il ne fut pas martyr, mais confesseur. Toutes les fois qu'il était mené à une idole pour lui sacrifier, il soufflait dessus et à l'instant elle était renversée. On lit, dans une autre légende, que Maxime, évêque de Nole, fuyant la persécution, tomba par terre, saisi par la faim et la gelée. Félix lui fut envoyé par un ange; et comme il n'avait rien à lui donner à manger, il vit une grappe de raisin pendant à un églantier, il lui en exprima le jus dans la bouche, le mit sur ses épaules et l'emporta. Après la mort de Maxime, Félix fut élu évêque. S'étant livré ensuite à la prédication, il fut recherché par le persécuteur; alors il se cacha dans des décombres de murailles en se glissant par un petit trou, et aussitôt des araignées conduites par la main de Dieu vinrent tendre leurs toiles sur cette ouverture. Les persécuteurs, qui les aperçoivent, jugent qu'il n'y a là personne et passent outre. Félix s'en vint de là en un autre lieu où il fut nourri pendant trois mois par une veuve dont il ne regarda jamais la figure. Enfin le calme ayant été rendu, il revint à son église et il y reposa en paix. Il fut enseveli auprès de la ville dans un lieu appelé *Pincis*. Il avait un frère, comme lui nommé Félix. Comme on le forçait aussi d'adorer les idoles, il dit : « Vous êtes les ennemis de vos dieux, car si vous me conduisez vers leurs images, je soufflerai sur eux comme mon frère et ils tomberont. » Saint Félix cultivait un jardin, dont quelques-uns voulurent prendre les légumes. En pensant commettre leur vol, pendant toute la nuit, ils cultivèrent parfaitement le jardin. Le matin Félix les salua; alors ils confessèrent leur péché et retournèrent chez eux. Les gentils vinrent pour s'emparer de Félix; mais une douleur grave les saisit à la main. Comme ils poussaient des hurlements, Félix leur parla en ces termes : « Dites : « J.-C. est Dieu » et la douleur cessera aussitôt. » Après avoir prononcé ces paroles, ils furent guéris. Le pontife des idoles vint le trouver et lui dire : « Seigneur, voici mon Dieu; dès qu'il vous voit venir, à l'instant il prend la fuite, et comme je lui disais : « Pourquoi fuis-tu ? » il répondit : « Je ne puis supporter la vertu de ce Félix. » « Si donc mon Dieu vous craint ainsi, à combien plus forte raison dois-je vous craindre moi-même. » Félix l'ayant instruit dans la foi, il se fit baptiser. Félix disait à ceux qui adoraient Apollon : « Si Apollon est le vrai Dieu, qu'il me dise ce que je serre en ce moment dans ma main ? » Or il tenait un petit billet sur lequel était écrite l'oraison dominicale. Comme il ne répondait rien, les gentils se convertirent. Enfin après avoir célébré la messe, et avoir donné la paix au peuple, il se coucha sur le pavé, se mit en prières et mourut dans le Seigneur.

SAINT MARCEL [1]

Marcellus vient de *arcens malum à se*, qui éloigne le mal de soi, ou de *maria percellens* qui frappe la mer, c'est-à-dire, qui éloigne et foule aux pieds les adversités du monde, le monde étant comparé à la mer; car, comme dit saint Chrysostome sur saint Matthieu : « Sur la mer, il y a un bruit confus, une crainte continuelle, l'image de la mort, une véhémence infatigable des eaux, et une agitation constante.

Alors que Marcel était souverain pontife de Rome, il reprocha à l'empereur Maximien son excessive rigueur contre les chrétiens; et comme il célébrait la messe en une église consacrée dans la maison d'une dame, l'empereur irrité fit de cette maison une étable pour les animaux et y plaça sous bonne garde Marcel lui-même pour y faire le service. Après avoir passé plusieurs années à soigner ces bêtes, il reposa dans le Seigneur vers l'an 287.

SAINT ANTOINE [2]

Antoine vient de *ana*, au-dessus, et *ateneus*, qui tient les choses d'en haut, et méprise celles de la terre. Il méprisa d'ailleurs le monde qui est immonde, inquiet, transitoire, trompeur, amer. Voici ce que saint Augustin en dit : « O monde impur, pourquoi tant de bruit ? Pourquoi t'attaches-tu à nous perdre ? Tu veux nous retenir et tu fuis. Que ferais-tu si tu n'étais pas passager ? Qui ne tromperais-tu pas, si tu étais doux ? Tu es amer et tu présentes des aliments agréables seulement à l'extérieur. » Saint Athanase a écrit sa vie.

Antoine avait vingt ans quand il entendit lire dans l'Eglise : « Si tu veux être parfait, va vendre tout ce que tu as et le donne aux pauvres. » Alors il vendit tous ses biens, les distribua aux pauvres et mena la vie érémitique. Il eut à supporter de la part des démons d'innombrables tourments. Une fois qu'aidé de la foi, il avait surmonté l'esprit

1. *Bréviaire.*
2. Saint Athanase rapporte tous les faits consignés dans cette légende.

de fornication, le diable écrasé lui apparut sous la figure d'un enfant noir et s'avoua vaincu par lui : car il avait obtenu aussi par ses prières de voir le démon de la fornication qui séduisait les jeunes gens; et l'ayant vu sous la forme que nous venons de mentionner; il dit : « Tu m'as apparu sous un aspect bien vil, et je ne te craindrai plus désormais. » Une autre fois qu'il était caché dans un tombeau, une multitude de démons le battit avec une telle violence que celui qui lui apportait à manger le transporta comme un mort sur ses épaules : tous ceux qui s'étaient rassemblés pleuraient son trépas, mais Antoine reprit vie aussitôt en présence des assistants désolés, et se fit reporter dans le même tombeau par son serviteur. Comme il était étendu par terre à cause de la douleur de ses blessures, il provoquait encore par force d'esprit les démons à de nouvelles luttes. Alors ceux-ci lui apparurent sous différentes formes de bêtes féroces, et le déchirèrent à coups de dents, de cornes et de griffes. Mais tout à coup apparut une clarté admirable qui mit en fuite les démons, et Antoine fut incontinent guéri. Ayant reconnu que J.-C. était là, il dit : « Où étiez-vous, bon Jésus ? Où étiez-vous ? Que n'étiez-vous ici dès le commencement pour me prêter secours et me guérir de mes blessures ! » Le Seigneur lui répondit : « Antoine, j'étais ici, mais je restais te regarder combattre; or, maintenant que tu as lutté avec vigueur, je rendrai ton nom célèbre dans tout l'univers. » Sa ferveur était si grande que, au moment où l'empereur Maximien faisait massacrer les chrétiens, il suivait lui-même les martyrs, afin de mériter d'être martyrisé avec eux, et se désolait véhémentement de ne recevoir pas cette faveur.

En voyageant dans un autre désert, il trouva un plat d'argent et se mit à dire à part lui : « Comment ce plat ici, où il n'y a pas trace d'homme ? Si un voyageur l'avait laissé tomber, il n'eût pu ne pas s'en apercevoir à cause de sa grandeur. Ceci, diable, c'est un artifice de ta part : mais tu ne pourras jamais changer ma volonté. » Et en disant cela, le plat s'évanouit comme de la fumée. Peu de temps après, il trouva une grande masse d'or pur, mais le saint s'enfuit comme devant du feu. Il arriva ainsi à une montagne, où il passa vingt ans, pendant lesquels il se rendit illustre par d'innombrables miracles. Une fois qu'il était ravi en esprit, il vit le monde entier rempli de filets enlacés les uns dans les autres : et il s'écria : « Oh ! qui pourra s'en dégager ? » Et il entendit une voix qui dit : « L'humilité. » Une fois les anges l'élevaient en l'air; viennent les démons qui l'empêchent de passer en lui opposant les péchés qu'il avait commis depuis sa naissance. Les anges leur dirent : « Vous ne devez pas raconter des fautes qui ont été effacées par la miséricorde de J.-C. : mais si vous en savez d'autres qu'il ait commises depuis qu'il s'est fait moine, produisez-les. » Et comme ils n'en pouvaient produire, Antoine est élevé librement en l'air par les anges et déposé libre.

Voici ce que raconte saint Antoine lui-même : « J'ai vu un jour un diable d'une stature extraordinaire qui osa se dire la force et la providence de Dieu et m'adressa ces paroles : « Que veux-tu que je te donne, Antoine ? » Mais moi, je lui jetai une masse de crachats à la figure; je me précipitai sur lui au nom de J.-C. et aussitôt il disparut. » Le diable lui apparut une fois comme un géant énorme dont la tête semblait toucher le ciel. Antoine lui ayant demandé qui il était et ayant reçu réponse qu'il était Satan, celui-ci dit ensuite : « Pourquoi les moines m'attaquent-ils ainsi, et pourquoi les chrétiens me maudissent-ils ? » Antoine lui répondit : « Ils ont raison; puisque tu les importunes souvent par tes embûches. » Et le diable reprit : « Je ne les importune pas du tout; ce sont eux-mêmes qui se brouillent les uns les autres; car je suis réduit à néant puisque J.-C. règne à présent partout. » Un archer vit un jour saint Antoine qui prenait quelque délassement avec les frères et cela lui déplut. Alors Antoine lui dit : « Mets une flèche sur ton arc et tire. » Il le fit et comme il était prié de le faire une seconde et une troisième fois, l'archer dit : « Je pourrai bien tirer tant de fois que je m'exposerai au chagrin de briser mon arc. » Antoine reprit : « Il en est de même dans le service de Dieu; si nous voulions y persister outre mesure, nous serions brisés vite : il convient donc de se délasser quelquefois. » Ce qu'ayant entendu cet homme, il se retira édifié.

Quelqu'un demanda à Antoine : « Que dois-je observer pour plaire à Dieu ? » Antoine répondit : « Quelque part que vous alliez, ayez toujours Dieu devant les yeux : Dans vos actions, appuyez-vous du témoignage des Saintes Ecritures : En quelque lieu que vous vous fixiez, ne le quittez pas trop vite : Observez ces trois points et vous serez sauvé. » Un abbé demanda à Antoine : « Que ferai-je ? » Antoine lui dit : « N'ayez pas confiance en votre propre justice; contenez votre ventre et votre langue, et n'ayez pas à vous repentir d'une chose passée. » Puis il ajouta : « De même que les poissons meurent pour rester quelque temps sur la terre, de même les moines qui restent hors de leur cellule, et qui séjournent avec les gens du monde, perdent bientôt la résolution qu'ils ont prise de vivre dans la retraite. » Saint Antoine dit encore : « Celui qui, une fois entré en solitude, y reste, est délivré de trois ennemis : l'ouïe, le parler et la vue : il ne lui en reste plus qu'un à combattre : c'est son cœur. »

Quelques frères vinrent avec un vieillard visiter l'abbé Antoine; et celui-ci dit aux frères : « Vous avez un bon compagnon dans ce vieillard. » Puis il dit au vieillard :

« Père, vous avez trouvé de bons frères avec vous! » « Ils sont bons, il est vrai, dit celui-ci, mais leur maison est sans porte, car qui veut entre dans l'étable et délie l'âne. » Il parlait ainsi, car ce qu'ils avaient au fond du cœur était aussitôt sur leurs lèvres. L'abbé Antoine dit qu'il y a trois mouvements corporels, l'un qui vient de nature, l'autre, de plénitude de nourriture, le troisième, du démon. Il y avait un frère qui n'avait renoncé au siècle qu'en partie, car il s'était réservé quelque bien. Antoine lui dit : « Allez acheter de la viande. » Il y alla et comme il rapportait sa viande, les chiens se jetaient sur lui et le mordaient. Alors Antoine dit : « Ceux qui renoncent au siècle et qui veulent avoir de l'argent sont ainsi attaqués et déchirés par les démons. » Antoine, dans son désert, se trouva accablé d'ennui : « Seigneur, disait-il, je veux être sauvé, et mes pensées m'en empêchent. » Après quoi il se leva, sortit et vit quelqu'un qui s'asseyait et travaillait, puis qui se levait et priait. Or, c'était un ange du Seigneur qui lui dit : « Fais de même et tu seras sauvé. » Un jour les frères interrogèrent Antoine sur l'état des âmes : la nuit suivante, une voix l'appela et lui dit : « Lève-toi, sors et regarde. » Et voilà qu'il vit un homme très grand, affreux, qui touchait par sa tête aux nuages : il étendait les mains pour empêcher quelques hommes qui avaient des ailes de voler vers le ciel; il n'en pouvait retenir d'autres qui volaient sans difficulté et le saint entendait des cantiques de joie mêlés à des cris de douleur : il comprit que c'était l'ascension des âmes dont quelques-unes étaient empêchées par le diable qui les retenait dans ses filets, et qui gémissait de ne pouvoir entraver les saints dans leur vol. » Un jour, Antoine travaillait avec les frères, il leva les yeux au ciel et eut une affligeante vision : il se prosterna et pria Dieu de détourner le crime qui se devait commettre; alors les frères l'interrogeant sur cela, il dit avec larmes et sanglots qu'un crime inouï menaçait le monde. « J'ai vu, dit-il, l'autel du Seigneur entouré d'une multitude de chevaux qui brisaient tout à coups de pied : la foi catholique sera renversée par un tourbillon affreux et les hommes, semblables à des chevaux, saccageront les choses saintes. » Puis une voix se fit entendre : « Ils auront mon autel en abomination. » Or, deux ans après, les ariens firent irruption dans l'Eglise, dont ils scindèrent l'unité, souillèrent les baptistères et les églises, et immolèrent comme des brebis les chrétiens sur les autels.

Un grand d'Egypte, de la secte d'Arius, appelé Ballachius, ravageait l'Eglise de Dieu, fouettait les vierges et les moines tout nus en public. Antoine lui écrivit en ces termes : « Je vois venir sur toi la colère de Dieu : cesse à l'instant de persécuter les chrétiens de peur que la vengeance divine ne te saisisse; elle te menace d'une mort prochaine. » Le malheureux lut la lettre, s'en moqua et la jeta par terre en vomissant des imprécations; après avoir fait battre rudement les porteurs, il répondit à Antoine : « De même que tu as grand soin des moines, nous te soumettrons, nous aussi, à une discipline rigoureuse. » Et cinq jours après, il montait un cheval très doux qui, par ses morsures, le jeta à terre, lui rongea et lui déchira les jambes; il mourut le troisième jour. Quelques frères demandèrent une parole de salut à Antoine et il leur répondit : « Vous avez entendu la parole du Seigneur : « Si quelqu'un vous frappe sur une joue, présentez-lui « l'autre. » « Nous ne pouvons, dirent-ils, exécuter cela. » « Au moins, reprit Antoine, supportez avec patience, quand on vous frappera d'un côté. » « Nous ne le saurions encore », répondirent-ils. Antoine dit : « Au moins, laissez-vous plutôt frapper que de frapper vous-mêmes. » « Nous ne pouvons pas davantage. » Alors Antoine dit à son disciple : « Préparez des friandises à ces frères, parce qu'ils sont bien délicats : la prière seule vous est nécessaire. » On lit ces détails dans les *Vies des Pères*. Enfin, Antoine, parvenu à l'âge de 105 ans, embrassa ses frères et mourut en paix sous Constantin, qui régna vers l'an du Seigneur 340.

SAINT FABIEN[1]

Fabien, comme on dirait fabriquant la béatitude suprême, c'est-à-dire se l'acquérant à un triple droit, d'adoption, d'achat et de combat.

Fabien fut citoyen romain. Le pape étant mort, le peuple était rassemblé pour en élire un autre; Fabien vint, lui aussi, avec la foule, connaître le résultat de l'élection. Et voici qu'une colombe blanche descendit sur sa tête. Tout le monde en fut rempli d'admiration et on le choisit pour pape. Le pape Damase dit qu'il envoya dans toutes les régions sept diacres et il leur adjoignit sept sous-diacres pour recueillir les actes de tous les martyrs. Haymon rapporte[2] que l'empereur Philippe, voulant assister aux vigiles de Pâques et participer aux mystères, il lui résista et ne lui permit d'y assister qu'après avoir confessé ses péchés et être resté parmi les pénitents. Enfin

1. *Bréviaire.*
2. *Hist. sacrée*, liv. VI, c. II.

la treizième année de son pontificat, il fut décapité par l'ordre de Décius et obtint ainsi la couronne du martyre. Il souffrit vers l'an du Seigneur 253 [1].

SAINT SÉBASTIEN [2]

Sébastien, *Sebastianus*, vient de *sequens*, suivant, *beatitudo*, béatitude; *astin*, ville, et *ana*, au-dessus; ce qui veut dire qu'il a suivi la béatitude de la cité suprême et de la gloire d'en haut. Il la posséda et l'acquit au prix de cinq deniers, selon saint Augustin, avec la pauvreté, le royaume; avec la douleur, la joie ; avec le travail, le repos; avec l'ignominie, la gloire et avec la mort, la vie. Sébastien viendrait encore de *basto*, selle. Le soldat, c'est le Christ; le cheval, l'Eglise, et la selle, Sébastien; au moyen de laquelle Sébastien combattit dans l'Eglise et obtint de surpasser beaucoup de martyrs. Ou bien Sébastien signifie entouré, ou allant autour : entouré, il le fut de flèches comme un hérisson; allant autour, parce qu'il allait trouver tous les martyrs et les réconfortait.

Sébastien était un parfait chrétien, originaire de Narbonne et citoyen de Milan. Il fut tellement chéri des empereurs Dioclétien et Maximien qu'ils lui donnèrent le commandement de la première cohorte et voulurent l'avoir constamment auprès d'eux. Or, il portait l'habit militaire dans l'unique intention d'affermir le cœur des chrétiens qu'il voyait faiblir dans les tourments. Quand les très illustres citoyens Marcellien et Marc, frères jumeaux, allaient être décollés pour la foi de J.-C., leurs parents vinrent pour arracher de leurs cœurs leurs bonnes résolutions. Arrive leur mère, la tête découverte, les habits déchirés, qui s'écrie en découvrant son sein : « O chers et doux fils, je suis assaillie d'une misère inouïe et d'une douleur intolérable. Ah, malheureuse que je suis! Je perds mes fils qui courent de plein gré à la mort : si des ennemis me les enlevaient, je poursuivrais ces ravisseurs

1. Saint Fabien gouverna l'Eglise Romaine de longues années et souffrit du temps de Dèce. Lors de son élection, il y eut beaucoup de personnes qui virent le Saint-Esprit paraître sur lui sous la forme d'une colombe. Il fit recueillir et écrire les *Actes du Martyre des Saints* laissés sans précaution chez les notaires. Il fit élever un grand nombre de basiliques dans les cimetières des Saints et en fit la dédicace. C'est lui qui établit que le vieux chrême serait brûlé et que l'on en consacrerait tous les ans du nouveau le jour de la Cène du Seigneur.

2. Actes du saint dans les œuvres de saint Ambroise.

au milieu de leurs bataillons; si une sentence les condamnait à être renfermés, j'irais briser la prison, dussé-je en mourir. Voici une nouvelle manière de périr : aujourd'hui on prie le bourreau de frapper, on désire la vie pour la perdre, on invite la mort à venir. Nouveau deuil, nouvelle misère! Pour avoir la vie, des fils, jeunes encore, se dévouent à la mort et des vieillards, des parents infortunés sont forcés de tout subir. » Elle parlait encore quand le père, plus âgé que la mère, arrive porté sur les bras de ses serviteurs. Sa tête est couverte de cendres; il s'écrie en regardant le ciel : « Mes fils se livrent d'eux-mêmes à la mort; je suis venu leur adresser mes adieux et ce que j'avais préparé pour m'ensevelir, malheureux que je suis! je l'emploierai à la sépulture de mes enfants. O mes fils! bâton de ma vieillesse, double flambeau de mon cœur, pourquoi aimer ainsi la mort? Jeunes gens, venez ici, venez pleurer sur mes fils. Pères, approchez donc, empêchez-les, ne souffrez pas un forfait pareil : mes yeux, pleurez jusqu'à vous éteindre afin que je ne voie pas mes fils hachés par le glaive. » Le père venait de parler ainsi quand arrivent leurs épouses offrant à leurs yeux leurs propres enfants et poussant des cris entremêlés de hurlements : « A qui nous laissez-vous? quels seront les maîtres de ces enfants? qui est-ce qui partagera vos grands domaines? hélas! Vous avez donc des cœurs de fer pour mépriser vos parents, pour dédaigner vos amis, pour repousser vos femmes, pour méconnaître vos enfants et pour vous livrer spontanément aux bourreaux! » A ce spectacle, les cœurs de ces hommes se prirent à mollir. Saint Sébastien se trouvait là; il sort de la foule : « Magnanimes soldats du Christ, s'écrie-t-il, n'allez pas perdre une couronne éternelle en vous laissant séduire par de pitoyables flatteries. » Et s'adressant aux parents : « Ne craignez rien, dit-il, vous ne serez pas séparés; ils vont dans le ciel vous préparer des demeures d'une beauté éclatante : car dès l'origine du monde, cette vie n'a cessé de tromper ceux qui espèrent en elle; elle dupe ceux qui la recherchent; elle illusionne ceux qui comptent sur elle; elle rend tout incertain, en sorte qu'elle ment à tous. Cette vie, elle apprend au voleur, ses rapines; au colère, ses violences; au menteur, ses fourberies. C'est elle qui commande les crimes, qui ordonne les forfaits, qui conseille les injustices; cette persécution que nous endurons ici est violente aujourd'hui et demain elle sera évanouie : une heure l'a amenée, une heure l'emportera; mais les peines éternelles se renouvellent sans cesse, pour sévir; elles entassent punition sur punition, la vivacité de leurs flammes augmente sans mesure. Réchauffons nos affections dans l'amour du martyre. Ici le démon croit vaincre; mais alors qu'il saisit, il est captif lui-même; quand il croit tenir, il est garrotté; quand il vainc, il est vaincu; quand il tourmente, il est tourmenté; quand il égorge, il est tué; quand il insulte, il est honni. » Or, tandis que saint Sébastien parlait ainsi, tout à coup, pendant près d'une heure, il fut environné d'une grande lumière descendant du ciel, et, au milieu de cette splendeur, il parut revêtu d'une robe éclatante de blancheur; en même temps il fut entouré de sept anges éblouissants. Devant lui apparut encore un jeune homme qui lui donna la paix et lui dit : « Tu seras toujours avec moi. » Alors que le bienheureux Sébastien adressait ces avis, Zoé, femme de Nicostrate, dans la maison duquel les saints étaient gardés, Zoé, dis-je, qui avait perdu la parole, vint se jeter aux pieds de Sébastien en lui demandant pardon par signes. Alors Sébastien dit : « Si je suis le serviteur de J.-C. et si tout ce que cette femme a entendu sortir de mes lèvres est vrai, si elle le croit, que celui qui a ouvert la bouche de son prophète Zacharie ouvre sa bouche. » A ces mots, cette femme s'écria : « Béni soit le discours de votre bouche, et bénis soient tous ceux qui croient ce que vous avez dit : j'ai vu un ange tenant devant vous un livre dans lequel tout ce que vous disiez était écrit. » Son mari, qui entendit cela, se jeta aux pieds de saint Sébastien en lui demandant de le pardonner; alors il délia les martyrs et les pria de s'en aller en liberté. Ceux-ci répondirent qu'ils ne voulaient pas perdre la couronne à laquelle ils avaient droit. En effet une telle grâce et une si grande efficacité étaient accordées par le Seigneur aux paroles de Sébastien, qu'il n'affermit pas seulement Marcellien et Marc dans la résolution de souffrir le martyre, mais qu'il convertit encore à la foi leur père Tranquillin et leur mère avec beaucoup d'autres que le prêtre Polycarpe baptisa tous.

Quant à Tranquillin, qui était très gravement malade, il ne fut pas plus tôt baptisé que de suite il fut guéri. Le préfet de la ville de Rome, très malade lui-même, pria Tranquillin de lui amener celui qui lui avait rendu la santé. Le prêtre Polycarpe et Sébastien vinrent donc chez lui et il les pria de le guérir aussi. Sébastien lui dit de renoncer d'abord à ses idoles et de lui donner la permission de les briser; qu'à ces conditions, il recouvrerait la santé. Comme Chromace, le préfet, lui disait de laisser ce soin à ses esclaves et de ne pas s'en charger lui-même, Sébastien lui répondit : « Les gens timides redoutent de briser leurs dieux; mais encore si le diable en profitait pour les blesser, les infidèles ne manqueraient pas de dire qu'ils ont été blessés parce qu'ils brisaient leurs dieux. » Polycarpe et Sébastien ainsi autorisés détruisirent plus de deux cents idoles. Ensuite ils dirent à Chromace : « Comme pendant que nous mettions en pièces vos idoles, vous deviez recouvrer la santé et que vous souffrez encore, il est certain que, ou vous n'avez pas renoncé à l'infidélité, ou bien vous avez réservé quelques idoles. » Alors Chromace avoua qu'il avait une chambre où était rangée toute la suite des étoiles, pour laquelle son père avait dépensé plus de deux cents livres pesant d'or; et qu'à l'aide de cela il prévoyait l'avenir. Sébastien lui dit : « Aussi longtemps que vous conserverez tous ces vains objets, vous ne conserverez pas la santé. » Chromace ayant consenti à tout, Tiburce, son fils, jeune homme fort distingué, dit : « Je ne souffrirai pas qu'une œuvre si importante soit détruite; mais pour ne paraître pas apporter d'obstacles à la santé de mon père, qu'on chauffe deux fours, et si, après la destruction de cet ouvrage, mon père n'est pas guéri, que ces hommes soient brûlés tous les deux. » Sébastien répondit : « Eh bien! soit. » Et comme on brisait tout, un ange apparut au préfet et lui déclara que J.-C. lui rendait la santé; à l'instant il fut guéri et courut vers l'ange pour lui baiser les pieds; mais celui-ci l'en empêcha, par la raison qu'il n'avait pas encore reçu le baptême. Alors lui, Tiburce, son fils, et quatre cents personnes de sa maison furent baptisées. Pour Zoé, qui était entre les mains des infidèles, elle rendit l'esprit dans des tourments prolongés. A cette nouvelle, Tranquillin brava tout et dit : « Les femmes sont couronnées avant nous. Pourquoi vivons-nous encore ? » Et quelques jours après, il fut lapidé.

On ordonna à saint Tiburce ou de jeter de l'encens en l'honneur des dieux sur un brasier ardent, ou bien de marcher nu-pieds sur ces charbons. Il fit alors le signe de la croix sur soi, et il marcha nu-pieds sur le brasier. « Il me semble, dit-il, marcher sur des roses au nom de Notre-Seigneur Jésus-Christ. » Le préfet Fabien se mit à dire : « Qui ne sait que le Christ vous a enseigné la magie ? » Tiburce lui répondit : « Tais-toi, malheureux! car tu n'es pas digne de prononcer un nom si saint et si suave à la bouche. » Alors le préfet en colère le fit décoller. Marcellien et Marc sont attachés à un poteau, et après y avoir été liés, ils chantèrent ces paroles du Psaume : « Voyez comme il est bon et agréable pour des frères d'habiter ensemble », etc. Le préfet leur dit : « Infortunés, renoncez à ces folies et délivrez-vous vous-mêmes. » Et ils répondirent : « Jamais nous n'avons été mieux traités. Notre désir serait que tu nous laissasses attachés pendant que nous sommes revêtus de notre corps. » Alors le préfet ordonna que l'on enfonçât des lances dans leurs côtés, et ils consommèrent ainsi leur martyre. Après quoi le préfet fit son rapport à Dioclétien touchant Sébastien. L'empereur le manda et lui dit : « J'ai toujours voulu que tu occupasses le premier rang parmi les officiers de mon palais, or tu as agi en secret contre mes intérêts, et tu insultes aux dieux. » Sébastien lui répondit : « C'est dans ton intérêt que toujours j'ai honoré J.-C. et c'est pour la conservation de l'empire romain que toujours j'ai adoré le Dieu qui est dans le ciel. » Alors Dioclétien le fit lier au milieu d'une plaine et ordonna aux archers qu'on le perçât à coups de flèches. Il en fut tellement couvert, qu'il paraissait être comme un hérisson; quand on le crut mort, on se retira. Mais ayant été hors de danger quelques jours après, il vint se placer sur l'escalier, et reprocha durement aux empereurs qui descendaient du palais les maux infligés par eux aux chrétiens. Les empereurs dirent : « N'est-ce pas là Sébastien que nous avons fait périr dernièrement à coups de flèches ? » Sébastien reprit : « Le Seigneur m'a rendu la vie pour que je pusse venir vous reprocher à vous-mêmes les maux dont vous accablez les chrétiens. » Alors l'empereur le fit fouetter jusqu'à ce qu'il rendît l'esprit; il ordonna de jeter son corps dans le cloaque pour qu'il ne fût pas honoré par les chrétiens comme un martyr. Mais saint Sébastien apparut la nuit suivante à sainte Lucine, lui révéla le lieu où était son corps et lui commanda de l'ensevelir auprès des restes des apôtres : ce qui fut exécuté. Il souffrit sous les empereurs Dioclétien et Maximien qui régnèrent vers l'an du Seigneur 287. Saint Grégoire rapporte, au premier livre de ses *Dialogues*, qu'une femme de Toscane, nouvellement mariée, fut invitée à se rendre à la dédicace d'une église de saint Sébastien; et la nuit qui précéda la fête, pressée par la volupté de la chair, elle ne put s'abstenir de son mari. Le matin, elle partit, rougissant plutôt des hommes que de Dieu. Mais à peine était-elle entrée dans l'oratoire où étaient les reliques de saint Sébastien que le diable s'empara d'elle, et la tourmenta en présence de la foule. Alors un prêtre de cette église saisit un voile de l'autel pour en couvrir cette femme, mais le diable s'empara aussitôt de ce prêtre lui-même. Des amis conduisirent la femme à des enchanteurs afin de la délivrer par leurs sortilèges. Mais à l'instant où ils l'enchantaient, et par la permission de Dieu, une légion composée de 6666 démons entra en elle et la tourmenta avec plus de violence. Un personnage d'une grande sainteté, nommé Fortunat, la guérit par ses prières. On lit dans les *Gestes des Lombards* qu'au temps du roi Gombert, l'Italie entière fut frappée d'une peste si violente que les vivants suffisaient à peine à ensevelir les morts; elle fit de grands ravages, particulièrement à Rome et à Pavie. Alors un bon ange apparut sous une forme visible à une foule de personnes, ordonnant au mauvais ange qui le suivait, et qui avait un épieu à la main, de frapper et d'exterminer. Or, autant de fois il frappait une maison, autant il y avait de morts à enterrer. Il fut révélé alors, par l'ordre de

Dieu, à une personne, que la peste cesserait entièrement ses ravages si l'on érigeait à Pavie un autel à saint Sébastien. Il fut en effet élevé dans l'église de Saint-Pierre-aux-Liens. Aussitôt après, le fléau cessa. Les reliques de saint Sébastien y furent apportées de Rome. Voici ce que saint Ambroise écrit dans sa préface : « Seigneur adorable, à l'instant où le sang du bienheureux martyr Sébastien est répandu pour la confession de votre nom, vos merveilles sont manifestées parce que vous affermissez la vertu dans l'infirmité, vous augmentez notre zèle, et par sa prière vous conférez du secours aux malades. »

SAINTE AGNÈS, VIERGE

Agnès vient d'agneau, parce qu'elle fut douce et humble comme un agneau. *Agnos* en grec veut dire pieux, et Agnès fut remplie de piété et de miséricorde. Agnès viendrait encore de *agnoscendo*, connaître, parce qu'elle connut la voie de la vérité. Or, la vérité, d'après saint Augustin, est opposée à la vanité, à la fausseté et à l'irrésolution, trois vices dont Agnès sut se préserver par son courage.

Agnès, vierge d'une très haute prudence, au témoignage de saint Ambroise qui a écrit son martyre, à l'âge de treize ans souffrit la mort et gagna la vie. A ne compter que ses années elle était une enfant, mais par son esprit, elle était d'une vieillesse avancée : jeune de corps, mais vieille de cœur, belle de visage, mais plus belle encore par sa foi. Un jour qu'elle revenait des écoles, elle rencontra le fils du préfet, qui en fut épris d'amour. Il lui promit des pierreries, des richesses immenses, si elle consentait à devenir sa femme. Agnès lui répondit : « Eloigne-toi de moi, foyer de péché, aliment de crime, pâture de mort; déjà un autre amant s'est assuré de mon cœur. » Et elle commença à faire l'éloge de cet amant, de cet époux par cinq qualités exigées principalement par les épouses de leurs époux, savoir : noblesse de race, beauté éclatante, abondance de richesses, courage et puissance réelle, enfin amour éminent. « J'en aime un, dit-elle, qui est bien plus noble et de meilleure lignée que toi : sa mère est vierge, son père l'a engendré sans femme; il a des anges pour serviteurs; sa beauté fait l'admiration du soleil et de la lune; ses richesses sont intarissables; elles ne diminuent jamais : Les émanations de sa personne ressuscitent les morts, son toucher raffermit les infirmes; quand je l'aime, je suis chaste, quand je m'approche de lui, je suis pure; quand je l'embrasse, je suis vierge.

« Sa noblesse est plus éminente, sa puissance plus forte, son aspect plus beau, son amour plus suave et plus délicat que toute grâce. »

Ensuite elle exposa cinq avantages que son époux avait accordés à elle et à ses autres épouses. Il leur donne des arrhes avec l'anneau de foi; il les revêt et les orne d'une variété infinie de vertus; il les marque du sang de sa passion; il se les attache par le lien de l'amour, et les enrichit des trésors de la gloire céleste. « Celui, ajouta-t-elle, qui s'est engagé à moi par l'anneau qu'il a mis à ma main droite, et qui a entouré mon cou de pierres précieuses, m'a revêtue d'un manteau tissu d'or, et m'a parée d'une prodigieuse quantité de bijoux : il a imprimé un signe sur mon visage, afin que je ne prisse aucun autre amant que lui; et le sang de ses joues s'est imprimé sur les miennes. Ses chastes embrassements m'ont déjà étreinte; déjà son corps s'est uni au mien; il m'a montré des trésors incomparables qu'il m'a promis de me donner, si je lui suis fidèle à toujours. » En entendant cela le jeune homme tout hors de lui se mit au lit : ses profonds soupirs indiquent aux médecins qu'il est malade d'amour; son père en informe la jeune vierge; et sur ce qu'elle l'assure qu'il n'est pas en son pouvoir de violer l'alliance jurée à son premier époux, le préfet cherche à savoir quel est cet époux que se vantait de posséder Agnès. Quelqu'un assura que l'époux dont elle parlait était J.-C., et alors le préfet voulut l'ébranler d'abord par de douces paroles et enfin par la crainte. Agnès lui dit : « Quoi que tu veuilles, fais-le; tu ne pourras pas obtenir ce que tu réclames. » Et elle se riait aussi bien de ses flatteries que de ses menaces. Le préfet lui dit : « Choisis de deux choses l'une : ou bien sacrifie à la déesse Vesta avec les vierges, si ta virginité t'est chère, ou bien tu seras exposée dans un lieu de prostitution. » Or, comme elle était noble, il ne pouvait la condamner ainsi; il allégua donc contre elle sa qualité de chrétienne. Mais Agnès répondit : « Je ne sacrifierai pas plus à tes dieux que je ne serai souillée par les actions infâmes de qui que ce soit, car j'ai pour gardien de mon corps un ange du Seigneur. »

Le préfet ordonna alors de la dépouiller et de la mener toute nue au lupanar. Mais le Seigneur rendit sa chevelure si épaisse qu'elle était mieux couverte par ses cheveux que par ses vêtements. Et quand elle entra dans le lieu infâme, elle trouva un ange du Seigneur qui l'attendait et qui remplit l'appartement d'une clarté extraordinaire, en même temps qu'il lui préparait une robe resplendissante de blancheur. Ainsi le lieu de prostitution devint un lieu d'oraison; et l'on en sortait plus pur que l'on y était entré, tant cette lumière immense vous revêtait d'honneur. Or, le fils du préfet vint au lupanar avec d'autres jeunes gens et il les engagea à entrer les premiers. Mais ils n'y eurent pas plus tôt mis les pieds que, effrayés du miracle, ils sortirent pleins de componction. Il les traita de misérables, et entra comme un furieux : mais comme il voulait arriver jusqu'à elle, la lumière se rua sur lui, et parce qu'il n'avait pas rendu honneur à Dieu, il fut étranglé par le diable et expira. A cette nouvelle, le préfet vient tout en pleurs trouver Agnès et prendre des renseignements précis, sur la cause de la mort de son fils. Agnès lui dit : « Celui dont il voulait exécuter les volontés s'est emparé de lui et l'a tué : car ses compagnons, après avoir été témoins du miracle qui les avait effrayés, sont sortis sans éprouver aucun malaise. » Le préfet dit : « On verra que tu n'as pas usé d'arts magiques en cela, si tu peux obtenir qu'il ressuscite. » Agnès se met en prière, le jeune homme ressuscite et prêche publiquement la foi en J.-C. Là-dessus, les prêtres des temples excitent une sédition parmi le peuple et crient hautement : « Enlevez cette magicienne, enlevez cette malfaitrice, qui change les esprits et égare les cœurs. » Le préfet, à la vue d'un pareil miracle, voulut la délivrer, mais craignant la proscription, il la confia à son suppléant; et il se retira tout triste de ne pouvoir pas la sauver. Le suppléant, qui se nommait Aspasius, la fit jeter dans un grand feu, mais la flamme, se partageant en deux, brûla le peuple séditieux qui était à l'entour, sans atteindre Agnès. Aspasius lui fit alors plonger une épée dans la gorge. Ce fut ainsi que le Christ, son époux éclatant de blancheur et de rougeur, la sacra son épouse et sa martyre. On croit qu'elle souffrit du temps de Constantin le Grand qui monta sur le trône l'an 309 de J.-C. Quand les chrétiens et ses parents lui rendirent les derniers devoirs avec joie, c'est à peine s'ils purent échapper aux païens qui les accablèrent de pierres.

Emérentienne, sa sœur de lait, vierge remplie de sainteté, mais qui n'était encore que catéchumène, se tenait debout auprès du sépulcre d'Agnès et argumentait avec force contre les gentils qui la lapidèrent : mais il se fit des éclairs et un tonnerre si violent que plusieurs d'entre eux périrent, et dorénavant, on n'assaillit plus ceux qui venaient au tombeau de la sainte. Le corps d'Emérentienne fut inhumé à côté de celui de sainte Agnès. Huit jours après, comme ses parents veillaient auprès du tombeau, ils virent un chœur de vierges tout brillant d'habits d'or; au milieu d'elles ils reconnurent Agnès vêtue aussi richement et à sa droite se trouvait un agneau plus éclatant encore. Elle leur dit : « Gardez-vous de pleurer ma mort, réjouissez-vous au contraire avec moi et me félicitez de ce que j'occupe un trône de lumière avec toutes celles qui sont ici. » C'est pour cela que l'on célèbre une seconde fois la fête de sainte Agnès[1]. Constance, fille de Constantin, était couverte d'une lèpre affreuse et quand elle eut connu cette apparition, elle alla au tombeau de sainte Agnès; et comme sa prière avait duré longtemps, elle s'endormit : elle vit alors la sainte qui lui dit : « Constance, agissez avec constance; quand vous croirez en J.-C., vous serez aussitôt guérie. » A ces mots elle se réveilla et se trouva parfaitement saine; elle reçut le baptême et éleva une basilique sur le corps de sainte Agnès.

Elle y vécut dans la virginité et réunit autour d'elle une foule de vierges qui suivirent son exemple.

Un homme appelé Paulin, qui exerçait les fonctions du sacerdoce dans l'église de sainte Agnès, éprouva de violentes tentations de la chair; toutefois comme il ne voulait pas offenser Dieu, il demanda au souverain pontife la permission de se marier. Le pape voyant sa bonté et sa simplicité lui donna un anneau dans lequel était enchâssée une émeraude et lui ordonna de commander de sa part à une image de sainte Agnès, peinte en son église, de lui permettre de l'épouser. Comme le prêtre adressait sa demande à l'image, celle-ci lui présenta aussitôt l'annulaire, et après avoir reçu l'anneau, elle retira son doigt, et délivra le prêtre de ses tentations. On prétend que l'on voit encore cet anneau à son doigt. On lit cependant ailleurs que l'église de sainte Agnès tombant en ruine, le pape dit à un prêtre qu'il voulait lui confier une épouse pour qu'il en eût soin et la nourrît (et cette épouse, c'était l'église de sainte Agnès), et lui remettant un anneau, il lui ordonna d'épouser ladite image, ce qui eut lieu; car elle offrit son doigt et le retira. Voici ce que dit saint Ambroise de sainte Agnès dans son *Livre des Vierges :* « Vieillards, jeunes gens, enfants, tous chantent ses louanges : Personne n'est plus louable que celui qui peut être loué par tous. Autant de personnes, autant de panégyristes. On ne parle que pour exalter cette martyre. Admirez tous comment elle a pu rendre témoignage à Dieu, alors qu'elle ne pouvait pas encore être maître d'elle-même en raison de son âge. Elle se comporta de manière à recevoir de Dieu ce qu'un homme ne lui aurait pas confié; parce que ce qui est au-dessus de la nature est l'œuvre de l'auteur de la nature. Dans elle, c'est un nouveau genre de martyre. Elle n'était pas préparée encore pour la souffrance qu'elle était mûre pour la victoire : elle peut à peine combattre qu'elle est digne de la couronne : elle a été un maître consommé dans la vertu, elle dont l'âge n'avait encore pu développer le jugement. Une épouse n'eût pas dirigé ses pas vers le lit de l'époux comme cette vierge s'est présentée au supplice, joyeuse dans son entreprise, prompte dans sa démarche. »

1. Saint Ambroise, *Bréviaire romain.*

Le même saint dit dans la préface : « La bienheureuse Agnès, en foulant aux pieds les avantages d'une illustre naissance, a mérité les splendeurs du ciel; en méprisant ce qui fait l'objet du désir des hommes, elle a été associée au partage de la puissance du roi éternel; en recevant une mort précieuse pour confesser J.-C., elle mérita en même temps de lui être conforme. »

SAINT VINCENT

Vincent voudrait dire incendiant le vice, ou qui vainc les incendies, ou qui tient la victoire. En effet il incendia, c'est-à-dire il consuma les vices par la mortification de la chair; il vainquit l'incendie allumé pour son supplice en endurant les tortures avec constance; il se tint victorieux du monde en le méprisant. Il vainquit trois fléaux qui étaient dans le monde : les fausses erreurs, les amours immondes, les craintes mondaines, par sa sagesse, sa pureté et sa constance. Saint Augustin dit que, pour vaincre le monde avec toutes ses erreurs, ses amours et ses craintes, on a et toujours on a eu pour exemples les martyres des saints.

Quelques-uns avancent que saint Augustin a recueilli les actes de son martyre mis en fort beaux vers par Prudence.

Vincent, noble par sa naissance, fut plus noble encore par sa foi et sa religion. Il fut diacre de l'évêque Valère, et comme il s'exprimait avec plus de facilité que l'évêque, celui-ci lui confia le soin de la prédication, tandis qu'il vaquerait lui-même à la prière et à la contemplation. Le président Dacien ordonna de les traîner à Valence, et de les enfermer dans une affreuse prison. Quand il les crut presque morts de faim, il les fit comparaître en sa présence; mais les voyant sains et joyeux, il fut transporté de colère et parla ainsi : « Que dis-tu, Valère, toi qui, sous prétexte de religion, agis contre les décrets des princes ? » Or, comme Valère lui répondait avec trop de douceur, Vincent se mit à lui dire : « Père vénérable, veuillez ne pas parler avec tant de timidité et de retenue; expliquez-vous avec une entière liberté : si vous le permettez, Père saint, j'essaierai de répondre au juge. » Valère reprit : « Depuis longtemps déjà, fils très chéri, je t'avais confié le soin de parler, maintenant encore, je te commets pour répondre de la foi, qui nous amène ici. » Alors Vincent se tourna vers Dacien : « Jusqu'alors, lui dit-il, tu n'as péroré dans tes discours que pour nier la foi, mais sache-le bien, que chez des chrétiens, c'est blasphémer et commettre une faute indigne que de refuser de rendre à la divinité l'honneur qui lui est dû. » A l'instant Dacien irrité ordonna de mener l'évêque en exil : pour Vincent, qu'il regardait comme un arrogant et présomptueux jeune homme, afin d'effrayer les autres par son exemple, il le condamna à être étendu sur un chevalet et à avoir tous ses membres disloqués : Quand tout son corps fut brisé, Dacien lui dit : « Réponds-moi, Vincent, de quel œil regardes-tu ton misérable corps ? » Et Vincent reprit en souriant : « C'est ce que j'ai toujours désiré. » Alors le président irrité le menaça de toutes sortes de tourments, s'il n'obtempérait pas à ses demandes. Vincent lui dit : « Oh! suis-je heureux! par cela même que tu penses m'offenser davantage, c'est par là que tu commences à me faire le plus de bien. Allons donc, misérable, déploie toutes les ressources de la méchanceté; tu verras que, quand je suis torturé, je puis, avec la force de Dieu, plus que tu ne peux toi-même qui me tortures. » A ces mots le président se mit à crier et à frapper les bourreaux à coups de verges et de bâton; et Vincent lui dit : « Qu'en dis-tu ? Dacien, voici que tu me venges de ceux qui me torturent. » Alors le président hors de lui dit aux bourreaux : « Grands misérables, vous ne faites rien; pourquoi vos mains se lassent-elles ? vous avez pu vaincre des adultères et des parricides de manière à ce qu'ils ne pussent rien cacher au milieu des supplices que vous leur infligiez, et aujourd'hui Vincent seul a pu triompher de vos tourments! » Les bourreaux lui enfoncèrent alors des peignes de fer jusqu'au fond des côtes, de sorte que le sang ruisselait de tout son corps et que l'on voyait ses entrailles entre les jointures de ses os. Et Dacien dit : « Aie donc pitié de toi, tu pourras alors recouvrer ta brillante jeunesse, et échapper aux tourments qui t'attendent. » Et Vincent dit : « O venimeuse langue de diable! Je ne les crains pas tes tourments; il n'est qu'une chose que je redoute, c'est que tu paraisses vouloir t'apitoyer sur moi, car plus je te vois irrité, plus, oui, plus je tressaille de joie. Je ne veux pas que tu diminues en rien ces supplices afin de te forcer à t'avouer vaincu. » Alors on l'ôta du chevalet, pour le traîner vers un brasier ardent, et il stimulait gaîment la lenteur des bourreaux et la leur reprochait. Il monte donc lui-même sur le gril, où il est rôti, brûlé et consumé; on enfonce des ongles de fer et des lames ardentes par tous ses membres; la flamme était couverte de sang; c'étaient plaies sur plaies; en outre on sème du sel sur le feu, afin qu'il saute sur chacune de ses plaies et que la flamme pétillante le brûle plus cruellement encore. Déjà ce n'est plus dans ses membres, mais dans ses entrailles, que l'on enfonce des dards; déjà ses intestins s'épanchent hors du corps. Cependant il reste immobile, les yeux tournés vers le ciel et priant le Seigneur. Les bourreaux ayant rapporté cela à

Dacien : « Ah! s'écria-t-il, vous êtes vaincus; mais à présent pour qu'il vive plus longtemps dans sa torture, enfermez-le dans le plus affreux cachot; amassez-y des tessons très aigus; clouez ses pieds à un poteau; laissez-le couché sur ces tessons, sans personne pour le consoler; et quand il défaillira, mandez-le-moi. » Tout aussitôt ces ministres cruels secondent un maître plus cruel encore; mais voici que le roi pour lequel ce soldat souffre change ses peines en gloire, car les ténèbres du cachot sont dissipées par une immense lumière; les pointes des tessons sont changées en fleurs d'un parfum suave; ses entraves sont déliées; et il a le bonheur d'être consolé par des anges. Comme il se promenait sur ces fleurs en chantant avec ces anges, ces modulations délicieuses et la merveilleuse odeur des fleurs se répandent au loin. Les gardes effrayés regardent à travers les crevasses du cachot; ils n'eurent pas plus tôt vu ce qui se passait dans l'intérieur qu'ils se convertirent à la foi. À cette nouvelle, Dacien devenu furieux dit : « Et que lui ferons-nous encore ? car nous voilà vaincus. Qu'on le porte sur un lit, qu'on le mette sur des coussins moelleux; ne le rendons pas plus glorieux, s'il arrivait qu'il mourût dans les tourments; mais lorsque ses forces seront revenues, qu'on lui inflige encore de nouveaux supplices. » Or, lorsqu'il eut été porté sur le lit moelleux, et qu'il y eût pris un peu de repos, il rendit aussitôt l'esprit, vers l'an du Seigneur 287, sous Dioclétien et Maximien. À cette nouvelle, Dacien fut grandement épouvanté, et se reconnaissant battu il dit : « Puisque je n'ai pu le vaincre vivant, je me vengerai de lui après sa mort; je me rassasierai de ce tourment, et ainsi la victoire pourra me rester. » Par les ordres donc de Dacien, son corps est exposé dans un champ pour être la pâture des oiseaux et des bêtes : mais aussitôt il est gardé par les anges et préservé des bêtes qui ne le touchèrent point. Enfin un corbeau, naturellement vorace, chassa à coups d'ailes d'autres oiseaux plus forts que lui, et par ses morsures et ses cris, il mit en fuite un loup qui accourait; puis il tourna la tête pour regarder fixement le saint corps, comme s'il eût été en admiration devant ses anges gardiens. Quand Dacien le sut il dit : « Je pense que je n'aurai pas le dessus sur lui, même après sa mort. » Il fait alors attacher au saint corps une meule énorme et la jeter dans la mer, afin que n'ayant pu être dévoré sur la terre par les bêtes, il fût au moins la proie des monstres marins. Des matelots portent donc le corps du martyr à la mer et l'y jettent; mais il revint plus vite qu'eux au rivage, où il fut trouvé par une dame et par quelques autres qui en avaient reçu de lui révélation et qui l'ensevelirent honorablement.

Voici sur ce martyr les paroles de saint Augustin : « Saint Vincent a vaincu en paroles, a vaincu en souffrances, a vaincu dans sa confession, a vaincu dans sa tribulation. Il a vaincu brûlé, il a vaincu noyé, il a vaincu vivant, il a vaincu mort. » Il ajoute : « Vincent est torturé pour être exercé; il est flagellé pour être instruit; il est battu pour être fortifié; il est brûlé pour être purifié. » Saint Ambroise s'exprime en ces termes dans sa préface : « Vincent est torturé, battu, flagellé, brûlé, mais il n'est pas vaincu et son courage à confesser le nom de Dieu n'est pas ébranlé. Le feu de son zèle est plus ardent qu'un fer brûlant; il est plus lié par la crainte de Dieu que par la crainte du monde; il voulut plutôt plaire à Dieu qu'au public; il aima mieux mourir au monde qu'au Seigneur. » Saint Augustin dit encore : « Un merveilleux spectacle est sous nos yeux; c'est un juge inique, un bourreau sanguinaire; c'est un martyr qui n'a pas été vaincu, c'est le combat de la cruauté et de la piété. »

Prudence, qui brilla sous le règne de Théodore l'Ancien, en 387, dit que Vincent répondit ainsi à Dacien : « Tourments, prisons, ongles, lames pétillantes de feu, et enfin la mort qui est la dernière des peines, tout cela est jeu pour les chrétiens. » Alors Dacien dit : « Liez-le, tordez-lui les bras sens dessus dessous, jusqu'à ce que les jointures de ses os soient disloquées pièce par pièce, afin que, par les ouvertures des plaies, on voie palpiter son foie. » Et ce soldat de Dieu riait en gourmandant les mains ensanglantées qui n'enfonçaient pas plus avant dans ses articulations les ongles de fer. Dans sa prison, un ange lui dit : « Courage, illustre martyr; viens sans crainte; viens être notre compagnon dans l'assemblée céleste : ô soldat invincible, plus fort que les plus forts; déjà ces tourments cruels et affreux te craignent et te proclament vainqueur! » Prudence s'écrie : « Tu es l'illustre par excellence; seul tu as remporté la palme d'une double victoire, tu t'es préparé deux triomphes à la fois. »

SAINT BASILE, ÉVÊQUE [1]

Basile a été un évêque vénérable et un docteur distingué; sa vie a été écrite par Amphiloque [2], évêque d'Icone. Il fut révélé dans une vision à un ermite nommé Ephrem à quel

1. La fête de saint Basile a été fixée à différents jours : au 1er janvier qu'il est mort, au 14, le 1er jour libre après l'Epiphanie, au 19 du même mois, en souvenir de la miraculeuse ouverture des portes de l'église de Nicée, et aussi le 30, chez les Grecs. Elle est célébrée, dans l'église latine, le 14 juin, jour de son ordination.

2. Notker, Sigebert de Gemblours, Vincent de Beauvais attribuent en effet à Amphiloque une vie de saint Basile.

degré de sainteté Basile était arrivé. En effet, Ephrem, ravi en extase, vit une colonne de feu qui partant de la tête du saint touchait au ciel, et il entendit une voix d'en haut qui disait : « Le grand Basile est tel que cette colonne immense que tu vois. » Il vint donc à la ville le jour de l'Epiphanie pour connaître un si grand personnage. Et en l'apercevant revêtu d'une étole blanche, s'avançant majestueusement avec ses clercs, il dit en lui-même : « Comme je le vois, je me suis fatigué pour rien; car cet homme, qui se pose et s'entoure d'honneurs, comment peut-il jamais être celui qui m'est apparu ? Nous, en effet, qui avons porté le poids du jour et de la chaleur, nous ne sommes jamais parvenus à rien de pareil, et lui, dans une position et avec un éclat de ce genre, c'est une colonne de feu! Vraiment je m'en étonne. » Mais Basile, qui connut par révélation les pensées d'Ephrem, le fit venir chez lui. L'ermite ayant été introduit vit une langue de feu qui parlait par la bouche de Basile et il se dit : « Vraiment Basile est grand; oui, c'est une colonne de feu. L'esprit saint parle réellement par la bouche de Basile. » Et s'adressant à l'évêque : « Seigneur, lui dit-il, je vous demande en grâce de m'obtenir de parler le grec. » Basile lui répondit : « C'est chose difficile ce que vous demandez. » Cependant il pria pour lui et tout aussitôt, Ephrem parla le grec. Un autre ermite vit une fois Basile marchant en habits pontificaux et le méprisa, en pensant en lui-même que cet évêque se complaisait trop dans une pompe de cette nature. Et une voix se fit entendre et lui dit : « Tu te complais davantage à caresser la queue de ta chatte que Basile ne se complaît dans son appareil. » L'empereur Valens, fauteur de l'arianisme, ravit une église aux catholiques pour la donner aux ariens. Basile le vint trouver et lui dit : « Empereur, il est écrit (Ps. XCVIII, 4) : « La majesté royale éclate dans l'amour « de la justice »; et ailleurs : « Le jugement du roi c'est la « justice »; pourquoi donc avez-vous ordonné de gaîté de cœur que les catholiques fussent chassés de cette église et qu'elle fût livrée aux ariens ? » L'empereur lui dit : « Tu en reviens encore à tes paroles de mépris, ô Basile, cela ne te va pas. » Basile répondit : « Il me va de mourir même pour la justice. » Alors le maître d'hôtel de l'empereur, appelé Démosthène, qui favorisait les ariens, parla pour eux et laissa échapper un barbarisme; Basile lui dit : « Ta charge consiste à t'occuper des ragoûts de l'empereur, mais non à trancher dans les choses de la foi. » Ce qui le rendit confus et le fit taire. L'empereur dit : « Basile, va et sois juge entre les deux partis; mais ne cède pas à l'entraînement aveugle du peuple. » Basile s'en alla et dit, en présence des catholiques et des ariens, de fermer les portes de l'église, d'y apposer le sceau de chacun des partis et que celui aux prières duquel les portes s'ouvriraient aurait la possession de l'église. Cet arrangement fut généralement goûté. Les ariens se mirent en prières pendant trois jours et trois nuits, et quand ils vinrent aux portes de l'église, elles ne s'ouvrirent pas. Alors Basile, ayant ordonné une procession, vint à l'église et après avoir fait une prière, il toucha les portes d'un léger coup de son bâton pastoral en disant : « Levez vos portes, princes; et vous, portes éternelles, levez-vous, afin de laisser entrer le roi de gloire » (Ps. XXIII). Et tout aussitôt elles s'ouvrirent. On entra en rendant grâces à Dieu, et l'église resta la propriété des catholiques. Or, l'empereur, pour céder à Basile, exigea de lui beaucoup de promesses, d'après l'*Histoire tripartite :* « Ceci n'appartient qu'aux enfants, répondit Basile, car ceux qui se nourrissent des paroles de Dieu ne souffrent pas qu'on altère même une seule syllabe des dogmes divins. » Alors l'empereur fut indigné, et, ainsi qu'il est dit dans le même ouvrage, comme il voulait écrire la sentence de son exil, une première, une seconde et une troisième plume se brisèrent; ensuite sa main fut saisie d'un grand tremblement, et il déchira la feuille de papier tout en colère.

Un homme vénérable, appelé Eradius [1], avait une fille unique qu'il se proposait de consacrer au Seigneur; mais le diable, ennemi du genre humain, ayant connaissance de cela, embrasa d'amour pour la jeune fille un des esclaves de cet Eradius. Ayant donc reconnu comme impossible que lui, qui était esclave, pût obtenir les faveurs d'une si noble personne, il alla trouver un magicien en lui promettant une grande somme d'argent, s'il voulait lui venir en aide. Le magicien lui dit : « Moi, je ne saurais faire cela; mais, si tu veux, je t'adresserai au diable mon maître; et si tu exécutes ses prescriptions, tu obtiendras ce que tu désires. » Et le jeune homme répondit : « Je ferai tout ce que tu me diras. » Le magicien rédigea une lettre pour le diable et la transmit par le jeune homme; elle était conçue en ces termes : « Maître, comme je dois m'employer avec soin et promptitude à retirer tout le monde possible de la religion des chrétiens et à amener ces hommes à faire ta volonté, afin que ton parti se multiplie tous les jours, je t'ai adressé ce jeune homme qui brûle d'amour pour une jeune fille et je demande que ses désirs soient accomplis, pour en retirer moi-même de la gloire et pouvoir dans la suite en récolter d'autres. » Il lui donna la lettre, il lui dit : « Va, et à telle heure de la nuit, tiens-toi debout sur le tombeau d'un gentil, et là appelle les démons avec grands cris, lance ce papier en l'air et incontinent ils t'apparaîtront. » Il y alla, cria les démons et jeta la lettre en l'air. Et voici que se présente le prince des ténèbres entouré d'une multitude de démons. Après avoir lu la lettre, il dit

1. Hincmar le nomme *Proterius.*

au jeune homme : « Crois-tu en moi, pour que j'exécute ce que tu veux ? » « Maître, je crois », dit-il. Le diable reprit : « Renies-tu aussi J.-C. ? » Il dit : « Je renie. » « Vous autres chrétiens, continua le diable, vous êtes des perfides; parce que si vous avez besoin de moi, vous me venez trouver; mais quand vous avez réalisé vos désirs, aussitôt vous me reniez, et vous revenez à votre Christ; et lui, parce qu'il est très clément, il vous reçoit. Mais si tu veux que j'accomplisse ta volonté, fais-moi un écrit de ta main par lequel tu confesses renoncer au Christ, au baptême, à la profession chrétienne, que tu es à mon service, condamnable avec moi au jugement. » Celui-ci fit aussitôt de sa main un écrit par lequel il renonçait au Christ, et s'engageait au service du diable. Tout de suite celui-ci appela les esprits qui sont chargés de se mêler de la fornication, en leur ordonnant d'aller auprès de ladite fille, et d'enflammer son cœur d'amour pour le jeune homme. Ils le firent et embrasèrent son cœur au point qu'elle se roulait à terre et s'adressait à son père avec des cris lamentables : « Ayez pitié de moi, père, ayez pitié de moi, parce que je suis cruellement tourmentée d'amour pour cet esclave qui vous appartient. Ayez pitié de votre sang; témoignez-moi un amour de père, et mariez-moi à ce jeune homme que j'aime et pour lequel je suis torturée; sinon, dans peu de temps vous me verrez mourir et vous en répondrez pour moi au jour du jugement. » Or, son père lui répondit en poussant des cris de douleur : « Hélas, malheureux que je suis! Qu'est-il donc arrivé à ma fille ? Qui m'a volé mon trésor ? Quel est celui qui a éteint la douce lumière de mes yeux ? Je voulais, moi, t'unir à l'époux céleste; je comptais être sauvé par toi, et tu fais la folie de te livrer à un amour libertin; ma fille, permets, comme je l'avais résolu, que je t'unisse au Seigneur, n'accable pas ma vieillesse d'une douleur qui m'emportera dans le tombeau. » Mais elle criait en disant : « Mon père, accomplissez vite mon désir, ou dans peu de temps vous me verrez mourir. » Or, comme elle pleurait très amèrement et qu'elle était presque folle, son père, tout désolé et séduit par les conseils de ses amis, fit ce qu'elle voulait, et la maria à son esclave en lui donnant tous ses biens. « Va, lui dit-il, va, ma fille, tu es vraiment misérable. » Mais lorsque les époux demeurèrent ensemble, le jeune homme ne mettait pas le pied à l'église, ne faisait pas le signe de la croix sur lui, ni ne se recommandait à Dieu; cela fut remarqué de certaines personnes, qui dirent à son épouse : « Sais-tu que celui que tu as choisi pour ton mari n'est pas chrétien et qu'il ne va pas à l'église? » A cette nouvelle, elle ressentit une grande crainte, et se jetant par terre, elle se mit à se déchirer avec les ongles, à se frapper la poitrine et à dire : « Ah! que je suis malheureuse! pourquoi suis-je née ? et que ne suis-je morte en venant au monde! » Ayant rapporté à son mari ce qu'elle avait entendu, et celui-ci lui assurant qu'il n'en était rien, mais que tout ce qu'elle avait appris était faux : « Si tu veux, dit-elle, que je te croie, demain, nous irons tous deux à l'église. » Le mari, voyant qu'il ne pouvait dissimuler plus longtemps, raconta exactement à sa femme tout ce qui s'était passé. Quand elle eut entendu cela elle se mit à gémir, alla de suite trouver saint Basile et lui raconta tout ce qui était arrivé à son mari et à elle. Basile fit venir l'époux et apprit tous ces détails de sa bouche : « Mon fils, lui dit-il, voulez-vous revenir à Dieu ? » Il répondit : « Oui, Seigneur; mais c'est impossible, car je suis engagé au diable, j'ai renié J.-C., j'ai écrit l'acte de mon reniement et l'ai donné au diable. » Basile lui dit : « N'aie pas d'inquiétude; le Seigneur est débonnaire, et accueillera ton repentir. » Aussitôt il prit le jeune homme, lui fit le signe de la croix sur le front, et l'enferma l'espace de trois jours; après lesquels il le vint trouver, et lui dit : « Comment te trouves-tu, mon fils ? » « Seigneur, lui répondit-il, j'éprouve un grand accablement; je ne puis supporter les cris, les terreurs, les machinations des démons, qui, mon écrit à la main, m'accusent en me disant : « C'est toi « qui es venu à nous, ce n'est pas nous qui sommes venus « à toi. » Et saint Basile dit : « Ne crains rien, mon fils; seulement, crois. » Il lui donna un peu à manger; puis faisant encore le signe de la croix sur son front il le renferma de nouveau, et pria pour lui. Quelques jours après, il vint le voir et lui dit : « Comment te trouves-tu, mon fils ? » Il répondit : « Mon père, j'entends au loin leurs cris et leurs menaces, mais je ne les vois point. » Il lui donna encore un peu de nourriture, le signa, ferma sa porte, se retira, pria pour lui et quarante jours après il revint et lui dit : « Comment te trouves-tu ? » Il répondit : « Saint homme de Dieu, je me trouve bien; aujourd'hui dans une vision, je vous ai vu combattre pour moi et vaincre le diable. » Après quoi Basile le fit sortir, convoqua le clergé, les religieux et le peuple, et les avertit tous de prier pour le jeune homme qu'il conduisait à l'église en le tenant par la main. Et voilà que le diable avec une multitude de démons vint à sa rencontre et, se saisissant d'une manière invisible de ce jeune homme, il s'efforçait de l'arracher des mains de saint Basile. Le jeune homme se mit à crier : « Saint homme de Dieu, aidez-moi. » Et le malin l'assaillit avec une si grande véhémence qu'en traînant le jeune homme, il entraînait aussi le saint qui lui dit : « Infâme, n'est-ce pas assez pour toi de ta perte, que tu oses encore tenter la créature de mon Dieu ? » Mais le diable lui dit et beaucoup l'entendirent : « Tu me portes préjudice, ô Basile. » Alors tous crièrent : « *Kyrie, eleïson*, Seigneur, ayez pitié de nous. » Et Basile dit : « Que le Seigneur te confonde, diable. » Celui-ci reprit : « Tu me portes préjudice, ô Basile; ce n'est pas moi qui ai été le chercher, mais c'est lui qui est venu à moi; il a renié son Christ et s'est donné à moi : voici son écrit; je le tiens à la main. » Basile dit : « Nous ne cesserons de prier jusqu'à ce que tu rendes l'écrit. » Et à la prière de Basile qui tenait les mains levées vers le ciel, la cédule, que les assistants voyaient portée en l'air, vint se mettre dans les mains du saint évêque, qui, en la recevant, dit au jeune homme : « Reconnaissez-vous cette écriture, mon frère ? » Il répondit : « Oui, elle est de ma main. » Et Basile, déchirant l'acte, conduisit le jeune homme à l'église, le rendit digne de participer au saint mystère, et après lui avoir donné de bons conseils et suggéré un plan de vie, il le remit à sa femme [1].

Une femme, qui avait commis beaucoup de péchés, les inscrivit sur une feuille volante, en réservant le plus grave pour la fin; elle donna cet écrit à saint Basile, et lui recommanda de prier pour elle, pour effacer ces péchés par ses oraisons. Après qu'il eut prié, et que la femme eut ouvert son écrit, elle trouva toutes ses offenses effacées à la réserve de la plus énorme. Elle dit à Basile : « Ayez pitié de moi, serviteur de Dieu, et obtenez pardon pour celle-là comme vous l'avez obtenu pour les autres. » Basile lui dit : « Femme, retirez-vous de moi, parce que je suis un pécheur ayant besoin d'indulgence aussi bien que vous. » Et comme elle insistait, il lui dit : « Allez trouver le saint homme Ephrem, et il pourra obtenir pour vous ce que vous demandez. » Elle alla donc trouver le saint homme Ephrem, et après lui avoir avoué pourquoi saint Basile l'avait adressée à lui : « Retirez-vous, lui dit-il, car je suis un pécheur; mais, ma fille, retournez vers Basile; lui qui vous a obtenu le pardon des autres péchés, aura encore le pouvoir de l'obtenir pour celui-ci : Hâtez-vous, vite, pour le trouver en vie. » Elle arrivait à la ville, qu'on portait Basile au tombeau. Alors elle se mit à crier après lui et à dire : « Que Dieu voie et juge entre vous et moi; car quand vous pouviez me réconcilier avec Dieu vous-même, vous m'avez adressé à un autre. » Puis elle jeta son écrit sur le cercueil, et le reprenant un instant après, elle l'ouvrit, et trouva le péché entièrement effacé. Aussi rendit-elle à Dieu d'immenses actions de grâce, avec tous ceux qui se trouvaient là [2].

Avant que cet homme de Dieu trépassât, et quand il était atteint de la maladie dont il mourut, il se trouvait un juif appelé Joseph, médecin consommé, que l'homme de Dieu aimait avec prédilection, parce qu'il prévoyait devoir

1. Hincmar de Reims rapporte ce fait dans son livre sur le *Divorce de Lothaire* (Interrogatio XV) et le tire d'Amphiloque, évêque d'Icone.
2. Siméon Métaphraste.

le convertir à la foi; il le manda auprès de lui, comme s'il avait besoin de son ministère. Or, Joseph tâta le pouls de Basile et reconnut que le saint était près de mourir : il dit alors aux gens de la maison : « Préparez tout ce qui est nécessaire pour sa sépulture, car il va expirer à l'instant. » Basile, qui entendit cela, lui dit : « Tu ne sais ce que tu dis. » Joseph repartit : « Seigneur, le soleil se couchera aujourd'hui et, croyez-moi, vous mourrez au soleil couchant. » Basile lui dit : « Que diras-tu, si je ne meurs pas aujourd'hui ? » Joseph répondit : « Cela n'est pas possible, Seigneur. » Basile reprit : « Et si je vis encore demain jusqu'à la sixième heure, que feras-tu ? » et Joseph dit : « Si vous allez jusqu'à cette heure, je mourrai moi-même. » Basile dit : « Eh bien, meurs donc au péché pour vivre à J.-C. » Joseph répondit : « Je comprends ce que vous dites; si vous vivez jusqu'à cette heure, je ferai ce à quoi vous m'exhortez. » Alors saint Basile, qui, selon les lois naturelles, devait mourir à l'instant, obtint néanmoins du Seigneur un délai de mort, et il vécut jusqu'à la neuvième heure du lendemain. Joseph, qui vit cela, en fut dans la stupeur et crut à J.-C. Alors Basile, par force de caractère, surmonta la faiblesse du corps; il se leva de son lit, alla à l'église et baptisa Joseph de sa main; après quoi, il revint à sa couche et tout aussitôt il rendit heureusement son âme à Dieu. Il florissait vers l'an du Seigneur 380.

SAINT JEAN, L'AUMONIER [1]

Saint Jean l'aumônier, patriarche d'Alexandrie, étant une nuit en oraison, vit auprès de lui une jeune personne d'une beauté extraordinaire qui portait sur la tête une couronne d'olives. A sa vue, il fut gravement saisi et il lui demanda qui elle était. Elle répondit : « Je suis la miséricorde qui ai fait descendre du ciel le Fils de Dieu : prenez-moi pour épouse et vous vous en trouverez bien. » Il comprit donc que l'olive était le symbole de la miséricorde, et dès ce jour, il devint si miséricordieux, qu'il fut surnommé Eleimon, c'est-à-dire l'aumônier. Or, il appelait toujours les pauvres ses seigneurs, et c'est de là que les hospitaliers ont coutume jusqu'aujourd'hui de nommer les pauvres leurs seigneurs. Il convoqua donc tous ses serviteurs et leur dit : « Allez parcourir la ville, et prenez par écrit le nom de tous mes seigneurs jusqu'au dernier. » Et

1. Tiré des *Vies des Pères du désert*.

comme ils ne comprenaient pas, il ajouta : « Ceux que vous appelez pauvres et mendiants, je les proclame seigneurs et auxiliaires, car ce sont eux qui pourront véritablement nous aider et nous donner le royaume du ciel. » Dans le but de porter les hommes à pratiquer l'aumône, il avait coutume de raconter que les pauvres, une fois, en se réchauffant au soleil, se mirent à parler entre eux de ceux qui leur faisaient l'aumône, louant les bons et méprisant les méchants. Il y avait donc un receveur des impôts, nommé Pierre, qui était fort riche et jouissait d'une grande autorité, mais d'une dureté extrême envers les pauvres, car il repoussait avec une excessive indignation ceux qui s'approchaient de sa maison. Or, comme il s'était trouvé que pas un d'eux n'avait reçu l'aumône chez lui, il y en eut un qui dit : « Que voulez-vous me donner, si moi-même aujourd'hui, je reçois une aumône de ses mains ? » Et après en avoir fait le pari entre eux, il vint à la maison de Pierre demander l'aumône. Or, celui-ci, rentrant chez soi, vit le pauvre à sa porte, au moment qu'un de ses serviteurs apportait dans sa maison des pains de première qualité : le riche, ne trouvant pas de pierre, saisit un pain et le jeta sur le pauvre avec fureur; celui-ci s'en saisit aussitôt, et revint trouver ses compagnons en leur montrant l'aumône qu'il avait reçue de la main du receveur. Deux jours après, celui-ci fut pris d'une maladie mortelle, et il se vit conduit au jugement. Or, il y avait des Maures qui pesaient ses mauvaises actions dans le plateau d'une balance; du côté de l'autre plateau, se trouvaient debout d'autres personnes habillées de blanc pleines de tristesse de ce qu'elles ne savaient où trouver quoi que ce soit à mettre en contre-poids. Alors l'une d'elles dit : « Vraiment nous n'avons rien qu'un pain de fleur de farine qu'il a donné par force à J.-C. il y a deux jours. » Quand ils l'eurent mis dans la balance, il lui sembla que l'équilibre s'établissait et elles lui dirent : « Ajoute à ce pain de froment, autrement les Maures t'emporteront. » À son réveil, Pierre se trouva délivré et dit : « Ha! si un seul pain que j'ai jeté par colère m'a tant valu, quel avantage retirer en donnant tous ses biens aux indigents! » Un jour donc que, revêtu de vêtements de grand prix, il allait dans la rue, un homme qui avait fait naufrage lui demanda quelque habillement. Tout aussitôt il se dépouilla de son vêtement précieux et le lui donna. Le naufragé le prit et alla le vendre. Or, en rentrant chez lui, le receveur, qui vit son vêtement suspendu à sa place, fut saisi de tristesse, au point de ne vouloir pas prendre de nourriture : « C'est, dit-il, parce que je n'ai pas été digne que ce pauvre eût eu un souvenir de moi. » Mais pendant son sommeil, il vit un personnage plus brillant que le soleil, avec une croix sur la tête, portant sur lui le vêtement qu'il avait donné au pauvre, lui disant : « Qu'as-tu à pleurer, Pierre ? » Celui-ci lui ayant raconté la cause de sa tristesse, le personnage ajouta : « Reconnais-tu ceci ? » « Oui, Seigneur », répondit-il. Et le Seigneur lui dit : « Je l'ai porté depuis que tu me l'as donné, et je te remercie de ta bonne volonté, parce que j'étais gelé de froid et tu m'as revêtu. » Etant donc revenu à lui, il commença à faire du bien aux pauvres : « Vive le Seigneur ! disait-il, je ne mourrai point que je ne sois devenu l'un d'eux. » Il donna donc tout ce qu'il possédait aux pauvres, fit venir son notaire et lui dit : « Je veux te confier un secret ; que si tu le divulgues, ou si tu ne consens pas à ce que je te vais dire, je te vendrai aux barbares. » Et en lui donnant dix livres d'or, il ajouta : « Va à la ville sainte, achète-toi des marchandises, vends-moi à quelque chrétien et puis distribue le prix aux pauvres. » Or, comme le notaire s'y refusait, il ajouta : « Si tu ne m'obéis pas, je te vendrai aux barbares. » Alors celui-ci l'emmena, comme il avait été dit, le couvrit de haillons, le vendit comme un de ses esclaves, et donna aux pauvres trente pièces de monnaie, prix de son marché. Or, Pierre s'acquittait des plus vils emplois, en sorte qu'il était l'objet du mépris général. Les autres esclaves le battaient à chaque instant, et on en était venu à le traiter de fou. Mais le Seigneur lui apparaissait souvent et le consolait en lui montrant ses vêtements et les trente deniers. Cependant l'empereur et tout le monde étaient dans la douleur d'avoir perdu un homme si recommandable, quand plusieurs de ses voisins, qui passèrent par Constantinople pour aller visiter les saints lieux, furent invités à table par son maître. Ils se disaient les uns aux autres à l'oreille : « Comme cet esclave ressemble au seigneur Pierre le receveur », et l'un d'eux dit aux autres qui l'examinaient avec curiosité : « Vraiment, c'est bien le seigneur Pierre, je vais me lever et le saisir. » Pierre, s'en étant avisé, s'enfuit en cachette. Or, le portier était sourd et muet, et un signe devenait nécessaire pour qu'il ouvrît la porte ; Pierre lui demanda, non par signes, mais de vive voix, de lui ouvrir. A l'instant, le portier recouvre l'ouïe et la parole, et ouvre en lui répondant ; puis il rentre aussitôt dans la maison et dit à tous ceux qui étaient émerveillés de l'entendre : « Celui qui faisait la cuisine est sorti et a pris la fuite : mais prenez garde, c'est un serviteur de Dieu ; car lorsqu'il m'a dit : « Ouvre, te dis-je », tout à coup de sa bouche est sortie une flamme qui a touché ma langue et mes oreilles et à l'instant j'ai recouvré l'ouïe et la parole. » Tous sortirent pour courir après lui, mais il était trop tard pour pouvoir le trouver. Alors les gens de la maison firent pénitence d'avoir traité si indignement un homme si recommandable.

Un moine, nommé Vitalis, voulut éprouver si saint Jean se laissait influencer par les mauvais propos et s'il se scandalisait facilement. Il alla donc dans la ville et inscrivit sur une liste toutes les femmes de mauvaise vie. Or, il entrait chez elles successivement et disait à chacune : « Donnez-moi cette nuit et ne forniquez pas. » Pour lui, à peine entré, il se retirait dans un coin, se mettait à genoux, passait toute la nuit en oraison, et priait pour la femme; le matin, il sortait en recommandant à chacune de ne révéler cela à qui que ce fût. Cependant, une d'elles dévoila sa manière d'agir, mais aussitôt, à la prière du vieillard, elle fut tourmentée par le démon. Tous lui dirent : « Tu as reçu de Dieu ce que tu méritais pour avoir menti, car c'est pour forniquer que ce scélérat entre chez toi, ce n'est pas pour un autre motif. » Lorsque le soir était venu, Vitalis disait à tous ceux qui voulaient l'entendre : « Je veux m'en aller, car telle femme m'attend. » Beaucoup de personnes lui faisaient un crime de sa conduite, mais il leur répondait : « N'ai-je pas un corps comme tout le monde ? Est-ce que Dieu se fâcherait seulement contre les moines ? Et eux aussi, ils sont véritablement des hommes comme les autres. » Quelques-uns lui disaient : « Révérend Père, prenez une femme, et changez d'habit, afin de ne point scandaliser le monde. » Alors il feignait d'être en colère et répondait : « Mais vraiment, je n'ai que faire de vous écouter; allez-vous-en. Que celui qui veut se scandaliser, se scandalise et qu'il se brise le front contre la muraille. Dieu vous a donc établis mes juges ? Allez, et mêlez-vous de vos affaires; vous ne répondrez pas pour moi. » Or il disait cela tout haut. Et lorsqu'on s'en plaignit à saint Jean, Dieu lui endurcit le cœur pour n'ajouter pas foi à ces récits. Mais Vitalis priait Dieu, qu'après sa mort, ses actions fussent révélées à quelqu'un, afin qu'elles ne fussent pas imputées à péché à ceux qui s'en scandalisaient. Or, il amena beaucoup de ces femmes à se convertir et il en plaça plusieurs dans un monastère. Un matin qu'il sortait de chez une d'entre elles, il se rencontra avec quelqu'un qui entrait pour forniquer avec elle, et qui lui donna un soufflet en disant : « Scélérat, quand te corrigeras-tu de tes infâmes désordres ? » Et il répondit : « Crois-moi, je te rendrai un tel soufflet que je ferai rassembler tout Alexandrie. » Et voici que presque aussitôt le diable, sous la forme d'un Maure, lui donne un soufflet en disant : « C'est le soufflet que t'adresse l'abbé Vitalis. » A l'instant, il est tourmenté par le démon, au point qu'à ses cris tout le monde accourait; cependant, il fit pénitence et fut délivré à la prière de Vitalis. Quand cet homme de Dieu fut arrivé à l'article de la mort, il laissa ces mots par écrit : « Ne jugez pas avant le temps. » Or, quand toutes les femmes déclarèrent comment il agissait, tous louaient Dieu, avec saint Jean qui disait le premier : « J'aurais reçu moi-même le soufflet que cet autre a reçu. »

Un pauvre, en habit de pèlerin, vint demander l'aumône à saint Jean, qui appela son trésorier et lui dit : « Donnez-lui six pièces. » A peine le pèlerin les eut-il reçues qu'il s'en alla, changea d'habits et vint encore une fois demander l'aumône à l'évêque. Celui-ci dit à son trésorier qu'il manda : « Donnez-lui six pièces d'or. » Et quand il les lui eut données et que le pauvre fut éloigné, son trésorier lui dit : « Comme vous m'en avez prié, Père, cet homme, après avoir changé d'habits, a reçu aujourd'hui double aumône. » Or, le bienhreureux Jean fit comme s'il n'en savait rien. Une troisième fois, le pèlerin changea encore d'habit, vint trouver saint Jean et lui demanda l'aumône. Alors le trésorier toucha le saint pour lui faire signe que c'était encore le même. Jean répondit : « Allez lui donner douze pièces, de peur que ce ne soit mon Seigneur J.-C. qui veut m'éprouver et savoir s'il se fatiguera plutôt de demander que moi de donner. » Une fois un seigneur voulait employer en achat de marchandises une somme d'argent appartenant à l'Eglise, et le saint n'y voulait absolument pas consentir, dans l'intention de la donner aux pauvres. Après bien des contestations, ils se quittèrent irrités l'un contre l'autre. La neuvième heure étant arrivée, le patriarche envoya dire à ce seigneur par son archiprêtre : « Seigneur, le soleil va se coucher. » En entendant cela, celui-ci, ému jusqu'aux larmes, vint le trouver pour lui faire ses excuses.

Son neveu avait reçu une grave injure d'un marchand et s'en plaignait avec larmes au patriarche sans pouvoir se consoler. Le patriarche répondit : « Et comment avoir eu l'audace de te contredire et d'avoir ouvert la bouche contre toi ? Crois, mon fils, à mon indignité, crois que je lui ferai telle chose que tout Alexandrie en sera étonné. » En entendant ces paroles, le neveu fut consolé dans la pensée que son oncle ferait fouetter durement le marchand. Jean, le voyant consolé, le serra contre son cœur en disant : « Mon fils, si tu es vraiment le neveu de mon humilité, apprête-toi à être flagellé et à souffrir les insultes des hommes. La vraie parenté n'est pas dans le sang ni la chair, mais elle se reconnaît à la force du caractère. » A l'instant, le neveu envoya chez le marchand et le tint quitte de toute amende et compensation. Cette bonne œuvre excita l'admiration générale et on comprit ce qu'avait dit le saint : « Je ferai de lui telle chose que tout Alexandrie en sera étonné. » Le patriarche apprit que, après le couronnement de l'empereur, c'était la coutume que les ouvriers en monuments prissent quatre ou cinq petits morceaux de marbre de différente couleur et vinssent trouver l'empereur en lui demandant de quel marbre ou de quel métal Sa Majesté voulait qu'on fît son monument funéraire. Saint Jean imita cette coutume et commanda de lui construire son tombeau, mais il voulut qu'il restât inachevé jusqu'à sa mort; et il donna commission à ceux qui l'approchaient dans les grandes cérémonies des jours de fête de lui dire : « Seigneur, votre tombeau n'est pas terminé, faites-le achever, car vous ne savez pas à quelle heure doit venir le larron. »

Ayant remarqué que le bienheureux Jean n'avait que vils lambeaux pour lit, parce qu'il s'était dépouillé pour les pauvres, un homme riche acheta une couverture de grand prix et la lui envoya. Comme il s'en était couvert la nuit, il ne put jamais dormir en pensant que trois cents de ses seigneurs pourraient se couvrir avec le prix qu'avait coûté cette courtepointe. Il passa la nuit entière à se lamenter en disant : « Combien de gens qui n'ont pas soupé, combien de gens percés par la pluie sur la place publique, combien dont les dents claquent de froid, se sont couchés pour dormir aujourd'hui, et toi, tu dévores les gros poissons, tu te reposes dans un beau lit avec tous tes péchés; et tu te réchauffes sous une couverture de trente-six pièces d'argent! Le pécheur Jean ne s'en couvrira plus une autre fois! » Et, dès le matin, il la fit vendre et en donna l'argent aux pauvres. Le riche, l'ayant su, acheta la même couverture une seconde fois, et la donna au bienheureux Jean avec prière de ne plus la vendre à l'avenir et de la garder pour son usage. Mais celui-ci la fit vendre de nouveau et en donna le prix à ses seigneurs. Le riche alla encore une fois la racheter, la porta chez le bienheureux Jean et lui dit avec l'expression du bonheur : « Nous verrons qui se lassera, vous de la vendre, ou moi de la racheter. » Il s'en tirait agréablement avec le riche en disant que l'on peut, avec l'intention de faire l'aumône, dépouiller les riches de cette manière, et ne pas pécher. C'est gagner deux fois : la première en sauvant leurs âmes, la seconde en leur procurant par là une large récompense. Pour exciter à faire l'aumône, il avait la coutume de raconter que saint Sérapion venait de donner son manteau à un pauvre quand il s'en présenta un autre qui gelait de froid; il lui donna encore sa tunique, puis il s'assit tout nu en tenant le livre de l'Evangile. Quelqu'un lui demanda : « Père, qui donc vous a dépouillé ? » « Voici, dit-il en montrant l'Evangile, celui qui m'a dépouillé. » Ailleurs, il vit un autre pauvre, vendit l'Evangéliaire même et en donna le prix au pauvre. Comme on lui demandait où il en aurait un autre, il répondit : « Voilà ce que commande l'Evangile : « Allez, vendez « tout ce que vous avez et donnez-le aux pauvres. » J'avais l'Evangile lui-même, je l'ai vendu, ainsi qu'il le recommandait. »

Le bienheureux Jean fit donner cinq deniers à un mendiant qui, indigné de n'avoir pas reçu davantage, se mit à dire du mal de lui et à l'insulter en sa présence. Les gens du saint, témoins de cette scène, voulurent se jeter sur le mendiant et le maltraiter; le bienheureux Jean s'y opposa absolument. « Laissez, dit-il, mes frères, laissez-le me maudire. Voici que j'ai soixante ans pendant lesquels j'ai outragé J.-C. par mes œuvres, et je ne pourrais pas supporter une injure de cet homme! » Il fit apporter sa bourse devant lui pour lui laisser prendre ce qu'il voulait. Après la lecture de l'Evangile, le peuple sortait de l'église, et restait dehors à dire des paroles oiseuses; une fois, après l'Evangile, le patriarche sortit et s'assit au milieu de la foule. Tout le monde en fut surpris : « Mes enfants, dit-il alors, où sont les brebis, là est le pasteur, ou bien entrez donc et j'entrerai avec vous, ou bien demeurez ici et j'y resterai aussi. » Il fit cela une ou deux fois, et il apprit ainsi au peuple à rester dans l'église. Un jeune homme avait enlevé une religieuse et les clercs blâmaient cette action devant le bienheureux Jean, en disant qu'il méritait d'être excommunié parce qu'il perdait deux âmes, la sienne et celle de la religieuse. Le bienheureux Jean les calma en disant : « Ce n'est pas cela, mes enfants, ce n'est pas cela. Permettez que je vous montre que vous commettez, vous, deux péchés; le premier, en allant contre le précepte du Seigneur qui dit : « Ne jugez point et vous ne serez pas « jugés » : le second, parce que vous n'êtes pas certains s'ils continuent de pécher encore aujourd'hui et s'ils ne se repentent point. » Le bienheureux Jean, dans ses prières et dans ses extases, fut entendu en discussion avec Dieu et disant ces paroles : « Oui, oui, bon Jésus, nous verrons qui l'emportera de moi qui donnerai ou de vous qui me fournissez de quoi donner. » Saisi par la fièvre et se voyant près de mourir, il dit : « Je vous remercie, ô mon Dieu, d'avoir exaucé ma misère qui priait votre bonté qu'on ne trouvât qu'une seule obole à ma mort. Je veux qu'on la donne aux pauvres. » On plaça son corps vénérable dans un sépulcre où avaient été inhumés les corps de deux évêques, et ces corps se reculèrent miraculeusement pour laisser la place au milieu d'eux au bienheureux Jean. Quelques jours avant sa mort, une femme, qui avait commis un péché énorme, n'osait s'en confesser à personne : saint Jean lui dit qu'au moins, elle l'écrivît (car elle savait écrire), lui apportât le pli scellé, et qu'il prierait pour elle. Elle y consentit, et après avoir écrit son péché, elle le scella avec soin et le remit à saint Jean. Mais peu de jours après, saint Jean tomba malade et passa au Seigneur. Aussitôt que la femme apprit sa mort, elle se crut déshonorée et perdue, dans la conviction qu'il avait confié son écrit à quelqu'un et qu'il était passé entre les mains d'un tiers. Elle va au tombeau de saint Jean et là elle répand un torrent de larmes en criant : « Hélas! Hélas! en pensant éviter la confusion, je suis devenue une confusion à l'esprit de tous. » Or, comme elle pleurait très amèrement et qu'elle priait saint Jean de lui indiquer où il avait déposé son écrit, voilà que saint Jean sortit en habits pontificaux de son cercueil, ayant à ses côtés les deux évêques qui reposaient avec lui, et qui dit à la femme : « Pourquoi nous importuner de la sorte et pourquoi ne pas nous laisser en repos moi et les saints qui sont avec moi ? Voici que nos ornements sont tout mouillés de tes larmes. » Et il lui remit son écrit scellé comme il était précédemment, en lui disant : « Vois ce sceau, ouvre ton écrit et lis. » En l'ouvrant, elle trouva son péché entièrement effacé; et elle lut ces mots écrits à la place : « A cause de Jean, mon serviteur, ton péché est effacé. » Ainsi elle remercia beaucoup Dieu; et le bienheureux Jean rentra dans son tombeau avec les autres évêques. Il mourut environ vers l'an du Seigneur 605, au temps de l'empereur Phocas.

LA CONVERSION DE SAINT PAUL, APOTRE

La conversion de saint Paul eut lieu l'année même que J.-C. fut crucifié et que saint Etienne fut lapidé, non pas dans l'année, selon la manière ordinaire de compter, mais dans l'intervalle d'une année; car J.-C. fut crucifié le 8 avant les calendes d'avril (25 mars), saint Etienne fut lapidé le 3 août de la même année et saint Paul fut converti le 8 avant les calendes de février (25 janvier). Maintenant pourquoi célèbre-t-on sa conversion plutôt que celle des autres saints : on en assigne ordinairement trois raisons. La première pour l'exemple; afin que personne, quelque grand pécheur qu'il soit, ne désespère de son pardon, quand il verra celui qui a été si coupable dans sa faute devenir dans la suite si grand par la grâce. La seconde pour la joie; car autant l'Eglise a ressenti de tristesse à cause de sa persécution, autant elle reçoit d'allégresse à cause de sa conversion. La troisième pour le miracle que le Seigneur manifesta en lui; quand du plus barbare persécuteur il fit le plus fidèle prédicateur. En effet, sa conversion fut miraculeuse du côté de celui qui l'a faite, du côté de ce qui l'y a disposé, et du côté de celui qui en est le sujet. Celui qui fit cette conversion, c'est J.-C.; en cela il montra : 1° son admirable puissance, quand il lui dit : « Il vous est dur de regimber contre l'aiguillon »; et quand il le changea si subitement, ce qui lui fit alors répondre : « Seigneur, que voulez-vous que je fasse ? » Sur ces paroles saint Augustin s'écrie : « L'agneau tué par les loups a changé le loup en agneau, déjà il se prépare à obéir, celui qui auparavant était rempli de la fureur de persécuter. » 2° il manifesta en cela son admirable sagesse; car il abattit l'enflure de son orgueil, en lui inspirant les bassesses de l'humilité, mais non les splendeurs de la majesté. « C'est moi, dit-il qui suis ce Jésus de Nazareth que tu persécutes. » La glose ajoute : « Il ne dit pas qu'il est Dieu, ou même le Fils de Dieu, mais : accepte les bassesses de mon humilité et dépouille-toi des écailles dont te couvre ton orgueil. » 3° il lui témoigne une clémence extraordinaire; ce qui est évident puisque, au moment où Paul était dans l'acte et dans la volonté de persécuter, Dieu opère sa conversion. En effet, quoique avec une affection désordonnée, puisqu'il ne respirait que menaces et carnage, quoique se livrant à des essais criminels, puisqu'il vint trouver le grand prêtre, comme s'il s'immisçait de lui-même en cela, quoique dans le fait même d'un acte coupable, puisqu'il allait chercher les prisonniers pour les amener à Jérusalem, et qu'ainsi le but de sa démarche fût détestable, cependant ce pécheur-là même est converti par la divine miséricorde. Secondement, cette conversion fut miraculeuse du côté de ce qui l'y disposa, savoir, la lumière. En effet, cette lumière fut subite, immense, et venant du ciel : « Et il fut tout d'un coup environné d'une lumière qui venait du ciel », dit l'Ecriture (Actes, IX). Car Paul avait en lui trois vices : le premier, c'était l'audace; ces paroles des Actes en font foi : « Il vint trouver le grand prêtre » et la glose porte : « Personne ne l'y avait engagé, c'est de lui-même, c'est son zèle qui le pousse. » Le second, c'est l'orgueil; et on en a la preuve par ces paroles : « Il ne respirait que menaces et carnage. » Le troisième, c'était l'intelligence charnelle qu'il avait de la loi. Ce qui fait dire à la glose sur ces paroles : « Je suis Jésus. Je suis le Dieu du ciel; c'est ce Dieu qui te parle, ce Dieu que tu crois, comme les juifs, avoir éprouvé la mort. » Donc cette lumière divine fut subite, pour frapper d'épouvante cet audacieux; elle fut immense, pour abîmer ce hautain, ce superbe, dans les profondeurs de l'humilité : elle vint du ciel pour rendre céleste cette intelligence charnelle. Ou bien encore, trois moyens disposèrent ce prodige : 1° la voix qui appelle; 2° la lumière qui brille et 3° la force toute-puissante. Troisièmement, cette conversion fut miraculeuse du côté de celui qui en est le sujet, c'est-à-dire, du côté de Paul lui-même qui fut converti. Dans sa personne, il y eut trois miracles opérés extérieurement : son renversement, et son aveuglement, et son jeûne de trois jours, car il est renversé, pour être relevé de cet état d'infirmité où il gisait. Saint Augustin dit : « Paul fut renversé pour être aveuglé; il fut aveuglé pour être changé; il fut changé pour être envoyé; il fut envoyé pour que la vérité se fît jour. » Le même père dit encore : « Le cruel fut écrasé et devint croyant; le loup fut abattu et il se releva agneau; le persécuteur fut renversé et il devint prédicateur; le fils de perdition fut brisé et il est changé en un vase d'élection. Il est aveuglé pour être éclairé, dans son intelligence pleine de ténèbres. » Aussi est-il dit que, pendant ces trois jours, il resta aveugle, parce qu'il fut instruit de l'Evangile. En effet il n'a pas reçu l'Evangile de la bouche d'un homme, ni par le moyen de l'homme; il l'assure lui-même; mais il l'a reçu de J.-C. même qui le lui révéla. Augustin dit ailleurs : « Paul, je te proclame le véritable athlète de J.-C. qui l'a instruit, qui l'a oint de sa substance avec lequel il a été crucifié, et qui se glorifie en lui. Il eut sa chair meurtrie, pour que cette même chair fût disposée à embrasser les généreux desseins. En effet, dans la suite, son corps fut parfaitement apte à toutes sortes de bonnes œuvres; car il savait vivre et dans la pénurie et dans l'abondance; il avait éprouvé de tout, et il supportait volontiers toutes les adversités. Saint Chrysostome dit : « Il regardait comme des moucherons les tyrans et les peuples qui ne respiraient que la fureur; la mort, les tourments, et des milliers de supplices, il les prenait pour jeux d'enfants. Il les accueillait de son plein gré, et il retirait plus de gloire des chaînes dont il était lié que s'il eût été couronné de précieux diadèmes. Il recevait les blessures avec plus de bonne grâce que les autres ne reçoivent les présents. » Ou bien encore ces trois états peuvent être opposés aux trois autres états de notre premier père. Celui-ci se leva contre Dieu; saint Paul au contraire fut renversé par terre. Les yeux d'Adam furent ouverts; saint Paul au contraire devint aveugle. Adam mangea du fruit défendu, saint Paul s'abstint de manger une nourriture légale.

SAINTE PAULE [1]

Paule fut une très noble dame de Rome, dont saint Jérôme a écrit la vie en ces termes : « Si toutes les parties de mon corps étaient converties en autant de langues et que chacune d'elles pût former une voix humaine, je ne pourrais rien dire qui approchât des vertus de la sainte et vénérable Paule. Illustre de race, mais beaucoup plus noble par sa sainteté; puissante en richesses, mais elle l'est maintenant bien davantage de ce qu'elle a voulu être pauvre pour J.-C. Je prends à témoin J.-C. et ses saints

1. Saint Jérôme.

anges, nommément son ange gardien et compagnon de cette admirable femme, que je ne dis rien par flatterie ou par exagération, mais pas pure vérité, reconnaissant que tout ce que j'en pourrai dire est au-dessous de ses mérites. Le lecteur veut apprendre en peu de paroles quelles furent ses vertus ; elle laissa tous les siens pauvres, étant elle-même encore plus pauvre. Entre toutes les pierres précieuses elle brille comme une perle inestimable; et comme l'éclat du soleil éteint et obscurcit la lueur des étoiles, de même elle surpasse les vertus de tous par son humilité, se rendant la moindre de toutes, pour devenir la plus grande; à mesure qu'elle s'abaissait, J.-C. l'élevait. Elle se cachait et ne pouvait être cachée : elle fuyait la vaine gloire et elle mérita la gloire, parce que la gloire suit la vertu comme l'ombre, et en méprisant ceux qui la cherchent, elle cherche ceux qui la méprisent. Elle eut cinq enfants : Blésille, sur la mort de laquelle je l'ai consolée à Rome; Pauline, qui laissa pour héritier de ses biens et de ses résolutions son saint et admirable mari Pammache, auquel j'ai adressé un petit livre sur le sujet de sa perte; Eustochie, qui demeure encore aujourd'hui dans les saints lieux et est par sa virginité un ornement précieux de l'Eglise; Rufine, qui, par sa mort prématurée, accabla de douleur l'ami si tendre de sa mère, et Toxoce, après la naissance duquel elle cessa d'avoir des enfants; ce qui témoigne qu'elle n'en avait désiré que pour plaire à son mari qui souhaitait d'avoir des enfants mâles. Après que son mari fut mort, elle le pleura tant qu'elle pensa perdre la vie, et elle se donna de telle sorte au service de Dieu qu'on aurait pu croire qu'elle aurait désiré d'être veuve.

Dirai-je qu'elle distribua aux pauvres presque toutes les richesses d'une aussi grande et aussi noble et aussi riche maison qu'était la sienne ? Enflammée par les vertus de saint Paulin, évêque d'Antioche, et d'Epiphane, qui étaient venus à Rome, elle pensait par moments à quitter son pays. Mais pourquoi différer davantage à le dire ? Elle descendit sur le port; son frère, ses cousins, ses proches et ce qui est beaucoup plus que tout le reste, ses enfants qui l'accompagnaient et s'efforçaient de vaincre cette mère si tendre. Déjà on déployait les voiles, et à force de rames, on tirait le vaisseau dans la mer; le petit Toxoce lui tendait les mains sur le rivage; Rufine, prête à marier, la priait d'attendre ses noces, sans proférer une parole, mais toute en pleurs; mais Paule, élevant les yeux au ciel sans verser une larme, surmontait, par son amour pour Dieu, l'amour qu'elle avait pour ses enfants. Elle oubliait qu'elle était mère pour témoigner qu'elle était servante de J.-C. Ses entrailles étaient déchirées, et elle combattait contre une douleur qui n'était pas moindre que si on lui eût arraché le cœur. Une foi accomplie souffre cela contre les lois de la nature; mais il y a plus encore, son cœur plein de joie le désire, et méprisant l'amour de ses enfants par un amour plus grand pour Dieu, elle ne trouvait de soulagement que dans Eustochie qu'elle avait pour compagne dans ses desseins et dans son voyage. Cependant le vaisseau sillonnait la mer, et tous ceux qui le montaient regardaient le rivage; elle en détourna les yeux pour n'y point voir ce qu'elle ne pouvait voir sans douleur. Etant arrivée aux lieux de la terre sainte, et le proconsul de la Palestine, qui connaissait parfaitement sa famille, ayant envoyé des appariteurs pour lui préparer un palais, elle choisit une humble cellule. Elle parcourait tous les endroits où J.-C. avait laissé des traces de son passage, avec tant de zèle et de soin qu'elle ne pouvait s'arracher de ceux où elle était que pour se hâter d'aller aux autres. Elle se prosterna devant la croix comme si elle y eût vu le Seigneur attaché. Entrant dans le sépulcre, elle baisait la pierre de la résurrection que l'ange avait ôtée de l'entrée du monument, et le lieu où avait reposé le corps du Sauveur, elle le léchait de ses lèvres comme si elle eût été altérée des eaux salutaires de la foi. Ce qu'elle y répandit de larmes, quels furent ses gémissements et sa douleur, tout Jérusalem en a été témoin; le Seigneur qu'elle priait en est témoin lui-même. De là elle alla à Bethléem, et étant entrée dans l'étable du Sauveur, elle vit la maison sacrée de la Vierge, et jurait, en ma présence, qu'elle voyait, des yeux de la foi, l'enfant enveloppé de langes, qui pleurait dans la crèche, les Mages adorant le Seigneur, l'étoile qui brillait au-dessus, la Vierge mère, le père nourricier aux petits soins, les bergers qui venaient la nuit pour voir le Verbe qui s'était incarné, comme s'ils récitaient le commencement de l'Evangile de saint Jean : Au commencement était le Verbe, et le Verbe était avec Dieu et le Verbe s'est fait chair. Elle voyait les enfants égorgés, Hérode en fureur; Joseph et Marie fuyant en Egypte, et elle s'écriait avec une joie mêlée de larmes : « Salut, Bethléem, maison de pain, où est né le pain descendu du ciel; salut, terre d'Ephrata, région fertile, dont Dieu lui-même est la fertilité. » David a pu dire avec confiance (Ps. CXXXI) : « Nous entrerons dans son tabernacle, nous l'adorerons dans le lieu où il a posé ses pieds, et moi, misérable pécheresse, j'ai été jugée digne de baiser la crèche où le Seigneur a pleuré tout petit. C'est le lieu de mon repos, parce que c'est la patrie de mon Seigneur, j'y habiterai puisque mon Seigneur l'a choisie. »

Elle s'abaissa à un tel point d'humilité que celui qui l'aurait vue et qui aurait été témoin de sa grandeur n'aurait pu la reconnaître, mais l'aurait prise pour la dernière des servantes, lorsque, entourée d'une multitude de vierges, elle était la dernière de toutes, en ses habits, en ses paroles, en sa démarche. Depuis la mort de son mari, jusqu'à son dernier jour, elle ne mangea avec aucun homme, quelque saint qu'il fût, et quand bien même elle eût su qu'il était élevé à la dignité épiscopale. Elle n'alla aux bains qu'en l'état de maladie; elle n'avait un lit assez doux que quand elle avait de fortes fièvres, mais elle reposait sur un cilice étendu sur la terre dure, si toutefois on peut appeler repos joindre les nuits aux jours pour les passer dans des oraisons presque continuelles. Elle pleurait de telle sorte pour des fautes légères qu'on eût estimé qu'elle avait commis les plus grands crimes. Lorsque nous lui représentions qu'elle devait épargner sa vue et la conserver pour lire l'Ecriture sainte, elle nous répondait : « Il faut défigurer ce visage que j'ai si souvent peint avec du vermillon, de la céruse et du noir contre le commandement de Dieu. Il faut affliger ce corps qui a été dans tant de délices; il faut que des ris et des joies qui ont si longtemps duré soient compensés par des larmes continuelles. Il faut changer en l'âpreté du cilice la délicatesse de ce beau linge et la magnificence de ces riches étoffes de soie; et comme j'ai plu à mon mari et au monde, je désire maintenant plaire à J.-C. » Entre tant et de si grandes vertus, il me semble superflu de louer sa chasteté, qui lors même qu'elle était dans le siècle, a servi d'exemple à toutes les dames de Rome, sa conduite ayant été telle que les plus médisants n'ont osé rien inventer pour la blâmer. Je confesse ma faute en ce que lui voyant faire des charités avec profusion, je l'en reprenais et lui alléguais le passage de l'apôtre (I Cor., VIII) : « Vous ne devez pas donner de telle sorte qu'en soulageant les autres, vous vous incommodiez vous-même; mais il faut garder quelque mesure, afin que comme maintenant votre abondance supplée à leur nécessité, votre nécessité puisse être un jour soulagée par leur abondance. » J'ajoutai qu'il faut prendre garde à ne se mettre pas dans l'impuissance de pouvoir toujours faire le bien qu'elle faisait de si bon cœur. A quoi joignant plusieurs autres choses semblables, elle me répondait en fort peu de paroles et avec grande modestie, prenant le Seigneur à témoin qu'elle ne faisait rien que pour l'amour qu'elle ressentait pour lui; qu'elle souhaitait de mourir en demandant l'aumône, en sorte de ne laisser pas une obole à sa fille et d'être ensevelie dans un drap qui ne lui appartînt pas. Elle ajoutait pour dernière raison : Si je suis réduite à demander, je trouverai plusieurs personnes qui me donneront; mais si ce pauvre meurt de faim faute de recevoir de moi ce que je lui puis aisément donner en l'empruntant, à qui demandera-t-on compte de sa vie ? Elle ne voulait point employer d'argent en ces pierres qui passeront avec la terre et le siècle, mais en ces pierres vivantes qui marchent sur la terre, et dont l'Apocalypse dit que la ville du grand roi est bâtie. A peine mangeait-elle de l'huile, excepté les jours de fête, ce qui fait assez connaître quel pouvait être son sentiment touchant le vin, les autres liqueurs délicates, le poisson, le lait, le miel, les œufs et autres choses semblables qui sont agréables au goût et dans l'usage desquelles quelques-uns s'estiment fort sobres, et s'en pouvoir soûler sans avoir sujet de craindre que cela fasse tort à leur continence. J'ai connu un méchant homme, un de ces envieux cachés qui sont la pire espèce de personnes, qui lui vint dire, sous prétexte d'affection, que son extraordinaire ferveur la faisait passer pour folle dans l'esprit de quelques-uns et qu'il lui fallait fortifier le cerveau, et elle lui répondit (I Cor., IV) : « Nous sommes exposés à la vue du monde, des anges et des hommes; nous sommes devenus fous pour J.-C., mais la folie de ceux qui sont à Dieu surpasse toute la sagesse humaine. » Après avoir bâti un monastère d'hommes dont elle donna la conduite à des hommes, elle partagea en trois autres monastères plusieurs vierges tant nobles que de moyenne et de basse condition qu'elle avait rassemblées de diverses provinces; et elle les disposa de telle sorte que, ces trois monastères étant séparés en ce qui était des ouvrages et du manger, elles psalmodiaient et priaient toutes ensemble. Si quelques-unes contestaient ensemble, elle les accordait par l'extrême douceur de ses paroles. Elle affaiblissait par des jeûnes fréquents et redoublés les corps de ces jeunes filles, qui avaient besoin de mortification, préférant la santé de leur esprit à celle de leur estomac : elle disait que la propreté excessive du corps et des habits était la saleté de l'âme et que ce qui passe pour une faute légère et comme une chose de néant parmi les personnes du siècle est un très grand péché dans un monastère. Bien qu'elle donnât à celles qui étaient souffrantes toutes choses en abondance et leur fît même manger de la viande, s'il arrivait qu'elle tombât malade, elle n'avait pas pour elle-même une égale indulgence et péchait contre l'égalité en ce qu'elle était aussi dure envers elle que pleine de clémence envers les autres. Je rapporterai ici un fait dont j'ai été le témoin. Durant un été très chaud, elle tomba malade au mois de juillet d'une fièvre fort violente et lorsque après qu'on eut désespéré de sa vie, elle commença à sentir quelque soulagement, les médecins l'exhortant à boire un peu de vin d'autant qu'ils le jugeaient nécessaire pour la fortifier et empêcher qu'en buvant de l'eau elle ne devînt hydropique, et moi, de mon côté, ayant prié en secret le bienheureux évêque Epiphane de le lui persuader et même de l'y obliger; comme elle était très clairvoyante et avait l'esprit fort pénétrant, elle se douta aussitôt de la ruse que j'avais employée et me dit en souriant que le discours qu'il lui avait tenu venait de moi. Lorsque le saint évêque sortit après l'avoir longtemps exhortée, je lui demandai ce qu'il avait fait; et il me répondit : « J'ai si bien réussi qu'elle a presque persuadé à un homme de mon âge de ne point boire de vin. » Elle était très tendre en la perte de ceux qu'elle aimait, se laissant abattre à l'affliction de la mort de ses proches et particulièrement de ses enfants; comme il parut en celle de son mari et de ses filles, qui la mirent au hasard de sa vie : car bien qu'elle fît le signe de la croix sur sa bouche et sur son estomac pour tâcher d'adoucir par cette impression sainte la douleur qu'elle ressentait comme femme et comme mère, son affection demeurait la maîtresse et, ses entrailles étant déchirées, elles accablaient la force de son esprit par la violence de leurs sentiments. Ainsi son âme se trouvait en même temps et victorieuse par sa piété et vaincue par l'infirmité de son corps. Elle savait par cœur l'Ecriture sainte; et bien qu'elle en aimât l'histoire, à cause qu'elle disait que c'était le fondement de la vérité, elle s'attachait de préférence au sens spirituel; et elle s'en servait comme du comble de l'édifice de son âme. Je dirai aussi une chose qui semblera peut-être incroyable à ses envieux. Elle désira d'apprendre la langue hébraïque, dont j'ai acquis quelque connaissance, y ayant extrêmement travaillé dès ma jeunesse et y travaillant continuellement, de peur que si je l'abandonnais, elle ne m'abandonnât aussi. Elle vint à bout de son dessein, tellement qu'elle chantait les psaumes en hébreu et le parlait sans y rien mêler de l'élocution latine, ce que nous voyons faire encore à sa sainte fille Eustochie. J'ai navigué jusqu'ici avec un vent favorable et mon vaisseau a fendu les ondes de la mer sans peine; maintenant cette narration va rencontrer des écueils, car qui pourrait raconter la mort de Paule, sans verser des larmes ? Elle tomba dans une grande maladie, ou pour mieux dire, elle obtint ce qu'elle désirait, qui était de nous quitter pour s'unir parfaitement à Dieu. Mais pourquoi m'arrêtai-je et fais-je ainsi durer encore davantage ma douleur en différant de la dire ? Cette femme si prudente sentait bien qu'elle n'avait plus qu'un moment à vivre et que tout le reste de son corps était déjà saisi du froid de la mort. Son âme n'était plus retenue que par un peu de chaleur qui, se retirant dans sa poitrine sacrée, faisait que son cœur palpitait encore; et néanmoins comme si elle eût abandonné des étrangers, afin d'aller voir ses proches, elle disait des versets entre ses dents : « Seigneur, j'ai aimé la beauté de votre maison et le lieu où réside votre gloire : Dieu des vertus, que vos tabernacles sont aimables! J'ai préféré être la dernière de tous dans la maison de mon Dieu. » Lorsque je lui demandais pourquoi elle se taisait et ne voulait pas répondre, et si elle sentait quelque douleur, elle me dit en grec : que nulle chose ne lui faisait peine et qu'elle ne voyait rien que de calme et de tranquille. Après quoi elle se tut et, ayant fermé les yeux comme méprisant déjà toutes les choses humaines, elle répéta jusqu'au dernier soupir les mêmes versets, mais si bas qu'à peine les pouvions-nous entendre. Les habitants de toutes les villes de la Palestine vinrent en foule à ses funérailles. Il n'y eut point de cellule qui pût retenir les solitaires les plus cachés dans le désert, ni de vierges saintes qui pussent demeurer en leur petite retraite, parce qu'ils eussent tous cru faire un sacrilège s'ils eussent manqué de rendre leurs devoirs à une femme si extraordinaire, jusqu'à ce que son corps eût été enterré sous l'église, tout contre la crèche de Notre-Seigneur. Sa sainte fille Eustochie, qui se voyait comme sevrée de sa mère, ne pouvait souffrir qu'on la séparât d'avec elle. Elle lui baisait les yeux, elle se collait à son visage, elle le couvrait de ses embrassements et elle eût désiré être ensevelie avec sa mère. J.-C. est témoin qu'elle ne laissa pas une pièce d'argent à sa fille, mais qu'elle la laissa chargée de pauvres et d'un nombre infini de solitaires et de vierges qu'il lui était difficile de nourrir et qu'elle n'eût pu abandonner sans manquer à la piété. Adieu, Paule, assistez-moi par vos prières dans l'extrémité de ma vieillesse, vous que je révère. »

SAINT JULIEN [1]

Julien pourrait venir de jubiler et *ana*, en haut, *Julianus* ou *Jubilianus*, qui monte au ciel avec jubilation; ou bien encore de *Julius*, qui commence, et *anus*, vieillard, car il fut vieux en longanimité dans le service de Dieu; mais il commença par se connaître lui-même.

Julien fut évêque du Mans. On dit que c'est Simon le lépreux que le Seigneur guérit de sa lèpre et qui invita J.-C. à dîner. Après l'ascension de N.-S., il fut ordonné évêque du Mans par les apôtres. Il fut illustre par ses nombreuses vertus et ressuscita trois morts, après quoi il mourut en paix. On dit que c'est ce saint Julien qui est invoqué par les voyageurs, afin qu'ils trouvent un bon gîte, parce que c'est dans sa maison que le Seigneur fut hébergé. Mais il paraît plus certain que ce fut un autre Julien que celui-ci, savoir, celui qui tua sans le savoir son père et sa mère. Son histoire est racontée plus loin.

1. Le martyrologe d'Usuard, édité à Florence en 1486, est reproduit mot à mot dans la *Légende du premier Julien.*

Il y eut un autre Julien, noble personnage de l'Auvergne, plus noble encore par sa foi et qui, poussé par le désir du martyre, s'offrit de lui-même aux persécuteurs. Crispin, personnage consulaire, envoya un de ses gens avec ordre de le tuer. A cette nouvelle Julien sortit hors de chez lui et se présenta avec intrépidité devant celui qui le cherchait et reçut incontinent le coup de la mort. On prit sa tête et on la porta à saint Ferréol, compagnon de Julien, en le menaçant de pareille mort, s'il ne sacrifiait à l'instant. Comme il ne voulait pas y consentir, on le tua et on mit dans le même tombeau la tête de saint Julien et le corps de saint Ferréol. Longtemps après, saint Mamert, évêque de Vienne, trouva le chef de saint Julien entre les mains de saint Ferréol et il était si sain et si entier qu'on eût dit qu'il avait été enseveli le jour même [1]. Au nombre des miracles qu'on raconte de ce saint, on cite qu'un diacre ayant volé les brebis de l'église de saint Julien et ses bergers voulant l'en empêcher, au nom de ce saint, il répondit : « Julien ne mange pas de moutons. » Et voici que peu après, il est saisi d'une fièvre des plus violentes qui augmenta encore; il avoue alors qu'il est brûlé par le martyr; il se fit jeter de l'eau sur lui pour se rafraîchir, mais aussitôt il s'éleva une si grande fumée et il sortit de son corps une telle puanteur que tous ceux qui étaient là prirent la fuite, et il mourut un instant après [2]. Grégoire de Tours raconte qu'un homme de la campagne voulut travailler le dimanche. A peine eut-il pris une hache pour nettoyer sa charrue que le manche de cette hache s'attacha à sa main droite et deux ans après, il fut guéri dans l'église de saint Julien par les prières de ce bienheureux [3].

Il y eut encore un autre Julien, frère de saint Jules. Ces deux frères vinrent trouver Théodore, empereur très chrétien, pour lui demander la permission de détruire les temples des idoles, partout où ils en rencontraient et d'élever des églises à J.-C. L'empereur le fit de bon cœur et il écrivit que tous eussent à leur obéir et à les aider, sous peine d'avoir la tête tranchée. Or, les saints Julien et Jules bâtissaient une église dans un lieu qu'on appelle Gaudianum [4] et que tous les passants aidaient à cette œuvre, d'après l'ordonnance de l'empereur, quand arrivèrent trois particuliers conduisant un chariot, qui se dirent l'un à l'autre : « Quelle excuse pourrons-nous présenter pour passer librement sans être obligés de travailler ici ? »

1. Grégoire de Tours, *Martyre, vertus et gloire de saint Julien*, chap. II.
2. *Id.*, *ibid.*, *Martyre, vertus et gloire de saint Julien*, chap. XVII.
3. *Id*, *ibid.*, chap. II.
4. Il est question de ce lieu dans Grégoire de Tours au livre de saint Julien. D. Ruinart pense que c'est *Jouay*, près de Tours.

Et ils dirent : « Etendons l'un de nous sur le dos dans le char et le couvrons de draps; nous dirons que nous avons un mort dans notre voiture et ainsi nous pourrons passer librement. » Alors prenant un homme, ils le mirent dans le char et lui dirent : « Ne parle pas, ferme les yeux et fais le mort jusqu'à ce que nous soyons passés. » L'ayant couvert comme un mort, ils arrivèrent auprès des serviteurs de Dieu, Julien et Jules, qui leur dirent : « Mes petits enfants, arrêtez un instant et nous aidez un peu dans notre travail. » Ils répondirent : « Nous ne pouvons nous arrêter ici parce que nous avons un mort dans notre char. » Saint Julien leur dit : « Pourquoi mentir ainsi, mes enfants ? » Et eux de répondre : « Nous ne mentons pas, seigneur, mais il en est ainsi que nous disons. » Et saint Julien ajouta : « Qu'il en soit selon la vérité de votre dire. » Alors ces voyageurs piquèrent leurs bœufs et partirent. Quand ils furent éloignés, ils s'approchèrent du char et appelèrent leur camarade par son nom en disant : « Lève-toi à présent, et presse les bœufs pour que nous gagnions du chemin. » Mais comme l'homme ne remuait pas, ils le secouèrent en criant : « Rêves-tu ? lève-toi et presse les bœufs. » Or, il ne répondait pas le moins du monde; alors ils s'approchèrent, le découvrirent et le trouvèrent mort. Une si grande frayeur s'empara d'eux et des autres que personne depuis n'osait mentir au serviteur de Dieu.

On trouve encore un autre Julien qui tua son père et sa mère sans le savoir. Un jour, ce jeune noble prenait le plaisir de la chasse et poursuivait un cerf qu'il avait fait lever, quand tout à coup le cerf se tourna vers lui miraculeusement et lui dit : « Tu me poursuis, toi qui tueras ton père et ta mère ? » Quand Julien eut entendu cela, il fut étrangement saisi, et dans la crainte que tel malheur prédit par le cerf lui arrivât, il s'en alla sans prévenir personne, et se retira dans un pays fort éloigné, où il se mit au service d'un prince; il se comporta si honorablement partout, à la guerre, comme à la cour, que le prince le fit son lieutenant et le maria à une châtelaine veuve, en lui donnant un château pour dot. Cependant, les parents de Julien, tourmentés de la perte de leur fils, se mirent à sa recherche en parcourant avec soin les lieux où ils avaient l'espoir de le trouver. Enfin ils arrivèrent au château dont Julien, était le seigneur : Pour lors saint Julien se trouvait absent. Quand sa femme les vit et leur eut demandé qui ils étaient, et qu'ils eurent raconté tout ce qui était arrivé à leur fils, elle reconnut que c'était le père et la mère de son époux, parce qu'elle l'avait entendu souvent lui raconter son histoire. Elle les reçut donc avec bonté, et pour l'amour de son mari, elle leur donne son lit et prend pour elle une autre chambre. Le matin arrivé, la châtelaine alla à l'église; pendant ce temps, arriva Julien qui entra dans sa chambre à coucher comme pour éveiller sa femme; mais trouvant deux personnes endormies, il suppose que c'est sa femme avec un adultère, tire son épée sans faire de bruit et les tue l'un et l'autre ensemble. En sortant de chez soi, il voit son épouse revenir de l'église; plein de surprise, il lui demande qui sont ceux qui étaient couchés dans son lit : « Ce sont, répond-elle, votre père et votre mère qui vous ont cherché bien longtemps et que j'ai fait mettre en votre chambre. » En entendant cela, il resta à demi mort, se mit à verser des larmes très amères et à dire : « Ah! malheureux! Que ferais-je ? J'ai tué mes bien-aimés parents. La voici accomplie, cette parole du cerf; en voulant éviter le plus affreux des malheurs, je l'ai accompli. Adieu donc, ma chère sœur, je ne me reposerai désormais que je n'aie su que Dieu a accepté ma pénitence. » Elle répondit : « Il ne sera pas dit, très cher frère, que je te quitterai; mais si j'ai partagé tes plaisirs, je partagerai aussi ta douleur. » Alors, ils se retirèrent tous les deux sur les bords d'un grand fleuve, où plusieurs perdaient la vie, ils y établirent un grand hôpital où ils pourraient faire pénitence; sans cesse occupés à faire passer la rivière à ceux qui se présentaient, et à recevoir tous les pauvres. Longtemps après, vers minuit, pendant que Julien se reposait de ses fatigues et qu'il y avait grande gelée, il entendit une voix qui se lamentait pitoyablement et priait Julien d'une façon lugubre, de le vouloir passer. A peine l'eut-il entendu qu'il se leva de suite, et il ramena dans sa maison un homme qu'il avait trouvé mourant de froid; il alluma le feu et s'efforça de le réchauffer, comme il ne pouvait réussir, dans la crainte qu'il ne vînt à mourir, il le porta dans son petit lit et le couvrit soigneusement. Quelques instants après, celui qui paraissait si malade et comme couvert de lèpre se lève blanc comme neige vers le ciel, et dit à son hôte : « Julien, le Seigneur m'a envoyé pour vous avertir qu'il a accepté votre pénitence et que dans peu de temps tous deux vous reposerez dans le Seigneur. » Alors il disparut, et peu de temps après Julien mourut dans le Seigneur avec sa femme, plein de bonnes œuvres et d'aumônes.

Il y eut encore un autre Julien, celui-ci ne fut pas un saint, mais un grand scélérat. C'est Julien l'apostat. Il fut d'abord moine et il affectait de grands sentiments de religion. Au rapport de maître Jean Beleth [1], en sa *Somme de l'Office de l'Eglise*, une femme possédait trois pots pleins d'or; pour que cet or ne parût pas, elle couvrit l'orifice des pots avec de la cendre et les donna à garder à Julien, estimé par elle comme un très saint personnage, et cela en présence de plusieurs moines, sans faire connaître

1. Maître Jean Beleth vivait en 1182. Il était chanoine d'Amiens.

en aucune façon qu'il y eût là de l'or. Julien prit les pots et, y trouvant un si grand trésor, il le vola tout entier et remplit les pots de cendre. Quelque temps après, la femme réclama son dépôt; Julien lui rendit ses cruches pleines de cendre. Mais n'y ayant trouvé que cette cendre, elle ne put le convaincre de vol, parce qu'elle n'avait personne capable de témoigner qu'il y eût eu de l'or, puisque les moines en présence desquels elle avait remis les vases n'avaient vu autre chose que de la cendre. Julien conserva donc cet or, l'emporta à Rome et par ce moyen, il obtint dans la suite le consulat dans cette ville; enfin il fut élevé à l'empire. Il avait été instruit dès son enfance dans l'art magique et cette science lui convenait fort. Il en conserva donc toujours des maîtres en grand nombre auprès de soi. Il est rapporté dans l'*Histoire tripartite* [1] qu'un jour, étant encore enfant, son maître sortit et le laissa seul; il se mit à lire des évocations au démon et il se présenta devant lui une troupe infinie de ces diables, noirs comme des Ethiopiens. A cette vue Julien saisi de crainte fit aussitôt le signe de la croix et toute cette multitude de démons s'évanouit. Il raconta tout ce qui était arrivé à son maître qui était revenu et qui lui dit : « Les démons haïssent et craignent extraordinairement le signe de la croix. » Ayant été élevé à l'empire, Julien se souvint de ce fait, et comme il voulait se livrer à la magie, il apostasia et détruisit partout les images de la croix autant qu'il fut en son pouvoir; il persécuta les chrétiens, dans la pensée qu'autrement les démons ne lui obéiraient en rien. Quand il descendit dans la Perse, ainsi qu'il est dit dans la *Vie des Pères* [2], il envoya un démon en Occident, pour qu'il lui en rapportât une réponse; mais arrivé dans un endroit, le démon resta immobile dix jours entiers, parce qu'il se trouvait là un moine qui priait jour et nuit. Le diable étant revenu sans avoir accompli sa mission, Julien lui dit : « Pourquoi as-tu tant tardé ? » Il répondit : « Pour pouvoir passer, j'ai attendu pendant dix jours qu'un moine qui vivait hors du cloître cessât de faire oraison; mais comme il n'en finissait pas, ce me fut impossible; alors je suis revenu sans avoir rien fait. » Julien indigné dit que, quand il viendrait en ce lieu-là, il se vengerait de ce moine. Comme les diables lui promettaient la victoire sur les Perses, son sophiste dit à un chrétien : « Que penses-tu qu'il fasse à présent, le fils du charpentier ? » Et il répondit : « Il prépare un cercueil pour Julien. » On lit dans l'histoire de saint Basile, et Fulbert, évêque de Chartres, l'affirme aussi, que, arrivé à

1. Livre VI, ch. I; — Nicéph., liv. X, ch. III; — saint Grégoire de Naz., *Premier discours contre Julien l'apostat*.
2. Livre XII, ch. II.

Césarée de Cappadoce, saint Basile vint à sa rencontre et lui offrit quatre pains d'orge, mais Julien refusa avec mépris de les recevoir et à la place il lui envoya du foin, en disant : « Tu nous as offert de ce qui nourrit les animaux sans raison, reprends ce que tu nous as adressé. » Basile répondit : « Nous avons vraiment envoyé de ce que nous mangeons, mais pour toi, tu nous as donné ce qui te sert à nourrir tes bestiaux. » A cela Julien irrité répondit : « Lorsque j'aurai soumis les Perses, je détruirai cette ville et la ferai labourer pour qu'elle soit nommée le lieu où vient le froment, et non le lieu où habitent des hommes... » Mais la nuit suivante, saint Basile eut, en l'église de Sainte-Marie, une vision dans laquelle lui apparut une multitude d'anges, et au milieu d'eux, debout sur un trône, une femme qui dit à ceux qui l'entouraient : « Appelez-moi vite Mercure, pour qu'il tue Julien l'apostat, cet insolent blasphémateur de mon Fils et de moi. » Or, ce Mercure était un soldat, tué par Julien lui-même en haine de la foi, enseveli dans cette église. A l'instant saint Mercure se présenta avec ses armes qu'on conservait en ce lieu, et reçut ordre de se préparer au combat. Basile s'étant éveillé, alla à l'endroit où saint Mercure reposait avec ses armes et ouvrant son tombeau il n'y trouva ni corps ni armes. Il s'informe auprès du gardien si personne n'a emporté les armes. Celui-ci lui affirme avec serment que le soir les armes étaient là où elles se trouvaient toujours. Basile se retira alors, et revenu le matin, il y trouva le corps avec les armes, et la lance couverte de sang. Au même instant, un soldat qui revenait de la bataille dit : « Alors que Julien était à l'armée, voici qu'un soldat inconnu se présenta avec ses armes et sa lance, et pressant son cheval avec ses éperons, il se rua avec audace sur l'empereur Julien; puis brandissant sa lance avec force, il l'en perça par le milieu du corps; tout aussitôt il s'éleva en l'air et disparut. » Or, comme Julien respirait encore, il remplit sa main de son sang, dit l'*Histoire tripartite* [1], et le jetant en l'air, s'écria : « Tu as vaincu, Galiléen, tu as vaincu. » Et en disant ces mots il expira misérablement. Son corps fut laissé sans sépulture, et écorché par les Perses, et de sa peau, on fit un tapis pour le roi.

1. Livre VI, ch. XLVII.

DES FÊTES QUI ARRIVENT PENDANT LE TEMPS DE LA DÉVIATION

Après avoir parlé des fêtes qui tombent dans le temps contenu en partie sous le temps de la réconciliation et en partie sous le temps du pèlerinage, temps que l'Eglise célèbre depuis la naissance de J.-C., jusqu'à la Septuagésime, il reste à parler des fêtes qui arrivent pendant le temps de la déviation, commençant à Adam et finissant à Moïse, temps que l'Eglise reproduit de la Septuagésime jusqu'à Pâques.

LA SEPTUAGÉSIME

La Septuagésime désigne le temps de la déviation, la Sexagésime le temps du veuvage, la Quinquagésime le temps de la rémission, la Quadragésime le temps de la pénitence spirituelle. La Septuagésime commence au dimanche où l'on chante pour Introït : *Circumdederunt me*, et finit le samedi *après* Pâques [1]. Elle a été instituée pour trois raisons que touche, en sa *Somme de l'Office de l'Eglise*, maître Jean Beleth, savoir, pour la Rédemption, parce que les saints Pères ont décidé, à cause de la vénération du jour de l'Ascension, jour auquel notre nature a monté aux cieux et a été élevée au-dessus des chœurs des anges, que toujours ce cinquième jour serait fêté comme solennel et que le jeûne n'y serait pas observé; parce que dans la primitive Eglise, il était aussi solennel que le premier jour de la semaine. Aussi, dès cette époque, avait lieu une procession solennelle pour représenter la procession des disciples ou même des anges. De là est venu le proverbe que le dimanche était cousin du jeudi, parce que, dès l'antiquité, ils furent solennels au même titre; mais survinrent les fêtes des Saints, et comme il était préjudiciable de célébrer tant de fêtes, la solennité en a cessé. Pour remplacer ces jours, les saints Pères ont donc ajouté une semaine à l'abstinence du carême et lui ont donné le nom de Septuagésime.

La seconde raison pour laquelle la Septuagésime a été instituée c'est pour indiquer la déviation, l'exil et la

1. Dans toutes les éditions il y a bien *post* dans le texte, et cependant plus bas il parle d'un *alleluia* chanté le samedi avant Pâques.

tribulation de tout le genre humain depuis Adam jusqu'à la fin du monde. Or, cet exil est accompli dans l'espace de sept jours et est renfermé dans une révolution de sept mille ans; car, par les soixante-dix jours, nous entendons soixante-dix centaines d'années. Or, depuis le commencement du monde jusqu'à l'ascension, nous comptons six mille ans et le temps qui suit jusqu'à la fin du monde nous le renfermons dans le septième millénaire, dont Dieu seulement connaît le terme. Comme ce fut au sixième âge du monde que J.-C. nous a délivrés de cet exil par le moyen du baptême, avec l'espoir de la récompense éternelle, en nous rendant la robe d'innocence, ce ne sera cependant qu'après avoir consommé le temps de notre exil qu'il nous décorera pleinement de l'une et de l'autre robe. C'est la raison pour laquelle, pendant le temps de la déviation et de notre exil, nous mettons de côté les chants de joie, quoique cependant au samedi de Pâques nous chantions une fois l'*alleluia*, comme pour nous réjouir dans l'espoir de l'éternelle patrie et comme ayant recouvré la robe d'innocence au sixième âge du monde par l'entremise de J.-C. A cet *alleluia* on ajoute un trait, qui signifie le travail auquel nous devons nous livrer encore pour accomplir les commandements de Dieu. Le samedi après Pâques que finit la Septuagésime, ainsi qu'il a été dit plus haut, nous chantons deux *alleluia*, parce que, après que le monde aura atteint sa limite, nous obtiendrons une double robe de gloire.

La troisième raison de l'institution de la Septuagésime, c'est qu'elle représente les soixante-dix ans pendant lesquels les enfants d'Israël restèrent en captivité à Babylone. Or, de même qu'ils mirent de côté leurs instruments de musique en disant : « Comment chanterons-nous le cantique du Seigneur sur une terre étrangère ? » (Ps. CXXXVI), de même aussi nous omettons les cantiques de louanges. Mais après que Cyrus leur a eu donné la faculté de revenir, la soixantième année, ils se livrèrent à la joie; et nous aussi, au samedi de Pâques, image de cette soixantième année, nous chantons l'*alleluia* pour imiter leur joie. Mais cependant, comme ils eurent beaucoup de peines à faire les préparatifs de leur retour et à rassembler leurs bagages, nous aussi, après l'*alleluia*, nous ajoutons aussitôt un trait, qui est l'image du travail. Le samedi, jour où finit la Septuagésime, nous chantons deux *alleluia* pour figurer la joie parfaite qu'ils éprouvèrent en rentrant dans leur patrie. Ce temps de captivité et d'exil des enfants d'Israël est encore l'image de notre pèlerinage; parce que délivrés après soixante ans de captivité, nous aussi, nous le serons après le sixième âge du monde. Et de même encore qu'ils travaillèrent à rassembler leur bagage, de même aussi nous travaillons à accomplir les commandements de Dieu après notre délivrance. Mais arrivés dans la patrie, tout travail cessera, la gloire sera parfaite et nous chanterons de corps et d'âme un double *alleluia*. C'est donc avec raison que, en ce temps d'exil, l'Eglise, tourmentée par une foule de tribulations et placée presque dans l'abîme du désespoir, tire des soupirs du fond du cœur pour crier dans son office : *Circumdederunt me gemitus mortis*. Des gémissements de mort m'ont environné. En cela l'Eglise montre les tribulations multiples qu'elle éprouve et pour la misère qui l'étreint et pour le double châtiment qu'elle reçoit et pour la faute commise par quelques-uns de ses membres. Mais cependant afin d'éviter le désespoir, en l'Evangile et en l'Epître, sont proposés trois remèdes salutaires et une triple récompense. Le remède, si elle veut être parfaitement délivrée de ces misères, c'est de travailler à la vigne de son âme, en retranchant les vices et les péchés, ensuite de courir dans la carrière de la vie avec des œuvres de pénitence; enfin de combattre avec vigueur contre toutes les tentations du démon. Que si elle le fait, elle obtiendra une triple récompense; car, à celui qui aura travaillé, sera délivré le denier; à celui qui aura bien fourni sa carrière, sera accordé le prix; à celui qui aura combattu, la couronne. Or, parce que la Septuagésime est encore l'image de notre captivité, on nous propose un remède par lequel nous pouvons en être délivrés, savoir, par la course, en fuyant, par le combat, en luttant, par le denier, en rachetant.

LA SEXAGÉSIME

La Sexagésime commence au dimanche où l'on chante : *Exurge, quare obdormis, Domine* [1], et finit à la quatrième férie (mercredi) après Pâques. Elle a été instituée comme remplacement, comme symbole et comme figure. Comme remplacement, parce que le pape Melchiade et saint Silvestre établirent qu'on pourrait manger deux fois chaque samedi, de peur que par l'abstinence à laquelle les hommes ont dû se soumettre le vendredi où il faut toujours jeûner, la nature ne fut trop affaiblie. Pour remplacer ces samedis, ils ajoutèrent une semaine au carême et l'appelèrent Sexagésime. L'autre raison de l'institution de la Sexagésime se tire de ce qu'elle est un symbole, parce que la sexagésime signifie le temps du veuvage de

1. Introït de la messe.

l'Eglise et sa douleur de l'absence de son époux. En effet le fruit sexagénaire est attribué aux veuves [1]. Pour la consoler de l'absence de l'époux qui a été enlevé aux cieux, l'Eglise reçoit deux ailes, savoir l'exercice des six œuvres de miséricorde, et l'accomplissement du Décalogue. De là vient le mot Sexagésime qui veut dire six fois dix, en sorte que le nombre six se rapporte aux six œuvres de miséricorde et le nombre dix au Décalogue. La troisième raison est une figure : car la Sexagésime ne signifie pas seulement le temps de la viduité, mais elle est encore la figure du mystère de notre rédemption : en effet par le nombre dix, on entend l'homme qui est la dixième dragme, parce qu'il a été fait pour remplacer la perte des neuf ordres angéliques. Ou bien par le nombre dix, on entend l'homme qui est composé de quatre humeurs quant au corps, qui a trois puissances en son âme, la mémoire, l'intelligence et la volonté, lesquelles ont été créées pour servir la très sainte Trinité, afin que nous croyions en elle avec fidélité, que nous l'aimions avec ferveur et que nous l'ayons toujours à la mémoire. Par le nombre six, on entend les six mystères par lesquels le dixième homme a été racheté; ce sont l'incarnation, la nativité, la passion, la descente aux enfers, la résurrection et l'ascension au ciel. La Sexagésime se prolonge jusqu'à la quatrième férie après Pâques, jour où l'on chante : *Venite, benedicti patris mei* [2], parce que ceux qui s'exercent aux œuvres de miséricorde mériteront d'entendre ces mêmes paroles : « Venez, les bénis de mon père », comme l'assure J.-C. lui-même, alors que la porte sera ouverte à l'épouse qui jouira des embrassements de l'époux. L'épître de la messe apprend à l'Eglise à supporter avec patience, à l'exemple de saint Paul, l'absence de l'époux : l'Fvangile à se livrer sans relâche à la semence des bonnes œuvres. Aussi quand dans son désespoir elle criait [3] : « *Circumdederunt me...* des gémissements de mort m'ont environnée », aujourd'hui qu'elle a repris du calme, elle demande, en son office, d'être aidée dans ses tribulations et d'en être délivrée, lorsqu'elle dit : « *Exurge, Domine,* Seigneur, levez-vous... » et ce mot

1. Les interprètes, sur le chapitre XIII, v. 23 de saint Matthieu, où il est parlé de ceux qui rapportent du fruit de la parole de Dieu, attribuent cent pour un aux vierges, soixante pour un aux veuves, et trente pour un aux épouses, selon les différents degrés de mérite qu'elles ont atteint. Voyez les commentateurs.

Les six œuvres de miséricorde sont : 1° donner à manger à ceux qui ont faim; 2° à boire à ceux qui ont soif; 3° visiter les malades; 4 revêtir ceux qui sont nus; 5° exercer l'hospitalité envers les pauvres; 6° enfin, ensevelir les morts.

2. Introït de la messe du mercredi de la semaine de Pâques.

3. A l'introït de la messe de la Septuagésime.

Exurge, levez-vous, elle le répète trois fois de suite, car dans l'Eglise, il s'en trouve qui sont accablés par les adversités, mais qui n'en sont pas abattus; d'autres sont accablés et abattus tout à la fois; quelques-uns enfin ne sont ni abattus, ni accablés; mais parce qu'ils ne sont pas exposés à l'adversité, il y a péril qu'ils ne soient brisés par la prospérité; l'Eglise crie donc : « Que le Seigneur se lève », en faveur des premiers, pour les conforter, alors qu'ils paraissent endormis en ne les soustrayant pas à leur position. Elle crie : « Seigneur, levez-vous », en faveur des seconds afin qu'il les convertisse, parce qu'il paraît avoir détourné d'eux son visage, alors qu'il les rejette en quelque sorte. Elle crie : « Que le Seigneur se lève », en faveur des troisièmes, en les aidant dans la prospérité et en les délivrant.

LA QUINQUAGÉSIME

La Quinquagésime commence au jour où l'on chante : *Esto mihi in Deum protectorem*, etc., et finit le jour même de Pâques. Elle a été instituée comme supplément, comme signe, et comme figure. Comme supplément, comme nous devons jeûner quarante jours pour imiter J.-C. et qu'il se trouve seulement trente-six jours de jeûne, puisque la règle générale est de ne jeûner pas le dimanche, en signe de joie et par respect pour la résurrection, alors, à l'exemple de J.-C., qui, le jour même de la résurrection, a mangé par deux fois : 1° quand il est entré, les portes étant fermées, dans le lieu où étaient les apôtres, qui lui offrirent un morceau de poisson et un rayon de miel, et 2° avec les disciples d'Emmaüs, d'après l'opinion de quelques-uns; alors, pour suppléer à ces dimanches, on ajouta quatre jours. Et en outre, les clercs, convaincus qu'ils doivent l'emporter, en sainteté sur le reste du peuple, comme ils le surpassent par le sacrement de l'Ordre qui leur a été conféré, commencent à jeûner et à faire abstinence deux jours avant; ce qui fait une semaine entière; de là le nom de Quinquagésime : et c'est, au témoignage de saint Ambroise, le pape Télesphore qui l'a ainsi réglé. L'autre raison est celle de la signification ou signe : la Quinquagésime signifie le temps de rémission, c'est-à-dire, de pénitence où tout est remis. Or, la cinquantième année était celle du jubilé, ou de rémission, parce qu'alors les dettes étaient remises, les esclaves étaient rendus à la liberté, et tous rentraient dans leurs biens. Cela laisse voir que par la pénitence les dettes des péchés sont remises; tous sont délivrés de l'esclavage du démon et rentrent en possession des célestes demeures. La troisième raison est celle de la figure : car la Quinquagésime n'est pas seulement la figure du temps de rémission, mais encore de l'état de béatitude. En la cinquantième année, les esclaves étaient rendus à la liberté; cinquante jours après que l'agneau eut été immolé, la loi a été donnée; cinquante jours après Pâques, le Saint-Esprit fut envoyé, donc ce nombre représente la béatitude, puisque avec lui vient l'acquisition de la liberté, la connaissance de la vérité, et la perfection de la charité. En l'épître et en l'Evangile de ce jour, trois choses nous sont représentées comme nécessaires, pour perfectionner : œuvres de la pénitence, savoir, la charité dont les qualités nous sont exposées dans l'épître. Le souvenir de la Passion et la foi de l'aveugle guéri sont racontés dans l'Evangile. La foi en effet rend les œuvres elles-mêmes agréables à Dieu; elle est de nature à l'apaiser, parce que sans la foi il est impossible de plaire à Dieu; et le souvenir de la passion du Seigneur les rend faciles. Ce qui fait dire à saint Grégoire : « Si nous avons présente à la mémoire la Passion de J.-C., il n'y a rien que nous ne supportions avec égalité d'âme. La charité ranime continuellement nos œuvres, parce que l'amour de Dieu, dit saint Grégoire, ne saurait être oisif; dès lors qu'il existe, il fait opérer de grandes choses; mais il cesse d'être, dès lors qu'il cesse d'agir. » Et de même qu'au commencement, l'Eglise comme remplie de désespoir criait : « *Circumdederunt me gemitus mortis* [1], des gémissements de mort m'environnent », peu après, revenant à elle, elle réclamait du secours, aujourd'hui elle a conçu de la confiance, et dans l'espoir d'obtenir le pardon pour la pénitence, elle prie et dit : « *Esto mihi in Deum protectorem* [2], soyez-moi un Dieu qui me protège »; et alors elle demande protection, force, refuge et direction. Tous ses enfants sont ou en grâce, ou en faute, ou dans le malheur, ou dans la prospérité. Pour ceux qui sont en grâce, elle réclame la force, afin qu'ils soient corroborés en la grâce; pour ceux qui sont en état de faute, elle demande que Dieu soit leur refuge; pour ceux qui sont dans le malheur, elle implore sa protection, afin qu'ils soient protégés dans leurs tribulations; pour ceux qui sont dans la prospérité, elle demande direction, c'est-à-dire qu'ils se laissent conduire sans résistance par la main de Dieu. On a dit plus haut que la Quinquagésime finissait au jour de Pâques, parce que la pénitence nous fait ressusciter à une nouvelle vie. Dans

1. Introït de la Septuagésime.
2. Introït de la Quinquagésime.

ce temps, on récite plus souvent qu'en tout autre, le Psaume L : *Miserere, mei, Deus*, qui est un psaume de pénitence et de rémission.

LA QUADRAGÉSIME [1]

La Quadragésime commence au dimanche où l'on chante : *Invocavit me* [2]. L'Eglise, jusqu'alors accablée d'une multitude de tribulations, s'était écriée : *Circumdederunt me*, etc. [3], et qui avait respiré en invoquant du secours quand elle disait : *Exurge* [4] et *Esto mihi in Deum protectorem* [5], montre aujourd'hui qu'elle a été exaucée puisqu'elle dit : « Elle m'a invoqué, et je l'exaucerai; je la sauverai et la comblerai de gloire, je la comblerai de jours. » Observons que le carême contient quarante-deux jours, en comptant les dimanches; si on retranche les six dimanches, il reste trente-six jours d'abstinence qui forment la dixième partie de toute l'année; l'année étant de 365 jours dont 36 est le dixième; mais on ajoute les quatre jours qui précèdent pour avoir le nombre sacré de 40 jours que le Sauveur a consacrés par son jeûne. Or, pourquoi ce nombre de 40 passé dans le jeûne ? On peut en apporter trois raisons. La première est de saint Augustin. C'est parce que saint Matthieu énumère quarante générations en la généalogie de J.-C. Le Seigneur est descendu à nous en passant par quarante générations, afin que nous montions vers lui par quarante jours de jeûne. Le même père en assigne une autre raison. Afin d'arriver au terme de la cinquantaine, il faut ajouter un dixième au quadragénaire, parce que pour arriver au bienheureux repos, il nous faut travailler pendant tout le temps de la vie présente : Aussi le Seigneur est-il resté 40 jours avec ses disciples et le dixième jour suivant, il envoya le Saint-Esprit Paraclet ou consolateur. Maître Prévost assigne une troisième raison en sa *Somme des offices :* « Le monde, dit-il, est divisé en quatre parties, et l'année en quatre saisons; et il y a quatre éléments et quatre complexions. Or, nous avons transgressé la loi nouvelle qui se compose des quatre évangiles, et la loi ancienne qui contient dix com-

1. Vulgairement carême.
2. Introït du 1er dimanche de carême.
3. Introït du dimanche de la Septuagésime.
4. Introït du dimanche de la Sexagésime.
5. Introït du dimanche de la Quinquagésime.

mandements : il faut donc que dix soit multiplié par quatre pour avoir 40, c'est-à-dire, que nous accomplissions, pendant toute cette vie, les commandements de la loi ancienne et de la nouvelle. Nous avons déjà dit que notre corps est composé de quatre éléments qui ont en nous, pour ainsi dire, quatre sièges, car le feu domine en nos yeux, l'air en la langue et les oreilles, l'eau dans les organes sexuels, la terre en nos mains et les autres membres. En nos yeux réside la curiosité; en la langue et les oreilles, les bouffonneries; dans les organes sexuels, la volupté; dans les mains et les autres membres, la cruauté. Le publicain les confesse et les avoue toutes quatre. Il se tient au loin pour confesser la luxure, qui est fétide : comme s'il disait : « Je n'ose approcher, Seigneur, de peur de sentir mauvais à votre odorat. » Il n'ose lever les yeux au ciel pour confesser sa curiosité. Quand il se frappe la poitrine de la main, il confesse la cruauté. Quand il dit : « Pardonnez-moi, Seigneur, je suis un pécheur », il avoue la bouffonnerie, car ordinairement on appelle les bouffons des pécheurs ou plutôt des lécheurs (Maître Prévost). Saint Grégoire, en ses homélies, donne quatre autres raisons : « Pourquoi, dit-il, observer quarante jours d'abstinence, si ce n'est parce que le Décalogue n'a d'efficacité que par les quatre livres du saint Evangile ? Ce corps mortel que nous avons est formé de quatre éléments et par les voluptés de ce même corps, nous violons les commandements du Seigneur. Or, puisque nous avons méprisé les commandements du Décalogue par les désirs de la chair, il était juste que nous affligions cette même chair quatre fois dix fois. A dater de ce jour jusqu'à Pâques, il y a six semaines ou bien 42 jours; en retranchant de cette abstinence les six jours de dimanche, il en reste trente-six; or, comme l'année se compose de 365 jours nous donnons à Dieu comme la dîme de notre année. Pourquoi maintenant ne pas garder le jeûne à l'époque où jeûna J.-C. qui le commença immédiatement après son baptême ? Pourquoi le continuons-nous plutôt jusqu'à Pâques ? Maître Jean Beleth en assigne quatre raisons dans sa *Somme de l'Office* [1]. La première est que si nous voulons ressusciter avec J.-C. par la raison qu'il a souffert pour nous lui-même, nous devons aussi souffrir avec lui nous-mêmes. La seconde raison est pour imiter les enfants d'Israël, qui, à leur sortie d'Egypte en premier lieu, et à leur sortie de Babylone en second lieu, célébrèrent la Pâque à chaque fois; de même aussi, pour les imiter, nous jeûnons à cette époque, pour mériter de sortir de l'Egypte et de la Babylonie, afin de passer de ce monde en la terre de l'héritage éternel. La troisième raison est que, au prin-

1. Ch. LXXVII.

temps, l'ardeur des passions nous brûle le plus souvent; il convient donc de jeûner en cette saison pour pouvoir maîtriser le corps. La quatrième raison, c'est que de suite après le jeûne, nous devons recevoir le corps du Seigneur. Or, comme les enfants d'Israël, avant de manger l'agneau pascal, se mortifiaient et mangeaient des laitues sauvages et amères, de même nous aussi, nous devons nous affliger par la pénitence avant que nous puissions manger dignement l'agneau de la vie.

JEUNE DES QUATRE-TEMPS

Ce fut le pape Calixte[1] qui institua les jeûnes des quatre-temps. On les observe quatre fois l'an aux quatre saisons, et pour bien des motifs : 1° le printemps est chaud et humide, l'été chaud et sec, l'automne froid et sec, l'hiver froid et humide : or, nous jeûnons au printemps, pour tempérer en nous l'humeur nuisible, qui est la luxure; à l'été, pour châtier la chaleur préjudiciable qui est l'avarice; à l'automne, pour tempérer la sécheresse de l'orgueil; à l'hiver, pour adoucir le froid de l'infidélité et de la malice. 2° Nous jeûnons quatre fois l'an et le premier de ces jeûnes a lieu en mars, savoir, dans la première semaine de carême, pour amollir en nous les vices, parce qu'on ne saurait les détruire entièrement; ou plutôt encore pour faire germer en nous les vertus. L'été ont lieu les seconds, dans la semaine de la Pentecôte, parce qu'alors est venu le Saint-Esprit et que nous devons être fervents dans le Saint-Esprit. Les troisièmes jeûnes s'observent en septembre, avant la fête de Saint-Michel, parce qu'on fait alors la récolte des fruits et que nous devons rendre à Dieu les fruits des bonnes œuvres. En décembre arrivent les quatrièmes, parce que les herbes meurent en cette saison et que nous devons mourir au monde. 3° Pour imiter les juifs. Ceux-ci jeûnaient quatre fois l'an, savoir, avant Pâques, avant la Pentecôte, avant la Scénophégie, ou le dressement des tentes (fête des Tabernacles), en septembre, et avant la dédicace, en décembre. 4° Parce que l'homme est composé de quatre éléments quant au corps, et de trois puissances qui sont la rationnelle, la concupiscible, et l'irascible, quant à l'âme. Afin donc de les modérer en nous, nous jeûnons quatre fois l'an pendant trois jours pour rapporter le nombre quatre

1. Dist. LXVI.

au corps et le nombre trois à l'âme. Toutes ces raisons sont de M. Beleth [1]. 5° Saint Jean Damascène dit que le sang augmente en hiver, la bile en été, la mélancolie en automne, et le flegme en hiver. On jeûne en conséquence au printemps, pour débiliter en nous le sang de la concupiscence et de la folle joie; le sanguin en effet est libidineux et gai; au printemps, pour affaiblir en nous la bile de l'emportement et de la fausseté, le bilieux est naturellement colère et faux; en automne, pour calmer la mélancolie de la cupidité et de la tristesse; le mélancolique en effet est naturellement cupide et triste; à l'hiver, pour diminuer le flegme de la stupidité et de la paresse, car le flegmatique est stupide et paresseux. 6° Le printemps est comparé à l'air, l'été au feu, l'automne à la terre, l'hiver à l'eau, nous jeûnons donc au printemps, pour dompter en nous l'air de l'élévation et de l'orgueil; en été, pour éteindre en nous le feu de la cupidité et de l'avarice; à l'automne, pour vaincre la terre de froideur spirituelle et de ténébreuse ignorance; à l'hiver, pour détruire l'eau de la légèreté et de l'inconstance. 7° Le printemps a rapport à l'enfance, l'été à l'adolescence, l'automne à la maturité ou âge viril, l'hiver à la vieillesse; alors nous jeûnons au printemps afin d'être enfants par l'innocence; à l'été, pour devenir jeunes par la constance et forts à éviter l'incontinence; à l'automne, pour devenir mûrs en modestie; à l'hiver, pour devenir vieux par la prudence et l'honnêteté de la vie; ou plutôt encore, nous jeûnons en hiver pour satisfaire en ce que nous avons offensé le Seigneur pendant les quatre autres âges. 8° Cette raison est de Guillaume d'Auxerre. Nous jeûnons aux quatre temps de l'année pour nous amender des fautes commises pendant ces quatre saisons. Ces jeûnes sont de trois jours pour satisfaire en un jour pour les fautes commises dans un mois. On jeûne le mercredi, jour où le Seigneur a été trahi par Judas; le vendredi, jour de son crucifiement, le samedi, jour où il resta dans le tombeau, et parce que les apôtres étaient dans la tristesse de la mort de leur Seigneur et maître.

SAINT IGNACE

Ignace est ainsi nommé de *ignem patiens*, c'est-à-dire qu'il a enduré le feu de l'amour divin.

1. Chap. CXXXIV.

Saint Ignace fut disciple de saint Jean et évêque d'Antioche. On dit qu'il adressa à la Sainte Vierge une lettre conçue en ces termes : « A Marie Porte-Christ, Ignace son dévoué. Vous avez dû fortifier et consoler en moi le néophyte et le disciple de votre Jean. J'ai appris en effet de votre Jésus des choses admirables à dire, et j'ai été stupéfait en les entendant. Or, j'attends de vous, qui avez toujours été unie d'amitié avec lui, et qui étiez de tous ses secrets, que vous m'assuriez la vérité de tout ce que j'ai entendu. » Une autre leçon ajoute ce qui suit : « Je vous ai déjà écrit plusieurs fois, et vous ai demandé des explications. Adieu, et que les néophytes qui sont avec moi reçoivent force de vous, par vous et en vous. » Alors la bienheureuse Vierge Marie, mère de Dieu, lui répondit : « A Ignace, son disciple chéri, l'humble servante de Jésus-Christ. Les choses que vous avez apprises et entendues de Jean, touchant Jésus, sont vraies; croyez-les, étudiez-les, attachez-vous fermement à ce que vous avez promis à Jésus-Christ, et conformez-y vos mœurs et votre vie. Je viendrai avec Jean vous voir et ceux qui sont avec vous. Soyez ferme et agissez avec les principes de la foi, pour que la violence de la persécution ne vous ébranle pas, mais que votre esprit soit fort et ravi en Dieu votre sauveur, ainsi soit-il [1]. » Or, saint Ignace jouissait d'une autorité si grande que Denys lui-même, le disciple de l'apôtre saint Paul, qui fut si profond en philosophie et si accompli dans la science divine, citait les paroles de saint Ignace comme une autorité, pour prouver ce qu'il avançait. En son livre des *Noms divins*, il rapporte que quelques-uns voulaient rejeter le nom d'amour en disant que dans les choses divines il y avait plutôt dilection qu'amour; il dit, en voulant montrer que ce mot d'amour devait être employé en tout dans les choses divines : « Le divin Ignace a écrit : Mon amour a été crucifié. » On lit dans l'*Histoire tripartite* [2] que saint Ignace entendit les anges chanter des Antiennes sur une montagne, et dès lors il ordonna qu'on chanterait des Antiennes dans l'église et qu'on entonnerait des Psaumes sur les Antiennes. Après avoir longuement prié le Seigneur pour la paix de l'Eglise, saint Ignace, redoutant le péril, non pour lui, mais pour les faibles, alla au-devant de l'empereur Trajan, qui commença à régner l'an 100, alors qu'à son retour, après une victoire, il menaçait de mort tous les chrétiens; il déclara ouvertement qu'il était lui-même chrétien. Trajan le fit charger de chaînes, le confia à dix soldats et ordonna de le conduire à Rome en

1. Ces deux lettres sont-elles authentiques ? Les auteurs anciens disent oui, les modernes disent non. Ce qu'il y a de certain c'est qu'elles remontent à une très haute antiquité.

2. Liv. X, ch. IX.

le menaçant de le jeter en pâture aux bêtes. Or, pendant le trajet, Ignace préparait des lettres, destinées à toutes les Eglises et les confirmait dans la foi de Jésus-Christ. Il y en avait une pour l'Eglise de Rome, ainsi que le rapporte l'*Histoire ecclésiastique*, dans laquelle il priait qu'on ne fît rien pour empêcher son martyre. Voici ses paroles : « De la Syrie jusqu'à Rome, je combats avec les bêtes par mer et par terre, le jour et la nuit, lié et attaché au milieu de dix léopards (ce sont les soldats qui me gardent), dont la cruauté augmente en raison du bien que je leur fais : mais leur cruauté est mon instruction. O bêtes salutaires, qui me sont réservées! quand viendront-elles ? quand seront-elles lâchées ? quand leur sera-t-il permis de se nourrir de mes chairs ? Je les inviterai à me dévorer, je les prierai pour qu'elles ne craignent pas de toucher mon corps, comme elles l'ont fait à d'autres. Je ferai plus, si elles tardent trop, je leur ferai violence, je me mettrai dans leur gueule. Pardonnez-moi, je vous prie; je sais ce qui m'est avantageux. Qu'on réunisse contre moi le feu, les croix, les bêtes, que mes os soient broyés, que tous les membres de mon corps soient mis en pièces, que tous les tourments inventés par le diable soient amassés sur moi, pourvu que je mérite d'être uni à Jésus-Christ. » Arrivé à Rome et amené devant Trajan, cet empereur lui dit : « Ignace, pourquoi fais-tu révolter Antioche et convertis-tu mon peuple à la chrétienté ? » Ignace lui répondit : « Plût à Dieu que je puisse te convertir aussi, afin que tu jouisses à toujours d'une autorité inébranlable. » Trajan lui dit : « Sacrifie à mes dieux et tu seras le premier de tous les prêtres. » Ignace répondit : « Je ne sacrifierai point à tes dieux, et je n'ambitionne pas la dignité que tu m'offres. Tu pourras faire de moi tout ce que tu veux, mais jamais tu ne me changeras. » « Brisez-lui les épaules, reprit Trajan, avec des fouets plombés, déchirez-lui les côtés et frottez ses blessures avec des pierres aiguës. »

Il resta immobile au milieu de tous les tourments, et Trajan dit : « Apportez des charbons ardents, et faites-le marcher dessus les pieds nus. » Ignace lui dit : « Ni le feu ardent, ni l'eau bouillante ne pourront éteindre en moi la charité de J.-C. » Trajan ajouta : « C'est maléfice, cela, de ne point céder après de pareilles tortures. » Ignace lui répondit : « Nous autres chrétiens, nous n'usons pas de maléfices, puisque dans notre loi, nous devons ôter la vie aux enchanteurs : c'est vous, au contraire, qui usez de maléfices, vous qui adorez des idoles. » Trajan reprit : « Déchirez-lui le dos avec des ongles de fer, et mettez du sel dans ses plaies. » Ignace lui dit : « Les souffrances de la vie présente n'ont point de proportion avec la gloire à venir. » Trajan insista : « Enlevez-le, attachez-le avec des chaînes de fer à un poteau, gardez-le au fond d'un cachot, laissez-le sans boire ni manger et dans trois jours, donnez-le à dévorer aux bêtes. » Le troisième jour donc étant venu, l'empereur, le sénat et tout le peuple s'assemblèrent pour voir l'évêque d'Antioche combattre les bêtes, et Trajan dit : « Puisque Ignace est superbe et contumace, liez-le et lâchez deux lions sur lui afin qu'il ne reste rien de sa personne. » Alors saint Ignace dit au peuple présent : « Romains, qui assistez à ce spectacle, je n'ai pas travaillé pour rien. Si je souffre, ce n'est pas pour avoir commis des crimes, mais c'est pour ma piété envers Dieu. » Ensuite il se mit à dire, ainsi que le rapporte l'*Histoire ecclésiastique :* « Je suis le froment de J.-C., je serai moulu par les dents des bêtes afin de devenir un pain pur. » En entendant ces mots, l'empereur dit : « La patience des chrétiens est grande; quel est celui des Grecs qui en endurerait autant pour son Dieu ? » Ignace répondit : « Ce n'a pas été par ma vertu, mais avec l'aide de Dieu que j'ai supporté ces tourments. » Alors saint Ignace provoqua les lions pour qu'ils accourussent le dévorer. Deux lions furieux accoururent donc et ne firent que l'étouffer sans toucher aucunement sa chair. Trajan, à cette vue, se retira dans une grande admiration en donnant l'ordre de ne pas empêcher que l'on vînt enlever les restes du martyr. C'est pourquoi les chrétiens prirent son corps et l'ensevelirent avec honneur. Quand Trajan eut reçu une lettre par laquelle Pline le jeune recommandait vivement les chrétiens que l'empereur immolait, il fut affligé de ce qu'il avait fait endurer à Ignace, et ordonna qu'on ne recherchât plus les chrétiens, mais que s'il en tombait quelqu'un entre les mains de la justice, il fût puni.

On lit encore que saint Ignace, au milieu de tant de tourments, ne cessait d'invoquer le nom de J.-C. Comme ses bourreaux lui demandaient pourquoi il répétait si souvent ce nom, il dit : « Ce nom, je le porte écrit dans mon cœur; c'est la raison pour laquelle je ne puis cesser de l'invoquer. » Or, après sa mort, ceux qui l'avaient entendu parler ainsi voulurent s'assurer du fait; ils ôtent donc son cœur de son corps, le coupent en deux et trouvent ces mots gravés en lettres d'or au milieu : « J.-C. » Ce qui donna la foi à plusieurs. Saint Bernard parle ainsi de ce saint, dans son commentaire sur le Psaume : *Qui habitat.* « Le grand saint Ignace fut l'élève du disciple que Jésus aimait; il fut martyr aussi et ses précieuses reliques enrichirent notre pauvreté. Dans plusieurs lettres qu'il adressa à Marie, il la salue du nom de Porte-Christ : c'est un bien grand titre de dignité et une recommandation d'un immense honneur ! »

PURIFICATION DE LA BIENHEUREUSE VIERGE MARIE

La Purification de la Vierge Marie eut lieu quarante jours après la nativité du Seigneur. Cette fête a été nommée ordinairement de trois manières, la Purification, Hypopante ou rencontre, et la Chandeleur. On la nomme Purification parce que, quarante jours après la naissance du Seigneur, la Vierge vint au Temple se purifier, selon la coutume introduite par la loi, quoique cette loi ne l'obligeât point. En effet au Lévitique (XII), la loi ordonnait que la femme qui, ayant usé du mariage, enfanterait un fils serait impure pendant sept jours, impure au point de s'abstenir de toute espèce de commerce avec les hommes, et de l'entrée du temple.

Mais, après les sept jours, elle redevenait pure; en sorte qu'elle pouvait se trouver avec les hommes; mais elle avait encore trente-trois jours à passer avant de pouvoir entrer dans le temple à raison de son impureté. Enfin après quarante jours, elle entrait dans le temple et offrait son enfant avec des présents. Que si elle avait enfanté une femme, les jours étaient doublés pour ses rapports avec les hommes et pour l'entrée du temple. Pourquoi donc le Seigneur a-t-il ordonné que, au 40e jour, l'enfant fût offert dans le temple ? On peut en donner trois raisons. La première afin que l'on comprenne par là que comme l'enfant est introduit au 40e jour dans le temple matériel, de même 40 jours après sa conception, pour le plus souvent, son âme est infuse dans le corps comme dans son temple. Ceci est rapporté dans l'*Histoire ecclésiastique*[1], quoique les physiciens (médecins) disent que le corps est perfectionné en 46 jours. La seconde, que comme l'âme infuse au 40e jour dans le corps est souillée par le corps lui-même, de même au 40e jour, en entrant dans le temple, l'âme est désormais lavée de cette tache par les offrandes. La troisième, pour donner à comprendre que ceux-là mériteront d'entrer dans le temple céleste qui auront voulu observer les dix commandements avec la foi aux quatre Evangiles. Pour celle qui enfantait une femme, ces jours sont doubles, quant à l'entrée dans le temple, comme ils sont doublés pour la formation de son corps : car ainsi que le corps d'un homme est organisé et rendu parfait en 40 jours et que, pour le plus souvent, l'âme est infuse au 40e jour, ainsi le corps d'une

1. Ch. XVIII. C'est l'œuvre de Pierre Comestor, auteur du XIIe siècle, qui eut une vogue immense à peu près égale à celle de *la Légende dorée*.

femme est achevé en 80 jours et au 80e jour, pour le plus souvent, l'âme anime son corps. Pourquoi donc le corps d'une femme met-il plus de temps à se parfaire et l'âme à l'animer que le corps d'un homme ? Sans parler des raisons prises de la nature, on peut en assigner trois autres. La première, c'est que J.-C. devant prendre chair dans le sexe viril, afin d'honorer ce sexe et lui octroyer une plus grande grâce, il voulut que l'enfant fût formé plus tôt et que la femme fût purifiée plus vite. La seconde, que la femme ayant plus péché que l'homme, ses infirmités fussent doubles des infirmités de l'homme extérieurement en ce monde, de même alors, elles ont dû être doublées intérieurement dans le sein. La troisième, pour donner à comprendre par là que la femme a été d'une certaine manière plus à charge à Dieu que l'homme, puisqu'elle a failli davantage. En effet Dieu est en quelque sorte fatigué par nos actions mauvaises, ce qui lui fait dire dans Isaïe (XLIII) : « Vous m'avez rendu comme votre esclave par vos péchés. » Et ailleurs il dit encore par Jérémie (VI) : « J'ai travaillé avec grand effort. » La bienheureuse Vierge n'était donc pas tenue à cette loi de la purification, puisqu'elle n'a pas conçu en usant du mariage, mais par un souffle mystique. Aussi Moïse a ajouté : « en usant du mariage », ce qui n'était pas nécessaire par rapport aux autres femmes qui conçoivent toutes de cette manière, mais Moïse a ajouté ces mots, dit saint Bernard, parce qu'il venait de faire injure à la mère du Seigneur. Cependant elle voulut se soumettre à la loi pour quatre raisons. La première, pour donner l'exemple de l'humilité. Ce qui fait dire à saint Bernard : « O Vierge vraiment bienheureuse, vous n'aviez aucun motif ni aucun besoin de vous purifier ; mais est-ce que votre Fils avait besoin de la circoncision ? Soyez au milieu des femmes comme l'une d'elles, car votre fils aussi se rend semblable aux autres enfants. » Or, cette humilité ne vint pas seulement de la mère, mais encore du Fils, qui voulut ici, comme elle, se soumettre à la loi. En effet, dans sa naissance, il se posa en homme pauvre, dans sa circoncision en homme pauvre et pécheur, mais aujourd'hui il se traite en homme pauvre, et pécheur et esclave ; en pauvre, puisqu'il choisit l'offrande des pauvres ; en pécheur, puisqu'il veut être purifié avec sa mère ; en esclave, puisqu'il a voulu être racheté, et même peu après il voulut être baptisé, non pour effacer en soi des fautes, mais pour offrir au monde l'exemple de la plus grande humilité, et pour donner des preuves que ces remèdes ont été bons au temps où on les employait. Car cinq remèdes furent institués, dans une certaine succession de temps, contre le péché originel. Trois d'entre eux, selon Hugues de Saint-Victor, ont été institués sous la loi ancienne : les oblations, les dîmes et les immolations des sacrifices, qui signifiaient merveilleusement l'œuvre de notre rédemption. Car le mode de rachat était exprimé par l'oblation; le prix lui-même de l'oblation, par le sacrifice, où il y avait effusion de sang; celui-là même, qui était racheté, par la dîme, parce que l'homme est figuré par la dixième dragme. Le premier remède fut l'offrande : ainsi l'on voit Caïn offrir à Dieu des présents de ses fruits, et Abel, de ses troupeaux. Le second fut la dîme, comme dans Abraham qui offre la dîme au prêtre Melchisédech : car selon saint Augustin, on dîmait sur tout ce dont on prenait soin. Le troisième fut l'immolation des sacrifices : car, d'après saint Grégoire, les sacrifices étaient établis contre le péché originel. Mais parce qu'il était de rigueur qu'au moins l'un ou l'autre des parents eût la foi et qu'il pouvait se faire quelquefois que tous les deux fussent infidèles, alors vint le quatrième remède, savoir : la circoncision qui avait sa valeur, soit que les parents fussent fidèles, soit qu'ils ne le fussent point. Mais ce remède ne pouvant convenir seulement qu'aux mâles, et ne pouvant pas ouvrir les portes du paradis, alors à la circoncision succéda comme cinquième remède le baptême qui est commun à tous et qui ouvre la porte du ciel. J.-C. donc paraît avoir reçu, en quelque manière, le premier remède quand il fut offert dans le temple par ses parents; le second, quand il jeûna 40 jours et 40 nuits, parce que n'ayant point de biens avec quoi il pût payer la dîme, il offrit du moins à Dieu la dîme de ses jours. J.-C. s'est appliqué le troisième remède, quand sa mère offrit pour lui une paire de tourterelles, ou deux petits de colombes pour en faire un sacrifice, ou bien encore, quand il s'offrit lui-même en sacrifice sur la croix. Le quatrième, quand il se laissa circoncire, et le cinquième en recevant le baptême de saint Jean. — La seconde raison était d'accomplir la loi. Le Seigneur en effet n'était pas venu pour détruire la loi mais pour l'accomplir : car si en cela il se fût exempté de la loi, les juifs auraient pu apporter cette excuse : « Nous ne recevons pas votre doctrine puisque vous n'êtes pas semblable à nos pères et que vous n'observez pas les traditions de la loi. » Mais aujourd'hui J.-C. et la Vierge se soumettent à une triple loi : 1° à la loi de la purification comme des modèles de vertu, afin que nous disions, après avoir fait le bien en tout, que nous sommes des serviteurs inutiles; 2° à la loi de la rédemption, pour donner un exemple d'humilité; 3° à la loi de l'offrande, pour servir de modèle de pauvreté. — La troisième raison est pour mettre fin à la loi de la purification; car comme au premier rayon de la lumière, les ténèbres disparaissent et que, au lever du soleil, l'ombre s'enfuit; de même, après la véritable purification, a cessé la purification figurative. Or, ici a eu lieu la véritable purification dans J.-C. qui est réellement appelé la purification par excellence, puisqu'i nous purifie par la foi, selon qu'il est dit (Act., xv) : « Dieu purifie nos cœurs par la foi. » De là encore il sait que désormais les pères ne sont pas tenus à l'accomplissement de cette loi, ni les mères à la purification ou à l'entrée du temple, ni les enfants à ce rachat. — La quatrième raison, c'est pour nous apprendre à nous purifier. Selon le droit, il y a cinq manières de se purger dès l'enfance, quoiqu'il n'y en ait que trois de prescrites, et nous devons les employer : savoir, par le jurement, qui marque le renoncement au péché; par l'eau qui indique l'ablution baptismale; par le feu, qui désigne l'infusion de la grâce spirituelle; par les témoins, qui montrent la multitude des bonnes œuvres; par la guerre, qui signifie la tentation. Or, la Sainte Vierge en venant au temple a offert son fils et l'a racheté avec cinq sicles. Il faut aussi remarquer que certains premiers-nés étaient rachetés comme les premiers-nés des onze tribus moyennant cinq sicles; quelques autres ne pouvaient être rachetés, par exemple, les premiers-nés des lévites, qui jamais n'étaient rachetables; mais, parvenus à l'âge des adultes, ils servaient constamment le Seigneur dans le temple; de même encore les premiers-nés des animaux purs ne pouvaient être rachetés, mais ils étaient offerts au Seigneur. Quelques autres devaient être échangés, comme le premier-né de l'âne qui était remplacé par une brebis; d'autres étaient tués, par exemple, le premier-né du chien. Or, puisque J.-C. était de la tribu de Juda, l'une des douze, il est clair qu'il a dû être racheté. « Et ils offrirent pour lui au Seigneur une paire de tourterelles ou deux petits de colombes. » C'était l'offrande des pauvres, tandis que l'agneau était celle des riches. L'Ecriture ne dit pas des petits de tourterelles, mais des petits de colombes, parce qu'on trouve des petits de colombes, mais qu'on ne trouve pas toujours des petits de tourterelles, bien que l'on trouve toujours des tourterelles; on ne dit pas non plus une paire de colombes, comme on dit une paire de tourterelles, parce que la colombe est un oiseau voluptueux, et pour cela Dieu n'a pas voulu qu'il lui en fût offert en sacrifice, mais la tourterelle est un oiseau pudique. — Cependant la Sainte Vierge Marie n'avait-elle pas, peu auparavant, reçu des Mages une grosse somme d'or ? il est évident donc qu'elle a bien pu acheter un agneau. A cela on répond qu'il n'est pas douteux, comme le dit saint Bernard, que les Mages aient offert une grosse somme d'or, parce qu'il n'est pas vraisemblable, que des rois de cette importance aient offert à un tel Enfant de maigres présents; toutefois, d'après une opinion, elle ne garda pas cet or pour soi, mais elle le distribua de suite aux pauvres, ou bien, peut-être, elle le garda pour pourvoir aux frais de son voyage de sept ans en Egypte; ou encore, les Mages n'offrirent pas une grande quantité d'or, car leur offrande avait une signification mystique. — On distingue trois offrandes touchant le Seigneur : la première quand ses parents l'offrirent; la seconde quand on offrit pour lui des oiseaux; il fit lui-même la troisième pour les hommes sur la croix. La première montre son humilité, puisque le maître de la loi se soumet à la loi; la seconde, sa pauvreté, puisqu'il a choisi l'offrande des pauvres; la troisième, sa charité, puisqu'il s'est livré pour les pécheurs. Voici les propriétés de la tourterelle : son vol est élevé; ses chants sont des gémissements; elle annonce le printemps; elle vit chastement; elle reste isolée; la nuit elle réchauffe ses petits; elle s'éloigne des cadavres.

Voici les propriétés de la colombe :

Elle ramasse le grain; elle vole en troupe; elle évite les cadavres; elle n'a pas de fiel; elle gémit; elle caresse son compagnon de ses baisers; la pierre lui fournit un nid; elle fuit son ennemi qu'elle a vu sur le fleuve; elle ne blesse pas avec son bec; elle nourrit ses deux petits avec soin.

Secondement, cette fête a reçu le nom d'Hypapante, ce qui est la même chose que Présentation, parce que J.-C. a été présenté au temple : Hypapante veut encore dire rencontre [1], parce que Siméon et Anne se rencontrèrent avec le Seigneur, qu'on offrait dans le temple. Alors donc Siméon le prit dans ses bras. Notons ici trois sortes d'ombres, trois anéantissements de notre Sauveur : 1° l'anéantissement de la vérité : car celui qui est la vérité, par laquelle l'homme est conduit, qui est aussi la voie, laquelle conduit l'homme à Dieu qui est la vie, a permis que d'autres le conduisissent aujourd'hui : « Alors, dit-il, qu'ils introduisaient Jésus enfant. » 2° L'anéantissement de la bonté, puisque lui qui est le seul bon, le seul saint, a voulu être purifié avec sa mère, comme un homme immonde. 3° C'est l'anéantissement de sa majesté, puisque celui qui porte tout par la parole de sa force, s'est laissé prendre et porter entre les bras d'un vieillard, qui cependant portait celui qui le portait lui-même, d'après cette parole de la liturgie : « Le vieillard portait l'enfant, mais l'enfant dirigeait le vieillard. » Alors Siméon le bénit en disant : « Vous laisserez maintenant, Seigneur, aller votre serviteur en paix », etc. Et Siméon lui donne trois noms, savoir, le salut, la lumière et la gloire du peuple d'Israël. On peut entendre ces trois noms de quatre manières : 1° comme notre justification; et il est appelé Sauveur, en remettant la faute, parce que Jésus veut dire Sauveur, par cela qu'il sauvera le peuple de ses péchés; lumière, en donnant sa grâce; gloire, il la donne à son peuple; 2° comme notre régénération, car 1° l'enfant est exorcisé et baptisé, et il est ainsi purifié du péché; 2° on lui donne un cierge

1. De *hypa*, qui veut dire aller, et *anti*, contre.

allumé; 3° il est présenté à l'autel; 4° la procession qui se fait en ce jour, car 1° les cierges sont bénits et exorcisés; 2° ils sont allumés et distribués entre les mains des fidèles; 3° on entre à l'église en chantant des cantiques; 4° à cause du triple nom de la fête : on l'appelle Purification, et c'est parce que la faute est purifiée que Siméon appelle Jésus le salut. On l'appelle Chandeleur, pour l'illumination de la grâce; de là le nom de lumière. On l'appelle Hypapante, pour la collation de la gloire : de là le nom de gloire du peuple d'Israël. « Alors en effet nous viendrons au-devant de J.-C. dans les airs. » (Saint Paul.) On peut dire encore que par ce cantique de Siméon, J.-C. est loué comme paix, comme salut, comme lumière, comme gloire. Comme paix, car il est médiateur; comme salut, car il est rédempteur; comme lumière, car il est docteur; comme gloire, car il est récompense.

Troisièmement cette fête a reçu le nom de Chandeleur, parce qu'on porte à la main des chandelles allumées. Pourquoi l'Église a-t-elle établi qu'on porterait à la main des chandelles allumées ? On en peut assigner quatre raisons : 1° Pour détruire une coutume mauvaise. En effet, autrefois, aux calendes de février, en l'honneur de Februa, mère de Mars, dieu de la guerre, les Romains illuminaient la ville de cinq en cinq ans avec des cierges et des flambeaux pendant toute la nuit, afin que Mars leur accordât la victoire sur leurs ennemis, en raison des honneurs qu'ils rendaient à sa mère; et cet espace de temps était un lustre. Au mois de février encore les Romains offraient des sacrifices à Febvrius c'est-à-dire à Pluton et aux autres dieux infernaux, pour les âmes de leurs ancêtres : afin donc qu'ils eussent pitié d'eux, ils leur offraient des victimes solennelles, et toute la nuit ils veillaient en chantant leurs louanges et tenaient des cierges et des torches allumées. Le pape Innocent dit encore que les femmes romaines célébraient en ce jour la fête des lumières, dont l'origine est tirée des fables des poètes. Ceux-ci rapportent que Proserpine était si belle que Pluton, dieu des enfers, en devint épris, qu'il l'enleva et en fit une déesse. Ses parents la cherchèrent longtemps dans les forêts et les bois avec des torches et des flambeaux, et c'est ce souvenir que rappelaient les femmes de Rome. Or, parce qu'il est difficile d'abandonner une coutume, les chrétiens nouvellement convertis à la foi ne savaient pas s'y résoudre : alors le pape Sergius lui donna un but meilleur, en ordonnant aux chrétiens de célébrer, chaque année, à pareil jour, par tout l'univers, une fête en l'honneur de la sainte Mère du Seigneur, avec cierges allumés et chandelles bénites. De cette manière la solennité restait, mais la fin était tout autre. 2° Pour montrer la pureté de la Vierge. En entendant que la Vierge s'était purifiée, quelques personnes pourraient penser qu'elle avait besoin de purification : afin donc de montrer que toute sa personne fut très pure et toute brillante, l'Eglise nous a ordonné de porter des flambeaux allumés, comme si par le fait elle disait : « O bienheureuse Vierge, vous n'avez pas besoin de purification, mais vous êtes toute brillante, toute resplendissante. » De vrai, elle n'avait pas besoin de purification, elle qui avait conçu, sans user du mariage, elle qui avait été purifiée d'une manière très parfaite, et qui avait été sanctifiée dans le sein de sa mère. Or, elle avait tellement été glorifiée et purifiée dans le sein de sa mère et dans la venue du Saint-Esprit que, non seulement il ne resta en elle aucune inclination au péché, mais l'effet de sa sainteté se communiquait et s'épanchait dans les autres, en sorte qu'elle éteignait tous les mouvements de charnelle concupiscence en tous. Ce qui fait dire aux juifs que quoique Marie ait été d'une extrême beauté, elle ne put cependant jamais être convoitée par personne; et la raison en est que la vertu de sa chasteté pénétrait tous ceux qui la regardaient et écartait d'eux toute concupiscence : Ce qui l'a fait comparer au cidre dont l'odeur fait mourir les serpents; sa sainteté projetait comme des rayons sur les autres, de manière à étouffer tous les mouvements qui se glissaient en la chair. On la compare encore à la myrrhe; car de même que la myrrhe fait périr les vers, de même aussi sa sainteté détruisait toute concupiscence charnelle; et elle jouit de cette prérogative dans un degré plus éminent que ceux qui ont été sanctifiés dès le sein de leur mère, ou qui sont restés vierges, dont la sainteté et la chasteté ne se transmettaient pas aux autres, ni n'éteignait en eux les mouvements de la chair, tandis que la force de la chasteté de la Vierge pénétrait jusqu'au fond même du cœur des impudiques et qu'elle les rendait tout aussitôt chastes à son égard. 3° A cause de la procession qui eut lieu à pareil jour : car Marie, Joseph, Siméon et Anne firent aujourd'hui une procession digne d'honneur, et présentèrent l'enfant Jésus au temple. De même encore, nous faisons la procession et portons à la main un cierge allumé, figure de Jésus-Christ, et nous le tenons jusque dans les églises. Il y a trois choses dans le cierge, savoir, la cire, la mèche et le feu, qui sont la figure des trois substances qui existèrent en J.-C. : la cire est la figure de sa chair qui est née de la Vierge Marie sans la corruption de la chair, comme les abeilles composent la cire sans mélange; la mèche cachée dans le cierge est la figure de son âme très candide cachée dans sa chair; et le feu ou la lumière est la figure de la divinité, parce que notre Dieu est un feu qui consume. Ce qui a fait dire à un poète : « Cette chandelle, je la porte en l'honneur de la pieuse Marie. Par la cire voyez une chair véritable née d'une Vierge; par la lumière, la divinité et l'excellence de la majesté; la mèche, c'est son âme infiniment riche se cachant dans la chair. » 4° Pour notre instruction. Tout nous instruit : que si nous voulons être purs et nets, nous devons avoir en nous trois dispositions, savoir : une foi véritable, une conduite sainte, et une intention droite. La chandelle allumée à la main, c'est la foi avec les bonnes œuvres; et de même que la chandelle sans lumière est réputée morte, et que la lumière par elle-même ne brille pas sans chandelle, mais paraît être morte, de même les œuvres sans la foi et la foi sans les bonnes œuvres sont appelées mortes. Quant à la mèche enfermée dans la cire, c'est l'intention droite; ce qui fait dire à saint Grégoire : « L'action se fait devant le public, mais l'intention reste cachée dans le secret. »

Une noble dame avait une très grande dévotion envers la Sainte Vierge. Ayant fait construire une chapelle auprès de sa maison, elle y entretenait un chapelain, et voulait entendre chaque jour une messe de la Bienheureuse Vierge. Alors que la fête de la Purification de la Sainte Vierge était proche, le prêtre fit un voyage au loin pour une affaire particulière, et la dame ne put avoir une messe ce jour-là; ou bien, comme on le lit autre part, elle avait donné tout ce qu'elle avait jusqu'à ses vêtements pour l'amour de la Vierge; or, comme elle avait donné sa robe et qu'elle ne pouvait aller à l'église il lui fallait rester sans messe en ce jour. Sous l'impression d'une vive douleur elle entra dans son oratoire ou sa chambre et se prosterna devant un autel de la Sainte Vierge. Tout à coup elle fut transportée hors d'elle-même, et il lui semblait être dans une église magnifique et toute resplendissante; alors elle vit entrer une foule extraordinaire de vierges, que précédait une vierge d'une admirable beauté, dont la tête était couronnée d'un diadème. Après que toutes se furent assises, voici venir une autre foule de jeunes gens qui prirent place chacun selon son rang. Alors quelqu'un, qui portait une grande quantité de cierges, en donna d'abord un à la vierge qui avait le pas sur les autres; il en distribua ensuite aux autres vierges et aux jeunes gens, enfin il vint auprès de la dame et lui offrit un cierge qu'elle accepta volontiers. Elle tourna alors les yeux vers le chœur et vit deux céroféraires, un sous-diacre, un diacre et un prêtre revêtus de leurs ornements sacrés s'avancer vers l'autel comme pour célébrer une messe solennelle. Il lui semblait que les acolytes étaient saint Vincent et saint Laurent; que le diacre et le sous-diacre étaient deux anges; quant au prêtre, c'était J.-C. Après la confession, deux jeunes gens d'une rare beauté allèrent au milieu du chœur, commencèrent à haute voix et fort dévotement l'office de la messe, que poursuivirent ceux qui étaient dans le chœur. Quand on fut à l'offrande, la reine des vierges, et toutes les vierges avec ceux qui étaient dans le chœur, vinrent offrir, comme de coutume, leurs cierges au prêtre en fléchissant les genoux. Or, comme le prêtre attendait que la dame vînt lui offrir son cierge, et que celle-ci ne le voulait pas faire, la reine des vierges lui envoya dire par un exprès qu'elle manquait de savoir-vivre, en faisant attendre le prêtre si longtemps. Elle répondit que le prêtre continuât sa messe parce qu'elle ne lui offrirait pas son cierge. Alors la reine lui envoya encore un autre exprès à qui la dame répondit qu'elle ne donnerait à personne le cierge qu'elle avait reçu, mais qu'elle le garderait par dévotion. Toutefois la reine des vierges donna cet ordre à l'exprès : « Allez la prier de nouveau d'offrir son cierge, sinon vous le lui enlèverez, par force, de ses mains. » Le messager étant venu et la dame refusant d'accéder à sa prière, il dit qu'il avait ordre de le lui arracher de force. Alors il saisit le cierge avec une grande violence et s'efforça de l'enlever. La dame le tenait plus fortement encore et se défendait comme un homme. Le débat traînait en longueur, le cierge était tiré avec force deçà delà, quand tout à coup le cierge se cassa, une moitié restant entre les mains du messager, l'autre moitié dans les mains de la dame. Au moment où le cierge se brisa avec bruit, elle revint tout aussitôt à elle et se trouva devant l'autel, où elle s'était placée, avec le cierge brisé à la main. Elle en fut dans l'admiration et rendit d'immenses actions de grâces à la Sainte Vierge qui n'avait pas permis qu'elle restât sans messe en ce jour, mais qui l'avait fait assister à un tel office. Elle eut grand soin de son cierge et le garda comme les plus précieuses reliques. On dit que tous ceux qui en étaient touchés étaient aussitôt guéris des infirmités qui les tourmentaient. — Une autre dame enceinte vit en songe qu'elle portait un étendard teint de couleur sanguine. En s'éveillant elle perdit de suite les sens : le démon se jouait tellement d'elle qu'il lui semblait qu'elle portait entre ses mamelles la foi chrétienne à laquelle elle avait été jusque-là fort attachée, et qu'elle la perdait à chaque instant. Rien ne la pouvant guérir, elle passa dans une église de la Sainte Vierge la nuit de la Purification et fut guérie parfaitement.

SAINT BLAISE [1]

Blaise pourrait venir de *blandus*, doux, ou de *Belasius*, *bela* signifie habitude et *syor*, petit. En effet saint Blaise fut doux en ses discours; il eut l'habitude des vertus et il se fit petit par l'humilité de sa conduite.

1. Tiré de ses actes.

Blaise excellait en douceur et en sainteté, ce qui le fit élire par les chrétiens évêque de Sébaste, ville de Cappadoce. Après avoir reçu l'épiscopat, il se retira dans une caverne où il mena la vie érémitique, à cause de la persécution de Dioclétien [1]. Les oiseaux lui apportaient sa nourriture, et s'attroupaient véritablement ensemble autour de lui, et ne le quittaient que quand il avait levé les mains pour les bénir. Si quelqu'un d'eux avait du mal, il venait aussitôt à lui et retournait parfaitement guéri. Le gouverneur du pays avait envoyé des soldats pour chasser; et après s'être fatigués longtemps en vain, ils vinrent par hasard à l'antre de saint Blaise, où ils trouvèrent une grande multitude de bêtes rangées devant lui. Or, n'ayant pu prendre aucune d'elles, ils furent remplis d'étonnement et rapportèrent cela à leur maître, qui aussitôt envoya plusieurs soldats avec ordre de lui amener Blaise avec tous les chrétiens. Mais cette nuit-là même, J.-C. était apparu au saint par trois fois en lui disant : « Lève-toi et offre-moi le sacrifice. » Voici que les soldats arrivèrent et lui dirent : « Sors d'ici, le gouverneur t'appelle. » Saint Blaise répondit : « Soyez les bienvenus, mes enfants; je vois à présent que Dieu ne m'a pas oublié. » Pendant le trajet, qu'il fit avec eux, il ne cessa de prêcher, et en leur présence il opéra beaucoup de miracles. Une femme apporta aux pieds du saint son fils qui était mourant d'un os de poisson arrêté dans la gorge; elle lui demanda avec larmes la guérison de son enfant. Saint Blaise lui imposa les mains et fit une prière pour que cet enfant, aussi bien que tous ceux qui demanderaient quoi que ce fût en son nom, obtinssent le bienfait de la santé; et sur-le-champ, il fut guéri [2].

Une pauvre femme n'avait qu'un seul pourceau qu'un loup lui ravit; et elle priait saint Blaise de lui faire rendre son pourceau. Il lui dit en souriant : « Femme, ne te désole pas : ton pourceau te sera rendu. » Et aussitôt le loup vint et rendit la bête à cette veuve. Or, saint Blaise ne fut pas plus tôt entré dans la ville que, par ordre du prince, il fut jeté en prison. Le jour suivant, le gouverneur le fit comparaître devant lui. En le voyant, il le salua en lui adressant ces paroles flatteuses : « Blaise, l'ami des dieux, soyez le bienvenu. » Blaise lui répondit : « Honneur et joie à vous, illustre gouverneur; mais n'appelez pas dieux ceux qui sont des démons, parce qu'ils seront livrés au feu éternel avec ceux qui les honorent. » Le gouverneur irrité le fit meurtrir à coups de bâton, puis rejeter en prison. Blaise lui dit : « Insensé, tu espères donc par tes supplices enlever de mon cœur l'amour de mon Dieu qui me fortifie

1. *Bréviaire.*
2. *Ibid.*

lui-même ? » Or, la veuve à laquelle il avait fait rendre son pourceau entendit cela; elle tua l'animal, et en porta la tête et les pieds, avec une chandelle et du pain, à saint Blaise. Il l'en remercia, mangea, et lui dit : « Tous les ans, offre une chandelle à une église qui porte mon nom, et tu en retireras bonheur, toi, et ceux qui t'imiteront. » Ce qu'elle ne manqua pas de faire; et il en résulta en sa faveur une grande prospérité. Après quoi, le gouverneur fit tirer Blaise de sa prison; et comme il ne le pouvait amener à honorer les dieux, il ordonna de le suspendre à un arbre et de déchirer sa chair avec des peignes de fer; ensuite il le fit reporter en prison.

Or, sept femmes qui le suivirent dans le trajet ramassaient les gouttes de son sang. On se saisit d'elles aussitôt et on les força de sacrifier aux dieux. Elles dirent : « Si tu veux que nous adorions tes dieux, fais-les porter avec révérence à l'étang afin qu'après avoir été lavés, ils soient plus propres quand nous les adorerons. » Le gouverneur devient joyeux et fait exécuter au plus vite ce qu'elles ont demandé. Mais elles prirent les dieux et les jetèrent au milieu de l'étang, en disant : « Si ce sont des dieux, nous le verrons. » A ces mots le gouverneur devint fou de colère et se frappant lui-même, il dit à ses gardes : « Pourquoi n'avez-vous pas tenu nos dieux afin qu'ils ne fussent pas jetés au fond du lac ? » Ils répondirent : « Vous vous êtes laissé mystifier par les paroles trompeuses de ces femmes et elles les ont jetés dans l'étang. » « Le vrai Dieu n'autorise pas les tromperies, reprirent-elles; mais s'ils étaient des dieux, ils auraient certainement prévu ce que nous leur voulions faire. » Le gouverneur irrité fit préparer du plomb fondu, des peignes de fer; de plus, il fit préparer d'un côté sept cuirasses rougies au feu, et il fit placer d'un autre côté sept chemises de lin. Il leur dit de choisir ce qu'elles préféraient; alors une d'entre elles, qui avait deux jeunes enfants, accourut avec audace, prit les chemises et les jeta dans le foyer : ces enfants dirent à leur mère : « O mère chérie, ne nous laisse pas vivre après toi; mais de même que tu nous as rassasiés de la douceur de ton lait, rassasie-nous encore de la douceur du royaume du ciel. » Alors le gouverneur commanda de les suspendre et de réduire leurs chairs en lanières avec des peignes de fer. Or, leur chair avait la blancheur éclatante de la neige et au lieu de sang il en coulait du lait. Comme elles enduraient les supplices avec répugnance, un ange du Seigneur vint vers elles et leur communiqua une force virile en disant : « Ne craignez point : un bon ouvrier qui commence bien et qui mène son œuvre à bien mérite la bénédiction de celui qui le fait travailler; pour ce qu'il a fait, il reçoit le prix de son labeur, et il est joyeux de posséder son salaire. » Alors le gouverneur les fit détacher et jeter dans le foyer; mais

Dieu permit que le feu s'éteignît et qu'elles sortissent sans avoir éprouvé aucune douleur. Le gouverneur leur dit : « Cessez donc d'employer la magie et adorez nos dieux. » Elles répondirent : « Achève ce que tu as commencé, parce que déjà nous sommes appelées au royaume céleste. » Alors il porta une sentence par laquelle elles devaient avoir la tête tranchée. Au moment où elles allaient être décapitées, elles se mirent à genoux et adorèrent Dieu en disant : « O Dieu qui nous avez ôtées des ténèbres et qui nous avez amenées à cette très douce lumière, qui nous avez choisies pour vous être sacrifiées, recevez nos âmes et faites-nous parvenir à la vie éternelle. » Elles eurent donc la tête tranchée et passèrent au Seigneur.

Après cela, le gouverneur se fit présenter saint Blaise et lui dit : « Adore à l'instant nos dieux, ou ne les adore pas. » Blaise lui répondit : « Impie, je ne crains pas tes menaces; fais ce que tu veux; je te livre mon corps tout entier. » Alors il le fit jeter dans l'étang. Mais saint Blaise fit le signe de la croix sur l'eau qui s'endurcit immédiatement comme une terre sèche; et il dit : « Si vos dieux, sont de vrais dieux, faites-nous voir leur puissance et entrez ici. » Et soixante-cinq [1] qui s'avancèrent furent aussitôt engloutis dans l'étang. Mais il descendit un ange du Seigneur qui dit au saint : « Sors, Blaise, et reçois la couronne que Dieu t'a préparée. » Quand il fut sorti, le gouverneur lui dit : « Tu es donc bien déterminé à ne pas adorer les dieux ? » « Apprends, misérable, répondit Blaise, que je suis le serviteur de J.-C. et que je n'adore pas les démons. » Et à l'instant l'ordre fut donné de le décapiter. Quant à Blaise, il pria le Seigneur que si quelqu'un réclamait son patronage pour le mal de gorge, ou pour toute autre infirmité, il méritât aussitôt d'être exaucé. Et voici qu'une voix du ciel se fit entendre à lui, qu'il serait fait comme il avait demandé. Ainsi fut décapité ce saint [2] avec deux petits enfants, vers l'an du Seigneur 283.

SAINTE AGATHE, VIERGE [3]

Agathe tire son nom de *agios*, qui veut dire saint, et de *Theos*, Dieu. Sainte de Dieu : Trois qualités font les saints, comme dit saint Chrysostome : et elles furent toutes réunies en elle. Ce sont : la pureté du

1. « Soixante-cinq », lire « *soixante-cinq hommes* ». (Note de l'éditeur.)
2. *Bréviaire.*
3. Tiré de ses actes qui ont servi à la rédaction de son office au *Bréviaire.*

cœur, la présence de l'esprit saint et l'abondance des bonnes œuvres. Ou bien Agathe vient encore de *a* privatif, sans, de *geos*, terre, et *Theos*, Dieu, comme on dirait une divinité sans terre, c'est-à-dire sans amour des biens de la terre. Ce mot viendrait encore de *aga*, qui signifie parlant, et *thau*, consommation, comme ayant parlé d'une manière consommée et parfaite, ainsi qu'on peut s'en assurer par ses réponses. Ou bien il viendrait d'*agath*, esclavage, et *thaas*, souverain, ce qui voudrait dire servitude souveraine, par rapport à ces paroles qu'elle prononça : « C'est une souveraine noblesse que celle par laquelle on prouve qu'on est au service de J.-C. Agathe viendrait encore d'*aga*, solennel, et *thau*, consommé, comme si on disait consommée; ensevelie solennellement; puisque les anges lui rendirent ce bon office.

Agathe, vierge de race noble et très belle de corps, honorait sans cesse Dieu en toute sainteté dans la ville de Catane. Or, Quintien, consulaire en Sicile, homme ignoble, voluptueux, avare et adonné à l'idolâtrie, faisait tous ses efforts pour se rendre maître d'Agathe [1]. Comme il était de basse extraction, il espérait en imposer en s'unissant à une personne noble; étant voluptueux, il aurait joui de sa beauté; en s'emparant de ses biens, il satisfaisait son avarice; puisqu'il était idolâtre, il la contraindrait d'immoler aux dieux. Il se la fit donc amener. Arrivée en sa présence, et ayant connu son inébranlable résolution, il la livra entre les mains d'une femme de mauvaise vie nommée Aphrodisie [2], et à ses neuf filles débauchées comme leur mère, afin que, dans l'espace de trente jours, elles la fissent changer de résolution. Elles espéraient, soit par de belles promesses, soit par des menaces violentes, qu'elles la détourneraient de son bon propos. La bienheureuse Agathe leur dit : « Ma volonté est assise sur la pierre et a J.-C. pour base; vos paroles sont comme le vent, vos promesses comme la pluie, les terreurs que vous m'inspirez comme les fleuves. Quels que soient leurs efforts, les fondements de ma maison restent solides, rien ne pourra l'abattre. » En s'exprimant de la sorte, elle ne cessait de pleurer et chaque jour elle priait avec le désir de parvenir à la palme du martyre. Aphrodisie voyant Agathe rester inébranlable dit à Quintien : « Amollir les pierres et donner au fer la flexibilité du plomb serait plus facile que de détourner l'âme de cette jeune fille des pratiques chrétiennes et de la faire changer. » Alors Quintien la fit venir et lui dit : « De quelle condition es-tu ? » Elle répondit : « Je suis noble et même d'une illustre famille, comme ma parenté en fait foi [3]. » Quintien lui dit : « Si tu es noble,

1. *Bréviaire.*
2. *Ibid.*
3. *Ibid.*

pourquoi, par ta conduite, as-tu des habitudes de personne servile ? » « C'est, dit-elle, que je suis servante de J.-C., voilà pourquoi je parais être une personne servile. » Quintien : « Puisque tu es noble, comment te dis-tu servante ? » Elle répondit : « La souveraine noblesse, c'est d'être engagée au service de J.-C [1]. » Quintien : « Choisis le parti que tu voudras, ou de sacrifier aux dieux, ou d'endurer différents supplices. » Agathe lui répondit : « Que ta femme ressemble à ta déesse Vénus, et toi-même, sois tel que l'a été ton dieu Jupiter. » Alors Quintien ordonna de la souffleter avec force en disant : « N'injurie pas ton juge par tes plaisanteries téméraires. » Agathe répliqua : « Je m'étonne qu'un homme prudent comme toi en soit arrivé à ce point de folie d'appeler tes dieux ceux dont tu ne voudrais pas que ta femme, ou bien toi, suivissiez les exemples, puisque tu dis que c'est te faire injure que de te souhaiter de vivre comme eux. En effet si tes dieux sont bons, je ne t'ai souhaité que du bien; mais si tu as horreur de leur ressembler, tu partages mes sentiments. » Quintien : « Qu'ai-je besoin d'entendre une série de propos superflus ? Ou sacrifie aux dieux, ou je vais te faire mourir par toute espèce de supplices. » Agathe : « Si tu me fais espérer d'être livrée aux bêtes, en entendant le nom de J.-C., elles s'adouciront; si tu emploies le feu, les anges répandront du ciel sur moi une rosée salutaire [2]; si tu m'infliges plaies et tortures, je possède en moi le Saint-Esprit par la puissance duquel je méprise tout. »

Alors le consul la fit jeter en prison, parce qu'elle le confondait publiquement par ses discours. Elle y alla avec grande liesse et gloire, comme si elle fût invitée à un festin; et elle recommandait son combat au Seigneur. Le jour suivant, Quintien lui dit : « Renie le Christ et adore les dieux. » Sur son refus, il la fit suspendre à un chevalet et torturer [3]. Agathe dit : « Dans ces supplices, ma délectation est celle d'un homme qui apprend une bonne nouvelle, ou qui voit une personne longtemps attendue, ou qui a découvert de grands trésors. Le froment ne peut être serré au grenier qu'après avoir été fortement battu pour être séparé de sa balle; de même mon âme ne peut entrer au paradis avec la palme du martyre que mon corps n'ait été déchiré avec violence par les bourreaux. » Quintien en colère lui fit tordre les mamelles et ordonna qu'après les avoir longtemps tenaillées, on les lui arrachât. Agathe lui dit : « Impie, cruel et affreux tyran, n'as-tu pas honte de mutiler dans une femme ce que tu as sucé toi-même

1. *Bréviaire.*
2. *Ibid.*
3. *Ibid.*

dans ta mère ? J'ai dans mon âme des mamelles toutes saines avec lesquelles je nourris tous mes sens, et que j'ai consacrées au Seigneur dès mon enfance [1]. » Alors il commanda qu'on la fît rentrer en son cachot avec défense d'y laisser pénétrer les médecins, et de ne lui servir ni pain, ni eau. Et voilà que vers le milieu de la nuit, se présente à elle un vieillard précédé d'un enfant qui portait un flambeau, et ayant à la main divers médicaments. Et il lui dit : « Quoique ce magistrat insensé t'ait accablée de tourments, tu l'as encore tourmenté davantage par tes réponses, et quoiqu'il t'ait tordu ton sein; mais son opulence se changera en amertume : or, comme j'étais présent lors de toutes tes tortures, j'ai vu que ta mamelle pourrait être guérie. » Agathe lui dit : « Je n'ai jamais employé la médecine pour mon corps, et ce me serait honte de perdre un avantage que j'ai conservé si longtemps. » Le vieillard : « Ma fille, je suis chrétien, n'aie pas de honte. » Agathe : « Et qui me pourrait donner de la honte, puisque vous êtes un vieillard fort avancé en âge ? d'ailleurs mon corps est si horriblement déchiré que personne ne pourrait concevoir pour moi aucune volupté : mais je vous rends grâces, mon seigneur et père, de l'honneur que vous me faites en vous intéressant à moi. » « Et pourquoi donc, répliqua le vieillard, ne me laisses-tu pas te guérir ? » « Parce que, répondit Agathe, j'ai mon Seigneur J.-C. qui d'une seule parole guérit et rétablit toutes choses. C'est lui, s'il le veut, qui peut me guérir à l'instant. » Et le vieillard lui dit en souriant : « Et je suis son apôtre; et c'est lui-même qui m'a envoyé vers toi; sache que, en son nom, tu es guérie [2]. » Aussitôt l'apôtre saint Pierre disparut. La bienheureuse Agathe se prosterna et rendit grâces à Dieu; elle se trouva guérie par tout son corps et sa mamelle était rétablie sur sa poitrine. Or, effrayés de l'immense lumière qui avait paru, les gardes avaient pris la fuite en laissant le cachot ouvert, alors quelques personnes la prièrent de s'en aller. « A Dieu ne plaise que je m'enfuie, dit-elle, et que je perde la couronne de patience! je mettrais mes gardiens dans la tribulation. »

Quatre jours après, Quintien lui dit d'adorer les dieux afin qu'elle n'eût pas à endurer de plus grands supplices. Agathe lui répondit : « Tes paroles sont insensées et vaines; elles souillent l'air et sont iniques. Misérable sans intelligence, comment veux-tu que j'adore des pierres et que je répudie le Dieu du ciel qui m'a guérie ? » Quintien : « Et qui t'a guérie ? » Agathe : « J.-C., le fils de Dieu. » Quintien : « Tu oses encore proférer le nom du Christ

1. *Bréviaire.*
2. *Ibid.*

que je ne veux pas entendre ? » Agathe : « Tant que je vivrai, j'invoquerai J.-C. du cœur et des lèvres. » Quintien : « Je vais voir si le Christ te guérira. » Et il ordonna qu'on parsemât la place de fragments de pots cassés, que sur ces tessons on répandît des charbons ardents, puis qu'on la roulât toute nue dessus. Pendant qu'on le faisait, voici qu'il survient un affreux tremblement de terre; il ébranla tellement la ville entière que deux conseillers de Quintien furent écrasés sous les ruines du palais et que tout le peuple accourut vers le consul en criant que c'était uniquement pour l'injuste cruauté exercée contre Agathe que l'on souffrait ainsi [1]. Quintien, craignant et le tremblement de terre et une sédition du peuple, fit reconduire Agathe en prison, où elle fit cette prière : « Seigneur J.-C., qui m'avez créée, et m'avez gardée dès mon enfance, qui avez préservé mon cœur de souillure, qui l'avez sauvegardé contre l'amour du siècle, et qui m'avez fait vaincre les tourments, en m'octroyant la vertu de patience, recevez mon esprit et permettez-moi de parvenir jusqu'à votre miséricorde. » Après avoir adressé cette prière, elle jeta un grand cri, et rendit l'esprit vers l'an du Seigneur 253, sous l'empire de Dèce. Au moment où les fidèles ensevelissaient son corps avec des aromates et le mettaient dans le sarcophage, apparut un jeune homme vêtu de soieries, accompagné de plus de cent autres hommes fort beaux ornés de riches vêtements blancs, qu'on n'avait jamais vus dans le pays; il s'approcha du corps de la sainte, à la tête de laquelle il plaça une tablette de marbre; après quoi il disparut aussitôt. Or, cette table portait cette inscription : « Ame sainte, généreuse, honneur de Dieu et libératrice de sa patrie. » En voici le sens : Elle eut une âme sainte; elle s'offrit généreusement, elle rendit honneur à Dieu, et elle délivra sa patrie. Quand ce miracle eut été divulgué, les gentils eux-mêmes et les juifs commencèrent à grandement vénérer son sépulcre. Pour Quintien, comme il allait faire l'inventaire des richesses de la sainte, deux de ses chevaux prirent le mors aux dents et se mirent à ruer; l'un le mordit et l'autre le frappa du pied et le fit tomber dans un fleuve, sans qu'on ait pu jamais retrouver son corps. Un an après, vers le jour de la fête de sainte Agathe, une montagne très haute qui est près de la ville fit éruption et vomit du feu qui descendait comme un torrent de la montagne, mettait en fusion les rochers et la terre, et venait avec impétuosité sur la ville. Alors une multitude de païens descendirent de la montagne, coururent au sépulcre de la sainte, prirent le voile dont il était couvert et le placèrent devant le feu. Le jour du martyre de cette vierge le feu s'arrêta subitement et ne

1. *Bréviaire.*

s'avança pas. Voici ce que dit saint Ambroise en parlant de cette vierge, en sa préface : « O heureuse et illustre vierge qui mérita de purifier son sang par un généreux martyre pour la gloire du Seigneur! O glorieuse et noble vierge, illustrée d'une double gloire, pour avoir fait toutes sortes de miracles au milieu des plus cruels tourments, et qui, forte d'un secours mystérieux, a mérité d'être guérie par la visite de l'apôtre! Les cieux reçurent cette épouse du Christ; ses restes mortels sont l'objet d'un glorieux respect. Le chœur des anges y proclame la sainteté de son âme et lui attribue la délivrance de sa patrie. »

SAINT VAST [1]

Vast ou Vedaste, *vere dans œstus*, parce qu'il se donne vraiment des ardeurs d'affliction et de pénitence. Vast viendrait encore de *vœh distans*, malheur éloigné, parce que le *vœh* éternel est éloigné de lui. En effet toujours les damnés diront : Malheur, d'avoir offensé Dieu! Malheur, d'avoir obéi au démon! Malheur, d'être né! Malheur, de ne pouvoir mourir! Malheur, pour être tourmenté si fort! Malheur, parce que jamais je ne serai délivré.

Saint Vast fut ordonné évêque d'Arras par saint Remi. Quand il arriva à la porte de la ville, il y trouva deux pauvres, demandant l'aumône, l'un aveugle, l'autre boiteux, et il leur dit : « Je n'ai ni or ni argent, mais ce que j'ai, je vous le donne. » Il fit ensuite une prière et les guérit l'un et l'autre.

Un loup avait fait sa demeure d'une église abandonnée et couverte par des ronces; Vast lui demanda d'en sortir et de n'oser plus y rentrer : ce qui arriva.

Enfin, après avoir converti un grand nombre de personnes par ses paroles et ses œuvres, la quarantième année de son épiscopat, il vit une colonne de feu descendre du ciel jusque sur sa maison : il comprit alors que sa fin était proche et peu de temps après, il mourut en paix, vers l'an du Seigneur 550.

Comme on faisait la translation de son corps, Omer, aveugle de vieillesse, chagrin de ne pouvoir contempler le corps du saint, recouvra la vue à l'instant, mais peu après, selon son désir, il redevint aveugle.

1. Alcuin a écrit en meilleur style une vie ancienne de ce saint. Cette légende n'a rien qui n'y soit conforme.

SAINT AMAND [1]

Saint Amand est appelé ainsi, parce qu'il fut aimable. Il posséda en effet les trois qualités qui rendent l'homme aimable : 1° Sa société fut agréable : (*Proverbes*, c. XVIII) « L'homme dont la société est agréable sera plus aimé que le frère. » 2° Sa manière de vivre le rendait honorable : c'est ainsi qu'il est dit d'Esther (c. II) qu'elle était agréable à tous ceux qui la voyaient. 3° Il était plein de cœur (II, *Rois*, c. I) : « Paul et Jonathas étaient aimables et beaux. »

Amand, qui avait de nobles parents, entra dans un monastère. Un jour qu'il s'y promenait, il trouva un énorme serpent; par la vertu du signe de la croix et par sa prière il le força à rentrer dans son antre avec ordre de n'en plus sortir jamais [2]. Il vint au tombeau de saint Martin où il resta quinze ans couvert d'un cilice et ne se soutenant qu'avec de l'eau et du pain d'orge [3]. Ensuite il alla à Rome où il voulut passer la nuit en prières dans l'église de saint Pierre, mais le gardien de l'église le mit à la porte avec irrévérence. Par l'ordre de saint Pierre qui lui apparut devant la porte de l'église où il dormait, il alla dans les Gaules pour réprimander Dagobert de ses crimes. Mais le roi irrité le chassa de son royaume. Enfin, comme le prince n'avait point de fils, et qu'après s'être adressé à Dieu, il en eut obtenu un, il se demanda par qui il ferait baptiser son enfant et il lui vint à l'esprit de lui faire donner le baptême par Amand. On chercha donc le saint et on l'amena au roi qui se jeta à ses pieds, le pria de lui pardonner et de baptiser le fils que le Seigneur lui avait accordé. D'abord Amand consentit une première fois, mais redoutant les embarras des affaires du siècle, il refusa après une seconde demande et partit. Vaincu enfin par les sollicitations, il céda au vœu du roi. Pendant le baptême, comme personne ne répondait, l'enfant dit : *Amen* [4]. Après quoi, le roi fit élever Amand sur le siège de Maestricht. Quand il vit que la plupart des habitants

1. Philippe de Harvenq, au XIIe siècle, écrivit la vie de saint Amand sur une autre écrite par Baudemond, disciple du saint. La légende en reproduit exactement les principaux faits. — Hélinand, en sa *Chronique*, raconte, comme la légende, la vie de saint Amand.
2. Philippe de Harvenq, c. III.
3. *Id*, c. V.
4. *Id*, ch. XXVI-XXVIII; — Hélinand, *Chron.*, an 660.

méprisaient ses prédications, il alla en Gascogne, où un bouffon, qui se moquait de ses paroles, fut saisi par le démon : il se déchirait lui-même avec ses dents. Après avoir confessé qu'il avait fait injure à l'homme de Dieu, il mourut de suite misérablement [1].

Un jour que saint Amand se lavait les mains, un évêque fit conserver l'eau dont il s'était servi, et elle procura la guérison d'un aveugle, quelque temps après [2]. Comme il voulait, avec l'agrément du roi, bâtir un monastère, l'évêque de la ville voisine, qui voyait cela de mauvais œil, envoya ses gens pour le tuer ou pour le chasser. Arrivés auprès du saint, ils employèrent la ruse en lui disant de venir avec eux et qu'ils lui montreraient un endroit convenable pour bâtir un monastère. Amand, qui connaissait d'avance leur malice, alla avec eux jusqu'au sommet de la montagne où ils voulaient le tuer, tant il aspirait au martyre! Mais voici qu'une pluie tellement abondante et une si grande tempête enveloppèrent la montagne qu'ils ne pouvaient se voir les uns les autres. Comme ils se croyaient près de mourir, ils se prosternèrent en demandant pardon au saint, en le priant de les laisser aller en vie. Alors il adressa une prière fervente et obtint une très grande sérénité. Ils revinrent donc chez eux, et saint Amand échappa ainsi à la mort [3]. Il opéra encore beaucoup d'autres miracles et mourut en paix. Il vécut vers l'an du Seigneur 653, au temps d'Héraclius.

SAINT VALENTIN

Valentin vient de *valorem tenens*, c'est-à-dire qui persévère dans la sainteté. Ou bien de *valens tiro*, soldat vaillant qu'il fut de J.-C. On appelle un soldat vaillant celui qui n'a jamais succombé, qui frappe avec force, qui se défend avec valeur, qui remporte de grandes victoires. Valentin ne succomba pas en fuyant le martyre, il frappa l'idolâtrie en l'anéantissant, il défendit la foi en la confessant, et il vainquit en souffrant.

Valentin fut un prêtre vénérable que l'empereur Claude se fit amener et auquel il adressa cette question : « Qu'est ceci, Valentin ? pourquoi ne gagnes-tu pas notre affection

1. Philippe de Harvenq, c. XXIX, XXXVIII.
2. *Id.*, c. XXXIX.
3. *Id.*, c. XL.

en adorant nos dieux et en rejetant tes vaines superstitions ? » Valentin lui répondit : « Si tu connaissais la grâce de Dieu, tu ne parlerais jamais ainsi, mais tu renoncerais aux idoles pour adorer Dieu qui est au ciel. » Alors un de ceux qui accompagnaient Claude dit : « Qu'as-tu à dire, Valentin, de la sainteté de nos dieux ? » Valentin lui répondit : « Je n'ai rien à dire, sinon qu'ils ont été des hommes misérables et souillés en toute manière. » Claude s'adressa à lui : « Si le Christ est le vrai Dieu, pourquoi ne me le dis-tu pas ? » Valentin lui dit : « Oui, J.-C. est le seul Dieu; si tu crois en lui, ton âme sera sauvée, l'Etat s'agrandira, et tu remporteras la victoire sur tous les ennemis. » Alors Claude, s'adressant à ceux qui étaient présents : « Romains, leur dit-il, écoutez comme cet homme parle avec sagesse et droiture. » Le préfet dit : « L'empereur s'est laissé séduire; comment abandonnerons-nous ce à quoi nous tenons depuis notre enfance ? » Et aussitôt le cœur de Claude fut changé. Or, Valentin fut confié à un des officiers pour être mis sous bonne garde. Quand le saint fut entré dans la maison de cet homme, il dit : « Seigneur J.-C., qui êtes la véritable lumière, éclairez cette maison, afin que vous y soyez reconnu comme le vrai Dieu. » Le préfet lui dit : « Je suis étonné de t'entendre dire que le Christ est la lumière : certes, si ma fille, qui est aveugle depuis longtemps, recouvre la vue, je ferai tout ce que tu me commanderas. » Alors Valentin, par une prière, rendit la vue à sa fille et convertit tous ceux de la maison. Après quoi, l'empereur fit décapiter Valentin, vers l'an du Seigneur 280.

SAINTE JULIENNE [1]

Julienne qui avait été fiancée à Euloge, préfet de Nicomédie, ne voulut s'unir à lui qu'à la condition expresse qu'il recevrait la foi de J.-C. Son père la fit dépouiller, et frapper durement, puis il la livra au préfet. Celui-ci dit à sa femme : « Ma très chère Julienne, pourquoi m'as-tu trompé au point de me renier de cette façon ? » Elle lui répondit : « Quand tu adoreras mon Dieu, j'acquiescerai à tes désirs, autrement tu ne seras jamais mon maître. » Le préfet lui dit : « Ma maîtresse, je ne puis faire cela, parce que l'empereur me ferait couper la tête. » Julienne reprit :

1. Bollandus a démontré que les actes de sainte Julienne sont authentiques.

« Si tu crains de la sorte un empereur mortel, comment veux-tu que je ne craigne pas un empereur qui est immortel ? Fais tout ce que tu veux, mais tu ne pourras pas me surprendre. » Alors le préfet la fit très durement frapper de verges, et pendre par les cheveux pendant un demi-jour, puis il ordonna de lui verser sur la tête du plomb fondu. Ce tourment ne lui ayant fait aucun mal, il l'enchaîna et l'enferma dans une prison. Le diable la vint trouver sous la figure d'un ange, et lui dit : « Julienne, je suis l'ange du Seigneur qui m'a envoyé vers vous afin que je vous exhorte à sacrifier aux dieux, pour que vous ne soyez pas si longtemps tourmentée et que vous ne mouriez pas dans des supplices si cruels. » Alors Julienne se mit à pleurer et elle pria en disant : « Seigneur mon Dieu, ne me laissez pas périr; mais faites-moi connaître quel est celui qui me donne de semblables conseils. » Une voix se fit entendre à elle et lui dit de se saisir de lui, et de le forcer à confesser qui il était. Quand elle l'eut tenu et qu'elle lui eut demandé qui il était, il lui dit qu'il était le démon et que son père l'avait envoyé pour la tromper. Julienne lui dit : « Et qui est ton père ? » Il répondit : « C'est Belzébuth qui nous fait commettre toute sorte de mal, et nous fait fouetter rudement, chaque fois que nous avons été vaincus par les chrétiens; aussi je sais que je suis venu ici pour mon malheur parce que je n'ai pu te dompter. » Entre autres aveux, il dit qu'il était principalement tenu loin des chrétiens quand on célébrait le mystère du corps du Seigneur, comme aussi dans le moment des prières et des prédications. Alors Julienne lui lia les mains derrière le dos et, le jetant par terre, elle le frappa très durement avec la chaîne qui lui servait de lien. Le diable poussait des cris et la priait en disant : « Ma dame Julienne, ayez pitié de moi. » Sur ces entrefaites le préfet fit tirer Julienne de prison, et en sortant elle traînait derrière elle le démon lié; or, celui-ci la priait en disant : « Ma dame Julienne, ne me rendez pas davantage ridicule; je ne pourrai plus désormais avoir le dessus sur qui que ce soit : on dit les chrétiens miséricordieux et vous n'avez aucune miséricorde pour moi. » Elle le traîna ainsi à travers toute la place et ensuite elle le jeta dans une latrine.

Arrivée en présence du préfet, elle fut étendue sur une roue, d'une manière si brutale que tous ses os furent disloqués et que la moelle en sortait : mais un ange du Seigneur brisa la roue et la guérit en un instant. Ceux qui furent témoins de ce prodige crurent et furent décapités, les hommes au nombre de cinq cents et les femmes de cent trente. Après quoi Julienne fut jetée dans une chaudière pleine de plomb fondu; mais le plomb se changea en un bain tempéré. Le préfet maudit ses dieux, de ne pouvoir punir une jeune fille qui leur infligeait une si grande injure. Alors il ordonna de lui couper le cou. Comme on la conduisait à l'endroit où elle devait être exécutée, le démon, qu'elle avait battu, apparut sous la figure d'un jeune homme et criait en disant : « Ne l'épargnez pas, parce qu'elle a méprisé vos dieux et qu'elle m'a frappé cette nuit avec violence; rendez-lui donc ce qu'elle a mérité. » Or, comme Julienne levait les yeux pour voir quel était celui qui parlait de la sorte, le démon s'écria en prenant la fuite : « Hélas! hélas! que je suis misérable! je pense encore qu'elle veut me prendre et me lier. » Après que sainte Julienne eut été décapitée, le préfet fut englouti au fond de la mer dans une tempête avec trente-quatre hommes. Leurs corps, ayant été vomis par les flots, furent dévorés par les bêtes et les oiseaux.

CHAIRE DE SAINT PIERRE, APOTRE [1]

Il y a trois sortes de chaires : savoir, la royale (II, *Rois*, XXIII) : « David s'assit dans la chaire », etc. ; la sacerdotale (I, *Rois*, I) : « Héli était assis sur son siège », etc.; la magistrale (saint Matth., XXIII) : « Ils sont assis sur la chaire de Moïse », etc. Or, saint Pierre s'assit sur la chaire royale, parce qu'il fut le premier de tous les rois: sur la sacerdotale, parce qu'il fut le pasteur de tous les clercs; sur la magistrale, parce qu'il fut le docteur de tous les chrétiens.

L'Eglise fait la fête de la chaire de saint Pierre parce que l'on rapporte que saint Pierre fut élevé à Antioche sur le siège cathédrale. On peut attribuer l'institution de cette solennité à quatre motifs. Le premier c'est que saint Pierre, prêchant à Antioche, Théophile, gouverneur de la ville, lui dit : « Pierre, pour quelle raison bouleverses-tu mon peuple ? » Or, comme Pierre lui prêchait la foi de J.-C., le gouverneur le fit enchaîner avec ordre de le laisser sans boire ni manger. Mais comme Pierre allait presque défaillir, il reprit un peu de force, et, levant les yeux au ciel, il dit : « Jésus-Christ, secours des malheureux, venez à mon aide; je vais succomber dans ces tribulations. » Le Seigneur lui répondit : « Pierre, tu crois que je t'abandonne; tu fais injure à ma bonté, si tu ne crains pas de parler ainsi contre moi. Celui qui subviendra à ta misère est proche. » Or, saint Paul, apprenant que saint Pierre était en prison, vint trouver Théophile et s'annonça à lui comme un

1. Le plus ancien martyrologe, connu sous le nom de Libère, indique cette fête.

ouvrier très habile en toutes sortes de travaux et d'art; il dit qu'il savait sculpter le bois et les tables, peindre les tentes et que son industrie s'exerçait sur beaucoup d'autres objets encore. Alors Théophile le pria instamment de se fixer à sa cour. Quelques jours se passèrent, et Paul entra en cachette dans la prison de saint Pierre. En le voyant presque mort et tout défait, il se mit à pleurer très amèrement, et pendant qu'il fondait en larmes et au milieu de ses embrassements il s'écria : « O Pierre, mon frère, ma gloire, ma joie, la moitié de mon âme, me voici, j'entre, reprenez des forces. » Alors Pierre, ouvrant les yeux et le reconnaissant, se mit à pleurer, mais il ne put lui parler, et Paul, s'approchant, parvint à peine à lui ouvrir la bouche; et en lui faisant avaler quelque nourriture il le ranima un peu. La nourriture ayant rendu de la force à saint Pierre, celui-ci se jeta dans les bras de saint Paul, l'embrassa et ils pleurèrent beaucoup tous les deux. Paul étant sorti avec précaution vint dire à Théophile : « O bon Théophile, vous jouissez d'une grande gloire; votre courtoisie est celle d'un ami honorable. Un petit mal déshonore grand bien : rappelez-vous la manière dont vous avez traité un adorateur de Dieu, qui s'appelle Pierre, comme s'il avait grande importance. Il est couvert de haillons, défiguré, il est consumé de maigreur, tout est vil chez lui : ses discours seuls le font valoir : et vous tenez pour bienséant de le mettre en prison ? Si plutôt il jouissait de son ancienne liberté, il pourrait vous rendre de meilleurs services, car selon qu'on le dit de cet homme, il guérit les infirmes, il ressuscite les morts. » Théophile lui dit : « Ce sont des fables que tu me dis là, Paul; car s'il pouvait ressusciter des morts, il se délivrerait lui-même de sa prison. » Paul répondit : « De même que son Christ est ressuscité d'entre les morts; d'après ce qu'on dit, lui qui ne voulut pas descendre de la croix, on dit encore qu'à son exemple, Pierre ne se délivre pas et ne craint nullement de souffrir pour le Christ. » Théophile répondit : « Alors dis-lui qu'il ressuscite mon fils qui est mort depuis quatorze ans déjà et je le rendrai libre et sauf. » Paul entra donc dans la prison de saint Pierre et lui dit comment il avait promis la résurrection du fils du prince. Pierre lui dit : « C'est énorme, Paul, ce que tu as promis; mais avec la puissance de Dieu elle est très facile. » Or, Pierre, ayant été tiré du cachot, fit ouvrir le tombeau, pria pour le mort qui ressuscita à l'instant [1]. (Il ne paraît cependant pas vraisemblable en tout point que, ou bien saint Paul aurait avancé qu'il savait travailler de toute sorte de métiers par lui-même, ou que la sentence de ce jeune homme aurait été tenue en suspens pendant quatorze ans.) Alors Théophile et le

1. Guillaume Durand, liv. VII, c. VIII.

peuple entier d'Antioche et d'autres encore en grand nombre crurent au Seigneur et bâtirent une grande église, au milieu de laquelle ils placèrent une chaire élevée pour saint Pierre afin qu'il pût être vu et écouté de tous. Il y siégea sept ans, puis il vint à Rome où il siégea vingt-cinq ans sur la chaire romaine. L'Eglise célèbre la mémoire de ce premier honneur, parce que, à dater de cette époque, les prélats de l'Eglise commencèrent à être exaltés en puissance, en nom et en lieu. Alors fut accomplie cette parole du Psaume CVI : « Qu'on l'exalte dans l'assemblée du peuple. » Il faut observer qu'il y a trois Eglises où saint Pierre fut exalté : dans l'Eglise militante, dans l'Eglise méchante et dans l'Eglise triomphante. De là trois fêtes que l'Eglise célèbre en son nom. Il a été exalté dans l'Eglise militante, en la présidant, et en la dirigeant avec honneur par son esprit, sa foi et ses mœurs. C'est l'objet de la fête de ce jour qui est appelée Chaire, parce qu'il reçut le pontificat de l'Eglise d'Antioche, et qu'il la gouverna glorieusement l'espace de sept ans. Secondement il fut exalté dans l'Eglise des méchants, en la détruisant et en la convertissant à la foi. Et c'est l'objet de la seconde fête qui est celle de saint Pierre aux liens. Ce fut en effet en cette occasion qu'il détruisit l'Eglise des méchants, et qu'il en convertit beaucoup à la foi. Troisièmement, il fut exalté dans l'Eglise triomphante, en entrant dans le ciel avec bonheur, et c'est l'objet de la troisième fête de saint Pierre qui est celle de son martyre, parce qu'alors il entra en l'Eglise triomphante.

On peut remarquer qu'il y a plusieurs autres raisons pour lesquelles l'Eglise célèbre trois fêtes en l'honneur de saint Pierre; pour son privilège, pour sa charge, pour ses bienfaits, par la dette dont nous lui sommes redevables et pour l'exemple. 1° Pour son privilège. Il en est trois que saint Pierre reçut à l'exclusion des autres apôtres, et c'est pour ces trois privilèges que l'Eglise l'honore trois fois chaque année. Il fut le plus digne en autorité, parce qu'il a été le prince des apôtres et qu'il a reçu les clefs du royaume des cieux : il fut plus fervent dans son amour; en effet il aima J.-C. d'un amour plus grand que les autres, comme cela est manifeste d'après différents passages de l'Evangile. Sa puissance fut plus efficace, car on lit dans les Actes des Apôtres que sous l'ombre de Pierre étaient guéris les infirmes. 2° Pour sa charge, car il remplit les fonctions de la prélature sur l'Eglise universelle; et de même que Pierre fut le prince et le prélat de toute l'Eglise répandue dans les trois parties du monde, qui sont l'Asie, l'Afrique et l'Europe, de même l'Eglise célèbre sa fête trois fois par an. 3° Pour ses bienfaits, car saint Pierre, qui a reçu le pouvoir de lier et d'absoudre, nous délivre de trois sortes de péchés, qui sont les péchés de pensée, de parole et d'action, ou bien des péchés que nous avons commis contre Dieu, contre le prochain et contre nous-mêmes. Ou ce bienfait peut être le triple bienfait que le pécheur obtient en l'Eglise par la puissance des clefs : le premier, c'est la déclaration de l'absolution de la faute; le second, c'est la commutation de la peine éternelle en une pierre temporelle; le troisième, c'est la rémission d'une partie de la peine temporelle. Et c'est pour ce triple bienfait que saint Pierre doit être honoré par trois fois. 4° Pour la dette dont nous lui sommes redevables, car il nous soutient et nous a soutenus de trois manières, par sa parole, par son exemple, et par des secours temporels, ou bien par le suffrage de ses prières; c'est pour cela que nous sommes obligés à l'honorer par trois fois. 5° Pour l'exemple; afin qu'aucun pécheur ne désespère, quand bien même il eût renié Dieu trois fois, comme saint Pierre, si toutefois, il veut le confesser comme lui de cœur, de bouche et d'action.

Le second motif pour lequel cette fête a été instituée est pris de l'*Itinéraire* de saint Clément. Lorsque saint Pierre, qui prêchait la parole de Dieu, était près d'Antioche, tous les habitants de cette ville allèrent nu-pieds au-devant de lui, revêtus de cilices, la tête couverte de cendres, en faisant pénitence de ce qu'ils avaient partagé les sentiments de Simon le magicien contre lui. Mais Pierre, en voyant leur repentir, rendit grâces à Dieu : alors ils lui présentèrent tous ceux qui étaient tourmentés par les souffrances, et les possédés du démon. Pierre les ayant fait placer devant lui et ayant invoqué sur eux le nom du Seigneur, une immense lumière apparut en ce lieu, et tous furent incontinent guéris. Alors ils accoururent embrasser les traces des pieds de saint Pierre. Dans l'intervalle de sept jours, plus de dix mille hommes reçurent le baptême, en sorte que Théophile, gouverneur de la ville, fit consacrer sa maison comme basilique, et y fit placer une chaire élevée afin que saint Pierre fût vu et entendu de tous. Et ceci ne détruit pas ce qui a été avancé plus haut. Il peut en effet se faire que saint Pierre, par le moyen de saint Paul, ait été reçu magnifiquement par Théophile et par tout le peuple; mais qu'après le départ de saint Pierre, Simon le magicien ait perverti le peuple, l'ait excité contre saint Pierre, et que, dans la suite, il ait fait pénitence et reçu une seconde fois l'apôtre avec de grands honneurs. Cette fête de la mise en chaire de saint Pierre est ordinairement appelée la fête du banquet de saint Pierre et c'est le troisième motif de son institution. Maître Jean Beleth dit [1] que c'était une ancienne coutume des gentils, de faire chaque année, au mois de février, à jour fixe, des offrandes de viandes sur les tombeaux de leurs parents :

1. Chapitre LXXXIII.

ces viandes étaient consommées la nuit par les démons; mais les païens pensaient qu'elles étaient saccagées par les âmes errantes autour des tombeaux, auxquelles ils donnaient le nom d'ombres. Les anciens en effet avaient l'habitude de dire, ainsi que le rapporte le même auteur, que dans les corps humains ce sont des âmes, dans les enfers ce sont des mânes : mais ils donnaient aux âmes le nom d'esprits quand elles montaient au ciel et celui d'ombres quand la sépulture était récente ou quand elles erraient autour des tombeaux. Or, cette coutume touchant ces banquets fut abolie difficilement chez les chrétiens : les saints Pères, frappés de cet abus et décidés à l'abolir tout à fait, établirent la fête de l'intronisation de saint Pierre, aussi bien de celle qui eut lieu à Rome que de celle qui se fit à Antioche; ils la placèrent à pareil jour que se tenaient ces banquets, en sorte que quelques-uns lui donnent encore le nom de fête du banquet de saint Pierre [1].

Le quatrième motif de l'institution de cette fête se tire de la révérence que l'on doit à la couronne cléricale : car d'après une tradition, c'est là l'origine de la tonsure. En effet, quand saint Pierre prêcha à Antioche, on lui rasa le haut de la tête, en haine du nom chrétien : et ce qui avait été pour saint Pierre un signe de mépris par rapport à J.-C. devint dans la suite une marque d'honneur pour tout le clergé. Mais il faut faire attention à trois particularités par rapport à la couronne des clercs : la tête rasée, les cheveux coupés à la tête, et le cercle qui la forme. La tête est rasée dans sa partie supérieure pour trois raisons. Saint Denys, dans sa *Hiérarchie ecclésiastique*, en assigne deux que voici : « Couper les cheveux, signifie une vie pure et sans forme : car trois choses résultent des cheveux coupés ou de la tête rasée, qui sont : conservation de propreté, changement de forme, et dénudation. Il y a conservation de propreté puisque les cheveux font amasser des ordures dans la tête; changement de forme, puisque les cheveux sont pour l'ornement de la tête; la tonsure signifie donc une vie pure et sans forme. Or, cela veut dire que les clercs doivent avoir la pureté de cœur à l'intérieur, et une manière d'être sans forme, c'est-à-dire sans recherche, à l'extérieur. La dénudation indique qu'entre eux et Dieu, il ne doit se trouver rien, mais qu'ils doivent être unis immédiatement à Dieu et contempler la gloire du Seigneur sans avoir de voile qui leur couvre le visage. On coupe les cheveux de la tête pour donner à comprendre par là que les clercs doivent retrancher de leur esprit toutes pensées superflues, avoir toujours l'ouïe prête et

1. Saint Augustin, au livre VI de ses *Confessions*, parle de cet usage qui subsistait encore en 570, dans les Gaules, d'après un concile de Tours.

disposée à la parole de Dieu, et se détacher absolument des choses temporelles, excepté dans ce qui est de nécessité. La tonsure a la figure d'un cercle pour bien des raisons : 1° parce que cette figure n'a ni commencement ni fin; ce qui indique que les clercs sont les ministres d'un Dieu qui n'a aussi ni commencement ni fin; 2° parce que cette figure, qui n'a aucun angle, signifie qu'ils ne doivent point avoir d'ordures en leur vie; car, ainsi que dit saint Bernard, où il y a angle, il y a ordures; et ils doivent conserver la vérité dans la doctrine; car, selon saint Jérôme, la vérité n'aime pas les angles; 3° parce que cette figure est la plus belle de toutes; ce qui a porté Dieu à faire les créatures célestes avec cette figure, pour signifier que les clercs doivent avoir la beauté de l'intérieur dans le cœur et celle de l'extérieur dans la manière de vivre; 4° parce que cette figure est de toutes la plus simple : d'après saint Augustin, aucune figure n'est obtenue avec une seule ligne, il n'y a que le cercle seulement qui n'en renferme qu'une; on voit par là que les clercs doivent posséder la simplicité des colombes, selon cette parole de l'Evangile : « Soyez simples comme des colombes. »

SAINT MATHIAS, APOTRE

Mathias est un nom hébreu qui signifie donné par Dieu, ou donation du Seigneur, ou humble, petit, car il fut donné par le Seigneur quand il le choisit, et le sépara du monde et en fit un des soixante-douze disciples. Il fut donation du Seigneur quand, ayant été choisi par le sort, il mérita d'être du nombre des apôtres. Il fut petit, car toujours il garda une véritable humilité. Il y a trois sortes d'humilité, dit saint Ambroise : la première d'affliction quand quelqu'un est humilié; la seconde de considération qui vient de la considération de soi; la troisième de dévotion qui procède de la connaissance du créateur. Saint Mathias eut la première en souffrant le martyre, la seconde en se méprisant lui-même, la troisième en admirant la majesté de Dieu. Mathias vient encore de *manu*, qui veut dire bon, et *thésis*, qui signifie placement. De là Mathias, le bon, à la place du méchant, savoir de Judas. Sa vie, qu'on lit dans les églises, est attribuée à Bède.

Mathias remplaça Judas dans l'apostolat. Mais voyons d'abord en peu de mots la naissance et l'origine de ce Judas le traître. On lit donc dans une histoire (toutefois elle est apocryphe) qu'il y eut à Jérusalem un homme du nom de Ruben, appelé autrement Simon, de la tribu de Dam, ou d'après saint Jérôme, de la tribu d'Issachar, qui eut pour femme Cyborée. Or, une nuit qu'ils s'étaient mutuellement rendu le devoir, Cyborée s'endormit et eut un songe dont elle fut effrayée et qu'elle raconta comme il suit à son mari avec sanglots et soupirs : « Il me semblait enfanter un fils souillé de vices qui devait être la cause de la ruine de toute notre nation. » Ruben lui dit : « Tu racontes là une chose affreuse, qu'on ne devrait jamais répéter : et tu as, je pense, été le jouet d'un esprit pithon. » Elle lui répondit : « Si je m'aperçois que j'ai conçu et si je mets au monde un fils, il n'y aura certainement pas là d'esprit pithon; dès lors la révélation devient évidente. » Or, son temps expiré, elle enfanta un fils; ses parents furent dans une grande angoisse et réfléchirent sur ce qu'ils feraient de cet enfant; comme ils avaient horreur de le tuer, et qu'ils ne voulaient pas élever le destructeur de leur race, ils le placèrent dans un panier de jonc qu'ils exposèrent sur la mer, dont les flots le jetèrent sur une île, appelée Scarioth. Judas a donc pris de cette île son nom d'Iscarioth. Or, la reine de ce pays n'avait point d'enfant. Etant allée se promener sur le bord de la mer, et voyant cette corbeille ballottée par les flots, elle l'ouvrit. En trouvant cet enfant qui était de forme élégante, elle dit avec un soupir : « Oh! que n'ai-je la consolation d'avoir un si grand enfant pour ne pas laisser mon royaume sans successeur! » Elle fit donc nourrir l'enfant en cachette, simula une grossesse; enfin elle déclara mensongèrement avoir mis au monde un fils, et cette grande nouvelle fut répandue par tout le royaume. Le prince fut dans l'ivresse d'avoir un fils et le peuple en conçut une grande joie. L'enfant fut élevé avec une magnificence royale. Mais peu de temps après la reine conçut du roi et elle enfanta un fils à son terme. Les enfants avaient déjà grandi un peu, fort souvent ils jouaient ensemble, et Judas tourmentait l'enfant du roi par de fréquentes taquineries et par des injures, au point de le faire souvent pleurer. Or, la reine, qui le souffrait avec chagrin, et qui savait que Judas ne lui était de rien, le frappait souvent. Mais cela ne corrigea pas Judas de molester l'enfant. Enfin le fait est divulgué et Judas déclaré n'être pas le vrai fils de la reine, mais un enfant trouvé. Après cette découverte, Judas tout honteux tua, sans qu'on le vît, son frère putatif, le fils du roi. Craignant d'être condamné à perdre la tête pour ce crime, il s'enfuit à Jérusalem avec ceux qui étaient soumis au tribut, et se mit au service de la cour de Pilate pour lors gouverneur, et comme qui se ressemble se rassemble, Pilate trouva que Judas lui convenait et conçut pour lui une grande affection. Judas est donc mis à la tête de la cour de Pilate, et tout se fait d'après ses ordres. Un jour que Pilate regardait de son palais dans un verger enclos, il fut pris d'une telle envie d'avoir des pommes qui s'y trouvaient qu'il faillit presque tomber faible. Or, ce jardin appartenait à Ruben, le père de Judas; mais Judas ne connaissait pas son père, ni Ruben ne connaissait son fils, parce que, d'abord, Ruben pensait que son fils avait péri dans la mer, et ensuite que Judas ignorait complètement qui était son père et quelle était sa patrie. Pilate fit donc mander Judas et lui dit : « J'ai un si grand désir de ces fruits que si j'en suis privé j'en mourrai. » Alors Judas s'empressa de sauter dans l'enclos et cueillit des pommes au plus vite. Sur ces entrefaites, arrive Ruben qui trouve Judas cueillant ses pommes. Alors voilà une vive dispute qui s'engage : ils se disent des injures; après les injures, viennent les coups, et ils se font beaucoup de mal; enfin Judas frappe Ruben avec une pierre à la jointure du cou, et le tue; il prend ses pommes et vient raconter à Pilate l'accident qui lui est arrivé. C'était au déclin du jour, et la nuit approchait, quand on trouva Ruben mort. On croit qu'il est la victime d'une mort subite. Pilate concéda alors à Judas tous les biens de Ruben; de plus, il lui donna pour femme l'épouse de ce même Ruben. Or, un jour que Ciborée poussait de profonds soupirs et que Judas son mari lui demandait avec intérêt ce qui l'agitait, elle répondit : « Hélas! je suis la plus misérable des femmes; j'ai noyé mon petit enfant dans la mer et j'ai trouvé mon mari mort avant le temps; mais de plus, voici que Pilate a ajouté malheureusement une douleur à ma douleur, en me faisant marier au milieu de la plus grande tristesse, et en m'unissant à toi contre ma volonté. » Quand elle lui eut raconté tout ce qui avait trait au petit enfant, et que Judas lui eut rapporté tous ses malheurs, il fut reconnu que Judas avait épousé sa mère et qu'il avait tué son père. Touché de repentir, il alla, par le conseil de Ciborée, trouver N.S. J.-C. et lui demanda pardon de ses péchés. Jusqu'ici c'est le récit de l'histoire apocryphe qui est laissée à l'appréciation du lecteur, quoiqu'elle soit plutôt à rejeter qu'à admettre. Or, le Seigneur le fit son disciple; de disciple il l'élut apôtre, et il l'eut en telle confiance et amitié qu'il fit son procureur de celui que peu de temps après il supporta comme traditeur : en effet il portait la bourse et il volait ce qu'on donnait à J.-C. Il fut marri, au temps de la Passion du Seigneur, que le parfum, qui valait trois cents deniers, n'eût pas été vendu, pour les pouvoir encore ravir; alors il alla vendre son maître trente deniers, dont un valait dix des deniers courants, et il se compensa ainsi de la perte des trois cents deniers du parfum; ou bien, d'après le rapport de quelques personnes, il volait la dixième partie de tout ce qu'on donnait pour J.-C. et pour la dixième partie qu'il avait perdue du parfum, c'est-à-dire, pour trente deniers, il vendit le Seigneur. Il est vrai que touché de repentir il les rapporta et qu'il alla se pendre avec un lacet, et s'étant pendu il a crevé par le milieu du ventre et toutes ses entrailles se sont répandues; et il ne rejeta rien par la bouche; car il n'était pas convenable qu'elle fût souillée d'une façon si ignominieuse après avoir été touchée par la glorieuse bouche de J.-C. Il était encore convenable que les entrailles qui avaient conçu la trahison fussent déchirées et répandues, et que la gorge par où la parole de trahison avait passé fût étranglée avec un lacet. Il mourut en l'air, afin qu'ayant offensé les anges dans le ciel et les hommes sur la terre, il fût placé ailleurs que dans l'habitation des anges et des hommes, et qu'il fût associé avec les démons dans l'air [1].

Comme, entre l'Ascension et la Pentecôte, les apôtres étaient réunis dans le cénacle, Pierre voyant que le nombre des douze apôtres était diminué, nombre que le Seigneur avait choisi lui-même, pour annoncer la Trinité dans les quatre parties du monde, il se leva au milieu des frères et dit : « Mes frères, il faut que nous mettions quelqu'un à la place de Judas, pour qu'il témoigne avec nous de la résurrection de J.-C. qui nous a dit : « Vous me serez des « témoins à Jérusalem, en toute la Judée, en Samarie, et jus- « qu'aux extrémités de la terre; et parce qu'un témoin ne « peut rendre témoignage que de ce qu'il a vu, il nous faut « choisir un de ces hommes qui ont toujours été avec nous, « qui ont vu les miracles du Seigneur, et qui ont ouï sa doc- « trine. » Et ils présentèrent deux des soixante-douze disciples, Joseph, qui, pour sa sainteté, fut surnommé le Juste, frère de Jacques-Alphée, et Mathias, dont on ne fait pas l'éloge; il suffit, en effet, pour le louer, de dire qu'il a été choisi comme apôtre. Et s'étant mis en prières, ils dirent : « Seigneur, vous qui connaissez les cœurs de tous les hommes, montrez lequel de ces deux vous avez choisi pour remplir ce ministère et pour entrer dans l'apostolat que Judas a perdu. » Ils les tirèrent au sort et le sort tombant sur Mathias, celui-ci fut associé aux onze apôtres. « Il faut faire attention, dit saint Jérôme, que l'on ne peut pas se servir de cet exemple pour tirer au sort, car les privilèges dont jouissent quelques personnes ne font pas la loi commune. » « En outre, dit Bède, jusqu'à la venue de la vérité, il fut permis de se servir des figures, car la véritable hostie fut immolée à la passion, mais elle fut consommée à la Pentecôte, et dans l'élection de saint Mathias, on eut recours au sort pour ne pas déroger à la loi qui ordonnait de chercher par le sort quel serait le grand prêtre. » Mais après la Pentecôte, la vérité ayant été proclamée, les sept diacres

1. Papias, évêque d'Hyerapolis, disciple de saint Jean, affirme que Judas survécut à sa pendaison; mais que, devenu affreusement hydropique, il fut écrasé par un char; Théophylacte et Euthyme l'assurent aussi.

furent ordonnés, non par la voie du sort, mais par l'élection des disciples, par la prière des apôtres et par l'imposition des mains. Quel fut le sort qu'on employa ? il y a là-dessus deux sentiments parmi les saints Pères. Saint Jérôme et Bède veulent que ce sort fut de ceux dont il y avait un très fréquent usage sous l'ancienne loi. Mais saint Denys, qui fut le disciple de saint Paul, pense que c'est chose irréligieuse de penser ainsi; et il affirme que ce sort ne fut rien autre chose qu'une splendeur et un rayon de la divine lumière qui descendit sur saint Mathias, comme un signe visible indiquant qu'il fallait le prendre pour apôtre. Voici ses paroles dans le livre de la *Hiérarchie ecclésiastique :* « Par rapport au sort divin qui échut du ciel à Mathias, quelques-uns ont avancé, à mon avis, des propositions qui ne sont pas conformes à l'esprit de la religion : Voici mon opinion : Je crois donc que les Saintes Lettres ont nommé sort en cet endroit quelque céleste indice par lequel fut manifesté au collège apostolique celui qu'avait adopté l'élection divine. » Saint Mathias apôtre eut en partage la Judée, où il se livra avec ardeur à la prédication, et où, après avoir fait beaucoup de miracles, il reposa en paix. On lit dans quelques manuscrits qu'il endura le supplice de la croix, et que c'est après avoir été couronné par ce genre de martyre qu'il monta au ciel. Son corps a été, dit-on, enseveli à Rome en l'église de Sainte-Marie-Majeure dans une pierre de porphyre; et dans le même lieu, on montre sa tête au peuple.

Voici ce qu'on lit dans une légende [1] conservée à Trèves : Mathias de la tribu de Juda naquit à Bethléem d'une famille illustre. Dans les écoles il apprit en peu de temps la science de la loi et des prophètes; et comme il avait en horreur la volupté, il triompha, par la maturité de ses mœurs, des séductions de la jeunesse. Il formait son cœur à la vertu, pour devenir apte à concevoir, enclin à la miséricorde, simple dans la prospérité, constant et intrépide dans l'adversité. Il s'attachait à pratiquer ce qu'il avait lui-même commandé, et à prouver par ses œuvres la doctrine qu'il annonçait. Alors qu'il prêchait en Judée, il rendait la vue aux aveugles, guérissait les lépreux, chassait les démons, restituait aux boiteux le marcher, aux sourds l'ouïe, et la vie aux morts. Ayant été accusé devant le pontife, il se contenta de répondre : « Vous me reprochez des crimes : je n'ai que peu de mots à dire, ce n'est pas un crime d'être chrétien, c'est un titre de gloire. » Le pontife lui dit : « Si on t'accordait un délai, voudrais-tu te repen-

1. Cette légende n'est autre que la traduction faite au XIIe siècle des Actes de saint Mathias extraits d'un ouvrage écrit en hébreu et intitulé *Livre des condamnés*. Elle est attribuée à saint Euchaire, de Trèves, par le P. Henschénius des bollandistes.

tir ? » « Tant s'en faut, répondit-il, que je m'écarte par l'apostasie de la vérité que j'ai une fois trouvée. » Mathias était donc très instruit dans la loi, pur de cœur, prudent d'esprit, subtil à résoudre les questions d'Ecriture sainte, prudent dans ses conseils, et habile à parler. Quand il prêchait la parole de Dieu en Judée, il opérait un grand nombre de conversions par ses miracles et ses prodiges. De là naquit l'envie des juifs qui le traduisirent devant le Conseil. Alors deux faux témoins qui l'avaient accusé jetèrent sur lui les premières pierres, et le saint demanda qu'on ensevelît ces pierres avec lui pour servir de témoignage contre eux. Pendant qu'on le lapidait, il fut frappé de la hache, selon la coutume des Romains, et après avoir levé les mains au ciel, il rendit l'esprit à Dieu. Cette légende ajoute que son corps fut transféré de Judée à Rome et de Rome à Trèves.

On dit dans une autre légende que, quand Mathias vint en Macédoine prêcher la foi de J.-C., on lui donna une potion empoisonnée qui faisait perdre la vue; il la but au nom de J.-C., et il n'en ressentit aucun mal; et comme on avait aveuglé plus de 250 personnes avec cette potion, il leur rendit la vue à toutes en leur imposant les mains. Le diable cependant leur apparut sous les traits d'un enfant et conseilla de tuer Mathias qui détruisait leur culte : quoique le saint fût resté au milieu d'eux, ils ne le trouvèrent pas même après trois jours de recherche. Mais le troisième jour, il se manifesta à eux et leur dit : « Je suis celui qui a eu les mains liées derrière le dos, auquel on a mis une corde au cou, que l'on a cruellement traité, et qui fut mis en prison. » Alors furent vus des diables qui grinçaient des dents contre lui, sans le pouvoir approcher. Mais le Seigneur vint le trouver avec une grande lumière, le leva de terre, le débarrassa de ses liens, et lui ouvrit la porte du cachot en le fortifiant par de douces paroles. Il ne fut pas plus tôt sorti qu'il prêcha la parole de Dieu. Comme plusieurs restaient endurcis, il leur dit : « Je vous préviens que vous descendrez vivants en enfer. » Et à l'instant la terre s'entr'ouvrit et les engloutit tous; les autres se convertirent au Seigneur.

SAINT GRÉGOIRE

Grégoire se dit de *grex*, assemblée, et *gore*, qui veut dire prêcher ou dire. De là Grégoire prêcheur en l'assemblée. Ou bien Grégoire vient de *egregius*, choisi, et *gore*, prêcheur ou docteur. Grégoire signifie encore attentif; car il fut attentif sur soi, sur Dieu et sur le peuple : sur soi, par la conservation de la pureté; sur Dieu, par une contemplation intérieure; sur le peuple, par une prédication assidue. Et ces trois qualités méritent d'obtenir la vision de Dieu. Saint Augustin dit au livre de l'*Ordre* : « Celui-là voit Dieu qui vit bien, qui étudie bien et qui prie bien. » Paul, historien des Lombards, écrivit sa vie qui fut mise en meilleur ordre dans la suite par Jean, diacre[1] .

Grégoire, de race sénatoriale, avait pour père Gordien et sa mère se nommait Sylvie. Ayant acquis dès sa jeunesse et la science complète de la philosophie et jouissant d'une grande opulence, il pensa cependant à tout quitter et à se mettre en religion. Mais comme il tardait à suivre ce projet de conversion et qu'il pensait servir J.-C. avec plus de fruit en restant dans le monde avec la charge de préteur de la ville, il lui survint une foule d'affaires qui l'attachèrent au monde réellement, et non pas seulement en apparence. Enfin quand il eut perdu son père, il fit construire six monastères en Sicile et un septième dans l'enceinte de Rome sur son propre héritage, à l'honneur de saint André apôtre; il y dépouilla ses habits de soie, ruisselants d'or et de pierreries pour se revêtir de l'humble habit de moine. Il parvint en peu de temps à une si haute perfection, que dès les commencements de sa conversion il pouvait être mis au nombre des parfaits. Ce qu'il dit lui-même dans la préface qui précède son *Dialogue*, peut donner une idée de sa sainteté : « Mon malheureux cœur éloigné par le poids de ses occupations se rappelle ce qu'il a été autrefois dans le cloître, comment il foulait aux pieds tout ce qui passe, combien il était élevé au-dessus de toutes les choses de la vie. » Il avait coutume de ne penser qu'aux choses célestes; retenu dans les liens du corps, il affranchissait par la contemplation les obstacles de la chair, et la mort même qui, pour presque tous, est un châtiment, il l'aimait comme l'entrée de la vie et la récompense de son labeur. » Enfin il affligea sa chair par de telles macérations que c'était à peine si, avec un estomac délabré, il pouvait subsister, et la perte de la respiration, nommée syncope par les Grecs, le jetait dans de telles angoisses qu'il était réduit à la dernière extrémité pendant des heures entières. Il arriva une fois, comme il écrivait dans le monastère où il était abbé, qu'un ange du Seigneur se présenta à lui sous les traits d'un naufragé, demandant avec larmes qu'on eût pitié de lui. Grégoire lui fit donner six deniers d'argent; après quoi le mendiant s'en alla. Il revint une seconde fois le même jour, et dit qu'il avait beaucoup perdu, mais qu'il avait reçu trop peu. Le saint lui fit donner la même somme

1. Tous les faits consignés dans cette légende sont extraits de ces deux vies.

d'argent; une troisième fois il revient et demande avec des clameurs importunes qu'on ait pitié de lui. Mais saint Grégoire, informé par le procureur de son monastère, qu'il n'y avait rien à donner qu'une écuelle d'argent que sa mère avait coutume d'envoyer pleine de légumes et qui avait été laissée au monastère, il la fit aussitôt donner. Le pauvre la prit et s'en alla tout joyeux. Or, c'était un ange du Seigneur qui se fit connaître lui-même dans la suite.

Un jour, saint Grégoire, passant sur le marché de Rome, vit quelques enfants très bien constitués, beaux de figure, et remarquables par l'éclat de leur chevelure; ils étaient à vendre. Il demande au marchand de quel pays il les a amenés. « De la Bretagne, répondit-il, dont les habitants sont de semblable beauté. » Il l'interroge de nouveau, s'ils sont chrétiens. Le marchand lui répond : « Non, mais ils sont retenus dans les liens du paganisme. » Alors saint Grégoire gémit avec amertume et dit : « Oh! quelle douleur! que de belles figures possède encore le prince des ténèbres! » Il demande de nouveau quel est le nom de ce peuple. « Ils se nomment Anglais », dit-il. « Ils sont bien nommés Anglais, comme on dirait Angéliques, reprit-il, car ils ont des visages d'anges. » Il lui demanda encore comment se nommait la province d'où ils étaient. Le marchand répondit : « Ils sont décriens [1]. » « Ils sont bien nommés, dit saint Grégoire, car les Décriens doivent être délivrés de l'ire de Dieu. » Il s'informa du nom du roi. Le marchand dit qu'il s'appelait Aelle. Et Grégoire dit : « Il est bien nommé Aelle, parce qu'en son pays il faut qu'on chante alleluia. » Il alla aussitôt trouver le souverain pontife et lui demanda avec grandes instances et prières qu'on l'envoyât pour convertir ce pays : ce qu'il eut de la peine à obtenir. Il s'était déjà mis en chemin quand les Romains, extrêmement affligés de son départ, allèrent trouver le pape, et lui parlèrent ainsi : « Vous avez offensé saint Pierre, vous avez détruit Rome; vous avez fait partir Grégoire. » Le pape effrayé dépêcha à l'instant des courriers pour le rappeler. Grégoire avait déjà fait trois journées de chemin; il s'était arrêté en un endroit où, pendant que ses compagnons se reposaient, il fit une lecture; alors une locuste ou sauterelle survenant l'empêcha de continuer sa lecture, et ce mot de locuste lui fit penser que c'était un ordre qui lui était donné de rester en ce lieu; éclairé par un esprit prophétique, il engage ses compagnons à partir au plus tôt, quand arrivent les courriers apostoliques qui ordonnent à Grégoire de revenir, quoiqu'il en fût fort attristé. Alors le

1. La partie de la Grande-Bretagne au nord du fleuve Humber était divisée en deux provinces : la Décrie et la Bernicie. La Décrie allait de l'Humber à la Tyne et la Bernicie de la Tyne au Forth. L'un et l'autre pays avaient chacun un roi. Cf. Bède, Guillaume de Malmesbyres.

pape l'arracha de son monastère, et l'ordonna son diacre cardinal.

Le fleuve du Tibre étant sorti de son lit déborda tellement qu'il coulait par-dessus les murs de la ville et renversait une quantité de maisons. Mais avec les eaux du Tibre descendirent en mer beaucoup de serpents et un grand dragon, qui, étouffés par les flots et jetés sur le rivage, corrompirent l'air par leur pourriture. Il en résulta une peste affreuse, de la nature de celle qui attaque l'aine, en sorte qu'il semblait que l'on voyait réellement des flèches tomber du ciel et frapper chaque particulier. Le premier atteint fut le pape Pélage, qui fut emporté en un moment : et bientôt le mal fit de tels ravages dans le peuple que beaucoup de maisons de la ville restèrent vides par la mort de leurs habitants. Comme l'Eglise de Dieu ne pouvait rester sans chef, le peuple entier élut Grégoire, malgré toutes les résistances possibles de la part du saint. Il n'était pas encore sacré quand la peste ravageait la population : il fit alors un sermon au peuple, ordonna une procession, où il institua de chanter les Litanies, et avertit tous les fidèles de prier Dieu avec plus de ferveur que jamais. Au moment donc où le peuple était rassemblé pour les prières, le fléau fut si violent qu'en une heure périrent quatre-vingt-dix personnes. Mais cela ne l'empêcha pas de continuer à exhorter le peuple qu'il eût à ne pas se lasser de prier, jusqu'à ce que la miséricorde de Dieu éloignât la peste. La procession finie, il voulut s'enfuir, mais il ne le put, parce que, par rapport à lui, il y avait jour et nuit des gardes apostés aux portes pour le surveiller. Cependant, il changea de vêtement, et de concert avec certains négociants, il se cacha dans un tonneau et obtint d'eux qu'ils le sortiraient ainsi de la ville, sur une voiture. Il gagna de suite une forêt, y chercha une caverne pour s'y cacher, il y resta enfermé trois jours. On se mit activement à sa recherche, quand une colonne de feu partant du ciel descendit sur l'endroit où il était caché : et sur cette colonne, un reclus vit des anges qui montaient et qui descendaient; aussitôt le peuple se saisit de lui, le traîne, et il est sacré souverain pontife. Il suffit de lire ses écrits pour se convaincre que ce fut malgré lui qu'il fut élevé à ce haut rang d'honneur. En effet voici comment il s'exprime dans une épître au patrice Narsès : « Pendant que vous décriviez si exactement les douceurs de la contemplation, vous faisiez renaître en moi les gémissements que j'ai donnés à ma ruine; car j'ai su ce que j'ai perdu de calme intérieur, lorsque, sans aucun mérite de ma part, j'ai été élevé au comble de la puissance. Or, sachez que je suis frappé d'une douleur telle que c'est à peine si je puis la dire. Ne m'appelez donc pas Noémi, c'est-à-dire beau, mais appelez-moi mara, parce que je suis tout marri. » Il dit encore ailleurs : « Si vous m'aimez, pleurez-moi en apprenant que j'ai été élevé au souverain pontificat; je pleure moi-même sans relâche, et vous conjure de vouloir prier Dieu pour moi. » Voici ce qu'on lit dans la préface de ses *Dialogues :* « A l'occasion de la charge pastorale, mon esprit souffre de s'occuper des affaires séculières, et sali par la poussière des actions de la terre, il regrette la beauté qu'il avait au temps de son repos. J'examine ce que j'endure, j'examine ce que j'ai perdu : et quand je vois ce que j'ai perdu, ce que j'endure me paraît encore plus pénible : me voici battu par les flots d'une vaste mer, et dans le vaisseau de mon âme, je suis brisé par les fureurs d'une affreuse tempête; quand je regarde en arrière dans ma vie, je soupire comme si je tournais les yeux vers le rivage qui me fuit. » — Comme la peste dont il a été parlé plus haut exerçait encore ses ravages dans Rome, il ordonna qu'on ferait, au temps de Pâques, comme de coutume, une procession autour de la ville en chantant les litanies; on y porta en avant avec grande révérence l'image de la bienheureuse Marie toujours vierge, qui est à Rome dans l'église de Sainte-Marie-Majeure et qu'on dit avoir été peinte avec une ressemblance parfaite par saint Luc, médecin et peintre excellent; et voilà que l'air corrompu et infecté s'écartait pour faire place à l'image, comme s'il n'en pouvait supporter la présence : En sorte qu'en arrière du tableau restait une merveilleuse sérénité et l'air reprenait toute sa pureté. On rapporte qu'alors, on entendit dans les airs les voix des anges qui chantaient vis-à-vis de l'image : « *Regina cœli lætare, alleluia, quia quem meruisti portare, alleluia, resurrexit, sicut dixit, alleluia.* Reine du ciel, réjouissez-vous, alleluia; car celui que vous avez mérité de porter, alleluia, est ressuscité, alleluia. » A quoi saint Grégoire ajouta à l'instant ces mots : « *Ora pro nobis Deum, alleluia.* Priez Dieu pour nous, alleluia. » Alors saint Grégoire vit, sur le château de Crescentius, l'ange du Seigneur essuyant un glaive ensanglanté qu'il remit dans le fourreau : saint Grégoire comprit alors que la peste avait cessé : et c'est en effet ce qui arriva, ce château reçut depuis le nom de château Saint-Ange. Enfin, dans le but d'accomplir ce qui avait toujours fait l'objet de ses désirs, saint Grégoire envoya Augustin, Mellitus et Jean avec quelques autres en Angleterre, dont les habitants furent convertis à la foi, par ses prières et ses mérites.

L'humilité de saint Grégoire était si profonde qu'il ne souffrait aucune louange de qui que ce fût : Il écrivit en effet en ces termes à l'évêque Etienne qui l'avait loué : « Dans la lettre que vous m'avez adressée, vous avez usé d'une bienveillance dont je suis tout à fait indigne; et cependant il est écrit : « Ne louez personne de son vivant. » Quoique je n'aie pas mérité tout ce qu'il vous a plu de dire de moi, je vous prie de m'en rendre digne par vos prières, afin qu'ayant dit de moi un bien qui n'existe point, il y soit dorénavant parce que vous avez dit qu'il y est. » Il écrit encore au patrice Narsès : « Il y a des pensées fines et des passages intéressants dans vos lettres où vous jouez sur ma cause et sur mon nom. Certes, très cher frère, vous appelez lion celui qui n'est qu'un singe; nous parlons ainsi quand nous appelons de petits chats galeux des léopards ou des tigres. » Et dans sa lettre à Anastase, patriarche d'Antioche : « Vous m'appelez la bouche du Seigneur, vous dites que je suis une lumière, vous avancez que, par mes paroles, je puis être utile à beaucoup, je puis les éclairer; vraiment, je vous avoue que vous me faites bien douter de l'estime que vous avez conçue de moi. Je considère en effet quel je suis et je ne trouve trace de ce que vous y voyez. Je considère qui vous êtes, et je ne pense pas que vous puissiez mentir. Or, quand je veux croire ce que vous dites, ma misère me dit le contraire; lorsque je veux discuter ce qui est dit à ma louange, votre sainteté me contredit : mais, je vous en prie, saint homme, qu'il y ait pour nous quelque profit de cette querelle, et que si ce que vous dites n'existe pas, que cela existe parce que vous le dites. » Tous les termes qui sentaient la jactance et la vanité, il les repoussait avec mépris; aussi écrit-il en ces termes à Euloge, patriarche d'Alexandrie, qui l'avait appelé pape universel : « En vedette de la lettre que vous m'avez adressée, vous avez cru devoir vous servir d'une expression qui renferme une appellation orgueilleuse en me disant pape universel. Ce que je demande, c'est que votre sainteté ne le fasse plus à l'avenir; car c'est vous ôter à vous-même que d'accorder à un autre plus que la raison n'exige. Pour moi, je ne cherche pas à être relevé par des mots, mais par des mœurs, et je ne regarde pas comme un accroissement de gloire ce qui m'exalte aux dépens de mes frères. Loin donc les paroles qui enflent la vanité et blessent la charité. » Et pour ce que Jean, évêque de Constantinople, s'était attribué ce titre de vanité en se faisant appeler frauduleusement pape universel par le synode, saint Grégoire entre autres choses écrit cela de lui : « Quel est cet homme, qui, malgré les ordonnances de l'Evangile, contre les décrets des canons, a la présomption d'usurper pour lui un nom nouveau, comme le ferait quelqu'un qui, sans vouloir rabaisser autrui, veut être seul au-dessus des autres quand il aspire à être universel ? » Il ne voulait même pas se servir du mot ordre dans ses rapports avec ses coévêques, ce qui lui fait dire dans une lettre à Euloge, évêque d'Alexandrie :

« Votre charité me parle en ces termes : comme vous l'avez ordonné; ne vous servez pas avec moi de ce mot : ordre, parce que je sais qui je suis et qui vous êtes : vous êtes mes frères par la place que vous occupez, et vous êtes mes pères par votre conduite. » Il poussait encore l'humilité qui le distinguait, jusqu'à ne vouloir pas que les dames se nommassent ses servantes. C'est pourquoi il écrit à Rusticane, de famille patricienne : « Je n'ai qu'une chose à relever dans votre lettre, c'est que vous répétez trop souvent ce qui pouvait n'être dit qu'une fois : votre servante et encore votre servante. Ma charge d'évêque m'a rendu le serviteur de tous, pourquoi donc vous dire ma servante ? moi qui avant de recevoir l'épiscopat vous ai appartenu. Ainsi, je vous en prie par le Dieu tout-puissant, ne me faites plus lire de pareilles expressions dans vos lettres. » Ce fut le premier qui dans ses épîtres se nomma le serviteur des serviteurs de Dieu, et il établit que ses successeurs s'appelleraient ainsi. De son vivant, par excès d'humilité, il ne voulait publier aucune de ses œuvres, et il trouvait que ses livres ne valaient rien en comparaison de ceux des autres : ce qui le fit écrire en ces termes à Innocent, gouverneur d'Afrique : « Au sujet de la demande que vous nous adressez de vous envoyer l'*Exposition sur Job*, nous partageons la joie que vous retirez de vos études; mais si vous voulez nourrir votre esprit d'une substance délicieuse, lisez les opuscules de votre compatriote le bienheureux Augustin; ne préférez pas notre son à son froment, car je ne veux pas, tant que je vivrai, faire connaître aux hommes ce que j'ai pu avoir écrit. »

On lit dans un livre traduit du grec en latin qu'un saint Père, nommé l'abbé Jean, vint à Rome pour visiter les églises des apôtres; et qu'en voyant passer au milieu de la ville le bienheureux pape Grégoire, il voulut aller à sa rencontre et lui faire révérence, comme cela était convenable; mais saint Grégoire, le voyant se disposer à se prosterner en terre, se hâta de se prosterner lui-même devant lui et ne se releva que quand l'abbé en eut fait autant le premier; ceci met en relief sa grande humilité. Il usait de tant de largesse en ses aumônes qu'il ne fournissait pas le nécessaire seulement à ceux qui étaient près de lui, mais encore à ceux qui en étaient éloignés, par exemple, aux moines du mont Sinaï : il avait par écrit les noms de tous les indigents et il subvenait à leurs besoins avec une grande libéralité. Il fonda un monastère à Jérusalem et il eut soin qu'on envoyât aux serviteurs de Dieu qui l'habitaient tout le nécessaire : il offrait annuellement quatre-vingts livres d'or pour les dépenses quotidiennes de trois mille servantes de Dieu : chaque jour encore, il invitait à sa table tous les pèlerins. Entre autres, il en vint un jour un auquel saint Grégoire voulait servir de l'eau pour laver ses mains, il se retournait pour prendre le vase quand tout à coup il ne trouva plus celui sur les mains duquel il voulait verser l'eau. Or, après avoir admiré à part lui cette étrangeté, cette nuit-là même, le Seigneur lui apparut en songe, et lui dit : « Les autres jours, vous m'avez reçu dans la personne de ceux qui sont mes membres, mais hier c'est moi que vous avez reçu en personne. » Une autre fois il commanda à son chancelier d'inviter à son repas douze pèlerins. Le chancelier alla exécuter ses ordres. Alors qu'ils étaient ensemble à table, le pape regarda et en compta treize; il demanda au chancelier pourquoi il avait pris sur lui d'inviter contre ses ordres ce nombre de personnes. Le chancelier compta lui-même et n'en trouvant que douze il dit : « Croyez-moi, mon Père, ils ne sont que douze. » Saint Grégoire remarqua que celui qui était assis à côté de lui changeait de figure à chaque instant, que tantôt c'était un jeune homme, tantôt un vieillard vénérable à tête blanche. Le repas fini, il le conduisit à sa chambre et le conjura de vouloir bien lui dire son nom et qui il était. Celui-ci répondit : « Pourquoi me demandez-vous mon nom qui est admirable ? Apprenez pourtant que je suis le naufragé auquel vous avez donné une écuelle d'argent que votre mère vous avait envoyée avec des légumes, et tenez pour certain qu'à dater de ce jour où vous m'avez fait l'aumône, le Seigneur vous a destiné à devenir le chef de son Eglise et le successeur de l'apôtre saint Pierre. » Grégoire lui dit : « Et comment savez-vous que dès lors le Seigneur me destina à gouverner son Eglise ? » Il répondit : « Parce que je suis son ange et le Seigneur m'a fait revenir chez vous pour être occupé à vous garder et pour pouvoir obtenir de lui tout ce que vous lui demanderez par mon entremise. » A l'instant il disparut.

En ce temps-là un ermite, homme de grande vertu, avait tout quitté pour Dieu, et ne possédait rien qu'une chatte qu'il caressait souvent et qu'il réchauffait sur son giron comme sa compagne. Or, il pria Dieu de daigner lui montrer avec qui il pourrait espérer partager la demeure éternelle, lui qui, pour son amour, ne possédait rien des richesses du siècle : il lui fut donc révélé une nuit qu'il avait lieu d'espérer de demeurer avec Grégoire, pontife romain. Alors il se mit à gémir en pensant que sa pauvreté volontaire lui avait servi de peu, puisqu'il devait être récompensé avec quelqu'un qui nageait dans l'abondance de toutes les richesses du monde. Or, comme il comparait jour et nuit en pleurant les richesses de Grégoire avec sa pauvreté, une autre nuit, il entendit le Seigneur lui dire : « Comme ce n'est pas la possession des richesses, mais la convoitise qui font le riche, pourquoi oses-tu comparer ta pauvreté avec les richesses de Grégoire ? tu te complais plus dans l'amour de cette chatte que tu possèdes, que tu caresses tous les jours, que lui au sein de ses richesses : il ne les aime pas, mais il les méprise et les distribue bénévolement à tout le monde. » Ce solitaire rendit grâces à Dieu : et celui qui avait cru son mérite rabaissé d'être en société avec Grégoire se mit à prier pour qu'il méritât d'avoir un jour une place auprès de lui.

Saint Grégoire avait été faussement accusé auprès de l'empereur Maurice et de ses fils d'avoir fait mourir un évêque; il écrivit ainsi une lettre qu'il adressa à l'apocrisiaire : « Il est une chose que vous pouvez suggérer brièvement à mes maîtres, c'est que si j'avais voulu m'occuper de causer la mort et de nuire aux Lombards, aujourd'hui la nation des Lombards n'aurait ni roi, ni duc, ni comtes, et serait dans une grande confusion, mais parce que je crains Dieu, j'appréhende de chercher à perdre n'importe quel homme. » Son humilité était si grande que, tout souverain pontife qu'il fût, il se disait le serviteur de l'empereur, et l'appelait son maître. Il était inoffensif à un tel point qu'il ne voulait pas consentir à la mort de ses ennemis. Alors que l'empereur Maurice persécutait saint Grégoire et l'Eglise de Dieu, ce saint lui écrivit entre autres choses : « Parce que je suis pécheur, je crois que vous apaisez d'autant plus Dieu que vous m'affligez, moi, qui le sers si mal. » Une fois, un personnage, revêtu d'un habit de moine, se présenta hardiment avec une épée nue à la main en présence de l'empereur et, la brandissant contre lui, il lui prédit qu'il mourrait par l'épée. Maurice effrayé cessa de persécuter Grégoire, et lui demanda instamment de prier pour lui afin que Dieu le punît en cette vie de ses méfaits et qu'il n'attendît pas à le châtier au dernier jugement. Une fois, Maurice se vit cité devant le tribunal du juge, et entendit crier : « Amenez Maurice. » Et les ministres se saisirent de lui et le placèrent en présence du juge qui lui dit : « Où veux-tu que je te rende les maux que tu as commis en ce siècle ? » Maurice répondit : « Ici plutôt, Seigneur, et ne me les réservez pas pour le siècle futur. » Aussitôt la voix divine commanda que Maurice, sa femme, ses fils et ses filles fussent livrés au soldat Phocas pour être mis à mort. Ce qui arriva en effet. Peu de temps après, un de ses soldats, appelé Phocas, le tua avec toute sa famille, par l'épée, et lui succéda à l'empire.

Le jour de Pâques, saint Grégoire célébrait la Messe à Sainte-Marie-Majeure, et au *Pax Domini* un ange du Seigneur répondit tout haut : *Et cum spiritu tuo*. En témoignage de ce prodige, le pape fait station, au jour de Pâques, en cette église, et on ne lui répond pas encore [1] au *Pax Domini*.

Comme l'empereur Trajan partait en toute hâte pour livrer une bataille, une veuve éplorée vint le trouver et lui dire : « Je vous demande en grâce qu'il vous plaise venger

1. « On ne lui répond pas encore », lire : « *on ne lui répond pas* ». (Note de l'éditeur.)

le sang de mon fils qui a été tué injustement. » Alors Trajan promit de le venger, s'il revenait sauf. La veuve lui dit : « Et qui pourra me le faire, si vous mourez à la bataille ? » Trajan répondit : « Celui qui après moi sera empereur. » La veuve reprit : « A quoi cela vous profitera-t-il, qu'un autre me fasse justice ? » Trajan dit : « A rien certainement. » « Alors, dit la veuve, ne vaudrait-il pas mieux que vous me fassiez justice et que vous en receviez récompense, que de la laisser à faire à un autre ? » Trajan donc, ému de pitié, descendit de cheval, et vengea à l'instant même la mort de cet innocent. On rapporte encore que le fils de Trajan, chevauchant par la ville, d'une façon trop lascive [1], tua le fils d'une veuve; celle-ci, tout en pleurs, alla rapporter le fait à Trajan; l'empereur lui livra son fils, l'auteur du meurtre, à la place de l'enfant mort, et il le dota richement. Or, une fois que, longtemps après la mort de Trajan, saint Grégoire passait sur la place Trajane en pensant à la mansuétude de Trajan quand il jugeait une affaire, il entra dans la basilique de Saint-Pierre et se mit à pleurer très amèrement sur les erreurs de ce prince. Lors il lui fut répondu miraculeusement : « Voici que j'ai fait droit à ta requête, et j'ai délivré Trajan de la peine éternelle, mais dorénavant, garde-toi bien d'adresser des prières pour un damné. » Le Damascène raconte, en un de ses sermons, que saint Grégoire, priant pour l'âme de Trajan, entendit une voix du ciel lui parlant ainsi : « J'ai entendu ta voix et je donne grâce à Trajan. » « De ce fait, ajoute-t-il au même endroit, tout l'Orient et tout l'Occident en sont témoins. » Sur cela, quelques-uns ont dit que Trajan a été rappelé à la vie, et qu'ayant acquis des grâces, il mérita son pardon et obtint ainsi la gloire, et qu'il n'avait pas été finalement mis en enfer, ni condamné par une sentence définitive. D'autres ont prétendu que l'âme de Trajan ne fut pas simplement délivrée de la peine éternelle qu'il avait méritée, mais que cette peine fut suspendue pour un temps, savoir jusqu'au jour du jugement. D'autres soutiennent que sa peine, quant au lieu et quant au mode de tourment, lui fut infligée sous condition, c'est-à-dire, jusqu'à ce que par les prières de saint Grégoire, avec la grâce de J.-C., il y eût changement quant au lieu ou quant au mode. D'autres, comme Jean, diacre, qui a compilé cette légende, disent qu'on ne lit pas qu'il a prié, mais qu'il a pleuré : que le Seigneur accorde fréquemment dans sa miséricorde ce que l'homme n'ose lui demander, tout désireux qu'il soit d'obtenir, et que l'âme de Trajan ne fut pas délivrée de l'enfer et placée au paradis, mais qu'elle est simplement

1. « D'une façon trop lascive » plutôt : « *avec trop de pétulance* ». (Note de l'éditeur.)

délivrée des peines de l'enfer. « Il peut en effet se faire, dit-il, qu'une âme soit en enfer, et que, par la miséricorde de Dieu, elle n'en ressente pas les tourments. » D'autres avancent que la peine éternelle consiste en deux choses, qui sont la peine du sens et la peine du dam qui est la privation de la vue de Dieu. Or la peine éternelle lui est remise quant à la peine du sens, mais quant à la peine du dam, elle lui est restée. On rapporte encore qu'un ange ajouta ces mots en parlant à saint Grégoire : « Parce que vous avez prié pour un damné, choisissez de deux choses l'une, ou de souffrir deux jours en purgatoire, ou d'être rongé de douleurs et d'infirmités durant toute votre vie. » Le saint préféra endurer des infirmités tout le temps de sa vie à être tourmenté deux jours dans le purgatoire. Aussi dans la suite, toujours il fut sujet à la fièvre, à des attaques de goutte, ou bien il fut affligé de différentes douleurs ou en proie à d'affreux maux d'estomac : ce qui lui fait dire en une de ses épîtres : « Je souffre tant de la goutte et de maladies que ma vie m'est la plus poignante des peines; tous les jours je suis sur le point de défaillir de douleur et je soupire après la mort comme après un remède. » Il dit encore ailleurs : « Tantôt ma douleur est faible, tantôt elle est insupportable; mais elle n'est pas si faible qu'elle me quitte, ni si excessive qu'elle me fasse mourir, en sorte qu'il se fait que, bien qu'étant si près de la mort, j'en suis cependant repoussé. Les humeurs mauvaises se sont tellement empreintes en moi que la vie m'est une peine, et que j'attends avec grand désir la mort que je crois être le seul remède à mes gémissements. »

Une dame offrait, tous les jours de dimanche, du pain à saint Grégoire; et comme pendant la solennité de la messe il lui donnait le corps du Seigneur en disant : « Que le corps de N. S. J.-C. te garde pour la vie éternelle, » elle se mit à sourire avec indécence. Aussitôt le saint retira sa main qu'il avait approchée de la bouche de cette femme et remit la parcelle du corps du Seigneur sur l'autel; ensuite il lui demanda, en présence du peuple, pour quel motif elle avait osé rire. Elle répondit : « C'est parce que ce pain, que j'ai fait de mes propres mains, vous l'appeliez le corps du Seigneur. » Alors saint Grégoire se prosterna en prière pour l'incrédulité de cette femme, et, en se levant, il trouva que cette parcelle de pain s'était convertie en chair sous la forme d'un doigt, et il rendit ainsi la foi à cette femme. Il pria de nouveau et il vit cette chair convertie en pain et la donna à prendre à la dame. — Quelques princes lui demandant des reliques précieuses, il leur donna quelque peu de la dalmatique de saint Jean l'évangéliste. Ils le reçurent, mais ils le lui renvoyèrent avec grande indignation, estimant que c'étaient viles reliques. Alors saint Grégoire, après avoir fait une prière, demanda un couteau et en piqua l'étoffe. De ces piqûres jaillit aussitôt du sang; et ce miracle prouva combien ces reliques étaient précieuses. — Un des riches de Rome quitta sa femme et fut en conséquence privé de la communion par le pontife. Le coupable supporta cela avec déplaisir, mais ne pouvant se soustraire à l'autorité d'un si grand pape, il prit avis des magiciens qui lui promirent que, par leurs enchantements, le démon entrerait dans le cheval du saint : cet animal deviendrait si furieux qu'il y aurait danger pour le cavalier. Or, comme saint Grégoire passait de temps à autre avec son cheval, les magiciens, ayant envoyé un démon, firent tourmenter le cheval si fort que personne ne le pouvait maîtriser. Saint Grégoire sut alors par révélation que le diable était entré dans le cheval, et il fit un signe de croix qui délivra le cheval de la rage dont il était tourmenté. Il y eut plus; les magiciens furent frappés d'un aveuglement perpétuel. Ils confessèrent leur mauvaise action et parvinrent dans la suite à la grâce du baptême. Il ne voulut pas leur rendre la vue, de crainte qu'ils ne lussent encore dans leurs livres de magie, mais il les fit nourrir des revenus de l'Eglise. — On lit encore dans un livre que les Grecs nomment Lymon que l'abbé qui était à la tête du monastère de saint Grégoire lui dénonça un moine qui avait en sa possession trois pièces de monnaie. Saint Grégoire l'excommunia pour imprimer de la terreur aux autres. Peu de temps après, le frère meurt sans que saint Grégoire en soit informé. Il fut irrité de ce qu'on l'avait laissé mourir sans absolution; alors il écrivit, sur une feuille, une prière par laquelle il l'absolvait du lien de l'excommunication, puis il la donna à un diacre pour qu'il en fît lecture sur la fosse du frère défunt : ce qui fut exécuté. La nuit suivante, le mort apparut à l'abbé et lui déclara que, jusqu'alors, il avait été détenu dans une prison, mais que la veille il avait été absous.

Il composa l'office et le chant ecclésiastique, et pour cela il fit bâtir deux maisons, l'une à côté de la basilique de Saint-Pierre, l'autre près de l'église de Latran, où jusqu'aujourd'hui l'on conserve avec un respect convenable le lit où il se reposait quand il enseignait à chanter, et le fouet, avec lequel il menaçait les enfants, ainsi que l'exemplaire authentique de l'antiphonaire. Il ajouta au canon ces mots : *Diesque nostros in tua pace disponas atque ab æterna damnatione nos eripi, et in electorum tuorum jubeas grege numerari.* Enfin saint Grégoire mourut plein de bonnes œuvres, après avoir siégé treize ans, six mois et dix jours. Sur sa tombe on inscrivit ces vers :

Suscipe, terra, tuo corpus de corpore sumptum,
Reddere quod valeas, vivificante Deo.
Spiritus astra petit, leti nil jura nocebunt,
Cui vitæ alterius mors magis ipsa vita est.
Pontificis summi hoc clauduntur membra sepulchro,
Qui innumeris semper vivit ubique bonis[1] .

Ce fut l'an de l'Incarnation du Seigneur 604, sous l'empire de Phocas. Après la mort de saint Grégoire, tout le pays fut ravagé par une horrible famine. Alors les pauvres que saint Grégoire avait l'habitude de secourir par ses aumônes venaient dire à son successeur : « Seigneur, que votre sainteté ne laisse pas mourir de faim ceux que notre père Grégoire avait coutume de nourrir. » Le pape indigné leur disait pour toute réponse : « Si Grégoire s'est chargé de soutenir tous les peuples pour s'attirer renommée et louanges, pour nous, nous ne pouvons vous nourrir. » Et il les renvoyait toujours ainsi les mains vides. Alors saint Grégoire lui apparut jusqu'à trois fois et lui reprocha avec douceur son avarice et ses refus : mais le pape ne se mit pas en peine de s'amender en quoi que ce fût. Saint Grégoire, une quatrième fois, lui apparut avec un air terrible, le reprit et le frappa mortellement à la tête; le pape mourut bientôt après de sa douleur. Pendant que cette peste durait encore, quelques envieux se mirent à critiquer saint Grégoire, en assurant qu'il avait épuisé, comme un prodigue, tout le trésor de l'Eglise : et par esprit de vengeance, ils portèrent les autres à brûler ses livres. Après qu'on en eut brûlé un certain nombre, comme on se disposait à brûler le reste, Pierre, diacre, qui avait vécu dans une très grande intimité avec le saint, et qui est son interlocuteur dans les quatre livres des *Dialogues*, s'y opposa avec la plus grande énergie, en affirmant que cela ne saurait en rien détruire sa mémoire, puisqu'on conservait des exemplaires de ses œuvres dans les différentes parties du monde : il ajouta que c'était un infâme sacrilège de brûler tant et de si précieux livres d'un si grand homme, sur la tête duquel lui-même avait vu très fréquemment l'esprit saint en forme de colombe. Enfin il les amena à consentir que s'il méritait de mourir en affirmant avec serment qu'il venait de dire la vérité, ils cesseraient de brûler ces ouvrages, mais que s'il ne mourait pas, et qu'il survécût au témoignage qu'il venait de

1. Terre, reçois un corps sorti de ton sein,
Pour le rendre après que Dieu l'aura vivifié.
L'âme monte au ciel; la mort n'a plus de droits à exercer
Sur celui auquel le trépas a procuré la vie.
Dans ce sépulcre sont renfermées les dépouilles d'un saint pontife,
Dont les bienfaits immenses sont proclamés partout.

rendre, il aiderait de ses mains ceux qui brûleraient ses livres.

On rapporte en effet que saint Grégoire avait dit à Jean que quand il découvrirait le miracle de la colombe, il ne pourrait plus vivre après. C'est pourquoi le vénérable lévite Pierre, revêtu des habits de diacre, apporta le livre des Evangiles, et il n'eut pas plus tôt touché les Saintes Lettres pour rendre témoignage à la sainteté de Grégoire que, sans ressentir les douleurs qui accompagnent la mort, il expira en prononçant les paroles de son serment.

Un moine du monastère de saint Grégoire s'amassa un certain pécule : alors saint Grégoire apparut à un autre moine et lui dit de prévenir le premier qu'il distribuât son argent et qu'il fît pénitence, car il devait mourir dans trois jours. En entendant cela, le moine fut étrangement saisi, il fit pénitence, et rendit son argent; bientôt après il fut pris par une si forte fièvre que, depuis le matin du troisième jour jusqu'à la troisième heure, il était comme brûlé, la langue lui sortait de la bouche, et on croyait qu'il allait mourir. Or, les moines qui étaient autour de lui, et qui chantaient des psaumes, interrompirent la psalmodie et se mirent à médire de lui : incontinent il se ranima, et, ouvrant les yeux, il dit avec un sourire : « Que le Seigneur vous pardonne, mes frères, d'avoir médit de moi; vous m'avez jeté dans un embarras qui n'était pas mince; parce que, accusé en même temps et par vous et par le diable, je ne savais à quelle calomnie répondre en premier lieu : mais si vous voyez quelqu'un à l'instant de son trépas, usez envers lui non de médisance, mais de compassion, puisqu'il va avec son accusateur devant le tribunal d'un juge sévère : car j'ai été au jugement avec le diable et par l'aide de saint Grégoire, j'ai bien répondu à tout ce qui m'était reproché : seulement j'ai eu à rougir d'une objection à laquelle je n'ai eu rien à répondre; c'est pour cela que vous m'avez vu tourmenté de la sorte; et à l'heure qu'il est je n'ai encore pu me libérer. »

Et comme les frères lui demandaient de quoi il s'agissait, il dit : « Je n'ose l'avouer, parce que, ayant reçu ordre de saint Grégoire de venir à vous, le diable s'en plaignit beaucoup, il pensait en effet que Dieu me renvoyait sur la terre pour faire pénitence de cette faute; c'est pourquoi j'ai donné caution à saint Grégoire que je ne révélerais à personne la calomnie qui a été soulevée. » Et aussitôt il se mit à dire en criant : « O André, André, puisses-tu périr cette année, pour m'avoir poussé en pareil péril par ton mauvais conseil. » Et à l'instant, il expira en roulant horriblement les yeux. Or, il y avait dans la ville un nommé André qui, au moment où le moine mourant fit son imprécation, tomba en si dangereuse maladie, que toutes ses chairs se détachaient par lambeaux, sans qu'il pût mourir. Alors il convoqua les moines du monastère de saint Grégoire, et confessa avoir soustrait et enlevé, avec le moine en question, certaines chartes du monastère qu'il aurait données contre de l'argent à des étrangers : et lui qui, jusqu'à cet instant, n'avait pu mourir, rendit l'esprit en proférant ces aveux.

En ce temps-là, ainsi qu'on lit dans la vie de saint Grégoire, on suivait plutôt l'office ambrosien que le grégorien dans l'Eglise; alors le pontife romain Adrien convoqua un concile où l'on statua que l'office grégorien fût observé partout. L'empereur Charles se fit l'exécuteur de cette ordonnance, et en parcourant les différentes provinces, par menaces et par châtiments, il forçait tous les clercs à obéir; il brûlait partout les livres de l'office ambrosien et mettait en prison les clercs rebelles. Or, le bienheureux évêque Eugène partit pour le concile et arriva trois jours après sa clôture. Par sa prudence il fit que le pape rappela tous les prélats membres du concile, quoiqu'ils fussent à trois journées de là. Le concile, s'étant donc réuni, décida, à l'unanimité de tous les pères, que l'on mettrait sur l'autel du bienheureux Pierre, apôtre, le missel ambrosien et le grégorien, que l'on fermerait soigneusement les portes de l'église qui seraient scellées très exactement du sceau de la plupart des évêques, et qu'eux tous passeraient la nuit entière en prières, afin que le Seigneur daignât révéler duquel des deux offices il voulait qu'on se servît de préférence dans les églises. Tout fut exécuté comme il avait été prescrit. Le matin, ils ouvrirent la porte de l'église et trouvèrent l'un et l'autre missels ouverts sur l'autel. D'autres avancent encore qu'ils trouvèrent le missel grégorien presque délié et ses feuillets épars çà et là; que, pour l'ambrosien, ils le retrouvèrent simplement ouvert à la même place qu'ils l'avaient mis. Ils connurent, par ce signe miraculeux, que l'office grégorien devait être répandu par tout le monde, et que l'ambrosien devait être suivi dans son église seulement. Les saints Pères décidèrent donc selon qu'ils en avaient été instruits par le ciel : et encore aujourd'hui cette décision est maintenue. Il est raconté [1] par le diacre Jean, qui a compilé la vie de saint Grégoire, que, tandis qu'il se livrait à la rédaction de ce travail, il lui sembla qu'un homme, en habits sacerdotaux, lui apparut en songe, pendant qu'il écrivait auprès d'une lanterne; l'habit de cet homme était tellement léger que sa finesse laissait apercevoir l'habit noir de dessous. Or, il s'approcha de plus près et ne put s'empêcher de rire en gonflant les joues. Et comme Jean lui demandait pourquoi un homme qui remplissait un ministère tellement noble riait avec si peu de retenue,

1. Livre IV, nº 100.

il lui répondit : « C'est parce que tu écris concernant des morts que tu n'as jamais vus vivants. » Jean lui dit : « Si je ne l'ai pas vu de figure, cependant j'écris de lui ce que j'en ai appris par la lecture. » L'autre reprit : « Tu as fait, je le vois, comme tu as voulu; quant à moi, je ne cesserai de faire ce que je pourrai. » Et aussitôt il éteignit la lumière de la lampe de Jean qui en fut effrayé au point de crier comme s'il avait été égorgé avec une épée de la main de cet homme. Mais à l'instant saint Grégoire se présenta ayant à sa droite saint Nicolas, et à sa gauche, le diacre Pierre, et lui dit : « Homme de peu de foi, pourquoi as-tu douté ? » Et comme l'esprit malin se cachait derrière le rideau du lit, Grégoire prit dans la main de Pierre une grande torche qu'il paraissait tenir, et brûlant avec la flamme la bouche et la figure de ce jaloux, il le rendit noir comme un Ethiopien. Alors une étincelle très légère tombant sur son habit blanc le brûla plus vite que la parole et il parut tout noir et Pierre dit à saint Grégoire : « Nous l'avons assez rendu noir. » Grégoire lui répondit : « Nous ne l'avons pas rendu noir, mais nous avons montré qu'il a été noir. » Alors ils s'en allèrent en laissant dans l'appartement une grande lumière.

SAINT LONGIN[1]

Longin fut le centurion qui, debout avec les soldats près de la croix, par l'ordre de Pilate, perça le côté du Sauveur avec une lance. En voyant les miracles qui s'opéraient, le soleil obscurci et le tremblement de terre, il crut en J.-C., surtout depuis l'instant où, selon le dire de certains auteurs, ayant la vue obscurcie par maladie ou par vieillesse, il se frotta les yeux avec du sang de N.-S., coulant le long de sa lance, car il vit plus clair tout aussitôt. Renonçant donc à l'état militaire, et instruit par les apôtres, il passa vingt-huit ans dans la vie monastique à Césarée de Cappadoce, et convertit beaucoup de monde à la foi par sa parole et ses exemples. Ayant été pris par le gouverneur et refusant de sacrifier, le gouverneur lui fit arracher toutes les dents et couper la langue[2]. Cependant Longin ne perdit pas l'usage de la parole, mais saisissant une hache, il brisa toutes les idoles en disant : « Si ce sont des dieux, nous le verrons. » Les démons, étant sortis des

1. Adon, au 1er septembre, indique la fête de saint Longin qui a percé le côté de Jésus-Christ.
2. Adon, *ibid.*

idoles, entrèrent dans le gouverneur et tous ses compagnons. Alors se livrant à toutes sortes de folies, et sautant comme des chiens, ils vinrent se prosterner aux pieds de Longin qui dit aux démons : « Pourquoi habitez-vous dans les idoles ? » Ils répondirent : « Là où le Christ n'est pas nommé ni son signe placé, là est notre habitation. » Or, quand le gouverneur furieux eut perdu la vue, Longin lui dit : « Sache que tu ne pourras être guéri qu'après m'avoir tué. Aussitôt en effet que j'aurai reçu la mort de ta main, je prierai pour toi et t'obtiendrai la santé du corps et de l'âme. » Et à l'instant le gouverneur lui fit trancher la tête; après quoi, il alla près de son corps, se prosterna avec larmes et fit pénitence. Aussitôt il recouvra la vue avec la santé et finit sa vie dans la pratique des bonnes œuvres.

SAINTE SOPHIE ET SES TROIS FILLES

Il y a à Constantinople un temple magnifique qui s'appelle Sainte-Sophie, dédié en l'honneur de sainte Sophie, et de ses trois filles, martyres. Sainte Sophie éleva ses trois filles, Foi, Espérance et Charité, dans la sagesse et la crainte de Dieu. La première avait onze ans, la seconde dix et la troisième huit. Elle vint à Rome et chaque dimanche, elle visitait les églises et gagnait une multitude de dames à J.-C. Elles furent dénoncées à Adrien. Ce prince fut tellement épris de leur beauté qu'il voulut les adopter pour filles; ce qu'elles rejetèrent avec dédain. Foi est 1° fouettée par trente-six soldats; 2° ses mamelles lui sont arrachées en présence du peuple. Le sang coula de ses blessures et ses mamelles rendirent du lait. Ce jugement inique excite l'indignation, et des clameurs s'élèvent contre le césar auquel la vierge toute réjouie insulte elle-même; 3° la jeune fille est posée sur un gril rougi au feu; elle n'en ressent rien; 4° elle est plongée dans une chaudière pleine d'huile et de cire; 5° elle est décapitée. Espérance est appelée à son tour, mais on ne peut lui faire consentir à sacrifier aux idoles. Alors elle est jetée dans une chaudière pleine de graisse, de cire et de résine : les gouttes qui en jaillissaient brûlaient les infidèles : enfin elle est condamnée à consommer son martyre par le glaive. Pendant ce temps, la mère encourageait Charité, sa troisième fille, qui était toute petite. Elle ne ménage Adrien en aucune manière, et ne veut pas lui obéir : c'est pourquoi le cruel lui fait 1° allonger et disloquer les membres; 2° la fait frapper à coups de bâton; 3° fouetter de verges; 4° jeter dans un foyer ardent, d'où le feu, qui saute à soixante coudées de là, fait mourir six mille idolâtres. Quant à cette vierge, elle se promenait au milieu du feu sans en être brûlée, en sorte qu'elle brillait comme de l'or; 5° elle est percée avec des lames ardentes, et au milieu de ce martyre qui fait frémir, elle reçoit par l'épée la couronne de gloire. L'excellente mère de ces excellentes filles se joint à grand nombre des assistants pour recueillir leurs restes, ensuite se plaçant sur leur tombeau : « Je désire, s'écrie-t-elle, mes très chères filles, être avec vous. » Sainte Sophie mourut donc en paix et fut ensevelie par les assistants avec ses très chères filles. Elle avait elle-même enduré chacun des supplices de ses enfants; aussi fut-elle plus que martyre. Adrien périt desséché et dévoré par la putréfaction : il avoua qu'il avait injustement insulté aux saints de Dieu.

SAINT BENOIT

Benoît est ainsi nommé ou parce qu'il a bénit beaucoup, ou parce qu'il a reçu en cette vie beaucoup de bénédictions, ou parce que tous le bénissaient, ou bien parce qu'il a mérité la bénédiction éternelle. Sa vie fut écrite par saint Grégoire.

Benoît était originaire de la province de Nurcie. Ayant été placé à Rome pour faire ses études, tout jeune encore, il abandonna les lettres et résolut de s'en aller au désert. Sa nourrice, qui le chérissait avec une grande tendresse, le suivit jusqu'en un lieu qu'on nomme Œside, où elle demanda à emprunter un crible pour nettoyer du froment, mais en le mettant sans précaution sur une table, le crible tomba et fut cassé en deux. Saint Benoît la voyant pleurer prit les deux parties du crible et se levant, après une prière, il les trouva solidement réunies. Peu de temps après, il quitta à la dérobée sa nourrice et vint en un endroit où il resta trois ans inconnu aux hommes, à l'exception d'un moine appelé Romain, dont les soins assidus lui assuraient le nécessaire. Or, comme de l'antre où Benoît restait jusqu'au monastère de Romain il n'y avait pas de chemin, celui-ci liait le pain au bout d'une très longue corde et c'est ainsi qu'il avait coutume de le faire passer. A cette corde, il attacha aussi une sonnette, afin que, averti par le son, l'homme de Dieu sût quand Romain lui apportait du pain et pût sortir pour le prendre. Mais l'antique ennemi de l'homme, jaloux de la charité du premier et de la manière dont le second se sustentait, jeta une pierre et cassa la sonnette : cela toutefois n'empêcha pas Romain de servir Benoît. Après quoi le Seigneur apparut dans une vision à un prêtre qui se préparait à manger le jour de la solennité de Pâques, et lui dit : « Tu te prépares des friandises et mon serviteur meurt de faim en tel lieu. » Le prêtre se leva incontinent, et étant parvenu à trouver Benoît après de grandes difficultés : « Levez-vous, lui dit-il, et prenons de la nourriture, parce que c'est aujourd'hui la Pâque du Seigneur. » Benoît lui répondit : « Je vois bien qu'il est Pâques, puisque j'ai l'avantage de vous voir. » Placé en effet loin des hommes, il ne savait pas que ce jour fût celui de la solennité de Pâques. Le prêtre lui dit : « Vraiment c'est aujourd'hui le jour de la résurrection de N.-S. : aussi ne convient-il pas que vous fassiez abstinence; c'est pour cela que je vous ai été envoyé. » Et après avoir béni Dieu, ils prirent de la nourriture. — Un jour un oiseau noir, nommé merle, se mit à voler d'une manière importune autour de la figure de Benoît, de sorte que le saint aurait pu le saisir avec la main; mais il fit le signe de la croix et l'oiseau se retira. Bientôt après, le diable lui ramena devant les yeux de l'esprit une femme qu'il avait vue autrefois, et il alluma dans son cœur une telle passion pour cette personne que, vaincu par la volupté, il était près de quitter le désert. Mais rendu subitement à lui-même par la grâce divine, il quitta ses vêtements, et se roula sur les épines et les ronces éparses çà et là, avec tant de violence que son corps en fut tout meurtri, il guérit ainsi par les plaies de sa chair les plaies de sa pensée : il vainquit le péché en déplaçant l'incendie. A dater de ce moment aucune tentation ne s'éleva en son corps. Sa renommée avait grandi; l'abbé d'un monastère étant mort, toute la communauté vint le trouver et lui demander de la gouverner. Il refusa longtemps, et dit d'avance aux moines que leurs mœurs ne s'accordaient point avec les siennes; enfin il fut forcé de donner son consentement. Mais comme il commandait que la règle fût observée selon toute sa rigueur dans le cloître, les moines se reprochaient l'un à l'autre de l'avoir demandé pour leur chef, car leur irrégularité blessait l'amour qu'il avait pour le devoir. Quand ils s'aperçurent qu'avec lui il ne leur était plus possible de faire le mal et que c'était chose pénible de rompre leurs habitudes, ils mêlèrent du poison avec son vin et le lui servirent à table. Mais Benoît fit le signe de la croix, ce qui brisa le verre comme par un coup de pierre. Il comprit donc qu'il y avait là une boisson de mort, puisqu'elle n'avait pu recevoir le signe de la vie; il se leva aussitôt et il dit avec calme : « Que le Dieu tout-puissant ait pitié de vous, mes frères; ne vous ai-je pas dit que vos mœurs et les miennes ne s'accordaient pas ? » Il revint alors à la solitude qu'il avait quittée, et où ses miracles qui se multipliaient tous les jours le rendirent célèbre. Une foule de personnes étant venues à lui, il bâtit douze monastères. En l'un d'eux, il y avait un moine qui ne pouvait pas vaquer longtemps à la prière, mais pendant que les autres étaient à l'oraison, il allait dehors et se livrait à des distractions terrestres et futiles. L'abbé de ce monastère en ayant instruit saint Benoît, celui-ci s'empressa de venir; il vit qu'un petit enfant noir tirait dehors, par le bord de son habit, ce moine qui ne pouvait pas rester à la prière; et il dit à l'abbé du monastère et au moine saint Maur : « Est-ce que vous ne voyez pas quel est celui qui le tire ? » Et comme ils répondaient : « Non », il dit : « Prions pour que vous le voyiez aussi. » Et pendant qu'ils priaient, saint Maur vit, mais l'abbé ne put voir. Un autre jour donc, après la prière, l'homme de Dieu rencontra le moine dehors, et le frappa avec une verge à cause de son aveuglement; depuis ce temps, il resta à la prière, sans plus sortir. Ce fut ainsi que l'antique ennemi de l'homme n'osa plus maîtriser les pensées du moine, comme s'il eût reçu lui-même les coups. De ces monastères il y en avait trois élevés sur les rochers d'une montagne, et c'était avec un grand labeur qu'on tirait l'eau d'en bas : comme les frères priaient souvent l'homme de Dieu de changer les monastères de lieu, une nuit il alla avec un enfant au haut de la montagne où, après avoir prié longtemps, il mit trois pierres en cet endroit pour servir de signe. Rentré le matin à la maison, les frères vinrent le trouver pour la même cause et il leur dit : « Allez creuser au milieu de la roche sur laquelle vous trouverez trois pierres, car le Seigneur peut vous en faire jaillir de l'eau. » Ils y allèrent et ils trouvèrent cette roche déjà couverte de gouttes; ils y creusèrent un trou et bientôt ils le virent plein d'eau : elle coule encore jusqu'à présent en assez grande quantité pour descendre du sommet de la montagne jusqu'en bas. Une fois, un homme coupait des ronces avec une faux autour du monastère de l'homme de Dieu; or, le fer sauta du manche et tomba dans un lac profond; et comme cet homme s'en tourmentait fort, saint Benoît mit le manche sur le lac et un instant après le fer vint nager vers son manche.

Un jeune moine appelé Placide, en allant puiser de l'eau, tomba dans le fleuve; bientôt l'eau l'emporta et l'entraîna loin de la terre presque à la distance du jet d'une flèche. Or, l'homme de Dieu qui était assis dans sa cellule vit cela en esprit tout aussitôt; il appela Maur, lui raconta l'accident arrivé à cet enfant et lui commanda d'aller le sauver. Après avoir reçu la bénédiction du saint, Maur s'empressa d'y aller, et pensant qu'il marchait sur la terre, il vint sur l'eau jusqu'auprès de l'enfant qu'il tira en le prenant par les cheveux : puis il revint rapporter à l'homme de Dieu ce qui lui était arrivé; mais le saint l'attribua non pas à ses mérites, mais à l'obéissance de Maur. — Un prêtre du nom de Florent, envieux du saint, conçut une telle aversion contre lui qu'il envoya à l'homme de Dieu un pain empoisonné pour du pain bénit. Le saint le reçut avec reconnaissance, et le jeta au corbeau qui avait coutume de recevoir du pain de ses mains, en lui disant : « Au nom de J.-C., prends ce pain et jette-le en tel endroit que homme vivant ne le puisse prendre. » Alors le corbeau ouvrit le bec, étendit les ailes, se mit à courir autour du pain et à croasser avec force, comme s'il eût voulu dire qu'il voulait bien obéir, mais que cependant il ne pouvait faire ce qui lui était commandé. Le saint lui commanda à diverses reprises en disant : « Prends, prends, n'aie pas peur, et jette-le, ainsi que j'ai dit. » Enfin le corbeau prit le pain, ne revint que trois jours après et reçut de la main de Benoît sa ration accoutumée. Florent, voyant donc qu'il ne pouvait pas tuer le corps de son maître, résolut de tuer les âmes des religieux : il fit alors folâtrer et chanter sept jeunes filles toutes nues dans le jardin du monastère, afin d'exciter les moines à la luxure. Le saint, ayant vu cela de sa cellule et craignant que ses disciples ne tombassent dans le péché, céda la place à l'envieux et prit quelques frères avec lesquels il alla habiter ailleurs. Mais Florent, qui se trouvait sur une terrasse, le voyant s'en aller, en conçut de la joie, lorsque tout à coup la terrasse s'affaissa et le tua à l'instant. Alors Maur courut dire à l'homme de Dieu : « Revenez, parce que celui qui vous persécutait est tué. » Aussitôt qu'il eut entendu cela, le saint poussa de grands gémissements, soit à cause de la mort de son ennemi, soit parce que son disciple s'en était réjoui. Il lui infligea une pénitence de ce qu'en lui annonçant un pareil malheur, il avait eu la présomption de se réjouir de la mort d'un méchant. Quant à Benoît, il n'évita pas l'ennemi en changeant le lieu de sa demeure : car il vint au mont Cassin, et du temple d'Apollon qui s'y trouvait, il fit un oratoire en l'honneur de saint Jean-Baptiste; et convertit de l'idolâtrie tout le peuple d'alentour. Mais l'antique ennemi, supportant cela avec peine, lui apparaissait visiblement sous une forme hideuse; sa bouche et ses yeux paraissaient jeter des flammes; il l'insultait en disant : « Benoît, Benoît », mais comme le saint ne lui répondait rien, au lieu de Benoît, Bénedict, il disait : « Maudit, maudit, pourquoi me persécutes-tu ? » Un jour les frères voulaient élever une pierre qui était par terre pour la mettre en œuvre, mais ils ne pouvaient y parvenir. Des hommes en grand nombre qui étaient là ne pouvaient non plus la soulever, quand l'homme de Dieu arrivant, donna sa bénédiction et la pierre fut élevée avec la plus grande célérité; ce qui fit juger que le diable était assis dessus et empêchait de la mouvoir. Quand la muraille eut atteint une certaine hauteur, le démon apparut à l'homme de Dieu et lui fit signe d'aller trouver les frères : aussitôt il leur envoya dire par un exprès : « Mes frères, prenez garde à vous, parce que le malin esprit vient vers vous. » A peine le messager eut-il fini de parler que le démon fait tomber la muraille dont la chute écrasa un jeune religieux. Mais l'homme de Dieu fit apporter le mort tout brisé en un sac, le ressuscita par une prière et le renvoya à son travail.

Un laïc, homme d'honnête vie, avait coutume, chaque année, de venir à jeun visiter saint Benoît. Un jour qu'il y venait, s'adjoignit à lui un autre personnage, chargé de vivres pour son voyage : or, comme il se faisait tard, ce dernier dit : « Frère, venez et mangeons pour que nous ne soyons pas fatigués en chemin. » Sur sa réponse qu'il ne goûterait à aucune nourriture en route, l'autre se tut pour l'heure; peu de temps après, il lui fit encore la même invitation, mais le laïc ne voulut pas céder. Enfin une heure entière s'étant écoulée, dans la fatigue du voyage, ils arrivèrent à un pré avec une fontaine, et où l'on pouvait se reposer et se rafraîchir. Alors le voyageur en lui montrant ce lieu le pria de s'y arrêter un instant pour manger. Ces paroles ayant flatté les oreilles du laïc et le lieu ayant charmé ses yeux, il consentit. Lorsqu'il fut arrivé auprès de saint Benoît, l'homme de Dieu lui dit : « Frère, voici que le malin n'a pas pu vous persuader une première fois, ni une seconde fois, mais la troisième il l'a emporté. » Alors le laïc se jeta à ses pieds et pleura sa faute. — Totila, roi des Goths, voulant éprouver si l'homme de Dieu avait l'esprit de prophétie, donna à un de ses gardes ses vêtements royaux et l'envoya au monastère avec tout l'appareil d'un souverain. Quand Benoît le vit venir, il dit : « Otez, mon fils, ôtez : ce que vous portez n'est pas à vous. » Celui-ci se jeta à l'instant à terre, et il eut une grande frayeur d'avoir osé vouloir se jouer d'un si grand homme. — Un clerc, tourmenté par le diable, fut amené à Benoît pour en recevoir guérison, et quand le diable eut été chassé de son corps, Benoît dit : « Allez et dorénavant ne mangez pas de viande, et n'approchez pas des saints ordres : car le jour où vous aurez la présomption de les recevoir, vous appartiendrez au démon. » Le clerc garda cette recommandation un certain temps; mais voyant que l'époque approchait de passer des ordres mineurs aux ordres sacrés, il ne tint pas compte des paroles du saint, comme si un long espace de temps les lui eût fait oublier, et reçut l'ordre sacré. Mais aussitôt le diable, qui l'avait quitté, s'empara de lui et ne cessa de le tourmenter jusqu'à ce qu'il lui eût fait rendre l'âme. — Un homme envoya, par un enfant, à saint Benoît, deux flacons de vin; or, l'enfant en cacha un dans le chemin et porta l'autre; l'homme de Dieu reçut avec reconnaissance cet unique flacon et donna cet avis à l'enfant lors de son départ : « Mon fils, garde-toi de boire de ce flacon que tu as caché; mais incline-le avec précaution et regarde ce qu'il contient. » Celui-ci se retira tout confus : en revenant, il voulut s'assurer de ce que le saint lui avait dit; et quand il eut incliné le flacon, aussitôt il en sortit un serpent. — Une fois, l'homme de Dieu soupait alors qu'il faisait nuit; un moine, fils d'un avocat, l'assistait en tenant une lampe, et par esprit d'orgueil se mit à penser à part soi : « Quel est cet homme pendant le repas duquel j'assiste, auquel je tiens une lampe, que je suis réduit à servir ? Qui suis-je moi pour que je sois son serviteur ? » Aussitôt l'homme de Dieu lui dit : « Fais le signe de la croix sur ton cœur, mon frère, fais le signe de croix sur ton cœur; qu'as-tu à dire ? » Et il appela les frères, leur dit de prendre la lampe de ses mains; pour lui, il le fit aller au monastère et lui commanda de rester en repos. — Un Goth appelé Zalla, hérétique arien du temps du roi Totila, exerça avec fureur des actes atroces de cruauté contre les personnes religieuses appartenant à la foi catholique; tout clerc ou tout moine qui venait en sa présence ne sortait pas de ses mains la vie sauve. Un jour, poussé par l'esprit d'avarice et ne pensant que rapine, ce roi faisait endurer à un habitant de la campagne des tourments cruels, et lui infligeait différentes tortures; vaincu par la douleur, le paysan déclara avoir mis sa personne et ses biens sous la protection du serviteur de Dieu, Benoît. Le bourreau le crut et cessa de tourmenter le patient qui revint à la vie. Mais en cessant de le tourmenter, Zalla lui fit lier les bras avec de fortes courroies, et le fit marcher en avant de son cheval pour qu'il lui montrât ce Benoît qui avait reçu son bien. Le paysan marcha donc devant lui, les bras liés, et le mena au monastère du saint homme qu'il trouva seul assis à la porte de sa cellule et faisant une lecture. Le paysan dit à Zalla qui le suivait par-derrière et qui le tourmentait : « Voici celui dont je vous ai parlé, le Père Benoît. » Zalla, l'esprit échauffé, le regarda avec un air méchant et croyant agir avec lui comme avec les autres, il se mit à crier de toutes ses forces en disant : « Lève-toi, lève-toi, rends les biens de ce rustaud : rends ce que tu as pris. » A cette voix, l'homme de Dieu leva vite les yeux, cessa de lire, puis jeta un coup d'œil sur Zalla et sur le paysan qu'il remarqua être tenu par des liens. Ayant tourné les yeux vers les bras de cet homme, les courroies qui le liaient se détachèrent miraculeusement avec une telle vitesse que personne, tout habile qu'il eût été, n'eût pu le faire en si peu de temps. Le captif ayant été soudain mis en liberté, Zalla, effrayé d'un pareil trait de puissance, se jeta contre terre et baissant sa tête cruelle jusqu'aux pieds du saint, il se recommanda à ses prières. Quant au saint homme, il ne se leva pas, il n'interrompit point sa lecture; mais il appela les frères auxquels il enjoignit d'introduire Zalla dans la maison pour y recevoir la bénédiction. A son retour, il l'avertit de ne plus se livrer à de pareils excès de cruauté. Zalla prit une réfection, s'en alla, et ne s'avisa plus de réclamer rien du paysan que l'homme de Dieu avait délié non pas avec les mains, mais de son regard.

A une époque, la famine exerçait ses ravages sur le pays de la Campanie. On était en proie à la disette et déjà au monastère de saint Benoît le blé manquait; presque tous les pains avaient été mangés, de sorte qu'il n'y en avait plus que cinq pour la collation des frères. Le vénérable abbé, qui les voyait tous consternés, s'attacha à les reprendre avec modération de leur pusillanimité, et à les encourager peu à peu par des promesses, en disant : « Pourquoi donc votre esprit est-il dans la tristesse de ce qu'il n'y a pas de pain ? Aujourd'hui, il est vrai, il est en petite quantité, mais demain, il y en aura en abondance. » Or, le jour suivant, on trouva devant la porte du couvent deux cents boisseaux de farine dans des sacs que le Dieu tout-puissant avait envoyés sans qu'on sache encore à présent par quels moyens. A cette vue, les frères rendirent grâces à Dieu et apprirent qu'il ne fallait s'inquiéter ni de l'abondance ni de la disette. — On lit encore qu'un homme avait un fils attaqué d'un éléphantiasis [1] en sorte que déjà ses cheveux tombaient, sa peau s'enflait et il n'était plus possible de cacher la sanie qui allait en augmentant. Le père l'envoya à Benoît qui lui rendit subitement sa santé première. Ils en témoignèrent de grandes grâces à Dieu et dans la suite l'enfant persévéra dans de bonnes œuvres, et mourut heureusement dans le Seigneur. — Le saint avait envoyé un certain nombre de frères en un endroit pour y élever un monastère, et les prévint que tel jour il viendrait les voir pour leur donner le plan des constructions. Or, la nuit qui précédait le jour indiqué, il apparut en songe à un moine qu'il avait mis à la tête de l'œuvre et à son prévôt, et leur désigna en détail chacun des endroits où ils devaient bâtir. Mais comme ils n'ajoutaient pas foi à la vision qu'ils avaient eue et qu'ils attendaient le saint, à la fin ils retournèrent le trouver et lui dirent : « Père, nous attendions que vous viendriez comme vous l'aviez promis, et vous n'êtes pas venu. » Il leur dit : « Frères, pourquoi

1. Maladie qui rend la peau rugueuse comme celle de l'éléphant.

dire cela ? Ne vous ai-je point apparu et ne vous ai-je pas désigné chaque endroit ? Allez et disposez tout ainsi que vous l'avez vu. »

Non loin du monastère de Benoît, vivaient deux religieuses de noble lignée, qui ne contenaient pas leur langue; par leurs propos indiscrets, elles portaient souvent à la colère leur supérieur : celui-ci en informa l'homme de Dieu qui fit donner cet avis aux religieuses : « Réprimez votre langue, autrement je vous excommunierai (excommunication qu'il ne lança pas par ces paroles, mais dont il les menaça). « Ces religieuses ne changèrent point et moururent quelques jours après, elles furent ensevelies dans l'église. Mais pendant la messe et quand le diacre dit comme de coutume : « Que celui qui n'est pas de la communion sorte dehors », la nourrice de ces religieuses, qui toujours offrait l'oblation pour elles, les vit sortir de leurs tombes, et sortir de l'église : ceci ayant été rapporté à Benoît, le saint donna de ses propres mains une offrande en disant : « Allez et présentez cette offrande pour elles, et elles ne seront plus excommuniées désormais. » Ce qui ayant été exécuté, lorsque le diacre chantait la formule d'ordinaire, on ne les vit plus quitter l'église. — Un moine était sorti pour visiter ses parents sans avoir la bénédiction, et le jour qu'il arriva chez eux, il mourut. Quand il fut enterré, la terre le rejeta une première et une deuxième fois. Ses parents vinrent trouver saint Benoît et le prièrent de lui donner sa bénédiction. Il prit alors le corps de N. S. et dit : « Allez poser ceci sur la poitrine du mort et ensevelissez-le ainsi. » On le fit et la terre garda le corps ainsi enseveli et ne le rejeta plus. — Un moine, qui ne voulait pas rester dans le monastère, insista tant auprès de l'homme de Dieu que celui-ci, tout contrarié, lui permit de s'en aller. Mais il ne fut pas plus tôt hors du cloître qu'il rencontra en son chemin un dragon, la gueule ouverte. Dans l'intention de s'en garer, il se mit à crier : « Accourez, accourez, il y a un dragon; il me veut dévorer. » Les frères accoururent, mais ne trouvèrent point de dragon; alors ils ramenèrent au monastère le moine tout tremblant et ébranlé. Il promit à l'instant que jamais il ne sortirait du moustier. — Une famine extraordinaire ravageait tout le pays et l'homme de Dieu avait donné aux pauvres tout ce qu'il avait pu trouver; en sorte qu'il ne restait, dans le monastère, qu'un peu d'huile dans un vase de verre; il commanda alors au célérier de donner ce peu d'huile à un pauvre. Le célérier entendit bien ce que saint Benoît lui commandait, mais il se décida à faire fi de ses ordres, parce qu'il ne restait plus d'huile pour les frères. Dès que l'homme de Dieu s'en aperçut, il commanda de jeter le vase de verre avec l'huile par la fenêtre afin qu'il ne restât rien dans le monastère contre l'obéissance. On jeta donc le vase qui tomba sur des blocs de pierre, sans que ce vase fût brisé, ni l'huile répandue; alors le saint le fit ramasser et donner en entier au pauvre. Puis il reprocha au moine sa désobéissance et sa défiance; il se mit ensuite en prières : aussitôt un grand tonneau qui se trouvait là se remplit d'huile; elle montait en si grande abondance qu'elle paraissait sourdre du pavé.

Une fois il était descendu pour faire visite à sa sœur, et comme il était resté jusqu'à l'heure du souper, elle le pria de passer la nuit chez elle : comme il n'y voulait pas consentir, elle s'inclina, appuya la tête sur ses mains pour prier le Seigneur et quand elle se releva, il se fit de si grands éclairs et du tonnerre si violent, la pluie tomba avec tant d'abondance, qu'il n'eût su où poser les pieds, quoique un instant auparavant le ciel fût parfaitement serein. Or, en répandant un torrent de larmes, elle avait fait changer la sérénité de l'air et attiré la pluie. L'homme de Dieu tout contristé lui dit : « Que Dieu tout-puissant vous le pardonne, ma sœur; qu'est-ce que vous avez fait ? » Elle lui répondit : « Je vous ai prié et vous n'avez pas voulu m'écouter; j'ai prié le Seigneur et il m'a bien entendue. Sortez maintenant, si vous le pouvez. » Et il en advint ainsi pour qu'ils pussent passer la nuit tout entière en s'édifiant mutuellement dans de saints entretiens. Trois jours après qu'il fut revenu au monastère, en levant les yeux, il vit l'âme de sa sœur, sous la forme d'une colombe qui pénétrait jusqu'aux profondeurs du ciel : et bientôt il fit porter son corps au monastère où il fut inhumé dans un tombeau qu'il avait fait préparer pour lui. — Une nuit que le serviteur de Dieu regardait par une fenêtre et priait Dieu, il vit se répandre en l'air une lumière qui dissipa toutes les ténèbres de la nuit. Or, à l'instant tout l'univers s'offrit à ses yeux comme s'il eût été rassemblé sous un rayon de soleil et il vit l'âme de saint Germain, évêque de Capoue, portée au ciel : dans la suite il put s'assurer évidemment que c'était l'heure à laquelle elle quitta le corps du prélat.

L'année même de sa mort, il en prédit le jour à ses frères : et avant le sixième qui précéda son trépas, il fit ouvrir son sépulcre. Bientôt il fut saisi de la fièvre, et comme la faiblesse augmentait à chaque instant, le sixième jour, il se fit porter à l'oratoire, où il se prépara à la mort par la réception du corps et du sang de N. S.; alors, soutenant ses membres défaillants sur les mains des frères, il se tint debout, les yeux élevés vers le ciel et rendit son dernier soupir en priant. Le jour même que l'homme de Dieu passa de cette vie au ciel, deux frères, dont un était dans sa cellule, et l'autre fort éloigné, eurent la même révélation : ils virent une traînée de lumière, ornée de tapis et resplendissante d'une quantité innombrable de lampes, qui, partant de la cellule de saint Benoît, se dirigeait vers le ciel du côté de l'orient. L'un d'eux demanda à un personnage vénérable qui parut tout brillant sur cette trace, ce que c'était que ce chemin qu'ils voyaient, car ils ne le savaient pas, et il leur fut dit : « Voilà le chemin par lequel Benoît, l'homme chéri de Dieu, monte au ciel. » Il fut inhumé dans l'oratoire de saint Jean-Baptiste qu'il avait construit lui-même sur un autel dédié à Apollon et qu'il avait renversé. Il vécut vers l'an du Seigneur 518, au temps de Justin l'ancien.

SAINT PATRICE [1]

Patrice, qui vécut vers l'an du Seigneur 280, prêchait la passion de J.-C. au roi des Scots, et comme, debout devant ce prince, il s'appuyait sur le bourdon qu'il tenait à la main et qu'il avait mis par hasard sur le pied du roi, il l'en perça avec la pointe. Or, le roi croyant que le saint évêque faisait cela volontairement et qu'il ne pouvait autrement recevoir la foi de J.-C. s'il ne souffrait ainsi, il supporta cela patiemment. Enfin le saint, s'en apercevant, en fut dans la stupeur, et par ses prières, il guérit le roi et obtint qu'aucun animal venimeux ne pût vivre dans son pays. Ce ne fut pas la seule chose qu'il obtint; il y a plus : on prétend que les bois et les écorces de cette province servent de contre-poisons. Un homme avait dérobé à son voisin une brebis et l'avait mangée; le saint homme avait exhorté le voleur, quel qu'il fût, à satisfaire pour le dommage, et personne ne s'était présenté : au moment où tout le peuple était rassemblé à l'église, il commanda, au nom de J.-C., que la brebis poussât en présence de tous un bêlement dans le ventre de celui qui l'avait mangée. Ce qui arriva : le coupable fit pénitence, et tous se gardèrent bien de voler à l'avenir. Patrice avait la coutume de témoigner une profonde vénération devant toutes les croix qu'il voyait; mais ayant passé devant une grande et belle croix sans l'apercevoir, ses compagnons lui demandèrent pourquoi il ne l'avait ni vue ni saluée : il demanda à Dieu dans ses prières à qui était cette croix et entendit une voix de dessous terre qui disait : « Ne vois-tu pas que je suis un païen qu'on a enterré ici et qui est indigne du signe de la croix ? » Alors il fit enlever la croix de ce lieu.

1. Les éditions latines que nous possédons ne nous donnent pas l'interprétation du nom de ce saint; voici celle que nous trouvons dans une traduction française du XVe siècle :

« Patrice est dict ainsi comme saichant. Car par la voulente de nostre Seigneur, il sceut les secretz de paradis et d'enfer. »

En prêchant dans l'Irlande, saint Patrice y opérait très peu de bien; alors il pria le Seigneur de montrer un signe qui portât les pécheurs effrayés à faire pénitence. Par l'ordre donc du Seigneur, il traça quelque part un grand cercle avec son bâton; la terre s'ouvrit dans toute la circonférence et il y apparut un puits très grand et très profond. Il fut révélé au bienheureux Patrice que c'était là le lieu du Purgatoire où quiconque voudrait descendre n'aurait plus à souffrir pour ses péchés un autre purgatoire : Que la plupart n'en sortiraient pas, mais que ceux qui en reviendraient devraient y être restés depuis un matin jusqu'à l'autre. Or, beaucoup de ceux qui entraient n'en revenaient pas [1]. Longtemps après la mort de saint Patrice, un homme noble, appelé Nicolas, qui avait commis beaucoup de péchés, en fit pénitence et voulut endurer le Purgatoire de saint Patrice. Après s'être mortifié, comme tous le faisaient, par quinze jours de jeûne, et avoir ouvert la porte avec une clef qui se gardait dans une abbaye, il descendit dans le puits en question et trouva, à son côté, une entrée par laquelle il s'avança. Il y rencontra une chapelle, où entrèrent des moines revêtus d'aubes qui y célébraient l'office. Ils dirent à Nicolas d'avoir de la constance, parce que le diable le ferait passer par bien des épreuves. Il demanda quelle aide il pourrait avoir contre cela : les moines lui dirent : « Quand vous vous sentirez atteint par les peines, écriez-vous à l'instant et dites : J.-C., fils du Dieu vivant, ayez pitié de moi qui suis un pécheur. » Les moines s'étant retirés, aussitôt apparurent des démons qui lui dirent de retourner sur ses pas et de leur obéir, s'efforçant d'abord de le convaincre par des promesses pleines de douceur, l'assurant qu'ils auront soin de lui, et qu'ils le ramèneront sain et sauf en sa maison. Mais comme il ne voulut leur obéir en rien, tout aussitôt il entendit des cris terribles poussés par différentes bêtes féroces, et des mugissements comme si tous les éléments fussent ébranlés. Alors plein d'effroi et tremblant d'une peur horrible, il eut hâte de s'écrier : « J.-C., fils du Dieu

1. Thomas de Massingham a publié dans le *Florilegium insulæ sanctorum, seu vitæ et acta sanctorum Hiberniæ* (Paris, 1624, in-4°) un Traité de Henri de Saltery, moine cistercien irlandais (en 1150) sur le Purgatoire de saint Patrice. Thomas de Massingham ne s'est pas contenté de donner le texte entier de cet auteur, il l'a augmenté en intercalant les récits d'un certain nombre d'auteurs anciens et modernes qui ont parlé du Purgatoire de saint Patrice. Il cite des livres liturgiques anciens, Mathieu Paris, Denys le Chartreux, Raoul Hygedem, Césaire d'Hirsterbach, Jean Camers, et un primat d'Irlande nommé David Rotho, ainsi que bien d'autres, qui ont écrit des relations plus ou moins étendues, ou bien encore des appréciations sur ce sujet. La *Patrologie* de Migne contient cet opuscule, tome CLXXX. Bellarmin parle du Purgatoire de saint Patrice dans ses controverses.

vivant, ayez pitié de moi qui suis un pécheur. » Et à l'instant ce tumulte terrible de bêtes féroces s'apaisa tout à fait. Il passa outre et arriva en un lieu où il trouva une foule de démons qui lui dirent : « Penses-tu nous échapper ? pas du tout; mais c'est l'heure où tu vas commencer à être affligé et tourmenté. » Et voici apparaître un feu énorme et terrible; alors les démons lui dirent : « Si tu ne te mets à notre disposition, nous te jetterons dans ce feu pour y brûler. » Sur son refus, ils le prirent et le jetèrent dans ce brasier affreux; et quand il s'y sentit torturé, il s'écria de suite : « J.-C., fils... etc. » et aussitôt le feu s'éteignit. De là il vint en un endroit où il vit des hommes être brûlés vifs et flagellés par les démons avec des lames de fer rouge jusqu'au point de découvrir leurs entrailles, tandis que d'autres, couchés à plat ventre, mordaient la terre de douleur, en criant : « Pardon! Pardon! » et les diables les battaient plus cruellement encore. Il en vit d'autres dont les membres étaient dévorés par des serpents et auxquels des bourreaux [1] arrachaient les entrailles avec des crochets enflammés. Comme Nicolas ne voulait pas céder à leurs suggestions, il fut jeté dans le même feu pour endurer de semblables supplices et il fut flagellé avec des lames pareilles et ressentit les mêmes tourments. Mais quand il se fut écrié : « J.-C., fils du Dieu vivant, etc. » il fut incontinent délivré de ces angoisses. On le conduisit ensuite en un lieu où les hommes étaient frits dans une poêle; où se trouvait une roue énorme garnie de pointes de fer ardentes sur lesquelles les hommes étaient suspendus par différentes parties du corps; or, cette roue tournait avec une telle rapidité qu'elle jetait des étincelles. Après quoi, il vit une immense maison où étaient creusées des fosses pleines de métaux en ébullition, dans lesquelles l'un avait un pied et l'autre deux. D'autres y étaient enfoncés jusqu'aux genoux, d'autres jusqu'au ventre, ceux-ci jusqu'à la poitrine, ceux-là jusqu'au col, quelques-uns enfin jusqu'aux yeux. Mais en parcourant ces endroits, Nicolas invoquait le nom de Dieu. Il s'avança encore, et vit un puits très large d'où s'échappait une fumée horrible accompagnée d'une puanteur insupportable : de là sortaient des hommes rouges comme du fer qui jette des étincelles; mais les démons les ressaisissaient. Et ceux-ci lui dirent : « Ce lieu que tu vois, c'est l'enfer, qu'habite notre maître Belzébuth. Si tu ne te mets à notre disposition, nous te jetterons dans ce puits : or, quand tu y auras été jeté, tu n'auras aucun moyen d'échapper. » Comme il les écoutait avec mépris, ils le saisirent et le jetèrent dans ce trou : mais il fut abîmé

1. *Bufo* veut dire crapaud, *Buffones* au Moyen Age signifiait *bouffons ;* on ne saurait concevoir comment des crapauds pourraient arracher des entrailles avec des instruments aigus.

d'une si véhémente douleur qu'il oublia presque d'invoquer le nom du Seigneur; cependant en revenant à lui : « J.-C., fils, etc. », s'écria-t-il du fond du cœur (il n'avait plus de voix), aussitôt il en sortit sans aucun mal; et toute la multitude des démons s'évanouit comme réellement vaincue. Il s'avança et vit en un autre endroit un pont sur lequel il devait passer. Ce pont était très étroit, poli et glissant comme une glace, au-dessous coulait un fleuve immense de soufre et de feu. Comme il désespérait absolument de pouvoir le traverser, toutefois il se rappela la parole qui l'avait délivré de tant de maux; il s'approcha avec confiance et en posant un pied sur le pont, il se mit à dire : « J.-C., fils, etc. » Mais un cri violent l'effraya au point qu'il put à peine se soutenir; mais il récita sa prière accoutumée et il demeura rassuré; après quoi il posa l'autre pied en réitérant les mêmes paroles et passa sans accident. Il se trouva donc dans une prairie très agréable à la vue, embaumée par l'odeur suave de différentes fleurs. Alors lui apparurent deux fort beaux jeunes gens qui le conduisirent jusqu'à une ville de magnifique apparence et merveilleusement éclatante d'or et de pierres précieuses. La porte en laissait transpirer une odeur délicieuse. Elle le délassa si bien qu'il ne paraissait avoir ressenti ni douleur ni puanteur d'aucune sorte; et les jeunes gens lui dirent que cette ville était le paradis. Comme Nicolas voulait y entrer, ils lui dirent encore qu'il devait d'abord retourner chez ses parents; que toutefois les démons ne lui causeraient point de mal, mais qu'à sa vue ils s'enfuiraient effrayés; que trente jours après, il mourrait en paix, et qu'alors il entrerait en cette cité comme citoyen à toujours. Nicolas monta donc par où il était descendu, se trouva sur la terre et raconta tout ce qui lui était arrivé. Trente jours après, il reposa heureusement dans le Seigneur.

L'ANNONCIATION DE NOTRE SEIGNEUR

L'annonciation du Seigneur est ainsi appelée parce que, à pareil jour, un ange annonça l'avènement du Fils de Dieu dans la chair. Il a été convenable que l'incarnation du Fils de Dieu fût précédée par l'annonciation de l'ange, et cela pour trois raisons : 1° pour conserver un certain ordre, savoir, afin que l'ordre de la réparation correspondît à l'ordre de la prévarication. Car de même que le diable tenta la femme pour l'amener au doute, du doute au consentement, du consentement à la chute, de même l'ange annonça à la Vierge pour l'exciter à la foi, par la foi au consentement et par le consentement à ce qu'elle conçût le Fils de Dieu; 2° à raison du ministère de l'ange; car l'ange étant le ministre et le serviteur du Très-Haut, et la Bienheureuse Vierge ayant été choisie pour être la mère de Dieu, il est de toute convenance que le ministre serve la maîtresse, il était donc juste que l'annonciation fût faite à la Sainte Vierge par le ministère d'un ange; 3° pour réparer la chute de l'ange. En effet puisque l'incarnation n'avait pas seulement pour objet de réparer la chute de l'homme, mais aussi de réparer la ruine de l'ange, les anges n'en devaient donc pas être exclus. Et comme la femme n'est pas exclue de la connaissance du mystère de l'incarnation et de la résurrection, de même aussi le messager angélique ne le doit pas ignorer. Il y a plus, Dieu a annoncé à la femme l'un et l'autre mystère par le moyen d'un ange, savoir : l'incarnation à la Vierge Marie et la résurrection à Marie-Madeleine. — La Bienheureuse Vierge étant donc restée depuis la troisième année de son âge jusqu'à la quatorzième dans le temple avec les autres vierges, et ayant fait vœu de conserver la chasteté, à moins que Dieu n'en disposât autrement, Joseph la prit pour épouse après qu'il en eut reçu une révélation divine, et que son rameau eut reverdi, ainsi qu'il est rapporté plus au long dans l'histoire de la nativité de la Bienheureuse Marie. Il alla à Bethléem, d'où il était originaire, afin de pourvoir à tout ce qui était nécessaire pour les noces; quant à Marie, elle revint à Nazareth dans la maison de ses parents. Nazareth veut dire fleur. « Ainsi, dit saint Bernard, la fleur voulut naître d'une fleur, dans une fleur, et dans la saison des fleurs. » Ce fut donc là que l'ange lui apparut et la salua en disant : *Je vous salue, pleine de grâce, le Seigneur est avec vous, vous êtes bénie entre les femmes.* Saint Bernard s'exprime ainsi : « L'exemple de Gabriel nous invite à saluer Marie, comme aussi le tressaillement de saint Jean, ainsi que le profit que nous retirons du consentement de la Bienheureuse Vierge. » Mais ici, il convient de rechercher les motifs pour lesquels le Seigneur a voulu que sa mère se mariât. Saint Bernard en donne trois raisons : « Il fut nécessaire, dit ce Père, que Marie fût mariée avec Joseph, puisque 1° par là le mystère reste caché aux démons; 2° l'époux est le garant de la virginité; 3° et la pudeur, comme la réputation de la Vierge, est sauve; 4° c'était afin que l'opprobre fût effacé dans toutes les conditions de la femme, savoir, dans les mariées, les vierges et les veuves : trois conditions dans lesquelles se trouva la Vierge elle-même; 5° afin qu'elle pût recevoir des services de son époux; 6° pour être une preuve de la bonté du mariage; 7° pour que la suite de sa généalogie fût établie par son mari. Or, l'ange lui dit : *Salut, pleine de grâce.* Saint Bernard dit en expliquant ces mots : « La grâce de la divinité est dans son sein, la grâce de la charité dans son cœur, la grâce de l'affabilité dans sa bouche : dans ses mains la grâce de la miséricorde et de la largesse. » Il ajoute : « Elle est vraiment pleine, car de sa plénitude tous les captifs reçoivent rédemption; malades, guérison; tristes, consolation; pécheurs, pardon; justes, grâce; anges, allégresse; enfin toute la Trinité, gloire, le Fils de l'homme, substance de la chair humaine. » *Le Seigneur est avec vous :* « Avec vous est le Seigneur qui est Père, qui a engendré celui que vous avez conçu : le Seigneur Saint-Esprit, duquel vous avez conçu; et le Seigneur Fils que vous revêtez de votre chair. » *Vous êtes bénie entre les femmes,* c'est-à-dire, par-dessus toutes les femmes, car en effet vous serez mère et vierge et mère de Dieu. Les femmes étaient sujettes à une triple malédiction d'opprobre, malédiction de péché et malédiction de supplice : la malédiction d'opprobre atteignait celles qui ne concevaient point, ce qui fait dire à Rachel : « Le Seigneur m'a tirée de l'opprobre où j'ai été » (Genèse, xxx, 20); la malédiction du péché était pour celles qui concevaient : cc qui fait dire à David : « Voilà que j'ai été conçu dans les iniquités » (Ps. L). La malédiction du supplice affligeait celles qui enfantaient : il est dit dans la Genèse (III) : « Vous enfanterez dans la douleur. » Seule la Vierge Marie est bénie entre toutes les femmes; elle dont la virginité est unie à la fécondité, dont la fécondité est unie à la sainteté dans la conception, et à la sainteté de laquelle vient se joindre la joie dans l'enfantement. Elle est pleine de grâces, au témoignage de saint Bernard, pour quatre raisons, qui brillèrent en son esprit : ce furent la dévotion de l'humilité, le respect de la pudeur, la grandeur de sa foi, et le martyre de son cœur.

On ajoute : *Le Seigneur est avec vous*, pour quatre qualités qui resplendirent du ciel en sa personne (c'est encore la pensée de saint Bernard). Ce sont la sanctification de Marie, la salutation angélique, la venue du Saint-Esprit et l'Incarnation du Fils de Dieu. Il est dit encore : *Vous êtes bénie entre les femmes*, pour quatre autres privilèges qui, d'après saint Bernard, resplendirent en sa chair : elle fut la reine des vierges, féconde sans corruption, enceinte sans être incommodée, elle mit au monde sans douleur. — *Aussitôt qu'elle eut entendu, elle fut troublée du discours de l'ange et elle examinait en elle-même ce que c'était que cette salutation.* Elle fut donc troublée du discours de l'ange, mais non de son apparition, parce que la Bienheureuse Vierge avait souvent vu des anges, mais elle ne les avait jamais entendus parler de cette manière. « L'ange, dit saint Pierre de Ravenne, était venu doux en apparence, mais terrible en ses paroles. Aussi celui dont la vue l'avait doucement réjouie la troubla quand il parla. » « Le trouble qu'elle ressentit, dit saint Bernard, est l'effet de sa pudeur virginale; si elle ne fut pas troublée outre mesure, elle le dut à sa force d'âme; en se taisant et en réfléchissant, elle donnait une preuve de prudence et de discrétion. » *Et alors l'ange la rassura et lui dit : « Ne craignez point, Marie, vous avez trouvé grâce auprès du Seigneur.* » « Vous avez trouvé, ajoute saint Bernard, la grâce de Dieu, la paix des hommes, la destruction de la mort, la réparation de la vie. » — *Voici que vous concevrez et que vous enfanterez un fils, et vous lui donnerez le nom de Jésus, c'est-à-dire, de Sauveur, car il sauvera son peuple de ses péchés. Il sera grand et sera appelé le Fils du Très-Haut.* « Ce qui signifie, dit saint Bernard : celui qui est le grand Dieu, sera grand, c'est-à-dire, grand homme, grand docteur, grand prophète. » *Alors Marie dit à l'ange : Comment cela se pourra-t-il faire, puisque je ne connais point d'homme?* c'est-à-dire, puisque je ne me propose pas d'en connaître. Elle fut donc vierge, d'esprit, de cœur et de propos délibéré. Mais voilà que Marie interroge; or, qui interroge, doute. Pourquoi alors n'y eut-il que Zacharie qui ait été frappé de mutisme ? Sur cela saint Pierre de Ravenne apporte quatre raisons : « Celui, dit-il, qui connaît les cœurs ne considère pas seulement les paroles, mais le fond même des cœurs, il a porté son jugement non pas sur ce qu'ils ont dit, mais sur ce qu'ils ont pensé. La cause par laquelle ils interrogent n'est pas pareille, leur espérance n'est pas la même. Marie a cru contre la nature, Zacharie a douté pour la nature. Celle-ci s'informe de l'enchaînement des faits, l'autre prétend impossibles les choses que Dieu veut être faites. Celui-là, malgré les exemples qui l'y poussent, ne parvient pas à la foi; celle-ci y accourt sans avoir de modèle. Elle admire qu'une vierge enfante et il contesta la conception. Marie ne doute donc pas du fait, mais elle en demande le mode et les circonstances : car comme il y a trois modes de conception, le naturel, le spirituel et le merveilleux, elle s'informe de quel mode elle doit concevoir. *Et l'ange lui répondit en disant : Le Saint-Esprit viendra en vous,* et lui-même opérera la conception en vous. C'est pour cela que l'on dit : *qui a été conçu du Saint-Esprit,* pour quatre raisons.

1° Pour montrer que c'est par l'ineffable charité divine que le Verbe de Dieu s'est fait chair : « Dieu a tellement aimé le monde, dit saint Jean (III), qu'il lui a donné son Fils unique. » C'est la raison qu'en donne le Maître des sentences [1]. 2° Pour faire voir qu'il y a ici une grâce accordée sans qu'elle eût été méritée, en sorte que quand on dit : *qui a été conçu du Saint-Esprit,* il reste démontré que c'est l'effet seulement d'une grâce qui n'a été précédée

1. Pierre Lombard, évêque de Paris.

par aucun mérite de la part des hommes. Cette raison est de saint Augustin. 3° Pour montrer que c'est par la vertu et par l'opération du Saint-Esprit qu'il a été conçu. Cette raison vient de saint Ambroise. 4° Pour le motif de la conception, et cette raison est celle de Hugues de Saint-Victor. Il dit que le motif de la conception naturelle, c'est l'amour du mari pour sa femme, et de la femme pour son mari : « Il en fut de même dans la Vierge, dit-il; parce que l'amour du Saint-Esprit brûlait singulièrement dans son cœur, alors l'amour du Saint-Esprit opérait des merveilles dans sa chair. » *Et la vertu du Très-Haut vous couvrira de son ombre*. Ce qui s'explique ainsi d'après la glose : L'ombre se forme ordinairement de la lumière et d'un corps interposé : La vierge, aussi bien qu'un pur homme, ne pouvait prendre la plénitude de la divinité, mais *la vertu du Très-Haut vous couvrira de son ombre*, alors que dans Marie, la lumière incorporelle de la divinité a pris le corps de l'humanité, afin qu'ainsi il fût possible à Dieu de souffrir. Saint Bernard paraît toucher cette explication quand il dit : « Parce que Dieu est esprit, et que nous sommes l'ombre de son corps, il s'est abaissé jusqu'à nous afin que par le moyen de la chair vivifiée, nous voyions le Verbe dans la chair, le soleil dans le nuage, la lumière dans la lampe, et la chandelle dans la lanterne. » Voici comment saint Bernard explique encore ce passage : « C'est comme si l'ange disait : Ce mode par lequel vous concevrez du Saint-Esprit J-C., la vertu de Dieu le cachera de son ombre dans son asile le plus secret, afin qu'il soit connu de lui et de vous seulement. C'est comme s'il disait encore : Pourquoi me demandez-vous ce que vous allez éprouver en vous-même ? Vous le saurez, vous le saurez, oui, heureusement vous le saurez, mais ce sera par l'entremise du docteur qui sera en même temps auteur. J'ai été envoyé pour annoncer la conception virginale, mais non pour la créer. Ou bien encore : il vous couvrira de son ombre, c'est-à-dire, il éteindra en vous l'ardeur du vice. » *Et voici que votre cousine Elisabeth a conçu un fils dans sa vieillesse*. L'ange dit : *Voici ;* pour montrer qu'il avait opéré dans le voisinage une grande nouveauté. Il y a quatre causes pour lesquelles la conception d'Elisabeth est annoncée à Marie; elles sont de saint Bernard.

La première c'est le comble de l'allégresse, la seconde la perfection de la science, la troisième la perfection de la doctrine, la quatrième la condescendance de la miséricorde. Voici en effet les paroles de saint Jérôme : « La conception d'une cousine stérile est annoncée à Marie, afin de causer joie sur joie, alors qu'à un miracle vient se joindre un autre miracle : ou bien c'est qu'il était tout à fait convenable que la Vierge apprît de la bouche de l'ange, avant de le connaître par un homme, une parole qui devait être divulguée en tous lieux, afin que la mère de Dieu ne parût pas écartée des conseils de son fils, si elle restait dans l'ignorance des événements qui arrivaient si près d'elle sur la terre. Ou plutôt encore, Marie, instruite et de l'avènement du Sauveur, et de celui du Précurseur, quant au temps et à l'enchaînement des faits, pouvait dans la suite découvrir la vérité aux écrivains et aux prédicateurs de l'Evangile; ou bien, afin que sachant que sa cousine déjà vieille et cependant enceinte, Marie, qui était toute jeune encore, pensât à lui être utile, et donner au petit prophète Jean le moyen de faire sa cour au Seigneur et d'opérer, en présence d'un miracle, un miracle plus admirable encore. » Plus loin saint Bernard dit : « O vierge, hâtez-vous de répondre. O ma dame, répondez une parole et recevez le Verbe, prononcez-vous et recevez la divinité, dites un mot qui ne dure qu'un instant et renfermez en vous l'éternel. Levez-vous, courez, ouvrez. Levez-vous pour prouver votre foi, courez pour montrer votre dévouement, ouvrez pour donner une marque de votre consentement. » Alors Marie, étendant les mains et tournant les yeux vers le ciel : *Voici*, dit-elle, *la servante du Seigneur, qu'il me soit fait selon votre parole*. Saint Bernard s'exprime ainsi : « On rapporte que les uns ont reçu le Verbe de Dieu dans l'oreille, les autres dans la bouche, et dans la main. Pour Marie elle l'a reçu dans son oreille, par la salutation angélique; dans son cœur, par la foi; dans sa bouche, par la confession; dans sa main, par le toucher; dans son sein, par l'incarnation; dans son giron, quand elle le tenait; dans ses bras, lorsqu'elle l'offrit. » *Qu'il me soit fait selon votre parole*. Saint Bernard explique ainsi ce passage : « Je ne veux point qu'il me soit fait en forme de parole vide et déclamatoire, ni en figure, ni en imagination; mais je veux qu'il descende en moi par l'inspiration calme du Saint-Esprit, que sa personnalité prenne chair, et qu'il habite corporellement en mon sein. » Et aussitôt le Fils de Dieu fut conçu en ses entrailles; il réunissait les perfections d'un Dieu et les perfections d'un homme, et dès le premier jour de sa conception, il avait la même sagesse, la même puissance que quand il atteignit l'âge de trente ans. *Alors Marie partit, s'en alla vers les montagnes de la Judée chez Elisabeth et après qu'elle l'eut saluée, Jean tressaillit dans le sein de sa mère*. La glose dit : Ne le pouvant faire avec la langue, il tressaille de cœur pour saluer J.-C. et commencer l'office de Précurseur. La Sainte Vierge aida sa cousine, pendant trois mois, jusqu'à la naissance de saint Jean qu'elle leva de terre de ses mains, comme on lit dans le *Livre des Justes*. Ce fut à pareil jour, dit-on, que dans le cours des temps, Dieu opéra quantité de merveilles racontées par un poète dans les beaux vers suivants :

Salve, festa dies, quæ vulnera nostra coerces,
Angelus est missus, et passus in cruce Christus.
Est Adam factus et eodem tempore lapsus,
Ob meritum decimæ cadit Abel fratris ab ense.
Offert Melchisedech, Ysaac supponitur aris.
Est decollatus Christi baptista beatus.
Est Petrus ereptus, Jacobus sub Herode peremptus,
Corpora Sanctorum cum Christo multa resurgunt.
Latro dulce tamen per Christum suscipit, amen [1].

Un soldat [2] riche et noble renonçant au siècle, entra dans l'ordre des Cisterciens; et parce qu'il ne savait pas les lettres, les moines, n'osant pas renvoyer chez les laïcs [3] un si noble personnage, lui donnèrent un maître, pour savoir si par aventure il pourrait apprendre quelque chose et, par ce moyen, le faire rester chez eux. Mais après avoir reçu pendant bien du temps les leçons de son maître, il ne put apprendre rien absolument que ces deux mots : *Ave Maria.* Il les retint avec un tel amour que partout où il allait, en tout ce qu'il faisait, à chaque instant il les ruminait. Enfin il vient à mourir et il est enseveli avec les autres frères dans le cimetière : or, voici que sur sa tombe pousse un lys magnifique et sur chaque feuille sont écrits en lettres d'or ces mots : *Ave Maria.* Tout le monde accourut pour contempler un si grand miracle. On retira la terre de la fosse et on trouva que la racine du lys partait de la bouche du défunt. On comprit alors avec quelle dévotion il avait répété ces deux mots, puisque Dieu le rendait illustre par l'honneur d'un si grand prodige [4]. — Un chevalier, dont le castel était sur un grand chemin, dépouillait sans merci tous les passants. Cependant tous les jours il saluait la Vierge mère de Dieu; et quelque empêchement qui lui sur-

1. Voici comme maistre Jean Batallier traduit cette poésie : « Le frère Jehan qui translatay ce liure les vueil aussi mettre en frâcays en la manière que sensuit.

Ie te salue iour tressait
Qui noz plaies nous restrains.
Lange y fut envoie ce iour
Dieu y souffrit mort ce iour
A ce iour fut fait Adam hôme :
Et a ce iour mordit en la pomme.
Abel fut occis pour sa disme
De son propre frère mesmes.
Melchisedech offrit a lautel :
Abraham fist de Ysaac autel,
Et Herode par son meschief
Coppa a Baptiste le chief.
Pierre sa prison renua :
Et Herode iaqs tua.
Avecques Dieu sa compaignie
Suscita corps saintz grant partie.
Le larron qui eut en memoire
Ihesucrist, fust mis en sa gloyre. »

2. La chronique de Grancey intitulée *Roue de fortune*, commentée par le P. Viguier, raconte ce fait comme étant arrivé au fils du comte de Blammont, lequel épousa la sixième fille de Grancey (cf. Paulin Paris, *Cabinet historique*, t. I, p. 135).

3. « N'osant pas renvoyer chez les laïcs » lire : « *n'osant pas mettre au nombre des frères convers* ». (Note de l'éditeur.)

4. Thomas de Catempée, Denys le Chartreux, etc., rapportent aussi cette merveille.

vînt, il ne voulut jamais passer un jour sans réciter la salutation angélique. Or, il arriva qu'un saint religieux vint à passer par là et le chevalier dont il est question ordonna de le dépouiller aussitôt. Mais le saint homme pria les brigands de le conduire à leur maître parce qu'il avait quelques secrets à lui communiquer. Amené devant l'homme d'armes, il le pria de faire assembler toutes les personnes de sa famille et de son castel pour leur prêcher la parole de Dieu. Quand on fut réuni, le religieux dit : « Certainement vous n'êtes pas tous ici; il manque encore quelqu'un. » Comme on l'assurait qu'ils y étaient tous : « Cherchez bien, reprit le voyageur, et vous trouverez qu'il manque quelqu'un. » Alors l'un d'eux s'écria que le camérier seul n'était pas venu. Le religieux dit : « Oui, c'est lui seul qui manque. » On envoie aussitôt le chercher et il se plaça au milieu des autres. Mais en voyant l'homme de Dieu, il roulait des yeux affreux, agitait la tête comme un fou et n'osait s'approcher de plus près. Alors le saint homme lui dit : « Je t'adjure, par le nom de J.-C., de nous dire qui tu es et de découvrir en présence de l'assemblée le motif qui t'a conduit ici. » Et celui-ci répondit : « Hélas! c'est parce que je suis adjuré et bien malgré moi que je suis forcé de me découvrir : en effet je ne suis pas un homme, mais un démon qui a pris la figure humaine et je suis resté sous cette forme depuis quatorze ans avec ce seigneur : notre prince m'a envoyé ici pour observer avec le plus grand soin le jour qu'il ne réciterait pas la salutation à sa Marie, afin que je m'emparasse de lui et l'étranglasse aussitôt; en mourant ainsi dans ses mauvaises actions, il aurait été des nôtres : car chaque jour qu'il disait cette salutation, je ne pouvais avoir puissance sur lui : de jour en jour je le surveille avec la plus grande attention et il n'en a passé aucun sans la saluer. » En entendant cela le chevalier tomba dans une véhémente stupeur, se jeta aux pieds de l'homme de Dieu, demanda pardon et, dans la suite, il changea de manière de vivre. Alors le saint homme dit au démon : « Je te commande, démon, au nom de N. S. J.-C., de t'en aller d'ici, et de ne plus revenir désormais en un lieu où tu auras l'audace de nuire à quiconque invoquera la glorieuse mère de Dieu. » Immédiatement après cet ordre, le démon s'évanouit et le chevalier laissa aller l'homme de Dieu libre, après lui avoir témoigné respect et remerciements [1].

1. Un livre intitulé *Fleurs des exemples* rapporte cette légende comme extraite d'un Anselme qui a écrit un livre de *Miracles*, c. XV.

SAINT TIMOTHÉE[1]

A Rome on célèbre la fête de saint Timothée, qui vint d'Antioche en cette ville du temps du pape Melchiade. Il fut reçu par le prêtre Sylvestre, qui devint dans la suite évêque de la ville, et qui le chargea de remplir les fonctions que les souverains pontifes eux-mêmes redoutaient alors d'exercer. Or, Sylvestre ne se faisait pas seulement un bonheur de lui donner l'hospitalité mais, ayant dépouillé toute crainte, il comblait d'éloges la conduite et la doctrine de Timothée qui, pendant un an et trois mois, enseigna la vérité de J.-C. Après avoir converti beaucoup de peuples, étant devenu digne du martyre, il fut pris par les païens et livré à Tarquin, préfet de la ville. Après avoir enduré des tourments cruels et une longue détention, il refusa de sacrifier aux idoles, et, comme un bon athlète de Dieu, il fut tourmenté et enfin décapité avec des assassins. Saint Sylvestre le porta la nuit dans sa maison et y fit venir le saint évêque Melchiade, qui, avec tous les prêtres et les diacres, passa la nuit entière en actions de grâces et le mit au rang des martyrs. Alors une femme très chrétienne, nommée Théone, pria le saint pape de lui permettre d'élever, à ses frais, dans son jardin, un tombeau à côté de celui de l'apôtre saint Paul; pour y déposer le corps de saint Timothée. Tous les chrétiens jugèrent convenable que Timothée eût sa sépulture auprès de celle de saint Paul qui avait eu autrefois pour disciple un saint de ce nom.

LA PASSION DU SEIGNEUR

Dans sa Passion, J.-C. souffrit d'amères douleurs : Il fut indignement méprisé; mais nous procura des avantages d'une valeur immense. La douleur fut produite par cinq causes : Premièrement, parce que cette Passion fut ignominieuse, quant au lieu qui était lui-même ignomonieux, puisque c'était au calvaire où les malfaiteurs étaient

1. Il est question au 22 août, dans le Martyrologe romain, d'un Timothée qui souffrit à Rome sur la voie d'Oste; en outre un ms. du Martyrologe d'Usuard cite, au 2 avril, un saint Timothée, martyr à Antioche.

punis; quant au supplice qui fut infâme puisque J.-C. fut condamné à la mort la plus honteuse. En effet la croix était le supplice des larrons, et bien que la croix eût été autrefois un grand opprobre, elle est maintenant une immense gloire. Ce qui fait dire à saint Augustin : « La croix qui était le supplice des larrons a passé maintenant sur le front des empereurs. Si Dieu a conféré un pareil honneur à ce qui fut son supplice, que n'accordera-t-il pas à son serviteur ? » Cette Passion fut ignominieuse à cause de ceux auxquels J.-C. fut associé, puisqu'il a été placé entre des scélérats, c'est-à-dire, avec des larrons, qui d'abord ont été des scélérats; l'un d'eux, Dismas, s'est converti plus tard; il était à la droite du Sauveur, d'après l'évangile de Nicodème; l'autre à gauche fut damné, c'était Gesmas. A l'un il donna le royaume, à l'autre le supplice. Saint Ambroise dit : « Alors qu'il était suspendu à la croix, l'auteur de la miséricorde en partageait les fonctions en différentes classes : il confiait la persécution aux apôtres, la paix à ses disciples, son corps aux juifs, ses vêtements à ceux qui le crucifiaient, son âme à son père, un paranymphe à une vierge, le paradis au larron, l'enfer aux pécheurs et la croix aux chrétiens pénitents. Voilà le testament de J.-C. attaché à la croix. » La 2e cause de douleur, c'est que sa Passion fut injuste, parce qu'il n'a pas commis le péché, que le mensonge n'a pas souillé sa bouche, et que la peine qui n'est pas méritée est infiniment regrettable. En effet on l'accusait principalement de trois crimes, savoir : d'empêcher de payer le tribut, de se dire roi, et de se proclamer Fils de Dieu. Contre ces trois accusations, au jour du vendredi saint, nous adressons en la personne du Sauveur trois excuses : *Popule meus, quid feci tibi*, etc [1]. « Mon peuple, que t'ai-je fait ? » J.-C. y expose trois bienfaits qu'il a accordés aux juifs : la délivrance de l'Egypte, leur conduite à travers le désert, la plantation de la vigne dans un lieu très fertile; comme si J.-C. disait : « Tu m'accuses au sujet du paiement du tribut : tu devrais bien plutôt me remercier, puisque je t'ai délivré du tribut; tu m'accuses de m'être dit roi : tu devrais plutôt me remercier pour t'avoir traité en roi dans le désert; tu m'accuses de m'être proclamé le Fils de Dieu : tu devrais plutôt me remercier pour t'avoir choisi comme ma vigne, et que je t'ai planté dans un lieu très fertile. » 3° La douleur vint de ce qu'il souffrit de la part de ses amis. En effet la douleur serait plus tolérable si elle venait de ceux qui, pour un motif quelconque, devaient être ses ennemis, ou bien de ceux auxquels il aurait porté quelque préjudice, et pourtant, il souffre de ses amis, c'est-à-dire, de ceux qui devraient être

1. A l'adoration de la croix.

ses amis. Il souffre de ses proches, savoir, de ceux de la race desquels il est né. C'est d'eux qu'il est dit dans le Psaume (XXXVII) : « Mes amis et mes proches se sont élevés et déclarés contre moi. » Et dans Job (XIX) : « Mes amis m'ont fui comme ceux qui m'étaient les plus étrangers. » Il souffre de ceux auxquels il avait fait du bien (saint Jean, X) : « J'ai fait devant vous plusieurs bonnes œuvres. » Voici les paroles de saint Bernard : « O bon Jésus, quelle douceur fut la vôtre, dans vos rapports avec les hommes! Que ne leur avez-vous pas donné et avec une bien grande abondance! Quelles duretés, quelles méchancetés vous avez souffertes pour eux, des paroles rudes, des coups plus rudes encore, les tourments les plus rudes. » 4° A raison de la délicatesse de son corps. C'est de J.-C. que David parle en figure, quand il dit : « Il était faible et délicat comme un petit vermisseau de bois » (Rois, II, XXIII) : « O Juifs, dit saint Bernard, vous êtes des pierres, vous frappez une pierre plus tendre; le son qu'elle rend c'est celui de la piété, elle fait jaillir l'huile de la charité. » Saint Jérôme dit aussi : « Jésus a été livré aux juifs pour être frappé, et ce très sacré corps et cette poitrine qui contenait Dieu, ils l'ont sillonné de coups de fouet. » 5° Sa douleur fut universelle : il souffrit dans chacun de ses membres et de ses sens. 1° Il souffrit dans ses yeux, parce qu'il a pleuré, saint Paul le dit en son Epître aux Hébreux (V). Saint Bernard s'exprime de la sorte : « Il a monté haut pour être entendu de plus loin, il criait avec force, pour que personne ne pût s'excuser; à ses cris il joignit les larmes afin d'exciter la compassion des hommes. » Il versa des larmes deux autres fois encore; ce fut à la résurrection de Lazare et sur Jérusalem. Les premières furent des larmes d'amour, ce qui a fait dire à ceux qui le virent pleurer : « Voyez comme il l'aimait! Les secondes furent des larmes de compassion, mais les troisièmes furent des larmes de douleur. 2° Il souffrit dans l'ouïe quand on l'accablait d'opprobres et de blasphèmes : or, on compte quatre circonstances, où J.-C. entendit des opprobres et des blasphèmes. Sa noblesse était infinie : quant à sa nature divine, il fut le fils du roi éternel; et quant à la nature humaine, il était de race royale; comme homme encore, il fut le roi des rois et le seigneur des seigneurs. Il annonça une visite ineffable, car c'est lui qui est la voie, la vérité et la vie; aussi dit-il en parlant de soi-même : « Votre parole c'est la vérité, car le Fils c'est la parole ou le verbe du Père. » Il posséda une puissance incomparable; car « toutes choses ont été faites par lui, et rien n'a été fait sans lui ». Enfin il fut d'une extraordinaire bonté, car « personne n'est bon si ce n'est Dieu seul ». J.-C. entendit des opprobres et des blasphèmes en raison de ces quatre qualités : 1° A raison de sa noblesse. Saint Matth. (XII) :

« Est-ce que ce n'est pas le fils du charpentier ? Sa mère ne s'appelle-t-elle pas Marie ? » etc. 2° A raison de sa puissance. Saint Matth. (XII) : « Il ne chasse les démons que par Belzébuth, prince des démons. » En saint Matthieu encore (XXVII) : « Il a sauvé les autres et il ne peut se sauver lui-même ! » Voici qu'ils le disent impuissant, quand il a été, d'un seul mot, assez puissant pour renverser ses persécuteurs. En effet quand il leur eut demandé : « Qui cherchez-vous ? » qu'ils eurent répondu : « Jésus de Nazareth »; et qu'il eut dit : « C'est moi », à l'instant ils tombèrent par terre. « Un mot, dit saint Augustin, adressé à une foule haineuse, féroce, redoutable par ses armes, l'a frappée sans aucun dard, l'a renversée par terre en vertu de la divinité qui se cachait. Que fera-t-il quand il jugera, s'il a fait cela avant d'être jugé ? Que pourra-t-il, quand il régnera, celui qui a exercé un pareil pouvoir quand il était près de mourir ? » 3° A raison de la vérité. Saint Jean (VIII) : « Tu te rends témoignage à toi-même; ton témoignage n'est pas véritable. » Les voici qui l'appellent menteur et cependant il est la voie, la vérité et la vie. Cette vérité Pilate ne mérita ni de la connaître, ni de l'entendre, parce qu'il ne le jugea pas selon la vérité. Il commença son jugement par la vérité, mais il ne resta pas dans la vérité, et c'est pour cela qu'il mérita de commencer par une question au sujet de la vérité, mais il ne fut pas digne de recevoir une solution. Il y a, d'après saint Augustin, une autre raison pour laquelle il n'entendit pas la réponse; car, après avoir adressé cette question, à l'instant même, il se ressouvint de la coutume qu'avaient les juifs de délivrer un prisonnier au temps de Pâques; et en raison de cela il sortit aussitôt sans attendre une réponse. La troisième raison, d'après saint Chrysostome, est que, sachant cette question difficile, elle exigeait beaucoup de temps, une longue discussion. Or, comme il avait hâte de délivrer J.-C. il sortit aussitôt. On lit pourtant dans l'évangile de Nicodème que quand Pilate eut demandé à Jésus : « La vérité, qu'est-ce ? » Jésus lui répondit : « La vérité vient du ciel. » Et Pilate dit : « Sur la terre il n'y a donc pas de vérité ? » Jésus lui dit : « Comment la vérité peut-elle exister sur la terre, quand elle est jugée par ceux qui ont le pouvoir ici-bas ? » 4° A raison de sa bonté : car ils disaient qu'il était pécheur au fond du cœur. Saint Jean (IX) : « Nous savons que cet homme est pécheur; qu'il était un séducteur dans ses paroles. » Saint Luc (XIII) : « Il a soulevé le peuple en enseignant par toute la Judée, en commençant par la Galilée jusqu'ici. » — Qu'il était prévaricateur de la loi dans ses œuvres. Saint Jean (IX) : « Cet homme n'est pas de Dieu, puisqu'il ne garde pas le sabbat. » 3° Il souffrit de son odorat : parce qu'il put sentir une grande puanteur dans ce lieu du calvaire où se trouvaient les corps fétides des morts. L'*Histoire scholastique* dit [1] que le crâne *(calvaria)*, c'est à proprement parler l'os nu de la tête de l'homme, et parce que les condamnés étaient décapités et que beaucoup de crânes gisaient là pêle-mêle, on disait le lieu du crâne ou le calvaire. 4° Il souffrit dans le sens du goût. Aussi quand il criait : « J'ai soif », on lui donna du vinaigre mêlé de myrrhe et de fiel, afin qu'avec le vinaigre il mourût plus vite et que ses gardes fussent plus tôt relevés de leur faction : on dit en effet que les crucifiés meurent plus vite quand ils boivent du vinaigre. Ils y mêlèrent de la myrrhe pour qu'il souffrît dans l'odorat et du fiel pour qu'il souffrît dans le goût. Saint Augustin dit : « La pureté est abreuvée de vinaigre au lieu de vin; la douceur est enivrée de fiel; l'innocence est punie pour le coupable; la vie meurt pour le mort. » 5° Il souffrit dans le toucher, car dans toutes les parties de son corps, « depuis la plante des pieds jusqu'au sommet de la tête, il n'y a rien de sain en lui (Isaïe, I). » Sur ce que J.-C. ressentit de la douleur dans tous les sens : « Cette tête, dit saint Bernard, l'objet de la vénération des esprits angéliques, est percée d'une forêt d'épines; cette face, la plus belle parmi celles des enfants des hommes, est salie par les crachats des juifs : ces yeux plus brillants que le soleil sont éteints par la mort; ces oreilles accoutumées aux concerts des anges, entendent les insultes des pécheurs; cette bouche qui instruit les anges est abreuvée de fiel et de vinaigre; ces pieds, dont on adore l'escabeau parce qu'il est saint, sont attachés à la croix avec des clous; ces mains qui ont construit les cieux sont étendues sur la croix et percées de clous : le corps est fouetté, le cœur est percé d'une lance, que faut-il de plus ? Il ne resta en lui que la langue pour prier en faveur des pécheurs et pour confier sa mère à son disciple. »

Secondement, dans sa Passion J.-C. fut bafoué et honni : car quatre fois on se moqua de lui : 1° dans la maison d'Anne, où il reçut des crachats et des soufflets, et où on lui couvrit les yeux d'un voile. Saint Bernard dit à ce sujet : « Votre visage, bon Jésus tout aimable, que les anges aiment à regarder, ils l'ont sali de crachats, ils l'ont frappé avec leurs mains, ils l'ont couvert d'un voile par dérision, ils ne lui ont pas épargné les blessures amères. » 2° Dans la maison de Hérode, qui, le prenant pour un fou et un esprit égaré, parce qu'il n'avait pu en obtenir une réponse, le revêtit d'un habit de dérision. Ce qui fait dire à saint Bernard : « Tu es homme et tu te couronnes de fleurs; moi je suis Dieu et j'ai une couronne d'épines; tu as des gants aux mains, et moi j'ai des clous qui percent les miennes; tu danses revêtu d'habits blancs, et moi, pour toi, à la cour d'Hérode, j'ai été couvert d'une robe blanche; tu danses,

1. Evang., ch. CLXX.

et moi, j'ai souffert dans mes pieds : toi, dans tes danses, tu étends les bras en croix au milieu des transports d'allégresse, et moi, je les ai eus étendus en signe d'opprobre; moi, j'ai été dans la douleur sur la croix, et toi, tu tressailles d'aise en croix; tu as le côté découvert ainsi que la poitrine par vaine gloire et moi, j'ai eu mon côté percé pour toi. Cependant reviens à moi et je te recevrai. » Mais pourquoi le Seigneur, au temps de sa Passion, se taisait-il en présence d'Hérode, de Pilate et des juifs ? Il y en a trois raisons. La première, c'est qu'ils n'étaient pas dignes d'entendre sa réponse; la deuxième, parce que Eve avait péché en parlant trop, alors J.-C. a voulu satisfaire en se taisant; la troisième, c'est parce que n'importe la réponse sortie de sa bouche, ils calomniaient et altéraient tout. Il fut honni et bafoué dans la maison de Pilate, où les soldats le revêtirent d'un manteau d'écarlate, lui donnèrent un roseau dans les mains, placèrent une couronne d'épines sur sa tête et disaient en fléchissant le genou : « Salut, roi des juifs. » Or, cette couronne d'épines, on dit qu'elle fut tressée de jonc marin dont la pointe est aussi dure que pénétrante; d'où l'on peut penser que ces épines firent jaillir le sang de sa tête. A ce sujet saint Bernard s'exprime ainsi : « Cette divine tête fut percée jusqu'au cerveau par une forêt d'épines. » Il y a trois opinions différentes sur le lieu où l'âme a son siège principal. Les uns disent dans le cœur, à raison de ces paroles : « C'est du cœur que sortent les mauvaises pensées », etc. Les autres, dans le sang, à cause de ce qui est dit dans le Lévitique (XVII) : « La vie de la chair est dans le sang »; les troisièmes, dans la tête, d'après ce texte : « Il inclina la tête et rendit l'esprit. » Par le fait, les juifs paraissent avoir connu ces trois opinions; car pour arracher son âme de son corps, ils la cherchèrent dans sa tête, lorsqu'ils enfoncèrent les épines jusqu'à la cervelle; ils l'ont cherchée dans le sang, en lui ouvrant les veines des mains et des pieds; ils l'ont cherchée dans le cœur, quand ils percèrent son côté. Contre ces trois sortes de moqueries, au jour du vendredi saint, nous faisons trois adorations avant de découvrir la croix, en disant : Dieu saint, Dieu fort, Dieu immortel, pitié pour nous : *agios*, etc., comme pour honorer par trois fois celui qui trois fois a été bafoué pour nous. 4° Sur la croix (saint Matth., XXVII) : « Les princes des prêtres, se moquant de lui avec les scribes et les anciens, disaient : « S'il est le roi d'Israël, qu'il descende maintenant de la croix et nous croirons en lui. » Saint Bernard commente ainsi ce passage : « Pendant ce temps-là, il donne une plus grande preuve de patience, il recommande l'humilité, il fait acte d'obéissance, il accomplit toute charité. Ces perles de vertus ornent les extrémités de la croix : en haut se trouve la charité, à droite l'obéissance, à gauche la patience, et au bas la racine de toutes les vertus qui est l'humilité. » Toutes ces souffrances de J.-C. ont été recueillies brièvement par saint Bernard quand il dit : « J'aurai souvenance, toute ma vie, des labeurs qu'il a supportés, dans ses prédications; de ses fatigues, dans ses courses; de ses veilles, dans la prière; de ses tentations dans son jeûne; de ses larmes de compassion, des pièges qui lui étaient tendus dans ses discours, enfin des outrages, des crachats, des soufflets, des moqueries, des clous, des reproches. »

Troisièmement la Passion de J.-C. fut pour nous la source d'avantages infinis. Son utilité est triple; on y trouve la rémission des péchés, la collation de la grâce, et l'exhibition de la gloire; et toutes les trois sont indiquées sur le titre de la croix, parce qu'il y a Sauveur pour la première, de Nazareth [1] pour la deuxième, et roi des juifs pour la troisième, parce que là nous serons tous rois. Saint Augustin dit en parlant de l'utilité de la Passion : « J.-C. a effacé la coulpe présente, passée et future; il a détruit les péchés en les remettant, les péchés présents en y soustrayant les hommes, les péchés futurs en donnant une grâce au moyen de laquelle on peut les éviter. » Le même Père dit encore à ce sujet : « Admirons, félicitons, aimons, louons, adorons, puisque par la mort de notre Rédempteur nous avons été appelés des ténèbres à la lumière, de la mort à la vie, de la corruption à l'incorruption, de l'exil à la patrie, du deuil à la joie. » Quatre raisons démontrent combien fut utile le mode de notre rédemption, savoir, parce qu'il fut parfaitement accueilli de Dieu qui devait être fléchi; il fut très convenable pour guérir la maladie, très efficace pour attirer le genre humain, très habilement pris pour défaire l'ennemi des hommes. 1° Il fut parfaitement accueilli de Dieu qui devait être fléchi et réconcilié, parce que, dit saint Anselme en son ouvrage *Cur Deus homo* (liv. II, c. II) : « L'homme ne peut, pour l'honneur de Dieu, souffrir volontairement et sans y être obligé rien de plus redoutable et de plus pénible que la mort, et jamais l'homme ne put se donner davantage à Dieu que quand il s'est livré à la mort en son honneur. » C'est ce qui est dit par saint Paul en son Epître aux Ephésiens (V) : « Il s'est livré à Dieu comme une oblation et une hostie d'agréable odeur. » Et saint Augustin, au livre *De la Trinité*, dit comment ce sacrifice apaisa Dieu et le réconcilia avec nous : « Quelle chose pouvait être plus agréablement reçue que notre chair devenue une matière de sacrifice dans le corps de notre prêtre ? » Et comme dans tout sacrifice quatre circonstances sont à considérer : à qui il est offert, ce qui est offert, pour qui il est offert, et celui qui offre. Celui-là même qui est seul médiateur

1. Nazareth signifie en hébreu ornement ou couronne.

entre Dieu et les hommes nous réconcilie par le sacrifice de paix à Dieu avec lequel il ne fait qu'un, et auquel il offrait ce sacrifice, en ne faisant qu'un avec ceux pour lesquels il l'offrait. En sorte que celui qui offrait et ce qui était offert, c'est la même personne. Le même saint Augustin dit encore, sur la manière par laquelle nous avons été réconciliés par J.-C., que J.-C. est prêtre et sacrifice, comme il est Dieu et temple tout à la fois. Prêtre, par l'entremise duquel nous sommes réconciliés; sacrifice, par lequel nous sommes réconciliés, Dieu auquel nous sommes réconciliés, temple dans lequel nous sommes réconciliés. Le même Père adresse dans la personne de J.-C. ces reproches à ceux qui faisaient peu de cas de cette réconciliation : « Comme vous étiez l'ennemi de mon Père, il vous a réconciliés par moi; comme vous étiez loin de lui, je suis venu pour vous racheter; comme vous erriez par les montagnes et les forêts, je vous ai cherchés, et c'est au milieu des pierres et du bois que je vous ai trouvés; et de crainte que vous ne fussiez déchirés sous la dent vorace des loups et des bêtes féroces, je vous ai recueillis, je vous ai portés sur mes épaules, je vous ai rendus à mon Père. J'ai travaillé, j'ai sué, j'ai présenté ma tête pour qu'on y mît la couronne d'épines; j'ai placé mes mains sous les clous, j'ai ouvert mon côté avec la lance; j'ai été déchiré non par des injures, mais par des tourments sauvages; j'ai versé mon sang, j'ai donné mon âme pour vous unir à moi, et vous vous arrachez de mes bras! »

2° Le mode de notre rédemption fut très convenable pour guérir notre maladie. Or, la convenance se tire du temps, du lieu et du mode. 1° Du temps, parce qu'Adam fut créé et commit le péché au mois de mars, le vendredi, et à la sixième heure, et c'est pourquoi J.-C. a voulu souffrir dans le mois de mars, car il fut annoncé et souffrit le même jour, comme ce fut encore le vendredi et à la sixième heure. 2° Du lieu : or, le lieu de la Passion peut être entendu en trois manières, savoir, le lieu commun, le lieu particulier et le lieu singulier. Le lieu commun fut la terre de promission, le particulier, celui du calvaire et le lieu singulier, la croix. Dans le lieu commun fut formé le premier homme parce qu'on dit qu'il a été créé près de Damas et sur le territoire de cette ville. Il fut enseveli dans le lieu particulier, parce que ce fut dans l'endroit où J.-C. a souffert qu'Adam fut, dit-on, enseveli; toutefois ceci n'est pas authentique, puisque, d'après saint Jérôme, Adam a été enseveli sur le mont Hébron, selon ce qui est expressément rapporté au livre de Josué (XIV). Il fut déçu au lieu singulier, non pas que ce soit sur le bois où J.-C. a souffert qu'Adam fut déçu, mais pourtant il est dit que de même que Adam fut déçu dans le bois, de même J.-C. souffrit sur le bois. Il est rapporté dans une histoire des Grecs que ce fut sur un bois de la même espèce. 3° Du mode de guérir, lequel fut par les semblables et par les contraires; par les semblables, parce que d'après saint Augustin en son livre de la *Doctrine chrétienne*, l'homme séduit par la femme, né de la femme, a délivré, comme étant homme, les autres hommes, comme mortel, les mortels et les morts, par la mort. Saint Ambroise dit : « Adam fut formé d'une terre vierge, J.-C. naquit d'une vierge. Adam fut fait à l'image de Dieu, J.-C. est l'image de Dieu. De la femme est venue la folie, par la femme est venue la sagesse; Adam était nu, J.-C. fut nu; la mort vint par l'arbre; la vie par la croix; Adam resta dans le désert, J.-C. resta au désert. » Par les contraires : parce que le premier homme, selon saint Grégoire, avait péché par orgueil, par désobéissance et par gourmandise; car il voulut s'assimiler à Dieu par la sublimité de la science, transgresser les limites du commandement de Dieu et goûter la suavité de la pomme : et comme la guérison doit s'opérer par les contraires, ce mode de satisfaction fut très convenable, car il s'opéra par l'humiliation, par l'accomplissement de la volonté divine et par l'affliction. Ces trois modes sont indiqués dans la 2e Epître aux Philippiens : « Il s'est humilié », c'est le premier mode, « en se faisant obéissant », c'est le second, « jusqu'à la mort », c'est le troisième.

3° Ce mode fut très efficace pour attirer le genre humain. Car jamais il ne put attirer le genre humain davantage à son amour et à la confiance, tout en sauvant le libre arbitre. Or, voici ce que dit saint Bernard, pour démontrer comment il nous attire par là à son amour : « O bon Jésus, ce calice que vous avez bu, cette œuvre de notre rédemption vous rend aimable par-dessus tout. C'est absolument cela qui vous assure facilement tout notre amour pour vous, c'est-à-dire qui provoque notre amour avec plus de douceur, qui l'exige avec plus de droit, qui l'assujettit plus vite et qui l'affecte avec plus de force. En effet où vous vous êtes anéanti, où vous vous êtes dépouillé de l'éclat qui vous est naturel, c'est là que votre dévouement brille le plus, là que votre charité s'est répandue avec plus de profusion, là que votre grâce a projeté ses plus grands rayons. » Quant à la confiance que ce mode nous inspire, il est dit dans l'Epître aux Romains (VIII) : « Puisque Dieu n'a pas épargné son propre fils, mais qu'il l'a livré pour nous tous, comment avec lui ne nous donnera-t-il pas aussi toutes choses ? » Là-dessus saint Bernard s'exprime ainsi : « Qui ne sera pas entraîné à l'espoir d'obtenir la confiance, quand il considère la disposition de son corps, savoir : sa tête inclinée pour nous baiser, ses bras étendus pour nous embrasser, ses mains percées pour nous octroyer des largesses, son côté ouvert pour nous aimer, ses pieds attachés pour rester avec nous, son corps étendu pour se sacrifier tout entier à nous ? »

Quatrièmement : Le mode de notre rédemption fut très convenable pour détruire l'ennemi du genre humain. (Job, XXVI) : « Sa sagesse a dompté l'orgueil » (et XL) : « Pourrez-vous enlever Léviathan avec l'hameçon ? » J.-C. avait caché l'hameçon de sa divinité sous la nourriture de son humanité et le diable voulant saisir la nourriture de la chair fut pris par l'hameçon de la divinité. Saint Augustin parle ainsi de cette capture adroite : « Le Rédempteur est venu et le trompeur a été vaincu : et qu'a fait le Rédempteur à celui qui nous tenait captifs ? il tendit un piège qui fut sa croix et pour amorce il y mit son sang. Quant à lui, il ne voulut pas répandre le sang de son débiteur : c'est pourquoi il s'éloigna des débiteurs. » C'est cette dette que l'apôtre appelle la cédule que J.-C. a abolie en l'attachant à la croix. Et saint Augustin dit à propos de cette cédule : « Eve a emprunté le péché au démon; elle a écrit la cédule; elle a donné un garant et l'usure court pour sa postérité : or, elle a emprunté le péché au démon, quand, malgré le précepte de Dieu, elle a consenti à sa mauvaise jussion ou à sa suggestion : elle a écrit la cédule quand elle a étendu la main vers le fruit défendu; elle a donné un garant, quand elle a fait consentir Adam au péché et de cette manière l'usure court pour sa race. » Saint Bernard met dans la bouche de J.-C. ces reproches adressés à ceux qui méprisent cette rédemption par laquelle nous avons été affranchis de la puissance de notre ennemi : « Mon peuple, dit le Seigneur, qu'ai-je pu te faire que je n'aie fait ? Quelle raison as-tu de plutôt servir ton ennemi que moi ? Il ne vous a pas créés, lui, il ne vous nourrit pas. Si c'est peu aux yeux des ingrats, ce n'est pas lui, c'est moi qui vous ai rachetés. A quel prix ? Ce n'a pas été avec de l'or ou de l'argent qui se corrompt; ce n'a pas été avec le soleil, ni avec la lune; ce n'a pas été quelqu'un des anges, mais c'est moi qui vous ai rachetés de mon propre sang. Au reste si je n'ai pas une foule de droits à ce que vous vous mettiez à mon service, oubliez tout, mais au moins convenez avec moi d'un denier par jour. » Maintenant, comme J.-C. a été livré à la mort par l'avarice de Judas, par la jalousie des juifs, par la peur de Pilate, il reste à voir quel châtiment Dieu infligea à chacun d'eux à raison de ce péché. Vous trouverez dans la légende de saint Mathias le châtiment et l'origine de Judas, dans la légende de saint Jacques le Mineur, le châtiment et la ruine des juifs. Voici ce que rapporte une légende apocryphe touchant le châtiment et l'origine de Pilate.

Un roi nommé Tyrus connut charnellement une fille nommée *Pila*, dont le père appelé *Atus* était meunier; il en eut un fils. Or, Pila composa un nom du sien et de celui de son père qui s'appelait *Atus*, et le donna à son fils qui fut Pilate. Celui-ci, dès l'âge de trois ans, fut envoyé au roi par Pila. Ce roi avait un fils de la reine son épouse qui paraissait du même âge à peu près que Pilate. Devenus un peu plus grands, souvent ces deux enfants jouaient ensemble à la lutte, à la fronde et à d'autres ébats. Mais le fils légitime du roi, comme plus noble de race, était toujours plus adroit que Pilate, et plus habile en toute sorte d'exercice, d'où il résulta que Pilate, poussé par une basse jalousie, et entraîné par une douleur amère, tua son frère en cachette. Le roi en conçut un grand désespoir; il assembla son conseil pour savoir ce qu'il ferait de cet enfant, scélérat et homicide. Tous les membres du conseil s'écrièrent à l'unanimité qu'il était digne de mort : mais le roi, ayant repris du calme, ne voulut pas ajouter iniquité sur iniquité, il l'envoya donc en otage pour le tribut qu'il devait annuellement aux Romains; voulant par là n'avoir point à se reprocher la mort de ce fils, et de plus espérant être quitte du tribut payé aux Romains. Or, il y avait en ce temps-là, à Rome, un fils du roi de France envoyé aussi à Rome pour les tributs. Pilate s'attacha à lui, et le voyant meilleur que soi dans ses mœurs et son esprit, aiguillonné par la jalousie, il le tua. Les Romains, cherchant ce qu'on en pourrait faire, se dirent : « Si on laisse vivre celui qui a tué son frère, qui a égorgé un otage, il sera utile en bien des choses à la république, et avec la férocité qui le caractérise, il domptera la férocité des ennemis. » Ils ajoutèrent : « Puisqu'il est digne de mort, qu'on le mette dans l'île de Pontos avec la qualité de juge chez un peuple qui ne veut en souffrir aucun, voyons si, par aventure, il parvient à dompter leur méchanceté habituelle; s'il ne réussit pas, il sera puni comme il l'a mérité. » Pilate fut donc envoyé chez cette nation féroce, bien informé du mépris qu'elle professait pour ses juges : en réfléchissant sur sa mission et en considérant qu'une sentence de mort était suspendue sur sa tête, il voulut conserver sa vie, et par menaces, par promesses, par supplices et par dons, il subjugua cette nation méchante. Or, pour avoir dompté un pays pareil, il reçut le nom de Ponce de l'île de Pontos. Hérode entendit parler de l'adresse de cet homme; émerveillé de ses ruses et rusé lui-même, il parvint, par ses présents et ses messages, à l'attirer auprès de soi et lui confia sa place et sa puissance sur la Judée et sur Jérusalem. Comme Pilate avait amassé des sommes immenses, il partit pour Rome, à l'insu d'Hérode, offrit à Tibère de l'argent à l'infini. Au moyen de ces largesses, il parvint à faire accepter par l'empereur ce qu'il tenait d'Hérode. Ce fut la cause de l'inimitié entre Pilate et Hérode, inimitié qui dura jusqu'à la Passion de J.-C., époque à laquelle ils se réconcilièrent parce que Pilate lui envoya le Seigneur. L'*Histoire scho-*

lastique assigne d'autres causes à leur inimitié. Un homme, qui se faisait passer pour le Fils de Dieu, avait séduit beaucoup de Galiléens : les ayant menés en Garizim, où il avait dit qu'il monterait au ciel, Pilate survint et le fit tuer avec tous ceux qu'il avait séduits, dans la crainte qu'il n'en fît autant des juifs. C'est pour cela qu'ils devinrent ennemis parce que Hérode avait le gouvernement de la Galilée. L'une et l'autre cause peuvent être vraies. Alors quand Pilate eut eu livré aux juifs le Seigneur afin de le crucifier, il craignit le ressentiment de Tibère-César pour avoir fait verser le sang innocent, et envoya à César un de ses familiers lui offrir ses excuses. Or, sur ces entrefaites Tibère souffrait d'une grande maladie; on lui apprit qu'il se trouvait à Jérusalem un médecin qui guérissait toutes sortes de maux, par une seule parole; mais on ignorait que Pilate et les juifs l'eussent crucifié. Tibère s'adressant à Volusien, un de ses intimes : « Va vite, lui dit-il, outre-mer, et dis à Pilate de m'envoyer ce médecin qui me rendra la santé. » Quand Volusien fut arrivé auprès de Pilate, et lui eut communiqué les ordres de l'empereur, Pilate effrayé demanda un délai de quatorze jours. Dans ce laps de temps, Volusien s'informa auprès d'une dame, nommée Véronique, qui avait été amie avec J.-C., où l'on pourrait trouver le Christ Jésus : Véronique lui dit : « Ah! c'était mon Seigneur et mon Dieu : trahi par jalousie, il fut condamné à mort par Pilate, qui l'a fait attacher à la croix. » Alors Volusien fut très chagriné : « Je suis bien en peine, lui dit-il, de ne pouvoir exécuter les ordres de mon maître. » Véronique répondit : « Alors que mon Seigneur parcourait le pays en prêchant, comme j'étais privée, bien malgré moi, de sa présence, je voulus faire exécuter son portrait, afin que lorsqu'il ne me serait plus donné de le voir, je pusse au moins me consoler en regardant son image : alors je portai de la toile au peintre, quand le Seigneur vint au-devant de moi et me demanda où j'allais. Lorsque je lui eus exposé le sujet de ma course, il me demanda la toile, et me la rendit avec l'empreinte de sa face vénérable. Si donc votre maître regarde avec dévotion les traits de cette image, à l'instant il aura l'avantage de recouvrer la santé. » Volusien lui repartit : « Peut-on se procurer ce portrait à prix d'or ou à prix d'argent ? » « Non, répondit-elle, mais seulement au prix d'une ardente dévotion. Je partirai avec vous : je montrerai ce portrait à César pour qu'il le voie et je reviendrai. » Volusien revint alors à Rome avec Véronique et dit à l'empereur Tibère : « Jésus, que vous aviez grand désir de voir, a été livré à la mort par Pilate et par les juifs qui l'ont attaché à une croix par jalousie. Or, est venue avec moi une dame qui porte l'image de ce même Jésus; si vous regardez ce portrait avec dévotion, vous obtiendrez à l'instant votre guérison et la santé. » Alors César fit étendre des tapis de soie sur le chemin et commanda qu'on lui présentât le portrait : il ne l'eut pas plus tôt regardé qu'il recouvra sa santé première. Ponce Pilate fut donc pris par l'ordre de César et conduit à Rome. L'empereur apprenant que Pilate était arrivé, le fit venir par-devant lui et il était furieusement irrité à son encontre. Mais Pilate apporta avec lui la tunique sans couture de Notre Seigneur, qu'il revêtit au moment de paraître devant l'empereur. Tout aussitôt que l'empereur l'eut vu, il fut entièrement dépouillé de sa colère et se leva à l'instant, sans oser lui adresser le moindre reproche; et lui, qui en l'absence de Pilate, était si cruel et si terrible, devint extraordinairement doux quand celui-ci fut en sa présence. Après l'avoir congédié, il fut aussitôt enflammé d'une terrible manière contre Pilate, s'accusant d'être un misérable de ne pas lui avoir découvert toute la fureur de son cœur, et tout de suite il le fit rappeler, jurant et protestant que Pilate était digne de mort, et qu'il ne méritait pas de vivre sur terre. Mais dès qu'il le vit, à l'instant il le salua et toute la fureur de son âme avait disparu. On est dans l'admiration partout; l'empereur lui-même s'étonne de ce que quand Pilate est absent, il est outré de colère, et que, quand il est devant lui, il ne peut lui dire rien de désagréable. Enfin par inspiration divine, ou bien peut-être, par le conseil de quelque chrétien, il le fait dépouiller de cette tunique et à l'instant il reprend contre lui sa première férocité d'âme : ce qui émerveilla de plus en plus l'empereur, mais on lui dit que cette tunique avait appartenu au Seigneur Jésus. Alors l'empereur fit renfermer Pilate dans une prison, jusqu'à ce qu'il eût délibéré sur son sort d'après le conseil des sages. On porta contre Pilate une sentence qui le condamnait à la mort la plus honteuse. A cette nouvelle, Pilate se perça avec son couteau et ce fut ainsi qu'il mourut. César informé de la mort de Pilate : « Vraiment, dit-il, il est mort de la façon la plus honteuse, puisqu'il a choisi lui-même sa main pour se punir. » On attache donc son corps à une meule énorme et il est noyé dans le Tibre : mais les esprits malins et sordides se réjouirent d'avoir en leur puissance le corps malin et sordide de ce sordide, et le saisissant tantôt dans l'eau, tantôt dans l'air ils produisaient des inondations étranges, causaient foudres, tempêtes, tonnerres, grêles terribles dans les airs, au point que tout le monde était sous l'influence d'une crainte horrible. C'est pourquoi les Romains le retirèrent du Tibre et par dérision ils le portèrent à Vienne où ils le jetèrent au fond du Rhône. Or, Vienne a pour étymologie voie de la géhenne, parce que c'était autrefois un lieu de malédiction : elle serait mieux nommée Bienne par ce qu'on dit qu'elle fut bâtie dans l'espace de deux ans (*bisannus*).) Mais là encore il y eut des esprits qui opérèrent les mêmes prodiges : les habitants, ne pouvant supporter d'être si grandement vexés par les démons, portèrent loin d'eux ce vase de malédiction et l'envoyèrent ensevelir au territoire de la ville de Lausanne. Les citoyens de ce pays, tourmentés à l'excès par les vexations qui s'étaient produites ailleurs, l'ôtèrent du territoire et le plongèrent dans un puits caché au fond des montagnes, où, d'après certaines relations, des machinations diaboliques paraissent fomenter. (Ce qui est rapporté jusqu'ici est tiré d'une histoire apocryphe. On laisse au lecteur à juger de la valeur de ce récit.) Notez pourtant que l'*Histoire scholastique* rapporte que Pilate fut accusé, par-devant Tibère, par les juifs, du massacre affreux des Innocents; de placer, malgré les réclamations des juifs, les images des gentils dans le Temple; d'employer à son usage l'argent du trésor de Corban avec lequel il avait fait construire un aqueduc pour sa maison, et que, pour tous ces méfaits, il fut déporté en exil à Lyon, d'où il était originaire, afin qu'il y mourût au milieu des opprobres de sa race. Cela peut être, si cependant l'*Histoire scholastique* dit vrai, car d'abord il y avait déjà eu un édit par lequel il devait être déporté à Lyon en exil, et ce fut avant le retour de Volusien qu'il fut envoyé à César et qu'il fut déporté à Lyon [1]. Mais dans la suite Tibère, apprenant de quelle manière il avait fait mourir le Christ, le rappela de l'exil et l'amena à Rome. Eusèbe et Bède en leurs chroniques ne disent pas qu'il fut relégué en exil, mais seulement qu'après avoir éprouvé malheurs sur malheurs, il se tua de sa propre main.

1. « Cela peut être, si cependant... » lire : « *Il se peut, si toutefois l'*Histoire scholastique *dit vrai, qu'il y ait d'abord eu un édit selon lequel il devait être exilé à Lyon, et que ce soit avant le retour de Volusien qu'il ait été envoyé à César et déporté à Lyon.* » (Note de l'éditeur.)

DES FÊTES QUI ARRIVENT PENDANT LE TEMPS DE LA RÉCONCILIATION

Après avoir parlé des fêtes qui arrivent pendant le temps de la déviation, lequel commence à Adam et finit à Moïse et que l'Eglise représente depuis la Septuagésime jusqu'à Pâques, il reste à s'occuper des fêtes qui tombent dans le temps de la Réconciliation, depuis Pâques jusqu'à l'Octave de la Pentecôte.

LA RÉSURRECTION DE NOTRE SEIGNEUR

La Résurrection de J.-C. eut lieu trois jours après sa Passion. Par rapport à cette Résurrection du Seigneur, il y a sept considérations à faire chacune en son ordre : 1° comment il est vrai que J.-C. resta trois jours et trois nuits dans le sépulcre et ressuscita au troisième jour; 2° pourquoi il n'est pas ressuscité aussitôt après sa mort, mais il a attendu jusqu'au troisième jour; 3° comment il ressuscita; 4° pourquoi il avança sa résurrection et ne la remit pas à l'époque de la résurrection générale; 5° pourquoi il ressuscita; 6° combien de fois il apparut étant ressuscité; 7° la manière avec laquelle il tira les saints pères qui étaient dans les limbes, et ce qu'il y fit. Quant à la première considération, il faut savoir que selon saint Augustin c'est par sinecdoque si l'on dit que J.-C. est resté trois jours et trois nuits dans le sépulcre, car il faut compter le soir du premier jour, le second jour tout entier, et la première partie du troisième : alors on a bien trois jours et chacun d'eux a eu sa nuit qui l'a précédé : car alors, selon Bède, fut changé l'ordre ainsi que le cours des jours et des nuits : auparavant en effet c'étaient les jours qui précédaient et les nuits qui suivaient, mais après la Passion cet ordre a été interverti, en sorte que les nuits précèdent et les jours suivent : or, ceci est bien en rapport avec ce mystère, parce que l'homme tomba premièrement du jour de la grâce dans la nuit de la faute, mais par la Passion et la Résurrection de J.-C., il sortit de la nuit de la faute pour rentrer dans le jour de la grâce. Par rapport à la seconde considération qui est celle par laquelle on trouve convenable que J.-C. ne soit pas ressuscité de suite après sa mort, mais qu'il attendît jusqu'au troisième jour, il y en a cinq raisons. 1° C'est une figure qui signifie que la lumière de sa mort a pris soin de notre double mort : aussi fut-il dans le tombeau un jour entier et deux nuits, afin que le jour figurât la lumière de sa mort et les deux nuits notre double mort : c'est la raison qu'en apporte la glose sur le passage de saint Luc (XXIV) : « Il a fallu que J.-C. souffrît et entrât ainsi dans sa gloire. » 2° C'est une preuve; car puisque tout se juge sur le témoignage de deux ou trois témoins, de même, dans ces trois jours, chacun peut acquérir la preuve de tout ce qui s'est passé : c'est donc pour donner une preuve convaincante de sa mort et pour en offrir lui-même la preuve qu'il a voulu reposer trois jours dans le tombeau. 3° C'est une marque de sa puissance : car s'il était ressuscité aussitôt, il n'aurait pas paru avoir la puissance de quitter la vie comme non plus celle de ressusciter. Et cette raison est indiquée dans la première aux Corinthiens (XV), où il est dit : « Que J.-C. est mort pour nos péchés, et qu'il est ressuscité. » Il est d'abord question, dit saint Paul, de la mort de J.-C. afin que l'on fût certain qu'il s'agit là d'une mort véritable comme d'une résurrection véritable. 4° C'est la figure de tout ce qu'il y avait à restaurer. Cette raison est de saint Pierre de Ravenne : « J.-C., dit-il, a voulu trois jours de sépulcre pour signifier ce qu'il avait à restaurer dans le ciel, ce qu'il avait à réparer sur la terre, et ce qu'il avait à racheter dans les enfers. » 5° C'est afin de représenter les trois états des justes. Saint Grégoire donne cette raison dans son explication d'Ezéchiel : « Ce fut, dit-il, la sixième férie que J.-C. souffrit; ce fut le samedi qu'il reposa dans le sépulcre, et ce fut le dimanche qu'il ressuscita de la mort. Or, la vie présente, c'est pour nous encore la sixième férie, puisque nous sommes au milieu des angoisses et des douleurs; mais, au samedi, nous paraissons reposer dans le sépulcre, parce que, après la mort, nous trouvons le repos de l'âme : au jour du dimanche nous changeons de condition; nous ressuscitons, au jour de cette Octave, avec le corps, des liens de la mort, et avec notre chair, nous nous réjouissons dans la gloire de l'âme. Dans le sixième jour nous avons la douleur, dans le septième le repos et dans l'Octave la gloire. » (Saint Grégoire.) La troisième considération est celle-ci : comment J.-C. ressuscita. Il faut observer : 1° qu'il ressuscita avec puissance; car ce fut par sa propre vertu, selon ce qui est dit dans saint Jean (X) : « J'ai la puissance de quitter la vie et de la reprendre ensuite. » (II) : « Détruisez ce temple et en trois jours je le réédifierai. » 2° Il ressuscita bienheureusement, car il se dépouilla de toute misère. (Saint Matth., XXVI) : « Quand je serai ressuscité, je vous précéderai en Galilée. » Galilée veut dire transmigration. Or, quand J.-C. ressuscita, il alla en avant en Galilée, parce qu'il passa de la misère à la gloire, et de la corruption à l'incorruption. « Après la Passion de J.-C., dit saint Léon, pape, les liens de la mort ayant été rompus, l'infirmité fit place à la force, la mortalité à l'éternité, la honte à la gloire. » 3° Il ressuscita avec profit, car il tint sa proie : et Jérémie dit au IVe chapitre : « Le lion s'est élancé hors de sa tanière, le vainqueur des nations s'est élevé. » Saint Jean dit aussi (XXVI) : « Lorsque je serai élevé de terre, j'attirerai tout à moi », c'est-à-dire, quand j'aurai fait sortir mon âme du limbe et mon corps du tombeau, j'attirerai tout à moi. 4° Il ressuscita miraculeusement, car le sépulcre resta clos. Comme il est sorti du sein de sa mère sans lésion de son intégrité, et de même qu'il est entré où étaient ses disciples les portes closes, de même aussi a-t-il pu sortir du sépulcre qui resta clos. A ce propos on lit en l'*Histoire scholastique*[1] qu'un moine de Saint-Laurent hors des murs, l'an MCXI de l'Incarnation du Seigneur, s'émerveillait de voir la ceinture qu'il portait, la jeta loin de lui sans qu'elle eût été déliée[2], quand une voix venant d'en haut lui dit : « Ainsi J.-C. a pu sortir du sépulcre qui resta clos. » 5° Il ressuscita véritablement, parce que ce fut en son vrai et propre corps. Il donna six preuves de la vérité de sa résurrection : 1° Par un ange, qui ne ment point. 2° Par de fréquentes apparitions. Et en ces deux circonstances il montra qu'il était ressuscité véritablement. 3° Par le manger, il prouva ainsi qu'il n'était pas ressuscité par art magique. 4° Par le toucher, en quoi il prouva que c'était en un vrai corps. 5° Par la démonstration de ses plaies, il montra alors que ce fut en ce même corps avec lequel il était mort. 6° Par son entrée dans la maison dont les portes étaient closes; c'était la preuve qu'il était ressuscité tout glorifié. Or, tous ces doutes, sur la résurrection de J.-C. paraissent avoir existé dans les apôtres. 7° Il ressuscita immortel pour ne mourir plus désormais. Il est écrit dans l'Epître aux Romains (VI) : « J.-C. est ressuscité d'entre les morts pour ne plus mourir. » Cependant saint Denis rapporte dans une lettre à Démophile (8e) que J.-C., même après son ascension, dit à un saint homme, nommé Carpus : « Je suis prêt à souffrir de nouveau pour sauver les hommes. » Par où l'on voit que, s'il était possible, il aurait encore été disposé à mourir pour les hommes. Ce même Carpus, personnage d'une admirable sainteté, raconta à saint Denis, comme la même lettre en fait foi, qu'un infidèle ayant perverti un chrétien, Carpus en fut chagriné au point d'en tomber malade. (Sa

1. Chap. CLXXXIV; — Rupert, *De divinis offic.*, l. VIII, c. IV.
2. « S'émerveillait de voir... » : lire : « *s'étonnait de voir la ceinture qu'il portait projetée devant lui sans qu'elle eut été dénouée.* » (Note de l'éditeur.)

sainteté était si grande qu'il ne célébrait jamais la sainte messe à moins d'avoir eu une vision du ciel.) Mais ayant eu à prier pour la conversion de l'un et de l'autre, il demandait cependant tous les jours à Dieu qu'il leur ôtât la vie en les faisant brûler sans miséricorde. Et voici que vers le milieu de la nuit, comme il était éveillé et qu'il faisait cette prière, tout à coup la maison où il était se divisa en deux et une fournaise immense apparut au milieu : en portant ses regards en haut, il vit le ciel ouvert et Jésus qui y était environné d'une multitude d'anges. Ensuite vis-à-vis de la fournaise, il voit les deux pécheurs qu'il avait maudits, tout tremblants et entraînés avec violence par les morsures et les replis de serpents qui sortaient de cette fournaise où ils étaient poussés encore par d'autres hommes. Carpus se complaisait tellement à la vue de leur châtiment qu'il dédaignait de porter les yeux sur ce qui apparaissait en haut et qu'il restait tout attentif à contempler cette vengeance, de sorte qu'il était très contrarié de ne pas les voir plus tôt tomber dans la fournaise. Enfin après avoir pris la peine de regarder au ciel et avoir vu ce qu'il avait remarqué auparavant, voici que Jésus, qui avait pitié de ces hommes, se leva de son trône céleste, et descendant jusqu'à eux avec une multitude d'anges, il étendit les mains et les ôta de là en disant à Carpus : « Levez la main; frappez sur moi de nouveau car je suis prêt à souffrir encore une fois pour sauver les hommes : c'est ce que j'ai de plus à cœur, si l'on pouvait me crucifier sans crime. » Nous avons relaté ici cette vision rapportée par saint Denis, pour preuve de ce que nous avons dit en dernier lieu.

La quatrième considération est celle-ci : pourquoi J.-C. n'a-t-il pas attendu à ressusciter avec les autres, c'est-à-dire au jour de la résurrection générale ? Il faut savoir qu'il ne voulut point la différer pour trois raisons : 1° Par dignité pour son corps. Car comme ce corps était d'une éminente dignité depuis qu'il avait été déifié, ou bien uni à la divinité, il ne fut pas convenable qu'il restât si longtemps dans la poussière. Aussi le Psaume dit : « Vous ne laisserez pas votre saint, c'est-à-dire, votre corps sanctifié, déifié, éprouver la corruption. » Le Psalmiste dit encore (CXXXI) : « Levez-vous, Seigneur; venez dans le lieu de votre repos, vous et l'arche de votre sainteté. » Ce qui est appelé ici l'arche de sainteté, c'est ce corps auquel fut unie la divinité. 2° Pour l'affermissement de la foi : car s'il n'était pas ressuscité alors, la foi eût péri, et personne n'aurait cru qu'il est véritablement Dieu. Or, ceci devient évident par ce qui arriva lors de la Passion, où tous, excepté la Sainte Vierge, perdirent la foi qu'ils ne recouvrèrent qu'après avoir connu la Résurrection. C'est ce que dit saint Paul dans sa première Epître aux Corinthiens (XV) :

« Si J.-C. n'est pas ressuscité, notre foi est vaine. » 3° Pour être le modèle de notre résurrection. Il eût été rare en effet de trouver quelqu'un qui eût espéré la résurrection future, s'il n'eût eu pour modèle la Résurrection de N.-S. C'est pour cela que l'apôtre dit : « Si J.-C. est ressuscité, nous aussi, nous ressusciterons », car sa Résurrection est la cause et le modèle de la nôtre. « Le Seigneur, dit saint Grégoire, a montré par son exemple ce qu'il nous a promis en récompense, afin que les fidèles, sachant tous qu'il est ressuscité, espérassent posséder en eux-mêmes, à la fin du monde, les récompenses de la Résurrection. » Le même saint dit encore : « J.-C. ne voulut pas être mort plus de trois jours ; car si sa Résurrection eût été différée, nous n'aurions pu l'espérer pour nous. « La cinquième considération est : pourquoi J.-C. ressuscita. Il faut savoir que ce fut pour quatre grands profits que nous en retirons. En effet sa Résurrection opère la justification des pécheurs, elle nous enseigne une manière de vie nouvelle, elle engendre l'espérance de recevoir la rémunération, et elle signifie la résurrection de tous. Quant au premier profit saint Paul dit en l'Epître aux Romains (IV) : « Il a été livré pour nos péchés et il est ressuscité pour notre justification. » Quant au second, il est dit en la même épître (VI) : « Comme J.-C. est ressuscité d'entre les morts pour la gloire de son père, de même aussi nous devons marcher dans une nouvelle vie. » Quant au troisième, la première épître de saint Pierre (II) porte : « Dieu nous a ressuscités par sa grande miséricorde pour nous donner l'espérance de la vie par la Résurrection de J.-C. » Quant au quatrième, la première aux Corinthiens (XV) dit : « J.-C. notre Seigneur est ressuscité d'entre les morts comme les prémices de ceux qui dorment : car c'est par un homme que la mort est venue et c'est par un homme qu'est venue la résurrection. » D'où il faut conclure que J.-C. a eu quatre propriétés qui lui furent particulières dans sa Résurrection. La première que notre résurrection est remise à la fin du monde, mais que la sienne arriva au troisième jour. La 2e que nous ressuscitons par lui, mais qu'il est ressuscité par lui-même. Ce qui fait dire à saint Ambroise : « Pourquoi aurait-il cherché quelqu'un qui l'ait aidé à ressusciter son corps, lui qui a ressuscité les autres ? » La 3e que notre corps devient cendre, mais que le sien ne le put devenir. La 4e que la résurrection est la cause efficiente, exemplaire et sacramentelle de la nôtre. Par rapport à la première propriété, la glose du Psaume dit sur ces mots : « *Ad vesperum demorabitur fletus et ad matutinum lœtitia* (XXIX). Le soir on est dans les larmes et le matin dans la joie. » La Résurrection de J.-C. est la cause efficiente de la résurrection de l'âme dans le temps présent et du corps dans le temps futur. Par rapport à la deuxième, on lit en l'Epître première aux Corinthiens : « Si J.-C. est ressuscité... » Quant à la troisième : « comme J.-C. est ressuscité d'entre les morts par la gloire du père », etc. (Rom., VI.)

La cinquième considération est celle-ci : combien de fois J.-C. est-il apparu après sa Résurrection? Le jour même de la Résurrection J.-C. est apparu cinq fois, et les autres jours suivants cinq fois encore. 1° Il a apparu à Marie-Magdeleine (saint Jean, XX; saint Marc, XVI) qui est le type des pénitents, car il voulut apparaître en premier lieu à Marie-Magdeleine pour cinq motifs. *a.* Parce qu'elle l'aimait plus ardemment, comme le dit saint Luc (VII) : « Beaucoup de péchés lui sont remis parce qu'elle a beaucoup aimé. » *b.* Pour montrer qu'il était mort pour les pécheurs. « Je ne suis pas venu, dit J.-C. en saint Matthieu (IX), appeler les justes, mais les pécheurs. » *c.* Parce que les courtisanes précèdent les sages dans le royaume des cieux (Matth., XXI). « En vérité, je vous dis que les courtisanes vous précéderont dans le royaume des cieux. » *d.* Parce que comme la femme avait annoncé la mort, elle devait aussi annoncer la vie (glose). *e.* Afin que, là où avait abondé l'iniquité, abondât aussi la grâce (Romains, V). 2° Il apparut aux femmes qui revenaient du sépulcre, quand il leur dit : « Salut » : qu'elles s'approchèrent et lui tinrent les pieds (saint Matth., XXVIII). Elles sont le type des humbles auxquels le Seigneur se montre à raison de leur sexe, et de leur attachement, parce qu'elles tinrent ses pieds. 3° Il apparut à Simon, mais on ne sait où ni quand; à moins peut-être que ce ne fût en revenant du sépulcre avec Jean : car il peut échoir que Pierre ne se soit pas trouvé au lieu où était Jean, quand Jésus lui apparut (saint Luc, XXIV); ou bien, ce fut quand il entra seul dans le monument, ou bien encore, dans la cave ou grotte où Pierre habitait, ainsi que le dit l'*Histoire scholastique* [1]. En effet on y lit que quand Pierre eut renié J.-C., il s'enfuit dans une cave, qu'on appelle encore *Galli cantus*, le chant du coq, où il passa trois jours à pleurer son péché, et que ce fut là que le Sauveur lui apparut et le conforta. Pierre signifie obéissant, c'est donc le type des obéissants auxquels se montre le Seigneur. 4° Il apparut aux disciples à Emmaüs. Emmaüs veut dire désir de conseil, et signifie les pauvres de J.-C. qui veulent accomplir ce conseil : « Allez, vendez ce que vous avez et le donnez aux pauvres », etc. 5° Il apparut aux disciples rassemblés. Ce qui signifie les religieux qui tiennent closes les portes de leurs cinq sens (saint Jean, XX). Ces apparitions eurent lieu le jour même de la Résurrection : et à la messe le prêtre les représente en se tournant cinq fois vers le peuple. Mais la troisième fois qu'il se retourne, il le fait en silence pour figurer la troisième apparition à saint Pierre dont on ne sait ni le

1. Sur l'Evangile, c. CLIX.

lieu ni le moment. 6° Il apparut huit jours après à tous ses disciples réunis, et Thomas étant présent, lui qui avait dit qu'il ne croyait pas s'il ne voyait : c'est la figure de ceux qui hésitent dans la foi (saint Jean, XX). 7° A ses disciples occupés à la pêche (saint Jean, XXI) : c'est la figure des prédicateurs qui sont des pêcheurs d'hommes. 8° A ses disciples sur le mont Thabor (saint Matth., XXVIII) : c'est la figure des contemplatifs parce qu'il fut transfiguré sur cette même montagne. 9° Aux onze disciples qui étaient à table dans le cénacle, et ce fut là qu'il leur reprocha la dureté de leurs cœurs et leur incrédulité (saint Matth., XXVIII). Nous entendons par eux les pécheurs qui sont placés dans le nombre onzième de la transgression et que le Seigneur visite quelquefois dans sa miséricorde. 10° Enfin, il apparut aux disciples qui se trouvaient sur la montagne des Oliviers (saint Luc, XXIV) : c'est la figure des miséricordieux et de ceux qui aiment l'huile de la miséricorde. C'est de ce lieu qu'il monta au ciel, parce que, dit saint Paul en l'Epître première à Timothée (IV) : « La piété est utile à tout; et c'est à elle que les biens de la vie présente et ceux de la vie future ont été promis. »

Trois autres apparitions eurent encore lieu en ce même jour de la Résurrection; mais le texte des livres saints ne les raconte pas. La première par laquelle il apparut à saint Jacques le Juste, c'est-à-dire à Jacques fils d'Alphée; vous la trouverez dans la légende de ce saint. La seconde, quand, en ce même jour, J.-C. apparut à Joseph; elle est racontée ainsi dans l'évangile de Nicodème. Les juifs, ayant appris que Joseph avait demandé à Pilate le corps de Jésus, l'avait placé dans son propre tombeau, furent remplis d'indignation contre lui, se saisirent de sa personne et l'enfermèrent avec grand soin dans un lieu bien clos et scellé, avec l'intention de le tuer après le jour du sabbat; mais voici que Jésus, la nuit même de la Résurrection, enleva par les quatre angles la maison dans les airs, entra auprès de Nicodème, essuya son visage, l'embrassa, et le faisant sortir, sans que les sceaux fussent rompus, l'amena à sa maison d'Arimathie. La troisième, par laquelle on croit que J.-C. apparut avant tous les autres à la Vierge Marie, quoique les évangélistes gardent le silence sur ce point. L'Eglise romaine paraît approuver cette opinion puisque, au jour de Pâques, la station a lieu à Sainte-Marie-Majeure. Or, si on ne le croit pas en raison qu'aucun des évangélistes n'en fait mention, il est évident qu'il n'apparut jamais à la Sainte Vierge après être ressuscité, parce qu'aucun évangéliste n'indique ni le lieu ni le temps de cette apparition. Mais écartons cette idée qu'une telle mère ait reçu un pareil affront d'un tel Fils. Peut-être cependant les évangélistes ont-ils passé cela sous silence parce que leur but était seulement de produire des témoins de la Résurrection;

or, il n'était pas convenable qu'une mère fût appelée pour rendre témoignage à son Fils : car si les paroles des autres femmes, à leur retour du sépulcre, parurent des rêveries, combien plus aurait-on cru que sa mère était dans le délire par amour pour son fils. Ils ne l'ont point écrit, il est vrai, mais ils l'ont laissé pour certain : car J.-C. a dû procurer à sa mère la première joie de sa Résurrection; il est clair qu'elle a souffert plus que personne de la mort de son Fils; il ne devait donc pas oublier sa mère, lui qui se hâte de consoler d'autres personnes. C'est l'opinion de saint Ambroise dans son troisième livre des *Vierges* : « La mère, dit-il, a vu la Résurrection; et ce fut la première qui vit et qui crut, Marie-Magdeleine la vit malgré son doute. » Sedulius s'exprime comme il suit en parlant de l'apparition de J.-C. :

> Semper virgo manet, hujus se visibus astans
> Luce palam Dominus prius obtulit, ut bona mater,
> Grandia divulgans miracula, quæ fuit olim
> Advenientis iter, hæc sit redeuntis et index [1].

Quant à la septième et dernière considération, savoir, comment J.-C. fit sortir les saints Pères du limbe où ils se trouvaient, et ce qu'il y fit, l'évangile ne l'explique pas ouvertement. Saint Augustin cependant dans un de ses sermons et Nicodème, dans son évangile (ch. XVIII), en disent quelque chose. Voici les paroles de saint Augustin : « Aussitôt que J.-C. rendit l'esprit, son âme unie à sa divinité descendit au fond des enfers, et quand il eut atteint les dernières limites des ténèbres, en spoliateur resplendissant et terrible, les légions impies de l'enfer le regardèrent avec épouvante, et elles se mirent à demander : « D'où vient celui-ci qui est si fort, si terrible, si resplendissant et si noble ? Le monde qui nous fut soumis ne nous a jamais envoyé pareil mort; jamais il n'a destiné aux enfers de pareils présents. Quel est-il donc celui qui entre sur nos domaines avec cette intrépidité ? et il ne redoute pas nos supplices seuls, mais il a délié les autres de nos chaînes. Les voyez-vous ceux qui ne vivaient que dans nos tourments, les voyez-vous nous insulter après avoir été sauvés ? et ils ne se contentent pas de ne craindre rien, ils ajoutent encore des menaces. Les morts d'ici n'ont jamais été si pleins d'orgueil, et des captifs n'ont jamais ressenti une semblable joie. Pourquoi l'avoir amené ici ? O notre

1. « Le Seigneur apparaît à Marie toujours vierge tout aussitôt après sa Résurrection, afin qu'en pieuse et douce mère, elle rendît témoignage du miracle. Celle qui lui avait ouvert les portes de la vie dans sa naissance, devait aussi prouver qu'il avait quitté les enfers. » (*Carmen Paschale*, v, p. 361.)

prince, ton allégresse a passé, tes joies se sont changées en deuil! Pendant que tu suspends J.-C. sur le bois, tu ne sais pas tous les dommages que tu éprouves en enfer. » Et quand les voix infernales de ces cruels se furent fait entendre, le Seigneur dit et toutes les portes de fer furent brisées : voici un peuple innombrable de Saints du Seigneur qui se prosternent et qui font entendre ces cris mêlés de larmes : « Vous voici arrivé, Rédempteur du monde, vous voici arrivé, vous que nous attendions tous les jours avec tant d'ardeur : vous êtes descendu pour nous aux enfers; ne nous abandonnez point quand vous serez retourné aux cieux. Remontez, Seigneur Jésus, dépouillez l'enfer, enchaînez l'auteur de la mort dans ses propres liens; rendez bientôt la joie au monde; secourez-nous, ajoutent-ils, éteignez ces tourments affreux, et dans votre pitié délivrez des captifs; pendant que vous êtes ici, absolvez les coupables, et quand vous remonterez, défendez ceux qui sont les vôtres. » (Saint Aug.) Voici ce qu'on lit dans l'évangile de Nicodème : « Carinus et Leucius, fils du vieillard Siméon, ressuscitèrent avec J.-C., ils apparurent à Anne, à Caïphe, à Nicodème, à Joseph et à Gamaliel qui les conjurèrent de leur raconter ce que J.-C. a fait aux enfers » : Nous étions, dirent-ils, avec tous nos pères les Patriarches placés au fond des ténèbres, quand tout à coup surgit une lumière qui avait l'éclat doré du soleil, et une couleur de pourpre royale nous illumina. Aussitôt Adam, le père du genre humain, a tressailli en disant : « C'est la lumière éternelle qui a promis de nous envoyer une lumière qui lui est coéternelle. » Isaïe s'écria : « C'est la lumière du Père, le Fils de Dieu, comme je l'ai prédit en ces termes, alors que j'étais vivant sur la terre : « Le peuple qui marchait dans les ténèbres a vu la grande lumière. » Alors survint notre père Siméon qui dit en tressaillant de joie : « Glorifiez le Seigneur, car c'est moi qui ai reçu dans mes mains, au temple, le Christ nouvellement né, et qui ai dit sous l'influence de l'esprit saint : « Maintenant mes yeux ont vu votre salut que vous avez envoyé, vous l'avez préparé à la face de tous les peuples » (Luc, I). Après Siméon, survint un habitant du désert et comme nous lui demandions qui il était, il dit : « Je suis Jean, j'ai baptisé J.-C., j'ai marché devant la face du Seigneur, pour lui préparer ses voies, et je l'ai montré du doigt, en disant : « Voici l'agneau de Dieu, voici celui qui ôte les péchés du monde; je suis descendu vous annoncer que le Christ va venir à l'instant nous visiter. » En ce moment Seth s'écria : « Quand je suis allé aux portes du paradis prier le Seigneur de m'envoyer son ange pour me donner de l'huile de l'arbre de la miséricorde afin de pouvoir oindre le corps de mon père Adam, accablé par la maladie, l'ange Michel apparut et dit : « Ne te consume pas en larmes pour demander l'huile du bois de la miséricorde; car tu ne pourras en obtenir qu'après cinq mille cinq cents ans accomplis [1]. » Tous les Patriarches et les prophètes qui entendirent ces exclamations tressaillirent d'une grande joie. Alors Satan, le prince et le chef de la mort, dit à l'enfer : « Prépare-toi à recevoir Jésus qui se glorifie d'être le Christ, Fils de Dieu. Toutefois c'est un homme qui eut peur de mourir car il a dit : « Mon âme est triste jusqu'à la mort; » grand nombre d'hommes que j'avais rendus sourds, il les a guéris et il a redressé les boiteux. » L'enfer répondit : « Si tu es puissant, quel est donc cet homme, ce Jésus qui, tout en craignant la mort, résiste à ta puissance ? Car s'il dit qu'il craint la mort, c'est pour te tromper et il n'y aura pour toi qu'un vah! dans l'éternité des siècles. » Satan répondit : « Je l'ai tenté; j'ai soulevé le peuple contre lui, j'ai déjà aiguisé la lance, mêlé le fiel et le vinaigre, préparé le bois de la croix : sa mort est prochaine et je te l'amènerai. » L'enfer lui demanda : « Est-ce donc lui qui a ressuscité Lazare que je tenais ? » Satan répondit : « C'est lui-même. » L'enfer s'écria : « Je te conjure, par tes puissances et par les miennes, ne me l'amène pas; car aussitôt que j'ai eu entendu le commandement de sa parole, j'ai frémi, et n'ai pu retenir Lazare lui-même, qui, se secouant comme un aigle essayant son agilité, s'est échappé de nos mains. » Comme il parlait ainsi, une voix semblable à un tonnerre se fit entendre, et dit : « Enlevez vos portes, Princes; ouvrez-vous, portes éternelles, et le Roi de gloire entrera. » A cette voix tous les démons accoururent et fermèrent les portes d'airain avec des verrous de fer. Alors David s'écria : « N'ai-je pas été prophète quand j'ai dit : « Que les miséricordes du Seigneur soient le sujet de ses louanges, parce qu'il a brisé les portes d'airain et rompu les verrous de fer (CVI)? » Et une voix extraordinaire se fit entendre qui dit : « Enlevez vos portes... etc. » L'enfer, voyant qu'on avait crié par deux fois, dit comme s'il était dans l'ignorance : « Quel est ce roi de gloire ? » David lui répondit : « Le Seigneur fort et puissant, le Seigneur puissant dans le combat, c'est lui qui est le Roi de gloire. » Le Roi de gloire survint; alors il éclaira les ténèbres éternelles; et leSeigneur étendant la main prit Adam par sa droite et lui dit : « Paix à toi et à tous tes fils, mes justes. » Et le Seigneur s'élança des enfers et tous les Saints le suivirent. Le Seigneur, tenant toujours Adam par la main, le confia à l'archange Michel qui les introduisit dans le paradis. Ils rencontrèrent deux hommes, anciens des jours, et les Saints leur demandèrent : « Qui êtes-vous, vous qui n'êtes pas descendus avec nous dans les enfers, qui n'êtes pas morts encore, et qui avez été placés avec votre corps dans

1. Au lieu de 500, quelques éditions mettent 200.

le paradis ? » Et l'un répondit : « Je suis Enoch qui ai été transporté ici; celui-là est Elie qui a été enlevé jusqu'ici sur un char de feu; et nous n'avons point encore goûté la mort, mais nous sommes réservés pour jusqu'à l'avènement de l'antéchrist afin de combattre contre lui; il nous tuera et après trois jours et demi nous serons enlevés dans les nuées. » Tandis qu'il parlait, survint un autre homme portant sur ses épaules le signe de la croix. On lui demanda qui il était, et il dit : « Je fus larron et j'ai été crucifié avec Jésus; j'ai cru qu'il est le créateur, et l'ai prié en disant : « Souvenez-vous de moi, Seigneur, quand vous serez « venu dans votre royaume. » Alors il m'a répondu : « En « vérité, je te le dis, aujourd'hui tu seras avec moi en « paradis. » Et il m'a donné ce signe de la croix en disant : « Porte cela en allant dans le paradis et si l'ange qui est « préposé à sa garde ne te laisse pas entrer, montre-lui « le signe de la croix, et tu lui diras : C'est le Christ cru-« cifié en ce moment-ci qui m'a envoyé. » Quand je l'eus fait et que j'eus ainsi parlé à l'ange, à l'instant il m'ouvrit, m'introduisit et me plaça à la droite dans le paradis. » Carin et Leucius, après avoir fait ce récit, furent subitement transfigurés, et on ne les vit plus. Saint Grégoire de Nisse ou bien saint Augustin, d'après certains livres, dit en traitant le même sujet : « Tout à coup la nuit éternelle des enfers devint resplendissante, quand J.-C. descendit; alors les portiers bardés de fer se murmurèrent les uns aux autres ces paroles, sous le voile du silence, tant la crainte les avait saisis : « Quel est donc celui-ci qui est si terrible et si brillant d'une lumière étrange ? Notre tartare n'en accueillit jamais un semblable; le monde n'a jamais vomi son pareil dans notre caverne. C'est un usurpateur, ce n'est pas quelqu'un qui paie sa dette; c'est un voleur, un destructeur; ce n'est pas un pécheur mais un pillard. Nous voyons un juge et non un suppliant. Il vient combattre et non succomber; il vient ravir et non rester. »

SAINT SECOND, MARTYR [1]

Second peut venir de se couvrant, se composant en honnêteté de mœurs; ou bien de secondant qui obéit aux ordres du Seigneur; ou bien il vient de *secum dux*, chef de lui-même, car il commanda à ses

1. Le Martyrologe romain annonce ainsi cette fête : A Asti, de saint Second, martyr. Bivar, dans ses commentaires sur Dexter, cite des passages textuels de cette légende qu'il avait prise aux sources.

sens et il leur fit produire toutes sortes de bonnes œuvres. Ou bien Second se rapporte à premier : en effet il y a deux chemins qui conduisent à la vie : Le premier, c'est celui de la pénitence et des larmes; le second, c'est celui du martyre. Or, ce précieux martyr parvint à la vie non pas seulement par le premier chemin, mais encore par le second.

Second fut un soldat intrépide, et un athlète de J.-C. fort distingué; il fut glorieux martyr du Seigneur. Il reçut la couronne du martyre dans la ville d'Asti. Cette cité est illustre par sa présence et se fait gloire de l'avoir pour patron. Il fut instruit dans la foi de J.-C., par Calocérus, détenu dans la prison d'Asti par l'ordre de Sapritius, préfet de cette cité. Or, comme le bienheureux Marcien était en prison dans la ville de Tardonne, Sapritius y voulut aller pour le forcer à sacrifier; Second partit avec lui, sous prétexte de distraction, et avec le désir de voir le bienheureux Marcien. Sortis de la ville d'Asti, une colombe descendit sur Second et se plaça sur sa tête. Alors Sapritius lui dit : « Vois, Second, comme nos dieux t'aiment puisqu'ils t'envoient des oiseaux du ciel te visiter. » Étant parvenus près du fleuve Tanaro, Second vit un ange du Seigneur se promenant sur l'eau : « Second, lui dit-il, aie la foi, et tu marcheras ainsi sur les fauteurs des idoles. » Sapritius lui dit : « Mon frère Second, j'entends les dieux qui te parlent. » Second lui répondit : « Marchons selon les désirs de notre cœur. » Quand ils arrivèrent au fleuve Bormida, un ange lui apparut encore, et lui dit : « Second, crois-tu en Dieu, ou bien aurais-tu des doutes ? » Second répondit : « Je crois la vérité de sa Passion et de sa Résurrection. » Sapritius dit alors : « Qu'est-ce que j'entends de ta bouche ? » Or, quand il entra dans Tardonne, Marcien, par l'ordre de l'ange, sortit de sa prison et apparut à Second : « Entre, Second, lui dit-il, dans la voie de la vérité; marche pour recevoir la palme de la foi. » Sapritius dit : « Quel est donc cet homme qui nous parle comme s'il songeait ? » Second lui répondit : « C'est songe pour vous, mais pour moi c'est un avis et un encouragement. » Après quoi Second alla à Milan, et un ange du Seigneur conduisit au-devant de lui, hors de la ville, Faustin et Jovitas, qui étaient gardés en prison. Il en reçut le baptême, une nuée leur ayant fourni de l'eau. Et voici que tout à coup une colombe descendit du ciel et apporta le corps et le sang de N.-S. qu'elle donna à Faustin et à Jovitas; mais Faustin donna le corps et le sang du Seigneur à Second afin qu'il le portât à Marcien. En revenant, Second arriva quand il faisait nuit sur la rive du Pô; alors l'ange du Seigneur prit son cheval par la bride et lui fit passer le fleuve. L'ayant accompagné jusqu'à Tardonne, il l'introduisit dans la prison de Marcien et Second donna à Marcien le trésor de Faustin. Marcien dit en le recevant : « Que le corps et le sang du Seigneur soit avec moi pour la vie éternelle. » Puis par l'ordre de l'ange, Second sortit de la prison et alla en son hôtel. Après quoi Marcien fut condamné à avoir la tête tranchée et Second enleva son corps qu'il ensevelit. En apprenant cela, Sapritius le manda auprès de lui et lui dit : « Autant que je puis voir, tu fais profession d'être chrétien. » Second lui répondit : « C'est vrai, je m'avoue chrétien. » Sapritius lui dit : « Tu désires donc mourir de malemort ? » Second répondit : « C'est à toi plutôt qu'elle est due. » Or, comme il ne voulait pas sacrifier, Sapritius le fit dépouiller; mais aussitôt l'ange du Seigneur vint pour lui préparer un vêtement. Alors Sapritius le fit si longtemps tourmenter sur un chevalet que ses bras étaient disloqués; mais ayant été guéri par le Seigneur, il fut reconduit en prison. Pendant qu'il y était, l'ange du Seigneur vint lui dire : « Lève-toi, Second; suis-moi, et je te conduirai à ton créateur. » Alors il le mena jusqu'à la ville d'Asti et le mit dans une prison où était renfermé Calocérus et le Sauveur avec lui. À sa vue, Second se jeta à ses pieds : « Ne crains pas, lui dit le Sauveur, car je suis le Seigneur ton Dieu qui te délivrerai de tous les maux. » Puis il les bénit et monta au ciel. Or, le matin, Sapritius envoya à la prison qu'on trouva fermée, sans que Second y fût. Alors Sapritius quitta Tardonne et vint à Asti, pour au moins punir Calocérus qu'il se fit amener. Mais voici qu'on lui apprit que Second était avec Calocérus. Il les fit donc comparaître devant lui et leur dit : « Puisque nos dieux savent que vous les méprisez, ils veulent que vous mouriez aussi tous les deux. » Or, comme ils ne voulaient pas sacrifier, il fit fondre de la poix avec de la résine qu'il commanda de verser sur leur tête et de jeter dans leur bouche. Mais ils buvaient cela comme l'eau la plus exquise et avec grande ardeur en s'écriant à haute voix : « Que vos paroles sont douces à la bouche, Seigneur! » Alors Sapritius porta une sentence par laquelle Second devait être décapité à Asti et Calocérus envoyé à Albinganum pour y être puni. Or, quand saint Second fut décollé, les anges du Seigneur vinrent prendre son corps et lui donnèrent la sépulture en chantant des actions de grâces. Il souffrit le 3 des calendes d'avril.

SAINTE MARIE ÉGYPTIENNE [1]

Marie Egyptienne appelée Pécheresse passa 47 ans au désert dans une austère pénitence. Elle y entra vers l'an du Seigneur 270, du temps de Claude. Or, un abbé, nommé Zozime, ayant passé le Jourdain et parcouru un grand désert pour trouver quelque saint père, vit un personnage qui se promenait et dont le corps nu était noir et brûlé par l'ardeur du soleil. C'était Marie Egyptienne. Aussitôt elle prit la fuite et Zozime se mit à courir au plus vite après elle. Alors Marie dit à Zozime : « Abbé Zozime, pourquoi courez-vous après moi ? Excusez-moi, je ne puis tourner mon visage vers vous, parce que je suis une femme; et comme je suis nue, donnez-moi votre manteau, pour que je puisse vous voir sans rougir. » En s'entendant appeler par son nom, il fut saisi : ayant donné son manteau, il se prosterna par terre et la pria de lui accorder sa bénédiction. « C'est bien plutôt à vous, mon père, lui dit-elle, de me bénir, vous qui êtes orné de la dignité sacerdotale. » Il n'eut pas plus tôt entendu qu'elle savait son nom et son ministère que son admiration s'accrut, et il insistait pour être béni. Mais Marie lui dit : « Béni soit le Dieu rédempteur de nos âmes. » Comme elle priait les mains étendues, Zozime vit qu'elle était élevée de terre d'une coudée. Alors le vieillard se prit à douter si ce n'était pas un esprit qui fît semblant de prier. Marie lui dit : « Que Dieu vous pardonne d'avoir pris une femme pécheresse pour un esprit immonde! » Alors Zozime la conjura au nom du Seigneur de se faire un devoir de lui raconter sa vie. Elle reprit : « Pardonnez-moi, mon père, car si je vous raconte ma situation, vous vous enfuirez de moi tout effrayé à la vue d'un serpent. Vos oreilles seront souillées de mes paroles et l'air sali par des ordures. » Comme le vieillard insistait avec force, elle dit : « Mon frère, je suis née en Egypte; à l'âge de 12 ans, je vins à Alexandrie, où, pendant 17 ans, je me suis livrée publiquement au libertinage, et je ne me suis jamais refusée à qui que ce fût. Or, comme les gens de ce pays s'embarquaient pour Jérusalem afin d'y aller adorer la sainte croix, je priai les matelots de me laisser partir avec eux. Comme ils me demandaient le prix du passage, je dis : « Je n'ai d'autre argent à vous donner que de vous livrer mon corps pour mon passage. » Ils me prirent

1. La vie de sainte Marie Egyptienne se trouve *in extenso* dans les *Vies des Pères du désert*. Elle fut écrite par Sophrone, évêque de Jérusalem. Jacques de Voragine l'a abrégée considérablement.

donc et ils eurent mon corps en paiement. Arrivée à Jérusalem, j'allai avec les autres jusqu'aux portes de l'église pour adorer la croix, mais tout à coup, je me sens repoussée par une main invisible qui m'empêche d'entrer. J'avançai plusieurs fois jusqu'au seuil de la porte, et à l'instant j'éprouvais la honte d'être repoussée; et cependant tout le monde entrait sans difficulté, et sans rencontrer aucun obstacle. Rentrant alors en moi-même, je pensai que ce que j'endurais avait pour cause l'énormité de mes crimes. Je commençai à me frapper la poitrine avec les mains, à répandre des larmes très amères, à pousser de profonds soupirs du fond du cœur, et comme je levais la tête, j'aperçus une image de la Bienheureuse Vierge Marie. Alors je la priai avec larmes de m'obtenir le pardon de mes péchés, et de me laisser entrer pour adorer la sainte croix, promettant de renoncer au monde et de mener à l'avenir une vie chaste. Après cette prière, éprouvant une certaine confiance au nom de la Bienheureuse Vierge, j'allai encore une fois à la porte de l'église où je suis entrée sans le moindre obstacle. Quand j'eus adoré la sainte croix avec une grande dévotion, quelqu'un me donna trois pièces d'argent avec lesquelles j'achetai trois pains; et j'entendis une voix qui me disait : « Si tu passes le Jourdain, tu seras sauvée. » Je passai donc le Jourdain, et vins en ce désert où je suis restée quarante-sept ans sans avoir vu aucun homme. Or, les sept pains que j'emportai avec moi devinrent à la longueur du temps durs comme les pierres et suffirent à ma nourriture pendant quarante-sept ans; mais depuis bien du temps mes vêtements sont pourris. Pendant dix-sept ans que je passai dans ce désert, je fus tourmentée par les tentations de la chair, mais à présent je les ai toutes vaincues par la grâce de Dieu. Maintenant que je vous ai raconté toutes mes actions, je vous prie d'offrir pour moi des prières à Dieu. » Alors le vieillard se prosterna par terre, et bénit le Seigneur dans sa servante. Elle lui dit : « Je vous conjure de revenir aux bords du Jourdain le jour de la cène du Seigneur [1], et d'apporter avec vous le corps de J.-C. : quant à moi j'y viendrai à votre rencontre et je recevrai de votre main ce sacré corps; car à partir du jour où je suis venue ici, je n'ai pas reçu la communion du Seigneur. » Le vieillard revint donc à son monastère, et, l'année suivante, à l'approche du jour de la cène, il prit le corps du Seigneur, et vint jusqu'à la rive du Jourdain. Il vit à l'autre bord une femme debout qui fit le signe de la croix sur les eaux, et vint joindre le vieillard. A cette vue celui-ci fut frappé de surprise et se prosterna humblement à ses pieds : « Gardez-vous, lui dit-elle, d'agir ainsi, puisque vous avez sur vous les sacrements du Seigneur, et

1. Le jeudi saint.

que vous êtes décoré de la dignité sacerdotale; mais, mon père, je vous supplie de daigner revenir vers moi l'an prochain. » Alors après avoir fait le signe de la croix, elle repassa sur les eaux du Jourdain pour gagner la solitude de son désert. Pour le vieillard il retourna à son monastère et l'année suivante, il vint à l'endroit où Marie lui avait parlé la première fois, mais il la trouva morte. Il se mit à verser des larmes, et n'osa la toucher, mais il se dit en lui-même : « J'ensevelirais volontiers le corps de cette sainte, je crains cependant que cela ne lui déplaise. » Pendant qu'il y réfléchissait, il vit ces mots gravés sur la terre, auprès de sa tête : « Zozime, enterrez le corps de Marie; rendez à la terre sa poussière, et priez pour moi le Seigneur par l'ordre duquel j'ai quitté ce monde le deuxième jour d'avril. » Alors le vieillard acquit la certitude qu'aussitôt après avoir reçu le sacrement du Seigneur et être rentrée au désert, elle termina sa vie. Ce désert que Zozime eut de la peine à parcourir dans l'espace de trente jours, Marie le parcourut en une heure, après quoi elle alla à Dieu. Comme le vieillard faisait une fosse, mais qu'il n'en pouvait plus, il vit un lion venir à lui avec douceur, et il lui dit : « La sainte femme a commandé d'ensevelir là son corps, mais je ne puis creuser la terre, car je suis vieux et n'ai pas d'instruments : creuse-la donc, toi, afin que nous puissions ensevelir son très saint corps. » Alors le lion commença à creuser la terre et à disposer une fosse convenable. Après l'avoir terminée, le lion s'en retourna doux comme un agneau et le vieillard revint à son désert en glorifiant Dieu.

SAINT AMBROISE [1]

Ambroise vient de ambre, qui est une substance odoriférante et précieuse. Or, saint Ambroise fut précieux à l'Eglise et il répandit une bonne odeur par ses paroles et ses actions. Ou bien Ambroise vient de ambre et de *sios*, qui veut dire Dieu, comme l'ambre de Dieu; car Dieu par Ambroise répand partout une odeur semblable à celle de l'ambre. Il fut et il est la bonne odeur de J.-C. en tout lieu. Ambroise peut venir encore de *ambor*, qui signifie père des lumières, et de *sior*, qui veut dire petit; parce qu'il fut le père de beaucoup de fils par la génération spirituelle, parce qu'il fut lumineux dans l'exposition de la sainte Ecriture, et parce qu'il fut petit dans ses habitudes humbles. Le glossaire dit : *ambrosius* signifie odeur ou saveur de J.-C.; ambroisie céleste, nourriture des anges; ambroise, rayon céleste de miel. Car saint Ambroise fut

1. Tiré de la vie du saint, par Paulin, son secrétaire.

une odeur céleste par une réputation odoriférante; une saveur, par la contemplation intérieure; il fut un rayon céleste de miel par son agréable interprétation des Ecritures; et une nourriture angélique, parce qu'il mérita de jouir de la gloire. Sa vie fut écrite à saint Augustin par saint Paulin, évêque de Nole.

Ambroise était fils d'Ambroise, préfet de Rome. Il avait été mis en son berceau dans la salle du prétoire; il y dormait, quand un essaim d'abeilles survint tout à coup et couvrit de telle sorte sa figure et sa bouche qu'il semblait entrer dans sa ruche et en sortir. Les abeilles prirent ensuite leur vol et s'élevèrent en l'air à une telle hauteur qu'œil humain n'était capable de les distinguer. Son père fut frappé de ce fait et dit : « Si ce petit enfant vit, ce sera quelque chose de grand. » Parvenu à l'adolescence, en voyant sa mère, et sa sœur, qui avait consacré à Dieu sa virginité, embrasser la main des prêtres, il offrit en se jouant sa droite à sa sœur en l'assurant qu'elle devait en faire autant. Mais elle le lui refusa comme à un enfant et à quelqu'un qui ne sait pas ce qu'il dit. Après avoir appris les belles lettres à Rome, il plaida avec éclat des causes devant le tribunal, et fut envoyé par l'empereur Valentinien pour prendre le gouvernement des provinces de la Ligurie et de l'Emilie. Il vint à Milan alors que le siège épiscopal était vacant; le peuple s'assembla pour choisir un évêque : mais une grande sédition s'éleva entre les ariens et les catholiques sur le choix du candidat; Ambroise y vint pour apaiser la sédition, quand tout à coup se fit entendre la voix d'un enfant qui s'écria : « Ambroise évêque. » Alors à l'unanimité, tous s'accordèrent à acclamer Ambroise évêque. Quand il eut vu cela, afin de détourner l'assemblée de ce choix qu'elle avait fait de lui, il sortit de l'église, monta sur son tribunal et, contre sa coutume, il condamna à des tourments ceux qui étaient accusés. En le voyant agir ainsi, le peuple criait néanmoins : « Que ton péché retombe sur nous. » Alors il fut bouleversé et rentra chez lui. Il voulut faire profession de philosophe : mais afin qu'il ne réussît pas on le fit révoquer. Il fit entrer chez lui publiquement des femmes de mauvaise vie, afin qu'en les voyant le peuple revînt sur son élection; mais considérant qu'il ne venait pas à ses fins, et que le peuple criait toujours : « Que ton péché retombe sur nous », il conçut la pensée de prendre la fuite au milieu de la nuit. Et au moment où il se croyait sur le bord du Tésin, il se trouva, le matin, à une porte de Milan, appelée la porte de Rome. Quand on l'eut rencontré, il fut gardé à vue par le peuple. On adressa un rapport au très clément empereur Valentinien, qui apprit avec la plus grande joie qu'on choisissait pour remplir les fonctions du sacerdoce ceux qu'il avait envoyés pour être juges. Le préfet Probus était dans l'allégresse de voir accomplir en saint Ambroise la parole qu'il lui avait dite alors qu'il lui donnait ses pouvoirs lors de son départ : « Allez, agissez comme un évêque plutôt que comme un juge. » Le rapport était encore chez l'empereur, quand Ambroise se cacha derechef, mais on le trouva. Comme il n'était que catéchumène, il fut baptisé et huit jours après il fut installé sur la chaire épiscopale. Quatre ans après, il alla à Rome, et comme sa sœur, qui était religieuse, lui baisait la main, il lui dit en souriant : « Voilà ce que je te disais; tu baises la main du prêtre. »

Etant allé dans une ville pour ordonner un évêque, à l'élection duquel l'impératrice Justine et d'autres hérétiques s'opposaient, en voulant que quelqu'un de leur secte fût promu, une vierge du parti des ariens, plus insolente que les autres, monta au tribunal et saisit saint Ambroise par son vêtement, dans l'intention de l'entraîner du côté où étaient les femmes, afin que, saisi par elles, il fût chassé de l'église honteusement. Ambroise lui dit : « Encore que je sois indigne d'être revêtu de la dignité sacerdotale, il ne vous appartient cependant point de porter les mains sur tel prêtre que ce soit. Et vous devez craindre le jugement de Dieu de peur qu'il ne vous en arrive malheur. » Ce mot se trouva vérifié, car, le jour suivant, cette fille mourut. Saint Ambroise accompagna son corps jusqu'au lieu de la sépulture, rendant ainsi un bienfait pour un affront. Cet événement jeta l'épouvante partout. Après cela, il revint à Milan où l'impératrice Justine lui tendit une foule d'embûches, en excitant le peuple contre le saint par ses largesses et par les honneurs qu'elle accordait. On cherchait tous les moyens de l'envoyer en exil, au point qu'un homme plus malheureux que les autres s'était laissé emporter à un degré de fureur telle qu'il avait loué une maison auprès de l'église et y tenait un char tout prêt pour, sur l'ordre de Justine, le traîner plus rapidement en exil. Mais, par un jugement de Dieu, le jour même qu'il pensait se saisir de lui, il fut emmené de la même maison lui-même en exil avec le même char. Ce qui n'empêcha pas saint Ambroise de lui fournir tout ce qui était nécessaire à sa subsistance, rendant ainsi le bien pour le mal. Il composa le chant et l'office de l'église de Milan. En ce temps-là, il y avait à Milan un grand nombre de personnes obsédées par le démon, criant à haute voix qu'elles étaient tourmentées par saint Ambroise. Justine et bon nombre d'ariens qui vivaient ensemble disaient qu'Ambroise se procurait des hommes à prix d'argent pour dire faussement qu'ils étaient maltraités par des esprits immondes, et qu'ils étaient tourmentés par Ambroise. Alors tout à coup, un arien qui se trouvait là fut saisi par le démon et se jeta au milieu de l'assemblée en criant : « Puissent-ils être tourmentés comme je le suis, ceux qui ne croient pas à Ambroise. » Mais les ariens confus tuèrent cet homme en le noyant dans une piscine. Un hérétique, homme très subtil dans la dispute, dur, et qu'on ne pouvait convertir à la foi, entendant prêcher saint Ambroise, vit un ange qui disait à l'oreille du saint les paroles qu'il adressait au peuple. A cette vue, il se mit à défendre la foi qu'il persécutait. Un aruspice conjurait les démons et les envoyait pour nuire à saint Ambroise; mais les démons revenaient en disant qu'ils ne pouvaient approcher de sa personne, ni même avancer auprès des portes de sa maison, parce qu'un feu infranchissable entourait l'édifice entier en sorte qu'ils étaient brûlés quoiqu'ils se plaçassent au loin. Il arriva que ce même devin, étant condamné aux tourments par le juge pour divers maléfices, criait qu'il était tourmenté davantage encore par Ambroise. Le démon sortit d'un démoniaque qui entrait dans Milan, mais il rentra en lui quand il quitta la ville. On en demanda la cause au démon : il répondit qu'il craignait Ambroise. Un autre entra une nuit dans la chambre du saint pour le tuer avec une épée : c'était Justine qui l'y avait poussé par ses prières et par son argent; mais au moment qu'il levait l'épée pour le frapper, sa main se sécha. Les habitants de Thessalonique avaient insulté l'empereur Théodose, celui-ci leur pardonna à la prière de saint Ambroise; mais la malignité des courtisans s'emparant de l'affaire, beaucoup de personnes furent tuées par l'ordre du prince, à l'insu du saint. Aussitôt qu'Ambroise en eut eu connaissance, il refusa à Théodose l'entrée de l'église. Comme celui-ci lui disait que David avait commis un adultère et un homicide, le saint répondit : « Vous l'avez imité dans ses fautes, imitez-le dans son repentir. » Ces paroles furent reçues de si bonne grâce par le très clément empereur qu'il ne refusa pas de se soumettre à une sincère pénitence. Un démoniaque se mit à crier qu'il était tourmenté par Ambroise. Le saint lui dit : « Tais-toi, diable, car ce n'est pas Ambroise qui te tourmente, c'est ton envie, tu vois des hommes monter d'où tu as été précipité honteusement : mais Ambroise ne sait point prendre d'orgueil. » Et le possédé se tut à l'instant.

Une fois que saint Ambroise allait par la ville, quelqu'un tomba et resta étendu par terre; un homme qui le vit se mit à rire. Ambroise lui dit : « Vous qui êtes debout, prenez garde de tomber aussi. » A ces mots cet homme fit une chute et regretta bien de s'être moqué de l'autre. Une fois, saint Ambroise vint intercéder en faveur de quelqu'un, Macédonius [1], maître des offices; mais ayant trouvé fer-

1. « Vint intercéder en faveur de quelqu'un, Macédonius... » lire : « *vint intercéder en faveur de quelqu'un au palais de Macédonius* ». (Note de l'éditeur.)

mées les portes de son palais et ne pouvant entrer, il dit : « Tu viendras à ton tour à l'église et tu ne pourras y entrer, quoique les portes n'en soient pas fermées, et qu'elles soient toutes grandes ouvertes. » Après un certain laps de temps, Macédonius, par crainte de ses ennemis, s'enfuit à l'église, mais il ne put en trouver l'entrée, quoique les portes fussent ouvertes. L'abstinence du saint évêque était si rigoureuse qu'il jeûnait tous les jours, excepté le samedi, le dimanche et les principales fêtes. Il faisait de si abondantes largesses qu'il donnait tout ce qu'il pouvait avoir aux églises et aux pauvres, et ne gardait rien pour lui. Il était rempli d'une telle compassion que si quelqu'un venait lui confesser ses péchés, il pleurait avec une amertume telle que le pécheur était forcé lui-même de pleurer. Son humilité et son amour du travail allaient au point de lui faire écrire lui-même de sa propre main les livres qu'il composait, à moins qu'il n'eût été malade gravement. Sa piété et sa douceur étaient si grandes que quand on lui annonçait la mort d'un saint prêtre ou d'un évêque, il versait des larmes tellement amères qu'il était presque inconsolable. Or, comme on lui demandait pourquoi il pleurait ainsi les saints personnages qui allaient au ciel, il disait : « Ne croyez pas que je pleure de les voir partir, mais de les voir me prévenir : en outre, il est difficile de trouver quelqu'un digne de remplir de pareilles fonctions. » Sa constance et sa force d'âme étaient telles qu'il ne flattait ni l'empereur, ni les princes, dans leurs désordres, mais qu'il les reprenait hautement et sans relâche. Un homme avait commis un crime énorme et avait été amené à saint Ambroise qui dit : « Il faut le livrer à Satan pour mortifier sa chair, de peur qu'il n'ait l'audace de commettre encore de pareils crimes. » Au même moment, comme il avait encore ces mots à la bouche l'esprit immonde le déchira. On rapporte qu'une fois saint Ambroise allant à Rome reçut l'hospitalité dans une maison de campagne en Toscane, chez un homme excessivement riche, auprès duquel il s'informa avec intérêt de sa position. « Ma position, lui répondit cet homme, a toujours été accompagnée de bonheur et de gloire. Voyez en effet, je regorge de richesses, j'ai des esclaves et des domestiques en grand nombre, je possède une nombreuse famille de fils et de neveux, tout m'a toujours réussi à souhait; jamais d'adversité, jamais de tristesse. » En entendant cela Ambroise fut saisi de stupeur et dit à ceux qui l'accompagnaient : « Levons-nous, fuyons d'ici au plus vite; car le Seigneur n'est pas dans cette maison. Hâtez-vous, mes enfants, hâtez-vous; n'apportez aucun retard dans votre fuite, de crainte que la vengeance divine ne nous saisisse ici et qu'elle ne nous enveloppe tous dans leurs péchés. » Ils sortirent et ils n'étaient pas encore éloignés que la terre s'entr'ouvrit subitement, et engloutit cet homme avec tout ce qui lui appartenait, jusqu'à n'en laisser aucun vestige. A cette vue saint Ambroise dit : « Voyez, mes frères, comme Dieu traite avec miséricorde quand il donne ici-bas des adversités, et comme il est sévère et menaçant quand il accorde une suite ininterrompue de prospérités. » On raconte qu'en ce même lieu, il reste une fosse très profonde existant encore aujourd'hui comme témoignage de ce fait.

Saint Ambroise voyant l'avarice, qui est la racine de tous les maux, s'accroître de plus en plus dans les hommes et surtout dans ceux qui étaient constitués en dignité, chez lesquels tout était vénal, comme aussi dans ceux qui exerçaient les fonctions du saint ministère, il pleura beaucoup et pria avec les plus grandes instances d'être délivré des embarras du siècle. Dans la joie qu'il ressentit d'avoir obtenu ce qu'il demandait, il révéla à ses frères qu'il serait avec eux jusqu'au dimanche de la Résurrection. Peu de jours avant d'être forcé à garder le lit, comme il dictait à son secrétaire l'explication du Psaume XLIIIe, tout à coup à la vue de ce secrétaire, une manière de feu léger couvrit sa tête et peu à peu entra dans sa bouche comme un propriétaire entre dans sa maison. Alors sa figure devint blanche comme la neige; mais bientôt après elle reprit son teint accoutumé. Ce jour-là même il cessa d'écrire et de dicter, en sorte qu'il ne put terminer le Psaume. Or, peu de jours après, sa faiblesse augmenta; alors le comte d'Italie, qui se trouvait à Milan, convoqua tous les nobles en disant qu'après la mort d'un si grand homme, il y avait lieu de craindre que l'Italie ne vînt à déchoir, et il pria l'assemblée de se transporter auprès du saint pour le conjurer d'obtenir du Seigneur de vivre encore l'espace d'une année. Quand saint Ambroise les eut entendus, il leur répondit : « Je n'ai point vécu parmi vous de telle sorte que j'aie honte de vivre, ni ne crains point de mourir, car nous avons un bon maître. » Dans le même temps quatre de ses diacres, qui s'étaient réunis ensemble, se demandaient l'un à l'autre quel serait celui qui mériterait d'être évêque après sa mort : ils se trouvaient assez loin du lit où le saint était couché, et ils avaient prononcé tout bas le nom de Simplicien; c'était à peine s'ils pouvaient s'entendre eux-mêmes. Ambroise tout éloigné qu'il fût cria par trois fois : « Il est vieux, mais il est bon. » En entendant cela les diacres effrayés prirent la fuite, et après la mort d'Ambroise ils n'en choisirent pas d'autre que Simplicien. Il vit, auprès du lieu où il était couché, J.-C. venir à lui et lui sourire d'un regard agréable. Honoré, évêque de Verceil, qui s'attendait à la mort de saint Ambroise, entendit, pendant son sommeil, une voix lui criant par trois fois : « Lève-toi, car il va trépasser. » Il se leva aussitôt, vint à Milan et administra à saint Ambroise le sacrement du corps de Notre Seigneur; un instant après, le saint étendit les bras en forme de croix et rendit le dernier soupir : il proférait encore une prière. Il mourut l'an du Seigneur 399. Ce fut dans la nuit de Pâques que son corps fut porté à l'église et beaucoup d'enfants qui venaient d'être baptisés le virent les uns dans la chaire, les autres le montraient du doigt à leurs parents, montant dans la chaire; quelques autres enfin racontaient qu'ils voyaient une étoile sur son corps. Un prêtre, qui assistait à un repas avec beaucoup de convives, se mit à parler mal de saint Ambroise; il fut à l'instant frappé d'une maladie mortelle, et il passa de la table à son lit pour y mourir bientôt après. En la ville de Carthage, trois évêques étaient à table et l'un d'eux ayant dit du mal de saint Ambroise, on lui rapporta ce qui était arrivé au prêtre qui l'avait calomnié; cet évêque se moqua de cela; mais aussitôt il fut frappé à mort et expira à l'instant.

Saint Ambroise fut recommandable en bien des points. 1° Dans sa libéralité, car tout ce qu'il avait appartenait aux pauvres; aussi rapporte-t-il en parlant de soi-même que l'empereur lui demandant une basilique il lui répondit ainsi (et cette réponse se trouve dans le Décret *Convenior*, XXIII, question 8) : « S'il me demandait quelque chose qui fût à moi, comme mes biens-fonds, mon argent, et choses semblables qui sont ma propriété, je ne ferais pas de résistance, quoique tout ce qui est à moi appartienne aux pauvres. » 2° Dans la pureté et l'innocence de sa vie, car il fut vierge. Et saint Jérôme rapporte qu'il disait : « Non seulement nous louons la virginité, mais aussi nous la conservons. » 3° Dans la fermeté de sa foi, qui lui fit dire, alors que l'empereur lui demandait une basilique (ces mots se trouvent au chapitre cité plus haut) : « Il m'arrachera plutôt l'âme que la foi. » 4° Par son désir du martyre. On lit à ce propos, dans sa lettre, *De basilica non tradenda*, que le ministre de l'empereur Valentinien lui fit dire : « Tu méprises Valentinien, je te coupe la tête. » Ambroise lui répondit : « Que Dieu vous laisse faire ce dont vous me menacez, et plaise encore à Dieu qu'il daigne détourner les fléaux dont l'Eglise est menacée afin que ses ennemis tournent tous leurs traits contre moi et qu'ils étanchent leur soif dans mon sang. » 5° Par ses prières assidues. On lit sur ce point au XIe livre de l'*Histoire ecclésiastique* : Ambroise, dans ses démêlés avec une reine furieuse, ne se défendait ni avec la main, ni avec des armes, mais avec des jeûnes, des veilles continuelles, à l'abri sous l'autel, par ses obsécrations, il se donnait Dieu pour défenseur de sa cause à lui et de son Eglise. 6° Par ses larmes abondantes : il en eut pour trois causes. *a*) Il eut des larmes de compassion pour les fautes des autres, et saint Paulin rapporte de lui, dans sa légende, que quand quelqu'un venait lui confesser sa faute, il pleurait si amèrement qu'il faisait pleurer son pénitent; *b*) il eut des larmes de dévotion dans la vue des biens éternels. On a vu plus haut qu'il dit à saint Paulin quand celui-ci lui demandait pourquoi il pleurait de la sorte la mort des Saints : « Je ne pleure pas, répondit-il, parce qu'ils sont décédés, mais parce qu'ils m'ont précédé à la gloire. » *c*) Il eut des larmes de compassion pour les injures qu'il recevait d'autrui. Voici comme il s'exprime en parlant de lui-même, et ces paroles sont encore rapportées dans le décret mentionné plus haut : « Mes armes contre les soldats goths, ce sont mes larmes. C'est le seul rempart derrière lequel peuvent s'abriter des prêtres, je ne puis ni ne dois résister autrement. »

7° Il fut recommandable pour sa constance à toute épreuve. Cette vertu brille en lui : 1° Dans la défense de la vérité catholique. On lit à ce sujet, dans le Livre XIe de l'*Histoire ecclésiastique* que Justine, mère de l'empereur Valentinien, disciple des ariens, entreprit de jeter le trouble dans l'Eglise, menaçant les prêtres de les chasser en exil, s'ils ne voulaient consentir à révoquer les décrets du concile de Rimini; par ce moyen elle se débarrassait d'Ambroise qui était le mur et la tour de l'Eglise. Voici les paroles que l'on chante dans la Préface de la messe de ce saint : « Vous avez (le Seigneur) affermi Ambroise dans une si grande vertu, vous l'avez orné du haut du ciel d'une si admirable constance, que par lui les démons étaient tourmentés et chassés, que l'impiété arienne était confondue, et que la tête des princes séculiers s'abaissait humblement pour porter votre joug. » 2° Dans la défense de la liberté de l'Eglise. L'empereur voulant s'emparer d'une basilique, Ambroise résista à l'empereur, ainsi qu'il l'atteste lui-même, et ses paroles sont rapportées dans le Décret XXIII, quest. 6 : « Je suis, dit-il, circonvenu par les comtes, afin de faire un abandon libre de la basilique; ils me disaient que c'était l'ordre de l'empereur, et que je devais la livrer, car il y avait droit. J'ai répondu : Si c'est mon patrimoine qu'il demande, emparez-vous-en; si c'est mon corps, j'irai le lui offrir. Me voulez-vous dans les chaînes ? Qu'on m'y mette. Voulez-vous ma mort ? Je le veux encore. Je ne me ferai pas un rempart de la multitude, je n'irai pas me réfugier à l'autel, ni le tenir de mes mains pour demander la vie, mais je me laisserai immoler de bon cœur pour les autels. On m'envoie l'ordre de livrer la basilique. D'un côté, ce sont des ordres royaux qui nous pressent, mais d'un autre côté, nous avons pour défense les paroles de l'Ecriture qui nous disent : Vous avez parlé comme une insensée. Empereur, ne vous avantagez pas d'avoir, ainsi que vous le pensez, aucun droit sur les choses divines; à l'empereur les palais, aux prêtres les églises. Saint Naboth défendit sa vigne de son sang; et s'il ne céda

pas sa vigne, comment nous, céderons-nous l'église de J.-C. ? Le tribut appartient à César : qu'on ne le lui refuse pas; l'église appartient à Dieu, par la même raison qu'elle ne soit pas livrée à César. Si on me forçait; si on me demandait, soit terres, soit maison, soit or, ou argent, enfin quelque chose qui m'appartînt, volontiers je l'offrirais, je ne puis rien détacher, rien ôter du temple de Dieu, puisque je l'ai reçu pour le conserver, et non pour le dilapider. »
3° Il fit preuve de constance en reprenant le vice et toute espèce d'iniquité. En effet on lit cette chronique dans l'*Histoire tripartite* [1] : Une sédition s'étant élevée à Thessalonique, quelques-uns des juges avaient été lapidés par le peuple. L'empereur Théodose indigné fit tuer tout le monde, sans distinguer les coupables des innocents. Le nombre des victimes s'éleva à cinq mille. Or, l'empereur vint à Milan et voulut entrer dans l'église, mais Ambroise alla à sa rencontre jusqu'à la porte, et lui en refusa l'entrée en disant : « Pourquoi, empereur, après un pareil acte de fureur, ne pas comprendre l'énormité de votre présomption ? Peut-être que la puissance impériale vous empêche de reconnaître vos fautes. Il est de votre dignité que la raison l'emporte sur la puissance. Vous êtes prince, ô empereur, mais vous commandez à des hommes comme vous. De quel œil donc regarderez-vous le temple de notre commun maître ? avec quels pieds foulerez-vous son sanctuaire ? comment laverez-vous des mains teintes encore d'un sang injustement répandu ? Oseriez-vous recevoir son sang adorable en cette bouche qui, dans l'excès de votre colère, a commandé tant de meurtres ? Relevez-vous donc, retirez-vous, et n'ajoutez pas un nouveau crime à celui que vous avez déjà commis. Recevez le joug que le Seigneur vous impose aujourd'hui. C'est la guérison assurée et le salut pour vous. » L'empereur obéit et retourna à son palais en gémissant et en pleurant. Or, après avoir longtemps versé des larmes, Rufin, l'un de ses généraux, lui demanda le motif d'une si profonde tristesse. L'empereur lui dit : « Pour toi, tu ne sens pas mon mal; aux esclaves et aux mendiants les temples sont ouverts mais à moi l'entrée en est interdite. » En parlant ainsi chacun de ses mots était entrecoupé par des sanglots. « Je cours, lui dit Rufin, si vous le voulez, auprès d'Ambroise, afin qu'il vous délie des liens dans lesquels il vous a enlacé. » « Tu ne pourras persuader Ambroise, repartit Théodose, car la puissance impériale ne saurait l'effrayer au point de lui faire violer la loi divine. » Mais Rufin lui promettant de fléchir l'évêque, l'empereur lui donna l'ordre d'aller le trouver et quelques instants après il le suivit. Ambroise

1. Liv. IX, ch. xxx.

n'eut pas plus tôt aperçu Rufin, qu'il lui dit : « Tu imites les chiens dans leur impudence, Rufin, toi, l'exécuteur d'un pareil carnage; il ne te reste donc aucune honte, et tu ne rougis pas d'aboyer contre la majesté divine. » Comme Rufin suppliait pour l'empereur et disait que celui-ci allait venir lui-même, Ambroise enflammé d'un zèle surhumain : « Je te déclare, lui dit-il, que je l'empêcherai d'entrer dans les saints parvis; s'il veut employer la force et agir en tyran, je suis prêt à souffrir la mort. » Rufin ayant rapporté ces paroles à l'empereur : « J'irai, lui dit celui-ci, j'irai le trouver, pour recevoir moi-même les reproches que je mérite. » Arrivé près d'Ambroise, Théodose lui demanda d'être délié de son interdit, alors Ambroise alla à sa rencontre, et lui refusa l'entrée de l'église en disant : « Quelle pénitence avez-vous faite après avoir commis de si grandes iniquités ? » Il répondit : « C'est à vous à me l'imposer et à moi à me soumettre. » Alors comme l'empereur alléguait que David aussi avait commis un adultère et un homicide, Ambroise lui dit : « Vous l'avez imité dans sa faute, imitez-le dans son repentir. » L'empereur reçut ces avis avec une telle gratitude qu'il ne se refusa pas à faire une pénitence publique. Quand il fut réconcilié, il vint à l'église et resta debout au chancel; Ambroise lui demanda ce qu'il attendait là : l'empereur lui ayant répondu qu'il attendait pour participer aux saints mystères, Ambroise lui dit : « Empereur, l'intérieur de l'église est réservé aux prêtres seulement; sortez donc, et attendez les mystères avec les autres; la pourpre vous fait empereur et non pas prêtre. » A l'instant Théodose lui obéit. Revenu à Constantinople, il se tenait hors du chancel, l'évêque alors lui commanda d'entrer, et Théodose répondit : « J'ai été longtemps à savoir la différence qu'il y a entre un empereur et un évêque; c'est à peine si j'ai trouvé un maître qui m'ait enseigné la vérité, je ne connais au monde de véritable évêque qu'Ambroise. »

Il fut recommandable, 8° par sa saine doctrine qui atteint à une grande profondeur. Saint Jérôme dans son livre sur les *Douze Docteurs* dit : « Ambroise plane au-dessus des profondeurs comme un oiseau qui s'élance dans les airs; c'est dans le ciel qu'il cueille ses fruits. » En parlant de sa fermeté il ajouta : « Toutes ses sentences sont des colonnes sur lesquelles s'appuient la foi, l'Eglise et toutes les vertus. » Saint Augustin dit en parlant de la beauté de son style, en son livre *Des Noces et des Contrats :* « L'hérésiarque Pélage donne ces éloges à saint Ambroise : Le saint évêque Ambroise, dont les livres contiennent la doctrine romaine, brilla comme une fleur au milieu des écrivains latins. » Saint Augustin ajoute : « Sa foi et ses explications très exactes de l'Ecriture n'ont même pas été attaquées par un seul ennemi. » Sa doctrine jouit d'une grande autorité, puisque les écrivains anciens, comme saint Augustin, tenaient grand cas de ses paroles.

A ce propos saint Augustin rapporte à Janvier que sa mère s'étonnait de ce qu'on ne jeunât pas le samedi à Milan, saint Augustin en demanda la raison à saint Ambroise qui lui répondit : « Quand je vais à Rome, je jeûne le samedi. Eh bien! quand vous vous trouvez dans une église, suivez ses pratiques, si vous ne voulez scandaliser, ni être scandalisé. » Saint Augustin dit à ce propos : « Plus je réfléchis sur cet avis, plus je trouve que c'est pour moi comme un oracle du ciel. »

SAINT GEORGES

Georges est ainsi appelé de *Geos*, qui veut dire terre, et *orge*, qui signifie cultiver, cultivant la terre, c'est-à-dire sa chair. Saint Augustin au livre de la Trinité avance que la bonne terre est placée sur les hauteurs des montagnes, dans les collines tempérées et dans les plaines des champs. La première convient aux herbes verdoyantes, la seconde aux vignes, la troisième aux blés. De même saint Georges s'éleva en méprisant les choses basses, ce qui lui donna la verdeur de la pureté : il fut tempéré en discernement, aussi eut-il le vin de l'allégresse intérieure. Il fut plein d'humilité ce qui lui fit produire des fruits de bonnes œuvres. Georges pourrait encore venir de *gerar*, sacré, de *gyon*, sable, sable sacré; or, Georges fut comme le sable, lourd par la gravité de ses mœurs, menu par son humilité, et sec ou exempt de volupté charnelle. Georges viendrait de *gerar*, sacré, et *gyon*, lutte, lutteur sacré, parce qu'il lutta contre le dragon et contre le bourreau. On pourrait encore le tirer de *Gero*, qui veut dire pèlerin, *gir*, précieux [1], et *ys*, conseiller; car saint Georges fut pèlerin dans son mépris du monde, précieux (ou coupé) dans son martyre, et conseiller dans la prédication du royaume.

Sa légende est mise au nombre des pièces apocryphes dans les actes du concile de Nicée, parce que l'histoire de son martyre n'est point authentique : on lit, dans le calendrier de Bède, qu'il souffrit en Perse dans la ville de Diaspolis, anciennement appelée Lidda, située près de Joppé. On dit ailleurs qu'il souffrit sous les empereurs Dioclétien et Maximien : on voit autre part que ce fut sous l'empire de Dioclétien, en présence de 70 rois de son empire; d'autres enfin prétendent que ce fut sous le président Dacien, sous l'empire de Dioclétien et de Maximien.

1. D'après les premières éditions, ce serait tranché, *præcisus*.

Georges [1], tribun, né en Cappadoce, vint une fois à Silcha, ville de la province de Libye. A côté de cette cité était un étang grand comme une mer, dans lequel se cachait un dragon pernicieux, qui souvent avait fait reculer le peuple venu avec des armes pour le tuer; il lui suffisait d'approcher des murailles de la ville pour détruire tout le monde de son souffle. Les habitants se virent forcés de lui donner tous les jours deux brebis, afin d'apaiser sa fureur; autrement c'était comme s'il s'emparait des murs de la ville; il infectait l'air, en sorte que beaucoup en mouraient. Or, les brebis étant venues à manquer et ne pouvant être fournies en quantité suffisante, on décida dans un conseil qu'on donnerait une brebis et qu'on y ajouterait un homme. Tous les garçons et les filles étaient désignés par le sort, et il n'y avait d'exception pour personne. Or, comme il n'en restait presque plus, le sort vint à tomber sur la fille unique du roi, qui fut par conséquent destinée au monstre. Le roi tout contristé dit : « Prenez l'or, l'argent, la moitié de mon royaume, mais laissez-moi ma fille, et qu'elle ne meure pas de semblable mort. » Le peuple lui répondit avec fureur : « O roi, c'est toi qui as porté cet édit, et maintenant que tous nos enfants sont morts, tu veux sauver ta fille ? Si tu ne fais pour ta fille ce que tu as ordonné pour les autres, nous te brûlerons avec ta maison. » En entendant ces mots, le roi se mit à pleurer sa fille en disant : « Malheureux que je suis! ô ma tendre fille, que faire de toi ? que dire ? je ne verrai donc jamais tes noces ? » Et se tournant vers le peuple : « Je vous en prie, dit-il, accordez-moi huit jours de délai pour pleurer ma fille. » Le peuple, y ayant consenti, revint en fureur au bout de huit jours, et il dit au roi : « Pourquoi perds-tu le peuple pour ta fille ? Voici que nous mourons tous du souffle du dragon. » Alors le roi, voyant qu'il ne pourrait délivrer sa fille, la fit revêtir d'habits royaux et l'embrassa avec larmes en disant : « Ah ! que je suis malheureux! ma très douce fille, de ton sein j'espérais élever des enfants de race royale, et maintenant tu vas être dévorée par le dragon. Ah! malheureux que je suis! ma très douce fille, j'espérais inviter des princes à tes noces, orner ton palais de pierres précieuses, entendre les instruments et les tambours, et tu vas être dévorée par le dragon. » Il l'embrassa et la laissa partir en lui disant : « O ma fille, que ne suis-je mort avant toi pour te perdre ainsi! » Alors elle se jeta aux pieds de son

1. Cette légende se compose d'une première vie de saint Georges que J. de Voragine reconnaît apocryphe. La seconde lui paraît meilleure. Papebroch a donné les actes de ce saint et il les a longuement et savamment discutés. Tous les martyrologes s'accordent à attribuer au culte de saint Georges une grande importance. Fortunat (liv. II, carm. xv) raconte les différents supplices que le saint eut à souffrir.

père pour lui demander sa bénédiction, et le père l'ayant bénie avec larmes, elle se dirigea vers le lac. Or, saint Georges passait par hasard par là : et la voyant pleurer, il lui demanda ce qu'elle avait. « Bon jeune homme, lui répondit-elle, vite, monte sur ton cheval; fuis, si tu ne veux mourir avec moi. » « N'aie pas peur, lui dit Georges, mais dis-moi, ma fille, que vas-tu faire en présence de tout ce monde ? » « Je vois, lui dit la fille, que tu es un bon jeune homme; ton cœur est généreux : mais pourquoi veux-tu mourir avec moi ? vite, fuis! » Georges lui dit : « Je ne m'en irai pas avant que tu ne m'aies expliqué ce que tu as. » Or, après qu'elle l'eut instruit totalement, Georges lui dit : « Ma fille, ne crains point, car au nom de J.-C., je t'aiderai. » Elle lui dit : « Bon soldat! mais hâte-toi de te sauver, ne péris pas avec moi! C'est assez de mourir seule; car tu ne pourrais me délivrer et nous péririons ensemble. » Alors qu'ils parlaient ainsi, voici que le dragon s'approcha en levant la tête au-dessus du lac. La jeune fille toute tremblante dit : « Fuis, mon seigneur, fuis vite. » A l'instant Georges monta sur son cheval, et se fortifiant du signe de la croix, il attaque avec audace le dragon qui avançait sur lui : il brandit sa lance avec vigueur, se recommande à Dieu, frappe le monstre avec force et l'abat par terre : « Jette, dit Georges à la fille du roi, jette ta ceinture au cou du dragon; ne crains rien, mon enfant. » Elle le fit et le dragon la suivait comme la chienne la plus douce. Or, comme elle le conduisait dans la ville, tout le peuple témoin de cela se mit à fuir par monts et par vaux en disant : « Malheur à nous, nous allons tous périr à l'instant! » Alors saint Georges leur fit signe en disant : « Ne craignez rien, le Seigneur m'a envoyé exprès vers vous afin que je vous délivre des malheurs que vous causait ce dragon : seulement, croyez en J.-C., et que chacun de vous reçoive le baptême, et je tuerai le monstre. » Alors le roi avec tout le peuple reçut le baptême, et saint Georges, ayant dégainé son épée, tua le dragon et ordonna de le porter hors de la ville. Quatre paires de bœufs le traînèrent hors de la cité dans une vaste plaine. Or, ce jour-là vingt mille hommes furent baptisés, sans compter les enfants et les femmes.

Quant au roi, il fit bâtir en l'honneur de la Bienheureuse Marie et de saint Georges une église d'une grandeur admirable. Sous l'autel, coule une fontaine dont l'eau guérit tous les malades : et le roi offrit à saint Georges de l'argent en quantité infinie; mais le saint ne le voulut recevoir et le fit donner aux pauvres. Alors saint Georges adressa au roi quatre avis fort succincts. Ce fut d'avoir soin des églises de Dieu, d'honorer les prêtres, d'écouter avec soin l'office divin et de n'oublier jamais les pauvres. Puis après avoir embrassé le roi, il s'en alla. — Toutefois on lit en certains livres que, un dragon allant dévorer une jeune fille, Georges se munit d'une croix, attaqua le dragon et le tua. En ce temps-là, étaient empereurs Dioclétien et Maximien, et sous le président Dacien, il y eut une si violente persécution contre les chrétiens que, dans l'espace d'un mois, dix-sept mille d'entre eux reçurent la couronne du martyre. Au milieu des tourments, beaucoup de chrétiens faiblirent et sacrifièrent aux idoles. Saint Georges à cette vue fut touché au fond du cœur; il distribua tout ce qu'il possédait, quitta l'habit militaire, prit celui des chrétiens et s'élançant au milieu des martyrs, il s'écria : « Tous les dieux des gentils sont des démons; mais c'est le Seigneur qui a fait les cieux! » Le président lui dit en colère : « Qui t'a rendu si présomptueux d'oser appeler nos dieux des démons? Dis-moi; d'où es-tu et quel est ton nom? » Georges lui répondit : « Je m'appelle Georges, je suis d'une noble race de la Cappadoce; j'ai vaincu la Palestine par la faveur de J.-C. : mais j'ai tout quitté pour servir plus librement le Dieu du ciel. » Comme le président ne le pouvait gagner, il ordonna de le suspendre au chevalet et de déchirer chacun de ses membres avec des ongles de fer; il le fit brûler avec des torches, et frotter avec du sel ses plaies et ses entrailles qui lui sortaient du corps. La nuit suivante, le Seigneur apparut au saint, environné d'une immense lumière et il le réconforta avec douceur. Cette bonne vision et ces paroles l'affermirent au point qu'il comptait ses tourments pour rien. Dacien, voyant qu'il ne pouvait le vaincre par les tortures, fit venir un magicien auquel il dit : « Les chrétiens, par leurs maléfices, se jouent des tourments et font peu de cas de sacrifier à nos dieux. » Le magicien lui répondit : « Si je ne réussis pas à surmonter leurs artifices, je veux perdre la tête. » Alors il composa ses maléfices, invoqua les noms de ses dieux, mêla du poison avec du vin et le donna à prendre à saint Georges. Le saint fit dessus le signe de la croix et but : mais il n'en ressentit aucun effet. Le magicien composa une dose plus forte, que le saint, après avoir fait le signe de la croix, but tout entière sans éprouver le moindre mal. A cette vue, le magicien se jeta aussitôt aux pieds de saint Georges, lui demanda pardon en pleurant d'une façon lamentable et sollicita la faveur d'être fait chrétien. Le juge le fit décapiter bientôt après. Le jour suivant, il fit étendre Georges sur une roue garnie tout autour d'épées tranchantes des deux côtés, mais à l'instant la roue se brisa et Georges fut trouvé complètement sain. Alors le juge irrité le fit jeter dans une chaudière pleine de plomb fondu. Le saint fit le signe de la croix, y entra, mais par la vertu de Dieu, il y était ranimé comme dans un bain. Dacien, à cette vue, pensa l'amollir par des caresses, puisqu'il ne pouvait le vaincre par ses menaces : « Mon fils Georges, lui dit-il, tu vois de quelle mansuétude sont nos dieux, puisqu'ils supportent tes blasphèmes si patiemment, néanmoins, ils sont disposés à user d'indulgence envers toi, si tu veux te convertir. Fais donc, mon très cher fils, ce à quoi je t'exhorte; abandonne tes superstitions pour sacrifier à nos dieux, afin de recevoir d'eux et de nous de grands honneurs. » Georges lui dit en souriant : « Pourquoi ne pas m'avoir parlé avec cette douceur avant de me tourmenter ? Me voici prêt à faire ce à quoi tu m'engages. » Dacien, trompé par cette concession, devient tout joie, fait annoncer par le crieur public qu'on ait à s'assembler auprès de lui pour voir Georges, si longtemps rebelle, céder enfin et sacrifier. La cité toute entière s'embellit de joie. Au moment où Georges entrait dans le temple des idoles pour sacrifier, et quand tous les assistants étaient dans l'allégresse, il se mit à genoux et pria le Seigneur, pour son honneur et pour la conversion du peuple, de détruire tellement de fond en comble le temple avec ses idoles qu'il n'en restât absolument rien. A l'instant le feu du ciel descendit sur le temple, le brûla avec les dieux et leurs prêtres : la terre s'entr'ouvrit et engloutit tout ce qui en restait. C'est à cette occasion que saint Ambroise s'écrie dans la Préface du saint : « Georges très féal soldat de J.-C. confessa seul parmi les chrétiens, avec intrépidité, le Fils de Dieu, alors que la profession qu'il faisait du christianisme était protégée sous le voile du silence. Il reçut de la grâce divine une si grande constance qu'il méprisait les ordres d'un pouvoir tyrannique et qu'il ne redoutait point les tourments de supplices innombrables. O noble et heureux guerrier du Seigneur! que la promesse flatteuse d'un royaume temporel ne séduisit pas, mais qui, en trompant le persécuteur, précipita dans l'abîme les simulacres des fausses divinités! » (Saint Ambroise.) Dacien, en apprenant cela, se fit amener Georges auquel il dit : « Quelle a été ta malice, ô le plus méchant des hommes, d'avoir commis un pareil crime ? » Georges lui répondit : « O roi, n'en crois rien; mais viens avec moi et tu me verras encore une fois immoler. » « Je comprends ta fourberie, lui dit Dacien; car tu veux me faire engloutir comme tu as fait du temple et de mes dieux. » Georges lui répliqua : « Dis-moi, misérable, tes dieux qui n'auront pu s'aider eux-mêmes, comment t'aideront-ils ? » Alors le roi outré de colère dit à Alexandrie, son épouse : « Je suis vaincu et je mourrai, car je me vois surmonté par cet homme. » Sa femme lui dit : « Bourreau et cruel tyran, ne t'ai-je pas dit trop souvent de ne pas inquiéter les chrétiens, parce que leur Dieu combattrait pour eux ? Eh bien! apprends que je veux me faire chrétienne. » Le roi stupéfait dit : « Ah! quelle douleur! serais-tu aussi séduite ? » Et il la fit suspendre par les cheveux et battre très cruellement avec des fouets. Pendant son supplice, elle dit à Georges : « Georges, lumière de vérité, où penses-tu que je parvienne, puisque je n'ai pas encore été régénérée par l'eau du baptême ? » « N'appréhende rien, ma fille, lui répondit le saint, le sang que tu vas répandre te servira de baptême et sera ta couronne. » Alors elle rendit son âme au Seigneur en priant. C'est ce qu'atteste saint Ambroise en disant dans la Préface : « C'est pourquoi la reine des Perses, qui avait été condamnée par la sentence de son cruel mari, quoiqu'elle n'eût pas reçu la grâce du baptême, mérita la palme d'un martyre glorieux : aussi ne pouvons-nous douter que la rosée de son sang ne lui ait ouvert les portes du ciel, et qu'elle n'ait mérité de posséder le royaume des cieux. » (Saint Ambroise.)

Or, le jour suivant, saint Georges fut condamné à être traîné par toute la ville et à avoir la tête tranchée. Il pria alors le Seigneur de vouloir bien accorder suite à la prière de quiconque implorerait son secours; et une voix du ciel se fit entendre et lui dit qu'il serait fait comme il avait demandé. Son oraison achevée, il consomma son martyre en ayant la tête coupée, sous Dioclétien et Maximien qui régnèrent vers l'an de N.-S. 287. Or, comme Dacien revenait du lieu du supplice à son palais, le feu du ciel descendit sur lui et le consuma avec ses gardes. Grégoire de Tours raconte [1] que des personnes portant des reliques de saint Georges qui avaient été hébergées dans un oratoire ne purent au matin mouvoir sa châsse en aucune manière, jusqu'à ce qu'ils eussent laissé là une parcelle des reliques. — On lit dans l'*Histoire d'Antioche* que, les chrétiens allant au siège de Jérusalem, un très beau jeune homme apparut à un prêtre et lui donna avis que saint Georges était le général des chrétiens, qu'ils eussent à porter avec eux ses reliques à Jérusalem où il serait lui-même avec eux. Et comme on assiégeait la ville et que la résistance des Sarrasins ne permettait pas de monter à l'assaut, saint Georges, revêtu d'habits blancs et armé d'une croix rouge, apparut et fit signe aux assiégeants de monter sans crainte après lui, et qu'ils se rendraient maîtres de la place. Animés par cette vision, les chrétiens furent vainqueurs et massacrèrent les Sarrasins.

1. *De gloria martyrum*, cap. CI.

SAINT MARC, ÉVANGÉLISTE [1]

Marc veut dire sublime en commandement, certain, abaissé et amer. Il fut sublime en commandement par la perfection de sa vie, car non seulement, il observa les commandements qui sont communs à tous, mais encore ceux qui sont sublimes, tels que les conseils. Il fut certain en raison de la certitude de la doctrine dans son évangile, parce que cette certitude a pour garant saint Pierre, son maître, de qui il l'avait appris. Il fut abaissé, en raison de sa profonde humilité, qui lui fit, dit-on, se couper le pouce, afin de ne pas être trouvé capable d'être prêtre. Il fut amer en raison de l'amertume du tourment qu'il endura lorsqu'il fut traîné par la ville, et qu'il rendit l'esprit au milieu des supplices. Ou bien Marc vient de *Marco*, qui est une masse, dont le même coup aplatit le fer, produit la mélodie, et affermit l'enclume. De même saint Marc, par l'unique doctrine de son évangile, dompte la perfidie des hérétiques, dilate la louange divine et affermit l'Eglise.

Marc, évangéliste, prêtre de la tribu de Lévi, fut, par le baptême, le fils de saint Pierre, apôtre, dont il était le disciple en la parole divine. Il alla à Rome avec ce saint. Comme celui-ci y prêchait la bonne nouvelle, les fidèles de Rome prièrent saint Marc de vouloir écrire l'Evangile, pour l'avoir toujours présent à la mémoire. Il le leur écrivit loyalement, tel qu'il l'avait appris de la bouche de son maître saint Pierre, qui l'examina avec soin, et après avoir vu qu'il était plein de vérité, il l'approuva et le jugea digne d'être reçu par tous les fidèles [2]. Saint Pierre, considérant que Marc était constant dans la foi, le destina pour Aquilée, où après avoir prêché la parole de Dieu, il convertit des multitudes innombrables de gentils à J.-C. On dit que là aussi, il écrivit son évangile que l'on montre encore à présent dans l'église d'Aquilée, où on le garde avec grand respect. Enfin saint Marc conduisit à Rome, auprès de saint Pierre, un citoyen d'Aquilée, nommé Ermagoras, qu'il avait converti à la foi afin que l'apôtre le consacrât évêque d'Aquilée. Ermagoras, après avoir reçu la charge du pontificat, gouverna avec zèle cette église : il fut pris ensuite par les infidèles et reçut la couronne du martyre. Pour saint Marc, il fut envoyé par saint Pierre à Alexandrie,

1. Ordérie Vital raconte (*Hist. Eccl.*, part. I, liv. II, c. XX) chacun des faits consignés dans la légende de saint Marc.
2. Saint Jérôme, *Vir. illustr.*, c. VIII; — Clément d'Alexandrie, dans *Eusèbe*, l. II, c. XV.

où il prêcha le premier la parole de Dieu [1]. A son entrée dans cette ville, au rapport de Philon, juif très disert, il se forma une assemblée immense qui reçut la foi et pratiqua la dévotion et la continence. Papias, évêque de Jérusalem, fait de lui le plus grand éloge en très beau langage; et voici ce que Pierre Damien dit à son sujet : « Il jouit d'une si grande influence à Alexandrie, que tous ceux qui venaient en foule pour être instruits dans la foi, atteignirent bientôt au sommet de la perfection, par la pratique de la continence, et de toutes sortes de bonnes œuvres, en sorte que l'on eût dit une communauté de moines. On devait ce résultat moins aux miracles extraordinaires de saint Marc et à l'éloquence de ses prédications, qu'à ses exemples éminents. » Le même Pierre Damien ajoute qu'après sa mort, son corps fut ramené en Italie, afin que la terre où il lui avait été donné d'écrire son Evangile eût l'honneur de posséder ses dépouilles sacrées. « Tu es heureuse, ô Alexandrie, d'avoir été arrosée de son sang glorieux, comme toi, ô Italie, tu ne l'es pas moins de posséder un si rare trésor. »

On rapporte que saint Marc fut doué d'une si grande humilité qu'il se coupa le pouce afin que l'on ne songeât pas à l'ordonner prêtre [2]. Mais par une disposition de Dieu et par l'autorité de saint Pierre, il fut choisi pour évêque d'Alexandrie. A son entrée dans cette ville, sa chaussure se rompit et se déchira subitement; il comprit intérieurement ce que cela signifiait, et dit : « Vraiment, le Seigneur a raccourci mon chemin, et Satan ne sera pas un obstacle pour moi, puisque le Seigneur m'a absous des œuvres de mort. » Or, Marc, voyant un savetier qui cousait de vieilles chaussures, lui donna la sienne à raccommoder : mais en le faisant, l'ouvrier se blessa grièvement à la main gauche, et se mit à crier : « Unique Dieu. » En l'entendant, l'homme de Dieu dit : « Vraiment le Seigneur a rendu mon voyage heureux. » Alors il fit de la boue avec sa salive et de la terre, l'appliqua sur la main du savetier qui fut incontinent guéri. Cet homme, voyant le pouvoir extraordinaire de Marc, le fit entrer chez lui et lui demanda qui il était, et d'où il venait. Marc lui avoua être le serviteur du Seigneur Jésus. L'autre lui dit : « Je voudrais bien le voir. » « Je te le montrerai », lui répondit saint Marc. Il se mit alors à lui annoncer l'Evangile de J.-C. et le baptisa avec tous ceux de sa maison. Les habitants de la ville ayant appris l'arrivée d'un Galiléen, qui méprisait les sacrifices de leurs dieux, lui tendirent des pièges. Saint Marc, en ayant été instruit, ordonna évêque Anianus,

1. *Eusèbe*, c. XVI; Epiphan., LI, c. VI; saint Jér., *ibid.*
2. Isidore de Sév., *Vies et morts illustres*, ch. LIV.

cet homme-là même qu'il avait guéri [1], et partit pour la Pentapole, où il resta deux ans, après lesquels il revint à Alexandrie. Il y avait fait élever une église sur les rochers qui bordent la mer, dans un lieu appelé *Bucculi* [2]; il y trouva le nombre des chrétiens augmenté. Or, les prêtres des temples cherchèrent à le prendre; et le jour de Pâques, comme saint Marc célébrait la messe, ils s'assemblèrent tous au lieu où était le saint, lui attachèrent une corde au cou et le traînèrent par toute la ville en disant : « Traînons le buffle au *Bucculi* [3]. » Sa chair et son sang étaient épars sur la terre et couvraient les pierres, ensuite il fut enfermé dans une prison où un ange le fortifia. Le Seigneur J.-C. lui-même daigna le visiter et lui dit pour le conforter : « La paix soit avec toi, Marc, mon évangéliste; ne crains rien car je suis avec toi pour te délivrer. » Le matin arrivé, ils lui jettent encore une fois une corde au cou, et le traînent çà et là en criant : « Traînez le buffle au *Bucculi.* » Au milieu de ce supplice, Marc rendait grâces à Dieu en disant : « Je remets mon esprit entre vos mains. » Et en prononçant ces mots, il expira. C'était sous Néron, vers l'an 57. Comme les païens le voulaient brûler, soudain, l'air se trouble, une grêle s'annonce, les tonnerres grondent, les éclairs brillent, tout le monde s'empresse de fuir, et le corps du saint reste intact. Les chrétiens le prirent et l'ensevelirent dans l'église en toute révérence. Voici le portrait de saint Marc [4] : Il avait le nez long, les sourcils abaissés, les yeux beaux, le front un peu chauve, la barbe épaisse. Il était de belles manières, d'un âge moyen; ses cheveux commençaient à blanchir, il était affectueux, plein de mesure et rempli de la grâce de Dieu. Saint Ambroise dit de lui : « Comme le bienheureux Marc brillait par des miracles sans nombre, il arriva qu'un cordonnier auquel il avait donné sa chaussure à raccommoder, se perça la main gauche dans son travail, et en se faisant la blessure, il cria : « Un Dieu! » Le serviteur de Dieu fut tout joyeux de l'entendre : il prit de la boue qu'il fit avec sa salive, en oignit la main de l'ouvrier qu'il guérit à l'instant et avec laquelle cet homme put continuer son travail. Comme le Sauveur, il guérit aussi un aveugle-né. »

L'an de l'Incarnation du Seigneur 468, du temps de

1. Actes de saint Marc.
2. Probablement : l'abattoir.
3. A l'abattoir.
4. Un ms. de la Bibliothèque de Saint-Victor, coté 28 et cité par Ducange donne en ces termes le portrait du saint : « La forme de saint Marc fu tele, lonc nés, sourciz yautis, biaus par iex, les cheveux cercelés, longe barbe, de très bele composition de cors, de moien eaige » Gloss. V° *Eagium*.

l'empereur Léon, des Vénitiens transportèrent le corps de saint Marc, d'Alexandrie à Venise, où fut élevée, en l'honneur du saint, une église d'une merveilleuse beauté. Des marchands vénitiens, étant allés à Alexandrie, firent tant par dons et par promesses auprès de deux prêtres, gardiens du corps de saint Marc, que ceux-ci le laissèrent enlever en cachette et emporter à Venise. Mais comme on levait le corps du tombeau, une odeur si pénétrante se répandit dans Alexandrie que tout le monde s'émerveillait d'où pouvait venir une pareille suavité. Or, comme les marchands étaient en pleine mer, ils découvrirent aux navires qui allaient de conserve avec eux qu'ils portaient le corps de saint Marc; un des gens dit : « C'est probablement le corps de quelque Egyptien que l'on vous a donné, et vous pensez emporter le corps de saint Marc. » Aussitôt le navire qui portait le corps de saint Marc vira de bord avec une merveilleuse célérité et se heurtant contre le navire où se trouvait celui qui venait de parler, il en brisa un côté. Il ne s'éloigna point avant que tous ceux qui le montaient n'eussent acclamé qu'ils croyaient que le corps de saint Marc s'y trouvât.

Une nuit, les navires étaient emportés par un courant très rapide, et les nautoniers, ballottés par la tempête et enveloppés de ténèbres, ne savaient où ils allaient; saint Marc apparut au moine gardien de son corps, et lui dit : « Dis à tout ce monde de carguer vite les voiles, car ils ne sont pas loin de la terre. » Et on les cargua. Quand le matin fut venu, on se trouvait vis-à-vis une île. Or, comme on longeait divers rivages, et qu'on cachait à tous le saint trésor, des habitants vinrent et crièrent : « Oh! que vous êtes heureux, vous qui portez le corps de saint Marc! Permettez que nous lui rendions nos profonds hommages. » Un matelot encore tout à fait incrédule est saisi par le démon et vexé jusqu'au moment où, amené auprès du corps, il avoua qu'il croyait que c'était celui de saint Marc. Après avoir été délivré, il rendit gloire à Dieu et eut par la suite une grande dévotion au saint. Il arriva que, pour conserver avec plus de précaution le corps de saint Marc, on le déposa au bas d'une colonne de marbre, en présence d'un petit nombre de personnes; mais par le cours du temps, les témoins étant morts, personne ne pouvait savoir, ni reconnaître, à aucun indice, l'endroit où était le saint trésor. Il y eut des pleurs dans le clergé, une grande désolation chez les laïcs, et un chagrin profond dans tous. La peur de ce peuple dévot était en effet qu'un patron si recommandable n'eût été enlevé furtivement. Alors on indique un jeûne solennel, on ordonne une procession plus solennelle encore; mais voici que, sous les yeux et à la surprise de tout le monde, les pierres se détachent de la colonne et laissent voir à découvert la châsse où le corps était caché. A l'instant on rend des actions de grâces au Créateur qui a daigné révéler le saint patron; et ce jour, illustré par la gloire d'un si grand prodige, fut fêté dans la suite des temps [1].

Un jeune homme, tourmenté par un cancer dont les vers lui rongeaient la poitrine, se mit à implorer d'un cœur dévoué les suffrages de saint Marc; et voici que, dans son sommeil, un homme en habit de pèlerin lui apparut se hâtant dans sa marche. Interrogé par lui qui il était et où il allait en marchant si vite, il lui répondit qu'il était saint Marc, qu'il courait porter secours à un navire en péril qui l'invoquait. Alors il étendit la main, en toucha le malade qui, à son réveil le matin, se sentit complètement guéri. Un instant après le navire entra dans le port de Venise et ceux qui le montaient racontèrent le péril dans lequel ils s'étaient trouvés et comme saint Marc leur était venu en aide. On rendit grâces pour ces deux miracles et Dieu fut proclamé admirable dans Marc, son saint.

Des marchands de Venise qui allaient à Alexandrie sur un vaisseau sarrasin, se voyant dans un péril imminent, se jettent dans une chaloupe, coupent la corde, et aussitôt le navire est englouti dans les flots qui enveloppent tous les Sarrasins. L'un d'eux invoqua saint Marc et fit, comme il put, vœu de recevoir le baptême et de visiter son église, s'il lui prêtait secours. A l'instant, un personnage éclatant lui apparut, l'arracha des flots et le mit avec les autres dans la chaloupe. Arrivé à Alexandrie, il fut ingrat envers son libérateur et ne se pressa ni d'aller à l'église de saint Marc, ni de recevoir les sacrements de notre foi. Derechef saint Marc lui apparut et lui reprocha son ingratitude. Il rentra donc en lui-même, vint à Venise, et régénéré dans les fonts sacrés du baptême, il reçut le nom de Marc. Sa foi en J.-C. fut parfaite et il finit sa vie dans les bonnes œuvres. — Un homme qui travaillait au haut du campanile de saint Marc de Venise tombe tout à coup à l'improviste; ses membres sont déchirés par lambeaux; mais, dans sa chute, il se rappelle saint Marc, et implore son patronage : alors il rencontre une poutre qui le retient. On lui donne une corde et il s'en relève sans blessure; il remonte ensuite à son travail avec dévotion pour le terminer. — Un esclave au service d'un noble habitant de la Provence avait fait vœu de visiter le corps de saint Marc; mais il n'en pouvait obtenir la permission : enfin il tint moins de compte de la peur de son maître temporel que de son maître céleste. Sans prendre congé, il partit avec dévotion pour accomplir son vœu. A son retour, le maître, qui était fâché, ordonna de lui arracher les yeux. Cet homme cruel fut favorisé dans

1. Au 25 juin.

son dessein par des hommes plus cruels encore qui jettent, par terre, le serviteur de Dieu, lequel invoquait saint Marc, et s'approchent avec des poinçons pour lui crever les yeux : les efforts qu'ils tentent sont inutiles; car le fer se rebroussait et se cassait tout d'un coup. Il ordonne donc que ses jambes soient rompues et ses pieds coupés à coups de haches, mais le fer qui est dur de sa nature s'amollit comme le plomb. Il ordonne qu'on lui brise la figure et les dents avec des maillets de fer; le fer perd sa force et s'émousse par la puissance de Dieu. A cette vue son maître stupéfait demanda pardon et alla avec son esclave visiter en grande dévotion le tombeau de saint Marc [1]. — Un soldat reçut au bras dans une bataille une blessure telle que sa main restait pendante. Les médecins et ses amis lui conseillaient de la faire amputer; mais ce soldat qui était preux, honteux d'être manchot, se fit remettre la main à sa place et l'assujettit avec des bandeaux sans aucun médicament. Il invoqua les suffrages de saint Marc et sa main fut guérie aussitôt : il n'y resta qu'une cicatrice qui fut un témoignage d'un si grand miracle et un monument d'un pareil bienfait. — Un homme de la ville de Mantoue, faussement accusé par des envieux, fut mis en une prison, où, après être resté 40 jours dans le plus grand ennui, il se mortifia par un jeûne de trois jours en invoquant le patronage de saint Marc. Ce saint lui apparaît et lui commande de sortir avec confiance de sa prison. Cet homme, que l'ennui avait endormi, ne se mit pas en peine d'obéir aux ordres du saint, tout en se croyant le jouet d'une illusion. Il eut une seconde et une troisième apparition du saint qui lui renouvela les mêmes ordres. Revenu à soi, et voyant la porte ouverte, il sortit avec confiance de la prison et brisa ses entraves comme si c'eût été des liens d'étoupes. Il marchait donc en plein jour au milieu des gardes et des autres personnes présentes, sans être vu, tandis que lui voyait tout le monde. Il vint au tombeau de saint Marc pour s'acquitter dévotement de sa dette de remerciements.

L'Apulie entière était en proie à la stérilité, et pas une goutte de pluie n'arrosait cette terre. Alors il fut révélé que c'était un châtiment de ce qu'on ne célébrait pas la fête de saint Marc. Donc on invoqua ce saint et on promit de fêter avec solennité le jour de sa fête. Le saint fit cesser la stérilité et renaître l'abondance en donnant un air pur et une pluie convenable. — Environ l'an 1212, il y avait à Pavie, dans le couvent des Frères Prêcheurs, un frère de sainte et religieuse vie, nommé Julien, originaire de Faënza, jeune de corps, mais vieux d'esprit; dans sa

1. Est-ce le sujet d'un tableau du Tintoret ?

dernière maladie il s'inquiéta de sa position auprès du prieur, qui lui répondit que sa mort était prochaine. Aussitôt la figure du malade devint resplendissante de joie et il se mit à crier en applaudissant des mains et de tous ses membres : « Faites place, mes frères, car ce sera dans un excès d'allégresse que mon âme va sortir de mon corps, depuis que j'ai entendu d'agréables nouvelles. » Et en élevant les mains au ciel, il se mit à dire : « *Educ de custodia animam meam*, etc. Seigneur, tirez mon âme de sa prison. Malheureux homme que je suis! qui me délivrera de ce corps de mort ? » Il s'endormit alors d'un léger sommeil, et vit venir à lui saint Marc qui se plaça à côté de son lit : et une voix, qui s'adressait au saint, lui dit : « Que faites-vous, ici, ô Marc ? » Celui-ci répondit : « Je suis venu trouver ce mourant, parce que son ministère a été agréable à Dieu. » La voix se fit encore entendre : « Comment se fait-il que de tous les saints, ce soit vous de préférence qui soyez venu à lui ? » « C'est, répondit-il, parce qu'il a eu pour moi une dévotion spéciale et qu'il a visité avec une dévotion toute particulière le lieu où repose mon corps. C'est donc pour cela que je suis venu le visiter à l'heure de sa mort. » Et voici que des hommes couverts d'aubes blanches remplirent toute la maison. Saint Marc leur dit : « Que venez-vous faire ici ? » « Nous venons, répondirent-ils, pour présenter l'âme de ce religieux devant le Seigneur. » A son réveil, ce frère envoya chercher aussitôt le prieur qui m'a lui-même raconté ces faits, et lui rendant compte de tout ce qu'il avait vu, il s'endormit heureusement et en grande joie dans le Seigneur [1].

SAINT MARCELLIN, PAPE [2]

Marcellin gouverna l'Eglise romaine neuf ans et quatre mois. Il fut pris par l'ordre de Dioclétien et de Maximien et conduit pour sacrifier. Comme il n'y voulait pas consen-

1. La traduction française de M. Jehan Batallier intercale ici un miracle que le texte latin ne fournit pas, et que nous copions :

« Si côe ung autre chevalier chevauchoist tout arme dessus ung pont, le cheval cheut sur le pont, et le chevalier cheut ou parfont de leaue en bas. Et si côme il vit qu'il nistroit iamais de la par force ppre, il reclama le benoit Marc : et le sainct luy tendit une lance et le mit hors de leaue et doncqs il vît a Venise et racôta le miracle et acôplit son vœu devotemêt. »

2. « Voici l'*interpretatiô du nom saît Marcellin*, qui ne se trouve pas dans le texte latin :

tir et qu'alors il avait à s'attendre de souffrir divers supplices, cédant à la peur du tourment, il mit deux grains d'encens dans le sacrifice [1]. La joie des infidèles fut grande, mais une tristesse immense s'empara des fidèles. Toutefois les membres sains reprennent de la vigueur sous un chef affaibli et comptent pour rien les menaces des princes. Alors les fidèles viennent trouver le souverain pontife et lui adressent de graves reproches. Marcellin voyant cela se soumit au jugement d'un concile des évêques [2]. « A Dieu ne plaise, dirent-ils, qu'un souverain pontife soit jugé par personne; mais vous-même, instruisez votre cause dans votre conscience, et jugez-vous de votre propre bouche [3]. » Alors il se repentit beaucoup, pleura et se déposa lui-même; cependant, toute la foule le réélut encore. Les Césars, qui apprirent cela, firent saisir Marcellin une seconde fois, et comme il ne voulait absolument pas sacrifier, ils commandèrent de le décapiter. La fureur des ennemis se ralluma, en sorte que dans l'espace d'un mois, dix-sept mille chrétiens furent mis à mort. Pour Marcellin qui devait être décapité, il s'avoua indigne de la sépulture chrétienne; en conséquence il excommunia tous ceux qui auraient la présomption de l'ensevelir. C'est pourquoi son corps resta 35 jours sans sépulture. Après ce temps, saint Pierre, apôtre, apparut à Marcel, son successeur [4], et lui dit : « Frère Marcel, pourquoi ne m'ensevelis-tu pas ? » « Seigneur, lui répondit Marcel, n'êtes-vous pas déjà enseveli ? » L'apôtre lui dit : « Je me répute non enseveli, tant que je verrai Marcellin sans sépulture. » « Mais, Seigneur, lui repartit Marcel, est-ce que vous ne savez pas qu'il a anathématisé tous ceux qui l'enseveliraient ? » Pierre dit : « N'est-il pas écrit : Celui qui s'humilie sera élevé ? C'est à cela qu'il fallait faire attention; allez donc l'ensevelir à mes pieds. » Il y alla aussitôt et accomplit honorablement les ordres de saint Pierre.

« Marcellin vault autant adire côme amaigrissant : car il amaigrit le fust dur de sa charnelete ou vault autât adire côe amaigri par paour du fust du tirât. »

1. Anastase le Bibl., *Vit. Pont.*, XXX; — *Bréviaire romain; — Epître du pape Nicolas Ier à Michel, empereur de C. P.*
2. A Sessa en Campanie, ou Sinuesse.
3. Ciaconius, *Notes sur Anastase*, *Vie de saint Marcellin.*
4. *Id.*, *ibid.*

SAINT VITAL[1]

Vital signifie vivant tel, car, tel il a vécu extérieurement en œuvres, tel il a vécu intérieurement dans son cœur. Ou Vital vient de vie, ou vital vivant par les ailes. En effet, il fut comme un des animaux divins que vit Ezéchiel, ayant sur le corps quatre ailes, savoir l'aile de l'espérance, avec laquelle il volait au ciel, l'aile de l'amour avec laquelle il volait vers Dieu, l'aile de la crainte avec laquelle il volait en enfer, l'aile de la connaissance par laquelle il volait en soi-même. On pense que sa passion fut trouvée dans le livre des saints Gervais et Protais.

Vital, soldat consulaire, engendra de Valérie, sa femme, Gervais et Protais. Etant venu à Ravenne avec le juge Paulin, il vit un médecin chrétien nommé Ursicin, condamné à être décapité après avoir subi de nombreux tourments, mais saisi d'une trop grande frayeur. Alors Vital lui cria : « Prenez garde, mon frère Ursicin, vous qui exercez la médecine et qui avez souvent guéri les autres, de vous tuer vous-même d'une mort éternelle. Puisque vous êtes arrivé à la palme[2], ne perdez pas la couronne que Dieu vous a préparée. » A ces mots Ursicin reprit courage; et se repentant de sa frayeur, il reçut de plein gré le martyre. Saint Vital alors le fit ensevelir honorablement, après quoi il se refusa à accompagner son maître Paulin. Celui-ci fut excessivement indigné, d'abord de ce que Vital ne voulait pas venir avec lui, ensuite, de ce qu'il empêcha Ursicin de sacrifier alors qu'il le voulait faire, enfin de ce qu'il se montra ouvertement chrétien, et il ordonna qu'on le suspendît au chevalet. Vital lui dit : « Tu es bien insensé si tu penses me tromper, moi qui me suis appliqué à délivrer les autres. » Alors Paulin dit à ses bourreaux : « Conduisez-le au palmier, et s'il refuse de sacrifier, creusez-y une fosse si profonde que vous arriviez jusqu'à l'eau et vous l'y enterrerez vif et couché sur le dos. » Les bourreaux le firent et enterrèrent en cet endroit saint Vital tout vif; ce fut sous Néron, qui commença à régner vers l'an du Seigneur 52. Un prêtre des idoles, qui avait suggéré ce conseil, fut aussitôt saisi par le démon et pendant sept jours qu'il fut hors de sens, il s'écriait sur le lieu où était enseveli saint Vital : « Tu me brûles saint Vital. » Et le septième jour, il fut précipité par le

1. Tiré du Martyrologe d'Adon.
2. Il y avait dans ce lieu un vieux palmier.

démon dans un fleuve où il périt misérablement. La femme de saint Vital, retournant à Milan, rencontra des gens qui sacrifiaient aux idoles. Ils l'exhortèrent à manger de ce qui avait été immolé : « Je suis chrétienne, répondit-elle, il ne m'est pas permis de manger de vos sacrifices. » L'entendant parler de la sorte ils la frappèrent si cruellement, que les personnes de sa maison, qui l'accompagnaient, la conduisirent demi-morte à Milan, où elle trépassa heureusement dans le Seigneur, trois jours après.

UNE VIERGE D'ANTIOCHE [1]

Au IIe livre des *Vierges*, saint Ambroise raconte en ces termes le martyre d'une vierge d'Antioche : Il y eut naguère à Antioche une vierge qui évitait de se montrer en public; mais plus elle se cachait, plus elle enflammait les cœurs. La beauté dont on a entendu parler mais qu'on n'a pas vue est recherchée avec plus d'empressement à cause des deux stimulants des passions, l'amour et la connaissance, car quand on ne voit rien, rien ne saurait plaire; mais quand on connaît une beauté, on pense qu'elle aura d'autant plus à plaire. L'œil ne cherche pas à juger de ce qu'il ne connaît pas, mais un cœur qui aime conçoit des désirs. C'est pour cela que cette sainte vierge, afin de ne point nourrir trop longtemps des espérances coupables, décidée qu'elle était à sauvegarder sa pudeur, mit de telles entraves aux passions des méchants qu'elle attira l'attention avant même d'être aimée. Voici la persécution. Une jeune fille incapable de fuir, timide par son âge, afin de ne pas tomber entre les mains de ceux qui auraient attenté à sa pudeur, arma son cœur de courage. Elle fut attachée à la religion au point de ne pas craindre la mort; chaste au point de l'attendre : car le jour vint où elle devait recevoir la couronne, jour attendu impatiemment par tous; on fait comparaître une jeune fille qui déclare vouloir défendre à la fois sa chasteté et sa religion. Mais quand on vit sa constance dans son dessein, ses craintes pour sa pudeur, sa résolution à souffrir les tortures, la rougeur qui lui montait au front dès qu'elle était regardée, on chercha comment on pourrait lui ôter la religion en lui laissant entrevoir qu'elle garderait sa chasteté : car dès lors qu'on réussissait à lui ôter sa religion, regardée comme

1. Cette légende est copiée mot à mot dans saint Ambroise au IIe livre des *Vierges*, ch. IV.

ce qu'il y avait de plus important, on pourrait lui faire perdre encore ce qu'on lui laissait.

On commanda à la vierge de sacrifier ou d'être exposée dans un mauvais lieu. Quelle manière d'honorer les dieux que de les venger ainsi! Ou comment vivent-ils ceux qui portent de semblables arrêts ? La jeune vierge, non pas parce qu'elle chancelait dans sa foi, mais parce qu'elle tremblait pour sa pudeur, se dit à elle-même : « Que faire aujourd'hui ? Ou martyre ou vierge; on veut me ravir une double couronne. Mais celui-là ne connaît pas même le nom de vierge qui renie l'auteur de la virginité : en effet, comment être vierge et honorer une prostituée ? comment être vierge et aimer des adultères ? comment être vierge et rechercher l'amour ? Mieux vaut garder son cœur vierge que sa chair. Conserver l'un et l'autre, c'est un bien, quand on le peut, mais puisque cela devient impossible, soyons chaste aux yeux de Dieu et non par rapport aux hommes. Raab fut une prostituée, mais après avoir eu foi au Seigneur; elle trouva le salut. Judith s'orna pour plaire à un adultère; mais parce que le mobile de sa conduite était la religion et non l'amour, personne ne la regardait comme une adultère. Ces exemples se présentent heureusement : car si celle qui s'est confiée à la religion a sauvé sa pudeur et sa patrie, moi aussi, peut-être, en conservant ma religion, conserverai-je encore ma chasteté. Que si Judith eût voulu préférer sa pureté à sa religion, en perdant sa patrie, elle eût encore perdu son honneur. » Alors éclairée par ces exemples, et gardant dans le fond du cœur ces paroles du Seigneur : « Quiconque perdra son âme à cause de moi la retrouvera », elle pleura, et se tut, afin qu'un adultère ne l'entendît même pas parler. Elle ne préféra pas sacrifier sa pudeur, mais en même temps elle ne prétendit point faire injure à J.-C. Jugez si elle pouvait être coupable d'adultère, en son corps, celle qui ne le fut pas même dans le ton de sa voix.

Depuis longtemps déjà je mets une grande réserve dans mes paroles, comme si je tremblais en entrant dans l'exposition d'une suite de faits honteux. Fermez les oreilles, vierges de Dieu! La jeune fille est conduite au lupanar. Ouvrez maintenant les oreilles, vierges de Dieu. Une vierge peut être livrée à la prostitution, et peut ne point pécher. En quelque lieu que soit une vierge de Dieu, là est toujours le temple de Dieu. Les mauvais lieux ne diffament pas la chasteté, mais la chasteté ôte à pareil lieu son infamie. Tous les débauchés accourent en foule au lieu de prostitution. Vierges saintes, apprenez les miracles des martyrs, mais oubliez le langage de ces lieux. La colombe est enfermée; les oiseaux de proie crient au dehors : c'est à qui sera le premier pour se jeter sur la proie.

Alors elle leva les mains au ciel comme si elle était entrée dans un lieu de prière et non dans l'asile de la débauche : « Seigneur Jésus, dit-elle, en faveur de Daniel vierge, vous avez dompté des lions féroces, vous pouvez encore dompter des hommes au cœur farouche; le feu tomba sur les Chaldéens; par un effet de votre miséricorde, et non pas par sa propre nature, l'eau resta suspendue pour fournir un passage aux juifs. Suzanne se mit à genoux en allant au supplice et triompha des vieillards impudiques; la main qui osait violer les présents offerts à votre temple se dessécha : en ce moment, c'est à votre temple lui-même qu'on en veut : ne souffrez pas un inceste sacrilège, vous qui n'avez pas laissé un vol impuni. Que votre nom aussi soit béni, à cette heure, afin que, venue ici pour être souillée, j'en sorte vierge. » A peine avait-elle achevé sa prière qu'un soldat, d'un aspect terrible, entre avec précipitation. Comme cette vierge dut trembler à la vue de celui qui avait fait reculer la foule tremblante! Elle n'oublia pas toutefois les lectures qu'elle avait faites. « Daniel, se dit-elle, était venu pour être spectateur du supplice de Suzanne, et celle que tout le peuple avait condamnée, un seul la fit absoudre. Peut-être encore, sous l'extérieur d'un loup, se cache-t-il une brebis ? Le Christ a aussi ses soldats, lui qui a des légions. Peut-être encore est-ce le bourreau qui est entré; allons, mon âme, ne crains pas; c'est celui qui fait les martyrs. » O vierge, votre foi vous a sauvée! Le soldat lui dit : « Ne craignez rien, je vous en prie, ma sœur. C'est un frère, venu ici pour sauver votre âme et non pour la perdre. Sauvez-moi, pour que vous-même vous soyez sauvée. Je suis entré ici sous les dehors d'un adultère; si vous voulez, j'en sortirai martyr : changeons de vêtements; les miens peuvent vous aller et les vôtres à moi; les uns et les autres conviendront à J.-C. Votre habit fera de moi un véritable soldat, et le mien fera de vous une vierge. Vous serez bien revêtue, et moi je serai assez dégarni pour que le persécuteur me reconnaisse. Prenez un vêtement qui cachera la femme, donnez-m'en un qui me sacrera martyr. Revêtez la chlamyde qui déguisera entièrement la vierge et qui protégera votre pudeur : prenez ce pileur [1] pour couvrir vos cheveux et cacher votre visage. On rougit ordinairement quand on est entré dans un mauvais lieu. Evitez, lorsque vous serez sortie, de regarder en arrière; en vous rappelant la femme de Loth qui changea de nature pour avoir regardé des impudiques, bien qu'avec des yeux chastes : ne craignez point, le sacrifice sera complet. Je m'offre en votre place comme hostie à Dieu; vous, vous serez en ma place un

1. Le *pileur* était un bonnet en feutre (poil) que portaient exclusivement les hommes.

soldat de J.-C. et vous lui ferez bon service de chasteté; l'éternité en sera la solde; vous porterez la cuirasse de justice qui couvre le corps d'un rempart spirituel; vous aurez le bouclier de la foi, pour vous parer contre les blessures, vous serez couverte du casque du salut. En effet, où se trouve J.-C. là est notre défense. Puisque le mari est le chef de l'épouse, J.-C. est le chef des vierges. » En disant ces mots il s'est dépouillé de son manteau qui lui donnait la tournure d'un persécuteur et d'un adultère. La vierge présente la tête, le soldat se met en devoir de lui offrir son manteau. Quelle pompe que celle-là! quelle grâce! ils luttent à qui aura le martyre et cela dans un mauvais lieu! Les deux lutteurs sont un soldat et une vierge : c'est dire qu'il n'y a pas parité de nature, mais la miséricorde de Dieu les a rendus égaux. L'oracle est accompli : « Alors les loups et les agneaux paîtront ensemble [1]. » Voyez, c'est la brebis, c'est le loup qui ne sont pas seulement dans le même pâturage, mais qui sont sacrifiés ensemble. Que dirai-je encore ? Les habits sont échangés, la jeune fille s'envole du filet [2], mais ce n'est pas de ses propres ailes, puisqu'elle est portée sur les ailes spirituelles : et ce qu'aucun siècle n'a vu encore, voici une vierge de J.-C. qui sort du lupanar. Mais ceux-là qui voyaient par les yeux, sans voir réellement, frémissent comme des ravisseurs en présence d'une brebis, comme des loups devant leur proie. L'un d'eux, plus emporté que les autres, entra; mais dès qu'il a constaté de ses yeux ce qui s'est passé : « Qu'est ceci ? dit-il; c'est une jeune fille qui est entrée, et ce paraît être un homme. Ceci n'est pas une fable, c'est la biche, à la place de la vierge [3] : mais ce qui est certain, c'est une vierge qui est devenue un soldat. J'avais bien entendu dire, mais je n'avais pas cru que le Christ a changé l'eau en vin; le voici qui change même le sexe. Sortons d'ici pendant que nous sommes encore ce que nous avons été. Ne serais-je point changé aussi moi-même qui vois autre chose que je ne crois ? Je suis venu au lupanar, je vois quelqu'un qui représentera la condamnée; et puis je sortirai changé aussi : je m'en irai pur, moi qui suis entré coupable. Le fait est constaté, la couronne est due à ce vainqueur éminent. Celui qui est pris pour une vierge est condamné à la place de la vierge. Ainsi ce n'est pas seulement une vierge qui sort du lupanar, il en sort aussi des martyrs. »

On rapporte que la jeune fille courut au lieu du supplice,

1. Isaïe, LXV, 25.
2. Il y a dans ce passage des allusions sans nombre aux combats antiques.
3. Une biche fut substituée à Iphigénie, quand Agamemnon voulut sacrifier sa fille.

et que tous les deux combattirent à qui subirait la mort : Le soldat disait : « C'est moi qui suis condamné à être tué; la sentence vous absout, et elle m'atteint. » La jeune fille s'écrie : « Je ne vous ai pas pris pour être caution de ma mort; mais j'ai souhaité vous avoir pour protéger ma pureté. Si c'est la pudeur qu'on veut atteindre, mon sexe reste. Si l'on demande du sang, je ne désire point de caution! J'ai de quoi me libérer. La sentence est pour moi, puisqu'elle a été portée contre moi. Certes, si je vous avais donné pour caution d'une somme d'argent, et qu'en mon absence le juge vous eût fait payer ma dette au prêteur, vous pourriez exiger par un arrêt que je vous satisfasse aux dépens de mon patrimoine. Si je m'y refusais, qui ne jugerait ma déloyauté digne de mort ? à plus forte raison dès qu'il s'agit d'une condamnation à mort. Je mourrai innocente, et ne prétends pas vous nuire par ma mort. Aujourd'hui il n'y a pas de milieu : ou je répondrai de votre sang versé, ou je serai martyre avec mon sang. Si je suis revenue aussitôt, qui oserait me chasser ? Si j'eusse tardé, qui oserait m'absoudre ? La loi doit m'atteindre, non seulement pour ma fuite, mais aussi pour le meurtre d'autrui. Si mes membres ne pouvaient supporter le déshonneur, ils peuvent supporter la mort. On peut trouver dans une vierge un endroit où on la frappera, quand elle n'en avait pas pour être flétrie : j'ai fui l'opprobre et non le martyre. Je vous ai bien cédé mon vêtement, mais je n'ai pas changé de qualité. Que si vous m'enlevez la mort vous ne m'avez pas rachetée, vous m'avez circonvenue. Gardez-vous de discuter, je vous prie, gardez-vous de me contredire. Ne m'enlevez pas un bienfait que vous m'avez donné. En avançant que cette dernière sentence n'ait pas été portée contre moi, vous en faites revivre une autre. Une première sentence est infirmée par une seconde. Si la dernière ne m'atteint pas, la première m'atteint. Nous pouvons exécuter l'une et l'autre, si vous me laissez être tourmentée tout d'abord. Sur vous on ne pourra exercer un autre châtiment, mais sur une vierge la pudeur s'y oppose. Enfin vous retirerez plus de gloire pour faire une martyre d'une adultère, que pour faire une adultère d'une martyre. » — Quel dénouement attendez-vous ? Ils combattirent à deux et tous deux furent vainqueurs. Au lieu d'une couronne à partager, deux furent accordées. C'est ainsi que les saints martyrs se secondaient mutuellement, l'une ouvrait à l'autre la porte au martyre, celui-ci lui donna de le réaliser.

On porte aux nues, dans les écoles des philosophes [1], Damon et Pythias, de la secte de Pythagore. L'un d'eux, condamné à mort, demanda le temps de mettre ordre à ses affaires. Or, le tyran plein d'astuce, pensant qu'on ne

1. Cicéron, *De officiis*, lib. III. — Valère Maxime, liv. IV, c. VII.

pourrait plus le retrouver, demanda une caution qui serait frappée à sa place, s'il tardait à revenir. Je ne sais ce qu'on doit le plus admirer, ni quelque chose de plus noble, de l'un qui trouve quelqu'un s'obligeant à le représenter pour mourir, ou de l'autre venant s'offrir. Mais comme le condamné tardait à se présenter au supplice, son répondant vint avec un visage calme, et ne refusa pas de subir la mort. On le conduisait au lieu de l'exécution, quand son ami arrive; celui-ci vint se substituer à l'autre, et offrir sa tête au bourreau. Alors le tyran, voyant avec admiration que les philosophes estimaient plus l'amitié que la vie, demanda à être admis en tiers dans l'amitié de ceux qu'il avait condamnés à mort. Tant la vertu a d'attraits, puisqu'elle gagna un tyran! Ces faits méritent des louanges, mais ils ne l'emportent pas sur ceux que nous venons de raconter. Car dans ce dernier exemple, ce sont deux hommes, dans l'autre on voit une vierge qui, tout d'abord, avait même son sexe à vaincre. Ceux-ci étaient deux amis : ceux-là ne se connaissaient point : ceux-ci se présentèrent devant un seul tyran : ceux-là devant beaucoup de tyrans et de plus cruels encore. Le premier pardonna, les seconds tuèrent. Entre les premiers, il y avait solidarité, dans les seconds la volonté était libre. Il y eut plus de prudence dans ceux-ci, parce qu'ils n'avaient qu'un but, la conservation de l'amitié, ceux-là ne tendaient qu'à avoir la couronne du martyre. Ceux-ci combattirent pour les hommes; ceux-là pour le Seigneur. (Saint Ambroise.)

SAINT PIERRE, MARTYR

Pierre signifie connaissant, ou déchaussant. Pierre peut encore venir de *petros*, ferme. Par là on comprend les trois privilèges qui distinguèrent saint Pierre : premièrement, car il fut un prédicateur remarquable, de là la qualité de connaissant : parce qu'il posséda une connaissance parfaite des Ecritures et qu'il connut dans sa prédication ce qui convenait à chacun. Secondement, il fut vierge très pur; ce qui le fait dire déchaussant, parce qu'il se déchaussa et se dépouilla les pieds de ses affections de tout amour mortel : de sorte qu'il fut vierge non seulement de corps mais de cœur. Troisièmement, il fut martyr glorieux du Seigneur; d'où le nom de ferme, parce qu'il supporta constamment le martyre pour la défense de la foi.

Pierre, le nouveau martyr de l'ordre des Prêcheurs, champion distingué de la foi, fur originaire de la cité de Vérone [1]. Tel qu'une lumière éclatante jaillissant de la fumée, qu'un lys qui s'élance des ronces, qu'une rose vermeille sortant du milieu des épines, il devint un prédicateur pénétrant quoique né de parents aveuglés par l'erreur : il fit paraître une splendeur virginale de sainteté corporelle et spirituelle, en sortant d'une souche corrompue, et du milieu des épines, c'est-à-dire de ceux qui étaient destinés à l'enfer il s'éleva pour être un noble martyr. En effet le B. Pierre avait pour parents des infidèles et des hérétiques et il se conserva entièrement pur de leurs erreurs. A l'âge de sept ans, un jour qu'il revenait de l'école, un oncle hérétique lui demanda ce qu'il avait appris en classe. Il répondit qu'il avait appris : « Je crois en Dieu le père tout-puissant, créateur du ciel et de la terre... *Credo in Deum.* » « Ne dis pas, lui répliqua son oncle, créateur du ciel et de la terre, puisqu'il n'est pas le créateur des choses visibles, mais que c'est le diable qui a créé toutes ces choses que l'on voit. » Mais l'enfant lui soutenait qu'il préférait dire comme il avait lu et croire comme il l'avait vu écrit. Alors son oncle s'efforça de le convaincre par différentes autorités : or, l'enfant, qui était rempli du Saint-Esprit, lui rétorqua tous ses arguments, le défit avec ses propres armes et le réduisit au silence. Fort indigné d'avoir été confondu par un enfant, il alla rapporter au père tout ce qui s'était passé entre eux, et il persuada à celui-ci de retirer son enfant de l'école : « Car je crains, ajouta-t-il, que quand ce petit Pierre aura été tout à fait instruit, il ne tourne vers l'Église romaine la prostituée, et qu'ainsi il se détruise et confonde notre croyance. » Semblable à un autre Caïphe, il disait vrai sans le savoir, quand il prophétisait que Pierre devait détruire la perfidie des hérétiques; mais parce que tout est dirigé par la main de Dieu, le père n'obtempéra pas aux conseils de son frère; il espérait, quand son fils aurait terminé son cours de grammaire, le faire attirer à sa secte par quelque hérésiarque. Mais le saint enfant, qui ne se voyait pas en sûreté en habitant avec des scorpions, renonça au monde et à ses parents pour entrer pur dans l'ordre des frères Prêcheurs. Il y vécut avec une grande ferveur, au rapport du pape Innocent, qui déclare dans une de ses lettres que le bienheureux Pierre, dans son adolescence, pour éviter les prestiges du

1. On comprend que le bienheureux Jacques de Voragine ait traité si longuement la vie d'un saint moine de son ordre, que, sans doute, il a connu lui-même, car saint Pierre fut assassiné en 1252. Or, Jacques de Voragine prit l'habit de dominicain en 1244. — Au reste les bollandistes n'ont pas mis moins de 23 pages in-folio pour rapporter les miracles du saint dont la vie a été écrite par Thomas de Leontio, dominicain, puis patriarche de Jérusalem, lequel a vécu longtemps à Vérone avec le saint.

monde, entra dans l'ordre des frères Prêcheurs. Après y avoir passé près de trente ans, il avait atteint au comble de toutes les vertus. C'était la foi qui le dirigeait, l'espérance qui le fortifiait, la charité qui l'accompagnait. Il fit tant de progrès pour se rendre capable de défendre la foi dont il était embrasé que la lutte soutenue par lui avec intrépidité et chaleur pour elle contre ses adversaires était de tous les jours, et qu'il consomma ce combat sans interruption jusqu'au moment où il remporta heureusement la victoire du martyre. Il conserva aussi toujours intacte la virginité de son cœur et de son corps : jamais il ne ressentit les atteintes du péché mortel, comme on en a la preuve par la déclaration fidèle de ses confesseurs : et parce qu'un esclave délicatement nourri est insolent contre son maître il mortifia sa chair par une frugalité habituelle dans le boire et dans le manger. Pour n'être pas pris au dépourvu par les attaques ennemies, il consacrait ses instants de loisir à méditer avec assiduité sur les ordonnances pleines de justice de Dieu; en sorte qu'occupé entièrement à cet exercice salutaire, il n'avait pas lieu de se livrer à des actions défendues et toujours il était en garde contre les malices du démon. Après avoir donné un court repos à ses membres fatigués, il passait ce qui restait de la nuit à étudier, à lire, et à veiller. Il employait le jour aux besoins des âmes, ou à la prédication, ou à entendre les confessions, ou bien à réfuter par de solides raisons des dogmes empoisonnés de l'hérésie; et on a reconnu qu'il y excellait par un don particulier de la grâce. Sa dévotion était agréable, son humilité douce, son obéissance calme, sa bonté tendre, sa piété compatissante, sa patience inébranlable, sa charité active, sa gravité de mœurs était remarquable en tout : la bonne odeur de ses vertus attirait à lui : il était attaché profondément à la foi, et comme il la pratiquait avec zèle, il en était le champion brûlant. Il l'avait si profondément gravée dans le cœur et s'y soumettait de telle sorte que chacune de ses œuvres, chacune de ses paroles reflétaient cette vertu. Animé du désir de subir la mort pour elle, il est prouvé que ses prières fréquentes et assidues, ses supplications ne tendaient qu'à obtenir du Seigneur de ne pas permettre qu'il quittât la vie autrement qu'en buvant pour lui le calice du martyre. Il ne fut pas trompé dans son espoir.

La vie de saint Pierre fut illustrée par de nombreux miracles. Un jour, il examinait à Milan un évêque hérétique dont s'étaient saisis les fidèles, Or, beaucoup d'évêques et grand nombre de personnes de la ville se trouvaient là; l'examen s'étant prolongé fort longtemps et la chaleur excessive accablant tout le monde, l'hérésiarque dit en présence du peuple : « O méchant Pierre, si tu es aussi saint que le prétend cette foule stupide, pourquoi te laisses-tu mourir de la chaleur et ne pries-tu pas le Seigneur d'interposer un nuage afin que ce peuple insensé ne succombe pas sous ces feux ardents ? » Pierre lui répondit : « Si tu veux promettre d'abjurer ton hérésie et d'embrasser la foi catholique, je prierai le Seigneur, et il fera ce que tu dis. » Alors les fauteurs des hérétiques se mirent à crier à l'envi : « Promets, promets », car ils croyaient impossible que la promesse de Pierre fût réalisable, d'autant qu'il n'y avait pas en l'air l'apparence du moindre nuage. Les catholiques furent attristés, dans la crainte que leur foi n'en ressentît quelque déshonneur. Quoique l'hérétique n'eût pas voulu s'engager, saint Pierre dit avec grande confiance : « Pour preuve que le vrai Dieu est créateur des choses visibles et invisibles, pour la consolation des fidèles et la confusion des hérétiques, je prie Dieu de faire monter un petit nuage qui vienne s'interposer entre le soleil et le peuple. » Après avoir fait le signe de la croix, il obtint ce qu'il avait demandé : pendant l'espace d'une grande heure, un léger nuage couvrit le peuple qui se trouva abrité comme sous un pavillon. — Un homme, nommé Asserbus, qui avait les membres retirés [1] depuis cinq ans, et qu'on traînait par terre dans un boisseau, fut conduit à saint Pierre, à Milan. Le saint fit sur lui le signe de la croix, et le guérit. — Le pape Innocent rapporte, dans la lettre citée plus haut, quelques miracles opérés par l'entremise du saint. Le fils d'un noble avait dans le gosier une tumeur d'une grosseur horrible; elle l'empêchait de parler et de respirer; le bienheureux leva les mains au ciel, et fit le signe de la croix en même temps que le malade s'était couvert du manteau de saint Pierre; à l'instant il fut guéri. Le même noble, affligé plus tard de violentes convulsions qu'il craignait devoir lui donner la mort, se fit apporter avec révérence ce même manteau qu'il avait conservé depuis lors; il le mit sur sa poitrine, et peu après il vomit un ver qui avait deux têtes et était couvert de poils; sa guérison fut complète. — Un jeune muet auquel il mit le doigt dans la bouche reçut le bienfait de la parole; sa langue avait été déliée. Ces miracles et bien d'autres encore furent dus au saint auquel le Seigneur accorda de les opérer, pendant sa vie.

Cependant comme la contagion de l'hérésie multipliait ses ravages toujours croissants dans la province de la Lombardie et dans un grand nombre de villes, le souverain pontife, pour détruire cette peste diabolique, délégua plusieurs inquisiteurs de l'ordre des frères Prêcheurs dans les différentes parties de la Lombardie. Mais comme à Milan les hérétiques, nombreux et appuyés sur la puissance

1. « Les membres retirés » lire : « *les membres contractés* ». (Note de l'éditeur.)

séculière, avaient recours à une éloquence frauduleuse et à une science diabolique, le souverain pontife, connaissant pertinemment saint Pierre dont le cœur magnanime ne se laissait pas épouvanter par la multitude des ennemis, appréciant en outre la constance de son courage qui le faisait ne pas céder même dans les petites choses à la puissance des adversaires, informé de son éloquence au moyen de laquelle il démasquait avec facilité les ruses des hérétiques, n'ignorant pas non plus la science pleine et entière dans les choses divines avec laquelle il réfutait par ses raisonnements les paradoxes des hérétiques, l'établit dans Milan et dans son comté comme un champion intrépide de la foi, et, de sa puissance plénière, il l'institua son inquisiteur, comme un guerrier infatigable du Seigneur. Pierre se mit alors à exercer ses fonctions avec soin, recherchant partout les hérétiques auxquels il ne laissait aucun repos : il les confondait tous merveilleusement; les repoussait avec autorité, les convainquait avec adresse, en sorte qu'ils ne pouvaient résister à la sagesse et à l'Esprit qui parlait par sa bouche. Les hérétiques désolés pensèrent à le faire mourir, dans l'espoir de vivre tranquilles, dès lors qu'ils seraient débarrassés d'un persécuteur si puissant. Or, comme ce prédicateur intrépide, qui bientôt allait être un martyr, se dirigeait de Cumes à Milan pour rechercher les hérétiques, il gagna, dans ce trajet, la palme du martyre, ainsi que le pape Innocent l'expose en ces termes : « En sortant de Cumes, où se trouvait un prieuré de frères de son ordre, pour aller à Milan afin d'exercer contre les hérétiques les fonctions d'inquisiteur qui lui avaient été confiées par le Siège apostolique, selon qu'il l'avait prédit dans une de ses prédications publiques, quelqu'un d'entre les hérétiques, gagné par prière et par argent, se jeta avec fureur sur le saint voyageur. C'était le loup contre l'agneau, le cruel contre l'homme doux, l'impie contre le saint, la fureur contre le calme, la frénésie contre la modestie, le profane contre le saint; il simule une insulte, il éprouve ses forces, il fait des menaces de mort, il assène des coups atroces sur le chef sacré de saint Pierre, il lui fait d'affreuses blessures; l'épée est toute ruisselante du sang de cet homme vénérable qui ne cherche pas à éviter son ennemi; mais il s'offre de suite comme une hostie, souffrant en patience les coups redoublés de son bourreau qui le laisse mort sur la place (l'esprit du saint était au ciel), et qui, dans sa fureur sacrilège, redouble ses coups sur le ministre du Seigneur. Cependant le saint ne poussait aucune plainte, aucun murmure; il souffrait tout avec patience, recommandant son esprit au Seigneur en disant : « *In manus tuas...* Seigneur, dans vos mains, je remets mon esprit. » Il commença encore à réciter le symbole de la foi, dont il avait été le hérault jusque-là, ainsi que l'ont rapporté par la suite et le malheureux qui fut pris par les fidèles, et un frère dominicain son compagnon, qui survécut quelques jours aux coups dont il avait été frappé lui-même. Mais comme le martyr du Seigneur palpitait encore, le cruel bourreau saisit un poignard et le lui enfonça dans le côté. Or, au jour du son martyre, il mérita en quelque sorte d'être confesseur, martyr, prophète et docteur. Confesseur, en ce qu'il confessa avec la plus éminente constance la foi de J.-C., au milieu des tourments, et en ce que, ce jour-là même, après avoir fait sa confession comme de coutume, il offrit à Dieu un sacrifice de louange. Martyr, en ce qu'il versa son sang pour la défense de la foi. Prophète, car il avait alors la fièvre quarte, et comme ses compagnons lui disaient qu'ils ne pourraient pas arriver jusqu'à Milan, il répondit : « Si nous ne pouvons parvenir jusqu'à la maison de nos frères, nous pourrons recevoir l'hospitalité à Saint-Simplicien. » Ce qui arriva : car, comme on portait son saint corps, les frères, en raison de la foule extraordinaire de peuple, ne purent le conduire jusqu'à la maison, mais ils le déposèrent à Saint-Simplicien où il resta cette nuit-là. Docteur, en ce que pendant qu'il était attaqué, il enseigna encore la vraie foi en récitant à haute voix le symbole de la foi.

Sa passion vénérable paraît encore avoir eu plusieurs traits de ressemblance avec la passion de Notre Seigneur. En effet J.-C. souffrit pour la vérité qu'il prêchait, Pierre pour la vérité de la foi qu'il défendait. J.-C. souffrit la mort du peuple infidèle des juifs, Pierre, de la foule infidèle des hérétiques. J.-C. fut crucifié au temps de Pâques, Pierre souffre le martyre dans le même temps. Le Christ souffrant disait : « Seigneur, en vos mains, je remets mon âme »; Pierre qui était tué criait les mêmes paroles. J.-C. fut livré pour trente deniers afin qu'il fût crucifié, Pierre fut vendu pour quarante livres de Pavie afin qu'il fût tué. J.-C. par sa Passion attira à la foi beaucoup de monde, Pierre par son martyre convertit une foule d'hérétiques. Et quoique cet insigne docteur et ce champion de la foi eût amplement déraciné la croyance empoisonnée des hérétiques pendant sa vie, après sa mort toutefois, par ses mérites et les miracles éclatants, elle fut tellement extirpée que beaucoup abandonnèrent l'erreur pour retourner au giron de la sainte Eglise. La ville de Milan et son comté, où se trouvaient tant de conventicules de la secte, en furent purgés de telle sorte que les uns ayant été chassés, les autres convertis à la foi, il ne s'en trouva plus aucun qui eût l'audace de se montrer nulle part. Plusieurs même d'entre eux, devenus de très grands et de fameux prédicateurs, sont entrés dans l'ordre des frères Prêcheurs et aujourd'hui encore, ils sont les adversaires courageux des hérétiques et de leurs fauteurs. C'est pour nous un autre Samson qui tua plus de Philistins en mourant, qu'il n'en avait occis étant vivant. C'est le grain de froment tombé sur la terre et ramassé par les mains des hérétiques, qui meurt et rapporte une moisson abondante. C'est la grappe foulée au pressoir qui rejaillit en une copieuse liqueur; c'est l'arome pilé dans le mortier qui en répand une plus forte odeur; c'est le grain de sénevé écrasé qui offre des ressources sans nombre.

Après le glorieux triomphe du saint héros, Dieu le rendit illustre par de nombreux miracles que le souverain pontife rapporte en petit nombre. Après sa mort, les lampes appendues à son tombeau s'allumèrent plusieurs fois d'elles-mêmes, miraculeusement, sans l'aide et le ministère de qui que ce fût : parce qu'il convenait que pour celui qui avait brillé par le feu et la lumière de la foi, il apparût un miracle de feu et de lumière. — Un homme qui était à table dépréciait sa sainteté et ses miracles, il prit, en témoignage de son dire, un morceau qu'il ne pourrait avaler, s'il faisait mal en parlant ainsi : aussitôt il sentit le morceau s'arrêter dans sa gorge sans pouvoir le rejeter ni l'avaler. Il se repentit de suite et son visage changeait déjà de couleur, lorsque, sentant les approches de la mort, il fit vœu de ne plus proférer à l'avenir de semblables paroles. Il rejeta à l'instant ce morceau et fut guéri. — Une femme hydropique amenée par son mari au lieu où le saint avait été tué, y fit sa prière et fut guérie tout à fait. — Il délivra des possédés en leur faisant rejeter les démons avec des flots de sang; il chassa les fièvres, il guérit toutes sortes de maladies. — Un homme, qui avait un doigt de la main gauche percé de plusieurs trous d'une fistule, fut guéri miraculeusement. — Un enfant avait fait une chute si grave qu'on le pleurait comme mort; le mouvement et le sentiment avaient disparu. On lui mit sur la poitrine de la terre imprégnée du sang précieux du martyr, et il se leva tout sain. — Une femme encore qui avait la chair rongée d'un cancer fut guérie, après qu'on eut frotté ses plaies avec cette même terre. Bien d'autres infirmes qui se firent porter au tombeau du saint y recouvrèrent une parfaite santé et en revinrent seuls.

Lorsque le souverain pontife Innocent IV eut mis saint Pierre au catalogue des Saints, les frères Prêcheurs s'assemblèrent en chapitre à Milan : ils voulaient placer son corps dans un endroit plus élevé, et quoiqu'il fût resté plus d'une année sous terre, ils le trouvèrent sain et entier, sans aucune mauvaise odeur, comme s'il eût été enseveli ce jour-là même. Les frères le mirent avec grande révérence sur une estrade élevée à la même place, et il fut montré entier devant tout le peuple qui l'invoqua avec supplications. Outre les miracles racontés dans la lettre précitée du souverain pontife, il y en eut encore plusieurs autres : car souvent quelques religieux et d'autres personnes aperçurent visiblement, sur le lieu de son martyre, des lumières descendant du ciel. Au milieu de ces lumières, ils rapportèrent qu'on distingua deux frères en habit de frères Prêcheurs. — Un jeune homme nommé Gunfred, ou Guifred, de la ville de Cumes, possédait un morceau de la tunique du saint; un hérétique lui dit, en forme de moquerie, que, s'il croyait à la sainteté de Pierre, il jetât ce morceau dans le feu; s'il ne brûlait point, certainement Pierre était saint, et lui-même embrasserait la foi. Tout de suite Guifred jeta le morceau sur des charbons ardents; mais le feu le rejeta en l'air; ensuite le même morceau retomba sur les charbons enflammés qui furent aussitôt éteints. Alors l'incrédule dit : « Il en sera de même d'un morceau de ma tunique. » On mit donc d'un côté le morceau de la tunique de l'hérétique et d'un autre côté le morceau de la tunique de saint Pierre. Or, le morceau de la tunique de l'hérétique n'eut pas plus tôt senti le feu qu'il fut instantanément consumé, mais le morceau de celle de saint Pierre fut maître du feu, qui s'éteignit, et pas un fil de ce drap ne fut endommagé. A cette vue, l'hérétique rentra dans le sentier de la vérité et publia partout ce miracle. — A Florence, un jeune homme, infecté de la corruption de l'hérésie, était debout devant un tableau où était représenté le martyre du saint, dans l'église des frères de Florence; en voyant le malfaiteur qui le frappait avec son épée, il dit à quelques jeunes gens qui se trouvaient avec lui : « Si j'avais été là, j'aurais encore frappé plus fort. » Il n'eut pas plus tôt parlé ainsi qu'il devint muet. Et comme ses camarades lui demandaient ce qu'il avait, et qu'il ne pouvait pas leur répondre, ils le reconduisirent chez lui. Mais ayant vu sur son chemin l'église de Saint-Michel, il s'échappa des mains de ses compagnons et entra dans l'église où il pria à genoux saint Pierre, de tout son cœur, de lui pardonner, en faisant vœu, comme il put, que s'il était délivré, il confesserait ses péchés et abjurerait toute hérésie. Alors subitement il recouvra la parole, vint à la maison des frères, où après avoir abjuré l'hérésie, il se confessa, en donnant la permission à son confesseur de dire dans ses prédications ce qui lui était arrivé. Lui-même, au milieu d'un sermon fait par un prêcheur, raconta le fait devant toute l'assistance. — Un vaisseau, en pleine mer, allait faire naufrage : il était furieusement ballotté par les flots, la nuit était noire; les matelots se recommandaient à tous les saints; mais ne voyant pas d'espoir de salut ils craignaient fort d'être perdus, quand l'un d'eux, qui était de Gênes, fit taire les autres et parla ainsi : « Mes frères, est-ce que vous n'avez pas entendu raconter qu'un frère de l'ordre des Prêcheurs, appelé frère Pierre, a été tué par les hérétiques il n'y a pas longtemps pour la défense de la foi catholique, et que par son entremise le Seigneur opère beaucoup de miracles. Eh bien! en ce moment, implorons sa protection avec grande piété, car j'espère que nous ne serons pas déçus dans notre demande. » Tous s'accordent à invoquer le secours de saint Pierre : Et pendant qu'ils priaient, la vergue qui tient la voile parut toute pleine de cierges allumés; l'obscurité disparaît devant l'éclat de ces flambeaux et la nuit qui était affreusement noire est changée en un jour très clair. Comme ils regardaient en haut, ils virent un homme en habit de frère Prêcheur debout sur la voile, et il n'y eut aucun doute que ce ne fût saint Pierre. Or, ces matelots arrivés sains et saufs à Gênes vinrent à la maison des frères Prêcheurs où, après avoir rendu grâces à Dieu et à saint Pierre, ils racontèrent tous les détails de ce miracle. — Une femme de la Flandre avait eu déjà trois enfants mort-nés, et son mari l'avait prise en dédain; elle pria saint Pierre de venir à son aide. Elle mit au monde un quatrième fils qui fut aussi trouvé mort. Sa mère le prit et supplia de tout son cœur saint Pierre de vouloir rendre la vie à son fils et d'exaucer ses ardentes prières. A peine avait-elle terminé que l'enfant reprit la vie. On le porta donc au baptême, et on convint de l'appeler Jean; mais le prêtre au moment de prononcer le nom de l'enfant, sans le savoir, le nomma Pierre : ce qui dans la suite lui fit avoir grande dévotion à ce saint.

Dans la province de Teutonie, à Utrecht, des femmes, occupées à filer sur la place, virent un grand concours de peuple à l'église des frères Prêcheurs, en l'honneur de saint Pierre, martyr. Elles dirent à ceux qui étaient là : « Oh! ces Prêcheurs! ils savent tous les moyens de gagner de l'argent; car pour en amasser une grosse somme, et pour bâtir de grands palais, ils ont trouvé un nouveau martyr. » En disant cela et autres choses semblables, voici tout à coup que leur fil est tout couvert de sang, et les doigts avec lesquels elles filaient en sont tout couverts. A cette vue, elles furent étonnées et s'essuyèrent les doigts avec précaution dans la crainte de s'y être fait quelque coupure : mais quand elles virent tous leurs doigts entièrement sains, et le fil ensanglanté de la sorte, elles eurent peur et se repentirent : « Vraiment, dirent-elles, nous avons mal parlé du sang d'un précieux martyr et c'est pour cela que ce miracle si extraordinaire nous est arrivé. » Elles coururent donc à la maison des frères, et exposèrent le tout au prieur en lui montrant le fil plein de sang. Or, le prieur, à la sollicitation d'un grand nombre de personnes, convoqua le peuple à un sermon solennel, et rapporta en présence de son auditoire tout ce qui était arrivé à ces femmes; il montra même le fil ensanglanté. Alors un maître de grammaire, qui assistait à la prédication, se mit à se moquer beaucoup de ce fait et à dire à ceux qui se trouvaient là : « Voyez donc, comme ces frères trompent les cœurs des gens simples. Ils se sont entendus avec quelques femmelettes de leurs amies, leur ont dit de teindre leur fil dans du sang, et ils racontent cela comme un miracle. » A peine il finissait de parler qu'il fut frappé par la vengeance divine : la fièvre le saisit vis-à-vis de tous, d'une manière si violente que ses amis furent obligés de le porter de l'église en sa maison. Mais la fièvre devenant de plus en plus forte, il eut peur de mourir de suite, fit appeler le susdit prieur, et après avoir confessé sa faute, il fit vœu à Dieu et à saint Pierre que si, par ses mérites, il recouvrait la santé, il aurait toujours envers lui une dévotion spéciale et qu'il ne dirait jamais plus pareilles sottises. Chose merveilleuse! Il n'eut pas plus tôt fait ce vœu qu'il fut entièrement guéri. — Une fois, le sous-prieur de cette même maison conduisait dans un bateau de magnifiques et grosses pierres pour la construction de ladite église; le bateau toucha, à l'improviste, le rivage, de sorte qu'on ne pouvait le dégager. Tous les matelots étaient descendus et s'étaient mis ensemble à pousser le bateau, mais sans pouvoir le remuer. Ils croyaient le bâtiment perdu, quand le sous-prieur les fit tous mettre de côté et approcha la main du bateau qu'il poussa légèrement en disant : « Au nom de saint Pierre martyr, pour l'honneur duquel nous portons ces pierres, va. » Aussitôt le bâteau s'ébranla avec vitesse, s'éloigna du rivage. Les matelots tout joyeux montèrent et gagnèrent leur chantier.

Dans la province de France, en la ville de Sens, une jeune fille qui passait dans l'eau fut entraînée par le courant, y tomba et resta longtemps dans la rivière; enfin elle en fut retirée morte. Il y avait quatre causes de mort [1] : le long espace de temps, le corps raide, froid et noir. Quelques personnes la portèrent à l'église des frères, firent un vœu à saint Pierre, et aussitôt elle revint à la vie et à la santé. — Frère Jean, Polonais, souffrait de la fièvre quarte à Bologne : il devait, le jour de la fête de saint Pierre, adresser un sermon au clergé; comme il s'attendait à avoir son accès cette nuit-là, d'après le cours ordinaire de la fièvre, il eut grande peur de manquer le sermon qu'il avait reçu ordre de prononcer. Mais ayant eu recours aux suffrages de saint Pierre, à l'autel duquel il vint prier afin de recevoir secours de celui dont il devait publier la gloire, cette nuit-là même, la fièvre le quitta et dans la suite il n'en éprouva plus jamais les attaques. — Une dame nommée Girolda, femme de Jacques de Vausain, était obsédée

1. « Quatre causes de mort » lire : « *quatre preuves de la mort* ». (Note de l'éditeur.)

depuis quatorze ans par des esprits immondes : elle vint dire à un prêtre : « Je suis démoniaque, et l'esprit malin me tourmente. » A l'instant le prêtre saisi s'enfuit à la sacristie, y prit le livre dans lequel se trouvent les exorcismes, avec une étole qu'il cacha sous sa coule : il revint avec bonne société trouver la femme qui ne l'eût pas plus tôt aperçu qu'elle dit : « Larron infâme, où as-tu été ? Qu'est-ce que tu portes caché sous ta coule ? » Mais le prêtre faisait ses conjurations et n'apportait aucun soulagement, cette femme alors vint trouver le bienheureux Pierre, car il vivait encore, et lui demander secours. Il lui répondit en forme de prophétie : « Confiance, ma fille, ne désespérez point; car si je ne puis à présent faire ce que vous me demandez, il viendra cependant un temps où ce que vous demandez de moi, vous l'obtiendrez complètement. » Ce qui arriva en effet : car, après son martyre, cette femme, étant venue à son tombeau, fut entièrement délivrée du tourment de ces démons. — Une femme nommée Euphémie de Corriongo, dans le diocèse de Milan, fut tourmentée du démon pendant sept ans. Quand on l'amena au tombeau de saint Pierre, les démons se mirent à l'agiter davantage, et à crier par sa bouche de manière à être entendus de tous : « Mariole, Mariole, Pierrot, Pierrot. » Alors les démons sortirent et la laissèrent pour morte; mais elle se leva guérie un instant après. Elle assurait que principalement les jours de dimanche et de fête, et surtout lors de la célébration de la messe, les démons la tourmentaient davantage. — Une femme appelée Vérone, de Bérégno, fut tourmentée pendant six ans par les démons; elle fut conduite au tombeau de saint Pierre, et c'était à peine que beaucoup d'hommes pouvaient la contenir. Parmi eux se trouvait un hérétique, nommé Conrad, de Ladriano, venu là pour se rire des miracles de saint Pierre. Or, comme il tenait cette femme avec les autres, les démons lui dirent par la bouche de la femme : « Pourquoi nous tiens-tu ? n'es-tu pas des nôtres ? Ne t'avons-nous pas porté à tel endroit où tu as commis tel homicide ? Ne t'avons-nous pas conduit en tel et tel lieu, où tu as commis telle et telle infamie ? » Et comme ils lui révélaient beaucoup de péchés que nul autre que lui seul ne connaissait, il fut fort épouvanté. Alors les démons écorchèrent le cou et la poitrine de la femme qu'ils laissèrent à demi morte en sortant; mais peu après elle se leva guérie. Pour ce Conrad, quand il vit cela, il en fut stupéfait et il se convertit à la foi catholique.

Un hérétique, très fin raisonneur, d'une éloquence singulière, discutait avec saint Pierre et exposait ses erreurs avec subtilité et esprit; il pressait audacieusement le saint de répondre à ses arguments. Celui-ci demanda à réfléchir, et alla dans un oratoire qui était proche prier

Dieu de défendre la cause de sa foi, et de réduire à la vérité ce parleur orgueilleux, ou de le punir en le privant de l'usage de la parole, de peur qu'il ne s'enflât d'orgueil contre la vraie foi. Puis revenant à l'hérétique, il lui dit en présence de l'assemblée d'exposer ses raisons de nouveau. Mais cet homme fut pris d'un tel mutisme qu'il ne put prononcer un seul mot. Alors les hérétiques se retirèrent confus et les catholiques rendirent grâces à Dieu. — Un homme nommé Opiso, hérétique crédule, était venu à l'église des frères, à l'occasion d'une hérétique de ses cousines qui était forcenée. Arrivé au tombeau de saint Pierre, il y vit deux deniers qu'il prit en disant : « C'est bon, allons les boire » : et à l'instant il fut saisi d'un tremblement tel qu'il ne put en aucune manière se retirer de là. Effrayé, il remit les deniers à leur place et s'en alla. Mais reconnaissant la vertu de saint Pierre, il abandonna l'hérésie, et se convertit à la foi catholique. — Il y avait en Allemagne, au monastère d'Octembach, diocèse de Constance, une religieuse de l'ordre de saint Sixte, qui, depuis un an et plus, souffrait de la goutte au genou : aucun remède ne l'avait pu guérir. Comme il lui était impossible de visiter de corps le tombeau de saint Pierre (car elle était sous obédience, et la maladie très grave dont elle était atteinte l'en empêchait), elle pensa du moins à visiter ledit tombeau par un pèlerinage mental avec une attentive dévotion. Elle apprit qu'on pouvait aller en treize jours à Milan du lieu où elle se trouvait; tous les jours, pour chaque journée de voyage, elle récitait cent *Pater noster* en l'honneur de saint Pierre. Manière merveilleuse! A mesure qu'elle faisait ce pèlerinage mental, successivement, toujours et peu à peu elle commença à se trouver mieux. Quand elle eut atteint sa dernière journée et qu'elle fut parvenue mentalement au tombeau, elle se mit à genoux comme si réellement elle l'eût eu devant elle, récita tout le Psautier avec une très grande dévotion. Sa lecture achevée, elle se sentit tellement délivrée de son infirmité qu'elle n'en ressentait plus presque rien. Elle revint de la même manière qu'elle était allée et avant d'avoir terminé toutes ses journées, elle fut complètement guérie. — Un homme de Canapicio de la villa Mazzati, nommé Rufin, tomba gravement malade : il avait une veine rompue dans les parties basses du devant, d'où il découlait sans cesse du sang; aucun médecin n'y avait pu apporter remède. Or, après six jours et six nuits d'écoulement continu, cet homme invoqua avec dévotion saint Pierre à son secours : sa guérison fut si instantanée qu'entre sa prière et sa délivrance, il n'y eut presque aucun intervalle. Or, comme il s'endormait, il vit un frère en habit de frère Prêcheur, gros et brun de figure, qu'il pensa être le compagnon de saint Pierre martyr, parce qu'il avait réellement cette tournure. Ce frère lui présentait ouvertes ses mains pleines de sang avec un onguent d'agréable odeur, et disait : « Le sang est encore frais : viens donc à ce sang tout frais de saint Pierre. » Le malade à son réveil alla visiter le tombeau du saint. — Certaines comtesses du château Massin, au diocèse d'Ypozença, avaient une dévotion spéciale en saint Pierre; elles jeûnaient la veille de sa fête. Etant venues pour assister aux vêpres dans une église qui lui était dédiée, une d'elles mit brûler une chandelle en l'honneur de saint Pierre martyr devant un autel du saint apôtre. Quand elles furent rentrées chez elles, le prêtre par avarice souffla et éteignit le cierge; mais tout de suite la lumière reprit et s'alluma de nouveau. Il voulut l'éteindre une seconde et une troisième fois, mais elle se ralluma toujours. Agacé de cela, il entra dans le chœur et trouva devant le maître-autel un cierge qu'y avait déposé un clerc en l'honneur de saint Pierre, dont il passait la vigile en jeûnant. Deux fois le prêtre voulut l'éteindre sans le pouvoir. Le clerc irrité dit en voyant cela : « Diable! est-ce que vous ne voyez pas là un miracle évident, et que saint Pierre ne veut pas que vous éteigniez son cierge ? » Alors le prêtre et le clerc ébahis montèrent au château et racontèrent à tous ce miracle. — Un homme du nom de Roba, de Méda, avait tout perdu au jeu, jusqu'à ses habits : en revenant le soir chez soi avec une lanterne allumée, il alla à son lit et se voyant si mal vêtu après de si grandes pertes, il se mit, de désespoir, à invoquer les démons et à se recommander à eux avec des paroles infâmes. Aussitôt se présentèrent trois démons qui, jetant la lumière allumée dans la chambre, le saisirent au cou où ils le serrèrent si fort qu'il ne pouvait absolument pas parler. Et comme ils le secouaient vivement, ceux qui étaient à l'étage au-dessous montèrent chez lui et lui dirent : « Qu'y a-t-il, que fais-tu, Roba ? » Les démons leur répondirent : « Allez, soyez tranquilles, et couchez-vous. » Ces personnes croyant que c'était la voix de Roba se retirèrent tout aussitôt. Quand elles furent parties, les démons recommencèrent à l'agiter plus violemment encore. Les voisins, qui comprirent ce qui se passait, allèrent de suite chercher un prêtre : celui-ci n'eut pas plus tôt adjuré les démons, au nom de saint Pierre, que deux esprits malins sortirent à l'instant. Le lendemain, on amena Roba au tombeau de saint Pierre. Frère Guillaume de Verceil s'approcha et se mit à faire des reproches au démon. Alors Roba, qui n'avait jamais vu le frère, l'appela par son nom : « Frère Guillaume, lui dit-il, ce ne sera pas toi qui me feras jamais sortir, parce que cet homme est le nôtre et fait nos œuvres. » Le frère lui ayant demandé son nom : « Je m'appelle Balcéfas », lui répondit-il. Cependant, quand il eut été adjuré au nom de saint Pierre, il jeta Roba par terre et s'en alla de suite. Roba fut parfaitement délivré, et accepta une salutaire pénitence. — Le jour des Rameaux, saint Pierre prêchait à Milan devant un auditoire très nombreux composé d'hommes et de femmes : il dit publiquement et à haute voix : « Je sais de science certaine que les hérétiques trament ma mort : déjà pour cela l'argent est donné. Mais qu'ils fassent tout ce qu'ils peuvent, je les persécuterai plus vivement mort que vif. » Ce qui se réalisa. — A Florence, au monastère des Rives, une religieuse était en oraison le jour que saint Pierre souffrit la mort : elle vit la Sainte Vierge assise dans la gloire sur un trône élevé, et deux frères de l'ordre des Prêcheurs montant au ciel, qui furent placés de chaque côté de la Vierge Marie. Comme elle s'informait quels ils étaient, elle entendit une voix lui dire : « C'est le frère Pierre qui monte glorieux comme un parfum d'aromates en présence du Seigneur. » Et il fut vérifié que saint Pierre fut tué ce jour-là même que la religieuse eut cette vision. Or, comme depuis longtemps elle souffrait d'une maladie grave, elle se mit en dévotion à prier saint Pierre et reçut bientôt santé entière. — Un écolier qui revenait de Maguelonne à Montpellier, en faisant un saut, se rompit à l'aine au point de se faire grand mal et de ne pouvoir avancer un pas. Entendant dire qu'une femme avait étendu de la terre arrosée du sang de saint Pierre sur un cancer qui lui rongeait les chairs : « Seigneur Dieu, dit-il, je n'ai point de cette terre, mais vous avez donné tant de mérite à cette terre, vous pouvez bien aussi en donner à celle-ci. » Il prit donc de la terre, fit le signe de la croix, invoqua le martyr, et la mit sur l'endroit malade et aussitôt il fut guéri. — L'an du Seigneur 1259, il y avait à Compostelle un homme nommé Benoît dont les jambes étaient enflées comme des outres, le ventre comme celui d'une femme enceinte, la figure horriblement bouffie, et tout le corps gonflé de telle sorte qu'on eût cru voir un monstre. Comme il avait peine à se soutenir sur un bâton, il demanda l'aumône à une dame qui lui répondit : « Tu aurais plus besoin d'une fosse que de tout autre bien, mais suis mon conseil; va au couvent des frères Prêcheurs, confesse tes péchés, et invoque le patronage de saint Pierre. » Il vint donc le matin à la maison des frères dont il trouva la porte fermée. Il se mit devant et s'endormit. Et voici qu'un homme vénérable, habillé comme les frères Prêcheurs, lui apparut, le couvrit de son manteau et le fit entrer. Celui-ci, à son réveil, se trouva être dans l'église et vit qu'il était guéri parfaitement. L'admiration et la stupeur furent générales quand on vit un homme près de mourir sitôt guéri d'une pareille infirmité.

SAINT PHILIPPE, APOTRE

Philippe signifie bouche de lampe, ou bouche des mains : ou bien il vient de *philos*, amour, et *uper*, au-dessus, qui aime les choses supérieures. Par bouche de lampe, on entend sa prédication brillante; par bouche des mains, ses bonnes œuvres continuelles; par amour des choses supérieures, sa contemplation céleste.

Saint Philippe, apôtre, après avoir prêché vingt ans en Scythie, fut pris par les païens qui voulurent le forcer à sacrifier devant une statue de Mars. Mais aussitôt, il s'élança de dessous le piédestal un dragon qui tua le fils du pontife employé à porter le feu pour le sacrifice, deux tribuns dont les soldats tenaient Philippe dans les chaînes : et son souffle empoisonna les autres à tel point qu'ils tombèrent tous malades. Et Philippe dit : « Croyez-moi, brisez cette statue, et à sa place adorez la croix du Seigneur, afin que vos malades soient guéris et que les morts ressuscitent. » Mais ceux qui étaient souffrants criaient : « Faites-nous seulement guérir, et de suite nous briserons ce Mars. » Philippe commanda alors au dragon de descendre au désert, pour qu'il ne nuisît à qui que ce fût. Le monstre se retira aussitôt, et disparut. Ensuite Philippe les guérit tous et il obtint la vie pour les trois morts. Ce fut ainsi que tout le monde crut. Pendant une année entière il les prêcha, et après leur avoir ordonné des prêtres et des diacres, il vint en Asie dans la ville de Hiérapolis, où il éteignit l'hérésie des Ebionites qui enseignaient que J.-C. avait pris une chair fantastique. Il avait là avec lui deux de ses filles, vierges très saintes, par le moyen desquelles le Seigneur convertit beaucoup de monde à la foi. Pour Philippe, sept jours avant sa mort, il convoqua les évêques et les prêtres, et leur dit : « Le Seigneur m'a accordé ces sept jours pour vous donner des avis. » Il avait alors 87 ans. Après quoi les infidèles se saisirent de lui, et l'attachèrent à la croix, comme le maître qu'il prêchait. Il trépassa de cette manière heureusement au Seigneur. A ses côtés furent ensevelies ses deux filles, l'une à sa droite, et l'autre à sa gauche. Voici ce que dit Isidore de ce Philippe dans le *Livre de la Vie, de la naissance et de la mort des saints* [1] : « Philippe prêche J.-C. aux Gaulois; les nations barbares voisines, qui habitaient

1. Ch. XLV.

dans les ténèbres, sur les bords de l'océan furieux, il les conduit à la lumière de la science et au port de la foi; enfin, crucifié à Hiérapolis, ville de la province de Phrygie, et lapidé, il y mourut, et y repose avec ses filles. » Quant à Philippe qui fut un des sept diacres, saint Jérôme dit, dans son martyrologe, que le 8e des ides de juillet, il mourut à Césarée, illustre par ses miracles et ses prodiges; à côté de lui furent enterrées trois de ses filles, car la quatrième repose à Ephèse. Le premier Philippe est différent de celui-ci, en ce que le premier fut apôtre, le second diacre; l'apôtre repose à Hiérapolis, le diacre à Césarée. Le premier eut deux filles prophétesses, le second en eut quatre, bien que dans l'*Histoire ecclésiastique* [1] on paraisse dire que ce fut saint Philippe, apôtre, qui eut quatre filles prophétesses : mais il vaut mieux s'en rapporter à saint Jérôme.

SAINTE APOLLONIE (APOLLINE) [2]

Au temps de l'empereur Dèce, une affreuse persécution s'éleva à Alexandrie contre les serviteurs de Dieu. Un homme nommé Devin devança les ordres de l'empereur, comme ministre des démons, en excitant, contre les chrétiens, la superstition de la populace qui dans son ardeur était dévorée de la soif du sang des justes. Tout d'abord on se saisit de quelques personnes pieuses de l'un et de l'autre sexe. Aux uns, on déchirait le corps, membre après membre, à coups de fouets; à d'autres, on crevait les yeux avec des roseaux pointus, ainsi que le visage, après quoi on les chassait de la ville. Quelques-uns étaient traînés aux pieds des idoles afin de les leur faire adorer; mais comme ils s'y refusaient avec horreur, on leur liait les pieds avec des chaînes, on les traînait à travers les rues de toute la ville, et leurs corps étaient arrachés par lambeaux dans cet atroce et épouvantable supplice. Or, il y avait, en ce temps-là, une vierge remarquable, d'un âge fort avancé, nommée Apollonie, ornée des fleurs de la chasteté, de la sobriété et de la pureté, semblable à une colonne des plus solides, appuyée sur l'esprit même du Seigneur, elle offrait aux anges et aux hommes le spectacle admirable de bonnes œuvres inspirées par la foi et par une vertu céleste. La multitude en fureur s'était

1. Eusèbe, *Histoire ecclésiastique*, l. III, c. XXXI.
2. *Id.*, *ibid.*, liv. VIII, ch. XXXI.

donc ruée sur les maisons des serviteurs de Dieu, brisant tout avec un acharnement étrange; on traîna d'abord au tribunal des méchants la bienheureuse Apollonie, innocente de simplicité, forte de sa vertu, et n'ayant pour se défendre que la constance d'un cœur intrépide, et la pureté d'une conscience sans tache; elle offrait avec grand dévouement son âme à Dieu et abandonnait à ses persécuteurs son corps tout chaste pour qu'il fût tourmenté. Lors donc que cette bienheureuse vierge fut entre leurs mains, ils eurent la cruauté de lui briser d'abord les dents; ensuite, ils amassèrent du bois pour en dresser un grand bûcher, et la menacèrent de la brûler vive, si elle ne disait avec eux certaines paroles impies. Mais la sainte n'eut pas plus tôt vu le bûcher en flammes que, se recueillant un instant, tout d'un coup, elle s'échappe des mains des bourreaux, et se jette elle-même dans le brasier dont on la menaçait. De là l'effroi des païens cruels qui voyaient une femme plus pressée de recevoir la mort qu'eux de l'infliger. Eprouvée déjà par différents supplices, cette courageuse martyre ne se laissa pas vaincre par la douleur des tourments qu'elle subissait, ni par l'ardeur des flammes, car son cœur était bien autrement embrasé des rayons de la vérité. Aussi ce feu matériel, attisé par la main des hommes, ne put détruire dans son cœur intrépide l'ardeur qu'y avait déposée l'œuvre de Dieu. Oh! la grande et l'admirable lutte que celle de cette vierge, qui, par l'inspiration de la grâce de Dieu, se livra aux flammes pour ne pas brûler, et se consuma pour ne pas être consumée; comme si elle n'eût pas été la proie du feu, et des supplices! Elle était libre de se sauvegarder, mais sans combat, elle ne pouvait acquérir de gloire. Cette vierge et martyre intrépide de J.-C. méprise les délices mondaines, foule par ses mépris les joies d'ici-bas, et sans autre désir que de plaire au Christ, son époux, elle reste inébranlable dans sa résolution de garder sa virginité, au milieu des tourments les plus violents. Ses mérites éminents la font distinguer au milieu des martyrs pour le glorieux triomphe qu'elle a heureusement remporté. Assurément il y eut dans cette femme un courage viril, puisque la fragilité de son sexe ne fléchit point dans une lutte si violente. Elle refoule la crainte humaine par l'amour de Dieu, elle se saisit de la croix du Christ comme d'un trophée; elle combat et remporte plus promptement la victoire avec les armes de la foi qu'elle n'aurait fait avec le fer, aussi bien contre les passions que contre tous les genres de supplices. Daigne nous accorder aussi cette grâce celui qui avec le Père et le Saint-Esprit règne dans les siècles des siècles.

SAINT JACQUES, APOTRE (LE MINEUR)

Jacques veut dire, qui renverse, qui supplante celui qui se hâte, qui prépare. Ou bien il se tire de *ia*, qui signifie Dieu, et *cobar*, charge, poids. Ou bien Jacques vient de *jaculum*, javelot, et *cope*, coupure, coupé par des javelots. Or, on le dit qui renverse parce qu'il renversa le monde par le mépris qu'il en fit : il supplanta le démon qui est toujours hâtif : il prépara son corps à toutes sortes de bonnes œuvres. Les mauvaises passions résident en nous par trois causes, ainsi que le dit saint Grégoire de Nysse : par mauvaise éducation, ou conversation, par mauvaise habitude du corps, ou par vice d'ignorance. Elles se guérissent, ajoute le même auteur, par la bonne habitude, par le bon exercice, et par l'étude de bonne doctrine. Ce fut ainsi que saint Jacques se guérit et qu'il eut son corps préparé à toutes sortes de bonnes œuvres. Il fut un poids divin par la gravité de ses mœurs. Il fut coupé par le fer, en souffrant le martyre.

Saint Jacques, apôtre, est appelé Jacques d'Alphée, c'est-à-dire fils d'Alphée, frère du Seigneur, Jacques le Mineur, et Jacques le Juste. On l'appelle Jacques d'Alphée, non seulement selon la chair, mais encore selon l'interprétation du nom : car Alphée veut dire, docte, document, fugitif, ou bien millième. Il est nommé Jacques d'Alphée, parce qu'il fut docte, par inspiration de science ; document, par l'instruction des autres ; fugitif, du monde qu'il méprisa ; et millième, par sa réputation d'humilité. On le nomme frère du Seigneur, parce qu'il lui ressemblait au point que beaucoup les prenaient l'un pour l'autre en les voyant. Ce fut pour cela que lorsque les juifs vinrent se saisir de J.-C., de peur de prendre Jacques à sa place, Judas, qui vivant avec eux savait les distinguer, leur donna pour signal le baiser. C'est encore le témoignage de saint Ignace en son épître à saint Jean l'évangéliste où il dit : « Si cela m'est possible, je veux vous aller joindre à Jérusalem, pour voir ce vénérable Jacques, surnommé le Juste, qu'on dit ressembler à J.-C. de figure, de vie, et de manière d'être, comme s'ils avaient été deux jumeaux de la même mère : ce Jacques dont on dit : si je le vois, je vois en même temps J.-C. dans chacun de ses membres. » On l'appelle encore frère du Seigneur, parce que J.-C. et Jacques, qui descendaient de deux sœurs, descendaient aussi, prétendait-on, de deux frères, Joseph et Cléophas : car on ne le nomme pas frère du Seigneur parce qu'il aurait été le fils de Joseph, l'époux de Marie, mais d'une autre femme, d'après certains témoignages, mais parce qu'il était fils de Marie, fille de Cléophé : et ce Cléophé fut bien le frère de Joseph, époux de Marie, quoique maître Jean Beleth (ch. CXXIV) dise que Alphée, père de Jacques dont nous parlons, fut frère de Joseph, époux de Marie. Ce que personne ne croit. Or, les juifs appelaient frères ceux qui étaient parents des deux souches : ou bien encore on l'appelle frère du Seigneur en raison de la prérogative et de l'excellence de sa sainteté pour laquelle, de préférence aux autres apôtres, il fut ordonné évêque de Jérusalem. On l'appelle encore Jacques le Mineur, pour le distinguer de Jacques le Majeur, fils de Zébédée; car quoique Jacques de Zébédée eût été plus âgé, il fut cependant appelé après lui. De là vient la coutume qui s'observe dans la plupart des maisons religieuses que celui qui vient le premier s'appelle *major*, et celui qui vient le dernier s'appelle *minor*, quand bien même celui-ci serait plus ancien d'âge ou plus digne par sa sainteté. On l'appelle aussi Jacques le Juste, à cause du mérite de son excellentissime sainteté : car, d'après saint Jérôme, il fut en telle révérence et sainteté au peuple que c'était à qui pourrait toucher le bord de son vêtement. En parlant de sa sainteté, Hégésippe, qui vivait peu de temps après les apôtres, écrit, selon les *Histoires ecclésiastiques :* « Jacques, le frère du Seigneur, généralement surnommé le Juste, fut chargé du soin de l'Eglise depuis J.-C. jusqu'à nos jours. Il fut saint dès le sein de sa mère; il ne but ni vin, ni bière; il ne mangea jamais de viande; le fer ne toucha pas sa tête; il n'usa jamais d'huile, ni de bain; il était toujours couvert d'une robe de lin. Il s'agenouillait tant de fois pour prier que la peau de ses genoux était endurcie comme la plante des pieds. En raison de cet état de justice extraordinaire et constante, il fut appelé juste et *abba*, qui veut dire défense du peuple et justice. Seul de tous les apôtres, à cause de cette éminente sainteté, il avait la permission d'entrer dans le saint des saints. » (Hégésippe.) On dit encore que ce fut le premier des apôtres qui célébra la messe; car, pour l'excellence de sa sainteté, les apôtres lui firent cet honneur de célébrer, le premier d'entre eux, la messe à Jérusalem, après l'ascension du Seigneur, même avant d'avoir été élevé à l'épiscopat, puisqu'il est dit, dans les Actes, qu'avant son ordination, les disciples persévéraient dans la doctrine enseignée par les apôtres et dans la communion de la fraction du pain, ce qui s'entend de la célébration de la messe : ou bien peut-être, dit-on qu'il a célébré le premier en habits pontificaux, comme plus tard saint Pierre célébra la messe le premier à Antioche, et saint Marc à Alexandrie. Sa virginité fut perpétuelle, au témoignage de saint Jérôme en son livre contre Jovinien. Selon que le rapportent Josèphe et saint Jérôme, en son livre des *Hommes illustres*, le Seigneur étant mort la veille du sabbat, saint Jacques fit vœu de ne point manger avant de l'avoir vu ressuscité d'entre les morts; et le jour de la résurrection, comme il n'avait pris jusque-là aucune nourriture, le Seigneur lui apparut ainsi qu'à ceux qui étaient avec lui, et dit : « Mettez la table et du pain. » Puis prenant le pain, il le bénit et le donna à Jacques le Juste en disant : « Lève-toi, mon frère, mange, car le fils de l'homme est ressuscité des morts. » La septième année de son épiscopat, les apôtres s'étant réunis à Jérusalem, saint Jacques leur demanda quelles merveilles le Seigneur avait opérées par eux devant le peuple; ils les lui racontèrent. Saint Jacques et les autres apôtres prêchèrent, pendant sept jours, dans le temple, en présence de Caïphe et de quelques autres juifs qui étaient sur le point de consentir à recevoir le baptême, lorsque tout à coup un homme entra dans le temple et se mit à crier : « O Israélites, que faites-vous ? Pourquoi vous laissez-vous tromper par ces magiciens ? » Or, il émut si grandement le peuple, qu'on voulait lapider les apôtres. Alors il monta sur les degrés d'où prêchait saint Jacques, et le renversa par terre; depuis ce temps-là il boita beaucoup. Ceci arriva à saint Jacques la septième année après l'ascension du Seigneur.

La trentième année de son épiscopat, les juifs n'ayant pu tuer saint Paul, parce qu'il en avait appelé à César et qu'il avait été envoyé à Rome, tournèrent contre saint Jacques leur tyrannie et leur persécution. Hégésippe, contemporain des apôtres, raconte, et on le trouve aussi dans l'*Histoire ecclésiastique*[1], que les juifs, cherchant l'occasion de le faire mourir, allèrent le trouver et lui dirent : « Nous t'en prions; détrompe le peuple de la fausse opinion où il est que Jésus est le Christ. Nous te conjurons de dissuader, au sujet de Jésus, tous ceux qui se rassembleront le jour de Pâques. Tous nous obtempérerons à ce que tu diras, et nous, comme le peuple, nous rendrons de toi ce témoignage que tu es juste et que tu ne fais acception de personne. » Ils le firent donc monter sur la plateforme du temple et lui dirent en criant à haute voix : « O le plus juste des hommes, auquel nous devons tous obéir, puisque le peuple se trompe au sujet de Jésus qui a été crucifié, expose-nous ce qu'il t'en semble. » Alors saint Jacques répondit d'une voix forte : « Pourquoi m'interrogez-vous touchant le Fils de l'homme : voici qu'il est assis dans les cieux, à la droite de la puissance souveraine, et qu'il doit venir pour juger les vivants et les morts. » En entendant ces paroles, les chrétiens furent remplis d'une grande joie et écoutèrent l'apôtre volontiers; mais les Pharisiens et les

1. Eusèbe, livre II, ch. XXIII.

Scribes dirent : « Nous avons mal fait en provoquant ce témoignage de Jésus; montons donc et nous le précipiterons du haut en bas, afin que les autres effrayés n'aient pas la présomption de le croire. » Et tous à la fois s'écrièrent avec force : « Oh! oh! le juste est aussi dans l'erreur. » Ils montèrent et le jetèrent en bas, après quoi, ils l'accablèrent sous une grêle de pierres en disant : « Lapidons Jacques le Juste. » Il ne fut cependant pas tué de sa chute, mais il se releva et se mettant à genoux, il dit : « Je vous en prie, Seigneur, pardonnez-leur, car ils ne savent pas ce qu'ils font. » Alors un des prêtres, qui était des enfants de Rahab, s'écria : « Arrêtez, je vous prie, que faites-vous ? C'est pour vous que prie ce juste, et vous le lapidez! » Or, l'un d'entre eux prit une perche de foulon, lui en assena un violent coup sur la tête et lui fit sauter la cervelle. C'est ce que raconte Hégésippe. Et saint Jacques trépassa au Seigneur par ce martyre sous Néron qui régna l'an 57 : il fut enseveli au même lieu auprès du temple. Or, comme le peuple voulait venger sa mort, prendre et punir ses meurtriers, ceux-ci s'enfuirent aussitôt. — Josèphe rapporte (liv. VII) que ce fut en punition du péché de la mort de Jacques le Juste qu'arrivèrent la ruine de Jérusalem et la dispersion des juifs : mais ce ne fut pas seulement pour la mort de saint Jacques, mais principalement pour la mort du Seigneur qu'advint cette destruction, selon que l'avait dit le Sauveur : « Ils ne te laisseront pas pierre sur pierre, parce que tu n'as pas connu le temps auquel Dieu t'a visitée. » Mais parce que le Seigneur ne veut pas la mort du pécheur, et afin que les juifs n'eussent point d'excuses, pendant 40 ans, il attendit qu'ils fissent pénitence, et par les apôtres, particulièrement par saint Jacques, frère du Seigneur, qui prêchait continuellement au milieu d'eux, il les rappelait au repentir. Or, comme il ne pouvait les rallier par ses avertissements, il voulut du moins les effrayer par des prodiges : car, dans ces 40 ans qui leur furent accordés pour faire pénitence, on vit des monstruosités et des prodiges. Josèphe les raconte ainsi : Une étoile extraordinairement brillante, qui avait une ressemblance frappante avec une épée, paraissait menacer la ville qu'elle éclaira d'une lumière fatale pendant une année entière. A une fête des Azymes, sur la neuvième heure de la nuit, une lueur si éclatante entoura l'autel et le temple que l'on pensait qu'il fît grand jour. A la même fête, une génisse que l'on menait pour l'immoler mit au monde un agneau, au moment où elle était entre les mains des ministres. Quelques jours après, vers le coucher du soleil, on vit des chars et des quadriges portés dans toute la région de l'air, et des cohortes de gens armés s'entrechoquant dans les nuages et cernant la ville de bataillons improvisés. En un autre jour de fête, qu'on appelle Pentecôte, les prêtres, étant la nuit dans le temple intérieur pour remplir le service ordinaire, ressentirent des mouvements et un certain tumulte; en même temps, ils entendirent des voix qui criaient : « Sortons de ces demeures. » Quatre ans avant la guerre, un homme nommé Jésus, fils d'Ananias, venu à la fête des tabernacles, se mit tout à coup à crier : « Voix du côté de l'orient; voix du côté de l'occident; voix du côté des quatre vents; voix contre Jérusalem et contre le temple; voix contre les époux et les épouses; voix contre tout le peuple. » Cet homme est pris, battu, fouetté; mais il ne savait dire autre chose, et plus on le frappait, plus haut il criait. On le conduit alors au juge, qui l'accable de cruels tourments; il le fait déchirer au point qu'on voyait ses os : mais il n'eut ni une prière ni une larme; à chaque coup qu'on lui assenait, il poussait les mêmes cris avec un certain hurlement; à la fin il ajouta : « Malheur! malheur à Jérusalem! » (Récit de Josèphe.)

Or, comme les juifs n'étaient pas convertis par ces avertissements, et qu'ils ne s'épouvantaient point de ces prodiges, quarante ans après, le Seigneur amena à Jérusalem Vespasien et Tite qui détruisirent la ville de fond en comble. Et voici ce qui les fit venir à Jérusalem; on le trouve dans une histoire apocryphe : Pilate, voyant qu'il avait condamné Jésus innocent, redouta la colère de l'empereur Tibère, et lui dépêcha, pour porter ses excuses, un courrier du nom d'Albin : or, à la même époque, Vespasien avait le gouvernement de la Galatie au nom de Tibère-César. Le courrier fut poussé en Galatie par les vents contraires et amené à Vespasien. C'était une coutume du pays que quiconque faisait naufrage appartenait corps et biens au gouverneur. Vespasien s'informa qui il était, d'où il venait, et où il allait : « Je suis, lui répondit-il, habitant de Jérusalem : je viens de ce pays et j'allais à Rome. » Vespasien lui dit : « Tu viens de la terre des sages, tu connais la science de la médecine, tu es médecin, tu dois me guérir. » En effet Vespasien, dès son enfance, avait une espèce de vers dans le nez. De là son nom de Vespasien. Cet homme lui répondit : « Seigneur, je ne me connais pas en médecine, aussi ne te puis-je guérir. » Vespasien lui dit : « Si tu ne me guéris, tu mourras. » Albin répondit : « Celui qui a rendu la vue aux aveugles, chassé les démons, ressuscité les morts, celui-là sait que j'ignore l'art de guérir. » « Et quel est, répliqua Vespasien, cet homme dont tu racontes ces merveilles ? » Albin lui dit : « C'est Jésus de Nazareth que les Juifs ont tué par jalousie; si tu crois en lui, tu obtiendras ta guérison. » Et Vespasien dit : « Je crois, car puisqu'il a ressuscité les morts, il pourra aussi me délivrer de cette infirmité. » Et comme il parlait ainsi, des vers lui tombèrent du nez et tout aussitôt il recouvra la santé. Alors Vespasien, au comble de la joie, dit : « Je suis certain qu'il fut le fils de Dieu, celui qui a pu me guérir. Eh bien! J'en demanderai l'autorisation à César : j'irai à main armée à Jérusalem anéantir tous les traîtres et les meurtriers de Jésus. » Puis il dit à Albin, le messager de Pilate : « Avec ma permission, tu peux retourner chez toi, ta vie et tes biens saufs. » Vespasien alla donc à Rome et obtint de Tibère-César la permission de détruire la Judée et Jérusalem. Alors pendant plusieurs années, il leva plusieurs corps de troupes; c'était au temps de l'empereur Néron, quand les juifs se furent révoltés contre l'empire. Ce qui prouve, d'après les chroniques, qu'il ne le fit pas par zèle pour J.-C., mais parce que les juifs avaient secoué la domination des Romains. Vespasien arriva donc à Jérusalem avec une nombreuse armée, et au jour de Pâques, il investit la ville de toutes parts, et y enferma une multitude infinie de juifs venus pour célébrer la fête.

Pendant un certain espace de temps, avant l'arrivée de Vespasien à Jérusalem, les fidèles qui s'y trouvaient, avertis par le Saint-Esprit de s'en aller, se retirèrent dans une ville nommée Pella, au-delà du Jourdain, afin que, les hommes saints ayant quitté la cité, la justice divine pût exercer sa vengeance sur ce pays sacrilège, et sur ce peuple maudit. La première ville de la Judée attaquée fut celle de Jonapatam, dont Josèphe était le commandant et le chef; mais Josèphe opposa avec ses hommes une vigoureuse résistance. Cependant comme il voyait la ruine prochaine de cette place, il prit onze juifs avec lesquels il s'enferma dans un souterrain, où, après avoir éprouvé pendant quatre jours les horreurs de la faim, ces juifs, malgré Josèphe, aimèrent mieux mourir que de se soumettre au joug de Vespasien : ils préféraient se tuer les uns les autres et offrir leur sang en sacrifice à Dieu. Or, parce que Josèphe était le plus élevé en dignité parmi eux, ils voulaient le tuer le premier, afin que Dieu fût plus vite apaisé par l'effusion de son sang, ou bien ils voulaient se tuer mutuellement (c'est ce qu'on voit en une chronique), afin de ne pas se rendre aux Romains. Mais Josèphe, en homme de prudence qui ne voulait pas mourir, s'établit juge de la mort et du sacrifice, et ordonna qu'on tirerait au sort deux par deux, à qui serait tué le premier par l'autre. On tira donc le sort qui livra à la mort tantôt l'un, tantôt l'autre, jusqu'au dernier avec lequel Josèphe avait à tirer lui-même. Alors Josèphe, qui était fort et adroit, lui enleva son épée et lui demanda de choisir la vie ou la mort en lui intimant l'ordre de se prononcer sur-le-champ. Cet homme effrayé répondit : « Je ne refuse pas de vivre, si, grâce à vous, je puis conserver la vie. » Alors Josèphe parla en secret à un des familiers de Vespasien, que lui-même connaissait bien aussi, et demanda qu'on lui laissât la vie. Et ce qu'il demanda, il l'obtint. Or, quand Josèphe eut été amené devant Vespasien, celui-ci lui dit : « Tu aurais mérité la mort, si tu n'avais été délivré par les sollicitations de cet homme. » « S'il y a eu quelque chose de mal fait, répondit Josèphe, on peut le tourner à bien. » Vespasien reprit : « Un vaincu, que peut-il faire ? » Josèphe lui dit : « Je puis faire quelque chose, si je sais me faire écouter favorablement. » Vespasien répondit : « Soit, parle convenablement, et si tu dis quelque chose de bon, on t'écoutera tranquillement. » Josèphe reprit : « L'empereur romain est mort, et le sénat t'a fait empereur. » « Puisque tu es prophète, dit Vespasien, pourquoi n'as-tu pas prédit à cette ville qu'elle devait tomber en mon pouvoir ? » « Je le lui ai prédit pendant quarante jours », répondit Josèphe. En même temps arrivent les députés romains, proclamant que Vespasien est élevé à l'empire, et ils le conduisent à Rome. Eusèbe en sa chronique [1] témoigne aussi que Josèphe prédit à Vespasien, et la mort de l'empereur, et son élévation. Alors Vespasien laissa Tite, son fils, au siège de Jérusalem. Or, celui-ci, apprenant que son père avait été proclamé empereur (c'est ce qu'on lit dans la même histoire apocryphe), fut rempli d'un tel transport de joie qu'une contraction nerveuse le saisit à la suite d'une fraîcheur et qu'il fut paralysé d'une jambe. Josèphe apprenant que Tite était paralysé, rechercha avec un soin extrême la cause et les circonstances de cette maladie. La cause, il ne la put découvrir, ni on ne put lui dire de quelle nature était la maladie; pour le temps où elle s'est déclarée, il apprend que c'est en entendant annoncer que son père était élu empereur. En homme prévoyant et sage Josèphe, avec ce peu de renseignements, se livra à des conjectures qui lui firent trouver la nature de la maladie, par la circonstance où elle s'était déclarée, savoir, que sa position était le résultat d'un excès de joie et d'allégresse. Or, ayant remarqué que les contraires se guérissent par les contraires, sachant encore que ce qui est occasionné par l'amour se détruit souvent par la douleur, il se mit à chercher s'il ne se trouvait personne en butte à l'inimitié de ce prince. Il y avait un esclave tellement à charge à Tite qu'il lui suffisait de le regarder pour être tout bouleversé; son nom, il ne le pouvait même entendre prononcer. Josèphe dit alors à Tite : « Si tu souhaites être guéri, accueille bien tous ceux qui seront de ma compagnie. » Tite répondit : « Quiconque viendra en ta compagnie peut être certain d'être bien reçu. » Aussitôt Josèphe fit préparer un festin, plaça sa table vis-à-vis de celle de Tite, et fit mettre l'esclave à sa droite. En le voyant, Tite contrarié frémit de mécontentement, et comme la joie l'avait refroidi, la fureur où il se mit le réchauffa. Ses nerfs se détendirent et il fut guéri. Après quoi Tite rendit ses

1. Lib. II, R. DCCCXX, p. 546. (Migne.)

bonnes grâces à son esclave, et accorda son amitié à Josèphe. Peut-on s'en rapporter à cette histoire apocryphe ? Est-elle ou non digne de récit ? J'en laisse l'appréciation au lecteur.

Or, le siège de Jérusalem dura deux ans. Au nombre des maux qui firent le plus souffrir les assiégés, il faut tenir compte d'une famine si affreuse que les parents arrachaient leur nourriture à leurs enfants, les maris à leurs femmes, et les femmes à leurs maris, non seulement d'entre les mains, mais même d'entre les dents : les jeunes gens les plus robustes par l'âge, semblables à des spectres errant par les rues, tombaient d'inanition tant ils étaient pressés par la faim. Ceux qui ensevelissaient les morts tombaient souvent morts sur les morts eux-mêmes. Comme on ne pouvait soutenir la puanteur des cadavres, on les fit ensevelir aux dépens du trésor public. Et quand le trésor fut épuisé, on jeta au-dessus des murs les cadavres qui s'amoncelaient. Tite, en faisant le tour de la place, vit les fossés remplis de corps morts dont la puanteur infectait le pays; alors il leva les mains au ciel en pleurant, et il dit : « O Dieu, tu le vois, ce n'est pas moi qui en suis l'auteur. » Car la famine était si grande dans Jérusalem qu'on y mangeait les chaussures et les courroies. Pour comble d'horreur, une dame de noble race et riche, ainsi qu'on le lit dans l'*Histoire ecclésiastique*, avait été dépouillée de tout par des brigands qui se jetèrent sur sa maison, et ne lui laissèrent absolument rien à manger. Elle prit dans ses bras son fils encore à la mamelle, et lui dit : « O fils, plus malheureux encore que ta malheureuse mère! à quoi te réserverai-je ? sera-ce à la guerre ou à la faim, ou encore au carnage ? Viens donc à cette heure, ô mon enfant; sois la nourriture de ta mère, le scandale des brigands, et l'entretien des siècles. » Après avoir dit ces mots, elle égorgea son fils, le fit cuire, en mangea une moitié et cacha l'autre. Et voici que les brigands, qui sentaient l'odeur de la viande cuite, se ruent incontinent dans la maison, et menacent cette femme de mort, si elle ne leur donne la viande. Alors elle découvrit les membres de l'enfant : « Voici, dit-elle, à vous a été réservée la meilleure part. » Mais ils furent saisis d'une horreur telle qu'ils ne purent parler. « C'est mon fils, ajouta-t-elle, c'est moi qui ai commis le crime; mangez sans crainte; j'ai mangé la première de l'enfant que j'ai mis au monde : n'ayez garde d'être plus religieux qu'une mère et plus délicats que des femmes : si la pitié vous domine, et si vous éprouvez de l'horreur, je mangerai tout entier ce dont j'ai déjà mangé une moitié. » Les brigands se retirèrent tout tremblants et effrayés. Enfin la seconde année de l'empire de Vespasien, Tite prit Jérusalem, la ruina, détruisit le temple jusque dans ses fondements, et de même que les juifs avaient acheté J.-C. trente deniers, de même Tite fit vendre trente juifs pour un denier. D'après le récit de Josèphe, quatre-vingt-dix-sept mille juifs furent vendus, et onze cent mille périrent par la faim et par l'épée.

On lit encore que Tite, en entrant dans Jérusalem, vit un mur d'une grande épaisseur, et le fit creuser. Quand on y eut percé un trou, on y trouva dans l'intérieur un vieillard vénérable par son aspect et ses cheveux blancs. Interrogé qui il était, il répondit qu'il était Joseph, de la ville de Judée nommée Arimathie, qu'il avait été enfermé et muré là pour avoir enseveli J.-C. : et il ajouta que depuis ce moment, il avait été nourri d'un aliment céleste, et fortifié par une lumière divine. Pourtant l'évangile de Nicodème dit que les juifs ayant reclus Joseph, J.-C. en ressuscitant le tira de là et le conduisit à Arimathie. On peut dire alors qu'après sa délivrance, Josèphe ne cessa de prêcher J.-C. et qu'il fut reclus une seconde fois. L'empereur Vespasien étant mort, Tite, son fils, lui succéda à l'empire. Ce fut un prince rempli de clémence, d'une générosité et d'une bonté telles que, selon le dire d'Eusèbe dans sa chronique et le témoignage de saint Jérôme, un jour qu'il n'avait pas fait une bonne action, ou qu'il n'avait rien donné, il dit : « Mes amis, j'ai perdu ma journée. » Longtemps après, des juifs voulurent réédifier Jérusalem; étant sortis de bon matin ils trouvèrent plusieurs croix tracées par la rosée, et ils s'enfuirent effrayés. Le lendemain matin, dit Milet dans sa chronique, chacun d'eux trouva des croix de sang empreintes sur ses vêtements. Plus effrayés encore, ils prirent de nouveau la fuite, mais étant revenus le troisième jour, ils furent consumés par une vapeur enflammée sortie des entrailles de la terre.

L'INVENTION DE LA SAINTE CROIX

Cette fête est appelée l'Invention de la Sainte Croix, parce qu'on rapporte que la sainte croix fut trouvée à pareil jour. Mais auparavant, elle avait été trouvée par Seth, fils d'Adam, dans le paradis terrestre, comme il est raconté plus bas; par Salomon, sur le Liban; par la reine de Saba, dans le temple de Salomon; par les juifs, dans l'eau de la piscine; et en ce jour par sainte Hélène, sur le mont du Calvaire.

L'Invention de la Sainte Croix eut lieu plus de deux cents ans après la Résurrection de J.-C. On lit dans l'évangile de Nicodème (ch. XIX) qu'Adam étant devenu malade,

Seth, son fils, alla à la porte du paradis et demanda de l'huile du bois de la miséricorde pour oindre le corps de son père afin qu'il recouvrât la santé. L'archange Michel lui apparut et lui dit : « Ne pleure pas et ne te mets point en peine d'obtenir de l'huile du bois de la miséricorde, car il te sera absolument impossible d'en obtenir, avant que cinq mille cinq cents ans soient révolus. Cependant on croit que d'Adam jusqu'à la Passion du Seigneur il s'écoula seulement 5099 ans. On lit encore ailleurs que l'ange lui offrit un petit rameau et lui ordonna de le planter sur le mont Liban. Mais on lit, dans une histoire apocryphe des Grecs, que l'ange lui donna du bois de l'arbre par le fruit duquel Adam avait péché, en l'informant que son père serait guéri quand ce bois porterait du fruit. A son retour, Seth trouva son père mort et il planta ce rameau sur sa tombe. Cette branche plantée devint en croissant un grand arbre qui subsista jusqu'au temps de Salomon. (Mais il faut laisser au lecteur à juger si ces choses sont vraies, puisqu'on n'en fait mention dans aucune chronique, ni dans aucune histoire authentique.) Or, Salomon considérant la beauté de cet arbre le fit couper et mettre dans la maison du Bois [1]. Cependant, ainsi que le dit Jean Beleth (ch. CLI), on ne pouvait le mettre nulle part, et il n'y avait pas moyen de lui trouver un endroit où il pût être employé convenablement : car il était tantôt trop long, tantôt trop court : si on l'avait raccourci dans les proportions qu'exigeait la place où on le voulait employer, il paraissait si court qu'on ne le regardait plus comme bon à rien. En conséquence, les ouvriers, de dépit, le rejetèrent et le mirent sur une pièce d'eau pour qu'il servît de pont aux passants. Or, quand la reine de Saba vint entendre la Sagesse de Salomon, et voulut passer sur cette pièce, elle vit en esprit que le Sauveur du monde devait être suspendu à ce bois, et pour cela elle ne voulut point passer dessus, mais aussitôt elle l'adora. Cependant dans l'*Histoire scholastique* (liv. III Rois, c. XXVI), on lit que la reine de Saba vit cette pièce dans la maison du Bois, et en revenant à son palais elle communiqua à Salomon que sur ce bois devait être suspendu celui dont la mort devrait être la cause de la destruction du royaume des juifs. C'est pourquoi Salomon le fit ôter du lieu où il était, et enterrer dans les entrailles les plus profondes de la terre. Dans la suite on y établit la Piscine Probatique où les Nathinéens [2] lavaient

1. Au IIIe livre des Rois, ch. VII, il est question de cette maison qui fut construite par Salomon. Elle reçut le nom de maison du Bois, *saltùs*, à cause de la quantité de cèdres qui entra dans sa construction.

2. C'étaient des Gabaonites qui étaient attachés au service du temple depuis Josué. Cf. Paralipomènes, IX, 2; Sigonius, *De Repub. Hebrœor.*, liv. IX, ch. VII.

les victimes, et ce n'est pas seulement à la descente de l'ange, mais encore à la vertu de ce bois que l'on attribue que l'eau en était troublée et que les infirmes y étaient guéris. Or, quand approcha le temps de la Passion de J.-C., on rapporte que cette pièce surnagea, et les juifs, en la voyant, la prirent pour en fabriquer la croix du Seigneur. On dit encore que cette croix fut faite de quatre essences de bois, savoir, de palmier, de cyprès, d'olivier et de cèdre. De là ce vers :

Ligna Crucis palma, cedrus, cupressus, oliva.

Car dans la croix, il y avait le bois qui servait de montant droit, la traverse, la tablette de dessus, et le tronc où était fixée la croix, ou bien, selon Grégoire de Tours [1], la tablette qui servait de support, sous les pieds de J.-C. Par là on peut voir que chacune des pièces pouvait être d'une de ces essences de bois dont on vient de parler. Or, l'apôtre paraît avoir eu en vue ces différentes sortes de bois quand il dit : « Afin que vous puissiez comprendre avec tous les saints quelle est la largeur, la longueur, la hauteur et la profondeur » (Ep. aux Ephés., c. III, 18). Ces paroles sont expliquées comme il suit par l'illustre docteur saint Augustin : « La largeur de la croix du Seigneur, dit-il, c'est la traverse, sur laquelle on a étendu ses mains; sa longueur allait depuis la terre jusqu'à cette traverse en largeur sur quoi tout le corps de J.-C. fut attaché, moins les mains; sa hauteur, c'est à partir de cette largeur jusqu'à l'endroit de dessus où se trouvait la tête; sa profondeur, c'était la partie cachée et enfoncée dans la terre. Dans la croix on trouve décrites toutes les actions d'un homme chrétien, qui sont de faire de bonnes œuvres en J.-C., de lui être persévéramment attaché, d'espérer les biens célestes, et ne pas profaner les sacrements.

Ce bois précieux de la croix resta caché sous terre deux cents ans et plus : mais il fut découvert ainsi qu'il suit par Hélène, mère de l'empereur Constantin. En ce temps-là, sur les rives du Danube, se rassembla une multitude innombrable de barbares voulant passer le fleuve, et soumettre à leur domination tous les pays jusqu'à l'occident. Dès que l'empereur Constantin le sut, il décampa et vint se placer avec son armée sur le Danube. Mais la multitude des barbares s'augmentant, et passant déjà le fleuve, Constantin fut frappé d'une grande terreur, en considérant qu'il aurait à livrer bataille le lendemain. Or, la nuit suivante, il est réveillé par un ange qui l'avertit de regarder en l'air. Il tourne les yeux vers le ciel et voit le signe de la croix formée par une lumière fort resplendis-

1. *Miracul.*, liv. I, c. VI.

sante, et portant écrite en lettres d'or cette inscription : « *In hoc signo vinces*, par ce signe tu vaincras. » Réconforté par cette vision céleste, il fit faire une croix semblable qu'il ordonna de porter à la tête de son armée : se précipitant alors sur les ennemis, il les mit en fuite et en tua une multitude immense. Après quoi Constantin convoqua tous les pontifes des temples et s'informa avec beaucoup de soin de quel Dieu c'était le signe. Sur leur réponse qu'ils l'ignoraient, vinrent plusieurs chrétiens qui lui firent connaître le mystère de la sainte croix et la foi de la Trinité. Constantin crut alors parfaitement en J.-C. et reçut le saint baptême des mains d'Eusèbe, pape ou, selon quelques livres, évêque de Césarée. Mais dans ce récit, il y a beaucoup de points contredits par l'*Histoire tripartite* et par l'*Ecclésiastique*, par la *Vie de saint Silvestre* et les *Gestes des pontifes romains*. D'après certains auteurs, ce ne fut pas ce Constantin que le pape Silvestre baptisa après sa conversion à la foi, comme paraissent l'insinuer plusieurs histoires, mais ce fut Constantin, le père de ce Constantin, ainsi qu'on le voit dans des historiens. En effet ce Constantin reçut la foi d'une autre manière rapportée dans la légende de saint Silvestre, et ce n'est pas Eusèbe de Césarée qui le baptisa, mais bien saint Silvestre. Après la mort de son père, Constantin, qui n'avait pas perdu le souvenir de la victoire remportée par la vertu de la sainte croix, fit passer Hélène, sa mère, à Jérusalem pour trouver cette croix, ainsi que nous le dirons plus bas.

Voici maintenant un récit tout différent de cette victoire, d'après l'*Histoire Ecclésiastique* (ch. IX). Elle rapporte donc que Maxence ayant envahi l'empire romain, l'empereur Constantin vint lui présenter la bataille vis-à-vis le pont Albin. Comme il était dans une grande anxiété, et qu'il levait souvent les yeux au ciel pour implorer son secours, il vit en songe, du côté de l'orient dans le ciel, briller une croix, couleur de feu : des anges se présentèrent devant lui et lui dirent : « Constantin, par cela tu vaincras. » Et, selon le témoignage de l'*Histoire tripartite* [1], tandis que Constantin s'étonnait de ce prodige, la nuit suivante, J.-C. lui apparut avec le signe vu dans le ciel; il lui ordonna de faire des images pareilles qui lui porteraient bonheur dans les combats. Alors Constantin fut rendu à la joie et assuré de la victoire; il se marqua le front du signe qu'il avait vu dans le ciel, fit transformer les enseignes militaires sur le modèle de la croix et prit à la main droite une croix d'or. Après quoi il sollicita du Seigneur que cette droite, qu'il avait munie du signe salutaire de la croix, ne fût ni ensanglantée, ni souillée du sang romain, mais qu'il remportât la victoire sur le tyran sans effusion de sang. Quant à

1. Liv. IX, c. IX.

Maxence, dans l'intention de tendre un piège, il fit disposer des vaisseaux, fit couvrir le fleuve de faux ponts. Or, Constantin s'étant approché du fleuve, Maxence accourut à sa rencontre avec peu de monde, après avoir donné ordre aux autres corps de le suivre; mais il oublia lui-même qu'il avait fait construire un faux pont, et s'y engagea avec une poignée de soldats. Il fut pris au piège qu'il avait tendu lui-même, car il tomba dans le fleuve qui était profond; alors Constantin fut acclamé empereur à l'unanimité. D'après ce qu'on lit dans une chronique assez authentique, Constantin ne crut pas parfaitement dès ce moment; il n'aurait même pas alors reçu le baptême; mais peu de temps après, il eut une vision de saint Pierre et de saint Paul; et quand il eut reçu la vie nouvelle du baptême et obtenu la guérison de sa lèpre, il crut parfaitement dans la suite en J.-C. Ce fut alors qu'il envoya sa mère Hélène à Jérusalem pour chercher la croix du Seigneur. Cependant saint Ambroise, dans la lettre où il rapporte la mort de Théodose, et l'*Histoire tripartite* [1] disent que Constantin reçut le baptême seulement dans ses derniers moments; s'il le différa jusque-là, ce fut pour pouvoir le recevoir dans le fleuve du Jourdain. Saint Jérôme en dit autant dans sa chronique. Or, il est certain qu'il fut fait chrétien sous le pape saint Silvestre, quant à savoir s'il différa son baptême, c'est douteux; ce qui fait qu'en la légende de saint Silvestre, il y a là-dessus, comme en d'autres points, bien peu de certitude. Or, l'histoire de l'Invention de la Sainte Croix, telle qu'on la lit dans les histoires ecclésiastiques conformes en cela aux chroniques, paraît plus authentique de beaucoup que celle qu'on récite dans les églises. Il est en effet constant qu'il s'y trouve des endroits peu conformes à la vérité, si ce n'est qu'on veuille dire, comme ci-dessus, que ce ne fut pas Constantin, mais son père qui portait le même nom : ce qui du reste ne paraît pas très plausible, quoique ce soit le récit de certaines histoires d'outre-mer.

Hélène arrivée à Jérusalem fit réunir autour d'elle les savants qu'on trouva dans toute la contrée. Or, cette Hélène était d'abord restée dans une hôtellerie [2], mais épris de sa beauté, Constantin se l'attacha, selon que saint Ambroise l'avance en disant : « On assure qu'elle fut hôtelière, mais elle fut unie à Constantin l'ancien qui, dans la suite, posséda l'empire. Bonne hôtelière, qui chercha avec tant de soin la crèche du Seigneur! Bonne hôtelière, qui connut cet hôtelier dont les soins guérirent cet homme

1. Liv. III, ch. XII.

2. Le mot latin *stabularia* voudrait dire servante de cour. Saint Ambroise paraît l'indiquer quelques lignes plus loin. Nous avons mieux aimé donner un féminin au mot *hôtelier*, hôtelière est un mot qui a vieilli.

blessé par les brigands [1]! Bonne hôtelière, qui a regardé toutes choses comme des ordures afin de gagner J.-C. [2]! Et pour cela Dieu l'a tirée de l'ordure pour l'élever sur un trône. » (Saint Ambroise.) D'autres affirment, et c'est l'opinion émise dans une chronique assez authentique, que cette Hélène était fille de Clohel, roi des Bretons; Constantin en venant dans la Bretagne la prit pour femme, parce qu'elle était fille unique. De là vient que l'île de Bretagne échut à Constantin après la mort de Clohel. Les Bretons eux-mêmes l'attestent; on lit pourtant ailleurs qu'elle était de Trèves. Or, les juifs, remplis de crainte, se disaient les uns aux autres : « Pour quel motif pensez-vous que la Reine nous ait convoqués auprès d'elle ? » L'un d'eux nommé Judas dit : « Je sais, moi, qu'elle veut apprendre de nous l'endroit où se trouve le bois de la croix sur lequel le Christ a été crucifié. Gardez-vous bien d'être assez présomptueux pour le lui découvrir. Sinon tenez pour très certain que notre loi sera détruite et que toutes les traditions de nos pères seront totalement abolies : car Zachée mon aïeul l'a prédit à mon père Siméon et mon père m'a dit avant de mourir : « Fais attention, mon fils, « à l'époque où l'on cherchera la croix du Christ : dis où « elle se trouve, avant d'être mis à la torture; car à dater « de cet instant le pouvoir des juifs, à jamais aboli, passera « entre les mains de ceux qui adorent le crucifié, parce « que ce Christ était le fils de Dieu. » Alors j'ai répondu : « Mon père, si vraiment nos ancêtres ont su que ce Christ « était le fils de Dieu, pourquoi l'ont-ils attaché au gibet de « la croix ? » « Le Seigneur est témoin, répondit-il, que je « n'ai jamais fait partie de leur conseil; mais que souvent « je me suis opposé à leurs projets : or, c'est parce que le « Christ reprochait les vices des Pharisiens qu'ils le firent « crucifier : mais il est ressuscité le troisième jour et il a « monté au ciel à la vue de ses disciples. Mon frère Etienne, « que les juifs en démence ont lapidé, a cru en lui. Prends « garde donc, mon fils, de n'oser jamais blasphémer le « Christ ni ses disciples. » — (Il ne paraît cependant pas très probable que le père de ce Judas ait existé au temps de la Passion de J.-C., puisque de la Passion jusqu'au temps d'Hélène, sous laquelle vécut Judas, il s'écoula plus de 270 ans; à moins qu'on ne veuille dire qu'alors les hommes vivaient plus longtemps qu'à présent.) — Cependant les juifs dirent à Judas : « Nous n'avons jamais entendu dire choses semblables. Quoi qu'il en soit, si la Reine t'interroge, aie soin de ne lui faire aucun aveu. » Lors donc qu'ils furent en présence de la Reine, et qu'elle leur eut demandé le lieu où le Seigneur avait été crucifié, pas

1. Allusion à la parabole du Samaritain de l'Evangile.
2. Expression de saint Paul dans l'Epître aux Philippiens, c. III, 8.

un d'eux ne consentit à le lui indiquer; alors elle les condamna tous à être brûlés. Ils furent saisis d'effroi et signalèrent Judas, en disant : « Princesse, voici le fils d'un juste et d'un prophète qui a connu parfaitement la loi; demandez-lui tout ce que vous voulez, il vous l'indiquera. » Alors elle les congédia tous à l'exception de Judas qu'elle retint et auquel elle dit : « Je te propose la vie ou la mort; choisis ce que tu préfères. Montre-moi donc le lieu qui s'appelle Golgotha, où le Seigneur a été crucifié, afin que je puisse trouver sa croix. » Judas répondit : « Comment puis-je le savoir, puisque deux cents ans et plus se sont écoulés et que je n'étais pas né à cette époque ? » La Reine lui dit : « Par le crucifié, je te ferai mourir de faim, si tu ne me dis la vérité. » Elle ordonna donc qu'il fût jeté dans un puits desséché pour y endurer les horreurs de la faim. Or, après y être resté six jours sans nourriture, le septième il demanda à sortir, en promettant de découvrir la croix. On le retira. Quand il fut arrivé à l'endroit, après avoir fait une prière, tout à coup la terre tremble, il se répandit une fumée d'aromates d'une admirable odeur; Judas lui-même, plein d'admiration, applaudissait des deux mains et disait : « En vérité, ô Christ, vous êtes le Sauveur du monde! » Or, d'après l'*Histoire ecclésiastique*, il y avait, en ce lieu, un temple de Vénus construit autrefois par l'empereur Hadrien, afin que si quelque chrétien eût voulu y adresser ses adorations, il parût adorer Vénus : et, pour ce motif, ce lieu avait cessé d'être fréquenté et était presque entièrement délaissé, mais la Reine fit détruire ce temple jusque dans ses fondements et en fit labourer la place. Après quoi Judas se ceignit et se mit à creuser avec courage. Quand il eut atteint à la profondeur de vingt pas, il trouva trois croix enterrées, qu'il porta incontinent à la Reine. Or, comme l'on ne savait pas distinguer celle de J.-C. d'avec celles des larrons, on les plaça au milieu de la ville pour attendre que la gloire de Dieu se manifestât. Sur la onzième heure, passa le corps d'un jeune homme qu'on portait en terre : Judas arrêta le cercueil, mit une première et une seconde croix sur le cadavre du défunt, qui ne ressuscita pas, alors on approcha la troisième croix du corps et à l'instant il revint à la vie.

On lit cependant, dans les histoires ecclésiastiques [1], qu'une femme des premiers rangs de la ville gisait demi-morte, quand Macaire, évêque de Jérusalem, prit la première et la deuxième croix, ce qui ne produisit aucun résultat : mais quand il posa sur elle la troisième, cette femme rouvrit les yeux et fut guérie à l'instant. Saint Ambroise dit, de son côté, que Macaire distingua la croix

1. Sozomène, — *Hist. eccl.*, l. II, c. I; — Nicéph. cal., l. XVII, c. XIV, XV; — Evagr., IV, 26.

du Seigneur, par le titre qu'avait fait mettre Pilate, et dont l'évêque lut l'inscription qu'on trouva aussi. Alors le diable se mit à vociférer en l'air : « O Judas, disait-il, pourquoi as-tu fait cela ? Le Judas qui est le mien a fait tout le contraire : car celui-ci, poussé par moi, fit la trahison, et toi, en me reniant, tu as trouvé la croix de Jésus. Par lui, j'ai gagné les âmes d'un grand nombre; par toi, je parais perdre celles que j'ai gagnées : par lui, je régnais sur le peuple; par toi, je suis chassé de mon royaume. Toutefois je te rendrai la pareille, et je susciterai contre toi un autre roi qui, abandonnant la foi du crucifié, te fera renier dans les tourments le crucifié. » Ceci paraît se rapporter à l'empereur Julien : celui-ci, lorsque Judas fut devenu évêque de Jérusalem, l'accabla de nombreux tourments et le fit mourir martyr de J.-C. En entendant les vociférations du diable, Judas ne craignit rien, mais il ne cessa de maudire le diable en disant : « Que le Christ te damne dans l'abîme du feu éternel ! » Après quoi Judas est baptisé, reçoit le nom de Cyriaque, puis est ordonné évêque de Jérusalem, quand le titulaire fut mort. (Beleth, c. XXV.) Mais comme la bienheureuse Hélène ne possédait pas les clous du Seigneur, elle pria l'évêque Cyriaque d'aller au Golgotha et de les chercher. Il y vint et aussitôt après avoir adressé des prières à Dieu, les clous apparurent brillants dans la terre, comme de l'or. Il les prit et les porta à la Reine. Or, celle-ci se mit à genoux par terre et, après avoir incliné la tête, elle les adora avec grande révérence. Hélène porta une partie de la croix à son fils, et renferma l'autre dans des châsses d'argent qu'elle laissa à Jérusalem; quant aux clous avec lesquels le corps du Seigneur avait été attaché, elle les porta à son fils. Au rapport d'Eusèbe de Césarée, elle en fit deux freins dont Constantin se servait dans les batailles, et elle mit les autres à son casque en guise d'armure. Quelques auteurs, comme Grégoire de Tours [1], assurent que le corps du Seigneur fut attaché avec quatre clous : Hélène en mit deux au frein du cheval de l'empereur, le troisième à la statue de Constantin qui domine la ville de Rome, et elle jeta le quatrième dans la mer Adriatique qui jusque-là avait été un gouffre pour les navigateurs. Elle ordonna que cette fête de l'Invention de la Sainte Croix fût célébrée chaque année solennellement. Voici ce que dit saint Ambroise [2] : « Hélène chercha les clous du Seigneur et les trouva. De l'un elle fit faire des freins; elle incrusta l'autre dans le diadème : belle place que la tête pour ce clou; c'est une couronne sur le front, c'est une bride à la main : c'est l'emblème de la prééminence du sentiment, de la lumière

1. *Miracul.*, lib. I, ch. VI.
2. *De obitu Theod.*, n°s 47-48.

de la foi, et de la puissance impériale. » Quant à l'évêque saint Cyriaque, Julien l'Apostat le fit mourir plus tard, pour avoir trouvé la sainte croix dont partout il prenait à tâche de détruire le signe. Avant de partir contre les Perses, il fit inviter Cyriaque à sacrifier aux idoles : sur le refus du saint, Julien lui fit couper le bras en disant : « Avec cette main il a écrit beaucoup de lettres qui ont détourné bien du monde de sacrifier aux dieux. » Cyriaque lui répondit : « Chien insensé, tu m'as bien rendu service; car avant de croire à J.-C., trop souvent j'ai écrit des lettres que j'adressais aux synagogues des juifs afin que personne ne crût en J.-C. et voilà que tu viens de retrancher de mon corps ce qui en avait été le scandale. » Alors Julien fit fondre du plomb qu'il ordonna de lui verser dans la bouche; ensuite il fit apporter un lit de fer sur lequel Cyriaque fut étendu et au-dessous on mit des charbons ardents et de la graisse. Comme Cyriaque restait immobile, Julien lui dit : « Si tu ne veux pas sacrifier aux idoles, dis au moins que tu n'es pas chrétien. » L'évêque s'y refusa avec horreur. Julien fit creuser une fosse profonde qu'on fit remplir de serpents venimeux. Cyriaque y fut jeté, mais les serpents moururent aussitôt. Julien ordonna alors que Cyriaque fût jeté dans une chaudière pleine d'huile bouillante. Or, comme le saint voulait y entrer spontanément, il se signa, et pria le Seigneur de le baptiser une seconde fois dans l'eau du martyre, mais Julien furieux lui fit percer la poitrine avec une épée. Ce fut ainsi que saint Cyriaque mérita de consommer son martyre dans le Seigneur.

La grandeur de la vertu de la croix est manifeste dans ce notaire fidèle, trompé par un magicien qui le conduisit en un lieu où il avait fait venir des démons, en lui promettant des richesses immenses. Il vit un Ethiopien de haute stature, assis sur un trône élevé, et entouré d'autres Ethiopiens debout, armés de lances et de bâtons. Alors l'Ethiopien demanda à ce magicien : « Quel est cet enfant ? » Le magicien répondit : « Seigneur, c'est votre serviteur. » Le démon dit au notaire : « Si tu veux m'adorer, être mon serviteur, et renier ton Christ, je te ferai asseoir à ma droite. » Mais le notaire se hâta de faire le signe de la croix et s'écria qu'il était de toute son âme le serviteur du Sauveur J.-C. Il n'eut pas plus tôt fait le signe de la croix que toute cette multitude de démons disparut. Peu de temps après, ce même notaire entra un jour avec son maître dans le temple de Sainte-Sophie; se trouvant ensemble devant une image du Sauveur, le maître remarqua que cette image avait les yeux fixés sur le notaire qu'elle regardait attentivement. Plein de surprise, le maître fit passer le jeune homme à droite et vit que l'image avait encore tourné les yeux de ce côté, en les dirigeant sur le notaire. Il le fit de nouveau revenir à gauche, et voici que l'image tourna encore les yeux et se mit à regarder le notaire comme auparavant. Alors le maître le conjura de lui dire ce qu'il avait fait à Dieu pour mériter que l'image le regardât ainsi. Il répondit qu'il n'avait la conscience d'aucune bonne action, si ce n'est qu'il n'avait pas voulu renier le Sauveur devant le diable.

SAINT JEAN, APOTRE, DEVANT LA PORTE LATINE

Saint Jean, apôtre et évangéliste, prêchait à Ephèse quand il fut pris par le proconsul, et invité à immoler aux dieux. Comme il rejetait cette proposition, il est mis en prison : on envoie alors à l'empereur Domitien une lettre dans laquelle saint Jean est signalé comme un grand sacrilège, un contempteur des dieux et un adorateur du crucifié. Par l'ordre de Domitien, il est conduit à Rome, où, après lui avoir coupé tous les cheveux par dérision, on le jette dans une chaudière d'huile bouillante sous laquelle on entretenait un feu ardent : c'était devant la porte de la ville qu'on appelle Latine. Il n'en ressentit cependant aucune douleur, et en sortit parfaitement sain. En ce lieu donc, les chrétiens bâtirent une église, et ce jour est solennisé comme le jour du martyre de saint Jean. Or, comme le saint apôtre n'en continuait pas moins à prêcher J.-C., il fut, par l'ordre de Domitien, relégué dans l'île de Pathmos. Toutefois les empereurs romains, qui ne rejetaient aucun Dieu, ne persécutaient pas les apôtres parce que ceux-ci prêchaient J.-C.; mais parce que les apôtres proclamaient la divinité de Jésus-Christ sans l'autorisation du sénat qui avait défendu que cela se fît de personne. — C'est pourquoi dans l'*Histoire ecclésiastique*, on lit que Pilate envoya une fois une lettre à Tibère au sujet de Jésus-Christ [1]. Tibère alors consentit à ce que la loi fût reçue par les Romains, mais le sénat s'y opposa formellement, parce que J.-C. n'avait pas été appelé Dieu d'après son autorisation. Une autre raison rapportée par une chronique, c'est que J.-C. n'avait pas tout d'abord apparu aux Romains. Un autre motif c'est que J.-C. rejetait le culte de tous les dieux qu'honoraient les Romains. Un nouveau motif encore, c'est que J.-C enseignait le mépris du monde et que les Romains étaient

1. Eusèbe, l. II, c. II.

des avares et des ambitieux. Me Jean Beleth assigne de son côté une autre cause pour laquelle les empereurs et le sénat repoussaient J.-C. et les apôtres : c'était que J.-C. leur paraissait un Dieu trop orgueilleux et trop jaloux, puisqu'il ne daignait pas avoir d'égal. Voici une autre raison donnée par Orose (liv. VII, ch. IV) : « Le sénat vit avec peine que c'était à Tibère et non pas à lui que Pilate avait écrit au sujet des miracles de J.-C. et c'est sur ce prétexte qu'il ne voulut pas le mettre au rang des dieux. Aussi Tibère irrité fit périr un grand nombre de sénateurs, et en condamna d'autres à l'exil. » — La mère de Jean, apprenant que son fils était détenu à Rome, et poussée par une compassion de mère, s'y rendit pour le visiter. Mais quand elle fut arrivée, elle apprit qu'il avait été relégué en exil. Alors elle se retira dans la ville de Vétulonia en Campanie, où elle rendit son âme à Dieu. Son corps resta longtemps enseveli dans un antre, mais dans la suite, il fut révélé à saint Jacques, son fils. Il répandit alors une grande et suave odeur et opéra de nombreux et éclatants miracles; il fut transféré avec grand honneur dans la ville qu'on vient de nommer.

LA LITANIE MAJEURE ET LA LITANIE MINEURE (LES ROGATIONS)

Deux fois par an arrivent les litanies; à la fête de saint Marc, c'est la litanie majeure, et aux trois jours qui précèdent l'Ascension du Seigneur, c'est la litanie mineure. Litanie veut dire supplication, prière ou rogation. La première a trois noms différents, qui sont : litanie majeure, procession septiforme, et croix noires.

I. On l'appelle litanie majeure pour trois motifs, savoir, à raison de celui qui l'institua, ce fut saint Grégoire, le grand pape; à raison du lieu où elle fut instituée qui est Rome, la maîtresse et la capitale du monde, parce qu'à Rome se trouvent le corps du prince des apôtres et le saint siège apostolique; à raison de la cause pour laquelle elle fut instituée : ce fut une grande et très grave épidémie. En effet les Romains, après avoir passé le carême dans la continence, et avoir reçu à Pâques le corps du Seigneur, s'adonnaient sans frein à la débauche dans les repas, aux jeux et à la luxure; alors Dieu provoqué leur envoya une épouvantable peste qu'on nomme inguinale, autrement apostume ou enfle de l'aine. — Or, cette peste était si violente que les hommes mouraient subitement, dans les chemins, à table, au jeu, dans les réunions, de sorte que, s'il arrivait, comme on dit, que quelqu'un éternuât, souvent alors il rendait l'âme. Aussi entendait-on quelqu'un éternuer, aussitôt on courait et on criait : « Dieu vous bénisse » et c'est là, dit-on, l'origine de cette coutume de dire : Dieu vous bénisse, à quelqu'un qui éternue.

Ou bien encore, d'après ce qu'on en rapporte, si quelqu'un bâillait, il arrivait souvent qu'il mourait tout de suite subitement. Aussi, dès qu'on se sentait l'envie de bâiller, tout de suite, on se hâtait de faire sur soi le signe de la croix; coutume encore en usage depuis lors. On peut voir dans la vie de saint Grégoire l'origine de cette peste.

II. On l'appelle procession septiforme, de la coutume qu'avait établie saint Grégoire de partager en sept ordres ou rangs les processions qu'il faisait de son temps. Au premier rang était tout le clergé, au second tous les moines et les religieux, au troisième les religieuses, au quatrième tous les enfants, au cinquième tous les laïcs, au sixième toutes les veuves et les continentes, au septième toutes les personnes mariées. Mais comme il n'est plus possible à présent d'obtenir ces sept divisions de personnes, nous y suppléons par le nombre des litanies; car on doit les répéter sept fois avant de déposer les insignes.

III. On l'appelle les croix noires, parce que les hommes se revêtaient d'habits noirs, en signe de deuil, à cause de la mortalité, et comme pénitence, et c'est peut-être aussi pour cela qu'on couvrait de noir les croix et les autels. Les fidèles doivent aussi revêtir alors des habits de pénitence.

On appelle litanie mineure celle qui précède de trois jours la fête de l'Ascension. Elle doit son institution à saint Mamert, évêque de Vienne, du temps de l'empereur Léon qui commença à régner l'an du Seigneur 458. Elle fut donc établie avant la litanie majeure. Elle a reçu le nom de litanie mineure, de rogations et de procession. On l'appelle litanie mineure pour la distinguer de la première, parce qu'elle fut établie par un moins grand évêque, dans un lieu inférieur et pour une maladie moindre. Voici la cause de son institution : Vienne était affligée de fréquents et affreux tremblements de terre qui renversaient beaucoup de maisons et d'églises. Pendant la nuit, on entendait des bruits et des clameurs répétés. Quelque chose de plus terrible encore arriva; le feu du ciel tomba le jour de Pâques et consuma le palais royal tout entier. Il y eut un autre fait plus merveilleux. De même que par la permission de Dieu, des démons entrèrent autrefois dans des pourceaux de même aussi par la permission de Dieu, pour les péchés des hommes, ils entraient dans des loups et dans d'autres bêtes féroces et sans craindre personne, ils couraient en plein jour non seulement par les chemins mais encore par la ville, dévorant çà et là des enfants, des vieillards et des femmes. Or, comme ces malheurs arrivaient journellement, le saint évêque Mamert ordonna un jeûne de trois jours et institua des litanies; alors cette tribulation s'apaisa. Dans la suite, cette pratique s'établit et fut approuvée par l'Eglise; de sorte qu'elle s'observe universellement. — On l'appelle encore rogations, parce qu'alors nous implorons les suffrages de tous les saints : et nous avons raison d'observer cette pratique en ces temps-ci, de prier les saints et de jeûner pour différents motifs : 1° pour que Dieu apaise le fléau de la guerre, parce que c'est particulièrement au printemps qu'il éclate; 2° pour qu'il daigne multiplier par leur conservation les fruits tendres encore; 3° pour mortifier chacun en soi les mouvements déréglés de la chair qui sont plus excités à cette époque. Au printemps en effet le sang a plus de chaleur et les mouvements déréglés sont plus fréquents; 4° afin que chacun se dispose à la réception du Saint-Esprit; car par le jeûne, l'homme se rend plus habile, et par les prières il devient plus digne. Maître Guillaume d'Auxerre assigne deux autres raisons : 1° comme Jésus-Christ a dit en montant au ciel : « Demandez et vous recevrez », l'Eglise doit adresser ses demandes avec plus de confiance; 2° l'Eglise jeûne et prie afin de se dépouiller de la chair par la mortification des sens, et de s'acquérir des ailes à l'aide de l'oraison; car l'oraison, ce sont les ailes au moyen desquelles l'âme s'envole vers le ciel, pour ainsi suivre les traces de J.-C. qui y est monté afin de nous ouvrir le chemin et qui a volé sur les ailes des vents. En effet l'oiseau, dont le corps est épais et les ailes petites, ne saurait bien voler, comme cela est évident par l'autruche.

On l'appelle encore procession, parce qu'alors l'Eglise fait généralement la procession. Or, on y porte la croix, on sonne les cloches, on porte la bannière; en quelques églises on porte un dragon avec une queue énorme, et on implore spécialement le patronage de tous les saints. Si l'on y porte la croix et si l'on sonne les cloches, c'est pour que les démons effrayés prennent la fuite. Car de même qu'à l'armée le roi a les insignes royaux, qui sont les trompettes et les étendards, de même J.-C., le roi éternel dans son Eglise militante, a les cloches pour trompettes et les croix pour étendards; et de même encore qu'un tyran serait en grand émoi, s'il entendait sur son domaine les trompettes d'un puissant roi son ennemi, et s'il en voyait les étendards, de même les démons, qui sont dans l'air ténébreux, sont saisis de crainte quand ils sentent sonner les trompettes de J.-C., qui sont les cloches, et qu'ils regardent les étendards qui sont les croix. — Et c'est la raison qu'on donne de la coutume de l'Eglise de sonner les cloches, quand on voit se former les tempêtes; les démons, qui en sont les auteurs, entendant les trompettes du roi éternel, prennent alors l'épouvante et la fuite, et cessent d'amonceler les tempêtes : il y en a bien encore une autre raison, c'est que les cloches, en cette occasion, avertissent les fidèles et les provoquent à se livrer à la prière dans le péril qui les menace. La croix est réellement encore l'étendard du roi éternel, selon ces paroles de l'Hymne :

Vexilla regis prodeunt;
Fulget Crucis mysterium
Quo carne carnis conditor
Suspensus est patibulo [1].

Or, les démons ont une terrible peur de cet étendard, selon le témoignage de saint Chrysostome : « Partout où les démons aperçoivent le signe du Seigneur, ils fuient effrayés le bâton qui leur a fait leurs blessures. » C'est aussi la raison pour laquelle, en certaines églises, lors des tempêtes, on sort la croix de l'église et on l'expose contre la tempête, afin que les démons, voyant l'étendard du souverain roi, soient effrayés et prennent la fuite. C'est donc pour cela que la croix est portée à la procession, et que l'on sonne les cloches, alors les démons qui habitent les airs prennent l'épouvante et la fuite, et s'abstiennent de nous incommoder [2]. Or, on y porte cet étendard pour représenter la victoire de la Résurrection et celle de l'Ascension de J.-C. qui est monté aux cieux avec un grand butin. Cet étendard qui s'avance dans les airs, c'est J.-C. montant au ciel. Or, ainsi que l'étendard porté à la procession est suivi de la multitude des fidèles, ainsi J.-C. montant au ciel est accompagné d'un cortège immense de saints. Le chant des processions représente les cantiques et les louanges des anges accourant au-devant de J.-C. qui monte au ciel, et l'accompagnant de leurs acclamations puissantes et unanimes jusque dans le ciel.

Dans quelques églises encore, et principalement dans les églises gallicanes, c'est la coutume de porter, derrière la croix, un dragon avec une longue queue remplie de paille ou de quelque autre matière semblable, les deux premiers jours; mais le troisième jour cette queue est vide : ce qui signifie que le diable a régné en ce monde au premier jour

1. L'étendard du roi apparaît; le mystère de la croix éclate : le créateur de l'homme, homme lui-même, est suspendu à un gibet.

Ce sont les paroles de la 1re strophe de l'hymne du temps de la Passion, telle qu'elle se récitait avant la correction exécutée avec plus ou moins de piété et de bonheur au XVIIe siècle.

2. Saint Paul, au IIe chapitre de la Lettre aux Ephésiens, appelle le démon, le Prince de la puissance de l'air, *Principem potestatis aëris hujus*.

qui représente le temps avant la loi et le second jour qui marque le temps de la loi, mais au troisième jour c'est-à-dire, au temps de la grâce, après la Passion de J.-C., il a été expulsé de son royaume. En cette procession nous réclamons encore le patronage de tous les saints.

Nous avons donné plus haut quelques-unes des raisons pour lesquelles nous prions alors les saints. Il y en a encore d'autres générales pour lesquelles Dieu nous a ordonné de le prier; ce sont : notre indigence, la gloire des saints et l'honneur de Dieu. En effet les saints peuvent connaître les vœux de ceux qui leur adressent des supplications; car dans ce miroir éternel, ils aperçoivent quelle joie c'est pour eux, et quel secours c'est pour nous. La première raison donc c'est notre indigence : elle provient ou bien de ce que nous méritons peu; quand donc ces mérites de notre part sont insuffisants, nous nous aidons de ceux d'autrui : ou bien cette indigence se manifeste dans la contemplation : Or, puisque nous ne pouvons contempler la souveraine lumière en soi, nous prions de pouvoir la regarder dans les saints : ou bien cette indigence réside dans l'amour : parce que le plus souvent l'homme étant imparfait ressent en soi-même plus d'affection pour un saint en particulier que pour Dieu même. La seconde raison, c'est la gloire des saints : car Dieu veut que nous les invoquions pour obtenir par leurs suffrages ce que nous demandons, afin de les glorifier eux-mêmes et en les glorifiant de les louer. La troisième raison, c'est l'honneur de Dieu; en sorte que le pécheur qui a offensé Dieu, honteux, pour ainsi dire, de s'adresser à Dieu personnellement, peut implorer ainsi le patronage de ceux qui sont les amis de Dieu. Dans ces sortes de processions on devrait répéter souvent ce cantique angélique : *Sancte Deus, sancte fortis, sancte et immortalis, miserere nobis.* En effet saint Jean Damascène, au livre III, rapporte que l'on célébrait des litanies à Constantinople, à l'occasion de certaines calamités, quand un enfant fut enlevé au ciel du milieu du peuple; revenu au milieu de la foule, il chanta devant tout le monde ce cantique qu'il avait appris des anges et bientôt après cessa la calamité. Au concile de Chalcédoine, ce cantique fut approuvé. Saint Damascène conclut ainsi : « Pour nous, nous disons que par ce cantique les démons sont éloignés. » Or, il y a quatre motifs de louer et d'autoriser ce chant : 1° parce que ce fut un ange qui l'enseigna; 2° parce qu'en le récitant cette calamité s'apaisa; 3° parce que le concile de Chalcédoine l'approuva; 4° parce que les démons le redoutent [1]. »

1. Une lettre du pape Félix III; Marcel dans sa *Chronique;* Nicéphore, liv. IV, ch. XLVI; le concile de C. P. racontent le même fait.

SAINT BONIFACE, MARTYR[1]

Saint Boniface souffrit le martyre, sous Dioclétien et Maximien, dans la ville de Tarse; mais il fut enseveli à Rome sur la voie latine. C'était l'intendant d'une noble matrone appelée Aglaë. Ils vivaient criminellement ensemble; mais touchés l'un et l'autre par la grâce de Dieu, ils décidèrent que Boniface irait chercher des reliques des martyrs dans l'espoir de mériter, au moyen de leur intercession, le bonheur du salut, par les hommages et l'honneur qu'ils rendraient à ces saints corps. — Après quelques jours de marche, Boniface arriva dans la ville de Tarse et s'adressant à ceux qui l'accompagnaient : « Allez, leur dit-il, chercher où nous loger : pendant ce temps j'irai voir les martyrs au combat; c'est ce que je désire faire tout d'abord. » Il alla en toute hâte au lieu des exécutions : et il vit les bienheureux martyrs, l'un suspendu par les pieds sur un foyer ardent, un autre étendu sur quatre pièces de bois et soumis à un supplice lent, un troisième labouré avec des ongles de fer, un quatrième auquel on avait coupé les mains, et le dernier élevé en l'air et étranglé par des bûches attachées à son cou. En considérant ces différents supplices dont se rendait l'exécuteur un bourreau sans pitié, Boniface sentit grandir son courage, et son amour pour J.-C. et s'écria : « Qu'il est grand le Dieu des saints martyrs! » Puis il courut se jeter à leurs pieds et embrasser leurs chaînes : « Courage, leur dit-il, martyrs de J.-C.; terrassez le démon, un peu de persévérance! Le labeur est court, mais le repos sera long ensuite, viendra le temps où vous serez rassasiés d'un bonheur ineffable. Ces tourments que vous endurez pour l'amour de Dieu n'ont qu'un temps; ils vont cesser et tout à l'heure, vous passerez à la joie d'une félicité qui n'aura point de fin; la vue de votre roi fera votre bonheur; vous unirez vos voix au concert des chœurs angéliques, et revêtus de la robe brillante de l'immortalité vous verrez du haut du ciel vos bourreaux impies tourmentés tout vivants dans l'abîme d'une éternelle misère. » — Le juge Simplicien, qui aperçut Boniface, le fit approcher de son tribunal et lui demanda : « Qui es-tu ? » « Je suis chrétien, répondit-il, et Boniface est mon nom. » Alors le juge en colère le fit suspendre et ordonna de lui écorcher le corps avec des ongles de fer.

1. *Bréviaire; — Martyrologe* d'Adon, au 5 juin. Ruinart a donné ces actes dans son recueil.

jusqu'à ce qu'on vît ses os à nu : ensuite il fit enfoncer des roseaux aiguisés sous les ongles de ses mains. Le saint martyr, les yeux levés au ciel, supportait ses douleurs avec joie. A cette vue, le juge farouche ordonna de lui verser du plomb fondu dans la bouche. Mais le saint martyr disait : « Grâces vous soient rendues, Seigneur J.-C., Fils du Dieu vivant. » Après quoi, Simplicien fit apporter une chaudière qu'on emplit de poix. On la fit bouillir et Boniface y fut jeté la tête la première. Le saint ne souffrit rien; alors le juge commanda de lui trancher la tête. Aussitôt un affreux tremblement de terre se fit ressentir et beaucoup d'infidèles, qui avaient pu apprécier le courage de cet athlète, se convertirent. — Cependant les compagnons de Boniface, le cherchant partout et ne l'ayant point trouvé, se disaient entre eux : « Il est quelque part dans un lieu de débauche, ou occupé à faire bonne chère dans une taverne. » Or, pendant qu'ils devisaient ainsi, ils rencontrèrent un des geôliers. « N'as-tu pas vu, lui demandent-ils, un étranger, un Romain ? » « Hier, leur répondit-il, un étranger a été décapité dans le cirque. » « Comment était-il ? » « C'était, ajoutèrent-ils, un homme carré de taille, épais, à la chevelure abondante, et revêtu d'un manteau écarlate. » « Eh bien! répondit le geôlier, celui que vous cherchez a terminé hier sa vie par le martyre. » « Mais, reprirent-ils, l'homme que nous cherchons est un débauché, un ivrogne. » « Venez le voir », dit le geôlier. Quand il leur eut montré le tronc du bienheureux martyr et sa tête précieuse, ils s'écrièrent : « C'est bien celui que nous cherchons : veuillez nous le donner. » Le geôlier répondit : « Je ne puis pas vous délivrer son corps gratuitement. » Ils donnèrent alors cinq cents pièces d'or, et reçurent le corps du saint martyr qu'ils embaumèrent et renfermèrent dans des linges de prix; puis l'ayant mis dans une litière, ils revinrent pleins de joie et rendant gloire à Dieu. Or, un ange du Seigneur apparut à Aglaë et lui révéla ce qui était arrivé à Boniface. A l'instant elle alla au-devant du saint corps et fit construire, en son honneur, un tombeau digne de lui, à une distance de Rome de cinq stades. Boniface fut donc martyrisé, le 14 mai, à Tharse, métropole de la Cilicie, et enseveli à Rome le 9 juillet. — Quant à Aglaë, elle renonça au monde et à ses pompes : après avoir distribué tous ses biens aux pauvres et aux monastères, elle affranchit ses esclaves, et passa le reste de sa vie dans le jeûne et la prière. Elle vécut encore douze ans sous l'habit de religieuse, dans la pratique continuelle des bonnes œuvres et fut enterrée auprès de saint Boniface.

L'ASCENSION DE NOTRE SEIGNEUR

Notre Seigneur monta au ciel quarante jours après sa résurrection. Il y a sept considérations à établir par rapport à l'Ascension : 1° le lieu où elle se fit; 2° pourquoi J.-C. n'a pas monté au ciel de suite après sa Résurrection, mais pourquoi il a attendu quarante jours; 3° de quelle manière il monta; 4° avec qui il monta; 5° à quel titre il monta; 6° où il monta; 7° pourquoi il monta.

I. Ce fut du mont des Olives que J.-C. s'éleva aux cieux. D'après une autre version, cette montagne a reçu le nom de montagne des trois lumières; en effet, du côté de l'occident, elle était éclairée, la nuit, par le feu du temple, car un feu brûlait sans cesse sur l'autel, le matin, du côté de l'orient, elle recevait les premiers rayons du soleil, même avant la ville; il y avait en outre sur cette montagne une quantité d'oliviers dont l'huile sert d'aliment à la lumière, et voilà pourquoi on l'appelle la montagne des trois lumières. J.-C. commanda à ses disciples de se rendre à cette montagne; car le jour de l'Ascension même, il apparut deux fois : la première, aux onze apôtres qui étaient à table dans le cénacle. Aussi bien les apôtres que les autres disciples, ainsi que les femmes, tous habitaient dans cette partie de Jérusalem appelée Mello, ou montagne de Sion. David y avait construit un palais; et c'était là que se trouvait ce grand cénacle tout meublé où J.-C. avait commandé qu'on lui préparât la Pâques, et dans ce cénacle habitaient alors les onze apôtres; quant aux autres disciples avec les saintes femmes, ils occupaient tout autour différents logements.

Comme ils étaient à table dans le cénacle, le Seigneur leur apparut et leur reprocha leur incrédulité : et après qu'il eut mangé avec eux, et qu'il leur eut ordonné d'aller à la montagne des Oliviers, du côté de Béthanie, il leur apparut en cet endroit une seconde fois, répondit à quelques questions indiscrètes; après quoi il leva les mains pour les bénir et de là, en leur présence, il monta au ciel. Voici, sur ce lieu de l'ascension, ce que dit Sulpice, évêque de Jérusalem, et après lui la glose [1] : « Après qu'on eut bâti là une église, le lieu où J.-C. montant au ciel posa les pieds ne put jamais être recouvert par un pavé; il y a plus, le marbre sautait à la figure de ceux qui le posaient. Une preuve que cet endroit avait été foulé par les pieds

1. Extrait de l'*Histoire scholastique* de Pierre Comestor.

de J.-C., c'est qu'on voit imprimés des vestiges de pieds, et que la terre conserve encore une figure qui ressemble à des pas qui y ont été gravés. »

II. Pourquoi J.-C. n'est-il pas monté de suite après sa Résurrection, mais a-t-il voulu attendre pendant quarante jours ? Il y en a trois raisons : 1° pour qu'on ait la certitude de la Résurrection. Il était en effet plus difficile de prouver la vérité de la Résurrection que celle de la Passion : car, du premier au troisième jour, on pouvait prouver la vérité de la Passion : mais pour avoir la preuve certaine de la Résurrection, il fallait un plus grand nombre de témoignages ; et c'est pour cela qu'il était nécessaire qu'il y eût plus de temps entre la Résurrection et l'Ascension qu'entre la Passion et la Résurrection. A ce sujet, saint Léon, pape, s'explique comme il suit dans un sermon sur l'Ascension : « Aujourd'hui est accompli le nombre de quarante jours qui avait été disposé par un arrangement très saint, et qui avait été dépensé au profit de notre instruction. Le Seigneur, en prolongeant, jusqu'à ce moment, le délai de sa présence corporelle, voulait affermir la foi en la Résurrection par des témoignages authentiques. Rendons grâces à cette divine économie et au retard nécessaire que subirent les saints pères. Ils doutèrent, eux, afin que nous, nous ne doutassions pas. » 2° Pour consoler les apôtres. Or, puisque les consolations divines surpassent les tribulations et que le temps de la Passion fut celui de la tribulation des apôtres, il devait donc y avoir plus de jours de consolation que de jours de tribulation. 3° Pour une signification mystique : c'est pour donner à comprendre que les consolations divines sont aux tribulations comme un an est à un jour, comme un jour est à une heure, comme une heure est à un moment. Il est clair que les consolations divines sont aux tribulations comme un an est à un jour par ce passage d'Isaïe (c. LXI) : « Je dois prêcher l'année de la réconciliation du Seigneur et le jour de la vengeance de notre Dieu. » Voilà donc que pour un jour de tribulation, il rend une année de consolation. Il est clair que les consolations divines sont aux tribulations comme un jour est à une heure, par ce fait que le Seigneur resta mort pendant quarante heures; c'est le temps de la tribulation : et qu'après être ressuscité, il apparut pendant quarante jours à ses disciples, et c'était le temps de la consolation. Ce qui fait dire à la glose : « Il était resté mort pendant quarante heures, c'est pour cela qu'il confirmait, pendant quarante jours, la certitude qu'il avait repris la vie. » Isaïe laisse à entendre que les consolations sont aux tribulations comme une heure est à un moment quand il dit (c. LIV) : « J'ai détourné mon visage de vous pour un moment, dans le temps de ma colère; mais je vous ai regardés ensuite avec une compassion qui ne finira jamais. »

III. La manière dont il monta au ciel fut 1° accompagnée d'une grande puissance, selon ce que dit Isaïe (LXIII) : « Quel est celui qui vient d'Edom, marchant avec une force toute-puissante ? » Saint Jean dit aussi (III) : « Personne n'est monté au ciel, par sa propre force, que celui qui est descendu du ciel, c'est-à-dire, le Fils de l'homme qui est dans le ciel. » Car quoiqu'il fût monté sur un groupe de nuages, cependant il ne l'a point fait parce que ce groupe lui fût devenu nécessaire, mais c'était pour montrer que toute créature est prête à obéir à son créateur. En effet il est monté par la puissance de sa divinité, et c'est en cela qu'est caractérisée la puissance ou le souverain domaine, d'après ce qui est rapporté dans les histoires ecclésiastiques au sujet d'Enoch et d'Elie : car Enoch fut transporté, Elie fut soulevé, tandis que J.-C. a monté par sa puissance propre. « Le premier, dit saint Grégoire, fut engendré et engendra, le second fut engendré mais n'engendra pas, le troisième ne fut pas engendré et n'engendra pas. » Il monta au ciel 2° publiquement, à la vue de ses disciples : aussi est-il dit (Actes, I) : « Ils le virent s'élever. » (Saint Jean) : « Je vais à celui qui m'a envoyé et personne de vous ne me demande : où allez-vous ? » La glose dit ici : « C'est donc publiquement, afin qu'il ne vienne à la pensée de personne de soulever des questions sur ce qui se voit à l'œil nu. » Il voulut monter, à la vue de ses disciples, pour qu'ils fussent eux-mêmes des témoins de l'ascension, qu'ils conçussent de la joie en voyant la nature humaine portée au ciel, et qu'ils désirassent y suivre J.-C. Il monta au ciel 3° avec joie, au milieu des concerts des anges. Le Psaume dit (XLVI) : « Dieu est monté au milieu des cris de joie. » « Au moment de l'Ascension de J.-C., dit saint Augustin, le ciel est tout stupéfait, les astres sont dans l'admiration, les bataillons sacrés applaudissent, les trompettes sonnent, et mêlent leur harmonie à celle des chœurs joyeux. » — Il monta 4° avec rapidité. « Il part avec ardeur, dit le Psalmiste, pour courir comme un géant dans sa carrière »; car en effet il monta avec une extraordinaire vitesse puisqu'il parcourut un si grand espace comme en un moment. — Le rabbin Moïse, très grand philosophe, avance que chaque cercle, ou chaque ciel, de quelque planète que ce soit, a de profondeur un chemin de 500 ans, c'est-à-dire, que l'espace en est si étendu qu'un homme mettrait cinq cents ans à le parcourir sur un chemin uni : la distance d'un ciel à un autre est de même, dit-il, un chemin de 500 ans; et comme il y a sept cieux, il y aura, d'après lui, à partir du centre de la terre jusqu'aux profondeurs du ciel de Saturne, qui est le septième un chemin de sept mille ans; et jusqu'au point le plus éloigné du ciel, sept mille cinq cents ans, c'est-à-dire, un espace si grand que quelqu'un qui marcherait sur une plaine mettrait 7500 ans à le parcourir, s'il pouvait vivre assez. Or, l'année se trouve composée de 365 jours, et le chemin qu'on fait en un jour est de quarante milles, chaque mille a deux mille pas ou coudées. » Voilà donc ce que dit le rabbin Moïse. Or, s'il dit la vérité, Dieu le sait, car lui seul connaît cette mesure puisqu'il a tout fait en nombre, en poids et en mesure. C'est donc là le grand élan que prit J.-C. de la terre au ciel. Et au sujet de cet élan et de quelques autres que fit J.-C. citons les paroles de saint Ambroise : « J.-C. prit son essor et vint dans ce monde; il était avec son père et il vint dans une Vierge, de la Vierge il passa dans le berceau; il descendit dans le Jourdain; il monta sur la croix; il descendit dans le tombeau; il ressuscita du tombeau et il est assis à la droite de son père. »

IV. Avec qui a-t-il monté. Il faut savoir qu'il monta avec un grand butin d'hommes et une grande multitude d'anges. Qu'il soit monté avec un nombreux butin d'hommes, cela est évident par ces paroles du Psaume LXVII : « Vous êtes monté en haut; vous avez pris un grand nombre de captifs; vous avez fait des présents aux hommes. » Qu'il soit monté avec une multitude d'anges, cela est évident, encore par ces questions qu'adressèrent, lors de l'ascension de Jésus-Christ, les anges d'un ordre inférieur à ceux d'un ordre supérieur, ainsi qu'il se trouve dans Isaïe : « Quel est celui qui vient d'Edom, de Bosra avec sa robe teinte de rouge ? » La glose dit ici que plusieurs des anges qui n'avaient pas une pleine connaissance des mystères de l'Incarnation, de la Passion et de la Résurrection, en voyant monter au ciel le Seigneur avec une multitude d'anges et de saints personnages, et cela par sa propre puissance, se mettent à admirer ce mystère de l'Incarnation et de la Passion; alors ils disent aux anges qui accompagnent le Seigneur : « Quel est celui-ci qui vient... » etc., et encore avec le Psaume : « Quel est ce roi de gloire ? » Saint Denis, au livre de la *Hiérarchie angélique* (ch. VII), semble insinuer que pendant que J.-C. montait, trois questions furent adressées par les anges. La première fut celle des anges majeurs les uns aux autres : la seconde fut celle des anges majeurs à J.-C.; la troisième fut adressée par les anges inférieurs à ceux d'un ordre plus élevé. Les plus grands se demandent donc les uns aux autres : « Quel est celui-ci qui vient d'Edom, de Bosra, avec sa robe teinte de rouge ? » *Edom* veut dire sanglant meurtrier, *Bosra* signifie fortifié, c'est comme s'ils se disaient : « Quel est celui-ci qui vient de ce monde ensanglanté par le péché et fortifié contre Dieu par la malice ? » Ou bien encore : « Quel est celui-ci qui vient d'un monde meurtrier et d'un enfer fortifié ? » Et le Seigneur répondit : « C'est moi dont la parole est la parole de justice, et je suis combattant pour sauver. »

(Is., LXIII.) Saint Denis dit ainsi : « C'est moi, dit-il, qui parle justice et jugement pour le salut. » Dans la rédemption du genre humain, il y eut justice, en tant que le créateur ramena la créature qui s'était éloignée, de son maître, et il y eut jugement, en ce que J.-C., par sa puissance, chassa le diable, usurpateur, de l'homme qu'il possédait. Mais ici saint Denis pose cette question : « Puisque les anges supérieurs sont le plus près de Dieu, et qu'ils sont immédiatement illuminés par lui, pourquoi s'adressent-ils des questions, comme s'ils avaient le désir de s'instruire mutuellement ? » Saint Denis répond lui-même et son commentateur expose que : en s'interrogeant, ils montrent que la science a pour eux de l'attrait; en se questionnant d'abord les uns les autres, ils manifestent qu'ils n'osent pas d'eux-mêmes devancer la procession divine. Ils commencent donc par s'interroger tout d'abord pour ne prévenir, par aucune interrogation prématurée, l'illumination que Dieu opère en eux. Donc cette question n'est pas un examen de la doctrine, mais un aveu d'ignorance. — La seconde question est celle qu'adressèrent à J.-C. ces anges de premier degré : « Pourquoi donc, disent-ils, votre robe est-elle rougie, et pourquoi vos vêtements sont-ils comme les vêtements de ceux qui foulent dans le pressoir ? » On dit que le Seigneur avait un vêtement, c'est-à-dire, son corps, rouge ou plein de sang, par la raison qu'en montant au ciel, il portait encore sur lui les cicatrices de ses plaies : car il voulut conserver ces cicatrices en son corps, pour cinq motifs ainsi énumérés par Bède dont voici les paroles : « Le Seigneur conserva ses cicatrices et il les doit conserver jusqu'au jugement, pour affermir la foi en sa Résurrection, pour les montrer à son père alors qu'il le supplie en faveur des hommes, pour que les bons voient avec quelle miséricorde ils ont été rachetés, et les méchants reconnaissent avoir été justement damnés; enfin pour porter les trophées authentiques de la victoire éternelle qu'il a remportée. » Donc à cette question le Seigneur répondit ainsi : « J'ai été seul à fouler le vin, sans qu'aucun homme de tous les peuples fût avec moi. » La croix peut être appelée un pressoir, sous la pression duquel il a tellement été écrasé qu'il a répandu tout son sang. Ou bien ce qu'il appelle pressoir, c'est le diable qui a tellement enveloppé et étreint le genre humain dans les liens du péché qu'il a exprimé tout ce qu'il y avait en lui de spirituel, en sorte qu'il n'en reste que la cape. Mais notre guerrier a foulé le pressoir, il a rompu les liens des pécheurs, et après avoir monté au ciel, il a ouvert la demeure du ciel et a répandu le vin du Saint-Esprit. La troisième question est celle qu'adressèrent les anges inférieurs aux supérieurs : « Quel est, dirent-ils, ce roi de gloire ? » Voici ce que dit saint Augustin par rapport à cette question et à la réponse qu'il était convenable d'y donner : « L'immensité des airs est sanctifiée par le cortège divin, et toute la troupe des démons qui vole dans l'air se hâte de fuir à la vue de J.-C. qui s'élève. » Les anges accoururent à sa rencontre et demandent : « Qui est ce roi de gloire ? » D'autres anges leur répondent : « C'est celui qui est éclatant par sa blancheur et par sa couleur de rose; c'est celui qui n'a ni apparence, ni beauté : il fut faible sur le bois, fort quand il partage le butin; il fut vil dans un corps chétif, et équipé au moment du combat; il fut hideux en sa mort, et beau dans sa résurrection; il reçut une blancheur éclatante de la Vierge sa mère, et il était rouge de sang sur la croix : sans éclat au milieu des opprobres, il brille dans le ciel. »

V. A quel titre il monta. Il en eut trois, répond saint Jérôme, avec le Psaume (XLIV). La vérité, la douceur et la justice. « La vérité, car vous avez accompli ce que vous aviez promis par la bouche des prophètes; la douceur, car vous vous êtes laissé immoler comme une brebis pour la vie de votre peuple; la justice, parce que vous avez employé non pas la puissance, mais la justice pour délivrer l'homme, et la force de votre droite vous dirigera merveilleusement : la puissance, ou la force, vous dirigera vers le ciel. »

VI. Où il monta. Il faut savoir que J.-C. monta au-dessus de tous les cieux, selon l'expression de saint Paul dans son Epître aux Ephésiens (IV) : « Celui qui est descendu, c'est le même qui est monté au-dessus de tous les cieux, afin de remplir toutes choses. » L'apôtre dit : « Au-dessus de tous les cieux », car il y en a plusieurs au-dessus desquels il monta. Il y a le ciel matériel, le rationnel, l'intellectuel et le supersubstantiel. Le ciel matériel est multiple, savoir, l'aérien, l'éthéré, l'olympien, l'igné, le sidéral, le cristallin, et l'empyrée. Le ciel rationnel, c'est l'homme juste appelé ciel puisqu'il est l'habitation de Dieu; car de même que le ciel est le trône et l'habitation de Dieu, selon cette expression d'Isaïe (LXVI) : « Le ciel est mon trône », de même l'âme juste, d'après le livre de la Sagesse, est le trône de la sagesse. L'homme juste est encore appelé ciel, en raison des saintes habitudes, parce que les saints par leur manière de vivre et leurs désirs habitent dans le ciel, comme le disait l'apôtre : « Notre conservation est dans les cieux. » En raison encore des bonnes œuvres continuelles; parce que de même que le ciel roule par un mouvement continu, de même aussi les saints se meuvent continuellement dans les bonnes œuvres. Le ciel intellectuel, c'est l'ange. En effet l'ange est appelé ciel parce que, ainsi que les cieux, il est élevé à une très haute dignité et excellence. Quant à cette dignité et excellence, 1° Denys parle de cette manière dans son livre des *Noms divins* (chap. IV) : « Les esprits divins sont au-dessus des autres êtres; leur vie l'emporte sur celle des autres créatures vivantes; leur intelligence et leur connaissance dépassent le sens et la raison : mieux que tous les êtres, ils tendent au beau et au bien et y participent. » 2° Ils sont extrêmement beaux en raison de la nature et de la gloire. Saint Denys encore en parlant de leur beauté dit au même livre : « L'ange est la manifestation de la lumière cachée; c'est un miroir pur, d'un éclat brillant, sans tache aucune ni souillure, immaculé, recevant, s'il est permis de le dire, la beauté, la forme excellente de la divinité. » 3° Ils sont pleins de force en raison de leur vertu et de leur puissance. Le Damascène parle ainsi de leur force au livre II, chap. III : « Ils sont forts et disposés à l'accomplissement de la volonté de Dieu; et partout on les trouve réunis, tout aussitôt que, par un simple signe de Dieu, ils en perçoivent les ordres. » Le ciel possède hauteur, beauté et force. L'Ecclésiastique dit au sujet des deux premières qualités (XLIII) : « Le firmament est le lieu où la beauté des corps les plus hauts paraît avec éclat : c'est l'ornement du ciel, c'est lui qui en fait luire la gloire. » Au livre de Job il est dit (XXXVII) par rapport à la force : « Vous avez peut-être formé avec lui les cieux qui sont aussi solides que s'ils étaient d'airain fondu. » — Le ciel supersubstantiel, c'est le siège de l'excellence divine, d'où J.-C. est venu et jusqu'où il remonta plus tard. Le Psaume l'indique par ces paroles (VII) : « Il part de l'extrémité du ciel, et il va jusqu'à l'autre extrémité. » Donc J.-C. monta au-dessus de ces cieux jusqu'au ciel supersubstantiel. Le Psaume porte qu'il monta au-dessus de tous les cieux matériels quand il dit (VIII) : « Seigneur, votre magnificence a été élevée au-dessus des cieux. » Il monta au-dessus de tous les cieux matériels jusqu'au ciel empyrée lui-même, non pas comme Elie qui monta dans un char de feu, jusqu'à la région sublunaire sans la traverser, mais qui fut transporté dans le paradis terrestre dont l'élévation est telle qu'il touche à la région sublunaire (Rois, IV, II; Ecclé., VIII), sans aller au-delà. C'est donc dans le ciel empyrée que réside J.-C.; c'est là sa propre et spéciale demeure avec les anges et les autres saints. Et cette habitation convient à ceux qui l'occupent. Ce ciel en effet l'emporte sur les autres en dignité, en priorité, en situation et en proportions : c'est aussi pour cela que c'est une habitation digne de J.-C., qui surpasse tous les cieux rationnels et intellectuels en dignité, en éternité, par son état d'immutabilité et par les proportions de sa puissance. De même aussi, c'est une habitation convenable pour les Saints : car ce ciel est uniforme, immobile, d'une splendeur parfaite et d'une capacité immense : et cela convient bien aux anges et aux saints qui ont été uniformes dans leurs œuvres, immobiles dans leur amour, éclairés dans la foi ou la science, et remplis du Saint-Esprit.

Il est évident que J.-C. monta au-dessus de tous les cieux rationnels, qui sont tous les saints, par ces paroles du Cantique des Cantiques (II) : « Le voici qui vient sautant sur les montagnes, passant par-dessus les collines. » Par les montagnes on entend les anges, et par les collines les hommes saints. Il est évident qu'il monta au-dessus de tous les cieux intellectuels, qui sont les anges, par ces mots du Psaume (CIII) : « Seigneur, vous montez sur les nuées et vous marchez sur les ailes des vents. » « Il a monté au-dessus des chérubins, il a volé sur les ailes des vents (XCVIII.) » Il est encore évident que Jésus-Christ monta jusqu'au ciel supersubstantiel, c'est-à-dire, jusqu'au siège de Dieu, par ces paroles de saint Marc (XVI) : « Et le Seigneur Jésus, après leur avoir ainsi parlé, fut élevé dans le ciel; et il y est assis à la droite de Dieu. » La droite de Dieu, c'est l'égalité en Dieu. Il a été singulièrement dit et donné à mon Seigneur, par le Seigneur, de siéger à la droite de sa gloire, comme dans une gloire égale, dans une essence consubstantielle, pour une génération semblable en tout point, pour une majesté qui n'est pas inférieure, et pour une éternité qui n'est pas postérieure. On peut dire encore que J.-C. dans son ascension atteignit quatre sortes de sublimités : celle du lieu, celle de la récompense acquise, celle de la science, celle de la vertu. De la sublimité du lieu qui est la première, il est dit aux Ephésiens (IV) : « Celui qui est descendu, c'est le même qui a monté au-dessus de tous les cieux. » De la sublimité de la récompense acquise qui est la seconde, on lit aux Philippiens (II) : « Il s'est rendu obéissant jusqu'à la mort et la mort de la croix : c'est pourquoi Dieu l'a élevé. » Saint Augustin dit sur ces paroles : « L'humilité est le mérite de la distinction et la distinction est la récompense de l'humilité. » De la sublimité de la science, le Psaume (XCVIII) dit : « Il monta au-dessus des chérubins »; c'est autant dire, au-dessus de toute plénitude de science. De la sublimité de la vertu qui est la quatrième, il est dit aux Ephésiens : « Parce qu'il a monté au-dessus des Séraphins. » (III.) « L'amour de J.-C. envers nous surpasse toute connaissance. »

VII. Pourquoi J.-C. est-il monté au ciel? Il y a neuf fruits ou avantages à retirer de l'Ascension. Le 1er avantage, c'est l'acquisition de l'amour de Dieu (saint Jean, XVI) : « Si je ne m'en vais pas, le Paraclet ne viendra pas. » Ce qui fait dire à saint Augustin : « Si vous m'êtes attachés comme des hommes de chair, vous ne serez pas capables de posséder le Saint-Esprit. » Le 2e avantage, c'est une plus grande connaissance de Dieu (saint Jean, XIV) : « Si vous m'aimiez, vous vous réjouiriez certainement parce que je m'en vais à mon Père; car mon Père est plus grand que moi. » Saint Augustin dit à ce propos : « Si je fais disparaître cette forme et cette nature d'esclave, par laquelle je suis inférieur à mon Père, c'est afin que vous puissiez voir Dieu avec les yeux de l'esprit. » Le 3e avantage, c'est le mérite de la foi. A ce sujet saint Léon s'exprime de la sorte dans son sermon 12e sur l'Ascension : « C'est alors que la foi plus éclairée commence à comprendre à l'aide de la raison que le Fils est égal au Père; il ne lui est plus nécessaire de toucher la substance corporelle de J.-C., par laquelle il est inférieur à son Père. C'est là le privilège des grands esprits de croire, sans appréhension, ce que l'œil du corps ne saurait apercevoir, et de s'attacher, par le désir, à ce à quoi l'on ne peut atteindre par la vue. » Saint Augustin dit au livre de ses *Confessions :* « Il a bondi comme un géant pour fournir sa carrière. Il n'a pas apporté de lenteur, mais il a couru en proclamant par ses paroles, par ses actions, par sa mort, par sa vie; en descendant sur la terre, en montant au ciel, il crie pour que nous revenions à lui, et il a disparu aux yeux de ses apôtres, afin que nous rentrions dans notre cœur pour l'y trouver. » Le 4e avantage, c'est la sécurité, s'il est monté au ciel, c'est pour être notre avocat auprès de son Père. Nous pouvons bien être en sûreté, quand nous pensons avoir un pareil avocat devant le Père. (Saint Jean, I, II) : « Nous avons pour avocat auprès du Père J.-C., qui est juste; car c'est lui qui est la victime de propitiation pour nos péchés. » Saint Bernard dit en parlant de cette sécurité : « Tu as, ô homme, un accès assuré auprès de Dieu : Tu y vois la mère devant le Fils, et le Fils devant le Père : cette mère montre à son fils sa poitrine et ses mamelles; le Fils montre à son Père son côté et ses blessures. Il ne pourra donc y avoir de refus, là où il y a tant de preuves de charité. » Le 5e avantage, c'est notre dignité. Oui, notre dignité est extraordinairement grande, puisque notre nature a été élevée jusqu'à la droite de Dieu. C'est pour cela que les anges, en considération de cette dignité dans les hommes, se sont désormais refusés à recevoir leurs adorations, comme il est dit dans l'Apocalypse (XIX) : « Et je me prosternai (c'est saint Jean qui parle) aux pieds de l'ange pour l'adorer. Mais il me dit : gardez-vous bien de le faire; je suis serviteur de Dieu comme vous, et comme vos frères. » La glose fait ici cette remarque : « Dans l'ancienne loi, l'ange ne refusa pas l'adoration de l'homme, mais après l'ascension du Seigneur, quand il eut vu que l'homme était élevé au-dessus de lui, il appréhenda d'être adoré. » Saint Léon parle ainsi dans son 2e sermon sur l'Ascension : « Aujourd'hui la faiblesse de notre nature a été élevée en J.-C., au-dessus de toutes les plus grandes puissances jusqu'au trône où Dieu est assis. Ce qui rend plus admirable la grâce de Dieu, c'est qu'en enlevant ainsi au regard des hommes ce qui leur imprimait à juste titre un respect sensible, elle empêche la foi de faillir, l'espérance de chanceler et la charité de se refroidir. » — Le 6e avantage, c'est la solidité de notre espérance. Saint Paul dit aux Hébreux (IV) : « Ayant donc pour grand pontife Jésus, Fils de Dieu, qui est monté au plus haut des cieux, demeurons fermes dans la profession que nous avons faite d'espérer. » Et plus loin (VI) : « Nous avons mis notre refuge dans la recherche et l'acquisition des biens à nous proposés par l'espérance, qui sert à notre âme comme une ancre ferme et assurée laquelle pénètre jusqu'au dedans du voile où Jésus, notre précurseur, est entré pour nous. » Saint Léon dit encore à ce sujet : « L'Ascension de J.-C. est le gage de notre élévation, d'autant que là où la gloire du chef a précédé, le corps espère y parvenir. » Le 7e avantage est de nous montrer le chemin. Le prophète Michée dit (III) : « Il a monté pour nous ouvrir le chemin. » Saint Augustin ajoute : « Le Sauveur s'est fait lui-même notre voie. Levez-vous et marchez, vous avez un chemin tout tracé; gardez-vous d'être lents. » Le huitième avantage, c'est de nous ouvrir la porte du ciel : car de même que le premier Adam a ouvert les portes de l'enfer, de même le second a ouvert les portes du paradis. Aussi l'Eglise chante-t-elle : *Tu devicto mortis aculeo*, etc. [1] : « Après avoir vaincu l'aiguillon de la mort, vous avez ouvert aux croyants le royaume des cieux. » Le 8e avantage, c'est de nous préparer une place. « Je vais, dit J.-C. dans saint Jean, je vais vous préparer une place. » Saint Augustin commente ainsi ces paroles : « Seigneur, préparez ce que vous préparez : car vous nous préparez pour vous, et c'est vous-même que vous nous préparez, quand vous préparez une place où nous habiterons en vous et où vous habiterez en nous. »

LE SAINT-ESPRIT

Ainsi que l'atteste l'histoire sacrée des Actes, aujourd'hui le Saint-Esprit fut envoyé sur les apôtres sous la forme de langues de feu. Au sujet de cette mission ou venue, il y a huit considérations à faire : 1° par qui il fut envoyé; 2° de combien de manières il est ou il fut envoyé; 3° en quel temps; 4° combien de fois; 5° de quelle manière; 6° sur qui; 7° pourquoi; 8° par quel moyen il fut envoyé.

1. Paroles du *Te Deum*.

I. Par qui le Saint-Esprit fut-il envoyé. C'est le Père qui envoya ce Saint-Esprit, c'est le fils aussi, et le Saint-Esprit se donna lui-même et s'envoya. Ce fut le Père, d'après ces paroles de J.-C. en saint Jean (XIV) : « Le Paraclet qui est le Saint-Esprit, que le Père enverra en mon nom, vous enseignera toutes choses. » Ce fut le fils : on lit au XVIe chap. de saint Jean : « Mais si je m'en vais, je vous l'enverrai. » En prenant un point de comparaison avec les choses d'ici-bas, l'envoyé a trois sortes de rapports avec celui qui l'envoie; il lui donne l'être, comme le rayon est envoyé par le soleil : il lui donne sa force, comme la flèche envoyée par l'archer; il lui donne juridiction ou autorité, comme un messager envoyé par son supérieur. Sous ce triple point de vue, la mission peut convenir au Saint-Esprit : car il est envoyé par le Père et le Fils en qui résident l'être, la force et l'autorité dans leurs opérations. Néanmoins, l'Esprit-Saint lui-même s'est aussi donné et envoyé : ce qui est insinué dans ces paroles de saint Jean (XVI) : « Quand l'Esprit de vérité sera venu. » En effet selon que le dit saint Léon, pape, en son sermon de la Pentecôte : « La bienheureuse Trinité, l'incommutable divinité est une en substance, ses opérations sont indivises, elle est unie dans sa volonté, pareille en toute-puissance, égale en gloire : mais elle s'est partagé l'œuvre de notre rédemption, cette miséricordieuse Trinité, de sorte que le Père se laissa fléchir, le Fils se fit propitiation et le Saint-Esprit nous embrasa de son amour. » Or, puisque le Saint-Esprit est Dieu, on peut donc dire avec vérité qu'il se donne lui-même. Saint Ambroise prouve ainsi la divinité du Saint-Esprit dans son livre *Du Saint-Esprit :* « La gloire de sa divinité est manifestement prouvée par ces quatre moyens. On connaît qu'il est Dieu, ou bien parce qu'il est sans péché, ou bien parce qu'il pardonne le péché, ou bien parce que ce n'est pas une créature, mais qu'il est créateur, ou bien enfin parce qu'il n'adore pas, mais qu'il est adoré. » Il est évident par là que la Trinité se donna toute à nous : « Parce que, dit saint Augustin, le Père nous a donné tout ce qu'il a; il nous a donné son Fils pour prix de notre rédemption, le Saint-Esprit comme privilège de notre adoption, et il sc réserve lui-même tout entier comme l'héritage de notre adoption. » De même aussi, le Fils s'est donné entièrement à nous, selon ce mot de saint Bernard : « Il est pasteur, il est pâture, il est rédemption. Il nous a donné son âme pour rançon, son sang pour breuvage, sa chair pour aliment et sa divinité pour récompense. » De même encore le Saint-Esprit nous a gratifiés et nous gratifie de tous ses dons, parce qu'il est dit dans la Ire Epître aux Corinthiens (XII) : « L'un reçoit du Saint-Esprit le don de parler avec sagesse, un autre reçoit du même Esprit le don de parler avec science; un autre reçoit le don de la foi par le même Esprit. » Saint Léon, pape, ajoute : « C'est le Saint-Esprit qui inspire la foi, qui enseigne la science : il est la source de l'amour, le cachet de la chasteté et le principe de tout salut. »

II. De combien de manières le Saint-Esprit est ou fut envoyé. Il faut savoir que le Saint-Esprit est envoyé d'une manière visible et d'une manière invisible. Elle est invisible quand il pénètre dans les cœurs saints : elle est visible quand il se montre sous un signe visible. Saint Jean parle de sa mission invisible quand il dit (III) : « L'Esprit souffle où il veut et vous entendez sa voix, mais vous ne savez ni d'où il vient, ni où il va. » Cela n'a rien d'étonnant, parce que, selon le mot de saint Bernard en parlant du Verbe invisible : « Il n'est pas entré par les yeux, puisqu'il n'a pas de couleur; ni par les oreilles, parce qu'il n'a pas rendu de son; ni par les narines, parce qu'il n'est pas mêlé avec l'air, mais avec l'esprit, qu'il n'infecte pas l'air mais qu'il le fait : il n'est pas entré par la bouche, puisqu'il n'est ni mangé ni bu; ni par le toucher du corps, puisqu'il n'est pas palpable. Vous demandez donc, puisque ses voies sont si impénétrables, comment je connais sa présence : je l'ai reconnue par la crainte que j'éprouve en mon cœur : c'est par la fuite du vice que j'ai remarqué la puissance de sa force : je n'ai qu'à ouvrir les yeux et à examiner; alors j'admire la profondeur de sa sagesse : c'est par le plus petit amendement dans mes mœurs que j'ai ressenti la bonté de sa douceur; c'est par la réformation et le renouvellement intérieur de mon âme que j'ai aperçu, autant qu'il m'a été possible, l'éclat de sa beauté; c'est en voyant toutes ces merveilles à la fois que j'ai été saisi devant son infinie grandeur. » Une mission est visible quand elle est indiquée par un signe visible. Or, le Saint-Esprit s'est montré sous cinq formes visibles : 1° sous la forme d'une colombe au-dessus de J.-C. qui venait d'être baptisé. Saint Luc dit (III) que le Saint-Esprit descendit sur lui sous une forme corporelle semblable à une colombe; 2° sous la forme d'une nuée lumineuse au moment de la transfiguration. Saint Matthieu dit (XVI) : « Lorsqu'il parlait encore, une nuée lumineuse vint le couvrir. » La glose ajoute : « Dans le baptême de N.-S., comme dans sa transfiguration glorieuse, le Saint-Esprit a manifesté le mystère de la sainte Trinité, là dans une colombe, ici dans une nuée lumineuse »; 3° sous la forme d'un souffle. On lit dans saint Jean (XX) : « Il souffla et leur dit : « Recevez le Saint-Esprit »; 4° sous la forme de feu; 5° sous la forme de langue : et c'est sous cette double forme qu'il a apparu en ce jour. Or, s'il s'est montré sous ces cinq formes, c'est pour donner à comprendre qu'il en opère les propriétés dans les cœurs où il vient. 1° Il s'est montré sous la forme d'une colombe. La colombe gémit au lieu de chanter, elle n'a pas de fiel, elle se cache dans les fentes des rochers. De même le Saint-Esprit fait gémir sur leurs péchés ceux qu'il remplit. « Nous rugissons tous comme des ours, dit Isaïe (LIX), nous gémissons et nous soupirons comme des colombes. » « Le Saint-Esprit lui-même, dit saint Paul (Rom., VIII), prie pour nous, par des gémissements ineffables », c'est-à-dire, qu'il nous fait prier et gémir. 2° Il n'y a en lui ni fiel ni amertume. Et la Sagesse dit (XII) : « Seigneur, oh! que votre Esprit est bon, et qu'il est doux en toute sa conduite! » (VII) : « Il est humain, doux, bon; parce qu'il rend doux, bon et humain; doux dans les discours, bon de cœur et humain en action. » 3° Il habite dans les fentes du rocher, c'est-à-dire dans les plaies de J.-C. « Levez-vous, est-il dit dans le Cantique (II), ma bien-aimée, mon épouse, et venez, vous qui êtes ma colombe (la glose ajoute : vous qui réchauffez mes poussins, par l'infusion du Saint-Esprit), qui habitez les creux de la pierre (la glose : dans les blessures de J.-C.). » Jérémie parle ainsi au chap. IV des Lamentations : « Le Christ, le Seigneur, l'esprit de notre bouche a été pris à cause de nos péchés. » Nous lui avons dit : « Nous vivrons sous votre ombre parmi les nations. » C'est comme s'il disait : « L'Esprit-Saint, qui est de notre bouche, et cette bouche, c'est celle de N.-S. J.-C., parce qu'il est notre bouche et notre chair, nous faire dire à J.-C. : « Nous vivrons en ayant toujours à la mémoire votre ombre, c'est-à-dire votre passion, dans laquelle le Christ fut environné de ténèbres et méprisé. » La nuée est élevée au-dessus de la terre, elle procure le rafraîchissement et engendre la pluie : ainsi fait le Saint-Esprit de ceux qu'il remplit, il les élève au-dessus de la terre et leur inspire le mépris des choses terrestres. Selon ces paroles d'Ezéchiel (VIII) : « L'Esprit m'a élevé entre le ciel et la terre. » (I) : « Partout où allait l'Esprit, et où l'Esprit s'élevait, les roues s'élevaient aussi, et le suivaient, parce que l'Esprit de vie était dans les roues. » Saint Grégoire dit de son côté : « Quand on a goûté de l'Esprit, à l'instant toute chair devient insipide. » L'Esprit-Saint refroidit contre les ardeurs du vice. Aussi a-t-il été dit à Marie (saint Luc, I) : « Le Saint-Esprit surviendra en vous, et la vertu du Très-Haut vous couvrira de son ombre », c'est-à-dire, elle vous refroidira contre toutes les ardeurs du vice. C'est pour cela que l'Esprit-Saint est appelé eau, parce qu'il a une vertu régénérative. « Si quelqu'un croit en moi, dit J.-C. (saint Jean, VII), il sortira de son cœur des fleuves d'eau vive » — ce qu'il entendait de l'Esprit-Saint que devaient recevoir ceux qui croiraient en lui. Enfin l'Esprit-Saint engendre une pluie de larmes. Le Psaume (CXLVII) dit :

« Son Esprit soufflera et les eaux couleront », c'est-à-dire, les larmes. 3° Il s'est montré sous la forme d'un souffle. Le souffle est agile, chaud, doux et nécessaire pour la respiration : de même aussi l'Esprit-Saint est agile, c'est-à-dire prompt à se répandre; il est plus actif que toutes les substances agissantes. La glose explique ainsi ces paroles des Actes : « On entendit tout d'un coup un grand bruit, comme d'un vent impétueux, qui venait du ciel », la grâce du Saint-Esprit, dit-elle, ne connaît pas les obstacles d'un retard. En second lieu, il est chaud pour embraser : « Je suis venu, est-il dit en saint Luc (XII), apporter le feu sur la terre, et que veux-je, sinon qu'il brûle ? » Ce qui l'a fait comparer dans le Cantique (IV) à l'auster qui est un vent chaud : « Retirez-vous, aquilon, venez, vent du midi, soufflez de toutes parts dans mon jardin et que les parfums en découlent. » En troisième lieu, il est doux pour adoucir. Aussi pour indiquer sa douceur, on donne le nom d'onction; comme dans la 1re Epître canonique de saint Jean (II) : « Son onction vous enseigne toutes choses »; 2° le nom de rosée. L'Eglise chante en effet (I) : « Que l'Esprit-Saint répande sa rosée céleste pour rendre nos cœurs féconds en bonnes œuvres. *Et sui roris intima aspersione fecundet.* » 3° Le nom de souffle léger. On lit au IIIe livre des Rois (XIX) : « Après le feu, on entendit le souffle d'un petit vent doux » et le Seigneur y était. En quatrième lieu, il est nécessaire pour la respiration. Le souffle est tellement nécessaire pour respirer que s'il cessait pendant une heure, l'homme mourrait aussitôt. Il faut l'entendre aussi en ce sens du Saint-Esprit. D'où vient que le Psaume dit : « Vous leur ôterez l'esprit, et ils tomberont dans la défaillance et retourneront dans leur poussière. Envoyez votre Esprit et ils seront créés de nouveau, et vous renouvellerez la face de la terre. » Saint Jean dit aussi (VI) : « C'est l'Esprit qui vivifie, la chair ne sert de rien. Les paroles que je vous ai dites sont elles-mêmes esprit et vie. » 4° Il s'est montré sous la forme de feu. 5° Sous la forme de langue, d'après ces paroles des Actes (II) : « En même temps ils (les disciples) virent paraître comme des langues de feu qui se partagèrent et qui s'arrêtèrent sur chacun d'eux. » Plus bas se trouvera l'explication de ces deux formes.

III. En quel temps fut-il envoyé. Ce fut le cinquantième jour après Pâques, pour faire comprendre que la perfection de la loi vient du Saint-Esprit, ainsi que la récompense éternelle et la rémission des péchés. 1° Il est la perfection de la loi, en ce que, d'après la glose, à dater du cinquantième jour où l'agneau avait été immolé d'avance, la loi fut donnée au milieu du feu; dans le Nouveau Testament aussi, cinquante jours après la Pâque de J.-C., le Saint-Esprit descendit au milieu du feu. La loi, c'était sur le mont Sinaï, le Saint-Esprit, sur le mont Sion. La loi fut donnée au sommet d'une montagne, le Saint-Esprit dans le cénacle; d'où il paraît clairement que l'Esprit-Saint lui-même est la perfection de la loi, parce que l'accomplissement de la loi, c'est l'amour. 2° C'est la récompense éternelle. La glose dit en effet : « De même que les quarante jours pendant lesquels J.-C. conversa avec ses disciples désignent l'Eglise actuelle, de même le cinquantième jour auquel est donné le Saint-Esprit veut dire le denier de la récompense éternelle. » 3° C'est la rémission des péchés. La glose ajoute au même endroit : « De même que dans la cinquantième année arrivait l'indulgence du Jubilé, de même, par le Saint-Esprit, les péchés sont remis. » Ce qui suit se trouve encore dans la glose : « Dans ce jubilé spirituel, les accusés sont relâchés, les dettes remises, les exilés rappelés dans leur patrie, l'héritage perdu est restitué, c'est-à-dire que les hommes vendus au péché sont délivrés du joug de la servitude. » Les condamnés à mort sont relâchés et délivrés : c'est pour cela qu'il est dit dans l'Epître aux Romains (VIII) : « La loi de l'esprit de vie qui est en J.-C. m'a délivré de la loi du péché et de la mort. » Les dettes des péchés sont remises; parce que (saint Pierre, I, 4) « la charité couvre la multitude des péchés ». Les exilés sont rappelés dans la patrie : Il est dit dans le Psaume (CXLII) : « Votre esprit, qui est bon, me conduira dans une terre unie. » L'héritage perdu est restitué : « L'Esprit, est-il dit dans l'Epître aux Romains (VIII), rend témoignage à notre esprit que nous sommes enfants de Dieu. Si nous sommes enfants, nous sommes aussi héritiers. » Les esclaves sont délivrés du péché. Aux Corinthiens on trouve (II, 4) : « Où est l'Esprit du Seigneur, là est la liberté. »

IV. Combien de fois fut-il envoyé aux apôtres. Il faut savoir que, d'après la glose, il leur a été donné trois fois : 1° avant la Passion, 2° après la Résurrection, 3° et après l'Ascension : la première fois pour faire des miracles, la seconde pour remettre les péchés, la troisième pour affermir leurs cœurs. La première fois, ce fut quand J.-C. les envoya prêcher, et leur donna la puissance de chasser tous les démons et de guérir les infirmités. Tous ces miracles sont l'œuvre du Saint-Esprit selon ces paroles de saint Matthieu (XII) : « Si c'est par l'Esprit de Dieu que je chasse les démons, le royaume de Dieu est donc venu jusqu'à vous. » Cependant, opérer des miracles n'est pas une conséquence de la possession du Saint-Esprit, parce que selon la parole de saint Grégoire : « Les miracles ne font pas l'homme saint, mais ils le montrent. » Et parce que l'on fait des miracles ce n'est pas une raison, pour avoir l'Esprit-Saint, puisque les méchants eux-mêmes allèguent qu'ils ont fait des miracles. (Saint Matthieu, VII) : « Seigneur, n'avons-nous pas prophétisé en votre nom ? N'avons-nous pas chassé les démons en votre nom ? et n'avons-nous pas fait plusieurs miracles en votre nom ? » Car Dieu fait des miracles par son autorité, les anges par l'infériorité de la matière, les démons, par des vertus naturelles qui résident dans les choses, les magiciens par des contrats secrets avec les démons, les bons chrétiens par une justice manifeste, les mauvais chrétiens par les apparences d'une justice reconnue. La seconde fois que J.-C. donna le Saint-Esprit aux apôtres, ce fut quand il souffla sur eux en disant : « Recevez le Saint-Esprit, les péchés seront remis à ceux auxquels vous les remettrez, et ils seront retenus à ceux auxquels vous les retiendrez. » Cependant nul ne saurait remettre le péché quant à la souillure qu'il produit et qui réside dans l'âme, ni quant à la culpabilité qui engage à la peine éternelle; ni quant à l'offense faite à Dieu, toutes misères qui sont remises seulement par l'infusion de la grâce et en vertu de la contrition. On dit cependant que le prêtre absout, tant parce qu'il déclare le pénitent absous de la faute que parce qu'il change la peine du purgatoire en une peine temporelle et qu'il remet une partie elle-même de la peine temporelle. La troisième fois qu'il donna le Saint-Esprit à ses apôtres, ce fut aujourd'hui, alors que leurs cœurs étaient tellement fortifiés qu'ils ne craignaient en rien les tourments : selon le mot du Psalmiste (XXXII) : « C'est l'esprit (le souffle) de sa bouche qui a produit toute leur force. » Et selon ces paroles de saint Augustin : « Telle est la grâce du Saint-Esprit que s'il trouve la tristesse, il la dissipe, s'il trouve des désirs mauvais, il les consume; s'il trouve la crainte, il la chasse. » Saint Léon, pape, dit de son côté : « Si l'Esprit-Saint était l'objet de l'espoir des apôtres, ce n'était pas tout d'abord pour habiter dans des cœurs sanctifiés, mais pour les enflammer davantage après leur sanctification, pour verser en eux une plus grande abondance de grâces. Il les comblait de ses dons, il ne commençait pas leur conversion. Et cependant son œuvre n'était pas nouvelle, parce qu'il était plus riche en largesses. »

V. De quelle manière fut-il envoyé. Il fut envoyé avec bruit, en forme de langues de feu, et ces langues apparurent en se posant. Le bruit fut subit, venant du ciel, véhément et remplissant. Il fut subit parce que le Saint-Esprit ne connaît pas les obstacles d'un retard : il venait du ciel, parce qu'il rendit les apôtres célestes, il fut véhément, mot qui signifie : détruisant le malheur *(vœ adimens)*, soit parce qu'il détruit tout l'amour charnel dans l'esprit, d'où vient véhément *(vehens mentem)*. Il fut remplissant, parce que l'Esprit-Saint remplit tous les apôtres d'après ce texte des Actes : « Ils furent tous remplis du Saint-

Esprit. » Il y a trois signes auxquels on reconnaît la plénitude, et ces trois signes se trouvent dans les apôtres. Le premier c'est de ne pas rendre de son; par exemple le tonneau plein ne rend aucun son. Quand Job dit (VI) : « Le bœuf fait-il entendre ses mugissements lorsqu'il est devant une crèche pleine ? » c'est comme s'il disait : « Lorsque la crèche du cœur contient la plénitude de la grâce, il ne saurait jeter des murmures d'impatience. » Les apôtres possédèrent ce signe, parce qu'au milieu de leurs tribulations, ils ne rendirent aucun son d'impatience; il y a mieux : « Ils sortaient du conseil tout remplis de joie de ce qu'ils avaient été jugés dignes de souffrir des opprobres pour le nom de Jésus. (Act., V.) » Le second signe, c'est de ne pas pouvoir en contenir plus, et d'en posséder assez. En effet quand un vase est plein, il ne peut contenir autre chose; comme aussi quand un homme est rassasié, il n'a plus d'appétit : de même les saints qui ont la plénitude de la grâce, ne peuvent recevoir aucun goût pour les amours terrestres. « Tout cela m'est à dégoût, est-il dit dans Isaïe (I). Je n'aime point les holocaustes de vos béliers. » De même ceux qui ont goûté des douceurs divines n'ont pas soif des vanités terrestres. « Celui, dit saint Augustin, qui aura bu du fleuve du paradis dont une goutte est plus grande que l'océan, peut être assuré que la soif de ce monde sera étanchée en lui. » Les apôtres possédèrent ce signe, car ils ne voulurent avoir rien en propre, mais ils partagèrent tout en commun. Le troisième signe c'est de déborder, comme ce fleuve dont il est parlé dans l'Ecclésiastique (XXIV) : « Il répand la sagesse comme le Phison répand ses eaux. » Ce qui signifie à la lettre : Le propre de ce fleuve, c'est de déborder et d'arroser tout ce qui l'entoure. Ainsi les apôtres commencèrent à déborder, parce qu'ils se mirent à parler différentes langues. C'est ici que la glose dit : « Voici le signe de la plénitude : le vase plein se répand : le feu ne peut rester caché en lui-même. » Ils commencèrent donc à arroser ce qui les entourait : de là vient que saint Pierre se mit à prêcher et convertit trois mille personnes. Secondement, il fut envoyé en forme de langues de feu. Il y a là-dessus trois points à examiner : 1° pourquoi en langues et en langues de feu tout à la fois, 2° pourquoi en forme de feu plutôt qu'en un autre élément; 3° pourquoi en forme de langue plutôt que d'un autre membre. En premier lieu, il faut savoir que c'est pour trois raisons qu'il apparut en langues de feu : *a*) afin que les apôtres proférassent des paroles de feu; *b*) afin qu'ils prêchassent une loi de feu, c'est-à-dire une loi d'amour. Voici les paroles de saint Bernard sur ces deux premières raisons : « Le Saint-Esprit est venu en langues de feu afin de dire des paroles de feu dans les langues de toutes les nations; en sorte que ce furent des langues de feu qui prêchaient une loi de feu »; *c*) afin que les apôtres connussent que c'était par eux que parlait l'Esprit-Saint qui est feu; afin qu'ils n'eussent aucune défiance là-dessus; afin qu'ils ne s'attribuassent pas les conversions des autres, et que tous écoutassent leurs paroles comme celles de Dieu.

En second lieu, il fut envoyé sous la forme du feu pour beaucoup de raisons. La 1re se tire des sept espèces de grâce qu'il donne : car l'Esprit, comme le feu, abaisse les hauteurs par le don de crainte; il amollit les duretés par le don de piété; il illumine les lieux obscurs par la science; il resserre les fluides par le conseil; il consolide les choses sans consistance par la force; il clarifie les métaux dont il ôte la rouille par le don d'intelligence; il se dirige en haut par le don de sagesse. La 2e se tire de sa dignité et de son excellence : en effet le feu l'emporte sur tous les éléments, par son apparence, par son rang et par sa force : par son apparence, en raison de la beauté qu'il présente dans sa lumière; par son rang, en raison de la sublimité de sa position. L'Esprit-Saint aussi l'emporte sur tout en ces différents cas. Quant à l'apparence l'Esprit-Saint est appelé sans tache. Quant à son rang, il renferme toutes les intelligences; quant à sa force, il la possède en toute manière. La 3e se tire de ses différentes propriétés. Raban expose ainsi cette raison : « Le feu, de sa nature, contient quatre propriétés : il brûle, il purge, il échauffe et il éclaire. Pareillement le Saint-Esprit brûle les péchés, purge les cœurs, chasse la tiédeur et éclaire l'ignorance. Il brûle les péchés, selon cette parole du prophète Zacharie (XIII) : « Je les ferai passer par le feu où je les épurerai comme on épure l'argent. » C'était encore par ce feu que le prophète demandait à être brûlé quand il disait (Ps. XXV) : « Brûlez mes reins et mon cœur. » Il purge les cœurs, selon ce mot d'Isaïe (IV) : « Ils seront appelés saints quand le Seigneur aura lavé Jérusalem du sang qui est au milieu d'elle, par un esprit de justice et un esprit d'ardeur. » Il chasse la tiédeur : c'est pour cela qu'il est dit (Rom., XII) de ceux qui sont remplis du Saint-Esprit : « Conservez-vous dans la ferveur de l'esprit. » Saint Grégoire dit aussi : « Le Saint-Esprit est apparu en forme de feu parce qu'il dissipe l'engourdissement de la froideur de tout cœur qu'il remplit, et qu'il l'enflamme du désir de son éternité. » Il éclaire l'ingorance, d'après ces paroles du livre de la Sagesse (IX) : « Et qui pourra connaître votre pensée, si vous ne donnez vous-même la sagesse, et si vous n'envoyez votre Esprit-Saint du plus haut des cieux ? » Comme aussi dans la Ire Epître aux Corinthiens (II), on lit : « Or, Dieu nous a révélé par l'Esprit-Saint. » La 4e se prend de la nature de son amour : car l'amour a trois points de ressemblance avec le feu. 1° Le feu est toujours en mouvement, de même aussi l'amour du Saint-Esprit fait que ceux qui en sont remplis sont toujours occupés à faire de bonnes œuvres; et c'est la raison pour laquelle saint Grégoire dit : « Jamais l'amour de Dieu n'est oisif. S'il existe, il opère des merveilles; mais s'il néglige les bonnes œuvres, l'amour n'existe pas. » 2° De tous les éléments le feu est celui qui consiste le plus dans la forme et qui tient le moins de la matière. Il en est ainsi de l'amour du Saint-Esprit : celui qui en est rempli est peu épris de l'amour des choses terrestres et a beaucoup d'attachement pour les choses célestes et spirituelles, de sorte qu'il n'aime plus les choses charnelles d'une manière charnelle, mais qu'il aime de préférence les choses spirituelles d'une façon spirituelle. Saint Bernard distingue quatre sortes d'amours : l'amour de la chair pour la chair, l'amour de l'esprit pour la chair, l'amour de la chair pour l'esprit, et l'amour de l'esprit pour l'esprit lui-même. 3° Le feu abaisse ce qui s'élève, il tend à s'élever, il resserre et unit les fluides. Ces trois propriétés font connaître les trois sortes de forces qui sont dans l'amour, comme le dit saint Denys dans son livre des *Noms divins :* « Il a une force inclinative, une force élévative et une force coordinative. Il abaisse les choses supérieures au-dessous des inférieures, il élève les inférieures au-dessus des supérieures, il coordonne ensemble les choses semblables. » On trouve ces trois effets dans ceux que l'Esprit-Saint remplit : il les abaisse par l'humilité et le mépris d'eux-mêmes; il les élève par le désir des choses supérieures, et il établit entre eux l'uniformité de mœurs. 3° Pourquoi le Saint-Esprit apparaît-il sous la forme de langues, plutôt que sous la forme d'un autre membre ? On en donne trois raisons. En effet la langue est un membre enflammé du feu de l'enfer, difficile à gouverner, et utile quand on en fait un bon usage. Or, si la langue était enflammée du feu de l'enfer, elle avait donc besoin du feu du Saint-Esprit (saint Jacques, III) : « La langue est un feu », car elle se gouverne avec difficulté : c'est pour cela qu'elle a, plus que les autres membres, besoin de la grâce du Saint-Esprit. Saint Jacques ajoute que la nature de l'homme est capable de dompter et a dompté en effet toute sorte d'animaux. Si donc la langue est d'une telle utilité quand elle est bien dirigée, il fut donc nécessaire qu'elle eût le Saint-Esprit pour guide. Il apparut encore en forme de langue, pour signifier qu'il est d'une grande nécessité à ceux qui prêchent. Il les fait parler avec chaleur et intrépidité; c'est pour cela qu'il fut envoyé en forme de feu. « Le Saint-Esprit, dit Saint Bernard, est venu sur les apôtres en forme de langues de feu, afin qu'ils parlassent avec feu, et que les langues de feu prêchassent une loi de feu. » Ils parlèrent avec confiance et intrépidité : « Ils furent tous, disent les Actes (IV), remplis du Saint-

Esprit et se mirent à annoncer avec confiance la parole de Dieu. » Ils parlèrent plusieurs langues, selon que l'exigeait l'intelligence de leurs auditeurs. Aussi lisons-nous dans les Actes (II) qu'ils se mirent à parler différentes langues. Leur prédication fut utile selon le besoin et pour l'édification de tous. « L'Esprit du Seigneur est sur moi, dit Isaïe (LXI) : car le Seigneur m'a rempli de son onction, il m'a envoyé pour annoncer sa parole à ceux qui sont doux, pour guérir ceux qui ont le cœur brisé. » Troisièmement, ces langues apparurent en se posant pour donner à entendre que le Saint-Esprit était nécessaire et à ceux qui président et à ceux qui jugent, parce qu'il confère l'autorité de remettre les péchés. « Recevez le Saint-Esprit, est-il dit dans l'Evangile de saint Jean (XX) : les péchés seront remis à ceux auxquels vous les remettrez. » Il confère la science pour juger, selon ces paroles d'Isaïe : « Je répandrai mon esprit sur lui et il rendra la justice aux nations » (XLII). Il confère la douceur pour supporter : « Je prendrai, dit le Seigneur à Moïse (Nombres, XI, 17), de l'Esprit qui est en vous et je leur en donnerai (aux anciens d'Israël) afin qu'ils soutiennent avec vous le fardeau de ce peuple. » L'Esprit de Moïse était un esprit de douceur, selon que le témoigne le livre des Nombres (XII) : « Moïse était de tous les hommes le plus doux qui fût sur la terre. » — Il confère l'ornement de la sainteté pour embellir. Job dit (XXVI) : « L'Esprit du Seigneur a orné les cieux. »

VI. Sur qui fut-il envoyé. Sur les disciples qui étaient des réceptacles purs et préparés à recevoir le Saint-Esprit, pour sept qualités qui se trouvèrent en eux. 1° Ils furent calmes d'esprit; on le voit par ces mots : « Quand les jours de la Pentecôte furent accomplis », c'est-à-dire, les jours de repos. En effet cette fête était consacrée au repos. « Sur qui reposera mon esprit, dit Isaïe (LXVI), si ce n'est sur celui qui est humble ? » 2° Ils étaient unis par les liens de l'amour, ce qui est indiqué par ces paroles : « Ils étaient tous ensemble. » Il n'y avait en effet parmi eux qu'un seul cœur et une seule âme : car de même que l'esprit de l'homme ne vivifie les membres du corps qu'autant qu'ils sont unis dans la vie, de même le Saint-Esprit ne vivifie que les membres spirituels. Et comme le feu s'éteint dès lors qu'on éloigne les morceaux de bois, de même aussi l'Esprit-Saint disparaît où n'habite pas la concorde. C'est pour cela que l'on chante dans l'office des Apôtres [1] : « La divinité les a trouvés unis par la charité, elle les a inondés de lumière. » 3° Ils étaient renfermés dans un lieu. C'est pour cela qu'il est dit aux Actes : « Ils étaient dans un même local », c'est-à-dire, dans le cénacle. « Je la conduirai, est-il dit dans Osée (II), dans la solitude et je lui

1. Nous n'avons pas trouvé ce texte dans la liturgie romaine.

parlerai au cœur. » 4° Ils étaient assidus dans la prière, d'après ces paroles des Actes (I) : « Ils persévéraient tous unanimement en prière. » Et nous chantons [1] : « Les apôtres étaient en prière, alors qu'un bruit subit annonce la venue de Dieu. » Or, pour recevoir le Saint-Esprit, l'oraison est nécessaire, comme le dit le livre de la Sagesse (VII) : « J'ai prié et l'esprit de sagesse est venu en moi »; et dans saint Jean (XIV) : « Je prierai mon Père, et il vous donnera un autre Paraclet. » 5° Ils étaient doués d'humilité, ce que veut dire ce mot, ils étaient assis. Le Psaume dit : « Vous envoyez les fontaines dans les vallées », c'est-à-dire, vous donnez aux humbles la grâce du Saint-Esprit; ce qui est encore confirmé par ce texte : « Sur qui reposera mon esprit, si ce n'est sur celui qui est humble ? » 6° Ils étaient en paix comme l'indiquent ces mots : « Ils étaient dans Jérusalem », qui signifie Vision de Paix. Saint Jean montre que la paix est nécessaire pour recevoir le Saint-Esprit (saint Jean, XX). Aussitôt qu'il leur eut souhaité la paix en disant : « La paix soit avec vous », il souffla aussitôt sur eux et dit : « Recevez le Saint-Esprit. » 7° Ils étaient élevés en contemplation : ceci est marqué en ce qu'ils reçurent le Saint-Esprit alors qu'ils se trouvaient dans la partie supérieure du cénacle. La glose dit en cet endroit : « Celui qui désire le Saint-Esprit s'élève au-dessus de la demeure de sa chair, qu'il foule par la contemplation de son esprit. »

VII. Pourquoi fut-il envoyé. Le Saint-Esprit fut envoyé pour six causes. Le texte suivant est l'autorité sur laquelle on s'appuie : « Mais le consolateur, qui est l'Esprit-Saint que mon Père enverra en mon nom, vous enseignera toutes choses. » 1° Il fut envoyé pour consoler les affligés. Paraclet veut dire consolateur. Isaïe dit : « L'Esprit du Seigneur est sur moi, et il ajoute, pour apporter de la consolation à ceux qui pleurent dans Sion » (Isaïe, LXI). « L'Esprit-Saint, dit saint Grégoire, est appelé consolateur, parce que ceux qui gémissent d'avoir commis le péché sont préparés par lui à l'espoir du pardon. La tristesse qui s'était emparée de leur esprit affligé disparaît. » 2° Pour ressusciter les morts. Selon cette parole d'Ézéchiel (XXXVII) : « C'est l'Esprit qui vivifie : os arides, écoutez la parole du Seigneur. Je ferai entrer en vous l'Esprit et vous vivrez. » 3° Pour sanctifier ceux qui sont immondes. Aussi on dit l'Esprit, parce qu'il vivifie, et saint parce qu'il sanctifie et rend pur. Saint et pur, c'est une même

1. Hymne des Matines de la Pentecôte :

Hora diei tertia,
Apostolis orantibus,
Repente de cœlo sonus
Deum venire nuntiat.

Version antérieure à la correction des hymnes romaines.

chose. Le Psaume (XLV) porte : « Un fleuve tranquille réjouit la cité de Dieu »; ce fleuve c'est la grâce du Saint-Esprit qui purifie et qui ne tarit pas : la cité de Dieu, c'est l'Eglise de Dieu, et par ce fleuve, le Très-Haut a sanctifié son tabernacle. 4° Pour affermir l'amour au milieu de ceux qui sont désunis par la haine. « Mon père lui-même vous aime ». (Saint Jean, XIII.) Le Père, c'est celui qui nous aime tout naturellement. S'il est notre Père, et que nous sommes ses enfants, et si nous sommes tous frères à l'égard les uns des autres, qu'une amitié parfaite règne entre les frères. 5° Pour sauver les justes. Quand J.-C. dit : « Mon Père vous l'enverra en mon nom », il rappelle l'idée de Sauveur renfermée dans ce nom de Jésus. Donc c'est au nom de Jésus, c'est-à-dire, de Sauveur, que le Père a envoyé le Saint-Esprit afin de montrer qu'il est venu pour sauver les nations. 6° Pour instruire les ignorants : « Il vous enseignera toutes choses », dit J.-C.

VIII. Par quel moyen a-t-il été donné. Ce fut 1° par l'oraison. Ainsi nous avons vu plus haut que c'était alors que les apôtres priaient, et en saint Luc : « Alors que Jésus priait, le Saint-Esprit descendit. » 2° En écoutant avec dévotion et attention la parole de Dieu. « Pierre parlait encore que l'Esprit-Saint tomba sur eux. » (Actes, x.) 3° Par l'assiduité aux bonnes œuvres, signifiée dans l'imposition des mains. « Alors ils imposaient les mains sur eux... » (Actes, VIII). L'imposition des mains signifie encore l'absolution que l'on donne à confesse.

SAINTS GORDIEN ET ÉPIMAQUE [1]

Gordien vient de *geos*, dogme ou maison, et *dyan*, brillant, comme maison brillante dans laquelle habitait Dieu : ainsi que saint Augustin le dit dans le livre de *la Cité de Dieu :* « Une bonne maison est celle dont les parties sont relativement bien disposées, amples et éclairées. » Il en fut ainsi de ce saint qui fut disposé par l'imitation de la concorde, qui fut ample en charité et brillant de vérité. Epimaque vient de *épi*, sur, et *machin*, roi, comme roi suprême; il peut aussi venir d'*épi*, sur, et *machos*, combat, qui combat pour les choses d'en haut.

Gordien, vicaire de l'empereur Julien, voulait forcer à sacrifier un chrétien nommé Janvier qui, par ses prédications, le convertit à la foi avec son épouse nommée

1. Tiré du *Martyrologe* d'Adon.

Mariria et cinquante-trois autres hommes. Julien, à cette nouvelle, envoya Janvier en exil, et condamna Gordien à perdre la tête, s'il ne voulait pas sacrifier. Le bienheureux Gordien fut donc décapité et son corps fut jeté aux chiens. Mais comme il était resté l'espace de huit jours, tout à fait intact, sa famille le prit et l'ensevelit à un mille de la ville avec saint Epimaque que Julien avait fait tuer depuis quelque temps. Ce fut vers l'an du Seigneur 360.

SAINTS NÉRÉE ET ACHILLÉE [1]

Nérée veut dire conseil de lumière: ou bien s'il vient de *Nereth*, qui veut dire lumière, et *us*, qui se hâte; ou bien encore de *Ne* et *reus*, non coupable. Il fut donc un conseil de lumière par la prédication de la virginité; une lumière par sa manière de vivre honorable; il se hâta d'aimer le ciel; il ne fut point coupable en raison de sa pureté de conscience. Achilleus vient de *achi*, qui veut dire mon frère, et *césa*, salut : salut de ses frères. Leur martyre fut écrit par Euthicès, Victorinus et Macre ou Marce, serviteurs de J.-C.

Nérée et Achillée, eunuques chambellans de Domitille, nièce de l'empereur Domitien, furent baptisés par l'apôtre saint Pierre. Or, comme cette Domitille était fiancée à Aurélien, fils d'un consul, et qu'elle était couverte de pierreries et de vêtements de pourpre, Nérée et Achillée lui prêchèrent la foi, et lui suggérèrent une grande estime pour la virginité qu'ils lui montrèrent comme approchant de Dieu, rendant semblable aux anges, née avec l'homme, tandis qu'une femme mariée était sous la sujétion de son mari, qu'elle était frappée de coups de poing et de pied, qu'elle mettait trop souvent au monde des enfants difformes, supportant de plus avec peine les pieux avis de leur mère, qu'enfin elle était forcée d'endurer de grandes contrariétés de la part d'un époux. Domitille leur répondit entre autres choses : « Je sais que mon père fut jaloux et que ma mère eut à souffrir de sa part une foule de mauvais traitements : mais celui que je dois avoir pour mari lui ressemblera-t-il ? » Ils lui dirent : « Tant que les hommes sont seulement fiancés, ils paraissent doux; mais dès qu'ils sont mariés, ils deviennent cruels et impérieux : quelquefois ils préfèrent des suivantes à leurs dames. — Toute sainteté perdue peut se recouvrer par la pénitence, il n'y a que la

1. *Bréviaire; — Martyrologe; —* Eusèbe, *Hist. Eccl.*

virginité qui ne se puisse recouvrer : car la culpabilité peut être effacée par la pénitence, mais la virginité ne se peut réparer : elle ne saurait prétendre à regagner l'état de sainteté qu'elle a perdu. » Alors Flavie Domitille crut, fit vœu de virginité, reçut le voile des mains de saint Clément. — A cette nouvelle son fiancé se fit autoriser par Domitien à la reléguer dans l'île Pontia, avec les saints Nérée et Achillée, dans la pensée qu'il pourrait ainsi la faire revenir sur la résolution prise par elle de garder la virginité. Quelque temps après, dans un voyage en cette île, il fit de riches présents à ces deux saints pour les engager à influencer cette vierge : mais ils s'y refusèrent absolument; et s'attachèrent à la fortifier dans ses bonnes dispositions. Comme on les poussait à sacrifier, ils dirent qu'ayant été baptisés par l'apôtre saint Pierre, rien ne pouvait les faire immoler aux idoles. Ils furent décapités vers l'an du Seigneur 80, et leurs corps furent ensevelis auprès du tombeau de sainte Pétronille. Il y en eut d'autres, comme Victorin, Euthicès et Maron qui étaient attachés à Domitille, qu'Aurélien faisait travailler tout le jour comme des esclaves dans ses domaines, et le soir il leur faisait manger le pain des chiens. Enfin il ordonna de fouetter Euthicès jusqu'à ce qu'il eût rendu l'âme; il fit étouffer Victorin dans des eaux fétides et écraser Maron sous un énorme quartier de roche. Or, quand on eut jeté sur lui cette pierre que soixante-dix hommes pouvaient remuer à peine, il la prit sur les épaules et la porta comme paille légère l'espace de deux milles; et comme un grand nombre de personnes avaient alors embrassé la foi, le fils du consul le fit tuer. Après quoi, il ramena Domitille de l'exil, et lui envoya deux vierges, Euphrosine et Théodora, ses sœurs de lait, pour la faire changer de résolution : mais Domitille les convertit à la foi. Alors Aurélien vint avec les deux fiancés de ces jeunes personnes et trois jongleurs pour célébrer ses noces, ou du moins, pour la posséder par la violence. Mais comme Domitille avait converti ces deux jeunes gens, Aurélien fit entrer Domitille dans une chambre nuptiale, ordonna à ses jongleurs de chanter et aux autres de se livrer à la danse avec lui, dans la volonté de faire violence ensuite à la sainte. Alors les baladins s'épuisèrent à chanter et les autres à danser; Aurélien lui-même ne cessa de danser pendant deux jours, jusqu'à ce qu'exténué de fatigue il expira. Son frère Luxurius sollicita la permission de tuer tous ceux qui avaient reçu la foi, il mit le feu à l'appartement desdites vierges, qui rendirent l'esprit en faisant leurs prières. Le lendemain matin, saint Césaire ensevelit leurs corps qu'il avait retrouvés intacts.

SAINT PANCRACE[1]

Pancrace vient de *pan*, qui signifie tout, et *gratus*, agréable, et *citius*, vite, tout prompt à être agréable, car dès sa jeunesse il le fut. Le Glossaire dit encore que *pancras* veut dire rapine, *pancratiarius*, soumis aux fouets, *pancrus*, pierre de différentes couleurs : en effet, il ravit des captifs pour butin, il fut soumis au tourment du fouet, et il fut décoré de toutes sortes de vertus.

Pancrace, issu d'illustres parents, ayant perdu en Phrygie son père et sa mère, resta confié aux soins de Denys, son oncle paternel. Ils se rendirent tous les deux à Rome où ils jouissaient d'un riche patrimoine : dans leur quartier était caché, avec les fidèles, le pape Corneille, qui convertit à la foi de J.-C. Denys et Pancrace. Denys mourut en paix, mais Pancrace fut pris et conduit par-devant César. Il avait alors environ quatorze ans. L'empereur Dioclétien lui dit : « Jeune enfant, je te conseille de ne pas te laisser mourir de malemort; car, jeune comme tu es, tu peux facilement te laisser induire en erreur, et puisque ta noblesse est constatée et que tu es le fils d'un de mes plus chers amis, je t'en prie, renonce à cette folie, afin que je te puisse traiter comme mon enfant. » Pancrace lui répondit : « Bien que je sois enfant par le corps, je porte cependant en moi le cœur d'un vieillard, et grâce à la puissance de mon Seigneur J.-C. la terreur que tu nous inspires ne nous épouvante pas plus que ce tableau placé devant nous. Quant à tes dieux que tu m'exhortes à honorer, ce furent des trompeurs, des corrupteurs de leurs belles-sœurs; ils n'ont pas eu même de respect pour leurs père et mère : que si aujourd'hui tu avais des esclaves qui leur ressemblassent tu les ferais tuer incontinent. Je m'étonne que tu ne rougisses pas d'honorer de tels dieux. » L'empereur donc, se réputant vaincu par un enfant, le fit décapiter sur la voie Aurélienne, vers l'an du Seigneur 287. Son corps fut enseveli avec soin par Cocavilla, femme d'un sénateur. Au rapport de Grégoire de Tours[2], si quelqu'un ose prêter un faux serment sur le tombeau du martyr, avant qu'il soit arrivé au chancel du chœur, il est aussitôt possédé du démon et devient hors de lui, ou bien il tombe sur le pavé et meurt. Il s'était élevé un procès assez important

1. *Bréviaire; — Martyrologes.*
2. *Miraculorum*, lib. I, c. XXXIX.

entre deux particuliers. Or, le juge connaissait parfaitement le coupable. Le zèle de la justice le porta à les mener tous les deux à l'autel de saint Pierre; et là il força celui qu'il savait avoir tort à confirmer par serment sa prétendue innocence, en priant l'apôtre de venger la vérité par une manifestation quelconque. Or, le coupable ayant fait serment et n'ayant éprouvé aucun accident, le juge, convaincu de la malice de cet homme, et enflammé du zèle de la justice s'écria : « Ce vieux Pierre est ou trop bas, ou bien il cède à moindre que lui [1]. Allons vers Pancrace; il est jeune, requérons de lui ce qui en est. » On y alla; le coupable eut l'audace de faire un faux serment sur le tombeau du martyr; mais il ne put en retirer sa main et expira bientôt sur place. C'est de là que vient la pratique encore observée aujourd'hui de faire jurer, dans les cas difficiles, sur les reliques de saint Pancrace.

1. · Est ou trop bas, ou bien il cède à moindre que lui » lire : « *ou bien trop de miséricorde, ou bien cède l'honneur à un plus jeune* ». (Note de ·éditeur.)

DES FÊTES QUI TOMBENT PENDANT LE TEMPS DU PÈLERINAGE

Après avoir parlé des fêtes qui arrivent pendant le temps de la Réconciliation, temps reproduit par l'Eglise de Pâques à l'Octave de la Pentecôte, il reste à s'occuper des fêtes qui arrivent dans le temps du pèlerinage; l'Eglise le reproduit depuis l'Octave de la Pentecôte jusqu'à l'Avent. Ce temps ne commence pas toujours ici, car il varie d'après la fête de Pâques.

SAINT URBAIN [1]

Urbain vient d'urbanité, ou bien de *ur*, flambeau ou feu, et de *banal*, réponse. Ce fut un flambeau par l'honnêteté de sa conduite, un feu par son ardente charité, une réponse par sa doctrine. Il fut un flambeau ou une lumière, parce que la lumière est agréable à la vue, immatérielle en essence, céleste en situation, très utile pour agir. De même ce saint fut aimable dans sa conversation, immatériel dans son mépris du monde, céleste en contemplation, utile dans sa prédication.

Urbain succéda au pape Calixte. De son temps, il s'éleva une très grande persécution contre les chrétiens. Enfin Alexandre devint empereur et sa mère Mammée avait été convertie au christianisme par Origène. Ses prières vraiment maternelles obtinrent de son fils qu'il cesserait de persécuter les fidèles. — Cependant Almachius, préfet de la ville, qui avait fait trancher la tête à sainte Cécile, sévissait avec fureur contre les chrétiens; il fit donc rechercher avec soin saint Urbain, par le moyen d'un de ses officiers nommé Carpasius; on le trouva dans un antre avec trois prêtres et trois diacres. Tous furent jetés en prison. Almachius fit comparaître Urbain devant son tribunal, et lui reprocha d'avoir séduit cinq mille hommes avec la sacrilège Cécile et les illustres personnages Tiburce et Valérien : il lui réclama aussi les trésors de Cécile.

Urbain lui répondit : « Ainsi que je le vois, c'est plutôt la cupidité qui te porte à sévir contre les saints que l'honneur des dieux. Le trésor de Cécile est monté au ciel par les mains des pauvres. » Comme saint Urbain et ses com-

1. Tiré des *Actes de sainte Cécile*.

pagnons étaient fouettés avec des lanières garnies de plomb, Urbain se mit à invoquer le nom du Seigneur en disant Elijon [1]. Le préfet souriant : « Ce vieillard, dit-il, veut passer pour savant, voilà pourquoi il parle de manière à ne pouvoir être compris. » Or, comme on ne pouvait pas les vaincre, ils furent reconduits en prison, où saint Urbain donna le baptême à trois tribuns qui vinrent le trouver, et au geôlier Anolin. Le préfet, ayant appris que ce dernier était devenu chrétien, le fit amener à son tribunal et comme il refusa de sacrifier, il fut décapité.

Quant à saint Urbain il fut traîné devant une idole avec ses compagnons et forcé de lui offrir de l'encens : alors le saint se mit en prière et l'idole tomba en tuant vingt-deux prêtres chargés d'entretenir le feu. On déchira cruellement les chrétiens, et on les conduisit ensuite pour sacrifier : mais ils crachèrent sur l'idole, firent sur leur front le signe de la croix et après s'être donné l'un à l'autre le baiser de paix, ils reçurent la couronne du martyre en ayant la tête coupée, sous l'empire d'Alexandre, vers l'an du Seigneur 220. Carpasius fut saisi aussitôt par le malin esprit, blasphéma ses dieux, et malgré lui, il fit un grand éloge des chrétiens; enfin il fut suffoqué par le démon. A cette vue, sa femme Arménie reçut le baptême, avec sa fille Lucine et toute sa famille, des mains du saint prêtre Fortunat. Après quoi elle ensevelit les corps des martyrs avec honneur.

SAINTE PÉTRONILLE [2]

Pétronille, dont saint Marcel a écrit la vie, était la fille de l'apôtre saint Pierre. Elle était d'une beauté extraordinaire et elle souffrait de la fièvre par la volonté de son père; or, un jour que les disciples logeaient chez saint Pierre, Tite lui dit : « Puisque vous guérissez tous les infirmes, pourquoi laissez-vous Pétronille souffrante ? » « C'est, répondit saint Pierre, que cela lui vaut mieux : néanmoins, pour que l'on ne puisse pas conclure de mes paroles qu'il est impossible de la guérir, il lui dit : « Lève-toi promptement, Pétronille, et sers-nous. » Elle fut guérie aussitôt, se leva et les servit. Quand elle eut fini de les servir saint Pierre lui dit : « Pétronille, retourne à ton lit.

1. D'après saint Isidore de Séville (liv. VII, ch. 1, des *Etymologies*) ce mot hébreu est un des noms de Dieu et signifie *élevé, grand, le Très Haut*.

2. *Martyrologe* d'Adon.

Elle y revint aussitôt et la fièvre la reprit comme auparavant : mais dès qu'elle eut eu acquis la perfection dans l'amour de Dieu, il la guérit complètement. Le comte Flaccus vint la trouver afin de la prendre pour femme à cause de sa beauté. Pétronille lui dit donc : « Si tu désires m'avoir pour épouse, fais-moi venir des vierges qui me conduisent jusqu'à ta maison. » Comme il s'en occupait, Pétronille se livra au jeûne et à la prière, reçut le corps du Seigneur, se coucha et trois jours après elle rendit son âme à Dieu. Flaccus, se voyant déçu, s'adressa à Félicula, compagne de Pétronille, et lui intima ou de l'épouser ou de sacrifier aux idoles.

Comme elle refusait de consentir à aucune de ces deux propositions, le préfet la fit mettre en prison où elle n'eut ni à manger ni à boire pendant sept jours; après quoi il la fit tourmenter sur le chevalet, la tua et jeta son corps dans un cloaque. Cependant saint Nicodème l'en retira et lui donna la sépulture.

En conséquence, le comte Flaccus fit appeler Nicodème et comme celui-ci refusait de sacrifier, il le battit avec des cordes chargées de plomb. Son corps fut jeté dans le Tibre; mais son clerc Juste l'en ôta et l'ensevelit avec honneur.

SAINT PIERRE, EXORCISTE, ET SAINT MARCELLIN[1]

Pendant que saint Pierre, exorciste, était détenu en prison par Archémius, la fille de ce dernier était tourmentée par le démon et comme c'était, pour ce père, un sujet toujours nouveau de désolation, saint Pierre lui dit que s'il croyait en J.-C., à l'instant la santé serait rendue à sa fille. Archémius lui dit : « Je m'étonne que ton Seigneur puisse délivrer ma fille, quand il ne peut te délivrer, toi qu'il laisse souffrir pour lui de si grands tourments. » Pierre lui répondit : « Mon Dieu a le pouvoir de m'arracher à votre joug, mais il veut, par une souffrance passagère, nous faire parvenir à une gloire éternelle. » « Si, reprit Archémius, après que j'aurai doublé tes chaînes, ton Dieu te délivre et guérit ma fille, dès lors je croirai en J.-C. » Les chaînes furent doublées : saint Pierre apparut à Archémius, revêtu d'habits blancs et tenant à la main une croix. Alors Archémius se jeta à ses pieds et sa fille fut

1. Le récit est tiré presque textuellement du *Martyrologe* d'Adon, 2 juin.

guérie. Il reçut le baptême lui et tous les gens de sa maison; il permit aux prisonniers de se retirer libres, s'ils voulaient se faire chrétiens. Beaucoup d'entre eux, ayant accepté la foi, furent baptisés par le bienheureux prêtre Marcellin. A cette nouvelle, le préfet donna ordre de lui amener tous les prisonniers; Archémius les réunit donc, leur baisa les mains et leur dit que si quelqu'un d'eux voulait aller au martyre, il vînt avec intrépidité; que s'il y en avait un qui ne le voulût pas, il se retirât sain et sauf. Or, le juge ayant découvert que Marcellin et Pierre les avaient baptisés, il les manda tous les deux à son tribunal, et les fit enfermer chacun dans une prison séparée. Pour Marcellin, il fut étendu tout nu sur du verre cassé; on lui refusa l'eau et le feu; quant à Pierre, il fut enfermé dans un autre cachot fort profond où on le mit dans des entraves très serrées. Mais un ange du Seigneur vint voir Marcellin, le délia, puis il le ramena avec Pierre dans la maison d'Archémius, en donnant l'ordre à tous les deux d'encourager le peuple pendant sept jours, et de se présenter ensuite devant le juge. Celui-ci ne les ayant donc pas trouvés dans la prison, manda Archémius et sur le refus de celui-ci de sacrifier, il le fit étouffer [1] sous terre avec sa femme. Marcellin et saint Pierre en ayant eu connaissance, vinrent en cet endroit, et sous la protection des chrétiens, saint Marcellin célébra la messe sept jours de suite dans cette même crypte. Alors les saints dirent aux incrédules : « Vous voyez que nous aurions pu délivrer Archémius et nous cacher; mais nous n'avons voulu faire ni l'un ni l'autre. » Les gentils irrités tuèrent Archémius par le glaive; quant à sa femme et à sa fille ils les écrasèrent à coups de pierres. Ils menèrent Marcellin et Pierre à la forêt noire (qu'on a depuis appelée blanche à raison de leur martyre) où ils les décapitèrent du temps de Dioclétien, l'an du Seigneur 287. Le bourreau appelé Dorothéus vit des anges qui portaient au ciel leurs âmes revêtues de vêtements splendides et ornées de pierres précieuses. En conséquence, Dorothée se fit chrétien et mourut en paix quelque temps après.

1. « Le fit étouffer » plutôt : « *ordonna de l'étouffer* ». (Note de l'éditeur.)

SAINT PRIME ET SAINT FÉLICIEN [1]

Prime veut dire souverain et grand, Félicien, vieillard comblé de félicité. Le premier est souverain et grand en *dignité* pour les souffrances de son martyre, en *puissance* pour ses miracles, en *sainteté* pour la perfection de sa vie, en *félicité* pour la gloire dont il jouit. Le second est appelé vieillard, non à cause du long temps qu'il a vécu, mais pour le respect qu'inspire sa dignité, pour la maturité de sa sagesse et pour la gravité de ses mœurs.

Prime et Félicien furent accusés auprès de Dioclétien et de Maximien par les prêtres des idoles qui prétendirent ne pouvoir obtenir aucun bienfait des dieux, si on ne forçait ces deux saints à sacrifier. Par l'ordre donc des empereurs, ils furent emprisonnés. Mais un ange les vint visiter, délia leurs chaînes; alors ils se promenèrent librement dans leur prison où ils louaient le Seigneur à haute voix. Peu de temps après on les amena de nouveau devant les empereurs; et là ayant persisté avec fermeté dans la foi, ils furent déchirés à coups de fouets, puis séparés l'un de l'autre. Le président dit à Félicien de tenir compte de sa vieillesse et d'immoler aux dieux. Félicien lui répondit : « Me voici parvenu à l'âge de 80 ans, et il y en a 30 que je connais la vérité et que j'ai choisi de vivre pour Dieu : il peut me délivrer de tes mains. » Alors le président commanda de le lier et de l'attacher avec des clous par les mains et par les pieds : « Tu resteras ainsi, lui dit-il, jusqu'à ce que tu consentes à nous obéir. » Comme le visage du martyr était toujours joyeux, le président ordonna qu'on le torturât sur place et qu'on ne lui servît aucun aliment. Après cela, il se fit amener saint Prime, et lui dit : « Eh bien! ton frère a consenti à obéir aux décrets des empereurs, en conséquence, il est vénéré comme un grand personnage dans un palais : fais donc comme lui. » « Quoique tu sois le fils du Diable, répondit Prime, tu as dit la vérité en un point, quand tu avançais que mon frère avait consenti à exécuter les ordres de l'empereur du ciel. » Aussitôt le président en colère lui fit brûler les côtés et verser du plomb fondu dans la bouche, sous les yeux de Félicien, afin que la terreur s'emparât de ce dernier : mais Prime but le plomb avec autant de plaisir que de l'eau fraîche. Le président

1. *Bréviaire; — Martyrologe* d'Adon.

irrité fit alors lâcher deux lions contre eux, mais ces animaux vinrent se jeter aussitôt à leurs pieds, et restèrent à côté d'eux comme des agneaux pleins de douceur. Il lâche encore deux ours cruels qui deviennent doux comme les lions. Il y avait plus de douze mille hommes qui assistaient à ce spectacle. Cinq cents d'entre eux crurent au Seigneur. Le président fit alors décapiter les deux martyrs et jeter leurs corps aux chiens et aux oiseaux de proie qui les laissèrent intacts. Les chrétiens leur donnèrent alors une honorable sépulture. Ils souffrirent vers l'an du Seigneur 287.

SAINT BARNABÉ, APOTRE

Barnabé veut dire fils de celui qui vient ou bien fils de consolation, ou fils de prophète, ou fils qui enserre. Quatre fois il a le titre de fils pour quatre sortes de filiation. L'écriture donne ce nom de fils, en raison de la génération, de l'instruction, de l'imitation, et de l'adoption. Or, il fut régénéré par J.-C. dans le baptême, il fut instruit dans l'évangile, il imita le Seigneur par son martyre, et il en fut adopté par la récompense céleste. Voilà pour ce qui le regarde lui-même. Voici maintenant ce qui le concerne quant aux autres : il fut arrivant, consolant, prophétisant et enserrant. Il fut arrivant, parce qu'il alla prêcher partout : ceci est clair, puisqu'il fut le compagnon de saint Paul. Il consola les pauvres et les affligés, les premiers en leur portant des aumônes, les seconds en leur adressant des lettres de la part des apôtres : Il prophétisa puisqu'il fut illustre en annonçant les choses à venir; il fut enserrant, c'est-à-dire qu'il réunit et rassembla dans la foi une multitude de personnes; la preuve en est dans sa mission à Antioche. Ces quatre qualités sont indiquées dans le livre des Actes (II). *C'était un homme*, mais un homme de courage, ce qui a trait à la première qualité, *bon*, c'est pour la seconde, *plein du Saint-Esprit*, voilà pour la troisième, et *fidèle* ou *plein de foi*, ceci regarde la quatrième qualité. Jean le même que Marc son cousin compila son martyre. Il en est question principalement à partir de la vision de ce Jean, jusque vers la fin. On pense que Bède le traduisit du grec en latin [1].

Saint Barnabé, lévite originaire de Chypre, l'un des 72 disciples du Seigneur, est souvent mentionné avec de grands éloges dans l'histoire des Actes. Il fut admirablement

1. Bède est ici cité à tort, on ne trouve dans le Vénérable rien de cette traduction.

formé et disposé en ce qui le regardait personnellement, par rapport à Dieu et par rapport au prochain.

I. Pour ce qui était de lui, il était bien organisé dans ses trois puissances, la rationnelle, la concupiscible et l'irascible; 1° sa puissance rationnelle était éclairée par la lumière de la connaissance : c'est pour cela qu'il est dit dans les Actes : « Il y avait, dans l'église qui était à Antioche, des prophètes et des docteurs, entre lesquels étaient Barnabé, Simon, etc. » (XIII); 2° sa puissance concupiscible était dégagée de la poussière des affections mondaines : car il est dit aux Actes (IV) que Joseph surnommé Barnabé vendit un fonds de terre qu'il possédait : il en apporta le prix et le mit aux pieds des apôtres : c'est ici que la glose ajoute : il donne une preuve qu'il faut se dépouiller de ce à quoi il évite de toucher, et il enseigne à fouler un or qu'il met aux pieds des apôtres; 3° sa puissance irascible était appuyée sur une grande probité, soit qu'il entreprît avec ardeur des choses difficiles, soit qu'il mît de la persévérance dans des actes de courage, soit qu'il fût constant à soutenir l'adversité. Il entreprit avec ardeur des choses difficiles, cela est évident par ses travaux pour convertir cette immense cité d'Antioche, comme il est écrit au IXe chapitre des Actes : en effet saint Paul, après sa conversion, voulut venir à Jérusalem et se joindre aux disciples; et quand tout le monde le fuyait comme les agneaux font du loup, Barnabé fut assez audacieux pour le prendre et le mener aux apôtres. Il mit de la persévérance dans ses actes de courage, en macérant son corps et en le réduisant par les jeûnes : aussi est-il dit aux Actes (XIII) de Barnabé et de quelques autres : « Pendant qu'ils rendaient leur culte au Seigneur et qu'ils jeûnaient, le Saint-Esprit leur dit : Séparez-moi Paul et Barnabé pour l'œuvre à laquelle je les ai destinés. » Il fut constant à soutenir l'adversité d'après le témoignage que lui en rendent les apôtres en disant (Actes, XV) : « Nous avons jugé à propos de vous envoyer des personnes choisies, avec nos très chers Barnabé et Paul, hommes qui ont exposé leur vie pour le nom de N.-S. J.-C. »

II. Il fut bien formé par rapport à Dieu. Il déférait à son autorité, comme aussi à sa majesté et à sa bonté. 1° Il déférait à l'autorité de Dieu, puisqu'il ne prit pas de son chef la charge de la prédication, mais qu'il voulut la recevoir de l'autorité divine, comme il est rapporté aux Actes (XIII). Le Saint-Esprit dit : « Séparez-moi Paul et Barnabé pour l'œuvre à laquelle je les ai destinés. » 2° Il déférait à sa majesté. On lit en effet au XIVe ch. des Actes que certaines personnes voulaient le traiter comme une majesté divine et lui immoler des victimes comme on fait à Dieu, en l'appelant Jupiter, parce qu'il paraissait le plus recommandable, et en donnant à Paul le nom de

Mercure, en raison de sa prudence et de son éloquence; aussitôt Barnabé et Paul déchirèrent leurs vêtements et s'écrièrent : « Mes amis, que voulez-vous faire ? Nous sommes des hommes mortels comme vous, qui vous annonçons de quitter ces vaines idoles, pour vous convertir au Dieu vivant. » 3° Il déférait à la bonté de Dieu. En effet on trouve dans les Actes (xv) que quelques-uns des juifs convertis voulaient rétrécir et diminuer la bonté de la grâce de Dieu, bonté qui nous sauve gratuitement indépendamment de la loi, avançant que la grâce sans la circoncision était tout à fait insuffisante; Paul et Barnabé leur résistèrent avec force, en montrant que la bonté seule de Dieu suffisait sans les pratiques commandées par la loi : en outre ils portèrent la question au tribunal des apôtres dont ils obtinrent des lettres qui proscrivaient ces erreurs.

III. Il fut admirablement disposé par rapport au prochain, puisqu'il nourrit son troupeau par sa parole, par son exemple et par ses bienfaits. 1° Par sa parole, en évangélisant avec grand soin la parole de Dieu. En effet les Actes disent (xv) : « Paul et Barnabé demeurèrent à Antioche, où ils enseignaient et annonçaient avec plusieurs autres la parole du Seigneur. » Ce qui est évident encore par cette foule immense qu'il convertit à Antioche; de sorte que ce fut là que les disciples commencèrent à être appelés chrétiens. 2° Par son exemple, puisque sa vie fut pour tous un miroir de sainteté et un modèle de religion. Dans toutes ses actions, en effet, il fut homme de cœur et religieux, intrépide, distingué par la douceur de ses mœurs, tout rempli de la grâce du Saint-Esprit et illustre en toutes sortes de vertus et en foi. Ces quatre qualités sont énumérées dans ces paroles des Actes (xv) : « Ils envoyèrent Barnabé à Antioche »; et ailleurs (xi) : « Il les exhortait tous à demeurer dans le service du Seigneur avec un cœur ferme; parce que c'était un homme bon, rempli de l'Esprit-Saint et de foi. » 3° Par ses bienfaits. Or, il y a deux sortes de bienfaits, deux aumônes, d'abord, la temporelle qui consiste à donner le nécessaire, ensuite la spirituelle qui consiste à pardonner les injures. Barnabé pratiquait la première quand il porta l'aumône aux frères qui étaient à Jérusalem, d'après le xie ch. des Actes : « Une grande famine, selon que l'avait prédit Agabus, étant survenue sous le règne de Claude, les disciples résolurent d'envoyer, chacun selon son pouvoir, quelques aumônes aux frères qui demeuraient en Judée. Ils le firent en effet, les adressant aux anciens, par les mains de Barnabé et de Paul. » Il pratiquait la seconde, puisqu'il pardonna l'injure que lui avait faite Jean surnommé Marc. Comme ce disciple avait quitté Barnabé et Paul, Barnabé ne laissa pas cependant que d'être indulgent pour lui, quand il revint avec repentir, et de le reprendre pour disciple. Paul ne le voulut pas recevoir, de là le sujet de leur séparation. En cela l'un et l'autre agissaient par des motifs et des intentions louables. Barnabé, en le reprenant, par douceur et miséricorde; Paul ne le reçut pas par amour de la droiture. C'est pour cela que la glose dit à ce propos (Actes, xv) : « Jean avait résisté en face, tout en se montrant trop timide, alors Paul eut raison de l'éloigner de peur que la contagion du mauvais exemple de Jean ne corrompît la vertu des autres. » Cette séparation ne se fit pas par un emportement coupable, mais par l'inspiration du Saint-Esprit qui les faisait s'éloigner afin qu'ils prêchassent à plus de monde; et c'est ce qui arriva.

Car comme Barnabé était dans la ville d'Icone, Jean, son cousin, dont on vient de parler, eut une vision dans laquelle apparut un homme éclatant qui lui dit : « Jean, aie de la constance, car bientôt ce ne sera plus Jean, mais Elevé (excelsus) que tu seras appelé. » Barnabé, informé de ce prodige par son cousin, lui dit : « Garde-toi bien de révéler à personne ce que tu as vu; car le Seigneur m'a apparu aussi cette nuit en me disant : « Barnabé, aie de la cons- « tance, car tu recevras les récompenses éternelles, pour « avoir quitté ton pays, et avoir livré ta vie pour mon « nom. » Lors donc que Paul et Barnabé eurent prêché pendant longtemps à Antioche, un ange du Seigneur apparut aussi à Paul et lui dit : « Hâte-toi d'aller à Jérusalem, car quelqu'un des frères y attend ton arrivée. » Or, Barnabé voulant aller en Chypre pour y visiter ses parents, et Paul se hâtant d'aller à Jérusalem, ils se séparèrent par l'inspiration du Saint-Esprit. Alors Paul communiqua à Barnabé ce que l'ange lui avait dit. Barnabé lui répondit : « Que la volonté du Seigneur soit faite; je vais aller en Chypre, j'y finirai ma vie et je ne te verrai plus désormais. » Et comme il se jetait humblement aux pieds de Paul en pleurant, celui-ci, touché de compassion, lui dit : « Ne pleurez pas; puisque c'est la volonté du Seigneur; il m'est aussi apparu cette nuit et m'a dit : « N'empêche pas Barnabé d'aller en Chypre; car il y « éclairera beaucoup de monde et il y consommera son « martyre. » En allant donc en Chypre avec Jean, Barnabé porta avec lui l'Evangile de saint Matthieu; il le posait sur les malades, et il en guérit beaucoup par la puissance de Dieu. Sortis de Chypre, ils trouvèrent Elymas, le magicien que saint Paul avait privé de la vue pour un certain temps : il leur fit de l'opposition et les empêcha d'entrer à Paphos. Un jour Barnabé vit des hommes et des femmes nus qui couraient ainsi pour célébrer leurs fêtes. Il en fut rempli d'indignation; il maudit le temple, et à l'instant il s'en écroula une partie qui écrasa beaucoup d'infidèles.

Enfin il vint à Salamine : ce fut là que le magicien Elymas, dont on vient de parler, excita contre lui une grande sédition. Les juifs se saisirent donc de Barnabé qu'ils accablèrent de nombreuses injures; ils le traînèrent en toute hâte au juge de la ville pour le faire punir.

Mais quand les juifs apprirent qu'Eusèbe, personnage important et fort puissant, de la famille de Néron, était arrivé à Salamine, ils craignirent qu'il ne leur arrachât des mains le saint apôtre, et ne le laissât aller en liberté : alors ils lui lièrent une corde au cou, le traînèrent hors de la porte de la ville où ils se hâtèrent de le brûler. Enfin ces juifs impies, n'étant pas encore rassasiés de cette cruauté, renfermèrent ses os dans un vase de plomb, pour les jeter dans la mer : mais Jean, son disciple, avec deux autres chrétiens, se leva durant la nuit, les prit et les ensevelit en secret dans une crypte où ils restèrent cachés, au rapport de Sigebert, jusqu'au temps de l'empereur Zénon et du pape Gélase, en l'année 500, qu'ils furent découverts par une révélation du saint lui-même. Le bienheureux Dorothée dit que Barnabé prêcha d'abord J.-C. à Rome, et fut évêque de Milan.

SAINT VITUS ET SAINT MODESTE[1]

Vitus est ainsi nommé de *vie :* or, saint Augustin dans son livre de *la Cité de Dieu*[2] distingue trois genres de vie, savoir une vie d'action, ce qui se rapporte à la vie active; une vie de loisir, ce qui se rapporte au loisir spirituel de la vie contemplative, et une troisième, composée des deux autres. Et ces trois genres de vie résidèrent en saint Vitus. Ou bien Vitus vient de *vertu*, vertueux.

Modeste, qui se tient dans un milieu, savoir, le milieu de la vertu. Chaque vertu tient le milieu entre deux vices qui l'entourent comme deux extrêmes. Car la prudence a pour extrêmes la ruse et la sottise; les extrêmes de la tempérance sont l'accomplissement des désirs de la chair et toute espèce d'affliction qu'on s'impose; les extrêmes de la grandeur d'âme sont la pusillanimité et la témérité; la justice a pour extrêmes la cruauté et l'indulgence.

Vitus, enfant distingué et fidèle, souffrit le martyre en Sicile, à l'âge de douze ans. Il était souvent frappé par son père pour mépriser les idoles et pour ne vouloir pas

1. *Martyrologe* d'Adon.
2. Lib. XIX, II, 19.

les adorer. Le président Valérien, informé de cela, fit venir l'enfant qu'il fit battre de verges, parce qu'il refusait de sacrifier aux idoles. Mais aussitôt les bras des bourreaux et la main du préfet se séchèrent. Et ce dernier s'écria : « Malheur à moi! car j'ai perdu l'usage de ma main. » Vitus lui dit : « Que tes dieux viennent te guérir, s'ils le peuvent. » Valérien lui répondit : « Est-ce que tu ne le pourrais pas ? » « Je le puis, reprit Vitus, au nom de mon Seigneur. » Alors l'enfant se mit en prières et aussitôt le préfet fut guéri. Et celui-ci dit au père : « Corrige ton enfant, de peur qu'il ne périsse misérablement. » Alors le père ramena son enfant chez soi, et s'efforça de changer son cœur par la musique, par les jeux avec des jeunes filles et par toutes sortes de plaisirs. Or, comme il l'avait enfermé dans une chambre, il en sortit un parfum d'une odeur admirable qui embauma son père et toute sa famille. Alors, le père, regardant par la porte, vit sept anges debout autour de l'enfant : « Les dieux, dit-il, sont venus dans ma maison », aussitôt il fut frappé de cécité. Aux cris qu'il poussa, toute la ville de Lucana fut en émoi, au point que Valérien accourut et demanda au père de Vitus quel malheur lui était survenu. « J'ai vu, lui répondit-il, des dieux de feu, et je n'ai pu supporter l'éclat de leur visage. » Alors on le conduit au temple de Jupiter, et pour recouvrer la vue il promet un taureau avec des cornes dorées : mais comme il n'obtenait rien, il pria son fils de le guérir; et par ses prières, il recouvra la vue. Or, cette merveille elle-même ne lui ouvrait pas les yeux à la foi, mais au contraire il pensait à tuer son fils; un ange du Seigneur apparut alors à Modeste, son précepteur, et lui ordonna de monter à bord d'un navire pour conduire l'enfant dans un pays étranger. Il le fit; un aigle leur apportait là leur nourriture, et ils opéraient beaucoup de miracles. Sur ces entrefaites, le fils de l'empereur Dioclétien est saisi par le démon qui déclare ne point sortir si Vitus de Lucana ne vient. On cherche Vitus, et quand on l'eut trouvé, on le mène à l'empereur. Dioclétien lui dit : « Enfant, peux-tu guérir mon fils ? » « Ce n'est pas moi, dit Vitus, mais le Seigneur. » Alors il impose les mains sur le possédé et à l'instant le démon s'enfuit. Et Dioclétien lui dit : « Enfant, veille à tes intérêts et sacrifie aux dieux, pour ne pas mourir de malemort. » Comme Vitus refusait de le faire, il fut jeté en prison avec Modeste. Les fers dont on les avait garrottés tombèrent et le cachot fut éclairé par une immense lumière : cela fut rapporté à l'empereur, qui fit sortir et jeter le saint dans une fournaise ardente, mais il s'en retira intact. Alors on lâche, pour le dévorer, un lion furieux, qui fut adouci par la foi de l'enfant. Enfin on l'attacha sur le chevalet avec Modeste et Crescence, sa nourrice, qui l'avait constamment suivi. Mais soudain l'air se trouble, la terre tremble, les tonnerres grondent, les temples des idoles s'écroulent et écrasent beaucoup de personnes; l'empereur lui-même est effrayé; il fuit en se frappant avec les poings et dit : « Malheur à moi! puisque je suis vaincu par un seul enfant. » Quant aux martyrs, un ange les délia aussitôt, et ils se trouvèrent sur les bords d'un fleuve, où après s'être arrêtés quelque temps et avoir prié, ils rendirent leur âme au Seigneur.

Leurs corps gardés par des aigles furent trouvés par une illustre matrone nommée Florence à laquelle saint Vitus en fit la révélation. Elle les prit et les ensevelit avec honneur. Ils souffrirent sous Dioclétien qui commença à régner vers l'an du Seigneur 287.

SAINT CYR ET SAINTE JULITTE, SA MÈRE [1]

Cyr, ou Quirice, *quérant* un arc; il vient aussi de *chisil*, courage, et *cus*, noir, ce qui équivaut à courageux par vertu et noir par humiliation. *Quiris* veut aussi dire hache; *quiriles*, siège; en effet, Quirice fut un arc, c'est-à-dire courbé par humiliation, il fut fort dans les tourments qu'il endura; il fut noir par le mépris de lui-même; ce fut une hache dans son combat avec l'ennemi : il fut le siège de Dieu parce que Dieu habitait en lui : car la grâce suppléa en lui à ce que l'âge lui déniait. Julitte vient de *juvans vita*, parce qu'elle vécut d'une vie spirituelle, et qu'ainsi elle fut utile à beaucoup de monde.

Quirice était fils de Julitte, très illustre matrone d'Icone. La persécution qu'elle voulut éviter la força à venir à Tarse en Cilicie, avec son fils, Quirice, âgé de trois ans. Cependant on la fit comparaître portant son enfant dans ses bras, devant le président Alexandre. Deux de ses femmes qui virent cela s'enfuirent aussitôt et l'abandonnèrent. Le président prit donc l'enfant dans ses bras, et fit cruellement frapper à coups de nerfs la mère qui ne voulut pas sacrifier aux idoles. Or, l'enfant, en voyant frapper sa mère, pleurait amèrement et poussait des cris lamentables. Mais le président prenait le jeune Quirice tantôt entre ses bras, tantôt sur ses genoux, le calmait par ses baisers et par ses caresses, et l'enfant, les yeux tournés sur sa mère, repoussait avec horreur les embrassements du juge,

1. Philippe de Harvenq, abbé de Bonne-Espérance, a écrit la passion de ces deux saints martyrs.

détournait la tête avec indignation et lui déchirait le visage avec ses petits ongles; il semblait parler et dire comme sa mère : « Et moi aussi, je suis chrétien. » Enfin après s'être débattu longtemps, il mordit le président à l'épaule. Celui-ci indigné et tourmenté par la douleur jeta du haut en bas l'enfant sur les degrés du tribunal qui fut couvert de sa petite cervelle; alors Julitte, joyeuse de voir son fils la précéder au royaume du ciel, rendit des actions de grâces à Dieu. Elle fut ensuite condamnée à être écorchée, puis arrosée de poix bouillante et enfin à avoir la tête tranchée. On trouve cependant dans une légende que Quirice, ne se souciant pas des caresses ou des menaces du tyran, confessait qu'il était chrétien. A l'âge qu'il avait, ce petit enfant ne pouvait pas encore parler, mais c'était l'Esprit-Saint qui parlait en lui. Comme le président lui demandait qui l'avait instruit, il dit : « Président, j'admire ta sottise; tu vois combien je suis jeune, et tu demandes à un enfant de trois ans quel est celui qui lui a enseigné la sagesse divine ? » Pendant qu'on le frappait, il criait : « Je suis chrétien »; et à chaque cri, il recevait des forces pour supporter les tourments. Alors le président fit couper par morceaux la mère et l'enfant, et de peur que les chrétiens ne donnassent la sépulture à ces tronçons, il ordonna qu'on les jetât çà et là. Cependant un ange les recueillit et les chrétiens les ensevelirent pendant la nuit. Les corps de ces martyrs furent découverts, du temps de Constantin le Grand, par une des femmes de Julitte qui avait survécu à sa maîtresse; et tout le peuple les a en grande vénération. Ils souffrirent vers l'an du Seigneur 230, sous l'empereur Alexandre.

SAINTE MARINE, VIERGE

OU PLUTOT SAINTE MARIE, VIERGE [1]

Marie était fille unique. Son père, étant entré dans un monastère, changea sa fille d'habits afin qu'elle passât pour un homme et qu'on ne s'aperçût pas qu'elle fût une femme, ensuite il pria l'abbé et les frères de vouloir bien recevoir son fils unique. On se rendit à ses prières. Il fut reçu moine et appelé par tous frère Marin. Elle pratiqua la vie religieuse avec beaucoup de piété, et son obéissance

1. L'édition princeps met, et avec raison, sainte Marie, parce que c'était le nom qu'elle portait avant d'entrer dans le monastère où son père la fit recevoir sous le nom de Marin. Cf. *Vies des pères du désert*, traduites par Arnaud d'Andilly.

était fort grande. Comme son père se sentait près de mourir, il appela sa fille (elle avait vingt-sept ans), et après l'avoir affermie dans sa résolution, il lui défendit de révéler jamais son sexe à personne. Marin allait donc souvent avec le chariot et les bœufs pour amener du bois au monastère. Il avait coutume de loger chez un homme dont la fille était enceinte du fait d'un soldat. Aux interrogations qu'on lui adressa, celle-ci répondit que c'était le moine Marin qui lui avait fait violence. Marin, interrogé comment il avait commis un si grand crime, avoua qu'il était coupable et demanda grâce. On le chassa aussitôt du monastère, où il resta trois ans à la porte en se sustentant d'une bouchée de pain. Peu de temps après, l'enfant sevré fut amené à l'abbé. On le donna à élever à Marin, et il resta deux ans avec lui dans le même lieu. Marin acceptait ces épreuves avec la plus grande patience et en toutes choses il rendait grâces à Dieu. Enfin les frères, pleins de compassion pour son humilité et sa patience, le reçoivent dans le monastère, et le chargent des fonctions les plus viles : mais il s'acquittait de tout avec joie, et chaque chose était faite par lui avec patience et dévouement. Enfin après avoir passé sa vie dans les bonnes œuvres, il trépassa dans le Seigneur. Comme on lavait son corps et qu'on se disposait à l'ensevelir dans un endroit peu honorable, on remarqua que c'était réellement une femme. Tous furent stupéfaits et effrayés, et on avoua avoir manqué étrangement à l'égard de la servante de Dieu. Tout le monde accourt à un spectacle si extraordinaire, et on demande pardon de l'ignorance et du péché qu'on a commis. Son corps fut donc déposé dans l'église avec honneur. Quant à celle qui avait déshonoré la servante de Dieu, elle est saisie par le démon : alors elle confesse son crime et elle est délivrée au tombeau de la vierge. On vient de toutes parts à cette tombe et il s'y opère un grand nombre de miracles. Elle mourut le 14 des calendes de juillet (18 juin).

SAINT GERVAIS ET SAINT PROTAIS

Gervais (Gervasius) vient de *gérar*, qui veut dire sacré, et de *vas*, vase, ou bien de *gena*, étranger, et *syor*, petit. Comme si l'on voulait dire qu'il fut sacré par le mérite de sa vie, vase parce qu'il contint toutes les vertus, étranger parce qu'il méprisa le monde et petit parce qu'il se méprisa lui-même.

Protais (Protasius) vient de *prothos*, premier, et *syos*, Dieu ou divin; ou bien de *pocul* et *stasis*, qui se tient loin. Comme si l'on voulait dire

qu'il fut le premier par sa dignité, divin par son amour, et éloigné des affections du monde. Saint Ambroise trouva l'histoire de leur martyre dans un écrit placé auprès de leur tête.

Gervais et Protais, frères jumeaux, étaient les enfants de saint Vital et de la bienheureuse Valérie. Après avoir donné tous leurs biens aux pauvres, ils demeurèrent avec saint Nazaire, qui construisait un oratoire à Embrun, et un enfant appelé Celse lui apportait les pierres (c'est anticiper sur les faits de dire que saint Nazaire avait Celse à son service, car d'après l'histoire du premier, ce fut longtemps après que Celse lui fut offert). Or, comme on les conduisait tous ensemble à l'empereur Néron, le jeune Celse les suivait en poussant des cris lamentables : un des soldats ayant donné des soufflets à l'enfant, Nazaire lui en fit des reproches, mais les soldats irrités frappèrent Nazaire à coups de pied, l'enfermèrent en prison avec les autres et ensuite le précipitèrent dans la mer : ils menèrent à Milan Gervais et Protais. Quant à Nazaire, qui avait été sauvé miraculeusement, il vint aussi dans cette ville. Aù même temps, survint Astase, général d'armée qui partait pour faire la guerre aux Marcomans. Les idolâtres allèrent à sa rencontre et lui assurèrent que les dieux se garderaient de rendre leurs oracles si Gervais et Protais ne leur offraient d'abord des sacrifices. On s'empare alors des deux frères et on les invite à sacrifier. Comme Gervais disait à Astase que toutes les idoles étaient sourdes et muettes, et que le Dieu tout-puissant était seul capable de lui faire remporter la victoire, le comte le fit frapper avec des fouets garnis de plomb jusqu'à ce qu'il eût rendu l'esprit. Ensuite il fit comparaître Protais et lui dit : « Misérable, songe à vivre et ne cours pas, comme ton frère, à une mort violente. » Protais reprit : « Quel est ici le misérable ? Est-ce moi qui ne te crains point, ou bien toi qui donnes tes preuves que tu me crains ? » Astase lui dit : « Comment, misérable, ce serait moi qui te craindrais, et comment ? » « Tu prouves que tu crains quelque dommage de ma part, reprit Protais, si je ne sacrifie à tes dieux, car si tu ne craignais aucun préjudice, jamais tu ne me forcerais à sacrifier aux idoles. » Alors le général le fit suspendre au chevalet. « Je ne m'irrite pas contre toi, général, lui dit Protais; je sais que les yeux de ton cœur sont aveuglés; bien au contraire, j'ai pitié de toi, car tu ne sais ce que tu fais. Achève ce que tu as commencé, afin que la bénignité du Sauveur daigne m'accueillir avec mon frère. » Astase ordonna alors de lui trancher la tête. Un serviteur de J.-C. nommé Philippe, avec son fils, s'empara de leurs corps qu'il ensevelit en secret en sa maison, sous une voûte de pierre; et il plaça leur tête un écrit contenant le récit de leur naissance, de leur vie et de leur martyre. Ce fut sous Néron qu'ils souffrirent, vers l'an du Seigneur 57. Longtemps leurs corps restèrent cachés, mais ils furent découverts au temps de saint Ambroise de la manière suivante : saint Ambroise était en oraison dans l'église des saints Nabor et Félix; il n'était ni tout à fait éveillé, ni entièrement endormi, lorsque lui apparurent deux jeunes gens de la plus grande beauté, couverts de vêtements blancs composés d'une tunique et d'un manteau, chaussés de petites bottines, et priant avec lui les mains étendues. Saint Ambroise pria, afin que si c'était une illusion, elle ne se reproduisît plus, mais que si c'était une réalité, il eût une seconde révélation. Les jeunes gens lui apparurent de la même manière à l'heure du chant du coq, et prièrent encore avec lui; mais la troisième nuit, saint Ambroise, étant tout éveillé (son corps était fatigué par les jeûnes) fut saisi de voir apparaître une troisième personne qui lui semblait être saint Paul, d'après les portraits qu'il en avait vus. Les deux jeunes gens se turent et l'apôtre dit à saint Ambroise : « Voici ceux qui, suivant mes avis, n'ont désiré rien des choses terrestres; tu trouveras leurs corps dans le lieu où tu es en ce moment; à douze pieds de profondeur, tu rencontreras une voûte recouverte de terre, et auprès de leur tête un petit volume contenant le récit de leur naissance et de leur mort. » Saint Ambroise convoqua donc ses frères, les évêques voisins; il se mit le premier à creuser la terre, et trouva le tout comme lui avait dit saint Paul; et bien que plus de trois cents ans se fussent écoulés, les corps des saints furent découverts dans le même état que s'ils venaient d'être ensevelis à l'heure même. Une odeur merveilleuse et extraordinairement suave émanait du tombeau.

Or, un aveugle, en touchant le cercueil des saints martyrs, recouvra la vue, et beaucoup d'autres furent guéris par leurs mérites. On célébrait cette solennité en l'honneur des saints Martyrs quand fut rétablie la paix entre les Lombards et l'empire romain. Et c'est pour cela que le pape saint Grégoire institua de chanter pour introït de la messe ces paroles : *Loquetur Dominus pacem in plebem suam* [1]. En outre les différentes parties de l'office en l'honneur de ces saints se rapportent tantôt à eux, tantôt aux événements qui survinrent à cette époque. Saint Augustin raconte, au XXe livre de *la Cité de Dieu* qu'un aveugle recouvra à Milan l'usage de la vue auprès des corps des saints martyrs Gervais et Protais, et cela en sa présence, devant l'empereur et une grande foule de peuple. Est-ce l'aveugle dont il a été question plus haut

1. Ce sont encore les paroles du Missel Romain à l'introït de la messe de ces saints.

est-ce un autre, on l'ignore. Le même saint raconte encore, dans le même ouvrage, qu'un jeune homme lavant un cheval dans une rivière près de la villa Victorienne, distante de trente milles d'Hippone, aussitôt le diable le tourmenta et le renversa comme mort dans le fleuve. Or, pendant qu'on chantait les vêpres dans l'église dédiée sous l'invocation des saints Gervais et Protais, église qui était près du fleuve, ce jeune homme, comme frappé par l'éclat des voix qui chantaient, entra dans un grand état d'agitation en l'église où il saisit l'autel, sans pouvoir s'en éloigner; en sorte qu'il paraissait y avoir été lié. Quand on fit des exorcismes pour faire sortir le démon, celui-ci menaça de lui couper les membres, en s'en allant. Après l'exorcisme le démon sortit, mais l'œil du jeune homme restait suspendu par un petit vaisseau sur la joue. On le remit comme on put en sa place, et peu de jours après l'œil fut guéri par les mérites de saint Gervais et de saint Protais. Saint Ambroise s'exprime ainsi dans la Préface de ces saints : « Voici ceux qui, envolés sous le drapeau du ciel, ont pris les armes victorieuses dont parle l'apôtre : dégagés de liens qui les attachaient au monde, ils vainquirent l'infernal ennemi avec ses vices, pour suivre libres et tranquilles le Seigneur J.-C. Oh! les heureux frères, qui en s'attachant à la pratique des paroles sacrées, ne purent être souillés par aucune contagion! Oh! le glorieux motif pour lequel ils combattirent, ceux que le même sein maternel a mis au monde, reçoivent tous les deux une couronne semblable. »

LA NATIVITÉ DE SAINT JEAN-BAPTISTE

Saint Jean-Baptiste a beaucoup de noms : en effet il est appelé prophète, ami de l'époux, lumière, ange, voix, Elie, Baptiste du Sauveur, héraut du juge et précurseur du roi. Le nom de prophète indique le privilège des connaissances; celui d'ami de l'époux, le privilège de l'amour; celui de lumière ardente, le privilège de la sainteté; celui d'ange, le privilège de la virginité; celui de voix, le privilège de l'humilité; celui d'Elie, le privilège de la ferveur; celui de Baptiste, le privilège d'un honneur merveilleux; celui de héraut, le privilège de la prédication; celui de précurseur, le privilège de la préparation.

La naissance de saint Jean-Baptiste fut ainsi annoncée par l'archange. « Le roi David, d'après l'*Histoire scholas-*

tique [1], voulant donner plus d'extension au culte de Dieu, institua vingt-quatre grands prêtres, dont un seul supérieur aux autres était appelé le Prince des Prêtres. Il en établit seize de la lignée d'Eléazar et huit de celle d'Ithamar, et il donna par le sort à chacun une semaine à son tour; or, à Abias échut la huitième semaine, et Zacharie fut de sa race. » Zacharie et sa femme étaient vieux et sans enfants. Zacharie étant donc entré dans le temple pour offrir de l'encens, et une multitude de peuple l'attendant à la porte, l'archange Gabriel lui apparut. Zacharie éprouva un mouvement de crainte à sa vue; mais l'ange lui dit : « Ne crains pas, Zacharie, parce que ta prière a été exaucée. » C'est le propre des bons anges, selon ce que dit la glose, de consoler à l'instant par une bénigne exhortation ceux qui s'effraient en les voyant; au contraire, les mauvais anges, qui se transforment en anges de lumière, dès lors qu'ils s'aperçoivent que ceux auxquels ils s'adressent sont effrayés de leur présence, augmentent encore l'horreur dont ils les ont saisis. Gabriel annonce donc à Zacharie qu'il aura un fils dont le nom serait Jean, qui ne boirait ni vin, ni rien de ce qui peut enivrer, et qu'il marcherait devant le Seigneur dans l'esprit et la vertu d'Elie. Jean est appelé Elie en raison du lieu que tous les deux habitèrent, savoir, le désert, en raison de leur habillement extérieur, qui était grossier chez l'un comme chez l'autre, en raison de leur nourriture qui était modique; en raison de leur ministère, parce que tous deux sont précurseurs; Elie du juge, Jean du Sauveur, en raison de leur zèle, car les paroles de l'un et de l'autre brûlaient comme un flambeau ardent. Or, Zacharie, en considération de sa vieillesse et de la stérilité de sa femme, se prit à douter et d'après la coutume des juifs, il demanda un signe à l'ange : alors l'ange frappa de mutisme Zacharie qui n'avait pas voulu ajouter foi à ses paroles.

Souvent le doute existe et s'excuse par la grandeur des choses promises, comme on le voit dans Abraham. En effet quand Dieu lui eut promis que sa race posséderait la terre de Chanaan, Abraham lui dit : « Seigneur mon Dieu comment puis-je savoir que je la posséderai ? » Dieu lui répondit (Gen., XV) : « Prenez une vache de trois ans », etc. Quelquefois on conçoit un doute en considération de sa propre fragilité, comme cela eut lieu dans Gédéon qui dit : « Comment, je vous en prie, mon Seigneur, délivrerai-je Israël ? Vous savez que ma famille est la dernière de Manassé et que je suis le dernier dans la maison de mon père. » A la suite de cela, il demanda un signe et il le reçut. Quelquefois le doute est excusé par l'impossibilité naturelle de l'événement; cela s'est vu dans Sara. En effet

1. *Hist. Evang.*, c. I.

quand le Seigneur eut dit : « Je vous reviendrai voir, et Sara aura un fils », Sara se mit à rire derrière la porte, en disant : « Après que je suis devenue vieille et que mon seigneur est vieux aussi, serait-il bien vrai que je pusse avoir un enfant ? » Zacharie aurait donc été frappé seul d'un châtiment pour avoir douté, quand se trouvaient rencontrées et la grandeur de la chose promise, et la considération de sa fragilité propre par laquelle il se réputait indigne d'avoir un fils, et de plus l'impossibilité naturelle. Ce fut pour plus d'un motif qu'il en arriva ainsi. 1° D'après Bède il parla comme un incrédule; c'est pour cela qu'il est condamné à être muet, afin qu'en se taisant il apprît à croire. 2° Il devint muet, afin que, dans la naissance de son fils, apparût un grand miracle : car quand, à la naissance de saint Jean, son père recouvra la parole, ce fut miracle sur miracle. 3° Il était convenable qu'il perdît la voix, quand la voix naissait et venait faire taire la loi. 4° Parce qu'il avait demandé un signe au Seigneur et qu'il reçut comme signe d'être privé de la parole. Car, quand Zacharie sortit du temple et que le peuple se fut aperçu de son état de mutisme, on découvrit par ses gestes qu'il avait eu une vision dans le temple. Or, sa semaine étant achevée, il alla à sa maison et Elisabeth conçut; et elle se cacha pendant cinq mois, parce que, selon ce que dit saint Ambroise, elle rougissait de mettre un enfant au monde à son âge; c'était en effet passer pour avoir usé du mariage dans sa vieillesse; et cependant elle était heureuse d'être délivrée de l'opprobre de la stérilité, puisque c'était pour les femmes un opprobre de ne pas avoir de fruit de leur union : Voilà pourquoi les noces sont des jours de fêtes et l'acte du mariage excusé. Or, six mois après, la Sainte Vierge, qui déjà avait conçu le Seigneur, vint, en qualité de vierge féconde, féliciter sa cousine de ce que sa stérilité avait été levée, et aider à sa vieillesse. Après qu'elle eut salué Elisabeth, le bienheureux Jean, rempli dès lors du Saint-Esprit, sentit le Fils de Dieu venir à lui et de joie il tressaillit dans le sein de sa mère, trépigna et salua par ce mouvement celui qu'il ne pouvait saluer de sa parole : car il tressaillit, comme transporté, devant l'auteur du salut, et comme pour se lever devant son Seigneur. La Sainte Vierge demeura donc avec sa cousine pendant trois mois, elle la servait : ce fut elle qui de ses saintes mains reçut l'enfant venant au monde, d'après le témoignage de l'*Histoire scholastique* [1], et qui remplit avec les plus grands soins l'office de garder l'enfant.

Ce Précurseur du Seigneur fut ennobli spécialement et singulièrement par neuf privilèges : Il est annoncé par le

1. *Hist. Evang.*, c. II.

même ange qui annonça le Sauveur; il tressaillit dans le sein de sa mère; c'est la mère du Seigneur qui le reçoit en venant au monde; il délie la langue de son père; c'est le premier qui confère un baptême; il montre le Christ du doigt; il baptise le même J.-C.; c'est lui que le Christ loue plus que tous les autres; il annonce la venue prochaine de J.-C. à ceux qui sont dans les limbes. C'est pour ces neuf privilèges qu'il est appelé par le Seigneur prophète et plus que prophète. Sur ce qu'il est appelé plus que prophète, saint Jean Chrysostome s'exprime ainsi : « Un Prophète est celui qui reçoit de Dieu l'avantage de prophétiser, mais est-ce que le prophète donne à Dieu le bienfait du baptême ? Un prophète a pour mission de prédire les choses de Dieu, mais où trouver un prophète dont Dieu lui-même prophétise ? Tous les prophètes avaient prophétisé de J.-C. au lieu que Jean ne prophétisa pas seulement de J.-C., mais les autres prophètes prophétisèrent de lui : tous ont été les porteurs de la parole, mais lui, c'est la voix elle-même. Autant la voix approche de la parole, sans cependant être la parole, autant Jean approche de J.-C. sans cependant être J.-C. » D'après saint Ambroise, la gloire de saint Jean se tire de cinq causes, savoir, de ses parents, de ses mœurs, de ses miracles, des dons qu'il a reçus et de sa prédication. D'après le même Père, la gloire qu'il reçoit de ses parents est manifeste par cinq caractères : Voici ce que dit saint Ambroise : « L'éloge est parfait, quand il comprend, comme dans saint Jean, une naissance distinguée, une conduite intègre, un ministère sacerdotal, l'obéissance à la loi, et la preuve d'œuvres pleines de justice. » 2° Les miracles : Il y en eut avant sa conception, comme l'annonciation de l'ange, la désignation de son nom, et la perte de la parole dans son père : il y en eut dans sa conception, celle-ci fut surnaturelle; sa sanctification dès le sein de sa mère, et le don de prophétie dont il fut rempli. Il y en eut dès sa naissance, savoir : le don de prophétie accordé à son père et à sa mère, puisque sa mère sut son nom, et que le père prononça un cantique : la langue du père déliée; le Saint-Esprit qui le remplit. Sur ces paroles de l'Evangile : « Zacharie son père fut rempli du Saint-Esprit », saint Ambroise s'exprime ainsi : « Regardez Jean : Quelle puissance dans son nom! Ce nom rend la parole à un muet, le dévouement à un père; au peuple un prêtre. Tout à l'heure, cette langue était muette, ce père était stérile, ce prêtre était sans fonctions; mais aussitôt que Jean est né, à l'instant le père est prophète, ce pontife recouvre l'usage de la parole, son affection peut s'épancher sur son fils, le prêtre est reconnu par les fonctions qu'il remplit. » 3° Les mœurs. Sa vie fut d'une sainteté éminente. Voici comme en parle saint Chrysostome : « A côté de la vie de saint

Jean, toutes les autres paraissent coupables : car de même que quand vous voyez un vêtement blanc, vous dites : ce vêtement est assez blanc, mais si vous le mettez à côté de la neige, il commence à vous paraître sale, quoique vraiment il n'en soit pas ainsi, de même à comparaison de saint Jean, quelque homme que ce fût paraissait immonde. »

Il reçut trois témoignages de sa sainteté. Le premier fut rendu par ceux qui sont au-dessus du ciel, c'est-à-dire par la Trinité elle-même. 1° Par le Père qui l'appelle Ange. Malachie dit (III) : « Voilà que j'envoie mon ange qui préparera ma voie devant ma face. » Ange est un nom qui désigne le ministère, mais qui n'explique pas la nature de l'ange. Or, si saint Jean est appelé ange, c'est pour marquer le ministère qu'il a rempli, parce qu'il paraît avoir exercé le ministère de tous les anges. Il remplit celui des Séraphins : car séraphin veut dire ardent, parce qu'ils nous rendent ardents et qu'ils brûlent plus que d'autres d'amour pour Dieu; c'est pourquoi il est dit de Jean : « Elie s'est élevé comme un feu, et ses paroles brûlaient comme un flambeau ardent » (Ecclés., XLVIII), « car il est venu avec l'esprit et la vertu d'Elie ». 2° Il remplit le ministère des Chérubins, car chérubins veut dire plénitude de science : or, Jean est appelé Lucifer ou étoile du matin, parce qu'il fut le terme de la nuit de l'ignorance, et le commencement de la lumière de la grâce. 3° Il remplit le ministère des Thrônes qui ont pour mission de juger, et il est dit de Jean qu'il reprenait Hérode en disant : « Il ne vous est pas permis d'avoir pour femme celle de votre frère. » 4° Il remplit le ministère des Dominations qui nous enseignent à gouverner ceux qui nous sont sujets; or, Jean était aimé de ses inférieurs, et les rois le craignaient. 5° Il remplit l'office des Principautés qui nous apprennent à respecter nos supérieurs et Jean disait en parlant de lui-même : « Celui qui tire son origine de la terre est de la terre, et ses paroles tiennent de la terre »; et en parlant de J.-C., il ajoute : « Celui qui est venu du ciel est au-dessus de tous. » Il dit encore : « Je ne suis pas digne de délier les cordons de sa chaussure. » 6° Il remplit l'office des Puissances qui sont chargées d'éloigner les puissances de l'air et du vice, lesquelles ne purent jamais nuire à sa sainteté. Il les repoussait aussi loin de nous, lorsqu'il nous disposait au baptême de la pénitence. 7° Il remplit l'office des Vertus par lesquelles s'opèrent les miracles : or, saint Jean montra en sa personne de grandes merveilles, comme manger du miel sauvage et des sauterelles, se couvrir de peau de chameau, et autres semblables. 8° Il remplit l'office des Archanges, en révélant des mystères auxquels on ne savait atteindre, comme, par exemple, ce qui regarde notre rédemption lorsqu'il disait : « Voici l'Agneau de Dieu, voici celui qui ôte les péchés du monde. » 9° Il remplit l'office des Anges : quand il annonçait des choses moins relevées, comme celles qui ont trait aux mœurs; par exemple : « Faites pénitence »; ou bien : « N'usez point de violence ni de fraude envers personne » (Luc, III.) Le second témoignage lui fut rendu par le Fils, comme on lit dans saint Matthieu (II), où J.-C. le recommande souvent d'une manière étonnante, comme quand il dit entre autres choses : « Parmi les enfants des hommes, il n'y en a pas de plus grand que Jean-Baptiste. » « Ces paroles, dit saint Pierre Damien, renferment l'éloge de saint Jean, proférées qu'elles sont par celui qui a posé les fondements de la terre, qui fait mouvoir les astres et qui a créé tous les éléments. » Le troisième témoignage lui fut rendu par le Saint-Esprit, lorsqu'il dit par la bouche de son père Zacharie : « Et toi, enfant, tu seras appelé le prophète du Très-Haut. » — Le second témoignage de sainteté lui fut rendu par les anges et les esprits célestes. Au premier chapitre de saint Luc, l'ange témoigne pour lui une grande considération quand il montre : 1° sa dignité par rapport à Dieu : « Il sera, dit-il, grand devant le Seigneur. » 2° Sa sainteté propre, lorsqu'il ajoute : « Il ne boira pas de vin ni de liqueur enivrante, et il sera rempli de l'Esprit-Saint dès le ventre de sa mère. » 3° Les grands services qu'il rendra au prochain : « Et il convertira beaucoup des enfants d'Israël. » Le troisième témoignage de sainteté lui fut rendu par ceux qui sont au-dessus du ciel, c'est-à-dire, les hommes, témoin son père, ses voisins, et ceux qui disaient : « Que pensez-vous que sera cet enfant ? »

Quatrièmement, la gloire de saint Jean se tire des dons qu'il a reçus dans le sein de sa mère, à sa naissance, dans sa vie et à sa mort. Dans le sein de sa mère, il fut avantagé de trois dons admirables de la grâce : 1° De la grâce par laquelle il fut sanctifié dès ce moment; puisqu'il fut saint avant que d'être né, selon ces paroles de Jérémie (I) : « Je vous ai connu avant que je vous eusse formé dans les entrailles de votre mère. » 2° De la grâce d'être prophète, quand, par son tressaillement dans le sein d'Élisabeth, il connut que Dieu était devant lui. C'est pour cela que saint Chrysostome, qui veut montrer que Jean-Baptiste a été plus que prophète, dit : « Un prophète mérite par la sainteté de sa vie et de sa foi de recevoir une prophétie; mais est-ce que c'est l'ordinaire d'être prophète avant d'être homme ? » C'était une coutume d'oindre les prophètes; et ce fut quand la Sainte Vierge salua Elisabeth que J.-C. sacra en qualité de prophète Jean dans les entrailles de sa mère, selon ces paroles de saint Chrysostome : « J.-C. fit saluer Elisabeth par Marie afin que sa parole sortie du sein de sa mère, séjour du Seigneur, et reçue par l'ouïe d'Elisabeth, descendît à Jean qui ainsi serait sacré prophète. » 3° Il fut avantagé de la grâce par laquelle il mérita pour sa mère de recevoir l'esprit de prophétie. Et saint Chrysostome, qui voulait montrer que saint Jean fut plus qu'un prophète, dit : « Quel est celui des prophètes, qui tout prophète qu'il était, ait pu faire un prophète ? » Elie sacra bien Elisée comme prophète, mais il ne lui conféra pas la grâce de prophétiser. Jean cependant n'étant encore que dans le sein de sa mère donna à sa mère la science de pénétrer dans les secrets de Dieu; il lui ouvrit la bouche et elle confessa reconnaître la dignité de celui dont elle ne voyait pas la personne, quand elle dit : « D'où me vient ce bonheur que la mère de mon Seigneur me vienne visiter ? » Il reçut trois sortes de grâces, au moment de sa naissance : elle fut miraculeuse, sainte et accompagnée de joie. En tant que miraculeuse, le défaut d'impuissance est levé; en tant que sainte, disparaît la peine de la coulpe; en tant que accompagnée de joie, elle fut exempte des pleurs de la misère. Selon Me Guillaume d'Auxerre, trois motifs font célébrer la naissance de saint Jean : 1° sa sanctification dans le sein de sa mère; 2° la dignité de son ministère, puisque ce fut comme une étoile du matin qui nous annonça la première les joies éternelles; 3° la joie qui l'accompagna : car l'ange avait dit : « Il y en aura beaucoup qui se réjouiront lors de sa naissance. » C'est donc pour cela qu'il est juste que nous nous réjouissions pareillement en ce jour. Dans le cours de sa vie, il reçut de même grand nombre de faveurs : et la preuve qu'elles furent des plus grandes et de différentes sortes, c'est qu'il réunit toutes les perfections. En effet il fut prophète quand il dit : « Celui qui doit venir après moi est plus grand que moi. » Il fut plus que prophète quand il montra le Christ du doigt; il fut apôtre, car il fut envoyé de Dieu; apôtre et prophète c'est tout un. Aussi il est dit de lui : « Il y eut un homme envoyé de Dieu qui se nommait Jean. » Il fut martyr, parce qu'il souffrit la mort pour la justice; il fut confesseur, parce qu'il confessa et ne nia pas; il fut vierge, et c'est en raison de sa virginité qu'il est appelé ange dans Malachie (II) : « Voici que j'envoie mon ange. » En sortant du monde il reçut trois faveurs : d'abord il fut un martyr invaincu. Il acquit alors la palme du martyre; il fut envoyé comme un messager précieux, car il apporta à ceux qui étaient dans les limbes une nouvelle précieuse, la venue de J.-C. et leur rédemption; sa fin glorieuse est honorée par tous ceux qui étaient descendus dans les limbes et c'est l'objet spécial d'une glorieuse solennité dans l'Eglise.

Cinquièmement, la gloire de saint Jean se tire de sa prédication. L'ange en expose quatre motifs quand il dit : « Il convertira plusieurs des enfants d'Israël au

Seigneur leur Dieu; et il marchera devant lui dans l'esprit et la vertu d'Elie, pour réunir les cœurs des pères avec leurs enfants, pour rappeler les incrédules à la prudence des justes, et pour préparer au Seigneur un peuple parfait. » Il touche quatre points, savoir le fruit, l'ordre, la vertu et la fin, d'après le texte lui-même. La prédication de saint Jean fut triplement recommandable. Elle fut en effet fervente, efficace et prudente. C'est la ferveur qui lui faisait dire : « Race de vipères, qui vous a avertis de fuir la colère à venir ? Faites donc de dignes fruits de pénitence. » (Luc, III.) Or, cette ferveur était enflammée par la charité, parce qu'il était une lumière ardente; et c'est lui qui dit en la personne d'Isaïe (XLIX) : « Il a rendu ma bouche comme une épée perçante. » Cette ferveur tirait son origine de la vérité, car il était une lampe ardente. C'est à ce propos qu'il est dit dans saint Jean (V) : « Vous avez envoyé à Jean; et il a rendu témoignage à la vérité. » Cette ferveur était dirigée par le discernement ou la science : voilà pourquoi en parlant à la foule, aux publicains et aux soldats, il enseignait la loi, selon l'état de chacun. Cette ferveur était ferme et constante, puisque sa prédication le mena à perdre la vie. Telles sont les quatre qualités du zèle, d'après saint Bernard : « Que votre zèle, dit-il, soit enflammé par la charité, formé par la vérité, régi par la science et affermi par la constance. » 2° Il prêcha avec efficace, puisque beaucoup se convertirent à ses prédications. Il prêcha en parole et ne varia jamais dans son enseignement. Il prêcha par l'exemple, car sa vie fut sainte; il prêcha et convertit par ses mérites et ses prières ferventes. 3° Il prêcha avec prudence; et la prudence de sa prédication consista en trois points : 1° en ce qu'il usa de menaces afin d'effrayer les méchants; c'est alors qu'il disait : « Déjà la cognée est à la racine de l'arbre »; 2° en usant de promesses, pour gagner les bons, quand il dit : « Faites pénitence : car le royaume des cieux approche »; 3° en usant de tempéraments pour attirer peu à peu les faibles à la perfection. Aussi à la foule et aux soldats, il imposait de légères obligations afin qu'ensuite il les amenât à s'en imposer de plus sérieuses; à la foule, il conseillait les œuvres de miséricorde; aux publicains, il recommandait de ne pas désirer le bien d'autrui; aux soldats de n'user de violence envers personne, de ne pas calomnier et de se contenter de leur paie.

Saint Jean l'Evangéliste mourut à pareil jour; mais l'Eglise célèbre sa fête trois jours après la naissance de J.-C. parce qu'alors eut lieu la dédicace de son église, et la solennité de la naissance de saint Jean-Baptiste conserva sa place par la raison qu'elle fut déclarée un jour de joie par l'ange. Il ne faut pourtant pas prétendre que l'Evangéliste ait fait place au Baptiste, comme l'inférieur au supérieur; car il ne convient pas de discuter quel est le plus grand des deux : et ceci fut divinement prouvé par un exemple. On lit qu'il y avait deux docteurs en théologie dont l'un préférait saint Jean-Baptiste et l'autre saint Jean l'Evangéliste. On fixa donc un jour pour une discussion solennelle. Chacun n'avait d'autre soin que de trouver des autorités et des raisons puissantes en faveur du saint qu'il jugeait supérieur. Or, le jour de la dispute étant proche, chacun des saints apparut à son champion et lui dit : « Nous sommes bien d'accord dans le ciel, ne dispute pas à notre sujet sur la terre. » Alors ils se communiquèrent chacun sa vision, en firent part à tout le peuple et bénirent Dieu. — Paul, qui a écrit l'*Histoire des Lombards*, diacre de l'Eglise de Rome et moine du mont Cassin, devait une fois faire la consécration du cierge, mais il fut pris d'un enrouement qui l'empêcha de chanter; afin de recouvrer sa voix qui était fort belle, il composa en l'honneur de saint Jean-Baptiste l'hymne *Ut queant laxis resonare fibris mira gestorum famuli tuorum*, au commencement de laquelle il demande que sa voix lui soit rendue comme elle l'avait été à Zacharie. En ce jour quelques personnes ramassent de tous côtés les os d'animaux morts pour les brûler : il y en a deux raisons, rapportées par Jean Beleth [1] : la première vient d'une ancienne pratique : il y a certains animaux appelés dragons, qui volent dans l'air, nagent dans les eaux et courent sur la terre. Quelquefois quand ils sont dans les airs, ils incitent à la luxure en jetant du sperme dans les puits et les rivières; il y avait alors dans l'année grande mortalité. Afin de se préserver, on inventa un remède qui fut de faire des os des animaux un feu dont la fumée mettait ces monstres en fuite; et parce que c'était, dans le temps, une coutume générale, elle s'observe encore en certains lieux. La seconde raison est pour rappeler que les os de saint Jean furent brûlés à Sébaste par les infidèles. On porte aussi des torches brûlantes, parce que saint Jean fut une torche brûlante et ardente; on fait aussi tourner une roue parce que le soleil à cette époque commence à prendre son déclin, pour rappeler le témoignage que Jean rendit à J.-C. quand il dit : « Il faut qu'il croisse, et moi que je diminue. » Cette parole est encore vérifiée, selon saint Augustin, à leur nativité et à leur mort : car à la nativité de saint Jean-Baptiste les jours commencent à décroître, et à la nativité de J.-C. ils commencent à croître, d'après ce vers : *Solstitium decimo Christum præit atque Joannem* [2]. Il en fut ainsi

1. Cap. CXXXVII.
2. Dix jours avant le solstice, arrivent la nativité du Sauveur et celle de saint Jean.

à leur mort. Le corps de J.-C. fut élevé sur la croix et celui de saint Jean fut privé de son chef.

Paul rapporte dans l'*Histoire des Lombards* que Rocharith, roi des Lombards, fut enseveli avec beaucoup d'ornements précieux auprès d'une église de saint Jean-Baptiste. Or, quelqu'un poussé par la cupidité, ouvrit de nuit le tombeau et emporta tout. Saint Jean apparut au voleur et lui dit : « Quelle a été ton audace de toucher à un dépôt qui m'était confié ? tu ne pourras plus désormais entrer dans mon église. » Et il en fut ainsi; car chaque fois que le larron voulait entrer en cette église, il était frappé à la gorge comme par un vigoureux athlète et il était jeté aussitôt à la renverse [1].

SAINT JEAN ET SAINT PAUL [2]

Jean et Paul furent primiciers et prévôts de Constance, fille de l'empereur Constantin. Or, en ce temps-là, les Scythes occupaient la Dacie et la Thrace et on devait envoyer contre eux Gallican, général de l'armée romaine. Pour récompense de ses travaux, il demandait qu'on lui donnât en mariage Constance, fille de Constantin; faveur que les principaux Romains sollicitaient vivement aussi pour lui. Mais le père en était fort contristé, car il savait que sa fille, après avoir été guérie par sainte Agnès, avait fait vœu de virginité; et elle aurait été plutôt disposée à se laisser tuer qu'à donner son consentement. Cependant cette vierge eut confiance en Dieu et conseilla à son père de la promettre à Gallican, s'il revenait vainqueur. Toutefois elle voulait garder auprès de soi deux filles que Gallican avait eues d'une première épouse qui était morte, afin de pouvoir connaître par ces filles la conduite et les désirs de leur père : en même temps elle lui donnerait ses deux prévôts, Jean et Paul, dans l'espérance d'établir entre eux une plus étroite union; elle priait Dieu pour qu'il daignât convertir Gallican et ses filles. Quand tout fut arrangé au gré de chacun, Gallican prit Jean et Paul auprès de soi et partit avec une armée nombreuse; mais ses troupes furent mises en déroute par les Scythes et lui-même fut assiégé par les ennemis dans une ville

1. Ce fait est aussi rapporté par Gezo, abbé de Dertone, en 984, dans son livre du *Corps et du sang de J.-C.*, ch. LXVII.

2. L'office du bréviaire est compilé d'après les actes de ces saints rapportés ici. — *Martyrologes.*

de Thrace. Alors Jean et Paul vinrent le trouver et lui dirent : « Fais un vœu au Dieu du ciel et tu auras le bonheur de vaincre. » Quand il l'eut fait, apparut aussitôt un jeune homme portant une croix sur l'épaule, et lui disant : « Prends ton épée et suis-moi. » Il la prend, se rue au milieu du camp ennemi, arrive jusqu'au roi, et le tue; la peur seule lui fait soumettre toute l'armée : il rend les ennemis tributaires des Romains. Deux soldats revêtus de leurs armes lui apparurent et le protégeaient de droite et de gauche. Ayant été fait chrétien, Gallican revint à Rome où il fut reçu avec de grands honneurs. Il pria Auguste de l'excuser s'il n'épousait pas sa fille, parce que son dessein était de vivre désormais dans la continence en l'honneur de J.-C. Cela plut singulièrement à l'empereur : et les deux filles de Gallican ayant été converties à J.-C. par la vierge Constance, Gallican lui-même se démit de son commandement, donna tous ses biens aux pauvres et servit J.-C. dans la pauvreté avec d'autres serviteurs de Dieu. Il faisait un grand nombre de miracles; à sa vue seulement, les démons s'enfuyaient des corps des obsédés. Sa réputation de sainteté était tellement établie dans l'univers qu'on venait de l'orient et de l'occident pour voir un homme, de patrice devenu consul, laver les pieds des pauvres, dresser leurs tables, leur verser de l'eau sur les mains, servir les malades avec sollicitude et remplir toutes les fonctions d'un pieux serviteur. A la mort de Constantin, Constance, fils de Constantin le Grand, infecté de l'hérésie d'Arius, prit en main les rênes de l'empire; mais Constance, frère de Constantin, laissait deux fils, Gallus et Julien : l'empereur Constance créa Gallus césar, et l'envoya contre la Judée en révolte; plus tard cependant, il le fit périr. Julien, craignant d'éprouver de la part de Constance le même sort que son frère, entra dans un monastère, où en affectant une grande dévotion, il fut ordonné lecteur. Il fit consulter le démon par un magicien : et il lui fut répondu qu'il serait élevé à l'empire. Quelque temps après, des affaires urgentes portèrent Constance à créer Julien césar et à l'envoyer dans la Gaule où il se comporta vaillamment en toute occasion. Constance étant mort, Julien l'Apostat, que ce même Constance avait élevé à l'empire, ordonna à Gallican d'immoler aux dieux ou de s'éloigner; car il n'osait faire mourir un personnage si distingué. Gallican alla donc à Alexandrie où il reçut la couronne du martyre : les infidèles lui avaient percé le cœur. Julien, dévoré par une cupidité sacrilège, colorait son avarice sous des prétextes qu'il trouvait dans l'Evangile; car il enlevait les biens des chrétiens en disant : « Votre Christ dit dans l'Evangile : « Celui qui n'aura pas « renoncé à tout ce qu'il possède ne peut être mon « disciple. » Ayant appris que Jean et Paul sustentaient les chrétiens pauvres avec les richesses que la vierge Constance avait laissées, il leur donna l'ordre de lui obéir en tout comme à Constantin. Mais ils répondirent : « Tant que les glorieux empereurs Constantin et Constance, son fils, se faisaient honneur d'être les serviteurs de J.-C., nous les servions; mais puisque tu as abandonné une religion qui fait pratiquer tant de vertus, nous nous sommes entièrement éloignés de toi et nous refusons positivement de t'obéir. » Julien leur fit répondre : « J'ai été élevé à la cléricature, et si je l'avais voulu, je serais parvenu au premier rang de l'Eglise, mais considérant que c'était chose vaine de vivre dans la paresse et l'oisiveté, j'ai préféré l'état militaire, et j'ai sacrifié aux dieux dont la protection m'a élevé à l'empire. C'est pour cela qu'ayant été nourris à la cour, vous ne devez pas cesser de vivre à mes côtés afin que je vous traite comme les premiers dans mon palais. Si vous me méprisez, il faut de toute nécessité que je fasse cesser cet état de choses. » Ils répliquèrent : « Puisque nous préférons servir Dieu plutôt que toi, nous n'avons pas la moindre crainte de tes menaces, de peur d'encourir la haine du roi éternel. » A cela Julien reprit : « Si d'ici à dix jours vous poussez le mépris jusqu'à ne pas vous rendre de plein gré auprès de moi, vous ferez de force ce que vous ne vous souciez pas de faire de bonne volonté. » Les saints lui répondirent : « Crois que les dix jours sont déjà expirés, et fais aujourd'hui ce que tu menaces d'exécuter alors. » « Vous pensez, dit Julien, que les chrétiens feront de vous des martyrs; si vous ne m'obéissez, je vous ferai châtier non comme des martyrs, mais comme des ennemis publics. » Alors Jean et Paul employèrent les dix jours entiers à donner en aumônes tous leurs biens aux pauvres. Le terme expiré, Térentien fut envoyé vers eux et leur dit : « Notre seigneur Julien vous envoie une petite statue en or de Jupiter pour que vous lui offriez de l'encens, sinon, vous périrez également tous les deux. » Les saints lui répondirent : « Si ton seigneur est Julien, sois en paix avec lui; quant à nous, nous n'avons d'autre Seigneur que J.-C. » Alors il les fit décapiter en cachette, et ensevelir dans une fosse de la maison; puis il fit répandre le bruit qu'ils avaient été envoyés en exil.

Après quoi le fils de Térentien fut saisi par le démon, et il se mit à crier par la maison que le diable le tourmentait : à cette vue, Térentien confesse son crime, se fait chrétien, écrit la relation du martyre des saints et son fils est délivré. Ils souffrirent vers l'an du Seigneur 364. Saint Grégoire rapporte dans son Homélie sur l'Evangile : *Si quis vult venire post me*, qu'une dame, revenant de visiter l'église de ces martyrs où elle allait souvent, rencontra deux moines en habit de pèlerin; elle leur fit donner l'aumône; mais comme celui qui était chargé de la leur offrir se disposait à le faire, ils s'approchèrent de plus près et lui dirent : « Tu nous aides maintenant, mais au jour du jugement, nous te réclamerons et nous ferons pour toi tout ce que nous pourrons. » Ayant dit ces mots ils disparurent à leurs yeux. Saint Ambroise parle ainsi de ces martyrs dans la préface : « Les bienheureux martyrs Jean et Paul ont véritablement accompli ces paroles de David : « Ah! que c'est une chose bonne et agréable que « les frères soient unis ensemble » (Ps. CXXXII); le même sein leur donna le jour, la même foi les unit, le même martyre les couronna et la même gloire est leur partage dans le même Seigneur. »

SAINT LÉON, PAPE [1]

On lit dans le livre des *Miracles de la Sainte Vierge* que saint Léon, pape, célébrant la messe le jour de Pâques dans l'église de Sainte-Marie-Majeure, pendant qu'il distribuait la communion aux fidèles, une dame lui baisa la main, ce qui excita en lui une violente tentation de la chair. Mais l'homme de Dieu exerça contre soi-même une cruelle vengeance et ce jour-là, cette main qui l'avait scandalisé, il se la coupa en secret et la jeta. Dans la suite, il s'éleva des murmures parmi le peuple de ce que le souverain pontife ne célébrait plus comme de coutume les saints mystères. Alors saint Léon s'adressa à la Sainte Vierge et s'en remit entièrement à ce qu'elle voudrait. Elle lui apparut donc et lui remit la main de ses très saintes mains, l'affermit, puis elle lui ordonna de paraître en public et d'offrir le saint sacrifice à son Fils. Saint Léon apprit à tout le peuple ce qui lui était arrivé, et il montra à tous la main qui lui avait été rendue. Ce fut lui qui célébra le concile de Chalcédoine où il établit que les vierges seules recevraient le voile; et il y fut aussi décidé que la Vierge Marie serait appelée Mère de Dieu. En ce temps-là

1. Voici l'interprétation du nom de saint Léon par M. Jehan Batallier : « Léon fut appelé proprement Lion : car tout ainsi comme le propre lion faist il fit. Il est vrai que quand les enfans des lions naissent ils sont tous morts et ne se peuvent mouvoir : et lors le lion crie tant et va entour que par le cry de luy il les vivifie, et leurs mect la vie au corps par la chaleur de son alaîne, et tout ainsi saît Leon fist : car ceulx qui estaient mors en pechie il cria et brayt tant que par sa saincte côversation et predication il leur mist es corps lesperit de vraye foi : et les fist vivre en Dieu nostre Seigneur Ihesucrist. »

encore, Attila ravageait l'Italie. Saint Léon passa alors trois jours et trois nuits en prières dans l'église des Apôtres; après quoi il dit aux siens : « Qui veut me suivre, me suive. » Et quand il fut arrivé auprès d'Attila, celui-ci n'eut pas plus tôt vu saint Léon qu'il descendit de cheval, se prosterna aux pieds du saint et le pria de lui demander ce qu'il voudrait. Saint Léon lui demanda de quitter l'Italie et de délivrer les captifs. Comme Attila recevait de la part des siens des reproches de ce que celui qui avait triomphé du monde se laissait vaincre par un prêtre, il répondit : « J'ai pourvu à ma sûreté et à la vôtre : car j'ai vu à sa droite un guerrier redoutable tenant une épée nue à la main, qui me disait : « Si tu ne lui obéis pas, tu périras « avec tous les tiens [1]. » Quand le bienheureux Léon écrivit la lettre à Fabien, évêque de C.-P., contre Eutychès et Nestorius, il la posa sur le tombeau de saint Pierre et après avoir passé quelque temps dans le jeûne et la prière, il dit : « Les erreurs que je pourrais avoir commises comme homme dans cette épître, corrigez-les et amendez-les, vous à qui l'Eglise a été confiée. » Et quarante jours après, comme il était en prières, saint Pierre lui apparut et lui dit : « J'ai lu et amendé. » Saint Léon prit la lettre qu'il trouva corrigée et amendée de la main de l'apôtre. Une autre fois, saint Léon passa quarante jours en prières au tombeau de saint Pierre, et le conjura de lui obtenir le pardon de ses péchés : saint Pierre lui apparut et lui dit : « J'ai prié pour vous le Seigneur, et il a pardonné tous vos péchés. Seulement vous aurez à vous informer de ceux auxquels vous avez imposé les mains, c'est-à-dire que vous aurez à rendre compte si vous vous êtes bien ou mal acquitté de cette fonction envers autrui [2]. » Il mourut vers l'an du Seigneur 460.

SAINT PIERRE, APOTRE [3]

Pierre eut trois noms : il s'appela 1° Simon Barjona. Simon veut dire *obéissant*, ou *se livrant à la tristesse.* Barjona, *fils de colombe*, en syrien *bar* veut dire fils, et en hébreu, *Jona* signifie colombe. En effet, il fut

1. Victor Tuomnensis, Prosper, Isaïe.
2. Sophone, ch. CXLIX.
3. La plupart des faits qui ont rapport à saint Pierre et que signalent les livres saints sont consignés ici. Le reste est tiré d'un livre connu sous le nom d'*Itinéraire de saint Clément*, regardé comme apocryphe, mais cité par un grand nombre d'auteurs des premiers siècles.

obéissant; quand J.-C. l'appela, il obéit au premier mot d'ordre du Seigneur : il se livra à la tristesse quand il renia J.-C. « Il sortit dehors et pleura amèrement. » Il fut fils de colombe parce qu'il servit Dieu avec simplicité d'intention. 2° Il fut appelé Céphas, qui signifie *chef ou pierre*, ou *blâmant de bouche :* chef, en raison qu'il eut la primauté dans la prélature; pierre, en raison de la fermeté dont il fit preuve dans sa passion; blâmant de bouche, en raison de la constance de sa prédication. 3° Il fut appelé Pierre, qui veut dire *connaissant*, *déchaussant*, *déliant :* parce qu'il connut la divinité de J.-C. quand il dit : « Vous êtes le Christ, le Fils du Dieu vivant »; il se dépouilla de toute affection pour les siens, comme de toute œuvre morte et terrestre, lorsqu'il dit : « Voilà que nous avons tout quitté pour vous suivre »; il nous délia des chaînes du péché par les clefs qu'il reçut du Seigneur. Il eut aussi trois surnoms : 1° on l'appela Simon Johanna, qui veut dire *beauté du Seigneur;* 2° Simon, fils de Jean, qui veut dire *à qui il a été donné;* 3° Simon Barjona, qui veut dire *fils de colombe*. Par ces différents surnoms on doit entendre qu'il posséda la beauté de mœurs, les dons des vertus, l'abondance des larmes, car la colombe gémit au lieu de chanter. Quant au nom de Pierre, ce fut J.-C. qui permit qu'on le lui donnât puisqu'il dit (Jean, I) : « Vous vous appellerez Céphas, qui veut dire Pierre. » 2° Ce fut encore J.-C. qui le lui donna après le lui avoir promis, selon qu'il est dit dans saint Marc (III) : « Et il donna à Simon le nom de Pierre. » 3° Ce fut J.-C. qui le lui confirma, puisqu'il dit dans saint Matthieu (XVI) : « Et moi je vous dis que vous êtes Pierre et sur cette Pierre je bâtirai mon église. » Son martyre fut écrit par saint Marcel, par saint Lin, pape, par Hégésippe et par le pape Léon.

Saint Pierre, fut celui de tous les apôtres qui eut la plus grande ferveur : car il voulut connaître celui qui trahissait le Seigneur, en sorte que s'il l'eût connu, dit saint Augustin, il l'eût déchiré avec les dents : et c'est pour cela que le Seigneur ne voulait pas révéler le nom de ce traître. Saint Chrysostome dit aussi que si J.-C. avait prononcé son nom, Pierre aussitôt se serait levé et l'aurait massacré sur l'heure. Il marcha sur la mer pour aller au-devant du Seigneur; il fut choisi pour être le témoin de la Transfiguration de son maître et pour assister à la résurrection de la fille de Jaïre; il trouva, dans la bouche du poisson, la pièce d'argent de quatre dragmes pour le tribut; il reçut du Seigneur les clefs du royaume des cieux; il eut la commission de faire paître les brebis; au jour de la Pentecôte, par sa prédication, il convertit trois mille hommes; il prédit la mort d'Ananie et de Saphire; il guérit Enée de sa paralysie; il baptisa Corneille; il ressuscita Tabithe; il rendit la santé aux infirmes par l'ombre de son corps; mis en prison par Hérode, il fut délivré par un ange. Pour sa nourriture et son vêtement, il nous témoigne lui-même quels ils furent, au livre de saint Clément : « Je ne me nourris, dit-il, que de pain avec des olives et rarement avec des légumes; quant à mon vêtement, vous le voyez, c'est une tunique et un manteau, et avec cela je ne demande rien autre chose. » On rapporte aussi qu'il portait toujours dans son sein un suaire pour essuyer les larmes qu'il versait fréquemment; car quand la douce allocution du Seigneur et la présence de Dieu lui venaient à la mémoire, il ne pouvait retenir ses pleurs, tant était grande la tendresse de son amour. Mais quand il se rappelait la faute qu'il commit en reniant J.-C., il répandait des torrents de larmes : il en contracta tellement l'habitude de pleurer que sa figure paraissait toute brûlée, selon l'expression de saint Clément. Le même saint rapporte qu'en entendant le chant du coq, saint Pierre avait coutume de se lever pour faire oraison et de pleurer abondamment. Saint Clément dit encore, comme on le trouve dans l'*Histoire ecclésiastique* [1], que lorsqu'on menait au martyre la femme de saint Pierre, celui-ci tressaillit d'une extraordinaire joie, et l'appelant par son propre nom, il lui cria : « O ma femme, souvenez-vous du Seigneur. » Une fois, saint Pierre avait envoyé deux de ses disciples prêcher; après avoir cheminé pendant vingt jours, l'un d'eux mourut, et l'autre revint trouver saint Pierre et lui raconter l'accident qui était arrivé (on dit que ce fut saint Martial, ou, selon quelques autres, saint Materne On lit ailleurs que le premier fut saint Front, et que son compagnon, celui qui était mort, c'est-à-dire le second fut le prêtre Georges.) Alors saint Pierre lui donna son bâton avec ordre d'aller retrouver son compagnon et de poser ce bâton sur le cadavre. Quand il l'eut fait, ce mort de quarante jours se leva tout vivant [2].

En ce temps-là, il se trouvait à Jérusalem un magicien nommé Simon, qui se disait être la première vérité; il avançait que ceux qui croyaient en lui devenaient immortels; enfin il prétendait que rien ne lui était impossible On lit aussi, dans le livre de saint Clément, que Simon avait dit : « Je serai adoré comme un Dieu; on me rendra publiquement les honneurs divins, et tout ce que j'aura voulu faire, je le pourrai. Un jour que ma mère Rache m'ordonnait d'aller dans les champs pour faire la moisson, je vis une faux par terre à laquelle je commandai d faucher d'elle-même : et elle faucha dix fois plus que le autres moissonneurs. » Il ajouta, d'après saint Jérôme « Je suis la parole de Dieu; je suis beau, je suis le paracle je suis tout-puissant, je suis le tout de Dieu. » Il faisa aussi mouvoir des serpents d'airain; rire des statues

1. Eusèbe, lib. III, c. XXX; — Clément d'Alexand., I. VII. S paroles à sa femme qu'on menait au martyre.

2. Harigarus, c. VI; — Orton de Friocesque, *Chronique*, III, XV; Pierre de Cluny, *Contre les Pétrobrusiens*.

bronze ou de pierre, et chanter des chiens. Simon donc, comme le dit saint Lin, voulant discuter avec saint Pierre et montrer qu'il était Dieu, saint Pierre vint le jour indiqué, au lieu de la conférence, et dit aux assistants : « La paix soit avec vous, mes frères, qui aimez la vérité. » Simon lui dit : « Nous n'avons pas besoin de la paix, nous : car si la paix et la concorde existent ici, nous ne pourrons parvenir à trouver la vérité : ce sont les larrons qui ont la paix entre eux; n'invoque donc pas la paix, mais la lutte : entre deux champions il y aura paix, quand l'un aura été supérieur à l'autre. » Et Pierre répondit : « Qu'as-tu à craindre d'entendre parler de paix ? C'est du péché que naît la guerre, et là où n'existe pas le péché, règne la paix. On trouve la vérité dans les discussions et la justice dans les œuvres. » Et Simon reprit : « Ce que tu avances n'a pas de valeur, mais je te montrerai la puissance de ma divinité afin que tu m'adores aussitôt. Je suis la première vertu et je puis voler par les airs, créer de nouveaux arbres, changer les pierres en pain, rester dans le feu sans en être endommagé et tout ce que je veux, je le puis faire. » Saint Pierre donc discutait contre lui et découvrait tous ses maléfices. Alors Simon, voyant qu'il ne pouvait résister au saint apôtre, jeta dans la mer tous ses livres de magie, de crainte d'être dénoncé comme magicien; et alla à Rome afin de s'y faire passer pour Dieu. Aussitôt que saint Pierre eut découvert cela, il le suivit et partit pour Rome.

La quatrième année de l'empire de Claude, saint Pierre arriva à Rome, où il resta vingt-cinq ans. Et il ordonna évêques Lin et Clet, pour être ses coadjuteurs, l'un, comme le rapporte Jean Beleth [1], dans l'intérieur de la ville, l'autre dans la partie qui était hors des murs. En se livrant avec grand zèle à la prédication, il convertissait beaucoup de monde à la foi, et guérissait la plupart des infirmes. Et comme dans ses discours il louait et recommandait toujours de préférence la chasteté, il convertit les quatre concubines d'Agrippa qui se refusèrent à retourner davantage auprès de ce gouverneur. Alors celui-ci entra en fureur et il cherchait l'occasion de nuire à l'Apôtre. Ensuite le Seigneur apparut à saint Pierre et lui dit : « Simon et Néron forment des projets contre ta personne; mais ne crains rien, car je suis avec toi pour te délivrer, et je te donnerai la consolation d'avoir auprès de toi mon serviteur Paul qui demain entrera dans Rome. » Or, saint Pierre, sachant, comme le dit saint Lin, que dans peu de temps il devait quitter sa tente, dans l'assemblée des frères, il prit la main de saint Clément, l'ordonna évêque et le força à siéger en sa place dans sa chaire. Après cela

1. Cap. CXXXVIII.

Paul arriva à Rome, ainsi que le Seigneur l'avait prédit, et commença à prêcher J.-C. avec saint Pierre. Or, Néron avait un tel attachement pour Simon qu'il le pensait certainement être le gardien de sa vie, son salut, et celui de toute la ville. Un jour donc, devant Néron (c'est ce qu'en dit saint Léon, pape), sa figure changeait subitement, et il paraissait tantôt plus vieux et tantôt plus jeune. Néron, qui voyait cela, le regardait comme étant vraiment le fils de Dieu. C'est pourquoi Simon le magicien dit à Néron, toujours d'après saint Léon : « Afin que tu saches, illustre empereur, que je suis le fils de Dieu, fais-moi décapiter et trois jours après je ressusciterai. » Néron ordonna donc au bourreau qu'il eût à décapiter Simon. Or, le bourreau, en croyant couper la tête à Simon, coupa celle d'un bélier : grâce à la magie, Simon échappa sain et entier, et ramassant les membres du bélier il les cacha; puis il se cacha pendant trois jours : or, le sang du bélier resta coagulé dans la même place. Et le troisième jour Simon se montra à Néron et lui dit : « Fais essuyer mon sang qui a été répandu; car me voici ressuscité trois jours après que j'ai été décollé, comme je l'avais promis. » En le voyant Néron fut stupéfait et le regarda comme le vrai fils de Dieu. Un jour encore qu'il était dans une chambre avec Néron, le démon qui avait pris sa forme parlait au peuple dehors : enfin les Romains l'avaient en si grande vénération qu'ils lui élevèrent une statue sur laquelle ils mirent cette inscription : *Simoni Deo sancto* [1], A Simon le Dieu saint.

Saint Pierre et saint Paul, au témoignage de saint Léon, allèrent chez Néron et dévoilèrent tous les maléfices de Simon, et saint Pierre ajouta que, de même qu'il y a en J.-C. deux substances, savoir, celle de Dieu et celle de l'homme, de même en ce magicien, se trouvaient deux substances, celle de l'homme et celle du diable.

Or, Simon dit, d'après le récit de Marcel et de saint Léon [2] : « Je ne souffrirai pas plus longtemps cet ennemi je commanderai à mes anges de me venger de cet homme. Pierre lui répondit : « Tes anges, je ne les crains point mais ce sont eux qui me craignent. » Néron ajouta : « Tu ne crains pas Simon qui prouve sa divinité par ses œuvres ? » Pierre lui répondit : Si la divinité existe en lui qu'il me dise en ce moment ce que je pense ou ce que je fais : je vais d'avance te dire tout bas à l'oreille quelle est ma pensée pour qu'il n'ait pas l'audace de mentir. « Approche-toi, reprit Néron, et dis-moi ce que tu penses. Or, Pierre s'approchant dit à Néron tout bas : « Ordonne qu'on m'apporte un pain d'orge et qu'on me le donne en cachette. » Or, quand on le lui eut apporté, Pierre le bén

1. Voyez Eusèbe, lib. II, c. XIII, et Tillemont, t. II, p. 482.
2. Sigebert de Gemblours, Trithème, Conrad Gessner.

et le mit dans sa manche, et dit ensuite : « Que Simon, qui s'est fait Dieu, dise ce que j'ai pensé, ce que j'ai dit, ou ce qui s'est fait. » Simon répondit : « Que Pierre dise plutôt ce que je pense moi-même. » Et Pierre dit : « Ce que pense Simon, je prouverai que je le sais, pourvu que je fasse ce à quoi il a pensé. » Alors Simon en colère s'écria : « Qu'il vienne de grands chiens et qu'ils te dévorent. » Tout à coup apparurent de très grands chiens qui se jetèrent sur saint Pierre : mais celui-ci leur présenta le pain bénit, et à l'instant, il les mit en fuite. Alors saint Pierre dit à Néron : « Tu le vois, je t'ai montré que je savais ce que Simon méditait contre moi, et ce ne fut point par des paroles, mais par des actes : Car celui qui avait promis qu'il viendrait des anges contre moi a fait venir des chiens, afin de faire voir que les anges de Dieu ne sont autres que des chiens. » Simon dit alors : « Ecoutez, Pierre et Paul; si je ne puis vous rien faire ici, nous irons où il faut que je vous juge; mais pour le moment, je veux bien vous épargner. »

Alors, selon que le rapportent Hégésippe et saint Lin, Simon, enflé d'orgueil, osa se vanter de pouvoir ressusciter des morts; et il arriva qu'un jeune homme mourut. On appela donc Pierre et Simon et de l'avis de Simon on convint unanimement que celui-là serait tué qui ne pourrait ressusciter le mort. Or, pendant que Simon faisait ses enchantements sur le cadavre, il sembla aux assistants que la tête du défunt s'agitait. Alors tous se mirent à crier en voulant lapider saint Pierre. Le saint apôtre put à peine obtenir le silence qu'il réclama : « Si le mort est vivant, dit-il, qu'il se lève, qu'il se promène, qu'il parle : s'il en est autrement, sachez que l'action d'agiter la tête du cadavre est de la fantasmagorie. Qu'on éloigne Simon du lit afin que les ruses du diable soient pleinement mises à nu. » On éloigne donc Simon du lit, et l'enfant resta immobile. Alors saint Pierre, se tenant éloigné, fit une prière, puis élevant la voix : « Jeune homme, s'écria-t-il, au nom de Jésus de Nazareth qui a été crucifié, lève-toi et marche. » Et à l'instant il se leva en vie et marcha. Comme le peuple voulait lapider Simon saint Pierre dit : « Il est bien assez puni de se reconnaître vaincu dans ses artifices; or, notre maître nous a enseigné à rendre le bien pour le mal. » Alors Simon dit : « Sachez, vous, Pierre et Paul, que vous n'obtiendrez rien de ce que vous désirez; car je ne daignerai pas vous faire gagner la couronne du martyre. » Saint Pierre reprit : « Qu'il nous arrive ce que nous désirons : mais à toi il ne peut arriver rien de bon, car chacune de tes paroles est un mensonge. » Saint Marcel dit qu'alors Simon alla à la maison de son disciple Marcel, et qu'il y lia à la porte un chien énorme en disant : « Je verrai à présent si Pierre, qui vient d'ordinaire chez toi, pourra entrer. »

Peu d'instants après saint Pierre arriva, et en faisant le signe de la croix, il délia le chien. Or, ce chien se mit à caresser tout le monde, et ne poursuivait que Simon : il le saisit, le renversa par terre, et il voulait l'étrangler, quand saint Pierre accourut et cria au chien de ne point lui faire de mal; or, cette bête, sans toucher son corps, lui arracha tellement ses habits qu'elle le laissa nu sur la terre. Alors le peuple et surtout les enfants coururent après le chien en poursuivant Simon jusqu'à ce qu'ils l'eussent chassé bien loin de la ville, comme ils eussent fait d'un loup. Simon ne pouvant supporter la honte de cet affront resta un an sans reparaître. Marcel, en voyant ces miracles, s'attacha désormais à saint Pierre. Dans la suite, Simon revint et rentra de nouveau dans les bonnes grâces de Néron. Simon donc, d'après saint Léon, convoqua le peuple, et déclara qu'il avait été outrageusement traité par les Galiléens, et pour ce motif, il dit vouloir quitter cette ville qu'il avait coutume de protéger; qu'il fixerait un jour où il monterait au ciel, car il ne daignait plus rester davantage sur la terre. Au jour fixé, il monta donc sur une tour élevée, ou bien, d'après saint Lin, il monta au Capitole et, couvert de laurier, il se jeta en l'air et se mit à voler. Or, saint Paul dit à saint Pierre : « C'est à moi de prier et à vous de commander. » Néron dit alors : « Cet homme est sincère, et vous n'êtes que des séducteurs. » Or, saint Pierre dit à saint Paul : « Paul, levez la tête et voyez. » Et quand Paul eut levé la tête et qu'il eut vu Simon dans les airs, il dit à Pierre : « Pierre, que tardez-vous ? achevez ce que vous avez commencé : déjà le Seigneur nous appelle. » Alors saint Pierre dit : « Je vous adjure, Anges de Satan, qui le soutenez dans les airs, par N.-S.-J.C., ne le portez plus davantage, mais laissez-le tomber. » A l'instant il fut lâché, tomba, se brisa la cervelle, et expira [1]. Néron, à cette nouvelle, fut très fâché d'avoir perdu, quant à lui, un pareil homme et il dit aux apôtres : « Vous vous êtes rendus suspects envers moi; aussi vous punirai-je d'une manière exemplaire. » Il les remit donc entre les mains d'un personnage très illustre, appelé Paulin, qui les fit enfermer dans la prison Mamertine sous la garde de Processus et de Martinien, soldats que saint Pierre convertit à la foi : ils ouvrirent la prison et laissèrent aller les apôtres en liberté. C'est pour cela que, après le martyre des apôtres, Paulin manda Processus et Martinien, et quand il eut découvert qu'ils étaient chrétiens, on leur trancha la tête par ordre de Néron. Or, les frères pressaient Pierre de s'en aller, et il ne

1. Ce fait de la chute et de la mort de Simon le magicien est constat par les *Constitutions apostoliques* d'Arnobe, par saint Cyrille de Jéru salem, saint Ambroise, saint Augustin, Isidore de Peluse, Théodora Maxime de Turin, etc.

le fit qu'après avoir été vaincu par leurs instances. Saint Léon et saint Lin assurent qu'arrivé à la porte où est aujourd'hui Sainte-Marie *ad passus* [1], Pierre vit J.-C. venant à sa rencontre, et il lui dit : « Seigneur, où allez-vous ? » J.-C. répondit : « Je viens à Rome pour y être crucifié encore une fois. » « Vous seriez crucifié encore une fois ? » repartit saint Pierre. « Oui », lui répondit le Seigneur. Alors Pierre lui dit : « Seigneur, je retournerai donc, pour être crucifié avec vous. » Et après ces paroles, le Seigneur monta au ciel à la vue de Pierre qui pleurait. Quand il comprit que c'était de son martyre à lui-même que le Sauveur avait voulu parler, il revint, et raconta aux frères ce qui venait d'arriver. Alors il fut pris par les officiers de Néron et mené au préfet Agrippa. Saint Lin dit que sa figure devint comme un soleil. Aprippa lui dit : « Es-tu donc celui qui se glorifie dans les assemblées où ne se trouvent que la populace et de pauvres femmes que tu éloignes du lit de leurs maris ? » L'apôtre le reprit en disant qu'il ne se glorifiait que dans la croix du Seigneur. Alors Pierre, en qualité d'étranger, fut condamné à être crucifié, mais Paul, en sa qualité de citoyen romain, fut condamné à avoir la tête tranchée.

A l'occasion de cette sentence, Denys en son épître à Timothée parle ainsi de la mort de saint Paul : « O mon frère Timothée, si tu avais assisté aux derniers moments de ces martyrs, tu aurais défailli de tristesse et de douleur. Qui est-ce qui n'aurait pas pleuré quand fut rendue la sentence qui condamnait Pierre à être crucifié et Paul à être décapité ? Tu aurais alors vu la foule des gentils et des juifs les frapper et leur cracher au visage. » Or, arrivé l'instant où ils devaient consommer leur affreux martyre, on les sépara l'un de l'autre et on lia ces colonnes du monde, non sans que les frères fissent entendre des gémissements et des sanglots. Alors Paul dit à Pierre : « La paix soit avec vous, fondement des églises, pasteur des brebis et des agneaux de J.-C. » Pierre dit à Paul : « Allez en paix, prédicateur des bonnes mœurs, médiateur et guide du salut des justes. » Or, quand on les eut éloignés l'un de l'autre, je suivis mon maître; car on ne les tua point dans le même quartier (saint Denys). Quand saint Pierre fut arrivé à la croix, saint Léon et Marcel rapportent qu'il dit : « Puisque mon maître est descendu du ciel en terre, il fut élevé debout sur la croix; pour moi qu'il daigne appeler de la terre au ciel, ma croix doit montrer ma tête sur la

1. Origène sur saint Jean, saint Ambroise, sermon 68, saint Grégoire le Grand, sur le Psaume CI.

Cette église existe encore sur la voie Appienne et est connue sous le nom *Domine quo vadis*.

Hetychius, *De excidio Hierosol.;* saint Athanase, *De fuga sua;* Innocent III, Pierre de Blois.

terre et diriger mes pieds vers le ciel. Donc, parce que je ne suis pas digne d'être sur la croix de la même manière que mon Seigneur, retournez ma croix et crucifiez-moi la tête en bas. » Alors on retourna la croix et on l'attacha les pieds en haut et les mains en bas. Mais, en ce moment, le peuple rempli de fureur voulait tuer Néron et le gouverneur, ensuite délivrer l'apôtre qui les priait de ne point empêcher qu'on le martyrisât. Mais le Seigneur, ainsi que le disent Hégésippe et Lin, leur ouvrit les yeux, et comme ils pleuraient, ils virent des anges avec des couronnes composées de fleurs de roses et de lys, et Pierre au milieu d'eux sur la croix recevant un livre que lui présentait J.-C., et dans lequel il lisait les paroles qu'il proférait. Alors saint Pierre, au témoignage du même Hégésippe, se mit à dire sur la croix : « C'est vous, Seigneur, que j'ai souhaité d'imiter; mais je n'ai pas eu la présomption d'être crucifié droit : c'est vous qui êtes toujours droit, élevé et haut; nous sommes les enfants du premier homme qui a enfoncé sa tête dans la terre, et dont la chute indique la manière avec laquelle l'homme vient au monde; nous naissons en effet de telle sorte que nous paraissons être répandus sur la terre. Notre condition a été renversée, et ce que le monde croit être à droite est certainement à gauche. Vous, Seigneur, vous me tenez lieu de tout; tout ce que vous êtes, vous l'êtes pour moi, et il n'y a rien autre que vous seul. Je vous rends grâce de toute mon âme par laquelle je vis, par laquelle j'ai l'intelligence et par laquelle je parle. » On connaît par là deux autres motifs pour lesquels il ne voulut pas être crucifié droit. Et saint Pierre, voyant que les fidèles avaient été témoins de sa gloire, rendit grâces à Dieu, lui recommanda les chrétiens et rendit l'esprit. Alors Marcel et Apulée qui étaient frères, disciples de saint Pierre, le descendirent de la croix et l'ensevelirent en l'embaumant avec divers aromates. Isidore dans son livre *De la Naissance et de la Mort des Saints* s'exprime ainsi : « Pierre, après avoir fondé l'église d'Antioche, vint à Rome, sous l'empereur Claude, pour confondre Simon; il prêcha l'Evangile pendant vingt-cinq ans en cette ville dont il occupa le siège pontifical; et la trente-sixième année après la Passion du Seigneur, il fut crucifié par Néron, la tête en bas, ainsi qu'il l'avait voulu. Or, ce jour-là même, saint Pierre et saint Paul apparurent à Denys, selon qu'il le rapporte en ces termes dans la lettre citée plus haut : « Ecoute le « miracle, Timothée, mon frère, vois le prodige, arrivé au « jour de leur supplice : car j'étais présent au moment de « leur séparation. Après leur mort, je les ai vus, se tenant « par la main l'un et l'autre, entrer par les portes de la « ville, revêtus d'habits de lumière, ornés de couronnes de « clarté et de splendeur. »

Néron ne demeura pas impuni pour ce crime et bien d'autres encore qu'il commit; car il se tua de sa propre main. Nous allons rapporter ici en peu de mots quelques-uns de ses forfaits. On lit dans une histoire apocryphe, toutefois, que Sénèque, son précepteur, espérait recevoir de lui une récompense digne de son labeur; et Néron lui donna à choisir la branche de l'arbre sur laquelle il préférait être pendu, en lui disant que c'était là la récompense qu'il en devait recevoir. Or, comme Sénèque lui demandait à quel titre il avait mérité ce genre de supplice, Néron fit vibrer plusieurs fois la pointe d'une épée au-dessus de Sénèque qui baissait la tête pour échapper aux coups dont il était menacé; car il ne voyait point sans effroi le moment où il allait recevoir la mort. Et Néron lui dit : « Maître, pourquoi baisses-tu la tête sous l'épée dont je te menace ? » Sénèque lui répondit : « Je suis homme, et voilà pourquoi je redoute la mort, d'autant que je meurs malgré moi. » Néron lui dit : « Je te crains encore comme je le faisais alors que j'étais enfant : c'est pourquoi tant que tu vivras je ne pourrai vivre tranquille. » Et Sénèque lui dit : « S'il est nécessaire que je meure, accordez-moi au moins de choisir le genre de mort que j'aurais voulu. » « Choisis vite, répondit Néron, et ne tarde pas à mourir. » Alors Sénèque fit préparer un bain où il se fit ouvrir les veines de chaque bras et il finit ainsi sa vie épuisé de sang. Son nom de Sénèque fut pour lui comme un présage, *se necans*, qui se tue soi-même : car ce fut lui qui en quelque sorte se donna la mort, bien qu'il y eût été forcé. On lit que ce même Sénèque eut deux frères : le premier fut Julien Gallio, orateur illustre qui se tua de sa propre main; le second fut Méla, père du poète Lucain; lequel Lucain mourut après avoir eu les veines ouvertes par l'ordre de Néron, d'après ce qu'on lit. On voit, dans la même histoire apocryphe, que Néron, poussé par un transport infâme, fit tuer sa mère et la fit partager en deux pour voir comment il était entretenu dans son sein. Les médecins lui adressaient des remontrances par rapport au meurtre de sa mère et lui disaient : « Les lois s'opposent et l'équité défend qu'un fils tue sa mère : elle t'a enfanté avec douleur et elle t'a élevé avec tant de labeur et de sollicitude. » Néron leur dit : « Faites-moi concevoir un enfant et accoucher ensuite, afin que je puisse savoir quelle a été la douleur de ma mère. » Il avait encore conçu cette volonté d'accoucher parce que, en passant dans la ville, il avait entendu les cris d'une femme en couches. Les médecins lui répondirent : « Cela n'est pas possible; c'est contre les lois de la nature; il n'y a pas moyen de faire ce qui n'est pas d'accord avec la raison. » Néron leur dit donc : « Si vous ne me faites pas concevoir et enfanter, je vous ferai mourir tous d'une manière cruelle. »

Alors les médecins, dans des potions qu'ils lui administrèrent, lui firent avaler une grenouille sans qu'il s'en aperçut et, par artifice, ils la firent croître dans son ventre : bientôt son ventre, qui ne pouvait souffrir cet état contre nature, se gonfla, de sorte que Néron se croyait gros d'un enfant; et les médecins lui faisaient observer un régime qu'ils savaient être propre à nourrir la grenouille, sous prétexte qu'il devait en user ainsi en raison de la conception. Enfin tourmenté par une douleur intolérable, il dit aux médecins : « Hâtez le moment des couches, car c'est à peine si la langueur où me met l'accouchement futur me donne le pouvoir de respirer. » Alors ils lui firent prendre une potion pour le faire vomir et il rendit une grenouille affreuse à voir, imprégnée d'humeurs et couverte de sang. Et Néron, regardant son fruit, en eut horreur lui-même et admira une pareille monstruosité : mais les médecins lui dirent qu'il n'avait produit un fœtus aussi difforme que parce qu'il n'avait pas voulu attendre le temps nécessaire. Et il dit : « Ai-je été comme cela en sortant des flancs de ma mère ? » « Oui », lui répondirent-ils. Il recommanda donc de nourrir son fœtus et qu'on l'enfermât dans une pièce voûtée pour l'y soigner. Mais ces choses-là ne se lisent pas dans les chroniques; car elles sont apocryphes. Ensuite s'étant émerveillé de la grandeur de l'incendie de Troie, il fit brûler Rome pendant sept jours et sept nuits, spectacle qu'il regardait d'une tour fort élevée, et tout joyeux de la beauté de cette flamme, il chantait avec emphase les vers de *l'Iliade*. On voit encore dans les chroniques qu'il pêchait avec des filets d'or, qu'il s'adonnait à l'étude de la musique, de manière à l'emporter sur les harpistes et les comédiens : il se maria avec un homme, et cet homme le prit pour femme, ainsi que le dit Orose [1]. Mais les Romains, ne pouvant plus supporter davantage sa folie, se soulevèrent contre lui et le chassèrent hors de la ville. Lorsqu'il vit qu'il ne pouvait échapper, il affila un bâton avec les dents et il se perça par le milieu du corps : et c'est ainsi qu'il termina sa vie. On lit cependant ailleurs qu'il fut dévoré par les loups. A leur retour, les Romains trouvèrent la grenouille cachée sous la voûte; ils la poussèrent hors de la ville et la brûlèrent : et cette partie de la ville où avait été cachée la grenouille reçut, au dire de quelques personnes, le nom de Latran *(Latens rana) (raine latente)* [2].

1. *Hist.*, lib. III, cap. VII.
2. Sulpice Sévère, *Hist.*, liv. II, nº 40, Dialogue II; — Saint Augustin, *Cité de Dieu*, liv. XX, chap. IX, rapportent des traditions étranges sur cet odieux personnage. Consultez une dissertation du chanoine d'Amiens de l'Estocq, sur l'auteur du livre intitulé : *De morte persecutorum.*

Du temps du pape saint Corneille, des chrétiens grecs volèrent les corps des apôtres et les emportèrent; mais les démons, qui habitaient dans les idoles, forcés par une vertu divine, criaient : « Romains, au secours, on emporte vos dieux. » Les fidèles comprirent qu'il s'agissait des apôtres, et les gentils de leurs dieux. Alors fidèles et infidèles, tout le monde se réunit pour poursuivre les Grecs. Ceux-ci effrayés jetèrent les corps des apôtres dans un puits auprès des catacombes; mais dans la suite les fidèles les en ôtèrent. Saint Grégoire raconte dans son *Registre* (liv. IV, ép. XXX) qu'alors il se fit un si affreux tonnerre et des éclairs en telle quantité que tout le monde prit la fuite de frayeur, et qu'on les laissa dans les catacombes. Mais comme on ne savait pas distinguer les ossements de saint Pierre de ceux de saint Paul, les fidèles, après avoir eu recours aux prières et aux jeûnes, reçurent cette réponse du ciel : « Les os les plus grands sont ceux du prédicateur, les plus petits ceux du pêcheur. » Ils séparèrent ainsi les os les uns des autres et les placèrent dans les églises qui avaient été élevées à chacun d'eux. D'autres cependant disent que saint Silvestre, pape, voulant consacrer les églises, pesa avec un grand respect les os grands et petits dans une balance et qu'il en mit la moitié dans une église et la moitié dans l'autre. Saint Grégoire rapporte dans son *Dialogue* [1] qu'il y avait, dans l'église où le corps de saint Pierre repose, un saint homme d'une grande humilité, nommé Agontius : et il se trouvait, dans cette même église, une jeune fille paralytique qui y habitait; mais réduite à ramper sur les mains, elle était obligée de se traîner, les reins et les pieds par terre : et depuis longtemps elle demandait la santé à saint Pierre; il lui apparut dans une vision et lui dit « Va trouver Agontius, le custode, et il te guérira lui-même. » Cette jeune fille se mit donc à se traîner çà et là de tous côtés dans l'église, et à chercher qui était cet Agontius : mais celui-ci se trouva tout à coup au-devant d'elle : « Notre pasteur et nourricier, lui dit-elle, le bienheureux Pierre, apôtre, m'a envoyée vers vous, pour que vous me délivriez de mon infirmité. » Il lui répondit : « Si tu as été envoyée par lui, lève-toi. » Et lui prenant la main, il la fit lever et elle fut guérie sans qu'il lui restât la moindre trace de sa maladie. Au même livre, saint Grégoire dit encore que Galla, jeune personne des plus nobles de Rome, fille du consul et patrice Symmaque, se trouva veuve après un an de mariage. Son âge et sa fortune demandaient qu'elle convolât à de secondes noces; mais elle préféra s'unir à Dieu par une alliance spirituelle, dont les commencements se passent dans la tristesse mais par laquelle on parvient

1. Liv. III, c. XXIV et XXV.

au ciel, plutôt que de se soumettre à des noces charnelles qui commencent toujours par la joie pour finir dans la tristesse. Or, comme elle était d'une constitution toute de feu, les médecins prétendirent que si elle n'avait plus de commerce avec un homme, cette ardeur intense lui ferait pousser de la barbe contre l'ordinaire de la nature. Ce qui arriva en effet peu de temps après. Mais Galla ne tint aucun compte de cette difformité extérieure, puisqu'elle aimait la beauté intérieure : et elle n'appréhenda point, malgré cette laideur, de n'être point aimée de l'époux céleste. Elle quitta donc ses habits du monde, et se consacra dans le monastère élevé auprès de l'église de saint Pierre, où elle servit Dieu avec simplicité et passa de longues années dans l'exercice de la prière et de l'aumône. Elle fut enfin attaquée d'un cancer au sein. Comme deux flambeaux étaient toujours allumés devant son lit, parce que, amie de la lumière, elle avait en horreur les ténèbres spirituelles comme les corporelles, elle vit le bienheureux Pierre, apôtre, au milieu de ces deux flambeaux, debout devant son lit. Son amour lui fit concevoir de l'audace et elle dit : « Qu'y a-t-il, mon maître ? Est-ce que mes péchés me sont remis ? » Saint Pierre inclina la tête avec la plus grande bonté, et lui répondit : « Oui, ils sont remis, viens. » Et elle dit : « Que sœur Benoîte vienne avec moi, je vous en prie. » Et il dit : « Non, mais qu'une telle vienne avec toi. » Ce qu'elle fit connaître à l'abbesse qui mourut avec elle trois jours après. — Saint Grégoire raconte encore dans le même ouvrage, qu'un prêtre d'une grande sainteté réduit à l'extrémité, se mit à crier avec grande liesse : « Bien, mes seigneurs viennent; bien, mes seigneurs viennent; comment avez-vous daigné venir vers un si chétif serviteur ? Je viens, je viens, je vous remercie, je vous remercie. » Et comme ceux qui étaient là lui demandaient à qui il parlait de la sorte, il répondit avec admiration : « Est-ce que vous ne voyez pas que les saints apôtres Pierre et Paul sont venus ici ensemble ? » Et comme il répétait une seconde fois les paroles rapportées plus haut, sa sainte âme fut délivrée de son corps. — Il y a doute, chez quelques auteurs, si ce fut le même jour que saint Pierre et saint Paul souffrirent. Quelques-uns ont avancé que ce fut le même jour, mais un an après. Or, saint Jérôme et presque tous les saints qui traitent cette question s'accordent à dire que ce fut le même jour et la même année, comme cela reste évident d'après la lettre de saint Denys, et le récit de saint Léon (d'autres disent saint Maxime), dans un sermon où il s'exprime comme il suit : « Ce n'est pas sans raison qu'en un même jour et dans le même lieu, ils reçurent leur sentence du même tyran. Ils souffrirent le même jour afin d'aller ensemble à J.-C.; ce fut au même endroit, afin que Rome les possédât tous les deux;

sous le même persécuteur, afin qu'une égale cruauté les atteignît ensemble.

Ce jour fut choisi pour célébrer leur mérite; le lieu pour qu'ils y fussent entourés de gloire; le même persécuteur fait ressortir leur courage. » Bien qu'ils aient souffert le même jour et à la même heure, ce ne fut pourtant pas au même endroit, mais dans des quartiers différents : et ce que dit saint Léon qu'ils souffrirent au même endroit, doit s'entendre qu'ils souffrirent tous les deux à Rome. C'est à ce sujet qu'un poète composa ces vers :

Ense coronatur Paulus, cruce Petrus, eodem
Sub duce, luce, loco, dux Nero, Roma locus [1].

Un autre dit encore :

Ense sacrat Paulum, par lux, dux, urbs, cruce Petrum [2].

Quoiqu'ils aient souffert le même jour, cependant saint Grégoire ordonna qu'aujourd'hui on célébrerait, quant à l'office, la solennité de saint Pierre, et que le lendemain, on ferait la fête de la Commémoration de saint Paul; en voici les motifs : en ce jour fut dédiée l'église de saint Pierre; il est plus grand en dignité; il est le premier qui fut converti; enfin il eut la primauté à Rome.

SAINT PAUL, APOTRE

Paul signifie bouche de trompette, ou bouche de ceux, ou élu admirable, ou miracle d'élection. Paul vient encore de *pausa*, qui veut dire repos en hébreu, et en latin modique. Par quoi l'on connaît les six prérogatives particulières à saint Paul. La 1re est une langue fructueuse, car il prêcha l'Evangile depuis l'Illyrie jusqu'à Jérusalem, de là le nom de bouche de trompette. La 2e est un amour de mère, qui lui fait dire : « Qui est faible, sans que je m'affaiblisse avec lui ? » (II, Cor., XI). C'est pour cela que son nom veut dire bouche de ceux, ou bouche de cœur, ainsi qu'il le dit lui-même (II, Cor., VI) : « O Corinthiens, ma bouche

1. Traduction de Jean Batallier :

Pol fut couronné d'une épée;
Pierre eut la croix renversée.
Néron fut duc, si comme l'on nomme
Le lieu fut la cité de Romme.

2. Paul est sacré par le glaive. Pierre par la croix : à tous deux, la même gloire, le même bourreau, et Rome pour théâtre.

s'ouvre, et mon cœur s'étend par l'affection que je vous porte. » La 3e est une conversion miraculeuse, c'est pour cela qu'il est appelé élu admirable, parce qu'il fut élu et converti merveilleusement. La 4e est le travail des mains, et voilà pourquoi il est nommé miracle d'élection : ce fut un grand miracle en lui que de préférer gagner ce qui lui était nécessaire pour vivre et prêcher sans cesse. La 5e fut une contemplation délicieuse, parce qu'il fut élevé jusqu'au troisième ciel; de là le nom de repos du Seigneur; car dans la contemplation, repos d'esprit est requis. La 6e est son humilité, de là le nom de modique. Il y a trois opinions au sujet du nom de Paul. Origène veut qu'il ait toujours eu deux noms et qu'il ait été indifféremment appelé Saul et Paul; Raban veut qu'avant sa conversion il eut le nom de Saul, du roi orgueilleux Saül, mais qu'après il fut nommé Paul, qui veut dire petit, en esprit et en humilité : et il donne lui-même l'interprétation de son nom quand il dit : « Je suis le plus petit des apôtres. » Bède enfin veut qu'il ait été appelé Paul, de Sergius Paulus, proconsul, converti par lui à la foi. Le martyre de saint Paul fut écrit par saint Lin, pape.

Paul, apôtre, après sa conversion, souffrit beaucoup de persécutions énumérées en ces termes par saint Hilaire : « Paul est fouetté de verges à Philippes; il est mis en prison; il est attaché par les pieds à un poteau; il est lapidé à Lystra; il est poursuivi d'Icone et de Thessalonique par les méchants; à Ephèse, il est livré aux bêtes; à Damas, on le descend du haut d'un mur dans une corbeille; à Jérusalem, il est arrêté, battu, enchaîné, on lui tend des embûches; à Césarée, il est emprisonné et incriminé. Il est en péril sur mer, dans son voyage en Italie; arrivé à Rome, il est jugé et meurt tué sous Néron. » Il reçut l'apostolat en faveur des gentils; il redressa un perclus à Lystra; il ressuscita un jeune homme qui, tombé d'une fenêtre, avait rendu le dernier soupir, et fit grand nombre d'autres miracles. Dans l'île de Malte, une vipère lui saisit la main, mais l'ayant secouée dans le feu, il n'en reçut aucune atteinte. On rapporte que tous les descendants de celui qui donna l'hospitalité à saint Paul ne ressentent aucun mal des bêtes venimeuses; et quand ils viennent au monde, le père met des serpents dans leur berceau pour s'assurer s'ils sont vraiment sa lignée. On trouve encore quelquefois que saint Paul est tantôt inférieur à saint Pierre, tantôt plus grand, tantôt égal; mais en réalité, il lui est inférieur en dignité, supérieur dans la prédication et égal en sainteté. Haymon rapporte que saint Paul se livrait au travail des mains depuis le chant des poussins jusqu'à la cinquième heure; ensuite il vaquait à la prédication, de telle sorte que le plus souvent, il prolongeait son discours jusqu'à la nuit : le reste du temps lui suffisait pour ses repas, son sommeil et son oraison. Quand il vint à Rome, Néron, qui n'était point encore confirmé empereur, apprit qu'il s'était élevé une dispute entre Paul et les juifs au sujet de la loi judaïque et de la foi des chrétiens : il ne s'en mit pas beaucoup en peine, de sorte que saint Paul allait et prêchait librement où il voulait. Saint Jérôme, en son livre des *Hommes illustres*, dit que, « 25 ans après la Passion du Seigneur, c'est-à-dire la 2e du règne de Néron, saint Paul fut envoyé à Rome chargé de chaînes, et que pendant deux ans il demeura libre sous une garde; qu'il disputait contre les juifs, et que relâché ensuite par Néron, il prêcha l'Evangile dans l'Occident. L'an 14 de Néron, il fut décapité la même année et le même jour que saint Pierre fut crucifié. » Sa sagesse et sa religion étaient partout en renom et on le regardait généralement comme un homme admirable. Il se fit beaucoup d'amis dans la maison de l'empereur, et il les convertit à la foi de J.-C. Quelques-uns de ses écrits furent lus devant le César; tout le monde en fit grand éloge; le Sénat lui-même avait beaucoup d'estime pour sa personne. Une fois que saint Paul prêchait, vers le soir, sur une terrasse, un jeune homme nommé Patrocle, échanson favori de Néron, monta à une fenêtre pour entendre plus commodément le saint apôtre, à cause de la foule, et s'y étant légèrement endormi, il tomba et se tua. Néron à cette nouvelle eut beaucoup de chagrin de sa mort et aussitôt il pourvut à son remplacement. Mais saint Paul, qui en fut instruit par révélation, dit aux assistants d'aller et de lui rapporter le cadavre de Patrocle, l'ami du César. On le lui apporta et saint Paul le ressuscita, ensuite il l'envoya à César avec ses compagnons. Comme Néron se lamentait sur la perte de son favori, voilà qu'on lui annonce que Patrocle vivant était à la porte. Néron informé que celui qu'il avait cru mort tout à l'heure était en vie fut extraordinairement effrayé et refusa de le laisser entrer auprès de lui; mais enfin à la persuasion de ses amis, il permit qu'on l'introduisît. Néron lui dit : « Patrocle, tu vis ? » Et Patrocle répondit : « César, je vis. » Et Néron dit : « Qui t'a fait vivre ? » Patrocle reprit : « C'est Jésus-Christ, le roi de tous les siècles. » Néron se mit en colère et dit : « Alors celui-ci régnera sur les siècles et détruira donc les royaumes du monde ? » Patrocle lui répliqua : « Oui, César. » Néron lui donna un soufflet en disant : « Donc tu es au service de ce roi ? » « Oui, répondit Patrocle, je suis à son service, parce qu'il m'a ressuscité d'entre les morts. » Alors cinq des officiers de l'empereur qui l'accompagnaient constamment lui dirent : « Empereur, pourquoi frapper ce jeune homme plein de prudence et qui répond la vérité ? Et nous aussi nous sommes au service de ce roi invincible. » Néron, à ces mots, les fit enfermer en prison, afin de tourmenter cruellement ceux qu'il avait aimés jusqu'alors extraordinairement. Il fit en même temps rechercher tous les chrétiens et il les fit punir tous sans forme de procès.

Paul fut conduit, chargé de chaînes, avec les autres, par-devant Néron qui lui dit : « O homme, le serviteur du grand roi, mais cependant mon prisonnier, pourquoi m'enlèves-tu mes soldats et les prends-tu pour toi ? » « Ce n'est pas seulement, répondit saint Paul, dans le coin de la terre où tu vis que j'ai levé des soldats, mais j'en ai enrôlé de l'univers entier : notre Roi leur accordera des récompenses qui, loin de leur manquer jamais, les mettront à l'abri du besoin. Toi, si tu veux lui être soumis, tu seras sauvé. Sa puissance est si grande qu'il viendra juger tous les hommes et qu'il dissoudra par le feu la figure de ce monde. » Quand Néron, enflammé de colère, eut entendu dire à saint Paul que le feu devait dissoudre la figure du monde, il ordonna qu'on fît brûler tous les soldats de J.-C. et de couper la tête à saint Paul, comme coupable de lèse-majesté. Or, la foule de chrétiens qui furent tués était si grande que le peuple romain se porta avec violence au palais et se disposait à exciter une sédition contre Néron, en criant tout haut : « Arrête, César, suspends le carnage et l'exécution de tes ordres. Ceux que tu fais périr sont nos concitoyens; ce sont les soutiens de l'empire romain. » Néron eut peur et modifia son édit en ce sens que personne ne mettrait la main sur les chrétiens qu'autant que l'empereur mieux informé les eût jugés. C'est pourquoi Paul fut ramené et présenté de nouveau à Néron. Il ne l'eut pas plus tôt vu qu'il s'écria avec violence : « Emmenez ce malfaiteur, décapitez cet imposteur; ne laissez pas vivre ce criminel; défaites-vous de cet homme qui égare les intelligences; ôtez de dessus la terre ce séducteur des esprits. » Saint Paul lui dit : « Néron, je souffrirai l'espace d'un instant, mais je vivrai éternellement en Notre-Seigneur J.-C. » Néron dit : « Tranchez-lui la tête afin qu'il apprenne que je suis plus puissant que son roi, moi qui l'ai vaincu; et nous verrons s'il pourra toujours vivre. » Saint Paul reprit : « Afin que tu saches qu'après la mort de mon corps, je vis éternellement, quand ma tête aura été coupée, je t'apparaîtrai vivant, et tu pourras connaître alors que J.-C. est le Dieu de la vie et non de la mort. » Ayant parlé ainsi, il fut mené au lieu du supplice. Dans le trajet, trois soldats qui le conduisaient lui dirent : « Dis-nous, Paul, quel est celui que tu appelles votre roi, que vous aimez au point de préférer mourir pour lui plutôt que de vivre; et quelle récompense vous recevrez de tout cela ? » Alors saint Paul leur parla du royaume de Dieu et des peines de l'enfer de manière qu'il les convertit à la foi. Ils le prièrent d'aller en liberté où il voudrait, mais il leur dit : « A Dieu ne plaise, mes frères, que je prenne la fuite; je ne suis pas un transfuge, mais un véritable soldat de J.-C. : car je sais que cette vie qui passe me conduira à une vie éternelle; tout à l'heure, quand j'aurai été décapité, des hommes fidèles enlèveront mon corps. Quant à vous, remarquez bien la place, et venez-y demain matin : vous trouverez auprès de mon sépulcre deux hommes en prières, ce sera Tite et Luc; quand vous leur aurez dit pour quel motif je vous ai adressés à eux, ils vous baptiseront et vous feront participants et héritiers du royaume du ciel. » Il parlait encore quand Néron envoya deux soldats pour voir s'il n'était pas encore exécuté; comme saint Paul voulait les convertir, ils dirent : « Lorsque tu seras mort et ressuscité, alors nous croirons ce que tu dis; pour le moment viens vite et reçois ce que tu as mérité. » Amené au lieu du supplice, à la porte d'Ostie, il rencontra une matrone nommée Plantille ou Lémobie, d'après saint Denys (peut-être elle avait deux noms). Cette dame se mit à pleurer et à se recommander aux prières de saint Paul qui lui dit : « Va, Plantille, fille du salut éternel, prête-moi le voile dont tu te couvres la tête, je m'en banderai les yeux et ensuite je te le remettrai. » Et comme elle le lui donnait, les bourreaux se moquaient d'elle en disant : « Qu'as-tu besoin de donner à cet imposteur et à ce magicien un voile si précieux que tu perdras? » Paul, étant donc venu au lieu de l'exécution, se tourna vers l'orient et pria très longtemps dans sa langue maternelle, les mains étendues vers le ciel et en versant des larmes, il rendit grâces. Ensuite, ayant dit adieu aux frères, il se banda les yeux avec le voile de Plantille, puis ayant fléchi les deux genoux en terre, il présenta le cou et fut ainsi décollé. Au moment où sa tête fut détachée du corps, il prononça distinctement en hébreu : « Jésus-Christ »; nom qui avait été d'une grande douceur pour lui dans sa vie et qu'il avait répété si souvent. On dit en effet que, dans ses Épîtres, il répéta Christ, ou Jésus, ou l'un et l'autre ensemble cinq cents fois. Du lait jaillit du corps mutilé jusque sur les habits d'un soldat [1]; ensuite le sang coula : une lumière immense brilla dans l'air et une odeur des plus suaves émana de son corps.

Saint Denys dans son épître à Timothée s'exprime ainsi sur la mort de saint Paul : « A cette heure pleine de tristesse, mon frère chéri, quand le bourreau dit à saint Paul : « Prépare ton cou », alors le bienheureux apôtre leva les yeux au ciel, se munit le front et la poitrine du signe de la croix et dit : « Mon Seigneur J.-C., je remets mon esprit entre vos mains » : et alors sans tristesse et sans contrainte, il présenta le cou et reçut la couronne. » Au moment où le bourreau frappait et tranchait la tête de Paul, ce bienheureux, en recevant le coup, détacha le

1. Ce fait est rapporté par Grégoire de Tours.

voile, et reçut son propre sang dans ce voile, le lia, le plia et le rendit à cette femme. Et quand le bourreau fut revenu, Lémobie lui dit : « Où as-tu laissé mon maître Paul ? » Le soldat répondit : « Il est étendu là-bas avec son compagnon, dans la vallée du Pugilat, hors de la ville; et sa figure est couverte de ton voile. » Or, Lémobie répondit : « Voici que Pierre et Paul viennent d'entrer à l'instant, revêtus d'habits éclatants, portant sur la tête des couronnes brillantes et rayonnantes de lumière. » Alors elle montra le voile tout ensanglanté : ce qui donna lieu à plusieurs de croire au Seigneur et de se faire chrétiens (saint Denys). Néron, ayant appris ce qui était arrivé, eut une violente peur et s'entretint de tout cela avec les philosophes et avec ses favoris. Or, pendant la conversation saint Paul vint les portes fermées; et, debout devant César, il lui dit : « César, voici Paul, le soldat du roi éternel et invincible; crois au moins maintenant que je ne suis pas mort, mais que je vis et toi, misérable, tu mourras d'une mort éternelle, parce que tu tues injustement les saints de Dieu. » Ayant parlé ainsi, il disparut. Alors Néron devint comme fou tant il avait été effrayé; il ne savait ce qu'il faisait. Par le conseil de ses amis, il délivra Patrocle et Barnabé avec les autres chrétiens et leur permit d'aller librement où ils voudraient. Quant aux soldats qui avaient conduit Paul au supplice, savoir Longin, chef des soldats, et Acceste, ils vinrent le matin au tombeau de saint Paul et ils y virent deux hommes, Tite et Luc en prières, et Paul debout au milieu d'eux. Tite et Luc, en voyant les soldats, furent fort effrayés et prirent la fuite; alors Paul disparut. Mais Longin et Acceste leur crièrent : « Non, ce n'est pas vous que nous poursuivons, ainsi que vous le paraissez croire, mais nous voulons recevoir le baptême de vos mains, comme nous l'a dit Paul que nous venons de voir prier avec vous. » A ces mots, Tite et Luc revinrent et les baptisèrent avec grande joie. Or, la tête de Paul fut jetée dans une vallée, et comme il y en avait beaucoup qui avaien été tués et qu'on avait jetés au même endroit, on ne put l retrouver. Mais on lit dans la même épître de saint Denys qu'un jour où l'on curait une fosse, on jeta la tête de sain Paul avec les autres immondices. Un berger la prit ave sa houlette et l'attacha sur la bergerie. Pendant trois nuit consécutives, son maître et lui virent une lumière ineffabl sur cette tête; on en fit part à l'évêque, et on dit : « Vrai ment, c'est la tête de saint Paul. » L'évêque vint avec tout l'assemblée des fidèles; ils prirent cette tête, l'emportèren et ils la mirent sur une table d'or, ensuite ils essayaien de la réunir au corps. Le patriarche leur dit : « Nous savon que beaucoup de fidèles ont été tués et que leurs tête furent dispersées; c'est pourquoi je n'oserais mett celle-ci sur le corps de saint Paul; mais plaçons-la au pieds du corps et demandons au Dieu tout-puissant, que si c'est sa tête, le corps se tourne et se joigne à la tête. Du consentement général, on plaça cette même tête aux pieds du corps de saint Paul, et comme tout le monde était en prière, on fut saisi de voir le corps se tourner et se joindre exactement à la tête. Alors on bénit Dieu et on connut que c'était bien là véritablement le chef de saint Paul ». (Saint Denys.)

Saint Grégoire de Tours, qui vécut du temps de Justin le jeune, rapporte [1] qu'un homme au désespoir préparait un lacet pour se pendre, sans pourtant cesser d'invoquer le nom de saint Paul, en disant : « Venez à mon secours, saint Paul. » Alors lui apparut une ombre dégoûtante qui l'encourageait en disant : « Allons, bon homme, fais ce que tu as à faire, ne perds pas de temps. » Mais il disait toujours, en apprêtant son lacet : « Bienheureux Paul, venez à mon secours. » Quand le lacet fut achevé, une autre ombre lui apparut; elle avait une forme humaine, et elle dit à l'ombre qui encourageait cet homme : « Fuis, misérable, car il a appelé saint Paul et le voilà qui vient. » Alors l'ombre dégoûtante s'évanouit et le malheureux rentrant en lui-même jeta son lacet et fit une pénitence convenable. Il se fait grand nombre de miracles avec les chaînes de saint Paul, et quand beaucoup de personnes en demandent un peu de limaille, un prêtre en détache avec une lime quelques parcelles si vite que cela est fait à l'instant. Cependant il arrive que d'autres personnes, qui en demandent, n'en peuvent obtenir, car c'est inutilement que l'on passe la lime; elle n'en peut rien détacher. — Dans la même épître citée plus haut, saint Denys pleure la mort de saint Paul, son maître, avec des expressions touchantes : « Qui donnera de l'eau à mes yeux, et à mes paupières une fontaine de larmes afin de pleurer, le jour et la nuit, la lumière des Eglises qui vient de s'éteindre ? Qui est-ce qui ne pleurera et ne gémira pas ? Quel est celui qui ne prendra pas des habits de deuil et ne restera pas muet d'effroi ? Voici en effet que Pierre, le fondement des Eglises, la gloire des saints apôtres, s'est retiré de nous et nous a laissés orphelins; Paul aussi, cet ami des gentils, le consolateur des pauvres, nous fait défaut, et il a disparu pour toujours celui qui fut le père des pères, le docteur des docteurs, le pasteur des pasteurs. Cet abîme de sagesse, cette trompette retentissante, ce prédicateur infatigable de la vérité, en un mot, c'est de Paul le plus illustre des apôtres que je parle. Cet ange de la terre, cet homme du ciel, cette image de la divinité, cet esprit divin nous a délaissés tous, nous dis-je, misérables et indignes, au milieu de ce monde qui ne mérite que mépris et qui est

1. *Mirac.*, lib. I, c. XXIX; — Vincent de B., *Hist.*, l, X, c. XXI.

rempli de malice. Il est avec Dieu son maître et son ami : hélas ! mon frère Timothée, le chéri de mon cœur, où est ton père, ton maître et ton ami ? Il ne t'adressera donc plus de salut ? Voilà que tu es devenu orphelin, et que tu es resté seul ; il ne t'écrira plus, de sa très sainte main, ces douces paroles : « Très cher fils ; viens, mon frère « Timothée. » Que s'est-il passé ici de triste, d'affreux, de pernicieux pour que nous soyons devenus orphelins ? Tu ne recevras plus de ses lettres où tu pouvais lire ces paroles : « Paul, petit serviteur de J.-C. » Il n'écrira plus désormais de toi aux cités : « Recevez mon fils chéri. » Ferme, mon frère, les livres des prophètes ; mets-y un sceau, parce que nous n'avons plus personne pour nous en expliquer les paraboles, les comparaisons et le texte. Le prophète David pleurait son fils en s'écriant : « Malheur « à moi, mon fils, malheur à moi ! » Et moi je m'écrie : Malheur à moi, mon maître, oui, malheur à moi ! Depuis lors a cessé tout à fait cette affluence de tes disciples qui venaient à Rome et qui demandaient à nous voir. Personne ne dira plus : Allons trouver nos docteurs, et interrogeons-les sur la direction à imprimer aux Eglises qui nous sont confiées, et ils nous expliqueront les paroles de Notre-Seigneur J.-C. et celles des prophètes. Malheur, malheur à ces enfants, mon frère, parce qu'ils sont privés de leurs pères spirituels, parce que le troupeau est abandonné ! Malheur à nous aussi, frère, parce que nous sommes privés de nos maîtres spirituels qui possédaient l'intelligence et la science de l'ancienne et de la nouvelle loi fondues dans leurs épîtres ! Où sont les courses de Paul et les vestiges de ses saints pieds ? où est cette bouche éloquente, cette langue qui donnait des avis si prudents ; cet esprit toujours en paix avec son Dieu ? Qui est-ce qui ne pleurera pas et ne fera pas retentir l'air de cris ? Car ceux qui ont mérité de recevoir de Dieu gloire et honneur sont traînés à la mort comme des malfaiteurs. Malheur à moi qui ai vu à cette heure ce corps saint tout couvert d'un sang innocent ! Ah ! quel malheur pour moi ! mon père, mon maître et mon docteur, vous ne méritiez pas de mourir ainsi. Et maintenant donc, où irai-je vous chercher, vous la gloire des chrétiens, l'honneur des fidèles ? qui a fait taire votre voix, vous qui faisiez entendre dans les églises des paroles qui avaient la douceur de la flûte, et la sonorité d'un instrument à dix cordes ? Voilà que vous êtes auprès du Seigneur votre Dieu que vous avez désiré de posséder et après lequel vous avez soupiré de tout votre cœur. Jérusalem et Rome, vous vous êtes associées et unies pour faire le mal, Jérusalem a crucifié Notre-Seigneur J.-C. et Rome a tué ses apôtres. Cependant Jérusalem a obéi à celui qu'elle avait crucifié, comme Rome a établi une solennité pour glorifier celui qu'elle a tué. Et maintenant mon frère Timothée, ceux que vous aimiez et que vous regrettiez de tout cœur, je parle du roi Saul, et de Jonathas, ils n'ont été séparés ni dans la vie, ni dans la mort, et moi je ne fus séparé de mon seigneur et maître que quand des hommes aussi méchants qu'injustes nous ont séparés. Or, l'heure de cette séparation n'aura qu'un temps : son âme connaît ses amis, sans que ceux-ci lui parlent, et bien qu'ils soient loin d'elle; mais au jour de la résurrection, ce serait un bien grand dommage d'en être séparé. » Saint Jean Chrysostome, dans son livre de l'*Eloge de saint Paul*, ne tarit pas quand il parle de ce glorieux apôtre. Voici ses paroles : « Celui-là ne s'est pas trompé qui a appelé l'âme de saint Paul un champ magnifique de vertus et un paradis spirituel. Où trouver une langue digne de le louer, lui dont l'âme possède à elle seule tous les biens qui se peuvent rencontrer dans tous les hommes, et qui réunit non seulement chacune des vertus humaines, mais, ce qui vaut mieux encore, les vertus angéliques ? Loin de nous arrêter, cette considération nous encourage à parler. C'est faire le plus grand éloge d'un héros que d'avouer que sa vertu et sa grandeur sont au-dessus de tout ce qu'on en peut dire. Il est glorieux pour un vainqueur d'être ainsi vaincu. Par quoi donc pouvons-nous mieux commencer ce discours qu'en disant qu'il a possédé tous les biens ? »

On loue Abel d'un sacrifice qu'il a offert à Dieu; mais si nous montrons toutes les victimes de Paul, il l'emportera de toute la hauteur qui sépare le ciel de la terre; puisque chaque jour il s'immolait lui-même par un double sacrifice, celui de la mortification du cœur et celui du corps. Ce n'étaient ni des brebis, ni des bœufs qu'il offrait, c'était lui-même qui s'immolait doublement. Ce n'est pas encore assez au gré de ses désirs; il voulut offrir l'univers en holocauste, la terre, la mer, les Grecs, les barbares, tous les pays éclairés par le soleil, qu'il parcourt avec la rapidité du vol, où il trouve des hommes, ou, pour mieux dire, des démons, qu'il élève à la dignité des anges. Où rencontrer une hostie comparable à celle que Paul a immolée avec le glaive de l'Esprit-Saint, et qu'il a offerte sur un autel placé au-dessus du ciel ? Abel a péri sous les coups d'un frère, Paul a été tué par ceux qu'il souhaitait arracher à d'innombrables maux. Voulez-vous que je vous compte tous les genres de morts de Paul, autant vaut compter les jours qu'il a vécus ? Noé se sauva dans l'arche lui et ses enfants : saint Paul construisit une arche pour sauver d'un déluge bien autrement affreux, non pas en assemblant des pièces de bois; mais en composant ses épîtres, il a délivré le monde en danger au milieu des flots. Or, cette arche n'est pas portée sur des vagues qui battent un seul rivage, elle va sur tout le globe. Ses tablettes ne sont enduites ni de poix ni de bitume, elles sont imprégnées du parfum du Saint-Esprit : Il les écrit et par elles, de ceux qui étaient, pour ainsi dire, plus insensés que les êtres sans raison, il en fait les imitateurs des anges. Il l'emporte encore sur l'arche qui reçut le corbeau et ne rendit que le corbeau, qui avait renfermé le loup sans lui faire perdre son naturel farouche : tandis que Paul prend les vautours et les milans pour en faire des colombes, pour inoculer la mansuétude de l'esprit dans des cœurs féroces. On admire Abraham qui, par l'ordre de Dieu, abandonna sa patrie et ses parents; mais comment l'égaler à Paul. Il n'a pas seulement quitté son pays, ses parents, c'est le monde lui-même, c'est plus encore, c'est le ciel, le ciel des cieux; il méprise tout cela afin de servir J.-C., ne se réservant à la place qu'une seule chose, la charité de Jésus. « Ni les choses présentes, dit-il, ni celles qui sont à venir, ni tout ce qu'il y a de plus haut ou de plus profond, nulle créature enfin ne me pourra jamais séparer de l'amour de Dieu qui est fondé en J.-C. N.-S. » Abraham s'expose au danger pour délivrer de ses ennemis le fils de son frère, mais Paul, afin d'arracher l'univers à la puissance des démons, a affronté des périls sans nombre et a mérité aux autres une pleine sécurité par la mort qu'il souffrait tous les jours. Abraham encore a voulu immoler son fils. Paul s'est immolé lui-même des milliers de fois. Il s'en trouve qui admirent la patience d'Isaac laissant combler le puits creusé par ses mains; mais ce n'étaient pas des puits que Paul laissait couvrir de pierres, c'était son corps à lui, et ceux qui l'écrasaient, il cherchait à les élever jusqu'au ciel. Et plus cette fontaine était comblée, plus haut elle jaillissait, plus elle débordait, au point de donner naissance à plusieurs fleuves. L'écriture parle avec admiration de la longanimité et de la patience de Jacob; eh bien! trouvez une âme à la trempe de diamant qui atteigne à la patience de Paul. Ce n'est pas pendant sept ans, mais toute sa vie qu'il s'enchaîne à l'esclavage pour l'épouse de J.-C. Ce n'est pas seulement la chaleur du jour ni le froid des nuits : ce sont mille épreuves qui l'assaillent. Tantôt battu de verges, tantôt accablé et broyé sous une grêle de pierres, toujours il se relève pour arracher les brebis de la gueule des démons. Joseph est illustre par sa pureté; mais j'aurais à craindre de tomber ici dans le ridicule en voulant louer saint Paul, lui qui se crucifiait lui-même, voyait toute la beauté du corps humain et tout ce qui paraît brillant du même œil que nous regardons de la fumée et de la cendre, semblable à un mort qui reste immobile à côté d'un cadavre. Tout le monde est effrayé de la conduite de Job. C'était en effet un merveilleux athlète. Mais Paul n'eut pas à soutenir des combats de quelques mois, son agonie dure des années. Sans être réduit à racler ses plaies avec des morceaux de vase, il sort éclatant de la gueule du lion, qui, dans la personne de Néron, s'est jeté sur lui coup sur coup : et après des combats et des épreuves innombrables, il avait l'éclat de la pierre la mieux polie. Ce n'était pas de trois ou quatre amis, mais de tous les infidèles, de ses frères même, qu'il eut à endurer les opprobres; il fut conspué et maudit de tous. Il exerçait cependant largement l'hospitalité; il était plein de sollicitude à l'égard des pauvres; mais l'intérêt qu'il portait aux infirmes, il l'étendait aux âmes souffrantes. La maison de Job était ouverte à tout venant; l'âme de Paul renfermait le monde. Job possédait d'immenses troupeaux de bœufs et de brebis, il était libéral envers les indigents : Paul ne possède rien que son corps et il se partage en faveur des pauvres. « Ces mains, dit-il, ont pourvu à mes besoins propres, comme aux besoins de ceux qui étaient avec moi. » Job rongé par les vers souffrait d'atroces douleurs; mais comptez les coups reçus par Paul, calculez à quelles angoisses l'ont réduit la faim, les chaînes et les périls qu'il a subis de la part de ses familiers, comme des étrangers, de l'univers entier, en un mot : voyez la sollicitude qui le dévore pour toutes les Eglises, le feu qui le brûle quand il sait quelqu'un scandalisé, et vous comprendrez que son âme était plus dure que la pierre, plus forte que le fer et que le diamant.

Ce que Job souffrait dans ses membres, Paul le souffrit en son âme. Les chutes de chacun de ses frères lui causaient des chagrins plus vifs que toutes les douleurs; aussi coulait-il de ses yeux, le jour comme la nuit, des fontaines de larmes. C'étaient les étreintes d'une femme en travail : « Mes petits enfants, s'écriait-il, je sens de nouveau pour vous les douleurs de l'enfantement. » Moïse, pour le salut des juifs, s'offrit à être effacé du livre de vie : Moïse donc s'offrit à mourir avec les autres, mais Paul voulait mourir pour les autres, non pas avec ceux qui devaient périr, mais pour obtenir le salut d'autrui, il engageait son salut éternel. Moïse résistait à Pharaon; Paul luttait tous les jours avec le démon; le premier combattait pour une nation, le second pour l'univers, non pas jusqu'à la sueur de son front, mais jusqu'à donner son sang. Jean se nourrissait de sauterelles et de miel sauvage, Paul au milieu du tourbillon du monde comme le précurseur au milieu du désert, n'avait pas même de sauterelles ni de miel. Il se contentait de mets moins recherchés encore. Sa nourriture était le feu de la prédication. Toutefois devant Néron, Jean fit preuve d'un grand courage, mais ce ne fut pas un, ni deux, ni trois, mais des tyrans sans nombre, aussi haut placés et plus cruels encore que Paul eut à reprendre.

Il me reste à comparer Paul avec les anges; sa part n'est pas moins brillante, puisqu'il n'eut souci que d'obéir à Dieu. Quand David s'écriait transporté d'admiration :

« Bénissez le Seigneur, vous tous qui êtes ses anges, qui êtes puissants et remplis de force pour faire ce qu'il vous dit, pour obéir à sa voix et à ses ordres. Mon Dieu, dit-il ailleurs, vous rendez vos anges légers comme le vent et vos ministres actifs comme des flammes ardentes. » Mais nous pouvons trouver ces qualités dans Paul. Semblable à la flamme et au vent il a parcouru l'univers, et, dans sa course, il l'a purifié. Toutefois il n'était pas encore participant de la béatitude céleste; et c'est là le prodige qu'il ait tant fait n'étant encore revêtu que d'une chair mortelle. Quel sujet de condamnation pour nous de n'avoir point à cœur d'imiter la moindre des qualités qui se trouvent réunies dans un seul homme! Sans avoir reçu ni une autre nature ni une autre âme que nous, sans avoir habité un autre monde, mais placé sur la même terre et dans les mêmes régions, élevé sous l'empire des mêmes lois et des mêmes usages, il a surpassé tous les hommes de son siècle et ceux du siècle à venir. Ce que je trouve admirable en lui, c'est que non seulement dans l'ardeur de son zèle, il ne sentait pas les peines qu'il essuyait pour la vertu, mais qu'il embrassa ce noble parti sans attendre aucune récompense. L'attrait d'une rétribution ne nous engage point à entrer dans la lice où saint Paul courait avec empressement, sans qu'aucun prix vînt animer son courage et son amour; et il acquérait chaque jour plus de force, il montrait une ardeur toujours nouvelle au milieu des périls. Menacé de la mort, il invitait les peuples à partager la joie dont il était pénétré : « Réjouissez-vous, leur disait-il, et félicitez-moi. » Il courait au-devant des affronts et des outrages que lui attirait la prédication, beaucoup plus que nous ne cherchons la gloire et les honneurs; il désirait la mort beaucoup plus que nous n'aimons la vie; il chérissait beaucoup plus la pauvreté que nous n'ambitionnons les richesses; il embrassait les travaux et les peines avec beaucoup plus d'ardeur que nous ne désirons les voluptés et le repos après les fatigues; il s'affligeait plus volontiers que les autres ne se réjouissent; il priait pour ses ennemis avec plus de zèle que les autres ne s'emportent contre eux en imprécations. La seule chose devant laquelle il reculait avec horreur, c'était d'offenser Dieu; mais ce qu'il désirait surtout, c'était de lui plaire. Aucun des biens présents, je dis même aucun des biens futurs, ne lui semblait désirable; car ne me parlez pas de villes, de nations, d'armées, de provinces, de richesses, de puissance tout cela n'était à ses yeux que des toiles d'araignée; mais considérez le bonheur qui nous est promis dans le ciel et alors vous verrez tout l'excès de son amour pour Jésus. La dignité des anges et des archanges, toute la splendeur céleste n'étaient rien pour lui en comparaison de la douceur de cet amour; l'amour de Jésus était pour lui plus que tout le reste. Avec cet amour il se regardait comme le plus heureux de tous les êtres; il n'aurait pas voulu, sans cet amour, habiter au milieu des Thrônes et des Dominations, il aurait mieux aimé, avec la charité de Jésus, être le dernier de la nature, se voir condamné aux plus grandes peines, que, sans elle, en être le premier et obtenir les plus magnifiques récompenses. Etre privé de cette charité était pour lui le seul supplice, le seul tourment, le seul enfer, le comble de tous les maux; posséder cette même charité était pour lui la seule jouissance; c'était la vie, le monde, les anges, les choses présentes et futures, c'était le royaume, c'étaient les promesses, c'était le comble de tous les biens; tous les objets visibles, il les méprisait comme une herbe desséchée. Les tyrans, les peuples furieux, ne lui paraissaient que des insectes importuns; la mort, les supplices, tous les tourments imaginables, ne lui semblaient que des jeux d'enfants, à moins qu'il ne fallût les souffrir pour l'amour de J.-C., car alors il les embrassait avec joie, et il se glorifiait de ses chaînes plus que Néron du diadème qui décorait son front. Sa prison, c'était pour lui le ciel même; les coups de fouet et les blessures lui semblaient préférables à la couronne de l'athlète vainqueur. Il ne chérissait pas moins la récompense que le travail qu'il regardait comme une récompense; aussi l'appelait-il une grâce; puisque ce qui cause en nous de la tristesse lui procurait une satisfaction abondante. Il gémissait sous le poids d'une peine continuelle, et il disait : « Qui est scandalisé, sans que je brûle ? » A moins qu'on ne dise que cette peine était assaisonnée d'un certain plaisir. Ainsi, blessée du coup qui a tué son fils, une mère éprouve quelque consolation à se trouver seule avec sa douleur, tandis que son cœur est plus oppressé lorsqu'elle ne peut donner un libre cours à ses larmes. De même saint Paul recevait un soulagement de pleurer nuit et jour; car jamais personne ne déplora ses propres maux aussi vivement que cet apôtre déplorait les maux d'autrui. Quelle était, croyez-vous, sa douleur en voyant que c'en était fait des juifs, lui qui demandait d'être déchu de la gloire céleste, pourvu qu'ils fussent sauvés ? A quoi donc pourrait-on le comparer ? à quelle nature de fer ? à quelle nature de diamant ? de quoi dirons-nous qu'était composée son âme ? de diamant ou d'or ? elle était plus ferme que le plus dur diamant, plus précieuse que l'or et que les pierreries du plus grand prix. A quoi donc pourra-t-on comparer cette âme ? à rien de ce qui existe. Il y aurait peut-être une comparaison possible, si, par une heureuse alliance, on donnait à l'or la force du diamant ou au diamant l'éclat de l'or. Mais pourquoi le comparer à l'or et au diamant ? mettez le monde entier dans la balance, et vous verrez que l'âme de Paul l'emportera. Le monde et tout ce qu'il y a dans le monde ne valent pas Paul. Mais si le monde ne le vaut pas, qu'est-ce qui le vaudra ? peut-être le ciel. Mais le ciel lui-même n'est rien en comparaison de Paul; car s'il a préféré lui-même l'amour de Dieu au ciel et à tout ce qu'il renferme, comment le Seigneur, dont la bonté surpasse autant celle de Paul que la bonté même surpasse la malice, ne le préférerait-il pas à tous les cieux ? Dieu, oui, Dieu nous aime bien plus que nous ne l'aimons, et son amour surpasse le nôtre plus qu'il n'est possible de l'exprimer. Il l'a ravi dans le paradis, jusqu'au troisième ciel. Et cette faveur lui était due, puisqu'il marchait sur la terre comme s'il eût conversé avec les anges, puisque, enchaîné à un corps mortel, il imitait leur pureté; puisque, sujet à mille besoins et à mille faiblesses, il s'efforçait de ne pas se montrer inférieur aux puissances célestes. Il a parcouru toute la terre comme s'il eût eu des ailes; il était au-dessus des travaux et des périls, comme si déjà il eût pris possession du ciel; il était éveillé et attentif comme s'il n'eût point eu de corps; et méprisait les choses de la terre comme s'il eût habité au milieu des puissances incorporelles. Des nations diverses ont été souvent confiées au soin des anges; mais aucun d'eux n'a dirigé la nation remise à sa garde comme Paul a dirigé toute la terre. Comme un père qui voyant son enfant égaré par la frénésie serait d'autant plus touché de son état, et verserait d'autant plus de larmes que, dans les violences de ses transports, il lui épargnerait moins les outrages et les coups; ainsi le grand apôtre prodiguait à ceux qui le maltraitaient tous les soins d'une piété ardente. Souvent il gémissait sur le sort de ceux qui l'avaient battu de verges cinq fois, qui étaient altérés de son sang, il s'affligeait et priait pour eux en disant : « Il est vrai, mes frères, que je sens dans mon cœur une grande affection pour le salut d'Israël et que je le demande à Dieu par mes prières. » En voyant leur réprobation, il était pénétré d'une douleur excessive. Et comme le fer jeté dans le feu devient feu tout entier, de même Paul, enflammé du feu de la charité, était devenu tout charité. Comme s'il eût été le père commun de toute la terre, il imita, ou plutôt il surpassa tous les pères, quels qu'ils fussent, pour les soins temporels et spirituels. Car c'était chacun des hommes qu'il souhaitait présenter à Dieu, comme si lui seul eût engendré le monde entier; de telle sorte qu'il avait hâte d'en introduire tous les habitants dans le royaume de Dieu, se donnant corps et âme pour eux qu'il chérissait. Cet homme ignoble [1], cet artisan qui préparait des peaux acquit un tel courage qu'en trente ans à peine, il soumit au joug de la vérité les Romains et les

1. « Ignoble » plutôt : « *obscur* » ou « *de basse extraction* ». (Note de l'éditeur.)

Perses, les Parthes avec les Mèdes, les Indiens et les Scythes, les Ethiopiens et les Sarmates, les Sarrasins, enfin toutes les races humaines, et semblable à du feu jeté dans la paille et le foin, il dévorait toutes les œuvres des démons. Au son de sa voix, tout disparaissait comme dans le plus violent incendie, tout cédait, et culte des idoles, et menaces des tyrans, et embûches des faux frères. Comme au premier rayon du soleil les ténèbres fuient, les adultères et les voleurs disparaissent, les homicides se cachent dans les antres, le grand jour brille, tout est éclairé de l'éclat de sa présence, de même et mieux encore, partout où Paul sème la bonne nouvelle, l'erreur était chassée, la vérité renaissait, les adultères et autres abominations disparaissaient, ainsi que la paille jetée au feu. Brillante comme la flamme, la vérité s'élevait resplendissante jusqu'à la hauteur des cieux, soulevée, pour ainsi dire, par ceux qui semblaient l'étouffer; les périls et les violences ne savent en arrêter la marche. Telle est l'erreur qui, si elle ne rencontre pas d'obstacles, s'use ou disparaît insensiblement, telle au contraire est la vérité, qui, sous les attaques de nombreux adversaires, renaît et s'étend. Or, puisque Dieu nous a tellement ennoblis que par nos efforts nous pouvons parvenir à devenir semblables à lui, afin de nous ôter le prétexte que pourrait suggérer notre faiblesse, nous avons en commun avec lui le corps, l'âme, les aliments, le même créateur, et de plus son Dieu c'est notre Dieu. Voulez-vous connaître les dons que le Seigneur lui a départis ? Ses vêtements étaient la terreur des démons. Un prodige plus merveilleux encore, c'est que quand il bravait les périls, on ne pouvait le taxer de témérité, ni lui reprocher de la timidité lorsqu'ils surgissaient. C'était pour avoir le temps d'instruire qu'il aimait la vie présente, tandis qu'elle ne restait qu'un sujet de mépris dès lors que par la sagesse qui l'éclairait, il entrevoyait combien le monde est vil. Enfin voyez-vous Paul s'échapper au péril ? gardez-vous de l'en admirer moins que quand il a le plaisir de s'y exposer. Cette conduite annonce autant de fermeté d'une part, que de sagesse de l'autre. L'entendez-vous parler de lui avec quelque satisfaction ? vous pouvez l'admirer autant que lorsque vous le voyez se mépriser. Ici c'est de la grandeur d'âme, là de l'humilité. C'était un plus grand mérite à lui de parler de soi que de taire ses louanges, car s'il ne les avait dites, il eût été plus coupable que ceux qui se vantent à tout propos; en effet s'il n'eût pas été glorifié, il eût entraîné dans la ruine ceux qui lui avaient été confiés, tandis qu'en s'humiliant, il les élevait. Paul a mérité plus en se glorifiant qu'un autre qui aurait caché ce qui le distingue : celui-ci, par l'humilité qui lui fait cacher ses mérites, gagne moins que celui-là en les manifestant. C'est un grand défaut de se vanter, c'est le fait d'un extravagant de vouloir accaparer les louanges dès lors qu'il n'y a aucune nécessité. Il est évident que Dieu n'est pas là et que c'est folie; quand bien même on l'aurait gagnée à la sueur de son front, on perd sa récompense. S'élever au-dessus des autres dans ses propos, se vanter avec ostentation n'appartient qu'à un arrogant; mais rapporter ce qui est d'essentielle nécessité, c'est le propre d'un homme qui aime le bien, qui cherche à se rendre utile. Telle fut la conduite de Paul, qui, pris pour un fourbe, se crut obligé de donner des preuves manifestes de sa dignité; toutefois, il s'abstient de dévoiler bien des choses et de celles qui étaient de nature à l'honorer le plus. « J'en viendrai maintenant, dit-il, aux visions et aux révélations du Seigneur », et il ajoute : « Mais je me retiens. » Pas un prophète, pas un apôtre n'eut aussi souvent que Paul des entretiens avec Dieu, et c'est ce qui le fait s'humilier davantage. Il parut redouter les coups afin de vous apprendre qu'il y avait en lui deux éléments : sa volonté ne l'élevait pas seulement au-dessus du commun des hommes, mais elle en faisait un ange. Redouter les coups n'est pas un crime, c'est de commettre une indignité par la peur qu'ils inspirent. Dès lors qu'en les craignant, il sort victorieux de la lutte, il est bien autrement admirable que celui que la peur n'atteint pas; comme ce n'est pas une faute de se plaindre mais de dire ou de faire par faiblesse ce qui déplaît à Dieu. Nous voyons par là ce que fut Paul; avec les infirmités de la nature, il s'éleva au-dessus de la nature, et s'il redouta la mort, il ne refusa pas de la subir. Etre l'esclave des infirmités, c'est un crime, mais ce n'est pas d'être revêtu d'une nature qui y est sujette; de telle sorte que c'est un titre de gloire pour lui d'avoir, par force de volonté, surmonté la faiblesse de la nature; ainsi il se laissa enlever Paul surnommé Marc. Ce fut ce qui l'anima dans tout le cours de sa prédication, car ce ministère ne s'exerce pas avec mollesse et irrésolution, mais bien avec une force et un courage constamment égaux qui s'engage dans cette fonction sublime doit être disposé à s'offrir mille fois à la mort et aux dangers. S'il n'est pas animé par cette pensée, son exemple perdra un bien grand nombre de fidèles; mieux vaudrait qu'il s'abstînt et qu'il s'occupât uniquement de soi-même. Un pilote, un gladiateur, un homme qui combat les bêtes féroces, personne enfin n'est obligé d'avoir le cœur disposé au danger et à la mort, comme celui qui s'est chargé d'annoncer la parole de Dieu; car celui-ci a à courir de bien plus grands périls, et il doit combattre des adversaires plus violents et d'une toute autre condition; c'est avoir le ciel pour récompense ou l'enfer pour son supplice. Si entre quelqu'un d'eux, il surgit une contestation, ne regardez pas cela comme un crime, il n'y a faute que quand la querelle est sans prétexte et sans juste motif. Il faut y voir l'action de la Providence qui veut réveiller de l'engourdissement et de l'inertie les âmes endormies et découragées. Comme l'épée a son tranchant, l'âme aussi a reçu le tranchant de la colère dont elle doit user au besoin. La douceur est bonne en tout temps; cependant il faut l'employer selon les circonstances, autrement elle devient un défaut. Aussi Paul l'a mise en pratique et dans sa colère il valait mieux que ceux dont le langage ne respirait pas la modestie. Le merveilleux en lui était que, chargé de chaînes, couvert de coups et de blessures, il fut plus brillant que ceux qui sont ornés de l'éclat de la pourpre et du diadème. Alors qu'il était traîné chargé de chaînes à travers des mers immenses, sa joie était aussi vive que si on l'eût mené prendre possession d'un grand royaume. A peine est-il entré dans Rome qu'il cherche à en sortir pour parcourir l'Espagne. Il ne prend pas même un jour de repos; le feu est moins actif que son zèle à évangéliser; les périls, il les brave, les moqueries, il ne sait en rougir.

Ce qui met le comble à mon admiration, c'est qu'avec une pareille audace, quand il était constamment armé pour le combat, lorsqu'il ne respirait qu'une ardeur toute guerrière, il restait calme et prêt à tout. Il vient de sévir, ou plutôt sa colère vient d'éclater quand on lui commande d'aller à Tharse; et il y va. On lui dit qu'il faut descendre par la muraille dans une corbeille, il se laisse faire. Et pourquoi ? pour évangéliser encore et traîner à sa suite vers J.-C. une multitude de croyants. Il ne redoutait qu'un malheur, c'était de quitter la terre et de ne pas avoir sauvé le plus grand nombre. Quand des soldats voient leur général couvert de blessures, ruisselant de sang, sans que toutefois il cesse de tenir tête à l'ennemi, mais que toujours il brandit sa lance, jonche le sol des cadavres qui sont tombés sous ses coups, et qu'il ne compte pour rien sa propre douleur, un pareil sang-froid les électrise. Il en advint ainsi à Paul. Quand on le voyait chargé de chaînes et prêchant néanmoins dans sa prison, quand on le voyait blessé et convertissant ceux qui le frappaient, il y avait certes de quoi puiser une grande confiance. Il veut le faire entendre alors qu'il dit que plusieurs de ses frères en Notre-Seigneur, se rassurant par cet heureux succès de ses liens, ont conçu une hardiesse nouvelle pour annoncer la parole de Dieu sans aucune crainte. Il en concevait lui-même une joie plus ferme, et son courage contre ses adversaires s'en augmentait d'autant. Comme du feu tombant sur une grande sorte de matières se nourrit et s'étend, de même le langage de Paul attire tous ceux qui l'écoutent. Ses adversaires deviennent la pâture de ce feu, puisque, par eux, la flamme de l'Evangile augmentait de plus en plus (saint Jean Chrysostome).

LES SEPT FRÈRES QUI FURENT LES FILS DE SAINTE FÉLICITÉ

Les sept frères étaient fils de sainte Félicité; leurs noms sont : Janvier, Félix, Philippe, Silvain, Alexandre, Vital et Martial. D'après l'ordre de l'empereur Antonin, ils furent amenés tous avec leur mère auprès du préfet Publius qui les avait mandés devant lui, et qui exhorta la mère à avoir pitié d'elle et de ses enfants : Elle dit : « Je ne me laisserai ni gagner par tes caresses, ni effrayer par tes menaces. Ma confiance repose dans l'Esprit-Saint que je possède; vivante, je triompherai de toi, mais morte, ma victoire sera encore plus grande. » Et se tournant vers ses enfants, elle dit : « Mes enfants, levez la tête et regardez le ciel, mes très chers, car c'est là que J.-C. nous attend. Combattez avec courage pour J.-C. et persistez dans son amour. » Quand le préfet eut entendu cela, il lui fit donner des soufflets. Et comme la mère et ses fils paraissaient très constants dans la foi, tous furent tués dans divers supplices sous les yeux de leur mère qui les encourageait. Cette sainte Félicité est appelée par saint Grégoire plus que martyre, parce qu'elle fut martyrisée sept fois dans ses enfants et la huitième fois dans son propre corps. Le même saint parle dans ses homélies : « Sainte Félicité qui, par sa foi, fut la servante de J.-C., devint aussi martyre du même J.-C. par sa prédication. Elle craignait de laisser vivre, après elle, les sept enfants qu'elle avait, autant que les parents charnels ont coutume de craindre de leur survivre. Elle enfanta dans l'esprit ceux qu'elle avait enfantés dans la chair, afin de donner à Dieu par ses paroles ceux qu'elle avait donnés au monde par la chair. Ces enfants qu'elle savait être son sang, elle ne pouvait les voir mourir sans douleur, mais elle avait dans le cœur un amour si fort qu'elle put surmonter la douleur corporelle. Aussi ai-je bien raison d'appeler cette femme plus qu'une martyre, car elle mourut autant de fois et avec tant de douleur qu'elle avait de fils. Après avoir mérité tous ces martyres, elle obtint pour elle aussi la palme victorieuse des martyrs; car ce n'était pas assez pour l'amour qu'elle portait à J.-C. que de mourir une seule fois. » — Ils souffrirent vers l'an du Seigneur 110.

SAINTE THÉODORE[1]

[L'interprétation de Saincte Théodore. — Théodore est dicte atheos, c'est-à-dire Dieu. Et de oraison, et ce vault autant adire comme oraison a Dieu. Car elle oura et depria tant Dieu que le pechie quelle avoit fait lui fust pardonne.]

Théodore était une femme mariée et de noble extraction. Du temps de l'empereur Zénon, elle habitait Alexandrie avec son époux, homme riche et craignant Dieu. Or, le démon, jaloux de la sainteté de Théodore, enflamma un riche de concupiscence pour elle. Il la fatiguait de messages répétés et de présents afin de la faire consentir à sa passion; mais elle renvoyait ses messagers avec dédain et méprisait ses présents. Il la tourmentait au point de ne lui laisser aucun instant de repos et peu s'en fallut qu'elle en perdît la vie. Enfin il lui adressa une magicienne, qui l'exhortait beaucoup à avoir pitié de cet homme et à se rendre à ses désirs. Or, comme Théodore répondait que jamais elle ne commettrait un péché si énorme sous les yeux de Dieu qui voit tout, la magicienne ajouta : « Tout ce qu'on fait de jour, Dieu le sait certainement et le voit, mais tout ce qui se passe sur le soir et après le soleil couché, Dieu ne le voit pas du tout. » Et la jeune femme dit à la magicienne : « Est-ce que tu dis la vérité ? » « Oui, répondit-elle, je dis la vérité. » Théodore, trompée par les paroles de cette femme, lui dit de faire venir l'homme chez elle vers le soir et qu'elle accomplirait sa volonté. La magicienne ayant rapporté cela, cet homme entra dans des transports de joie; il vint chez Théodore à l'heure qu'elle avait indiquée, commit un crime avec elle et se retira. Mais Théodore rentrant en soi-même versait des larmes très amères, et se frappait la figure en disant : « Ah! malheur à moi! j'ai perdu mon âme; j'ai détruit ce qui me rendait belle. » Son mari, revenu à la maison, voyant sa femme dans la désolation et dans les pleurs, sans en connaître la cause, s'efforçait de la consoler : mais elle ne voulait accepter aucune consolation. Le matin étant venu, elle alla à un monastère de religieuses et demanda à l'abbesse si Dieu pouvait avoir connaissance d'un crime grave qu'elle avait commis à la chute du jour.

1. Il y avait une église du nom de cette sainte, à Paris, rue des Postes. Sa vie est tirée de Métaphraste. Surius et Lepomanus la rapportent.

L'abbesse lui répondit : « Rien ne peut être caché à Dieu qui sait et voit tout ce qui se passe, à telle heure que ce soit. » Théodore pleura amèrement et dit : « Donnez-moi le livre du saint Evangile, afin que moi-même je tire mon sort. » Et en ouvrant le livre, elle trouva ces mots : « *Quod scripsi, scripsi*, ce que j'ai écrit, je l'ai écrit. » Elle revint à sa maison et un jour, pendant que son mari était absent, elle se coupa la chevelure, prit les habits de son mari et alla en toute hâte à un monastère de moines éloigné de huit milles; elle demanda à être reçue dans la communauté et l'obtint. Quand on lui demanda son nom, elle répondit qu'elle s'appelait Théodore. Elle s'acquittait en toute humilité de ce qu'on lui donnait à faire, et son service était agréable à tout le monde. Or, quelques années après, l'abbé appela frère Théodore, et lui commanda d'atteler les bœufs et d'aller chercher de l'huile à la ville. Quant à son mari, il pleurait beaucoup dans la crainte que sa femme ne fût partie avec un autre homme. Et voici que l'ange du Seigneur lui dit : « Lève-toi dès le matin; reste dans la rue du martyre de saint Pierre, apôtre, et celle qui viendra au-devant de toi, ce sera ton épouse. » Après quoi, Théodore vint avec des chameaux; elle vit et reconnut alors son mari et se dit en elle-même. « Hélas! mon bon mari, que de peines je me donne pour être délivrée du péché que j'ai commis contre toi! » Et quand elle se fut approchée, elle le salua en disant : « Joie à mon seigneur. » Or, il ne la reconnut point, mais après avoir attendu très longtemps et s'être dit qu'il avait été trompé, une voix se fit entendre qui lui dit : « Celui qui t'a salué hier matin, était ton épouse. »

La bienheureuse Théodore était d'une telle sainteté qu'elle opérait beaucoup de miracles : car elle arracha un homme de la gueule d'une bête féroce qui l'avait lacéré, et le ressuscita par ses prières. Elle poursuivit elle-même l'animal, le maudit : et il tomba mort aussitôt. Mais le diable qui ne voulait point supporter sa sainteté lui apparut : « Prostituée plus qu'aucune autre, lui dit-il, adultère, tu as quitté ton mari pour venir ici et me mépriser; par toutes mes terribles puissances, je te livrerai des combats, et si je ne te fais renier le crucifié, tu pourras dire que ce n'est pas moi qui t'attaque. » Mais elle fit le signe de la croix sur elle et à l'instant le démon disparut. Une autre fois, elle revenait de la ville avec des chameaux; ayant reçu l'hospitalité dans un endroit, une jeune fille vint la trouver la nuit et lui dit : « Dors avec moi. » Théodore l'ayant repoussée avec dédain, cette fille en alla trouver un autre qui était couché au même lieu. Or, quand elle se vit enceinte, on lui demanda de qui elle avait conçu, elle dit : « C'est le moine Théodore qui a dormi avec moi. » L'enfant étant né, on le porta à l'abbé du monastère. Celui-ci, après avoir tancé Théodore qui réclamait son indulgence, lui mit l'enfant sur les épaules et la chassa du monastère. Or, elle resta pendant sept ans hors du cloître, et elle nourrit l'enfant du lait des troupeaux. Le diable, jaloux d'une si grande patience, se présenta devant elle sous les traits de son mari : « Que faites-vous ici, ma dame ? lui dit-il. Voici que je languis pour vous, et ne puis trouver aucune consolation; venez donc, ma lumière; quand vous auriez fait le mal avec un autre homme, je vous le pardonne. » Mais celle-ci, persuadée que c'était son mari, lui répondit : « Je ne demeurerai plus désormais avec vous; parce que le fils de Jean le soldat a couché avec moi, et je veux faire pénitence de la faute que j'ai commise envers vous. » Puis elle se mit en prières et aussitôt la vision disparut : elle reconnut alors que c'était le démon. Une autre fois encore le diable voulut l'effrayer; car les démons se présentèrent à elle sous la forme de bêtes terribles et il y avait un homme qui les excitait en disant : « Mangez cette prostituée. » Mais elle pria et les bêtes disparurent. Une autre fois, c'était une troupe de soldats qui venaient conduits par un prince que les autres adoraient, et les soldats dirent à Théodore : « Lève-toi et adore notre prince. » Elle répondit : « J'adore le Seigneur Dieu. » Lorsqu'on eut rapporté cela au prince, il la fit amener et battre jusqu'à la croire morte; après quoi toute la foule s'évanouit. Une autre fois encore, elle vit auprès d'elle une quantité d'or; mais elle prit la fuite en se signant et se recommandant à Dieu. Un jour, elle vit un homme qui portait une corbeille pleine de toutes sortes de mets et cet homme lui dit : « Le prince qui t'a frappé m'a chargé de te dire : Prends et mange, car il t'a maltraité par ignorance. » Alors elle se signa et tout disparut. Après sept ans révolus, l'abbé, en considération de sa patience, la réconcilia et la fit entrer dans le monastère avec son enfant. Quand elle y eut passé deux ans, de manière à ne mériter que des éloges, elle prit l'enfant et s'enferma avec lui dans sa cellule. L'abbé, qui en fut informé, envoya quelques moines écouter avec la plus grande attention ce qu'elle pouvait dire avec cet enfant. Or, elle le serra dans ses bras et le baisa en disant : « Mon fils bien-aimé, le temps de ma vie s'est écoulé; je te laisse à Dieu; qu'il soit ton père et ton soutien, fils chéri; vis dans la pratique du jeûne et de la prière, et sers tes frères avec dévouement. » En disant ces mots, elle rendit l'esprit et s'endormit heureusement dans le Seigneur vers l'an de J.-C. 470. A cette vue, l'enfant se mit à verser d'abondantes larmes. Or, cette nuit-là même, l'abbé du monastère eut la vision suivante : On faisait les préparatifs pour des noces magnifiques auxquelles se rendaient les ordres des anges, des prophètes, des martyrs et de tous les saints : au milieu d'eux, une femme marchait seule, environnée d'une gloire ineffable : arrivée au lieu du festin, elle s'assit sur un lit et tous les assistants étaient pleins d'attention pour elle, quand se fit entendre une voix qui disait : « Celui-ci est le père Théodore qui a été accusé faussement d'avoir eu un enfant. Sept ans se sont écoulés depuis cette époque; et elle a été châtiée pour avoir souillé le lit de son mari. » L'abbé, à son réveil, se hâta d'aller avec les frères à la cellule de Théodore qu'il trouva déjà morte. Après être entrés, ils la découvrirent et trouvèrent que c'était une femme. Aussitôt l'abbé envoya chercher le père de la fille qui avait sali la réputation de Théodore et il lui dit : « L'homme de ta fille est mort »; et en ôtant les vêtements, le père reconnut que c'était une femme.

Quand on apprit cela, il y eut une grande et générale frayeur; alors l'ange du Seigneur parla ainsi à l'abbé : « Lève-toi vite, prends un cheval et cours à la ville, et celui que tu rencontreras prends-le et le ramène avec toi. » Il était sur le chemin, quand un homme accourut au-devant de lui. L'abbé lui ayant demandé où il allait, cet homme lui dit : « Ma femme est morte et je vais la voir. » Et l'abbé fit monter à cheval avec lui le mari de Théodore; quand ils furent arrivés, ils pleurèrent beaucoup et ils l'ensevelirent avec de grands honneurs. Alors le mari de Théodore prit la cellule de sa femme, où il resta jusqu'au moment qu'il s'endormit dans le Seigneur. L'enfant de Théodore suivit les avis de sa nourrice et se fit remarquer par une entière honnêteté de mœurs, de sorte qu'à la mort de l'abbé, il fut élu à l'unanimité pour le remplacer.

SAINT ALEXIS[1]

Alexis vient de *a*, qui veut dire beaucoup, et *lexis*, qui signifie sermon. De là Alexis, qui est très fort sur la parole de Dieu.

Alexis fut le fils d'Euphémien, homme d'une haute noblesse à Rome, et le premier à la cour de l'empereur il avait pour serviteurs trois mille jeunes esclaves revêtu de ceintures d'or et d'habits de soie. Or, le préfet Euphémien était rempli de miséricorde, et tous les jours, dans sa maison, on dressait trois tables pour les pauvres, les orphelins, les veuves et les pèlerins qu'il servait avec

1. Sigebert de Gemblours, *Chron. an.*, 405.

empressement; et à l'heure de none, il prenait lui-même son repas dans la crainte du Seigneur avec des personnages religieux. Sa femme nommée Aglaë avait la même dévotion et les mêmes goûts. Or, comme ils n'avaient point d'enfant, à leurs prières Dieu accorda un fils, après la naissance duquel ils prirent la ferme résolution de vivre désormais dans la chasteté. L'enfant fut instruit dans les sciences libérales, et après avoir brillé dans tous les arts de la philosophie, et avoir atteint l'âge de puberté, on lui choisit une épouse de la maison de l'empereur et on le maria. Arriva l'heure de la nuit où il alla avec son épouse dans la chambre nuptiale : alors le saint jeune homme commença par instruire cette jeune personne de la crainte de Dieu, et à la porter à conserver la pudeur de la virginité. Ensuite il lui donna son anneau d'or et le bout de la ceinture qu'il portait en lui disant de les conserver : « Reçois ceci, et conserve-le tant qu'il plaira à Dieu, et que le Seigneur soit entre nous. » Après quoi il prit de ses biens, alla à la mer et s'embarqua à la dérobée sur un vaisseau qui faisait voile pour Laodicée, d'où il partit pour Edesse, ville de Syrie, dans laquelle on conservait un portrait de Notre-Seigneur J.-C. peint sur un linge sans que l'homme y ait mis la main. Quand il y fut arrivé, il distribua aux pauvres tout ce qu'il avait apporté avec soi, puis se revêtant de mauvais habits, il commença par se joindre aux autres pauvres qui restaient sous le porche de l'église de la Vierge Marie. Il gardait des aumônes ce qui pouvait lui suffire; le reste, il le donnait aux pauvres. Cependant, son père, inconsolable de la disparition de son fils, envoya ses serviteurs par tous pays, afin de le chercher avec soin. Quelques-uns vinrent à Edesse et Alexis les reconnut; mais eux ne le reconnurent point, et même ils lui donnèrent l'aumône comme aux autres pauvres. En l'acceptant, il rendit grâces à Dieu en disant : « Je vous rends grâces, dit-il, Seigneur, de ce que vous m'avez fait recevoir l'aumône de mes serviteurs. » A leur retour, ils annoncèrent au père qu'on n'avait pu le trouver en aucun lieu. Quant à sa mère, à partir du jour de son départ, elle étendit un sac sur le pavé de sa chambre, où au milieu de ses veilles, elle poussait ces cris lamentables : « Toujours je demeurerai ici dans le deuil, jusqu'à ce que j'aie retrouvé mon fils. » Pour son épouse, elle dit à sa belle-mère : « Jusqu'à ce que j'entende parler de mon très cher époux, semblable à une tourterelle, je resterai dans la solitude avec vous. » Or, la dix-septième année qu'Alexis demeurait dans le service de Dieu sous le porche dont il a été question plus haut, une image de la Sainte Vierge qui se trouvait là dit enfin au custode de l'église : « Fais entrer l'homme de Dieu, parce qu'il est digne du royaume du ciel et l'Esprit divin repose sur lui : sa prière s'élève comme l'encens en la présence de Dieu. » Et comme le custode ne savait de qui la Vierge parlait, elle ajouta : « C'est celui qui est assis dehors sous le porche. » Alors le custode se hâta de sortir et fit entrer Alexis dans l'église. Ce fait étant venu à la connaissance du public, on se mit à lui donner des marques de vénération; mais Alexis, fuyant la vaine gloire, quitta Edesse et vint à Laodicée, où il s'embarqua dans l'intention d'aller à Tharse de Cilicie; cependant Dieu en disposa autrement, car le navire, poussé par le vent, aborda au port de Rome. Quand Alexis eut vu cela, il se dit en lui-même : « Je resterai inconnu dans la maison de mon père et je ne serai à charge à aucun autre. » Il rencontra son père qui revenait du palais entouré d'une multitude de gens obséquieux, et il se mit à lui crier : « Serviteur de Dieu, je suis un pèlerin, fais-moi recevoir dans ta maison, et laisse-moi me nourrir des miettes de ta table, afin que le Seigneur daigne avoir pitié de toi, à ton tour, qui es pèlerin aussi. » En entendant ces mots, le père, par amour pour son fils, l'introduisit chez lui; il lui donna un lieu particulier dans sa maison, lui envoya de la nourriture de sa table; en chargeant quelqu'un d'avoir soin de lui. Alexis persévérait dans la prière, macérait son corps par les jeûnes et par les veilles. Les serviteurs de la maison se moquaient de lui à tout instant; souvent ils lui jetaient sur la tête l'eau qui avait servi, et l'accablaient d'injures : mais il supportait tout avec une grande patience. Il demeura donc inconnu de la sorte pendant dix-sept ans dans la maison de son père.

Ayant vu en esprit que le terme de sa vie était proche, il demanda du papier et de l'encre, et il écrivit le récit de toute sa vie. Un jour de dimanche, après la messe solennelle, une voix se fit entendre dans le sanctuaire en disant : « Venez à moi, vous tous qui travaillez et qui êtes fatigués et je vous soulagerai. » Quand on entendit cela, on fut effrayé; tout le monde se jeta la face contre terre, quand pour la seconde fois, la voix se fit entendre et dit : « Cherchez l'homme de Dieu afin qu'il prie pour Rome. » Les recherches n'ayant abouti à rien, la voix dit de nouveau « C'est dans la maison d'Euphémien que vous devez chercher. » On s'informa auprès de lui, et il dit qu'il ne savait pas de qui on voulait parler. Alors les empereurs Arcadius et Honorius vinrent avec le pape Innocent à la maison d'Euphémien : et voilà que celui qui était chargé d'Alexis vint trouver son maître et lui dire : « Voyez Seigneur, si ce ne serait pas notre pèlerin; car vraiment c'est un homme d'une grande patience. » Euphémien courut aussitôt, mais il le trouva mort : il vit sa figure toute resplendissante comme celle d'un ange : ensuite il voulut prendre le papier qu'il avait dans la main, mais il ne put l'ôter. En sortant il raconta ces détails aux empereurs et aux pontifes qui, étant entrés dans le lieu où gisait le pèlerin, dirent : « Quoique pécheurs, nous avons cependant le gouvernement du royaume; et l'un de nous a la charge du gouvernement pastoral de l'Eglise universelle, donne-nous donc ce papier afin que nous sachions ce qui y est écrit. » Le pape s'approchant prit le papier, que le défunt laissa aussitôt échapper, et il le fit lire devant tout le peuple, en présence du père lui-même. Alors Euphémien, qui entendait cela, fut saisi d'une violente douleur; il perdit connaissance et tomba pâmé sur la terre. Revenu un peu à lui, il déchira ses vêtements, s'arracha les cheveux blanchis, se tira la barbe, et se déchira lui-même de ses propres mains, puis se jetant sur le corps de son fils, il criait : « Malheureux que je suis, pourquoi, mon fils, pourquoi m'as-tu contristé de la sorte ? pourquoi pendant tant d'années m'as-tu plongé dans la douleur et les gémissements ? Ah! que je suis malheureux de te voir, toi, le bâton de ma vieillesse, étendu sur un grabat! tu ne parles pas : ah! misérable que je suis! quelle consolation pourrai-je jamais goûter maintenant ? » Sa mère en entendant cela, semblable à une lionne qui a brisé le piège où elle était prise, s'arrache les vêtements, se rue échevelée, lève les yeux au ciel, et comme la foule était si épaisse qu'elle ne pouvait arriver jusqu'au saint corps, elle criait : « Laissez-moi passer, que je voie mon fils, que je voie la consolation de mon âme, celui qui a sucé mes mamelles. » Arrivée au corps, elle se jeta sur lui en criant : « Quel malheur pour moi! mon fils, la lumière de mes yeux, qu'as-tu fait là ? pourquoi avoir agi si cruellement envers nous ? Tu voyais ton père et ta malheureuse mère en larmes, et tu ne te faisais pas connaître à nous! Tes esclaves t'injuriaient et tu le supportais! » Et à chaque instant elle se jetait sur le corps, tantôt étendant les bras sur lui, tantôt caressant de ses mains ce visage angélique, tantôt l'embrassant : « Pleurez tous avec moi, s'écriait-elle; puisque, pendant dix-sept ans, je l'ai eu dans ma maison et je n'ai pas su que ce fût mon fils. Et encore il y avait des esclaves qui l'insultaient et qui l'outrageaient en le souffletant! Suis-je malheureuse! qui donnera à mes yeux une fontaine de larmes pour pleurer nuit et jour celui qui est la douleur de mon âme ? » La femme d'Alexis, vêtue d'habits de deuil, accourut baignée de larmes. « Quel malheur pour moi! quelle désolation! me voici veuve, je n'ai plus personne à regarder et sur lequel j'aie à lever les yeux. Mon miroir est brisé, l'objet de mon espoir a péri. Aujourd'hui commence pour moi une douleur qui n'aura point de fin. » Le peuple témoin de ce spectacle versait d'abondantes larmes. Alors le pontife et les empereurs avec lui placèrent le corps sur un riche brancard, et le conduisirent au milieu de la ville.

On annonçait au peuple qu'on avait trouvé l'homme de Dieu que tous les citoyens recherchaient. Tout le monde courait au-devant du saint. Y avait-il un infirme ? il touchait ce très saint corps, et aussitôt il était guéri; les aveugles recouvraient la vue, les possédés du démon étaient délivrés; tous ceux qui étaient souffrants de n'importe quelle infirmité recevaient guérison. Les empereurs, à la vue de tous ces prodiges, voulurent porter eux-mêmes, avec le souverain pontife, le lit funèbre, pour être sanctifiés aussi par ce corps saint. Alors les empereurs firent jeter une grande quantité d'or et d'argent sur les places publiques, afin que la foule, attirée par l'appât de cette monnaie, laissât parvenir le corps du saint jusqu'à l'église. Mais la populace, qui ne tint aucun compte de l'argent, se portait de plus en plus auprès du corps saint pour le toucher. Enfin ce fut après de grandes difficultés qu'on parvint à le conduire à l'église de saint Boniface, martyr; on l'y laissa sept jours qui furent consacrés à la prière. Pendant ce temps on éleva un tombeau avec de l'or et des pierres précieuses de toute nature, et on y plaça le saint corps avec grande vénération. Il en émanait une odeur si suave que tout le monde le pensait plein d'aromates. Or, saint Alexis mourut le 16 des calendes d'août, vers l'an 398.

SAINTE MARGUERITE

Marguerite est ainsi appelée d'une pierre précieuse blanche, petite et remplie de vertus. Ainsi sainte Marguerite fut blanche par virginité, petite par humilité, vertueuse par l'opération des miracles. On dit que cette pierre a la vertu d'arrêter le sang, de modérer les passions du cœur, et de conforter l'esprit. De même sainte Marguerite eut vertu contre l'effusion de son sang par constance, parce qu'elle posséda une grande constance dans son martyre; elle eut vertu contre les passions du cœur, c'est-à-dire contre la tentation du démon qui fut vaincu par elle : elle eut vertu pour conforter son esprit, par la doctrine avec laquelle elle affermit le cœur de plusieurs et les convertit à la foi. Théotime [1], homme érudit, a écrit sa légende.

Marguerite, citoyenne d'Antioche, fut fille de Théodore alias Ædesius, patriarche des gentils. Elle fut confiée à une nourrice; et quand elle eut atteint l'âge de raison, elle

1. Ce Théotime aurait été, dit-on, témoin oculaire des faits rapportés ici. Un bréviaire espagnol les raconte aussi sous le nom de sainte Marine qui serait la même que sainte Marguerite (cf. Bivar sur Dexter).

fut baptisée et c'est pour cela qu'elle était grandement haïe de son père. Parvenue à l'âge de quinze ans, elle gardait un jour, avec d'autres jeunes vierges, les brebis de sa nourrice, quand le préfet Olibrius, passant par là et voyant une jeune personne si belle, s'éprit d'amour pour elle et lui dépêcha ses esclaves en disant : « Allez et saisissez-vous d'elle : si elle est de condition libre, je la prendrai pour ma femme; si elle est esclave, j'en ferai ma concubine. » Quand elle eut été amenée en sa présence, il s'informa de sa famille, de son nom et de sa religion. Or, elle répondit qu'elle était noble de naissance, Marguerite de nom, et chrétienne de religion. Le préfet lui dit : « Les deux premières qualités te conviennent fort bien, savoir : que tu sois noble, et que tu sois réellement une très belle marguerite; mais la troisième ne te convient pas, savoir : qu'une jeune personne si belle et si noble ait pour Dieu un crucifié. » « D'où, sais-tu, répondit Marguerite, que le Christ a été crucifié ? » Olibrius reprit : « Je l'ai appris des livres des chrétiens. » Marguerite lui dit : « Puisque tu as lu le châtiment et la gloire de J.-C., pourquoi rougirais-tu de croire un point et de rejeter l'autre ? » Et comme Marguerite avançait que J.-C. avait été crucifié de son plein gré pour nous racheter, et qu'elle affirmait qu'il vivait maintenant dans l'éternité, ce préfet en colère la fit jeter en prison; mais le lendemain, il la fit appeler en sa présence et lui dit : « Jeune fille frivole, aie pitié de ta beauté, et adore nos Dieux pour que tu sois heureuse. » Elle répondit : « J'adore celui devant lequel la terre tremble, la mer s'agite, et toutes les créatures sont dans la crainte. » Le préfet lui dit : « Si tu ne m'obéis, je ferai déchirer ton corps. » Marguerite répondit : « J.-C. s'est livré à la mort pour moi, eh bien! je désire aussi mourir pour lui. » Alors le préfet la fit suspendre au chevalet; puis il la fit battre d'abord avec des verges, ensuite avec des peignes de fer, si cruellement que ses os étaient dénudés, et que le sang ruisselait de son corps comme de la fontaine la plus limpide. Or, ceux qui étaient là pleuraient et disaient : « O Marguerite, vraiment nous avons compassion de toi, en voyant déchirer si cruellement ton corps. Quelle beauté tu as perdue à cause de ton incrédulité! cependant il en est temps encore, crois, et tu vivras. » Elle leur répondit : « O mauvais conseillers, retirez-vous, et vous en allez; ce tourment de la chair est le salut de l'âme », et elle dit au préfet : « Chien impudent et lion insatiable, tu as pouvoir sur le corps, mais J.-C. se réserve l'âme. » Or, le préfet se couvrait la figure avec sa chlamyde, car il ne pouvait supporter la vue d'une telle effusion de sang. Il la fit ensuite détacher et ordonna de l'enfermer dans une prison, où une clarté merveilleuse se répandit. Pendant qu'elle était dans son cachot, elle pria le Seigneur de lui montrer, sous une forme visible, l'ennemi avec lequel elle avait à combattre; et voici qu'un dragon effroyable lui apparut; comme il s'élançait pour la dévorer, elle fit un signe de croix, et le monstre disparut : ou bien, d'après ce qu'on lit ailleurs, il lui mit sa gueule sur la tête et la langue sur le talon et l'avala à l'instant; mais pendant qu'il voulait l'absorber, elle se munit du signe de la croix, ce qui fit crever le dragon, et la vierge sortit saine et sauve. Mais ce qu'on rapporte du dragon qui la dévora et qui creva est regardé comme apocryphe et de peu de valeur.

Le diable vint encore pour tromper Marguerite, en prenant une forme humaine. A sa vue, elle se mit en prières, et après s'être levée, le diable s'approcha d'elle et lui prenant la main : « Tout ce que tu as fait, lui dit-il, est bien suffisant : ne t'occupe plus donc de ma personne. » Mais Marguerite le prit par la tête, le jeta par terre sous elle, et lui posant le pied droit sur le crâne, elle dit : « Sois écrasé, superbe démon, sous les pieds d'une femme. » Le démon criait : « O bienheureuse Marguerite, je suis vaincu! si un jeune homme l'avait emporté sur moi, je ne m'en serais pas préoccupé; mais me voici vaincu par une jeune fille; et j'en suis d'autant plus affligé que ton père et ta mère ont été mes amis. » Alors elle le força à dire pour quel motif il était venu. Il répondit qu'il était venu pour lui conseiller d'obéir aux avis du président. Elle le força encore à dire pourquoi il employait tant de manières pour tenter les chrétiens. Il répondit qu'il avait naturellement de la haine contre les hommes vertueux, et bien qu'il en fût souvent repoussé, il était acharné à les séduire : et comme il était jaloux, à l'égard des hommes de la félicité qu'il avait perdue, sans pouvoir la recouvrer, il n'avait cependant pour but que de la ravir aux autres. Et il ajouta que Salomon renferma une multitude infinie de démons dans un vase, et qu'après sa mort ces esprits malins jetaient du feu de ce vase; les hommes, dans l'idée qu'un grand trésor y était renfermé, le brisèrent : et les démons qui en sortirent remplirent les airs. Quand il eut dit ces mots, la vierge leva le pied et lui dit : « Fuis, misérable », et aussitôt le démon disparut. Marguerite resta rassurée; car puisqu'elle avait vaincu le chef, elle aurait sans aucun doute le dessus sur le ministre. Le lendemain, le peuple étant rassemblé, elle fut amenée en la présence du juge, et comme elle refusait avec mépris de sacrifier, elle fut dépouillée, et son corps fut brûlé avec des torches enflammées; de telle sorte que tout le monde s'étonnait qu'une fille si délicate pût supporter autant de tourments. Ensuite il la fit lier et jeter dans un bassin plein d'eau, afin que ce changement de supplice augmentât la violence de la douleur : mais à l'instant la terre trembla et la jeune fille en sortie saine, à la vue de tous. Alors cinq mille hommes crurent et furent condamnés à être décapités pour le nom de J.-C. Le préfet, dans la crainte que les autres ne se convertissent, fit de suite couper la tête à sainte Marguerite. Elle demanda alors un instant pour prier : et elle pria pour elle-même, pour ses bourreaux, et encore pour ceux qui feraient mémoire d'elle et qui l'invoqueraient avec dévotion, ajoutant que toute femme en couches qui se recommanderait à elle enfanterait heureusement : et une voix se fit entendre du ciel qui dit qu'elle pouvait être certaine d'avoir été exaucée dans ses demandes. Elle se leva ensuite et dit au bourreau : « Frère, prends ton épée et me frappe. » D'un seul coup il abattit la tête de Marguerite, qui reçut ainsi la couronne du martyre. Or, elle souffrit le 16 des calendes d'août, ainsi qu'on le trouve en son histoire. On lit ailleurs que ce fut le 3 des ides de juillet. Voici comment parle un saint de cette sainte vierge : « La bienheureuse Marguerite fut remplie de la crainte de Dieu, douée de justice, revêtue de religion, inondée de componction, recommandable par son honneur, et d'une patience insigne; on ne trouvait en elle rien de contraire à la religion chrétienne; haïe par son père elle était aimée de N.-S. J.-C. »

SAINTE PRAXÈDE [1]

Praxède viendrait de *prasin*, vert, elle verdit et porta fleur de virginité.

Sainte Praxède, vierge, fut la sœur de sainte Pudentienne, de saint Donat et de saint Timothée qui furent instruits dans la foi par les apôtres. Au milieu de la fureur d'une persécution, ils ensevelirent les corps d'un grand nombre de chrétiens, et donnèrent leurs biens aux pauvres; enfin ils reposèrent en paix, vers l'an du Seigneur 165, sous Marc et Antoine le second.

1. *Bréviaire ;* — *Martyrologes.*

SAINTE MARIE-MAGDELEINE [1]

Marie signifie mer amère, ou illuminatrice, ou illuminée. Ces trois significations font comprendre les trois excellentes parts qu'elle a choisies, savoir, la part de la pénitence, de la contemplation intérieure et de la gloire céleste. C'est de ces trois parts que le Seigneur a dit : « Marie a choisi une excellente part qui ne lui sera pas enlevée. » La première part ne lui sera pas enlevée à cause de la fin qu'elle se proposait d'acquérir, la béatitude; ni la seconde à cause de la continuité, parce que la contemplation de la vie est continuée par la contemplation de la patrie : ni la troisième en raison de son éternité. En tant donc qu'elle a choisi l'excellente part de pénitence, elle est appelée mer amère, parce qu'elle y eut beaucoup d'amertumes : ce qui est clair par l'abondance des larmes qu'elle répandit et avec lesquelles elle lava les pieds du Seigneur. En tant qu'elle a choisi l'excellente part de la gloire céleste, elle reçoit le nom d'illuminatrice, parce qu'elle y a reçu avec avidité ce qu'elle a dans la suite rendu avec abondance : elle y a reçu la lumière avec laquelle elle a plus tard éclairé les autres. En tant qu'elle a choisi l'excellente part de la gloire céleste, elle est nommée illuminée, parce qu'elle est maintenant illuminée dans son esprit par la lumière de la parfaite connaissance, et que, dans son corps, elle sera illuminée de clarté. Madeleine veut dire restant coupable *(manens rea)* ou bien encore munie, invaincue, magnifique, qualités qui indiquent ce qu'elle fut avant, pendant, et après sa conversion. Avant sa conversion en effet, elle restait coupable et engagée à la damnation éternelle; pendant sa conversion, elle était munie et invaincue, parce qu'elle était armée de pénitence; elle se munit donc excellemment de toutes les armes de la pénitence; car autant elle a eu de délectation, autant elle en a fait l'objet de ses holocaustes. Après sa conversion elle fut magnifique par la surabondance de grâces, car où avait abondé le péché, là a surabondé la grâce [2].

Marie, surnommée Magdeleine, du château de Magdalon, naquit des parents les plus illustres, puisqu'ils descendaient de la race royale. Son père se nommait Syrus

1. Raban, Maur, *Bréviaires* de Provence.
2. Pour la vie de sainte Marie-Magdeleine, consulter les *Monuments de l'apostolat*, par M. Faillon, prêtre de Saint-Sulpice. Cette publication extraordinaire confirme les faits de la légende, à l'exception du pèlerinage du prince à Rome et à Jérusalem avec saint Pierre. Toutefois, M. Faillon ne paraît rejeter ce fait qu'en s'appuyant sur l'impossibilité où le prince avait été d'être reconnu par saint Pierre à la croix qu'il portait sur l'épaule. Ce qui ne paraît pas rigoureux.

et sa mère Eucharie. Marie possédait en commun avec Lazare, son frère et Marthe, sa sœur, le château de Magdalon, situé à deux milles de Génézareth, Béthanie qui est proche de Jérusalem, et une grande partie de Jérusalem. Ils se partagèrent cependant leurs biens de cette manière : Marie eut Magdalon d'où elle fut appelée Magdeleine, Lazare retint ce qui se trouvait à Jérusalem, et Marthe posséda Béthanie. Mais comme Magdeleine recherchait tout ce qui peut flatter les sens, et que Lazare avait son temps employé au service militaire, Marthe, qui était pleine de prudence, gouvernait avec soin les intérêts de sa sœur et ceux de son frère; en outre elle fournissait le nécessaire aux soldats, à ses serviteurs, et aux pauvres. Toutefois ils vendirent tous leurs biens après l'ascension de J.-C. et en apportèrent le prix aux apôtres. Comme donc Magdeleine regorgeait de richesses et que la volupté est la compagne accoutumée de nombreuses possessions, plus elle brillait par ses richesses et sa beauté, plus elle salissait son corps par sa volupté; aussi perdit-elle son nom propre pour ne plus porter que celui de pécheresse. Comme J.-C. prêchait çà et là, inspirée par la volonté divine, et ayant entendu dire que J.-C. dînait chez Simon le lépreux, Magdeleine y alla avec empressement, et n'osant pas, en sa qualité de pécheresse, se mêler avec les justes, elle resta aux pieds du Seigneur, qu'elle lava de ses larmes, essuya avec ses cheveux et parfuma d'une essence précieuse : car les habitants du pays, en raison de l'extrême chaleur du soleil, usaient de parfums et de bains. Comme Simon le pharisien pensait à part soi que, si J.-C. était un prophète, il ne se laisserait pas toucher par une pécheresse, le Seigneur le reprit de son orgueilleuse justice et remit à cette femme tous ses péchés. C'est à cette Marie-Magdeleine que le Seigneur accorda tant de bienfaits et donna de si grandes marques d'affection. Il chassa d'elle sept démons, il l'embrasa entièrement d'amour pour lui; il en fit son amie de préférence; il était son hôte; c'était elle qui, dans ses courses, pourvoyait à ses besoins, et en toute occasion il prenait sa défense. Il la disculpa auprès du pharisien qui la disait immonde, auprès de sa sœur qui la traitait de paresseuse, auprès de Judas qui l'appelait prodigue. En voyant ses larmes, il ne put retenir les siennes. Par son amour, elle obtint que son frère, mort depuis trois jours, fût ressuscité; ce fut à son amitié que Marthe, sa sœur, dut d'être délivrée d'un flux de sang, dont elle était affligée depuis sept ans; à ses mérites Martille, servante de sa sœur, dut d'avoir l'honneur de proférer ce mot si doux qu'elle dit en s'écriant : « Bienheureux le sein qui vous a porté. » D'après saint Ambroise, en effet, c'est de Marthe et de sa servante qu'il est question en cet endroit. C'est elle, dis-je, qui lava les pieds du Seigneur de ses larmes, qui les essuya avec ses cheveux, qui les parfuma d'essence, qui, le temps de la grâce arrivé, fit tout d'abord une pénitence exemplaire, qui choisit la meilleure part, qui se tenant assise aux pieds du Seigneur écouta sa parole, et lui parfuma la tête, qui était auprès de la croix lors de la Passion, qui prépara des aromates dans l'intention d'embaumer son corps, qui ne quitta pas le sépulcre quand les disciples se retirèrent; ce fut à elle la première que J.-C. apparut lors de sa Résurrection, et il la fit l'apôtre des apôtres.

Après l'Ascension du Seigneur, c'est-à-dire quatorze ans après la Passion, les juifs ayant massacré depuis longtemps déjà saint Etienne et ayant chassé les autres disciples de leur pays, ces derniers se retirèrent dans les régions habitées par les gentils, pour y semer la parole de Dieu. Il y avait pour lors avec les apôtres saint Maximin, l'un des 72 disciples, auquel Marie-Magdeleine avait été spécialement recommandée par saint Pierre. Au moment de cette dispersion, saint Maximin, Marie-Magdeleine, Lazare, son frère, Marthe, sa sœur, et Martille, suivante de Marthe, et enfin le bienheureux Cédonius, l'aveugle-né guéri par le Seigneur, furent mis par les infidèles sur un vaisseau tous ensemble avec plusieurs autres chrétiens encore, et abandonnés sur la mer sans aucun pilote afin qu'ils fussent engloutis en même temps. Dieu permit qu'ils abordassent à Marseille. N'ayant trouvé là personne qui voulût les recevoir, ils restaient sous le portique d'un temple élevé à la divinité du pays. Or, comme sainte Marie-Magdeleine voyait le peuple accourir pour sacrifier aux dieux, elle se leva avec un visage tranquille, le regard serein, et par des discours fort adroits, elle le détournait du culte des idoles et lui prêchait sans cesse J.-C. Tous étaient dans l'admiration pour ses manières fort distinguées, pour sa facilité à parler, et pour le charme de son éloquence. Ce n'était pas merveille si une bouche, qui avait embrassé avec autant de piété et de tendresse les pieds du Sauveur, eût conservé mieux que les autres le parfum de la parole de Dieu.

Alors arriva un prince du pays avec son épouse qui venait sacrifier aux idoles pour obtenir un enfant. Magdeleine, en leur annonçant J.-C., les dissuada d'offrir des sacrifices. Quelques jours s'étant écoulés, Magdeleine se montra dans une vision à cette dame et lui dit : « Pourquoi, vous qui vivez dans l'abondance, laissez-vous les saints de Dieu mourir de faim et de froid ? » Elle finit par la menacer que, si elle ne persuadait pas à son mari de venir au secours de la misère des saints, elle encourrait la colère du Dieu tout-puissant. Toutefois la princesse n'eut pas la force de découvrir sa vision à son mari. La nuit suivante Magdeleine lui apparut et lui dit la même chose;

mais cette femme négligea encore d'en faire part à son époux. Une troisième fois, au milieu du silence de la nuit, Marie apparut à l'un et à l'autre; elle frémissait et le feu de sa colère jetait une lumière qui aurait fait croire que toute la maison était en flammes. « Dors-tu, tyran? dit-elle. Membre de Satan qui es ton père, tu reposes avec cette vipère, ta femme, qui n'a pas voulu te faire connaître ce que je lui ai dit : Te reposes-tu, ennemi de la croix de J.-C. ? Quand ton estomac est rempli d'aliments de toute sorte, tu laisses périr de faim et de soif les saints de Dieu. Tu es couché dans un palais; autour de toi ce ne sont que tentures de soie, et tu les vois désolés et sans asile, et tu passes outre. Non, cela ne finira pas de cette sorte : et ce ne sera pas impunément que tu auras différé de leur faire du bien. » Elle dit et se retira. A son réveil la femme, haletante et effrayée, dit à son mari troublé comme elle : « Mon seigneur, avez-vous eu le même songe que moi ? » « Oui, répondit-il, et je ne puis m'empêcher d'admirer et de craindre. Qu'avons-nous donc à faire ? » « Il vaut mieux pour nous, reprit la femme, nous conformer à ce qu'elle dit, plutôt que d'encourir la colère de son Dieu dont elle nous menace. » Ils reçurent donc les saints chez eux, et leur fournirent le nécessaire.

Or, un jour que Marie-Magdeleine prêchait, le prince dont on vient de parler lui dit : « Penses-tu pouvoir justifier la foi que tu prêches ? » « Oui, reprit-elle, je suis prête à la défendre; elle est confirmée par les miracles quotidiens et la prédication de mon maître saint Pierre, qui préside à Rome. » Le prince et son épouse lui dirent : « Nous voilà disposés à obtempérer à tous tes dires, si tu nous obtiens un fils du Dieu que tu prêches. » « Alors, dit Madgeleine, ce ne sera pas moi qui serai un obstacle. » Et la bienheureuse pria pour eux le Seigneur qu'il leur daignât accorder un fils. Le Seigneur exauça ses prières et la dame conçut. Alors son mari voulut partir pour aller trouver saint Pierre, afin de s'assurer si ce qu'avait annoncé Magdeleine touchant J.-C. était réellement la vérité. Sa femme lui dit : « Quoi! mon seigneur, pensez-vous partir sans moi? Point du tout; si vous partez, je partirai, si vous venez, je viendrai, si vous restez, je resterai. » Son mari lui dit : « Il n'en sera pas ainsi, ma dame; car vous êtes enceinte et sur la mer on court des dangers sans nombre; vous pourriez donc facilement être exposée; vous resterez en repos à la maison et vous veillerez sur nos possessions. » Elle n'en persista pas moins, et obstinée comme l'est une personne de son sexe, elle se jeta avec larmes aux pieds de son mari qui obtempéra enfin à sa demande. Alors Marie mit le signe de la croix sur leurs épaules de crainte que l'antique ennemi ne leur nuisît en route. Ils chargèrent un vaisseau de tout ce qui leur était nécessaire, et après avoir laissé le reste à la garde de Marie-Madgeleine, ils partirent. Ils n'avaient voyagé qu'un jour et une nuit quand la mer commença à s'enfler, le vent à gronder, de sorte que tous les passagers et principalement la dame enceinte et débile, ballottés ainsi par les vagues, furent en proie aux plus graves inquiétudes; les douleurs de l'enfantement saisirent la femme tout à coup, et au milieu de ses souffrances et de la violence de la tempête, elle mit un enfant au monde et expira. Or, le petit nouveau-né palpitait éprouvant le besoin de se nourrir du lait de sa mère qu'il semblait chercher en poussant des vagissements pitoyables. Hélas! quelle douleur! En recevant la vie, cet enfant avait donné la mort à sa mère, il ne lui restait plus qu'à mourir lui-même puisqu'il n'y avait personne pour lui administrer la nourriture nécessaire à sa conservation. Que fera le pèlerin en voyant sa femme morte, et son fils qui, par ses cris plaintifs, exprimait le désir de prendre le sein ? Il se lamentait beaucoup en disant : « Hélas! malheureux! que feras-tu ? Tu as souhaité un fils et tu as perdu la mère qui lui donnait la vie. » Les matelots criaient : « Qu'on jette ce corps à la mer, avant que nous ne soyons engloutis en même temps que lui, car tant qu'il sera avec nous, cette tempête ne cessera pas. » Et comme ils avaient pris le cadavre pour le jeter à la mer : « Un instant, dit le pèlerin, un instant : si vous ne voulez pas attendre ni pour la mère ni pour moi, ayez pitié au moins de ce petit enfant qui crie; attendez un instant, peut-être que la mère a seulement perdu connaissance dans sa douleur et qu'elle vit encore. » Et voici que non loin du vaisseau apparut une colline; à cette vue, il pensa qu'il n'y avait rien de mieux à faire que d'y transporter le corps de la mère et l'enfant plutôt que de les jeter en pâture aux bêtes marines. Ce fut par prières et par argent qu'il parvint à obtenir des matelots d'aborder. Et comme le rocher était si dur qu'il ne put creuser une fosse, il plaça le corps enveloppé d'un manteau dans un endroit des plus écartés de la montagne et déposant son fils contre son sein, il dit : « O Marie-Magdeleine; c'est pour mon plus grand malheur que tu as abordé à Marseille! Pourquoi faut-il que j'aie eu le malheur d'entreprendre ce voyage d'après tes avis ? As-tu demandé à Dieu que ma femme conçût afin qu'elle pérît ? Car voici qu'elle a conçu et, en devenant mère, elle subit la mort; son fruit est né et il faut qu'il meure, puisqu'il n'y a personne pour le nourrir. Voici ce que j'ai obtenu par ta prière, je t'ai confié tous mes biens, je les confie à ton Dieu. Si tu as quelque pouvoir, souviens-toi de l'âme de la mère et à ta prière que ton Dieu ait pitié de l'enfant et ne le laisse pas périr. » Il enveloppa alors dans son manteau le corps de sa femme et de son fils et remonta sur le vaisseau.

Quand il fut arrivé chez saint Pierre, celui-ci vint à sa rencontre, et en voyant le signe de la croix attaché sur ses épaules il lui demanda qui il était et d'où il venait. Le pèlerin lui raconta tout ce qui s'était passé. — Pierre lui dit : « La paix soit avec vous, vous avez bien fait de venir et vous avez été bien inspiré de croire. Ne vous tourmentez pas si votre femme dort, et si son enfant repose avec elle; car le Seigneur a le pouvoir de donner à qui il veut, de reprendre ce qu'il a donné, de rendre ce qui a été enlevé, et de changer votre douleur en joie. » Or, saint Pierre le conduisit lui-même à Jérusalem et lui montra chacun des endroits où J.-C. avait prêché, et avait fait des miracles, comme aussi le lieu où il avait souffert, et celui d'où il était monté aux cieux. Après avoir été instruit avec soin dans la foi par saint Pierre, il remonta sur un vaisseau après deux ans révolus, dans l'intention de regagner sa patrie. Dieu permet que, dans le trajet, ils passassent auprès de la colline où avait été déposé le corps de sa femme avec le nouveau-né, et par prière et par argent il obtint d'y débarquer. Or, le petit enfant, qui avait été gardé sain et sauf par sainte Marie-Magdeleine, venait souvent sur le rivage, et comme tous les enfants, il avait coutume de se jouer avec des coquillages et des cailloux. En abordant, le pèlerin vit donc un petit enfant qui s'amusait, comme on le fait à son âge, avec des pierres; il ne se lassait pas d'admirer jusqu'à ce qu'il descendît de la nacelle. En l'apercevant, l'enfant, qui n'avait jamais vu de semblable chose, eut peur, courut comme il avait coutume de le faire au sein de sa mère sous le manteau de laquelle il se cacha. Or, le pèlerin, pour mieux s'assurer de ce qui se passait, s'approcha de cet endroit et y trouva un très bel enfant qui prenait le sein de sa mère. Il l'accueillit dans ses bras. « O bienheureuse Marie-Magdeleine, dit-il, quel bonheur pour moi! comme tout me réussirait, si ma femme vivait et pouvait retourner avec moi dans notre patrie! Je sais, oui, je sais, et je crois sans aucun doute que vous qui m'avez donné un enfant et qui l'avez nourri sur ce rocher pendant deux ans, vous pourriez, par vos prières, rendre à sa mère la santé dont elle a joui auparavant. » A ces mots, la femme respira et dit comme si elle se réveillait : « Votre mérite est grand, bienheureuse Marie-Magdeleine, vous êtes glorieuse, vous qui, dans les douleurs de l'enfantement, avez rempli pour moi l'office de sage-femme, et qui en toute circonstance m'avez rendu les bons soins d'une servante. » En entendant ces paroles, le pèlerin fut plein d'admiration. « Vivez-vous, dit-il, ma chère épouse ? » « Oui, répondit-elle, je vis; je viens d'accomplir le pèlerinage que vous avez fait vous-même. C'est saint Pierre qui vous a conduit à Jérusalem et qui vous a montré tous les lieux où J.-C. a souffert, est mort et a été enseveli, et beaucoup d'autres encore; moi, c'est avec sainte Marie-Magdeleine pour compagne et pour guide que j'ai vu chacun de ces lieux avec vous; j'en ai confié le souvenir à ma mémoire. » Alors elle énuméra tous les endroits où J.-C. a souffert, raconta les miracles qui avaient eu son mari pour témoin, sans la moindre hésitation. Le pèlerin joyeux prit la mère et l'enfant, s'embarqua et peu après ils abordèrent à Marseille, où, étant entrés, ils trouvèrent sainte Marie-Magdeleine annonçant la parole de Dieu avec ses disciples. Ils se jetèrent à ses pieds en pleurant, lui racontèrent tout ce qui leur était arrivé, et reçurent le saint baptême des mains du bienheureux Maximin. Alors il détruisirent dans Marseille tous les temples des idoles, et élevèrent des églises en l'honneur de J.-C., ensuite ils choisirent à l'unanimité le bienheureux Lazare pour évêque de la cité. Enfin conduits par l'inspiration de Dieu, ils vinrent à Aix dont ils convertirent la population à la foi de J.-C. en faisant beaucoup de miracles et où le bienheureux Maximin fut de son côté ordonné évêque.

Cependant la bienheureuse Marie-Magdeleine, qui aspirait ardemment à se livrer à la contemplation des choses supérieures, se retira dans un désert affreux où elle resta inconnue l'espace de trente ans, dans un endroit préparé par les mains des anges. Or, dans ce lieu, il n'y avait aucune ressource, ni cours d'eau, ni arbres, ni herbe, afin qu'il restât évident que notre Rédempteur avait disposé de la rassasier, non pas de nourritures terrestres, mais seulement des mets du ciel. Or, chaque jour, à l'instant des sept heures canoniales, elle était enlevée par les anges au ciel et elle y entendait, même des oreilles du corps, les concerts charmants des chœurs célestes. Il en résultait que, rassasiée chaque jour à cette table succulente, et ramenée par les mêmes anges aux lieux qu'elle habitait, elle n'éprouvait pas le moindre besoin d'user d'aliments corporels. Un prêtre, qui désirait mener une vie solitaire, plaça sa cellule dans un endroit voisin de douze stades de celle de Marie-Magdeleine. Un jour donc, le Seigneur ouvrit les yeux de ce prêtre qui put voir clairement comment les anges descendaient dans le lieu où demeurait la bienheureuse Marie, la soulevaient dans les airs et la rapportaient une heure après dans le même lieu, en chantant les louanges du Seigneur. Alors le prêtre, voulant s'assurer de la réalité de cette vision, après s'être recommandé par la prière à son créateur, se dirigea avec dévotion et courage vers cet endroit; il n'en était éloigné que d'un jet de pierre, quand ses jambes commencèrent à fléchir, une crainte violente le saisit et lui ôta la respiration : s'il revenait en arrière, ses jambes et ses pieds reprenaient des forces pour marcher, mais s'il rebroussait chemin pour tenter de s'approcher du lieu en question, autant de fois la lassitude s'emparait de son corps, et son esprit s'engourdissait. L'homme de Dieu comprit donc qu'il y avait là un secret du ciel auquel l'esprit humain ne pouvait atteindre. Après avoir invoqué le nom du Sauveur il s'écria : « Je t'adjure par le Seigneur, que si tu es un homme ou bien une créature raisonnable habitant cette caverne, tu me répondes et tu me dises la vérité. » Et quand il eut répété ces mots par trois fois, la bienheureuse Marie-Magdeleine lui répondit : « Approchez plus près, et vous pourrez connaître la vérité de tout ce que votre âme désire. » Quand il se fut approché tout tremblant jusqu'au milieu de la voie à parcourir, elle lui dit : « Vous souvenez-vous qu'il est question, dans l'Evangile, de Marie, cette fameuse pécheresse, qui lava de ses larmes les pieds du Sauveur, et les essuya de ses cheveux, ensuite mérita le pardon de ses fautes ? » Le prêtre lui répondit : « Je m'en souviens, et depuis plus de trente ans la Sainte Eglise croit et confesse ce fait. » « C'est moi, dit-elle, qui suis cette femme. J'ai demeuré inconnue aux hommes l'espace de trente ans, et comme il vous a été accordé de le voir hier, chaque jour, je suis enlevée au ciel par les mains des anges, et j'ai eu le bonheur d'entendre des oreilles du corps les admirables concerts des chœurs célestes, sept fois par chaque jour. Or, puisqu'il m'a été révélé par le Seigneur que je dois sortir de ce monde, allez trouver le bienheureux Maximin, et dites-lui que, le jour de Pâques prochain, à l'heure qu'il a coutume de se lever pour aller à matines, il entre seul dans son oratoire et qu'il m'y trouvera transportée par le ministère des anges. » Le prêtre entendait sa voix, comme on aurait dit de celle d'un ange, mais il ne voyait personne. Il se hâta donc d'aller trouver saint Maximin, et lui raconta tous ces détails. Saint Maximin, rempli d'une grande joie, rendit alors au Sauveur d'immenses actions de grâce, et au jour et à l'heure qu'il lui avait été dit, en entrant dans son oratoire, il voit la bienheureuse Marie-Magdeleine debout dans le chœur, au milieu des anges qui l'avaient amenée. Elle était de deux coudées au-dessus de terre, debout au milieu des anges et priant Dieu, les mains étendues. Or, comme le bienheureux Maximin tremblait d'approcher auprès d'elle, Marie dit en se tournant vers lui : « Approchez plus près ; ne fuyez pas votre fille, mon père. » En s'approchant, selon qu'on le lit dans les livres de saint Maximin lui-même, il vit que le visage de la sainte rayonnait de telle sorte par les continuelles et longues communications avec les anges que les rayons du soleil étaient moins éblouissants que sa face. Maximin convoqua tout le clergé et le prêtre dont il vient d'être parlé. Marie-Magdeleine reçut le corps et le sang du Seigneur des mains de l'évêque, avec une grande abondance de larmes. S'étant ensuite prosternée devant la base de l'autel, sa très sainte âme passa au Seigneur : après qu'elle fut sortie de son corps, une odeur si suave se répandit dans le lieu même, que pendant près de sept jours, ceux qui entraient dans l'oratoire la ressentaient. Le bienheureux Maximin embauma le très saint corps avec différents aromates, l'ensevelit, et ordonna qu'on l'ensevelît lui-même auprès d'elle après sa mort.

Hégésippe, ou bien Joseph, selon d'autres, est assez d'accord avec cette histoire. Il dit, en effet, dans son traité, que Marie-Magdeleine, après l'ascension du Seigneur, poussée par son amour envers J.-C. et par l'ennui qu'elle en avait, ne voulait plus jamais voir face d'homme; mais que dans la suite elle vint au territoire d'Aix, s'en alla dans un désert où elle resta inconnue l'espace de trente ans, et, d'après son récit, chaque jour, elle était transportée dans le ciel pour les sept heures canoniales. Il ajoute cependant qu'un prêtre, étant venu chez elle, la trouva enfermée dans sa cellule. Il lui donna un vêtement sur la demande qu'elle lui en fit. Elle s'en revêtit, alla avec le prêtre à l'église où après avoir reçu la communion, elle éleva les mains pour prier et mourut en paix vis-à-vis l'autel. — Du temps de Charlemagne, c'est-à-dire, l'an du Seigneur 769, Gyrard, duc de Bourgogne, ne pouvant avoir de fils de son épouse, faisait de grandes largesses aux pauvres, et construisait beaucoup d'églises et de monastères. Ayant donc fait bâtir l'abbaye de Vézelai il envoya, de concert avec l'abbé de ce monastère, un moine avec une suite convenable à la ville d'Aix, pour en rapporter, s'il était possible, les reliques de sainte Marie-Magdeleine. Ce moine arrivé à Aix trouva la ville ruinée de fond en comble par les païens; le hasard lui fit découvrir un sépulcre dont les sculptures en marbre lui prouvèrent que le corps de sainte Marie-Magdeleine était renfermé dans l'intérieur; en effet l'histoire de la sainte était sculptée avec un art merveilleux sur le tombeau. Une nuit donc le moine le brisa, prit les reliques et les emporta à son hôtel. Or, cette nuit-là même, la bienheureuse Marie-Magdeleine apparut à ce moine et lui dit de n'avoir aucune crainte mais d'achever l'œuvre qu'il avait entreprise.

A son retour, il était éloigné d'une demi-lieue de son monastère, quand il devint absolument impossible de remuer les reliques, jusqu'à l'arrivée de l'abbé avec les moines qui les reçurent en procession avec grand honneur. Un soldat, qui avait l'habitude de venir chaque année en pèlerinage au corps de la bienheureuse Marie-Magdeleine, fut tué dans une bataille. On l'avait mis dans le cercueil et ses parents en pleurs se plaignaient avec confiance à sainte Magdeleine de ce qu'elle avait laissé mourir, sans qu'il eût eu le temps de se confesser et de faire pénitence, un homme qui lui avait été si dévot. Tout à coup, à la stupéfaction générale, celui qui était mort ressuscita, demanda un prêtre, et après s'être dévotement confessé et avoir reçu le viatique, il mourut en paix aussitôt. — Un navire sur lequel se trouvaient beaucoup d'hommes et de femmes fit naufrage. Mais une femme enceinte, se voyant en danger de périr dans la mer, invoquait, autant qu'il était en son pouvoir, sainte Magdeleine, et faisait vœu, que si, grâce à ses mérites, elle échappait au naufrage et mettait un fils au monde, elle le dédierait à son monastère. A l'instant, une femme d'un aspect et d'un port vénérable lui apparut, la prit par le menton, et la conduisit saine et sauve sur le rivage, quand tous les autres périssaient [1]. Peu de temps après, elle mit au monde un fils, et accomplit fidèlement son vœu. — Il y en a qui disent que Marie-Magdeleine était fiancée à saint Jean l'Evangéliste, et qu'il allait l'épouser quand J.-C. l'appela au moment de ses noces. Indignée de ce que le Seigneur lui avait enlevé son fiancé, Magdeleine s'en alla et se livra tout à fait à la volupté. Mais parce qu'il n'était pas convenable que la vocation de Jean fût pour Magdeleine une occasion de se damner, le Seigneur, dans sa miséricorde, la convertit à la pénitence; et en l'arrachant aux plaisirs des sens, il la combla des joies spirituelles qui se trouvent dans l'amour de Dieu. Quelques-uns prétendent que si N.-S. admit saint Jean dans une intimité plus grande que les autres, ce fut parce qu'il l'arracha à l'amour de Magdeleine. Mais ce sont choses fausses et frivoles; car frère Albert, dans le prologue sur l'Evangile de saint Jean, pose en fait que cette fiancée dont saint Jean fut séparé au moment de ses noces par la vocation de J.-C. resta vierge, et s'attacha par la suite à la Sainte Vierge Marie, mère de J.-C., et qu'enfin elle mourut saintement. — Un homme privé de la vue venait au monastère de Vézelai visiter le corps de sainte Marie-Magdeleine, quand son conducteur lui dit qu'il commençait à apercevoir l'église. Alors l'aveugle s'écria à haute voix : « O sainte Marie-Magdeleine! que ne puis-je avoir le bonheur de voir une fois votre église! » et à l'instant ses yeux furent ouverts. — Un homme avait écrit ses péchés sur une feuille qu'il posa sous la nappe de l'autel de sainte Marie-Magdeleine, en la priant de lui en obtenir la rémission. Peu de temps après il reprit sa feuille et tous les péchés en avaient été effacés. — Un homme détenu en prison pour de l'argent qu'on exigeait de lui invoquait à son secours sainte Marie-Magdeleine; et voici qu'une nuit lui apparut une femme d'une beauté remarquable qui, brisant ses chaînes et lui ouvrant la

1. Vincent de B., *Hist.*, l. XXIV, c. xxxv.

porte, lui commanda de fuir. Ce prisonnier se voyant délivré s'enfuit aussitôt [1]. — Un clerc de Flandre, nommé Etienne, était tombé dans de si grands crimes, en s'adonnant à toutes les scélératesses, qu'il ne voulait pas plus entendre parler des choses qui regardent le salut qu'il ne les pratiquait. Cependant il avait une grande dévotion en sainte Marie-Magdeleine; il jeûnait ses vigiles et honorait le jour de sa fête. Une fois qu'il visitait son tombeau, sainte Marie-Magdeleine lui apparut, alors qu'il n'était ni tout à fait endormi, ni tout à fait éveillé; elle avait la figure d'une belle femme; ses yeux étaient tristes, et elle était soutenue à droite et à gauche par deux anges : alors elle lui dit : « Je t'en prie, Etienne, pourquoi te livres-tu à des actions indignes de moi ? Pourquoi n'es-tu pas touché des paroles pressantes que je t'adresse de ma propre bouche ? dès l'instant que tu as eu la dévotion pour moi, j'ai toujours prié d'une manière pressante le Seigneur pour toi. Allons, courage, repens-toi, car je ne t'abandonnerai pas que tu ne sois réconcilié avec Dieu. » Et il se sentit inondé de tant de grâces que, renonçant au monde, il entra en religion et mena une vie très parfaite. A sa mort, on vit sainte Marie-Magdeleine apparaître avec des anges auprès de son cercueil, et porter au ciel, avec des cantiques, son âme sous la forme d'une colombe [2].

SAINT APOLLINAIRE

Apollinaire vient de *pollens*, resplendissant, et de *ares*, vertu, resplendissant de vertus : ou bien de *pollo*, qui signifie admirable, e *naris*, narine; par quoi l'on entend la discrétion; c'est comme s l'on disait : homme d'une discrétion admirable. Il peut encore veni de *a*, sans, de *polluo*, souiller, et *ares*, vertu, homme vertueux no souillé par le vice.

Saint Apollinaire fut disciple de saint Pierre qui l'en voya de Rome à Ravenne où, après avoir guéri la femme du tribun, il la baptisa avec son mari et sa famille. Le juge en fut informé et Apollinaire fut mandé le premier pou comparaître devant lui. On le conduisit au temple d Jupiter pour qu'il sacrifiât. Comme il disait aux prêtre

1. Vincent de B., *Hist.*, l. XXIV, c. XXXV, ms. de la Bible, Biblic thèque nationale, n° 5296.
2. Denys le Chartr., *Sermon* IV, de sainte Marie-Magdeleine.

que l'or des idoles et l'argent qu'on y suspendait seraient mieux employés en les donnant aux pauvres qu'à les exposer ainsi devant les démons, il fut saisi aussitôt et battu avec des fouets jusqu'à rester à demi mort : mais il fut recueilli par ses disciples et soigné pendant sept mois dans la maison d'une veuve. De là il vint à Classe [1] pour y guérir un noble qui était muet [2]. Comme il entrait dans la maison, une jeune fille possédée d'un esprit immonde s'écria : « Retire-toi d'ici, serviteur de Dieu; sinon je te ferai jeter hors de la ville les mains et les pieds liés. » Saint Apollinaire la reprit aussitôt et força le démon à s'en aller. Après avoir invoqué le nom du Seigneur sur le muet et l'avoir guéri, plus de cinq cents hommes reçurent le don de la foi. Cependant les païens l'accablèrent à coups de fouet pour l'empêcher de nommer J.-C. : mais le saint étendu par terre criait que c'était le vrai Dieu. Alors ils le firent tenir debout et nu-pieds sur des charbons ardents, mais comme il prêchait encore J.-C. avec la plus grande constance, ils le chassèrent hors de la ville [3].

Dans le même temps, Rufus, patricien de Ravenne, dont la fille était malade, avait appelé saint Apollinaire pour la guérir : mais celui-ci était à peine entré dans la maison qu'elle mourut. Rufus lui dit : « Il eût été à souhaiter que tu ne fusses pas entré chez moi, car les grands dieux irrités n'ont pas voulu guérir ma fille : mais toi, que lui pourras-tu faire ? » « Ne crains rien, lui répondit Apollinaire; seulement jure-moi que si ta fille ressuscite, tu ne l'empêcheras pas de s'attacher à son créateur. » Il le promit et, saint Apollinaire ayant fait une prière, la fille ressuscita. Elle confessa le nom de J.-C., reçut le baptême avec sa mère et une grande multitude de personnes, et elle vécut dans la virginité [4]. Quand César apprit cela, il écrivit au préfet du prétoire de faire sacrifier Apollinaire, ou de l'envoyer en exil. Apollinaire ayant refusé de sacrifier, le préfet le fit fouetter et ordonna qu'on l'étendît au chevalet pour le torturer. Le saint persistant à confesser J.-C., il fit jeter de l'eau bouillante sur ses plaies et voulut l'envoyer en exil après l'avoir garrotté d'une masse énorme de fer. Les chrétiens, à la vue d'une si grande impiété, s'enflammèrent contre les païens, se jetèrent sur eux et en tuèrent plus de deux cents. Alors le préfet se cacha, jeta Apollinaire au fond d'une prison très profonde, ensuite il le fit mettre sur un vaisseau après l'avoir enchaîné, et le fit partir en exil avec trois clercs qui suivaient le saint. Il s'éleva une tempête, et il n'y eut de sauvé que lui, les

1. Bourg à 3/4 de lieue de Ravenne dont il est le port.
2. *Bréviaire romain.*
3. *Ibid.*
4. *Ibid.*

deux clercs et deux soldats qu'il baptisa. Revenu ensuite à Ravenne, où les païens le prirent et le conduisirent au temple d'Apollon, aussitôt qu'il eut aperçu la statue de l'idole, il la maudit et, tout aussitôt, elle tomba. A cette vue, les prêtres le menèrent au juge Taurus. Ce juge, après que le saint eut rendu l'usage de ses yeux à son fils qui était aveugle, se convertit à la foi, et garda Apollinaire pendant quatre ans dans son domaine. Les prêtres des faux dieux l'ayant accusé à Vespasien, celui-ci répondit que quiconque insultait les dieux devait sacrifier ou bien être chassé de la ville : « Il n'est pas juste, ajoutait-il, que nous vengions les dieux; mais, s'ils s'irritent, ils pourront se venger eux-mêmes de leurs ennemis. » Alors le patrice Démosthène, sur le refus que lui fit saint Apollinaire de sacrifier, le confia à un centurion déjà chrétien. Celui-ci demanda au saint de venir au quartier des lépreux pour y échapper à la fureur des gentils; mais le peuple l'y poursuivit et le frappa si longtemps qu'il en mourut, après sept jours employés par lui à donner des avis à ses disciples; il fut enseveli ensuite avec les plus grands honneurs au même endroit par les chrétiens, sous l'empire de Vespasien, l'an du Seigneur 70. — Saint Ambroise s'exprime ainsi sur ce martyr dans la préface : « Le très digne prélat Apollinaire est envoyé par le prince des apôtres Pierre à Ravenne, annoncer aux incrédules le nom de Jésus. Après y avoir opéré un grand nombre de miracles en faveur de ceux qui croyaient en J.-C., il fut souvent accablé sous les coups de fouet; et son corps déjà vieux fut soumis à des traitements horribles de la part des impies. Mais afin que les fidèles ne fussent pas ébranlés dans la foi en présence de pareils tourments, il opérait des miracles comme les apôtres par la puissance de N.-S. J.-C. Après ses supplices, il ressuscite une jeune personne, il rend la vue aux aveugles, la parole aux muets, il délivre une possédée du démon, il guérit un lépreux, il rend la santé à un pestiféré dont les membres tombaient en dissolution; il renverse une idole et le temple qui l'abritait. O Pontife le plus digne de toute admiration et de tout éloge, qui mérita de recevoir le pouvoir des apôtres avec la dignité épiscopale! O courageux athlète de J.-C., sur le déclin et le froid des ans, il prêche au milieu des tortures avec constance J.-C., le Rédempteur du monde! »

SAINTE CHRISTINE [1]

Christine, ointe du chrême; elle eut en effet le baume de bonne odeur dans son genre de vie, l'huile de dévotion dans le cœur, et la bénédiction à la bouche.

Sainte Christine [2] naquit de parents très nobles, à Tyr [3], en Italie. Son père la mit dans une tour avec douze suivantes; elle y avait des dieux d'argent et d'or. Comme elle était fort belle et que plusieurs la recherchaient en mariage, ses parents ne voulurent l'accorder à personne afin qu'elle restât consacrée au culte des dieux. Mais, instruite par le Saint-Esprit à avoir en horreur les sacrifices des idoles, elle cachait dans une fenêtre les encens avec lesquels on devait sacrifier. Son père étant venu, les suivantes lui dirent : « Ta fille, notre maîtresse, méprise nos divinités et refuse de leur sacrifier; elle dit au reste qu'elle est chrétienne. » Le père, par ses caresses, l'exhortait à honorer les dieux, et elle lui dit : « Ne m'appelle pas ta fille, mais bien celle de celui auquel on doit le sacrifice de louanges; car ce n'est pas à des dieux mortels, mais au Dieu du ciel que j'offre des sacrifices. » Son père lui répliqua : « Ma fille, ne sacrifie pas seulement à un Dieu, de peur d'encourir la haine des autres. » Christine lui répondit : « Tu as bien parlé, tout en ne connaissant pas la vérité; j'offre en effet des sacrifices au Père, au Fils, et au Saint-Esprit. » Son père lui dit : « Si tu adores trois dieux, pourquoi n'adores-tu pas aussi les autres ? » Elle répondit : « Ces trois ne font qu'une seule divinité. » Après cela Christine brisa les dieux de son père et en donna aux pauvres l'or et l'argent. Quand le père revint pour adorer ses dieux, et qu'il ne les trouva plus, en apprenant des suivantes ce que Christine en avait fait, il devint furieux et commanda qu'on la dépouillât et qu'elle fût fouettée par douze hommes jusqu'à ce qu'ils fussent épuisés eux-mêmes. Alors Christine dit à son père : « Homme sans honneur et sans honte, abominable aux

1. Alphanus, archevêque de Salerne en 1085, a donné les actes de cette sainte qui se trouvent ici en abrégé.

2. Cette légende est un abrégé fidèle de la vie et du martyre de sainte Christine écrits au XIe siècle par Alphanus, archevêque de Salerne.

3. Ville de Toscane engloutie dans le lac Bolsène.

yeux de Dieu! ceux qui me fouettent s'épuisent; demande pour eux à tes dieux de la vigueur, si tu en as le courage! » Et son père la fit charger de chaînes et jeter en prison. Quand la mère apprit cela, elle déchira ses vêtements, alla trouver sa fille et, se prosternant à ses pieds, elle dit : « Ma fille Christine, lumière de mes yeux, aie pitié de moi. » Christine lui répondit : « Que m'appelez-vous votre fille ? ne savez-vous pas que je porte le nom de mon Dieu ? » Or, la mère, n'ayant pu faire changer sa fille de résolution, revint trouver son mari auquel elle déclara les réponses de Christine. Alors le père la fit amener devant son tribunal et lui dit : « Sacrifie aux dieux, sinon tu seras accablée dans les supplices; tu ne seras plus appelée ma fille. » Elle lui répondit : « Vous m'avez fait grande grâce de ne plus m'appeler maintenant fille du diable. Celui qui naît de Satan est démon; tu es le père de ce même Satan. » Son père ordonna qu'on lui raclât les chairs avec des peignes et que ses jeunes membres fussent disloqués. Christine prit alors de sa chair qu'elle jeta à la figure de son père en disant : « Tiens, tyran, mange la chair que tu as engendrée. » Alors le père la fit placer sur une roue sous laquelle il fit allumer du feu avec de l'huile; mais la flamme qui en jaillit fit périr quinze cents personnes. Or, son père, qui attribuait tout cela à la magie, la fit encore une fois renfermer en prison, et quand la nuit fut venue, il commanda à ses gens de lui lier une pierre énorme au cou et de la jeter dans la mer. Ils le firent, mais aussitôt les anges la prennent, J.-C. lui-même vient à elle et la baptise dans la mer en disant : « Je te baptise en Dieu, mon père, et en moi J.-C. son fils, et dans le Saint-Esprit. » Et il la confia à l'archange Michel qui l'amena sur la terre. Le père, qui apprit cela, se frappa le front en disant : « Par quels maléfices fais-tu cela, de pouvoir ainsi exercer ta magie dans la mer ? » Christine lui répondit : « Malheureux insensé! c'est de J.-C. que j'ai reçu cette grâce. » Alors il la renvoya dans la prison avec ordre de la décapiter le lendemain.

Or, cette nuit-là même, son père Urbain fut trouvé mort. Il eut pour successeur un juge inique, appelé Elius [1], qui fit préparer une chaudière dans laquelle on mit bouillir de l'huile, de la résine et de la poix pour y jeter Christine. Quatre hommes agitaient la cuve afin que la sainte fût consumée plus vite. Alors elle loua Dieu de ce qu'après avoir reçu une seconde naissance, il voulait qu'elle fût bercée comme un petit enfant. Le juge irrité ordonna qu'on lui rasât la tête et qu'on la menât nue à travers la ville jusqu'au temple d'Apollon. Quand elle y fut arrivée, elle commanda à l'idole de tomber, ce qui la réduisit en poudre

1. Alphanus le nomme Idion.

A cette nouvelle le juge s'épouvanta et rendit l'esprit. Julien lui succéda : il fit chauffer une fournaise et y jeter Christine; et elle resta intacte pendant cinq jours [1] qu'elle passa à chanter et à se promener avec des anges. Julien, qui apprit cela et qui l'attribua à la magie, fit jeter sur elle deux aspics, deux vipères et deux couleuvres. Les serpents lui léchèrent les pieds, les aspics ne lui firent aucun mal et s'attachèrent à ses mamelles, et les couleuvres en se roulant autour de son cou léchaient sa sueur. Alors Julien dit à un enchanteur : « Est-ce que tu es aussi magicien ? irrite les bêtes. » Et comme il le faisait, les serpents se jetèrent sur lui et le tuèrent en un instant. Christine commanda ensuite aux serpents, les envoya dans un désert et elle ressuscita le mort. Julien alors ordonna de lui enlever les mamelles, d'où il coula du lait au lieu de sang. Ensuite il lui fit couper la langue; Christine n'en perdit pas l'usage de la parole; elle ramassa sa langue et la jeta à la figure de Julien, qui, atteint à l'œil, se trouva aveuglé. Julien irrité lui envoya deux flèches au cœur et une autre à son côté. En recevant ces coups elle rendit son esprit à Dieu, vers l'an du Seigneur 287, sous Dioclétien. Son corps repose dans un château qu'on appelle Bolsène situé entre la Ville vieille et Viterbe. La tour qui était vis-à-vis de ce château a été renversée de fond en comble.

SAINT JACQUES LE MAJEUR [2]

Cet apôtre fut appelé Jacques, fils de Zébédée, Jacques, frère de Jean, Boanergès, c'est-à-dire fils du tonnerre, et Jacques le Majeur. On appelle Jacques fils de Zébédée, non pas seulement parce qu'il fut son fils selon la chair, mais pour faire comprendre son nom. Zébédée signifie donnant ou donné, et saint Jacques se donna lui-même à J.-C. par sa mort qui fut un martyre; et il a été donné de Dieu pour être notre patron [3] spirituel. On l'appelle Jacques, frère de Jean, parce qu'il fut son frère et selon la chair et selon la ressemblance de la conduite. Tous les deux en effet eurent le même zèle, le même désir de savoir, et firent les mêmes souhaits. Ils eurent le même zèle pour venger le Seigneur; en effet comme les Samaritains ne voulaient pas recevoir J.-C., Jacques et Jean dirent : « Voulez-vous que nous commandions que le feu du ciel descende et qu'il consume ces gens-là ? »

1. Trois heures, d'après Alphanus.
2. Pour la légende de saint Jacques, on peut consulter les notes de Bivar sur la *Chronique* de Dexter. Les traditions des Eglises d'Espagne s'y trouvent exposées fort au long.
3. Le lecteur se rappelle que l'auteur s'appelle Jacques.

Ils eurent le même goût pour apprendre : ce furent eux principalement qui interrogèrent J.-C. au sujet du jour du jugement et des autres choses à venir. Ils firent les mêmes souhaits, car tous les deux voulurent avoir leur place pour s'asseoir l'un à la droite et l'autre à la gauche de J.-C. On l'appelle fils du tonnerre, en raison du bruit que faisaient ses prédications, parce qu'il effrayait les méchants, il excitait les paresseux, et il s'attirait l'admiration générale par la profondeur de ses paroles. Il en fut de lui comme de saint Jean, dont Bède dit : « Il a retenti si haut que s'il eût retenti un peu plus, le monde entier n'aurait pu le contenir. » On l'appelle Jacques le Majeur comme l'autre est appelé le Mineur : 1° en raison de vocation; car il fut appelé le premier par J.-C.; 2° en raison de familiarité; car J.-C. paraît avoir été plus familier avec lui qu'avec l'autre; on en a la certitude puisque le Sauveur l'admettait dans ses secrets; ainsi il l'admit à la résurrection de la jeune fille, et à sa glorieuse transfiguration; 3° en raison de sa passion; car ce fut le premier des apôtres qui souffrit le martyre. De même qu'on l'appelle Majeur pour avoir été le premier à l'honneur de l'apostolat, de même on peut l'appeler Majeur pour avoir été appelé le premier à la gloire de l'éternité.

Saint Jacques, apôtre, fils de Zébédée, après l'Ascension du Seigneur, prêcha en Judée et dans le pays de Samarie; il vint enfin en Espagne, pour y semer la parole de Dieu; mais comme il voyait que ses paroles ne profitaient pas, et qu'il n'y avait gagné que neuf disciples, il en laissa deux seulement pour prêcher dans le pays, et il revint avec les autres en Judée. Cependant maître Jean Beleth dit qu'il ne convertit qu'un seul homme en Espagne. Pendant qu'il prêchait en Judée la parole de Dieu, un magicien nommé Hermogène, d'accord avec les Pharisiens, envoya à saint Jacques un de ses disciples, nommé Philétus, pour prouver à l'apôtre que ce qu'il annonçait était faux. Mais l'apôtre l'ayant convaincu devant une foule de personnes par des preuves évidentes, et opéré en sa présence de nombreux miracles, Philétus revint trouver Hermogène, en justifiant la doctrine de saint Jacques : il raconta en outre les miracles opérés par le saint, déclara vouloir devenir son disciple, et l'exhorta lui-même à l'imiter. Mais Hermogène en colère le rendit tellement immobile par sa magie qu'il ne pouvait remuer un seul membre : « Nous verrons, dit-il, si ton Jacques te déliera. » Philétus informa Jacques de cela par son valet, l'apôtre lui envoya son suaire et dit : « Qu'il prenne ce suaire et qu'il dise : « Le Seigneur relève « ceux qui sont abattus; il délie ceux qui sont enchaî- « nés. » (Ps. CXLV.) Et aussitôt qu'on eut touché Philétus avec le suaire, il fut délié de ses chaînes, se moqua des sortilèges d'Hermogène et se hâta d'aller trouver saint Jacques. Hermogène irrité convoqua les démons, et leur ordonna de lui amener Jacques garrotté avec Philétus, afin de se venger d'eux et qu'à l'avenir les disciples de l'apôtre n'eussent plus l'audace de l'insulter. Or, les démons qui vinrent vers Jacques se mirent à hurler dans l'air en disant : « Jacques, apôtre, ayez pitié de nous; car nous brûlons dès avant que notre temps soit venu. » Saint Jacques leur dit : « Pourquoi êtes-vous venus vers moi ? » Ils répondirent : « C'est Hermogène qui nous a envoyés pour vous amener à lui, avec Philétus; mais à peine nous dirigions-nous vers vous que l'ange de Dieu nous a liés avec des chaînes de feu et nous a beaucoup tourmentés. » « Que l'ange du Seigneur vous délie, reprit l'apôtre; retournez à Hermogène et amenez-le-moi garrotté, mais sans lui faire de mal. » Ils s'en allèrent donc prendre Hermogène, lui lièrent les mains derrière le dos et l'amenèrent ainsi garrotté à saint Jacques, en disant : « Où tu nous a envoyés, nous avons été brûlés et horriblement tourmentés. » Et les démons dirent à saint Jacques : « Mettez-le sous notre puissance, afin que nous nous vengions des injures que vous avez reçues et du feu qui nous a brûlés. » Saint Jacques leur dit : « Voici Philétus devant vous, pourquoi ne le tenez-vous pas ? » Les démons répondirent : « Nous ne pouvons même pas toucher de la main une fourmi qui est dans votre chambre. » Saint Jacques alors dit à Philétus : « Afin de rendre le bien pour le mal, selon que J.-C. nous l'a enseigné, Hermogène vous a liés; vous, déliez-le. » Hermogène libre resta confus et saint Jacques lui dit : « Va librement où tu voudras; car nous n'avons pas pour principe de convertir quelqu'un malgré soi. » Hermogène répondit : « Je connais trop la rage des démons : Si vous ne me donnez un objet que je porte avec moi, ils me tueront. » Saint Jacques lui donna son bâton : alors Hermogène alla chercher tous ses livres de magie et les apporta à l'apôtre pour que celui-ci les brûlât. Mais saint Jacques, de peur que l'odeur de ce feu n'incommodât ceux qui n'étaient point sur leur garde, lui ordonna de jeter les livres dans la mer. Hermogène, à son retour, se prosterna aux pieds de l'apôtre et lui dit : « Libérateur des âmes, accueillez un pénitent que vous avez épargné jusqu'ici, quoique envieux et calomniateur. » Dès lors il vécut dans la crainte de Dieu, au point qu'il opéra une foule de prodiges. Alors les Juifs, transportés de colère en voyant Hermogène converti, vinrent trouver saint Jacques et lui reprochèrent de prêcher Jésus crucifié. Mais il leur prouva avec évidence par les Ecritures la venue du Christ et sa passion, et plusieurs crurent [1].

1. On peut voir, dans le transept sud de la cathédrale d'Amiens, des hauts-reliefs reproduisant ce récit.

Or, Abiathar, qui était grand-prêtre cette année-là, excita une sédition parmi le peuple; il fit conduire à Hérode Agrippa l'apôtre, une corde au cou. Le prince ordonna de décapiter saint Jacques et un paralytique couché sur le chemin lui cria de le guérir. Saint Jacques lui dit : « Au nom de J.-C. pour la foi duquel on va me couper la tête, lève-toi guéri, et bénis ton créateur. » A l'instant il se leva guéri et bénit le Seigneur. Or, un scribe appelé Josias, qui avait mis la corde au coup de l'apôtre et qui le tirait, à la vue de ce miracle, se jeta à ses pieds, lui adressa des excuses et demanda à se faire chrétien. Abiathar à cette vue le fit empoigner et lui dit : « Si tu ne maudis par le nom du Christ, tu seras décapité en même temps que Jacques. » Josias reprit : « Maudit sois-tu toi-même, maudites soient tes années, mais que le nom du Seigneur J.-C. soit béni dans les siècles. » Alors Abiathar lui fit frapper la bouche à coups de poing et envoya demander à Hérode l'autorisation de le décapiter avec Jacques [1]. Tous les deux allaient être décapités quand saint Jacques demanda au bourreau un vase plein d'eau, et baptisa Josias, immédiatement. L'un et l'autre consommèrent leur martyre, un instant après, en ayant la tête tranchée.

Saint Jacques fut décollé le 8 des calendes d'avril [2], le jour de l'Annonciation du Seigneur; son corps fut transporté à Compostelle, le 8 des calendes d'août [3] et enseveli le 3 des calendes de janvier [4], parce que la construction de son tombeau dura de août à janvier. L'Eglise établit qu'on célébrerait universellement sa fête au 8 des calendes d'août, qui est un temps plus convenable. Or, après que saint Jacques eut été décollé, ainsi que le rapporte Jean Beleth, qui a écrit avec soin l'histoire de cette translation [5], ses disciples enlevèrent son corps pendant la nuit par crainte des juifs, le mirent sur un vaisseau; et, abandonnant à la divine Providence le soin de sa sépulture, ils montèrent sur ce navire dépourvu de gouvernail; sous la conduite de l'ange de Dieu, ils abordèrent en Galice, au royaume de Louve. Il y avait alors en Espagne une reine qui portait réellement ce nom et qui le méritait. Les disciples déchargèrent le corps et le posèrent sur une pierre énorme, qui, en se fondant comme de la cire sous le corps, se façonna merveilleusement en sarcophage. Les disciples vinrent dire à Louve : « Le Seigneur J.-C. t'envoie le corps de son disciple, afin que tu reçoives mort

1. Ou bien, selon une autre version, le fit décapiter sans en demander l'autorisation à Hérode.
2. 25 mars.
3. 25 juillet.
4. 30 décembre.
5. Chap. CXL.

celui que tu n'as pas voulu recevoir vivant. » Ils lui racontèrent alors le miracle par lequel il avait abordé en son pays sans gouvernail, et lui demandèrent un lieu convenable pour sa sépulture. La reine entendant cela, toujours selon Jean Beleth, les adressa, par supercherie, à un homme très cruel, ou bien, d'après d'autres auteurs, au roi d'Espagne, afin d'obtenir là-dessus son consentement; mais ce roi les fit mettre en prison. Or, pendant qu'il était à table, l'ange du Seigneur ouvrit la prison et les laissa s'en aller en liberté. Quand le roi l'eut appris, il envoya à la hâte des soldats pour les ressaisir. Un pont sur lequel passaient les soldats vint à s'écrouler, et tous furent noyés dans le fleuve. A cette nouvelle, le roi, qui regrettait ce qu'il avait fait et qui craignait pour soi et pour les siens, envoya prier les disciples de revenir chez lui et leur permit de lui demander tout ce qu'ils voudraient. Ils revinrent donc et convertirent à la foi tout le peuple de la cité. Louve fut très chagrinée en apprenant ces faits; et quand les disciples la vinrent trouver pour lui présenter l'autorisation du roi, elle répondit : « Prenez mes bœufs qui sont en tel endroit ou sur la montagne; attelez-les à un char, portez le corps de votre maître, puis dans le lieu qu'il vous plaira, bâtissez à votre goût. » Or, elle parlait en louve, car elle savait que ces bœufs étaient des taureaux indomptés et sauvages; c'est pour cela qu'elle pensa qu'on ne pourrait ni les réunir, ni les atteler, ou bien que, si on pouvait les accoupler, ils courraient çà et là, briseraient le char, renverseraient le corps et tueraient les conducteurs eux-mêmes. Mais il n'y a point de sagesse contre Dieu (Prov., XXI). Ceux-ci, ne soupçonnant pas malice, gravissent la montagne, où ils rencontrent un dragon qui respirait du feu; il allait arriver sur eux, quand ils firent le signe de la croix pour se défendre et coupèrent ce dragon par le milieu du ventre. Ils firent aussi le signe de la croix sur les taureaux qui, instantanément, deviennent doux comme des agneaux; on les attelle; et on met sur le char le corps de saint Jacques avec la pierre sur laquelle il avait été déposé. Les bœufs alors, sans que personne les dirigeât, amenèrent le corps au milieu du palais de Louve qui, à cette vue, resta stupéfaite. Elle crut et se fit chrétienne. Tout ce que les disciples demandèrent, elle le leur accorda; elle dédia en l'honneur de saint Jacques son palais pour en faire une église qu'elle dota magnifiquement; puis elle finit sa vie dans la pratique des bonnes œuvres. — Le pape Calixte dit qu'un homme du diocèse de Modène, nommé Bernard, était captif et enchaîné au fond d'une tour; constamment il invoquait saint Jacques. Le saint lui apparut : « Viens, lui dit-il, suis-moi en Galice »; puis il brisa ses chaînes et disparut; alors le prisonnier suspendit ses chaînes à son cou, monta au haut de la tour d'où il ne fit qu'un saut sans se blesser, bien que la tour eût soixante coudées de hauteur. — Un homme, dit Bède, avait commis à plusieurs reprises un péché énorme; or, l'évêque, peu rassuré en l'absolvant en confession, envoya cet homme à Saint-Jacques en lui donnant une cédule sur laquelle ce péché avait été écrit. Le pèlerin posa, le jour de la fête du saint, la cédule sur l'autel et pria saint Jacques de lui remettre le péché par ses mérites; après quoi il ouvrit la cédule et trouva tout effacé; il rendit grâces à Dieu et à saint Jacques et raconta publiquement le fait à tout le monde. — Trente hommes de la Lorraine, au rapport de Hubert de Besançon, allèrent vers l'an 1080 à Saint-Jacques, et se donnèrent l'un à l'autre, un seul excepté, la promesse de s'entraider. Or, l'un d'eux étant tombé malade, ses compagnons l'attendirent pendant 15 jours; mais enfin tous l'abandonnent à l'exception de celui-là seul qui ne s'était pas engagé. Il le garda au pied du mont Saint-Michel; mais sur le soir le malade mourut. Or, le survivant eut une grande peur occasionnée par la solitude de l'endroit, par la présence du cadavre, par la nuit qui menaçait d'être noire, enfin par la férocité des barbares du pays; à l'instant saint Jacques lui apparut sous la figure d'un chevalier et le consola en disant : « Donne-moi ce mort, et toi, monte derrière moi sur le cheval. » Ce fut ainsi que, cette nuit-là, avant le lever du soleil, ils firent quinze journées de cheval et arrivèrent à Montjoie qui n'est qu'à une demi-lieue de Saint-Jacques. Là le saint les mit à terre et commanda de convoquer les chanoines de Saint-Jacques pour ensevelir le pèlerin qui était mort, et de dire à ses compagnons, que, pour avoir manqué à leur promesse, leur pèlerinage ne vaudrait rien. Le pèlerin accomplit ces ordres, et ses compagnons furent très saisis et pour le chemin qu'il avait fait, et des paroles qu'il leur rapporta avoir été dites par saint Jacques.

D'après le pape Calixte [1], un Allemand, allant avec son fils à Saint-Jacques, vers l'an du Seigneur 1090, s'arrêta pour loger à Toulouse chez un hôte qui l'enivra et cacha une coupe d'argent dans sa malle. Quand ils furent partis le lendemain, l'hôte les poursuivit comme des voleurs et leur reprocha d'avoir volé sa coupe d'argent. Comme ils lui disaient qu'il les fît punir s'il pouvait trouver la coupe sur eux, on ouvrit leur malle et on trouva l'objet : on les traîna de suite chez le juge. Il y eut un jugement qui prononçait que tout leur avoir fût adjugé à

1. On paraît douter si l'opuscule sur les miracles de saint Jacques appartient au pape Calixte. Il est tiré tout entier de Vincent de Beauvais : *Spécul. Hist.*, liv. XXVII. — Césaire d'Hesterbach rapporte le fait qui suit, liv. VIII, ch. LVIII.

l'hôte, et que l'un des deux serait pendu. Mais comme le père voulait mourir à la place du fils et le fils à la place du père, le fils fut pendu et le père continua, tout chagrin, sa route vers Saint-Jacques. Or, vingt-six jours après, il revint, s'arrêta auprès du corps de son fils et il poussait des cris lamentables; quand voici que le fils attaché à la potence se mit à le consoler en disant : « Très doux père, ne pleure pas; car je n'ai jamais été si bien; jusqu'à ce jour saint Jacques m'a sustenté, et il me restaure d'une douceur céleste. » En entendant cela, le père courut à la ville, le peuple vint, détacha le fils du pèlerin qui était sain et sauf, et pendit l'hôte. — Hugues de Saint-Victor raconte qu'un pèlerin allait à Saint-Jacques, quand le démon lui apparut sous la figure de ce saint et lui rappelant toutes les misères de la vie présente, il ajouta qu'il serait heureux s'il se tuait en son honneur. Le pèlerin saisit une épée et se tua tout aussitôt. Et comme celui chez lequel il avait reçu l'hospitalité passait pour suspect et craignait beaucoup de mourir, voilà que, à l'instant, le mort ressuscite, et dit qu'au moment où le démon, à la persuasion duquel il s'était donné la mort, le conduisait au supplice, le bienheureux Jacques était venu, l'avait arraché des mains du démon et l'avait mené au trône du souverain juge; et là, malgré les accusations du démon, il avait obtenu d'être rendu à la vie. — Un jeune homme du territoire de Lyon, selon le récit de Hugues, abbé de Cluny, avait coutume d'aller souvent à Saint-Jacques et avec dévotion. Une fois, qu'il y voulait aller, il tomba, cette nuit-là même, dans le péché de fornication. Il partit donc; et une nuit, le diable lui apparut sous la figure de saint Jacques et lui dit : « Sais-tu qui je suis ? » Le jeune homme lui demanda qui il était, et le diable lui dit : « Je suis l'apôtre Jacques que tu as coutume de visiter chaque année. Tu sauras que je me réjouissais beaucoup de ta dévotion, mais dernièrement, en sortant de ta maison, tu as commis une fornication et sans t'être confessé, tu as eu la présomption de t'approcher de moi, comme si ton pèlerinage pût plaire à Dieu et à moi. Cela n'est pas convenable : car quiconque désire venir à moi en pèlerinage doit d'abord s'accuser de ses péchés en confession et ensuite faire le pèlerinage pour expier ses péchés. » Après avoir dit ces mots, le démon disparut. Alors le jeune homme tourmenté se disposait à revenir chez lui, à se confesser, et ensuite à recommencer son voyage. Et voici que le diable lui apparaissant de nouveau, sous la figure de l'apôtre, le dissuada complètement de son projet, en l'assurant que jamais son péché ne lui serait remis, s'il ne se coupait radicalement les membres qui servent à la génération, qu'au reste il serait plus heureux, s'il voulait se tuer et être martyr en son honneur et nom. Pendant la nuit, et quand ses compagnons dormaient, le jeune homme prit une épée, se coupa les membres de la génération, ensuite il se perça le ventre avec le même instrument. Ses compagnons à leur réveil, voyant cela, eurent grande peur, et prirent aussitôt la fuite de crainte de passer pour coupables de cet homicide. Néanmoins pendant qu'on préparait sa fosse, celui qui était mort revint à la vie. Tout le monde s'enfuit épouvanté, et le pèlerin raconta ainsi ce qui lui était arrivé : « Quand je me fus tué à la suggestion du malin esprit, les démons me prirent; et ils me conduisaient vers Rome, quand voici saint Jacques qui accourut après nous, en reprochant vivement ces tromperies aux démons. Et après s'être disputés longtemps, saint Jacques les y forçant, nous vînmes dans un pré où la Sainte Vierge s'entretenait avec un grand nombre de saints. Jacques l'ayant implorée pour moi, la Sainte Vierge adressa des reproches sévères aux démons et ordonna que je revinsse à la vie. Alors saint Jacques me prit et me ressuscita, comme vous voyez. » Et trois jours après, il ne lui restait de ses blessures que des cicatrices; après quoi il se remit en route, et quand il eut rejoint ses compagnons, il leur raconta tout ce qui s'était passé.

Un Français, ainsi que le raconte le pape Calixte, allait, en l'an 1100, avec sa femme et ses fils, à Saint-Jacques, tant pour éviter la mortalité sévissant en France, que pour accomplir le désir de visiter saint Jacques. Arrivé à Pampelune, sa femme mourut, et son hôte s'empara de tout son argent et du cheval qui servait de monture à ses enfants. Il s'en alla désolé portant plusieurs de ses enfants sur ses épaules, et menant les autres par la main. Un homme avec un âne le rencontra et touché de compassion, il lui prêta son âne, afin que les enfants montassent dessus. Quand le pèlerin fut arrivé à Saint-Jacques, pendant qu'il veillait et priait, le saint apôtre lui apparut et lui demanda s'il le connaissait : et il répondit que non : alors le saint lui dit : « Je suis l'apôtre Jacques qui t'ai prêté mon âne et je te le prête encore pour ton retour : mais tu sauras d'avance que ton hôte mourra en tombant de l'étage de sa maison; tu recouvreras alors tout ce qu'il t'avait volé. » Les choses étant arrivées ainsi, cet homme revint joyeux à sa maison; et quand il eut descendu ses enfants de dessus l'âne, cet animal disparut. — Un marchand, injustement dépouillé par un tyran, était détenu en prison, et invoquait saint Jacques à son secours. Saint Jacques lui apparut en présence de ses gardes, et le conduisit jusqu'au haut de la tour qui s'abaissa aussitôt de telle sorte que le sommet était au niveau de la terre : il en descendit sans faire un saut et s'en alla délivré. Les gardes qui le poursuivaient passèrent auprès de lui, sans le voir. — Hubert de Besançon raconte que trois militaires, du diocèse de Lyon, allaient à Saint-Jacques. L'un d'eux, à la prière d'une pauvre femme qui le lui avait demandé pour l'amour de saint Jacques, portait sur son cheval un petit sac qu'elle avait : plus loin, il rencontra un homme malade et qui n'avait plus la force de continuer sa route, il le mit encore sur son cheval; quant à lui, il portait le bourdon du malade avec le sac de la femme en suivant l'animal : mais la chaleur du soleil et la fatigue du chemin l'ayant accablé, à son arrivée en Galice, il tomba très gravement malade : et comme ses compagnons l'intéressaient au salut de son âme, il resta muet pendant trois jours; mais au quatrième, alors que ses compagnons attendaient le moment de son trépas, il poussa un long soupir et dit : « Grâces soient rendues à Dieu et à saint Jacques, aux mérites duquel je dois d'être délivré. Je voulais bien faire ce que vous me recommandiez, mais les démons sont venus m'étrangler si violemment que je ne pouvais rien prononcer qui eût rapport au salut de mon âme. Je vous entendais bien, mais je ne pouvais nullement répondre. Cependant saint Jacques vient d'entrer ici portant à la main gauche le sac de la femme, et à sa droite le bâton du pauvre auxquels j'avais prêté aide en chemin, de sorte qu'il avait le bourdon en guise de lame et le sac pour bouclier, il assaillit les diables comme s'il eût été en colère, et en levant le bâton, il les effraya et les mit en fuite. Maintenant c'est grâce à saint Jacques que je suis délivré et que la parole m'a été rendue. Appelez-moi un prêtre, car je ne puis plus être longtemps en vie. » Et se tournant vers l'un d'eux, il lui dit : « Mon ami, ne reste plus davantage au service de ton maître, car il est vraiment damné et dans peu il mourra de malemort. » Quand cet homme eut été enseveli, le soldat rapporta à son maître ce qui avait été dit : celui-ci n'en tint compte, et refusa de s'amender : mais peu de temps après il mourut percé d'un coup de lance dans une bataille [1].

Le pape Calixte rapporte qu'un homme de Vézelai, dans un pèlerinage qu'il fit à Saint-Jacques, se trouvant à court d'argent, avait honte de mendier. En se reposant sous un arbre, il songeait que saint Jacques le nourrissait. Et à son réveil, il trouva près de sa tête un pain cuit sous la cendre, avec lequel il vécut quinze jours, tant qu'il arriva chez lui. Chaque jour il en mangeait deux fois suffisamment, et le jour suivant, il le retrouvait entier dans son sac. — Le pape Calixte raconte que vers l'an du Seigneur 1100, un citoyen de Barcelone, venu à Saint-Jacques, se contenta de demander de ne plus tomber à l'avenir dans les mains des ennemis. En revenant par la

1. Saint Anselme, t. II, p. 335.

Sicile, il fut pris en mer par les Sarrasins et vendu plusieurs fois dans les marchés, mais toujours les chaînes qui le liaient se brisaient. Ayant été vendu pour la treizième fois, il fut garrotté avec des chaînes doubles. Alors il invoqua saint Jacques qui lui apparut et lui dit : « Quand tu étais dans mon église, tu as demandé la délivrance du corps au préjudice du salut de ton âme; c'est pour cela que tu es tombé dans ces périls; mais parce que le Seigneur est miséricordieux, il m'a envoyé pour te racheter. » A l'instant ses chaînes se rompirent, et passant à travers le pays et les châteaux des Sarrasins, emportant avec lui une partie de sa chaîne pour témoigner du miracle, il arriva dans son pays, au vu et à l'admiration de tous. Lorsque quelqu'un le voulait prendre, il n'avait qu'à montrer sa chaîne et l'ennemi s'enfuyait : et quand les lions et autres bêtes féroces voulaient se jeter sur lui, en passant dans les déserts, seulement en voyant sa chaîne, ils étaient saisis d'une grande terreur et s'éloignaient. — L'an du Seigneur 1238, la veille de Saint-Jacques, en un château appelé Prato situé entre Florence et Pistoie, un jeune homme, déçu, par une simplicité grossière, mit le feu aux blés de son tuteur qui voulait usurper son bien. Pris et convaincu, il fut condamné à être brûlé, après avoir été traîné à la queue d'un cheval. Il confessa son péché et se dévoua à saint Jacques. Après avoir été traîné en chemise sur un terrain pierreux, il ne ressentit aucune blessure sur le corps et sa chemise ne fut pas même déchirée. Enfin on le lie au poteau, on amasse du bois autour; le feu est mis, le bois et les liens brûlent; mais comme il ne cessait d'invoquer saint Jacques, aucune tache de feu ne fut trouvée ni à sa chemise, ni à son corps. On voulait le jeter une seconde fois dans le feu, le peuple l'en arracha, et Dieu fut loué magnifiquement dans la personne de son saint apôtre.

TABLE DES MATIÈRES

LA LÉGENDE DORÉE

DES FÊTES QUI ARRIVENT DANS LE TEMPS DE LA RÉNOVATION, TEMPS QUE L'ÉGLISE REPRODUIT A PARTIR DE L'AVENT JUSQU'A LA NATIVITÉ DU SEIGNEUR

DES FÊTES QUI ARRIVENT DANS LE TEMPS COMPRIS EN PARTIE SOUS LE TEMPS DE LA RÉCONCILIATION ET EN PARTIE SOUS LE TEMPS DU PÈLERINAGE

DES FÊTES QUI ARRIVENT PENDANT LE TEMPS DE LA DÉVIATION

DES FÊTES QUI ARRIVENT PENDANT LE TEMPS DE LA RÉCONCILIATION

DES FÊTES QUI TOMBENT PENDANT LE TEMPS DU PÈLERINAGE

SOMMAIRES ANALYTIQUES

L'AVENT DU SEIGNEUR

SAINT ANDRÉ, APOTRE

SAINT NICOLAS

L'ÉPIPHANIE DU SEIGNEUR

SAINT PAUL, ERMITE

SAINT REMI

SAINT HILAIRE

SAINT MACHAIRE

SAINT FÉLIX SUR LE PINCIO

SAINT MARCEL

SAINT ANTOINE

SAINT FABIEN

SAINTE PAULE

SAINT JULIEN

LA SEPTUAGÉSIME

LA SEXAGÉSIME

LA QUINQUAGÉSIME

LA QUADRAGÉSIME

JEUNE DES QUATRE-TEMPS

SAINT IGNACE

LA CHAIRE DE SAINT PIERRE, APOTRE

SAINT MATHIAS, APOTRE

SAINT GRÉGOIRE

SAINT PIERRE, APOTRE

SAINT PAUL, APOTRE

LES SEPT FRÈRES QUI FURENT LES FILS DE SAINTE FÉLICITÉ

GF-DOSSIER

LLAIS
À se tordre (1149)

ALZAC
Eugénie Grandet (1110)

EAUMARCHAIS
Le Barbier de Séville (1138)
Le Mariage de Figaro (977)

HATEAUBRIAND
Mémoires d'outre-tombe, livres I à V (906)

OLLODI
Les Aventures de Pinocchio (bilingue) (1087)

ORNEILLE
Le Cid (1079)
Horace (1117)
L'Illusion comique (951)
La Place Royale (1116)
Trois Discours sur le poème dramatique (1025)

IDEROT
Jacques le Fataliste (904)
Lettre sur les aveugles. Lettre sur les sourds et muets (1081)
Paradoxe sur le comédien (1131)

CHYLE
Les Perses (1127)

AUBERT
Bouvard et Pécuchet (1063)
L'Éducation sentimentale (1103)
Salammbô (1112)

NTENELLE
Entretiens sur la pluralité des mondes (1024)

RETIÈRE
Le Roman bourgeois (1073)

GOL
Nouvelles de Pétersbourg (1018)

MÈRE
L'Iliade (1124)

GO
Les Châtiments (1017)
Hernani (968)
Ruy Blas (908)

IES
Le Tour d'écrou (bilingue) (1034)

ORGUE
Moralités légendaires (1108)

AGE
Turcaret (982)

RRAIN
Monsieur de Phocas (1111)

MARIVAUX
La Double Inconstance (952)
Les Fausses Confidences (978)
L'Île des esclaves (1064)
Le Jeu de l'amour et du hasard (976)

MAUPASSANT
Bel-Ami (1071)

MOLIÈRE
Dom Juan (903)
Le Misanthrope (981)
Tartuffe (995)

MONTAIGNE
Sans commencement et sans fin. Extraits des *Essais* (980)

MUSSET
Les Caprices de Marianne (971)
Lorenzaccio (1026)
On ne badine pas avec l'amour (907)

LE MYTHE DE TRISTAN ET ISEUT (1133)

PLAUTE
Amphitryon (bilingue) (1015)

RACINE
Bérénice (902)
Iphigénie (1022)
Phèdre (1027)
Les Plaideurs (999)

ROTROU
Le Véritable Saint Genest (1052)

ROUSSEAU
Les Rêveries du promeneur solitaire (905)

SAINT-SIMON
Mémoires (extraits) (1075)

SÉNÈQUE
Médée (992)

SHAKESPEARE
Henry V (bilingue) (1120)

SOPHOCLE
Antigone (1023)

STENDHAL
La Chartreuse de Parme (1119)

VALINCOUR
Lettres à Madame la marquise *** sur *La Princesse de Clèves* (1114)

WILDE
L'Importance d'être constant (bilingue) (1074)

ZOLA
L'Assommoir (1085)
Au Bonheur des Dames (1086)
Germinal (1072)
Nana (1106)

GF Flammarion

02/04/93617-IV-2002 – Impr. MAURY Eurolivres, 45300 Manchecourt.
N° d'édition FG013219. – 1er trimestre 1967. – Printed in France.